anagramma

928

Della stessa autrice:

Un diamante da Tiffany
Shopping da Prada e appuntamento da Tiffany
Natale a Londra con amore
Quell'estate da Tiffany
Quell'estate senza te
Un regalo perfetto
Natale a Notting Hill
Il segreto di Parigi
Natale sotto le stelle
Una questione di cuore
Un regalo sotto la neve
Una fantastica vacanza in Grecia
Le incredibili luci delle stelle
La mia fantastica vacanza in Spagna

Titolo originale: *The Christmas Party*

Traduzione dalla lingua inglese di Mariacristina Cesa
Prima edizione: novembre 2020

ISBN 978-88-227-4639-9

www.newtoncompton.com

Realizzazione a cura di il Paragrafo, Udine
Stampato nel novembre 2020 da Puntoweb s.r.l., Ariccia (Roma)

Karen Swan

Una festa da sogno

Newton Compton editori

A Jo Nana,
un ciuco sull'orlo di una crisi di nervi
insieme a me

Prologo

La busta volò fuori dal libro simile a una foglia che cade dall'albero, silenziosa come un'imbarcazione sciolta dagli ormeggi che scivola sull'acqua. Sfacciatamente libera.

La guardò. Era una grafia familiare, che pure non riusciva ad attribuire. Il bordo superiore era strappato, segno che era stata aperta in tutta fretta, il ricciolo della "e" alla fine del nome appena sfumato sulla pergamena. Una goccia di champagne, forse? Una lacrima?

Era solo una lettera, eppure il suo istinto le disse che le parole chiuse lì dentro avevano un peso. Come una cerva in mezzo al prato, percepiva una minaccia che non riusciva ancora a vedere. Un momento innocuo era diventato d'un tratto critico e ora tutto ruotava intorno a ciò che sarebbe accaduto dopo. Immobile e con il fiato sospeso, lesse lo scritto e subito capì che il gioco era già in corso, che aveva già perso. Come la cerva, aveva una sola scelta.

Fuggire.

Capitolo uno

Martedì 26 novembre 2019
Castello di Lorne, Kilmally, Irlanda

«La nobiltà non è altro che un mucchio di antiche ricchezze!».

«Santo cielo, gli rode», sussurrò Pip all'orecchio di Ottie, il sopracciglio inarcato in un'espressione scettica, mentre la voce del padre riecheggiava nella galleria del salone.

«Sì, avete sentito bene, siatene pur certi», insisteva Declan Lorne. «Per tutti i diavoli dell'inferno, per me vale quanto un paio di calzini». E, per ribadire il punto, sfilò una delle sue pantofole di velluto – con lo stemma di famiglia trapuntato in filo dorato – e scoprì un alluce pallido che sbucava da una calza rossa.

Un mormorio divertito e sorpreso si diffuse tra la folla.

«Dec!», lo riprese dolcemente sua moglie con un gesto sconsolato e tipicamente femminile del capo. «Erano nuovi anche quelli».

Il mormorio eruppe in uno scoppio di risa mentre l'uomo si guardava intorno deliziato nel raduno di parenti e amici che avevano affrontato il difficoltoso e un po' arduo viaggio per arrivare fin lì. A parte gli abitanti del villaggio e quelli che arrivavano in elicottero, era a un'ora di macchina dall'aeroporto di Cork, la metà della quale trascorsa su strade a corsia unica, dietro flemmatiche mandrie di bestiame da latte e ponti su vari ruscelli.

«È importante tenere il punto, mia cara», disse guardandola con un amore quasi feroce negli occhi. «Voglio che neanche uno dei presenti in questa stanza se ne vada di qui stasera pensando che me ne freghi qualcosa di questo maledetto titolo che si ferma con me. Non me ne importa. Il Signore ci ha dato tre straordinarie e splendide figlie, talentuose e precoci, e non rinuncerei a nessuna di loro per un cognome».

«Per quanto mi riguarda, sono certa che a me avrebbe rinunciato volentieri quella volta che gli ho pulito la pistola con la vasellina», bisbigliò Pip avvicinandosi di nuovo e dando di gomito alla sorella.

«Se fosse riuscito a trovarti», replicò Ottie sorridendo a quel ricordo. «Hai dormito per due notti nella rimessa delle barche, se non ricordo male».

Pip mosse le sopracciglia scure con un lampo malizioso negli occhi verdi. Con la massa di capelli ramati, la costellazione di lentiggini e la snella corporatura mascolina, sembrava un folletto troppo cresciuto e intenzionato a seminare il caos. «Già, e quando sono ricomparsa era così sollevato di rivedermi da dimenticarsi perfino perché fossi scappata».

«Te lo sei sempre rigirato come ti pare», tubò Ottie.

«Ah!». Pip rise. «Quello è stato uno dei miei rari successi. Tu te la caveresti con un omicidio».

«Io?», sibilò scandalizzata Ottie.

«Non fare l'innocentina», sogghignò Pip, «sei sempre stata la sua preferita. La primogenita. La piccola miss Perfezione».

Il sorriso sul viso di Ottie si spense. Era ben cosciente di cos'era per suo padre, e non era certo quello. Il brillio che le aveva acceso negli occhi lo champagne si offuscò, mentre guardava suo padre allargare il braccio e sua madre scivolarvi dentro come una volpe di seta. La baciò sulla guancia accompagnato da un coro di "Oooh". Dopotutto era la festa per i trent'anni di matrimonio e nel loro ambiente rappresentavano la storia d'amore per eccellenza, ancora innamorati dopo tutti quegli anni.

«Potete star certi che senza Serena al mio fianco sarei andato in rovina molti anni fa. Serena è stata la mia luce guida e la mia ancora di salvezza in questi ultimi trent'anni. Non sono un marito facile, ve l'assicuro, ma lei mi ha tenuto sulla retta via e, nel frattempo, ha ridato vita al castello trasformandolo in una casa per le nostre tre splendide ragazze». Alzò gli occhi e girò lo sguardo nella grande sala dai soffitti a doppia altezza, fissandolo prima su Ottie e poi su Pip. «Santo cielo, guardatele! Le più grandi meraviglie della terra».

Alle esclamazioni di approvazione che ne seguirono, Pip gemette mentre Ottie alzò gli occhi al cielo. «Oddio, quando il bicchiere è troppo pieno, c'è sempre la proverbiale goccia che lo fa traboccare...», borbottò Pip a denti stretti.

«Eh, già, sono l'uomo più fortunato del mondo per aver ricevuto la benedizione di queste quattro donne nella mia vita. Ma...», fece una pausa a effetto scrutando il suo pubblico. Era sempre stato bravo a ingraziarsi la folla. «Ma sarò sincero, non l'ho sempre pensata così». Ottie rialzò il viso, sorpresa da quella sincera ammissione, e lo trovò a fissare lo sguardo proprio su di lei; con sua grande meraviglia, la solita danza gioiosa nei suoi occhi ora non era che un camminare in punta di piedi. «Ma adesso lo so. Per Giove, adesso lo so».

Mentre sosteneva lo sguardo di suo padre, Ottie sentì le spesse pareti del castello crollarle addosso e i colori della festa sfumare nel bianco, mentre quegli occhi le dicevano molto più delle parole...

«E come molti di voi avranno notato, la nostra piccola Willow non è riuscita a essere qui stasera». Per una frazione di secondo gli mancò la voce, che perse il ritmo e la cadenza consueti. «Va da sé che ne sentiamo la mancanza, più di quanto potrà mai sapere».

Accanto a lei, Pip si irrigidì, trattenendo un profondo respiro. Cos'era quello... un confessionale? Dopo un altro istante, però, lui distolse lo sguardo dalle due ragazze per riportarlo sui propri ospiti, e gli occhi recuperarono il loro consueto brio. Era una festa, in fin dei conti!

«Aveva degli impegni che hanno la precedenza», disse l'uomo sorvolando sul mare dei loro segreti come se fosse una pozzanghera. «...Lavoro. La grande vita sociale di Dublino. Dopotutto, siamo onesti, perché diavolo avrebbe dovuto farsi tutta la strada di ritorno per sorbirsi delle chiacchiere sciocche con una manica di vecchie ciabatte come noi?».

Uno scroscio di risate rispose alle sue parole.

«Guardiamoci in faccia, amici miei, ormai stiamo invecchiando! Ma almeno, invecchiamo insieme».

«Vero! Vero!», si alzarono diverse esclamazioni.

Declan rise, le guance più paonazze che mai. «Voglio quindi ringraziare tutti voi per aver fatto questo viaggio indubbiamente epico ed essere qui con noi stasera, e vorrei concludere con diversi brindisi alle donne della mia vita. Alla mia cara moglie Serena...».

«A Serena!», gridò rauca la folla mentre sua madre rivolgeva a tutti il più enigmatico dei sorrisi. Aveva mantenuto la sua figura e il suo aspetto ed era abituata a trovarsi al centro dell'attenzione.

«Alle mie adorate figlie che sono qui stasera: Ottie e Pip».

«A Ottie e Pip!».

«E anche se non è qui, non sarà dimenticata: all'uccellino che è volato via dal nido, Willow!».

«A Willow!».

Ottie inarcò un sopracciglio e toccò il bicchiere di Pip con il suo, mentre si guardavano in un silenzio triste. «A Willow».

La stessa sera, Croke Park, Dublino

Willow chiuse gli occhi e si concentrò sul rombo dei bassi che le risuonavano nel petto facendole vibrare le costole. Con le braccia in alto e la testa gettata all'indietro, cantava a squarciagola insieme alla folla. Se il cielo fosse stato il coperchio della terra, era certa che sarebbe saltato via per l'energia assoluta che si irradiava dallo stadio: le luci laser si incrociavano saettando verso il cielo notturno, i puntini bianchi di decine di migliaia di fotocamere dei cellulari ondeggiavano all'unisono. Sugli schermi a tre del palco si accendevano le immagini e, sebbene i membri della band non fossero che capocchie di spillo dal punto in cui si trovava lei in piccionaia, l'acustica di primissimo livello le portava la voce di Bono alle orecchie in modo così nitido che le sembrava di averlo accanto.

A farle venire la pelle d'oca, però, non era tutto l'armamentario di una tournée multimilionaria, quanto l'intensità di essere totalmente sincronizzata con altre ottantamila persone, condividere un momento moltiplicato e amplificato ottantamila volte. *Quello* voleva dire essere vivi, far parte di qualcosa. L'euforia che inseguiva costantemente. La sua droga.

Accanto a lei Caz saltava su e giù sul posto pompando il pugno nell'aria novembrina mentre cantava – urlava, in realtà – più forte che poteva. Indossava solo una T-shirt sui jeans, ma in qualche modo la temperatura era diventata irrilevante al lampo delle luci e al primo rombo di basso dagli amplificatori. I suoi lunghi capelli biondi ondeggiavano di qua e di là, la piccola rondine tatuata alla base del collo appariva e spariva come un cucù e i molteplici cerchi all'orecchio sinistro sfavillavano alle luci. A metà del testo smise di saltellare per prendere un avido sorso di birra, e Willow rise alla sua faccia prima attonita e poi indignata nel rendersi conto che il bicchiere era praticamente vuoto: non si era minimamente accorta che buona parte della pinta era ora sui suoi stivali e a terra. Guardò stupita l'amica.

«Ne vado a prendere altre», le gridò Willow all'orecchio, togliendole il bicchiere di mano.

«No! Tocca a me!», gridò di rimando Caz.

«Lo so, ma devo comunque andare in bagno», disse Willow con un'alzata di spalle.

Caz sorrise raggiante e le alzò i pollici. «Va bene, allora okay!». Era un'anima semplice, lontana da false modestie o atteggiamenti ambigui. Caz era come la vedevi, e proprio quella sua trasparenza era ciò che rendeva la condivisione dell'appartamento così facile e divertente. Mai una discussione su chi avesse finito l'hummus o dimenticato di comprare il latte, mai un commento passivo-aggressivo sulle scarpe scompagnate disseminate sul pavimento o sui jeans bagnati lasciati nella lavatrice per giorni e giorni. Caz aveva una franchezza immediata che Willow non solo ammirava, ma di cui necessitava: l'essere reale. Autentica. Stramaledettamente sincera.

Presi entrambi i bicchieri di plastica, Willow scese i gradini verso l'uscita, oltrepassò gli steward e raggiunse gli anelli interni dello stadio. C'era un gran fermento là sotto, gente che correva in bagno, bar, file ai negozi di gadget. Gettò un'occhiata titubante alla coda fissa fuori dal bagno delle donne e decise che avrebbe aspettato di rientrare a casa.

Puntò quindi al bar più vicino. La gente era in tripla fila, sempre meglio che in ventesima come prima che uscisse la band. Ormai pratica della procedura, scrutò la folla in cerca di un punto debole, dell'anello più lento della catena, e si infilò in uno spazio che si aprì all'improvviso all'estrema destra. Si ritrovò così con una sola persona davanti al bancone.

Sentì la massa impaziente sgomitare e chiudersi immediatamente intorno a lei, avendo individuato la breccia con un attimo di ritardo. Rimase ferma e aprì di poco i gomiti nel tentativo di occupare più spazio. Stavano servendo il tizio davanti e lei rimase lì paziente, cercando di intercettare lo sguardo del barman che faceva avanti e indietro a riempire pinte di birra. Saranno state almeno sei e Willow si chiese come avrebbe fatto il suddetto tizio a portarle via senza un vassoio.

Il retro del bancone era a specchio e, mentre aspettava, guardò il proprio riflesso. Le ci volle un attimo prima di riconoscersi. Era strano – sorprendente perfino – individuarsi all'improvviso in mezzo alla gente, vedersi come l'avrebbe vista un estraneo, i capelli grossi, scompigliati e quasi neri che l'avevano sempre fatta risaltare ora tagliati in modo rozzo sulle spalle, l'eyeliner intorno agli occhi color ghiaccio come un tatuaggio, il viso magro e pallido e la bocca carnosa, una marea di anellini all'orecchio sinistro, una maglietta nera con le "hot lips" del concerto dei Rolling Stones, sempre lì, l'estate scorsa. Pur senza vedere gli stivali con le borchie e i jeans attillati, appariva decisamente come una "ragazza rock", che era poi l'idea di fondo. Nessuno avrebbe mai potuto pensare che fosse figlia di un cavaliere.

Il ragazzo davanti aveva pagato e allargò al massimo le dita per tenere precariamente tre birre in ogni mano e, mentre si girava piano, tutti intorno a lui fecero automaticamente un mezzo passo indietro per non ritrovarsi con la birra schizzata addosso.

Willow avanzò di poco, girandogli intorno in modo che potessero scambiarsi di posto. Subito la folla si gonfiò in avanti a riempire di nuovo il varco, come olio in una padella, ma lei era agile e snella, e ben versata nell'arte di farsi servire.

«Ciao». Sorrise allungandosi nel posto libero e agganciando immediatamente il contatto visivo con il barman, entrambi i gomiti puntati sul bancone tanto da mettersi in punta di piedi. Il piano era appiccicoso e bagnato, ma non ci fece caso.

«Ciao, cosa ti porto?», chiese in tono interessato, protendendosi lateralmente verso di lei per poterla sentire sopra la confusione.

«Quattro pinte, grazie», gli disse all'orecchio. Non avrebbe fatto la fila un'altra volta.

Il barman annuì e si girò per guardarla di nuovo negli occhi. «Arrivano subito».

Willow gli rivolse un sorriso compiaciuto mentre guardava su e giù per il bancone. Era una regola scorretta della vita, ma le ragazze carine vengono sempre servite prima, tra legioni di uomini scontrosi che le stavano dietro con le braccia tese sul bancone – nel tentativo di guadagnare fisicamente uno spazio – e le banconote strette in pugno.

Si guardò di nuovo allo specchio, controllando il proprio

riflesso, e vide che qualcuno più avanti la stava osservando: un tipo con i capelli cortissimi e un taglio di rasoio sul sopracciglio. Sembrava nervoso. Un po' pericoloso. Gli sorrise immediatamente e, in risposta, quello sollevò appena il mento. Presa d'atto del momento. Attrazione confermata.

Willow distolse di nuovo lo sguardo, ma non riuscì a trattenere il sorriso che le stirò le labbra. Interessante. Era due file indietro rispetto alla prima, e un paio di ragazzi ora lo spingevano da dietro. Avrebbe abbandonato la posizione per fermarla mentre passava? Era abbastanza interessato? E lei lo era?

Il telefono le vibrò nella tasca dei jeans e allungò la mano a prenderlo. Forse Caz voleva che le prendesse delle patatine? Aveva sempre la fame chimica dopo la birra.

«Sì?», gridò riportando gli occhi sul barman di ritorno con i bicchieri.

«Willow?».

Esitò a quella voce: non la sentiva da tantissimo tempo, eppure le era molto familiare. «Ottie?»

«Cavolo, ma dove sei?», le chiese sua sorella alzando la voce perché potesse sentirla.

«Fuori», disse Willow, più brusca di quanto intendesse, ma quel ritorno del passato nel momento presente l'aveva turbata. «Che c'è?»

«Devi rientrare».

«Dodici euro», le disse il barman. Lo guardò inespressiva. All'improvviso, stavano succedendo troppe cose insieme. «Ehm…». Si palpò i jeans, ricordando poi la banconota da venti che aveva in tasca. Il barman aveva la mano aperta, in attesa, tutti gli altri tendevano le braccia e serravano i pugni battendoli nervosamente sul piano in attesa del loro turno. Perfino le ragazze carine non possono farla franca in un bar così affollato. Consegnò la banconota accigliata. «No». La sua risposta fu semplice e brutale perché brutalmente semplice: non sarebbe mai tornata indietro.

«Willow, ti prego, è urgente». La voce di Ottie era tesa, come un lungo cavo elettrico srotolato e snudato. «Devi tornare il prima possibile».

«Otts, mi dispiace, ma ho detto di no». Allungò la mano verso il barman che, già con lo sguardo puntato al cliente successivo, le consegnò il resto; la presa della ragazza su di lui era già finita. «È la mia risposta. Non ho intenzione di...».

«Si tratta di papà!», sbottò Ottie. «Sta morendo!».

Cosa?

La musica si fece silenzio, la pressione della folla si allontanò improvvisamente, la gravità allentò la sua presa. Si sentiva leggera, spettrale.

All'altro capo della linea, a centottanta miglia di distanza, a Cork, Ottie scoppiò in lacrime, in singhiozzi disperati. «Non supererà la notte». Ansimò, faticando a parlare, a spingere le parole oltre le lacrime. «Ti prego, Willow. Devi tornare a casa».

Stringeva forte il volante tra le dita, mentre superava velocemente il cartello che le indicò di trovarsi ufficialmente nelle terre di casa: "Benvenuti a Lorne. Attraversate il nostro villaggio a bassa velocità, grazie".

Non se ne parla.

Ormai era notte fonda e il cielo gremito di numerosissime stelle, come la tenda di uno sposalizio filettata di lucine che attirava sempre l'attenzione verso l'alto. I fari della sua auto erano l'unica luce visibile: i lampioni erano spenti a quell'ora stregata, e non c'era neanche una finestra illuminata nelle case mentre sfrecciava nella sua malconcia ma fidata Golf nera. Il suo sguardo si posava sul verde del villaggio, sulle sagome dei cottage bassi a delimitarlo, le tende azzurre e bianche dei negozi ora riavvolte, le cassette di frutta e verdura ritirate dal marciapiede per la notte.

Non cambiava mai niente lì... o almeno, solo di poco. Il pub Hare poteva cambiare l'insegna, una bandiera poteva sventolare dal campanile basso e tozzo della chiesa in fondo nel giorno di un particolare santo, ma non ci si discostava da quello. Avrebbe potuto indicare con esattezza quali querce sarebbero state circondate dai bucaneve a gennaio e dalle primule ad aprile; ricordare parola per parola la dedica sulla targa di ottone della panchina vicino allo stagno; senza dubbio anche la gomma da masticare che a tredici anni aveva attaccato sotto lo scivolo nel parco giochi era ancora *in situ*.

Quando vi sfrecciò davanti guardò a sinistra verso la chiesa e il cimitero, dove molti dei suoi antenati riposavano nella pace eterna. Colse la figura del grande angelo di pietra ricoperto di muschio sulla tomba centrale, a capo chino e con le mani giunte in preghiera. Quando era piccola, quella statua, anziché rassicurarla della grazia di Dio come avrebbe dovuto, con quegli occhi invisibili le aveva sempre causato gli incubi, e non riusciva mai a passarci davanti senza rabbrividire. Forse non era mai stata *abbastanza* credente. Forse era sempre stata cinica.

Uscì a gran velocità dal villaggio lungo il sentiero stretto in cui i platani si avvicinavano l'uno all'altro prendendosi per mano in alto. Le era sempre piaciuto molto pedalarci sotto sulla via del ritorno, spingendo la sua bicicletta attraverso le pozze di luce dorata della sera che riuscivano a penetrare le fitte chiome, tra il canto di piccioni e fringuelli nascosti sui rami. Ogni volta che pensava a casa, il che non capitava spesso negli ultimi tempi, una delle immagini più malinconiche a venirle in mente – e di certo una delle migliori – era proprio l'arco formato dal tunnel di alberi.

Casa.

Già la vedeva: gli imponenti pilastri di pietra sormontati dalle aquile alate, le decorazioni dei cancelli neri in ferro battuto, aperti come se fossero pronti al suo arrivo, ma che in realtà venivano chiusi solo di rado. Quando svoltò di netto e percepì le incrostazioni di funghi del luogo, il cuore le batteva forte; il viale si allargava rispetto alla strada, discendendo lungo un dolce pendio fiancheggiato da carpini piramidali su entrambi i lati. Il cielo si aprì come una tovaglia stesa, il parco saliva e scendeva trascurato e sgraziato, acri di erba gelata interrotti solo da antichi tassi con rami talmente grossi e pesanti da crescere rasoterra. Ad avvolgere il promontorio di quell'estesa tenuta in lontananza, la striscia scura del mare addormentato luccicava come petrolio.

Quando i fari sfiorarono il terreno, un cervo solitario che sgranocchiava un sorbo alzò la testa portando bene in vista la colossale massa di pietra calcarea color miele che era stata estratta e messa in opera lì per la prima volta settecento anni prima. Fin da piccolissima si era resa conto per istinto che la sua casa era speciale, straordinaria addirittura, ma rivederla dopo tre anni di assenza… fu una visione che le fece stringere il cuore: le torri merlate e quadrate su entrambi i fianchi, l'alloro piegato al centro, il portale ornamentale in cima a una rampa di gradini balaustrati… Il castello di Lorne si ergeva orgoglioso e magnifico come sempre.

Non si trattava però di un viaggio sentimentale di ritorno a casa e, a differenza del villaggio buio e addormentato, lì le luci brillavano dall'interno come se fosse in corso un incendio. Non c'era stanza che non fosse illuminata, come a suggerire che la luce era l'unica a poter cacciare l'oscurità che minacciava di inghiottire suo padre.

Parcheggiò con mani tremanti, notando che le vetture delle sue sorelle – la Land Cruiser infangata di Pip e la Mini gialla vecchio stile di Ottie – erano posteggiate in modo disordinato alla base della scalinata, a indicare fretta, furia. Panico.

Sentì di nuovo montare l'ansia. Lungo la strada, mentre guidava nella notte attraverso tutto il paese, non aveva fatto che ripetersi che si trattava di un falso allarme, forse perfino di un trucco della sua famiglia per costringerla a un ricongiungimento, riportandola all'ovile dopo che aveva bruscamente rifiutato ogni altra richiesta. Invece era in atto una vera e propria crisi lì, la percepiva, come un suono metallico nell'aria della notte. Schizzò fuori dall'auto, ignara del gufo che richiamava la compagna da un albero vicino, mentre saliva i gradini color miele a due a due, sentendosi improvvisamente anomala e fuori luogo nel suo aggressivo look da concerto.

Corse attraverso il gigantesco arco, spesso quanto il suo avambraccio, ed entrò nel grande salone, fermandosi di colpo come se avesse sbattuto contro un muro. I suoi occhi scrutarono lo spazio a doppia altezza, inciampando sui pannelli di legno decorati e scuri – quasi neri – e sulla doppia scala. Grandi mazzi di agrifoglio ed eucalipto erano stati legati a intervalli regolari alle ringhiere, vasi pieni di eleganti composizioni floreali su ogni superficie, uno striscione d'argento con la scritta "Buon anniversario" appeso lungo la galleria. C'erano posaceneri pieni di mozziconi e una bottiglia di whisky dimenticata, seminascosta ai piedi delle scale. Sapeva che quel giorno ricorreva il trentesimo anniversario di matrimonio dei suoi genitori, perché si era impegnata duramente per non pensarci. Eppure, ciò che vedeva non erano i resti di una festa, ma l'indisponente immutabilità di quel luogo: nulla era cambiato in sua assenza, nemmeno un dettaglio. L'arpa era al suo solito posto nel mezzanino; Rusty – la pregiata armatura di suo padre appartenuta al primo cavaliere di Lorne – ancora in piedi, rigida tra la sala da pranzo e le porte gialle del salotto. Il vaso Qing sempre posato sul *guéridon* al centro dello spazio, la pendola sempre quattro minuti indietro. In tre anni, l'unica ad avere abbandonato la propria posizione originaria era stata lei.

Un rumore – ovattato, allarmante – le arrivò all'orecchio dal piano di sopra, e riprese a correre, sentendo l'ondata di panico. A pugni stretti attaccò le scale, decisa a dire "Scusa" come prima cosa. Erano ormai al di là delle recriminazioni. Troppo a lungo aveva permesso al passato di dettare legge sul presente.

Raggiunse il pianerottolo, ma sull'ultimo gradino inciampò perché il piede le si impigliò in uno dei tanti tappeti logori che si incrociavano l'uno sull'altro come un patchwork. Perse l'equilibrio in avanti e tese le braccia per parare la caduta, proprio quando una porta si aprì e apparvero un paio di piedi senza scarpe e del fieno impigliato in una piega dei pantaloni.

«Willow», annaspò Pip, afferrandola e barcollando all'indietro.

«Sono qui», disse ansimante. «Ce l'ho fatta. Dov'è?»

«Willow».

«Pip, togliti di mezzo», disse frenetica, perché in quell'unica parola aveva colto un tono strano. «Qui dentro?».

Le dita di Pip le strinsero più forte il braccio, costringendola a fermarsi, ad alzare lo sguardo. A capire che…

«Willow», sussurrò.

Willow scosse il capo, mentre una mano gelida le serrava il cuore. «No… No…».

«Mi dispiace tantissimo».

Il mondo parve inclinarsi di lato, il terreno le mancò sotto i piedi e si sentì scivolare via. Precipitare. Non poteva essere troppo tardi. Non poteva. Aveva guidato tutta la notte, attraverso tutto il paese. Non c'era una via più veloce per arrivare lì…

«È spirato pochi minuti fa».

Le cedettero le ginocchia e cadde portandosi dietro Pip. E continuò a cadere.

Non c'era una via più veloce per arrivare lì. Non avrebbe potuto fare niente per riuscire a vedere suo padre un'ultima volta.

A meno che…

La presa di coscienza fu devastante. A meno che, naturalmente, non lo avesse mai lasciato.

Capitolo due

«Mangiate». Ottie mise giù le ciotole di porridge con sopra una spruzzata di miele come una vena traslucida e il vapore che saliva verso i soffitti alti.

Nessuno si mosse.

«Ho detto "mangiate"», ripeté nel suo tono da sorella maggiore più autoritario. «Non sarete di nessun aiuto con un calo di zuccheri e io, per una volta, non ho portato i miei sali».

Ancora niente.

Ottie sospirò e si lasciò cadere sulla prima sedia vuota al lungo tavolo da pranzo, fissando sdegnata la sua ciotola di porridge. Neanche lei era sicura di riuscire a mandarlo giù. «Sentite, dobbiamo cercare di farci forza insieme. Dobbiamo essere forti. Mamma non... be', non sarà un percorso facile. Quindi, mangiate».

Ci fu un'altra lunga pausa, neanche stesse parlando contro un muro al di là del quale nessuno poteva sentirla, ma dopo un attimo Pip prese il cucchiaio e fece quanto le aveva detto. Fu un gesto meccanico, robotico quasi, e Ottie sapeva che sarebbe benissimo potuto essere cibo per cani, tanto non avrebbe sentito alcun sapore. Anche Willow alzò il cucchiaio dal tavolo, ma quello rimase lì nella sua mano, sospeso sulla ciotola mentre il suo sguardo tornava fisso nel vuoto e le dita dell'altra mano strofinavano in automatico le tacche inflitte dai coltelli e dai colpi di decine di generazioni. Loro padre era cresciuto a quel tavolo, e suo padre prima di lui e suo...

Il tintinnio del cucchiaio di Pip nella ciotola fece sussultare tutte. Pip fissava ingobbita l'abisso di porridge. «Sto per vomitare», bisbigliò.

Ottie si allungò verso di lei e le accarezzò il braccio. «È il trauma, Pip. La digestione è sempre la prima a risentirne».

Willow lasciò a sua volta cadere il cucchiaio, come se la nausea di Pip la dispensasse dall'obbligo di mangiare.

Ottie sospirò sconfitta, percependo la loro disperazione. «Lo so che sembra tutto impossibile... mangiare, dormire... andare avanti senza papà...». Le si ruppe la voce nel guardare le sorelle affrante. «Ma in qualche modo dobbiamo mettere un piede davanti all'altro e tirare fuori il buono dalle cose».

Gli occhi gonfi di Pip ruotarono per incontrare quelli della sorella. «Come facciamo a "tirare fuori il buono" se papà non c'è più?». Una volta tanto non c'era sarcasmo nella sua domanda, solo cupa disperazione.

A quelle parole, Willow chinò il capo, allargò i gomiti sul tavolo e intrecciò le dita ai capelli come se cercasse letteralmente di non andare in mille pezzi. Il suo silenzio era inquietante, a malapena aveva detto una parola dalla sera prima, quando era rientrata. La notizia di essere arrivata troppo tardi per l'ultimo addio sembrava averle tolto il fiato dai polmoni; il suo urlo silenzioso e i singhiozzi muti nella sala erano stati strazianti come nient'altro Ottie avesse mai visto. La sua sorella più piccola sembrava furiosa e devastata allo stesso tempo e, mentre Ottie e Pip avevano passato la notte in camera della madre, Willow era corsa nella sua vecchia stanza e si era chiusa dentro, presente, ma ancora assente.

Quando qualcuno bussò alla porta sul retro si girarono tutte insieme, ma sempre all'unisono si rilassarono quando videro il viso della signora Mac affacciarsi dal vetro. Indossava il suo consueto soprabito a scacchi di tweed e i guanti, i capelli grigi raccolti in una crocchia e gli occhiali da lettura come al solito sulla punta del naso a ingrandirle gli occhi scaltri e gentili.

Entrò senza fare complimenti, sfilando i guanti e rivolgendo loro un leggero verso di disapprovazione. Ottie sapeva che era in reazione al loro aspetto derelitto, alle mezzelune rossastre sotto gli occhi come lividi, alla carnagione pallida e tirata. Ovviamente non avevano dormito, avendo fatto i turni al capezzale della madre, impotenti mentre la donna ululava e guaiva come un animale ferito.

«Povere, povere figliole», disse con la sua caratteristica voce bassa. «Dov'è la mamma?», chiese, posando il cestino e abbracciandole una dopo l'altra con affetto, indugiando a lungo con Willow. Erano sempre state vicine, Willow, la piccola di casa, e la signora Mac, che avrebbe voluto trattenerla il più a lungo possibile. Il suo improvviso allontanamento da casa, tre anni prima, era stato un duro colpo per la signora, proprio come per tutti gli altri.

«Di sopra», mormorò Ottie. «Stamattina è tornato il dottor Fitz e le ha dato un tranquillante».

La signora Mac rimase in silenzio per un attimo, poi annuì. «Sì. Probabilmente è meglio così».

Si fissarono tutte per un istante, la tragedia era in mezzo a loro come un materasso scomodo: inevitabile. Doloroso. Il giorno prima, a quella stessa ora, erano nelle rispettive case a prepararsi per la festa di anniversario, tirando fuori i vestiti e facendo lunghi bagni in vista di un pomeriggio da trascorrere sorseggiando champagne e raccontando allegri aneddoti. L'attesa nel villaggio era stata palpabile: le feste dai Lorne erano sempre stravaganti, esuberanti e sfrenate, e Ottie era rimasta sbalordita nell'osservare la loro ex governante truccata e avvolta nel velluto; non era sicura di averla mai vista senza il grembiule prima di allora.

«Tè?», offrì Ottie, facendo il gesto di alzarsi dal tavolo. «L'ho appena fatto. L'acqua già bolle».

La signora Mac le mise una mano sulla spalla a tenerla ferma. «Ci penso io. Tu resta seduta. Da quello che vedo, hai bisogno di riposarti un po'». Le guardò di nuovo tutte con occhio critico, ma con tanto amore. Aveva smesso di lavorare per loro da cinque anni, ma nei ventiquattro di permanenza lì era stata in parte governante, in parte bambinaia e in parte spia; si era sempre assicurata che le ragazze mangiassero bene e fossero "nutrite", che facessero i compiti a casa, e si era impegnata a fornire loro degli scoop su ciò che i ragazzi di cui erano innamorate facevano nel villaggio. Molto spesso le ragazze Lorne avevano lamentato la "sfortuna" di essere state a tutti gli effetti relegate in ottocento acri di terra, lontano finanche da un lampione, figuriamoci da un marciapiede o da una fermata dell'autobus. «Dovete sostenervi, per il bene di vostra madre. Non è forte come voi, ragazze. Ha bisogno del vostro aiuto per superare tutto questo».

«Ci saremo», disse Ottie, annuendo e guardando con determinazione le sorelle. Magari non avrebbero ascoltato lei, ma per le sorelle la parola della signora Mac era legge.

«Vi mandano tutti quanti il vostro affetto. In macchina ho quasi trenta pasti per voi. Avrete da mangiare pasticci fino a maggio, scommetto».

«Un gesto davvero gentile da parte loro», mormorò Pip, ancora verde per il mal di stomaco.

«Be', lo considerano il minimo che possano fare per voi», disse la signora Mac portando il tè al grande tavolo e sedendo pesantemente sulla sedia impagliata. Lasciò cadere una mano indolente ad accarezzare Mabel e Dot, i due bastardini che la salutarono posandole entrambi il muso dall'espressione luttuosa sulla coscia. «È stato un colpo per l'intero villaggio. Sono rimasti tutti storditi. O'Malley ha chiuso il negozio quando l'ha saputo, nonostante aspettasse una consegna dal mattatoio».

Era un turbamento così tangibile. A Ottie sembrava di potersi allungare e morderlo. Guardò di nuovo Willow – presente eppure assente – intenta a fissare i nodi del legno come se ci fosse scritto sopra un messaggio solo per lei.

«Si è saputo di cosa è morto?», chiese la signora Mac con lo sguardo colmo di preoccupazione.

Ottie trasalì; non sopportava quella parola, né voleva darle forma o voce. «Aneurisma».

«Oh…». La signora Mac si premette la mano sulla bocca e strizzò gli occhi, come se la parola stessa fosse stata uno schiaffo. «Almeno è stata una cosa rapida», mormorò continuando ad annuire, quasi a volersi consolare. «Alla fine, è stata una grazia».

«In effetti no», disse Ottie a bassa voce, perché non voleva ripensarci, perpetuare il trascinarsi di quegli orribili istanti. «È sopravvissuto per quasi quattro ore».

La signora Mac si incupì. «Ma… io pensavo che quelle cose ti portassero via in fretta, cioè».

«Il dottor Fitz ha detto che solo il quaranta percento delle persone muore subito, tre su cinque ci impiegano due settimane». Scrollò le spalle, infastidita da quelle statistiche che le erano rimaste attaccate al cervello, cifre che non aveva mai saputo e mai avrebbe voluto sapere. «Ha detto che a papà era stato diagnosticato a Pasqua, ma dal momento che era nell'arteria carotidea non poteva essere operato per rimuoverlo».

«Lo sapeva?».

Ottie annuì, deglutendo il suo stesso sconcerto. La rabbia. Il senso di tradimento. «Lo specialista gli aveva detto che, nonostante il rischio di rottura improvvisa in qualsiasi momento, c'erano tutti i motivi per credere che sarebbe vissuto ancora per anni, con le dovute attenzioni. La maggior parte degli aneurismi non crea problemi. Solo uno su cento ogni anno, quindi…». Si bloccò nel percepire il tono robotico della sua voce. Conoscere i dati non altera i risultati. Le statistiche non avrebbero salvato suo padre.

«Gesù, pover'uomo», sussurrò la signora Mac. «E non lo aveva detto a nessuno?»

«A mamma, ma le aveva anche detto che non voleva far preoccupare noi». Guardò nel vuoto. «Tipico di papà, sempre a guardare il lato positivo, convinto che sarebbe stato tra quelli a cui sarebbe andata bene».

«Be', è ovvio. Ha sempre avuto una grande fortuna, vostro padre».

Gli occhi di Ottie sfrecciarono sulle sorelle ma, una volta tanto, non reagirono a quell'affermazione. Di tutti i privilegi di cui il padre aveva potuto godere, la buona sorte non era certo tra quelli.

«Quindi, cos'è successo? Era...». La donna non terminò la frase, ma Ottie sapeva cosa stava per dire: che stava bene quando erano andati via, ritto sui gradini del castello a salutare di cuore tutti quanti, le guance arrossate dal vino e dalla gioia.

«Lui e la mamma sono andati di sopra a spogliarsi e mamma dice che papà ha subito lamentato un mal di testa lancinante. È corsa a chiamare l'ambulanza, ma quando è tornata in camera era già incosciente».

«Oddio, poverina. Che trauma dev'essere stato per lei».

Ottie rimase un attimo in silenzio. Una parte dell'angoscia di sua madre – tormento, perfino – era di averlo lasciato solo negli ultimi istanti di coscienza. «Sì, il dottor Fitz è arrivato nel giro di qualche minuto, ma...». Ottie deglutì e scosse il capo. «Ha detto che non c'era niente da fare. È stata una grave emorragia subaracnoidea. Non c'era speranza».

Le dita della donna si strinsero tra loro intorno alla tazza, e Ottie notò che le tremavano le mani. La loro vecchia governante poteva non dare mostra di palesi emozioni, ma era un cuore tenero. «È una cosa terribile, e poi... anche così vicino a Natale», mormorò sfumando in un devastato silenzio insieme a loro.

Lo schiocco della fiamma della vecchia cucina Aga gialla era l'unico rumore nella stanza, e Ottie sapeva che significava che quel giorno il vento soffiava da nord. Sembrava stranamente appropriato, neanche fosse il carro della Morte: caustico e spietato nel frustare i muri di pietra tutt'intorno, aspettandoli nell'amaro freddo di novembre. Ma lì dentro... Ottie accarezzò la cucina con gli occhi. Tra tutte le stanze del castello dalle mura spesse e rinforzate, quella l'aveva sempre percepita come la più sicura. Era la sua preferita, forse perché era sempre così accogliente, le finestre alte, strette e piombate, con davanzali in pietra che permettevano alla luce del sole di disegnare lunghi raggi nella stanza. Il pavimento di terracotta, consumato in un pallido color pesca dal passaggio di generazioni e generazioni di piedi; lunghi tavoli da lavoro addossati alle pareti e ingombri di libri di ricette e robot da cucina, vasi e terrecotte vittoriane a fasce: gigantesche brocche da latte, piatti da burro e da formaggio con grosse scritte in neretto per non dimenticarne l'utilizzo. Quantità di piatti scompagnati, molti scheggiati, stavano da una parte della stanza impilati uno sull'altro o su scaffalature aperte; pentole di rame penzolavano dalla vecchia rastrelliera a soffitto. Non sarebbe mai potuto accadere niente di male in quella stanza, figuriamoci l'ingresso della Morte.

«Be', ora devo darmi una mossa», disse infine la signora Mac, rompendo il silenzio e alzandosi un po' a fatica dal tavolo.

«Non starai già andando via?», la implorò Pip con un accenno disperato nella voce.

Aveva sempre avuto un tono fortemente convincente, ma quel giorno c'era poco da bluffare; come lei, anche sua sorella aveva notato che suonava più bassa e spaventata ora che il padre non c'era più. Era sempre stato lui l'ancora della famiglia, il leader. La madre, pur se bellissima, serena, amorevole e capace in tanti modi – se qualcuno voleva una combinazione di colori per la camera da letto, era l'esperta a cui rivolgersi – era fondamentalmente una creatura fragile, viziata dall'amore del marito, che l'aveva protetta dai peggiori tradimenti e dalle delusioni del mondo. La signora Mac era l'unico adulto valido lì dentro.

La governante le batté affettuosamente sulla mano. «No che non me ne vado, bambina mia. Sono appena arrivata. Ma comincerò a fare un giro dalle camere da letto. Le lenzuola devono essere cambiate e nessuna di voi sembra nelle condizioni fisiche per occuparsene».

«Oh, ma...», sbottò Pip, con un violento rossore che le salì alle guance.

Ottie la guardò negli occhi, sapendo esattamente cosa stesse per dire.

«Non possiamo pagarti, signora Mac», disse Ottie. Era stata la prima delle difficili decisioni che avevano dovuto prendere quando era subentrata a dare una mano al padre nella gestione della proprietà. Dover essere stata lei a decretare la dura verità di non potersi più permettere la loro amata governante le aveva spezzato il cuore e si portava dentro il senso di colpa da allora.

«Come se intendessi accettare i vostri soldi», la rimbrottò la signora Mac. «Pensate forse che sia rimasta qui tutti quegli anni per lo stipendio? Bah!», disse allungano una mano ad accarezzare Willow sulla testa con un gesto di tenerezza e dubbio, perché Willow non era mai stata una bambina tranquilla e il suo silenzio in quel momento – un'altra forma di assenza – non le era passato inosservato. Ottie vide Willow rilassarsi a quel contatto. «Continuerò a fare un salto qui per darvi una mano, finché non sarò sicura che vi siate tutte rimesse in piedi».

Come se quelle parole fossero state un balsamo lenitivo, Willow si voltò e posò la testa sul fianco della vecchia governante, con le lacrime silenziose che ricominciavano a rigarle le guance. «Su, su, cucciola, passerà presto, vedrai».

Dal modo in cui scorrevano sul volto della sorella – silenziose e infinite, con un'espressione di angoscia a tirarle le labbra – Ottie non ne era tanto sicura.

«...Permesso?».

La voce squillante attraversò la grande sala, riecheggiando e percorrendo il corridoio rivestito di quercia verso la cucina antica. Ottie si irrigidì al rumore dei tacchi sulle assi del pavimento e, un attimo dopo, vide apparire da dietro la porta l'acconciatura della migliore amica di sua madre. Aveva gli occhi arrossati e così gonfi da essere quasi chiusi. Per un attimo l'attraversò il pensiero che fosse di cattivo gusto da parte sua essere visibilmente – vistosamente – più turbata della stessa famiglia del defunto, ma si sforzò di sorridere come aveva sempre fatto.

«Ciao», disse piano.

«Oh, mio Dio, eccovi tutte qui!», esclamò Shula Flanagan, scoppiando in lacrime con violenti singhiozzi e un fazzoletto premuto sul naso. Alle sue spalle entrò e si fermò il marito Bertie, annuendo appena. Anche lui aveva gli occhi lucidi, ma non si lasciò andare, restando semplicemente lì in piedi, rigido, mentre la moglie piangeva per tutti e due. Da ex militare, come suo padre, neanche lui dava sfogo alle emozioni, ma Ottie comprese dalla postura delle spalle e dal modo in cui anche il mento appariva troppo sollevato per essere naturale, che i suoi veri sentimenti erano appena sotto la superficie.

Vide la signora Mac defilarsi con discrezione dalla stanza, corrucciando le labbra. Non era mai stata una fan dei Flanagan, i quali, vivendo nel grande possedimento confinante di Rockhurst, subito dopo Dunmorgan, a dodici miglia da lì, erano una presenza costante a Lorne. Si trovavano regolarmente intorno al tavolo della cena durante il fine settimana e molto spesso a quello della colazione la mattina successiva, se, come i suoi genitori, avevano deciso di indulgere troppo nel gin.

Ottie chiuse gli occhi e si sottomise all'abbraccio stretto e intriso di profumo di Shula.

«Avete l'aria distrutta!». Pianse e singhiozzò ancora più forte. «Povere ragazze, poverine».

Nessuno parlò. Pip, Ottie lo sapeva, non si fidava di sé stessa e delle sue risposte fulminanti; non era mai andata d'accordo con i profumatissimi tipi di donna ad alto mantenimento di cui Shula era la rappresentante, e Willow… be', Willow non parlava proprio, naturalmente.

«Mamma è a letto, temo», disse Ottie, mentre Shula prendeva una sedia e si accomodava al tavolo. «Il dottore le ha appena dato un tranquillante».

«Scommetto che non ha chiuso occhio stanotte», osservò Shula cercando di corrugare la fronte al massimo consentito dal botulino. Da donna sempre attraente qual era, aveva recentemente ceduto alle tentazioni di un "aiutino", come lo definiva lei; il viso ormai diventato un rivestimento chimico, il dimagrimento che sfocia senza interruzione in una lipectomia al mento…

«No, infatti».

«No, ovvio che non abbia dormito. Dev'essere fuori di sé. Voglio dire, che colpo…». Si portò la mano sul cuore. «Ho pensato sinceramente che Bertie sarebbe svenuto quando ha ricevuto la telefonata stamattina. Era così bianco!».

Ottie lo guardò. Non aveva l'aspetto della maggior parte dei cinquantottenni. Fanatico sfegatato del fitness, partecipava regolarmente alle maratone di tutto il mondo e poteva tranquillamente passare per un quarantacinquenne. Laddove suo padre aveva messo su pancia, Bertie aveva tartaruga e pettorali, e le guance da bevitore di whisky di suo padre non sarebbero mai andate d'accordo con la ricrescita ad arte sfoggiata da Bertie. In effetti era stata proprio l'ossessione di Bertie per il fitness – coltivata nell'esercito – ad avergli fatto guadagnare la sua seconda fortuna. Uomo d'affari scaltro, negli anni Ottanta aveva già fondato e venduto un'azienda che importava mobili in teak dall'Asia; in seguito, però, aveva attinto al fiorente mercato delle gare di resistenza estrema: maratone di trentasei ore su terreni ostili e in stagioni proibitive. Suo padre aveva riso e schernito il suo brand quando Bertie aveva lanciato l'idea, ma qualcosa di buono doveva esserci, perché ora il marchio Ultra era pronto a eclissare la sua prima fortuna. Sembrava che quell'uomo non riuscisse a smettere di fare soldi. A differenza di suo padre, che si lamentava sempre di essere nato con le tasche bucate.

«C'è qualcosa che possiamo fare?», si informò Bertie, guardandola a sua volta. Essendo la primogenita, nonché il braccio destro del padre nella tenuta, tutti si rivolgevano sempre automaticamente a lei; Pip comunque era troppo impulsiva e imprevedibile, e la maggior parte delle persone aveva imparato a starle alla larga. La sincerità di quelle parole, però, ravvivò le emozioni che aveva cercato di lasciare chiuse nel suo cuore – almeno fino a quando non fosse tornata in camera sua – e la domanda giunse come un passo in uno stagno a intorbidare l'acqua. Perché questo era: l'inizio. Dopo il turbamento doveva arrivare l'azione. Le "cose da fare" che seguivano la morte. Il funerale da organizzare. Questioni da risolvere. Telefonate da fare.

Guardò altrove, incapace di sostenere lo sguardo dell'uomo. Non voleva piangere davanti a tutti. «In effetti, sì», disse dopo un attimo, con lo sguardo al pavimento. «Potresti sentire i vecchi amici di papà dell'esercito, i contatti di lavoro, per far sapere a tutti cos'è successo e dare le informazioni sul funerale una volta che le avremo?».

L'uomo confermò con un cupo cenno del capo. «Certo».

«Grazie». Ottie si morse il labbro, faticando a credere lei per prima di avere appena usato le parole "papà" e "funerale" nella stessa frase, con il ricordo di quando aveva agitato il grosso alluce davanti a tutti appena il giorno prima ancora fresco.

«Vuoi che butti giù qualcosa per il necrologio?».

Ottie rialzò lo sguardo. «Necrologio?»

«Per l'"Irish Time"», confermò. «Vorranno sicuramente scrivere qualcosa per lui».

Ottie trasalì. Certo che avrebbero voluto. Suo padre non era un uomo qualsiasi. Era il ventinovesimo cavaliere di Lorne e l'ultimo cavaliere vivente di tutta l'Irlanda. Dei tre antichi cavalierati storici britannici a essere sopravvissuti ai tempi di Norman, Declan Lorne era l'ultimo rappresentante. La notte prima non era morto solo un marito, un padre e un migliore amico; si era estinta anche un'intera eredità. Settecento anni di lignaggio ininterrotto, che aveva visto tre rivoluzioni, un assedio, due incendi e numerose bancarotte, non erano stati in grado di sopravvivere alla pura e semplice sfortuna genetica di aver generato tre femmine e nessun figlio maschio.

Ottie si morse di nuovo il labbro, cercando di trattenere l'emozione mentre annuiva. Il giorno che – insieme a suo padre – aveva temuto per tutto l'arco della vita alla fine era arrivato, perché lei non era un'erede. Era la primogenita, certo. E anche la prima delusione.

Capitolo tre

Pip non aveva mai notato quanto fosse colorata la sua casa fin quando non la vide piena di gente vestita di nero. Le pareti del salotto foderate di seta di girasole, i vivaci oli di paesaggi lontani, le lampade cinesi bianche e blu, i tappeti logori di indiscriminate provenienze e dimensioni che si sovrapponevano l'un l'altro in modo da non lasciare scoperta quasi neanche una porzione di pavimento... Ma quel giorno, con tutte le persone a lutto che vagavano per le sale come papaveri neri, era difficile percepire la verve così accuratamente coltivata e curata all'interno del castello.

Appoggiata alla parete della buia rientranza accanto alle pesanti cortine, osservava la processione con disinteressato distacco. La sofferenza era come un mantello sulle spalle di tutti, i volti tra cui era cresciuta – gente del posto che aveva lavorato nella tenuta, vecchie baby-sitter, cotte segrete di quando erano ragazzine – oggi trasformati dalle profonde rughe di dolore scavate nella fronte di ognuno. Si guardò, vestita a sua volta, perché indossava un vestito – un vestito, per l'amor del cielo! – e una passata di fard che la signora Mac le aveva spolverato a forza sulle guance un attimo prima di uscire per recarsi in chiesa. Si portò inconsciamente la mano ai brillanti capelli ramati, sempre rasati sul lavello della cucina e ora in disperato bisogno di un taglio, con i ciuffi che le si arricciavano sotto le orecchie e sul collo. La mano scese di nuovo, il suo disagio evidente come la sciarpa che portava addosso. Indossava così raramente qualcosa di diverso dai pantaloni da cavallerizza e gli stivali che quell'uniforme di "abiti civili" la faceva sentire ancora più esposta e vulnerabile, non certo ciò di cui aveva bisogno quel giorno, tra tanti giorni. Personalmente sentiva che suo padre non avrebbe avuto niente in contrario ad averla accanto alla tomba in tenuta da equitazione. Lei era così, e lui l'amava.

Ottie girava per la stanza con la consueta compostezza, un lungo nastro nero legato tra i lunghi capelli biondo fragola, un vassoio di canapè tra le mani e un sorriso forzato sulle labbra, annuiva educatamente alle mani compassionevoli che le si posavano sulle spalle e alle condoglianze versatele addosso come salsa.

Poteva vedere sua madre seduta sullo scranno Giorgio II, Shula accanto a lei, tazze di tè intonse nelle mani che tenevano in grembo, mentre gli amici le si facevano intorno pallidi in volto. Perfino nelle fitte di disperazione, sua madre risultava la più bella nella stanza, una bambola dalla costituzione minuta ma lineamenti affilati e raffinati: occhi verdi leggermente allungati, bocca a cuore, zigomi modellati, folti capelli color ruggine che in quel periodo erano tagliati in un carré. Era sempre stata in grado di comandare una stanza con un solo accenno di sorriso e suo padre non aveva fatto eccezione. La famosa eredità di Declan Lorne come ventinovesimo cavaliere di Lorne aveva favorito un celibato notoriamente sfrenato e tumultuoso, interrottosi di colpo e definitivamente nell'istante in cui aveva posato gli occhi sull'elegante Serena O'Shaughnessy. Per lui era stato un *coup de foudre*, amore a prima vista, mentre sua madre era stata dura da convincere ad accettare un invito a cena; tuttavia, entro la fine della serata, aveva capito che non avrebbe mai incontrato un uomo più pericolosamente eccitante di quel moderno cavaliere, ed entrambi erano stati travolti da un amore folle.

La loro era stata la storia d'amore cui tutti aspirano, e ai loro tempi erano la coppia per eccellenza, sempre sulle pagine del «Tattler», amici di tutti, dal principe Carlo a Bryan Ferry. Con sua madre accanto, la vita di Declan sembrava essere semplicemente andata a posto, quindi subire la sfortuna di rimanere vedova così relativamente giovane... Pip presumeva che la gente trovasse scioccante proprio questo, che una simile tragedia fosse capitata proprio a loro.

Anche la signora Mac girava per la stanza, a riempire tazze con la teiera e a indicare i bagni. Aveva lavorato instancabilmente negli ultimi giorni per preparare il castello lucidando i legni, passando l'aspirapolvere su tappeti e arazzi, sistemando fiori nei vasi – ce n'erano tantissimi – e cambiando le lenzuola in tutte le ventiquattro stanze in caso fossero arrivati ospiti. In cuor suo Pip sperava che non ce ne sarebbe stato bisogno. Sembravano tutte avere una disperata necessità di restare sole. Solo alla signora Mac era concessa libertà di movimento nel loro santuario privato.

Willow si spostò, bianca in viso, verso la sua camera, e Pip si rese conto che era stata assente. Di nuovo. Aveva un bicchiere di vino in mano e sembrava leggermente malferma sulle gambe. Si affrettò a raggiungerla.

«Stai bene?», chiese guardando sua sorella dritta negli occhi azzurri e brillanti che, per quanto in quel momento fossero offuscati e persi, erano la ragione per cui Ottie e Pip le avevano affibbiato l'epiteto di "zingara" durante i litigi da bambine, entrambe gelose di come il loro colore sembrasse "risaltare" contro i capelli scuri di Willow.

«Bene. Assolutamente bene». Willow allargò le braccia come a dimostrare il punto, mentre una goccia di Merlot volò via dal bicchiere per atterrare sul tappeto. Pip la osservò mentre veniva assorbita dal tessuto, sparire quasi immediatamente nel mélange di toni rossi, arancione e verde.

«Quanto hai bevuto?», le chiese con voce dolce.

«Abbastanza da poter rendere tutto sopportabile», rispose Willow sospirando, con uno sguardo desolato che le investì il viso come un'onda.

Pip le posò dolcemente la mano sul braccio. «Abbiamo quasi finito, okay? Solo... resisti. Entro un'ora se ne saranno andati. A quel punto possiamo metterci il pigiama e la signora Mac ci farà mangiare davanti al camino».

«E poi?», chiese semplicemente Willow.

Pip la fissò, ben sapendo che la sua sorella minore non le stava chiedendo cosa avrebbero visto in tivù dopo. «E poi... continuiamo ad andare avanti. È quello che papà avrebbe voluto».

Willow fece un piccolo versaccio, seguito da un sorso rabbioso di vino.

«Che c'è?»

«Be', povero papà, non è mai stato molto fortunato nell'ottenere ciò che voleva, no?», disse ironica.

Pip la guardò male, tuttavia non poté contestare.

«Sono preoccupata per te», le sussurrò a quel punto Pip, ma così piano da non essere sicura che sua sorella l'avesse sentita.

«È che sembra tutto così... spoglio adesso», mormorò Willow passando lo sguardo tutt'intorno nel salone, dove ogni superficie disponibile era stracolma di ninnoli, fotografie o ritratti. Pip però aveva capito perfettamente cosa intendesse: era come essere a un matrimonio in cui i novelli sposi sono andati via, la loro casa ancestrale aveva perso immediatamente il proprio scopo.

Rimasero in silenzio a osservare la stanza ronzare di compassione, sapendo che a un certo livello – probabilmente inconscio – molte di quelle persone in lutto erano anche contente di avere la possibilità di prendere un tè e fare conversazione nel grandioso e antico castello, come se fosse una festa di compleanno di una vecchia zia.

«Diavolo a cavallo?», Ottie andò loro davanti porgendo il vassoio che conteneva quel particolare tipo di antipasti.

«Ah, allora è così che chiamiamo Pip di questi tempi?», chiese una voce divertita.

Si girarono e videro avvicinarsi Taigh O'Mahoney, il postino barra pompiere barra paramedico, quanto di più vicino a un eroe il villaggio avesse mai avuto. Teneva un defibrillatore nel portabagagli della sua auto nonché nell'ufficio postale, ed era finito in copertina sul «Lorne Echo» l'estate prima quando aveva "riportato indietro" l'anziana Joanie Fitzgerald, collassata mentre ritirava la pensione.

«Taigh, giusto te», disse Ottie girandosi per offrire anche a lui un canapè. Taigh ne prese due.

Pip ne osservò la strizzata d'occhio in ringraziamento, i capelli neri muoversi mentre mangiava. Aveva una faccia da schiaffi, ricoperta di lentiggini, come la sua, ma aveva sempre quegli occhi castani sornioni, come se fosse nel mezzo di uno scherzo perenne.

«Stavo venendo a cercarti». Ottie tornò seria. «È vero che la sala municipale di Agmor non verrà ricostruita?», si informò.

Il sorriso di Taigh si spense. «Già. Il rimborso per la ricostruzione che ha quantificato l'assicurazione è troppo basso. Non basterà a rimettere su il tetto, è l'ultima cosa che ho saputo».

«Ma è terribile. È praticamente l'unica sala di ritrovo nel villaggio, a parte il pub, no?»

«Sì, infatti».

«Che è successo?», chiese Willow in tono piatto, essendo ormai fuori dal giro delle notizie locali.

«La sala municipale di Agmor è andata a fuoco qualche settimana fa», spiegò cupo Taigh.

«E non si può fare niente?», insistette Ottie. «Fare appello all'assicurazione? Trovare dei fondi?»

«Be' dato che la raccolta fondi per il tetto della chiesa è ferma da tre anni ormai al settanta percento dell'importo, non c'è molta attrattiva per i buonisti. La gente è al verde già così».

«Si sa che origine ha avuto?», chiese ancora Willow, non particolarmente toccata, quasi annoiata da quel dramma di provincia. Ultimamente viveva una vita più grande, lei.

«Dolosa sicuramente. Abbiamo trovato uno straccio infilato in una bottiglia proprio accanto alla porta».

«No!», Ottie rimase senza fiato. «Ma chi potrebbe aver fatto una cosa simile?»

«Ragazzini», rispose lui senza ombra di dubbio.

«Ma... perché avrebbero... voglio dire, non hanno nessun altro posto dove andare se non quello. Non posso crederci!», farfugliò Ottie in tono quasi arrabbiato. «Non ha senso».

«Noia», diede un'alzata di spalle l'uomo. «Il fuoco è un'emozione forte».

«Immagino che lo sia stata anche per te aver dovuto spegnere un vero incendio per una volta», osservò sarcastica Pip. «Meglio che salvare gatti, di certo».

Pip vide Ottie trasalire, e perfino Willow sembrò presa alla sprovvista da quelle parole. Tra loro cadde un silenzio gelido. Non sapeva bene neanche lei perché l'avesse detto. La sua esuberanza spesso mostrava un lato autolesionista, e quel momento non fece eccezione, perché non era rimasto più alcun amore tra lei e Taigh. Da adolescenti erano stati insieme per un po'. Pip aveva amato ciò che riteneva lo scandalo della figlia del cavaliere che pomiciava con il figlio del macellaio, ma poi era finita male quando i rispettivi padri avevano minimizzato la faccenda e Taigh aveva subito rotto dichiarando di non essere pronto a una relazione seria, salvo poi essere beccato a scaldarsi con Lizzie Galloway alla fermata dell'autobus la sera stessa. Per quanto ci avesse provato, non era mai minimamente riuscita a perdonargli quell'umiliazione.

Taigh sospirò appena e si sforzò di sorridere, abituato alla persistente ostilità di Pip, pur essendo apparentemente pronto a concederle il beneficio del dubbio ogni volta che si incontravano. «E con questo mi congedo, *adieu*, gentili signore. Sono passato a portarvi le mie condoglianze. Non che ve ne servano altre, ne sono certo, ma mi dispiace comunque molto. È una perdita terribile. Sapete bene quanta stima avessi di vostro padre».

«Oh, Taigh, no, aspetta...», protestò Ottie quando voltò loro le spalle.

«Ah, e comunque è stato un piacere rivederti qui, piccola Will», disse utilizzando un altro dei loro nomignoli da bambini. «Non so neanche quant'è che non ti vedessi. Non tornare a fare la straniera adesso. Passa a salutarmi prima di andar via. Sarebbe carino aggiornarci un po'».

Willow annuì e tutte quante lo guardarono andar via.

«Ma che cavolo ti salta in mente?», sibilò Ottie mentre sferrava un colpetto allo stomaco di Pip. «Sei stata a dir poco scortese».

«In realtà è stato lui scortese a interromperci».

«È venuto a farci le condoglianze».

«Mi ha definito un "diavolo a cavallo!"», ribatté Pip indignata.

Ci fu una pausa interdetta, ma poi vide il primo accenno di ghigno apparire sui visi delle due sorelle. «Be'...», osservò cauta Ottie, «non è che sia proprio sbagliata come descrizione».

Willow sghignazzò, un verso che le sfuggì come bolle che risalgono dal fondo dell'acqua. Fu così inaspettato ascoltare qualcosa da lei che anche Ottie si aprì in un sorriso, e perfino Pip si concesse un lampo di divertimento in risposta. Doveva ammettere che era ragionevolmente spassoso. "Diavolo a cavallo".

Il momento si gonfiò fino a ribollire mentre si guardavano negli occhi, fin quando Willow non scoppiò a ridere per prima, aiutata dalla notevole quantità di vino che aveva bevuto. Pip non ce la fece più e sghignazzò a sua volta. E poi Ottie. E Pip sentì succedere quella cosa che succedeva sempre quando erano piccole, il bisogno di ridere quando non si doveva, con quelle risatine arrivate a fiotti, cercare di nasconderle, irrefrenabili...

La gente si voltò a guardare, le teste si giravano mentre le tre figlie dell'ultimo cavaliere vivente erano raggruppate a ridere con le lacrime lungo le guance. Pip non sapeva più se stesse ridendo o piangendo. Forse entrambe le cose, perché non era più sicura che stessero ridendo per quella battuta o per il dolore, il trauma, il comportamento infantile, l'unione, il divertimento, l'isteria… Sapeva però che suo padre avrebbe approvato. Lui aveva sempre riso ai funerali e, in fin dei conti, tutte e tre erano figlie del loro padre.

Capitolo quattro

Mercoledì 4 dicembre

Nella biblioteca il fuoco scoppiettava sonnolento, schizzando di tanto in tanto scintille vaganti che facevano sussultare Mabel, lunga distesa sul tappeto, totalmente ignara dell'atmosfera plumbea che permeava la stanza. Si erano riunite tutte e tre insieme alla madre, trascinata a forza fuori dal letto in cui si era rintanata per giorni interi dopo il funerale.

Willow lanciò uno sguardo inquieto alla stanza, cercando di non pensare all'ultima volta in cui era stata lì, in quel fatale pomeriggio di tre anni prima. Come il resto del castello, anche la biblioteca aveva sempre il solito aspetto: tende di loden, pannellature di mogano, scaffalature alte tre metri stipate di antichi libri rilegati in pelle, intercalati dalla collezione paterna di prime edizioni dei tascabili arancioni di P.G. Wodehouse e Ian Fleming.

Si aspettava da un momento all'altro di vedere suo padre entrare all'improvviso da una di quelle porte. Quello era sempre stato il suo regno e, sebbene non fosse una stanza alla quale era proibito l'accesso, da piccola ci era entrata raramente. Era lì che succedevano le cose dei grandi: documenti di lavoro, conversazioni difficili, telefonate sussurrate o fatte in tutta fretta. Era lì che i segreti venivano conservati… e qualche volta svelati. Era lì che su padre aveva la scrivania, dove gli piaceva prendere il tè della mattina e un bicchierino a prima sera. Era uno spazio in cui regnava la routine: il giornale che la signora Mac lasciava sempre sul tavolino accanto alla sedia da lettura di pelle arancione, il decanter di cristallo sempre mezzo pieno sul carrellino; le pantofole di pelle color sangue di bue sempre accanto al fuoco, anche d'estate. Tutti oggetti che ora sembravano gettoni di una vita interrotta.

Un rapido ticchettio alla porta annunciò l'arrivo del notaio di famiglia e, quando Willow alzò lo sguardo, la signora Mac già faceva strada con la sua rapida e confortante efficienza; pur rientrando al suo cottage tutte le sere, si faceva sempre trovare in cucina al mattino prima che le ragazze scendessero, con il porridge già a scaldare in forno, e la sera non se ne andava mai prima che avessero mangiato.

Thomas O'Leary, occhialuto, alto e secco come un chiodo, entrò con una rapida falcata e l'espressione impassibile, e tutte loro si alzarono in piedi. Willow era certa di non avergli mai visto altro addosso a parte il completo scuro; lo conosceva da una vita, ma era quasi impossibile immaginarlo in pantaloni chino o jeans, o in costume da bagno. Gli abiti su misura scuri erano la sua definizione: rigido, preciso, formale e pignolo fin nei minimi dettagli.

«Serena, come va?», chiese stringendo la mano di sua madre nella propria, come a volerla sostenere. Willow pensò che la risposta fosse alquanto evidente. Sua madre non si era né lavata né spazzolata i capelli ed era completamente struccata; dimostrava dieci anni di più rispetto alla donna elegante che si era accoccolata tra le braccia del marito solo una settimana prima.

Serena annuì piuttosto che rispondere, gli occhi di nuovo inondati di lacrime, e il viso di O'Leary si fece ancora più cupo. «Lo so», disse in tono grave. «Vieni, siediti».

Presero di nuovo tutte posto, come se fossero nel suo studio e non a casa propria. Anche se avevano sistemato le sedie in cerchio sul lato più lontano della scrivania, quando il notaio appoggiò la valigetta e sedette sulla sedia del padre, Willow vide Pip trasalire. Colse lo sguardo ugualmente interdetto di Ottie: non avevano mai visto nessuno seduto lì se non il padre. Provavano uno strano disagio, come se qualcuno ne avesse indossato il pigiama.

Lo guardarono in un silenzio sospeso mentre tirava fuori carte e documenti, per poi appoggiare la valigetta a terra, inspirando a fondo e premendo le mani sul piano di pelle verde. «Permettetemi per prima cosa di dirvi quanto sia terribilmente dispiaciuto per la vostra perdita. Declan era un uomo davvero valido ed è stato un enorme privilegio lavorare così a stretto contatto con lui per tutti questi anni. Tutto il personale dello studio mi ha pregato di presentarvi le più sincere condoglianze. Mancherà a tutti, in modo profondo e sofferto».

Erano chiaramente frasi fatte e affondarono nell'aria come un cagnolino su un cuscino di velluto. «Sei molto gentile», disse la madre dopo un attimo con un cenno di cortesia.

«Sì, grazie», mormorò Ottie, intervenendo in qualità di comandante in seconda.

Willow non disse nulla. Avrebbe voluto scappare via, non solo dalla stanza, non solo dal castello, ma da Lorne. Voleva tornare a Dublino nel suo mini appartamento con Caz, dove la sua preoccupazione principale era quale essenza bruciare quel giorno e la principale sensazione i martellanti postumi della sbronza. Voleva tornare a fingere. Era più facile di tutto quello. Tenne lo sguardo fisso sulle mani, con una sensazione di nausea.

O'Leary rispettò un altro istante di doveroso silenzio – o forse era licenza drammatica – quindi passò al suo lavoro. «Bene, Serena, so che sei rimasta perplessa dal fatto che vi abbia convocate tutte per la lettura del testamento. Non è una pratica standard di questi tempi, ma non c'è bisogno che ti dica che niente a proposito di Lorne è standard. La proprietà è una macchina farraginosa, la sua estrema antichità presuppone che ci si debba muovere tra leggi arcane. Sono felice però di riferire che Declan si era assunto le proprie responsabilità di ventinovesimo cavaliere di Lorne in modo molto serio, con una precisione al limite della pignoleria nel gestire gli affari. Da esecutore testamentario, mi è capitato di rado di incorrere in una così approfondita pianificazione previsionale». Fece un profondo respiro. «Tuttavia non tutto nella vita può essere pianificato e, dal nostro ultimo incontro, si è verificato uno sviluppo alquanto inatteso».

Willow si impensierì e alzò lo sguardo. *Che sviluppo?*

«Prima di arrivare a questo, però, devo prima fornirvi un po' di contesto su come si è mosso Declan. Come indubbiamente sarete tutte consapevoli», Willow lo vide spostare lo sguardo su di lei, assente ormai da tre anni, «da un po' di tempo la proprietà sta affrontando momenti difficili. Gli introiti derivano dalle vostre fonti: la pensione dell'esercito di Declan, l'affitto che vi viene pagato dai vari contadini, gli incassi del campeggio e dell'attività di pony-trekking. Sono tuttavia flussi monetari modesti e, nel caso degli ultimi due, oltretutto principalmente stagionali».

Ottie e Pip – proprietarie delle attività in questione – si stizzirono leggermente, spostandosi a disagio sulla sedia.

«Il problema è che quegli introiti verranno perlopiù fagocitati dalle tasse di successione, da quelle sui redditi e dall'imposta sulle plusvalenze ora dovuta, per non parlare della necessità di liquidare eventuali creditori in sospeso. In pratica andare in pari sarà già un buon risultato».

Erano davvero al verde? Willow guardò le altre: Pip, come al solito, pareva furiosa. Sua madre semplicemente intontita. Ottie invece… sembrava sul punto di scoppiare a piangere, le guance rosse e gli occhi lucidi e brillanti, le mani in grembo sbiancate; Willow sapeva bene quanto si fosse impegnata per riuscire a rendere redditizia la proprietà.

«Ma… il mio fondo fiduciario», balbettò Serena dopo un attimo di pausa, cercando di raddrizzare la schiena come se il semplice portamento potesse tirarle fuori da quel baratro. «Quando ci siamo sposati, avevo un fondo fiduciario. Di diversi milioni».

O'Leary le rivolse una smorfia dispiaciuta insieme a un'occhiata preoccupata. «Dovresti ricordare i problemi con il fisco di diversi anni fa, Serena. Declan ha dovuto attingervi per liquidare il pagamento delle imposte. Hai firmato un modulo di consenso all'epoca».

«Ah… sì. Sì», mormorò vaga, sprofondando sulla sedia frastornata. Sconfitta.

«Declan era fin troppo cosciente che alla sua morte si sarebbe verificato un aumento dei problemi relativi alla proprietà. Tutto quello che vi sto dicendo ora lui lo sapeva già, e ha fatto del suo meglio per salvaguardare i vostri interessi. Ha fatto tutto il possibile per aumentare la redditività, snellire la proprietà e tagliare i costi, ma temo che già allora fosse una battaglia persa. Ci siamo incontrati spesso a Dublino e siamo riusciti a stabilire il modello di business di sussistenza che ha lasciato in vita la tenuta, consentendo di conservare una parte del personale di base e di mettere in piedi le attività collaterali minori. Sapeva bene, però, che ci si stava solo tenendo a galla e che, alla sua morte, il presentarsi di tali problemi sarebbe stato inevitabile e che le tasse e le imposte di successione avrebbero divorato il capitale rimasto. Così, quando ha ricevuto la diagnosi in aprile, si è messo a studiare diverse opzioni che riteneva potessero ridurre l'onere su di voi come sue beneficiarie… una delle quali includeva la vendita».

Pip restò senza fiato. «Non è possibile!».

«Papà? Vendere Lorne?». Ottie annaspò ancora più rumorosamente.

Willow sentì il battito accelerare in un galoppo. Nonostante tutte le emozioni che provava in quel periodo a proposito di quel luogo – nonostante il suo disperato bisogno di starne più lontana che mai – le risultava impossibile immaginare i Lorne senza… Lorne.

«All'inizio dell'anno si è presentato anche un potenziale acquirente e le negoziazioni erano già a buon punto quando l'affare è saltato», dichiarò O'Leary in tutta calma.

«Non è mai stata un'opzione percorribile», intervenne sua

madre in tono gelido. «Era un individuo disgustoso, che ha cercato di derubarci con tattiche sottobanco. Qual era il termine preciso, Thomas?»

«Noi lo chiamiamo *gazundering*».

«Esatto, quello. Ha cercato di abbassare il prezzo di vendita il giorno in cui avremmo dovuto firmare i contratti. Vostro padre non ha voluto saperne, ovviamente. Quando si è reso conto di aver tirato troppo la corda, il tizio ha cercato di fare marcia indietro, ma a quel punto vostro padre non ha più voluto vendere per principio. Giustamente, direi».

O'Leary si accertò che Serena avesse finito di parlare – con il tono più determinato che le si fosse sentito per tutta la settimana – e fece un altro profondo respiro, che Willow interpretò come foriero di ulteriori brutte notizie per loro. «Serena ha ragione. Declan è rimasto scottato dall'esperienza di quel tentativo di vendita, quindi ha preso una decisione diversa e ha contattato la An Taisce».

Willow si fece scura in volto. *L'ente per il patrimonio artistico e naturale?*

«Alla luce della negativa esperienza di vendita, e considerate tutte le diverse pressioni, ha ritenuto che donare a loro il castello e la tenuta fosse l'opzione percorribile più valida, e quanto di più auspicabile per tutte voi».

«Cioè? Sfrattarci dalla nostra stessa casa?», sbottò Pip, saltando su dalla sedia. Willow guardò Ottie posarle una mano sul braccio, imponendole in silenzio di rimettersi seduta.

«Be', è proprio questo il punto», continuò O'Leary sempre con calma. «Se la proprietà viene donata all'An Taisce, possono essere fissate delle condizioni secondo le quali tutte voi potreste continuare a vivere qui vita natural durante e senza pagare l'affitto, compresi i vostri figli. I nipoti e le successive generazioni, invece, potranno abitarci dietro pagamento di un affitto a prezzo di mercato». Si fermò davanti alle loro espressioni esterrefatte. «Al momento del trapasso Declan era irremovibile sull'idea che questa fosse la soluzione migliore: la famiglia avrebbe conservato la tenuta senza tutti gli oneri e le pressioni finanziarie che comporta la sua gestione».

«Ma non possiamo entrarne in possesso noi? Non potrebbe essere nostra?», gridò Pip mentre il sedere già si era alzato di qualche centimetro dalla sedia e Ottie la tratteneva con il braccio.

Il notaio scosse il capo. «No».

«Ma la tenuta di Lorne è sempre appartenuta alla nostra famiglia… settecento anni di noi», disse Ottie con voce rotta, cercando di farlo ragionare.

«Lo so».

«Mamma, tu lo sapevi?», chiese Ottie.

La donna annuì con espressione affranta. «Me ne ha parlato proprio la scorsa settimana. Non posso dire che mi sia piaciuta l'idea, ma viste le altre opzioni che avevamo…».

«Quindi daremo via il castello e basta, è così?», domandò Pip, guardando di nuovo O'Leary torva.

«Be', in effetti…».

«No», disse Pip incrociando le braccia al petto. «Non se ne parla».

«Pip, tesoro…», cominciò sua madre in tono stanco.

«Mamma, c'è un altro modo. Lo so che c'è. Papà ha voluto gestire la faccenda tutto da solo, ma non avrebbe dovuto. Siamo adulte ormai. Avremmo potuto aiutarlo. Ottie già lo stava aiutando. Tu sapevi tutto questo, Otts?».

Un unico sguardo al suo viso le fornì la risposta.

«Pip, tutte voi avete la vostra vita. Tu eri impegnata con le stalle, Ottie era occupata a gestire il campeggio e ad aiutare tuo padre con le varie cose, Willow era a Dublino. Non voleva gravarvi di tutti questi problemi».

«Ma davvero? Scommetto che lo avrebbe fatto se fossimo stati maschi», commentò acida Pip. «Allora sì che ce lo avrebbe detto. Se avesse pensato che ci fosse la minima possibilità di far proseguire il cavalierato, avrebbe cercato di tenersi anche il castello. Dal momento, però, che siamo femmine, eravamo inutili per lui, avrebbe comunque perso tutto, quindi ha rinunciato anche a noi».

«Philippa, no!», esclamò sua madre improvvisamente in collera, quasi di nuovo in sé. «Questo non è vero. Voi tre eravate tutto per lui».

Willow notò di non essere l'unica a ritrarsi a quelle parole. La stessa Ottie trasalì. Non ci credeva nessuna di loro.

«Se solo mi permettete di...», disse in tono di scuse O'Leary cercando di intervenire.

«Amarci e credere in noi sono due cose diverse, mamma. E lui non credeva in noi. E non credendoci lui ha ritenuto che non potessimo farlo neanche noi. Vuole che rinunciamo e basta, che diamo via questo posto...».

«Se posso interrompere», disse O'Leary con voce ferma. «È questo lo sviluppo inaspettato che volevo discutere con voi oggi. Temo che la faccenda non sia così lineare come donare la tenuta all'An Taisce».

«Che cosa vuoi dire? Perché no?». Serena corrugò la fronte sconcertata.

«Per fornirvi un po' di informazioni di base, l'Ente fu originariamente istituito per preservare importanti residenze di campagna che dopo le guerre sarebbero state altrimenti demolite. La gente non poteva più permettersi di mantenerle, lo stile di vita stava cambiando e così via... Tuttavia gli amministratori fiduciari si sono dovuti presto rendere conto che tali proprietà necessitavano di ingenti somme di denaro per la ristrutturazione e la manutenzione. Non ci sono casse tanto profonde, e il governo raramente mette mano al portafogli per dare una mano, a meno che il bene non sia di importanza storica nazionale... cosa che, temo, il castello di Lorne non sia. Negli ultimi anni la loro attenzione si è concentrata sull'acquisizione di terreni, in particolare lungo la costa per proteggere il paesaggio, per cui nelle rare occasioni in cui acquisiscono un bene fondiario è attraverso delle stipule a parte».

«Stipule?», ripeté Pip sospettosa, come se fosse una parolaccia.

«In pratica o si tratta di un immobile in attivo e con una comprovata redditività, oppure deve essere ceduto insieme a una dotazione significativa».

«Quanto significativa?»

«Cinque o sei milioni di euro».

«Ma le cifre di cui disponiamo non vi si avvicinano neanche lontanamente!», esclamò Serena con il viso terreo, stringendo i braccioli della sedia.

«Lo so». Fece un altro – sì, un altro – respiro profondo. Willow provò l'istinto di mettersi a urlare, pur sapendo che le sarebbe uscito a malapena uno squittio. «È il motivo per cui, temo», disse parlando al rallentatore, «hanno con rammarico declinato la gentile offerta di tuo marito».

Il silenzio esplose nella stanza come una palla di cannone, bruciando tutte quante.

«Declinato?», mormorò Serena.

O'Leary incrociò le dita e annuì.

«Sta forse dicendo che non possiamo neanche darlo via questo posto?», gridò Pip ora indignata oltremisura.

«No, da come stanno le cose, no».

«E cosa ha detto Declan?», sussurrò sua madre. «Non riesco neanche a immaginare...».

«Non lo ha mai saputo. La comunicazione è arrivata il giorno dopo la sua morte».

Sua madre emise un singhiozzo soffocato, si premette la mano sulle labbra e scosse la testa angosciata. «È stata una grazia, allora. Ne sarebbe stato devastato. Questo posto significava tutto per lui. Che quelli abbiano... gliel'abbiano ributtato in faccia in questo modo...». Cominciò a piangere.

«Lo avrebbe devastato di più sapere cosa questo avrebbe significato per voi», disse dolcemente O'Leary. «Era molto, molto preoccupato e voleva sollevarvi da ogni peso. Credo che non avesse mai pensato che potessero rifiutare l'offerta».

«Ma di certo lei l'avrà messo in guardia dal fatto che poteva esserci questa possibilità», si informò Pip.

«In effetti su questa faccenda non mi ha mai consultato. È andato avanti e ha presentato la proposta sull'impulso del momento; a quanto ne so, dopo il fallimento della vendita ha incontrato il segretario dell'An Taisce a qualche torneo di golf».

Willow fissò il notaio sconcertata. Suo padre aveva deciso di dar via il castello dopo un giro di bevute e una mano alla diciannovesima buca?

«Personalmente sono venuto a saperlo solo a cose fatte. Era convinto che fosse la soluzione a tutti i vostri problemi».

Rimasero tutte senza parole. Cosa avrebbero potuto dire? Non potevano permettersi di tenere il castello, ma non erano neanche nella condizione di poterlo dare via? Che razza di doppio vincolo era quello?

«Quindi, quali sono adesso le nostre opzioni?», chiese infine Ottie, tirandosi su e cercando di trovare una strada, come sempre faceva.

«Potreste ritentare con la vendita. Sarebbe l'opzione più lineare».

«In questo modo però non potremmo… non staremmo proprio qui. La proprietà lascerebbe i Lorne per sempre. Dev'esserci un'alternativa», insistette Ottie.

«Be', se riuscite a trovare una sovvenzione che…».

«Certo», ribatté Pip sarcastica. «Ci sposiamo il primo tizio ricco che vediamo e saremo tutte in salvo. A questo servono le figlie di un cavaliere, giusto? A un buon matrimonio».

«Tutto questo non è responsabilità di O'Leary, Philippa», disse sua madre con voce tremula.

Con un'occhiataccia, Ottie ammonì la sorella di non avvilire sua madre più di quanto già non fosse e Pip tornò a sedere contrita, cercando di tenere la bocca chiusa.

«Potete anche prendere in esame proposte di attività alternative. Mi rendo conto che sia più facile a dirsi che a farsi, ma l'economia è molto migliorata da quando avete provato l'attività del B&B. Il turismo è tornato fiorente. Magari potreste riconsiderarlo».

Ottie scosse la testa. «Il castello non è più com'era allora. Se anche volessimo ricominciare ad accettare prenotazioni pubbliche servirebbero troppi soldi. Il soffitto ha infiltrazioni quasi ovunque, ma il preventivo per quello che c'era da riparare era di mezzo milione!». Fece una risatina incerta e sconvolta. «Non ci avviciniamo neanche con quello che abbiamo. E non è l'unica opera di ristrutturazione su cui abbiamo dovuto soprassedere. C'è tantissimo da fare…». Il tremito nella sua voce fece voltare tutti. Ottie non crollava mai. Era la più grande, la più forte. Sapeva sempre cosa fare. «Non so neanche da che parte potrei cominciare a sistemare tutto».

Willow batté le palpebre, travolta da un'ondata di panico.

«Capisco», annuì O'Leary. «Era solo un suggerimento. Sono sicuro che ci siano altre idee imprenditoriali da farsi venire in mente».

Se davvero c'erano, di certo non si stavano affrettando a presentarsi a qualcuna di loro.

«So che è molto da digerire e sembrano solo brutte notizie, ma ci sono anche dei lasciti specifici che vi daranno qualche sollievo e che illustrerò ora, dopodiché potremo tornare al piano generale», disse O'Leary andando avanti, chiaramente a disagio in quell'elevata dimostrazione di emozioni. «Serena, dato che la An Taisce non ha accettato il dono di Declan, il lascito chiaramente non può reggere, quindi si ritorna alla versione precedente del testamento, quello che Declan ha redatto tre anni fa».

Willow vide sua madre raddrizzare la schiena come se si preparasse al successivo assalto.

«Ottilie, tuo padre voleva che cominciassi da te, in qualità di primogenita. Lascia a te il terreno attualmente utilizzato per il campeggio, cui ci si riferisce negli atti come Sawday's

Patch. Esso include la spiaggia privata sulla costa meridionale e la rimessa delle barche dove attualmente risiedi». Ottie si morse forte il labbro, ma annuì in fretta, a indicare che aveva capito, con una mano sul cuore. «Se l'An Taisce avesse accettato il lascito, questo terreno sarebbe stato considerato inalienabile, vale a dire svincolato dal resto della tenuta. Così come stanno le cose, è tuo a prescindere. Ti lascia anche gli anelli e il girocollo di rubini e diamanti di sua madre e il panorama di Singer Sargent nel salotto giallo, che ti è sempre piaciuto molto».

«Il Sargent?», fece eco Ottie con le lacrime che già le rigavano le guance. Sua madre allungò la mano a prendere la sua e la premette alle labbra.

Guardò allora Pip. «Philippa, le scuderie – terra, animali e quanto contengono – vengono lasciati a te. Nei suoi piani per il fondo, tuo padre aveva tagliato fuori anche il terreno da Coppert Beech a nord fino a Finnegan's Gallop a sud, estendendolo da Broad Oaks a est e da Clover Field a ovest. Anche qui, se il lascito all'An Taisce fosse stato accettato, il terreno sarebbe stato considerato inalienabile, vale a dire svincolato dal resto della tenuta. Così come stanno le cose, è tuo a prescindere. Tuo padre desiderava anche che ricevessi gli smeraldi di sua madre e la Lorne Cup».

«La Lorne Cup?», fece eco Pip strabiliata. Era una reliquia del XIII secolo appartenuta al primo cavaliere di Lorne, tutta d'oro zecchino e tempestata di rubini. Non era quello però a renderla inestimabile: da bambina, infatti, amava correre intorno al castello mettendosela in testa e giocando a fare il vichingo. Suo padre se n'era forse ricordato?

«Wil…».

«Non la chiami Wilhelmina», si affrettò a dire Pip, con un amichevole ammonimento nello sguardo.

O'Leary sorrise e annuì, ma non prima di aver guardato la madre. Fece un profondo respiro e Willow sentì tutto il corpo prepararsi al colpo. «Willow, con l'eccezione degli specifici lasciti precedentemente menzionati, del contenuto del castello e di Dower House, tuo padre ti lascia l'intera tenuta».

Ci fu un lungo silenzio perplesso mentre tutte si ripetevano quelle parole nella testa. "Tuo padre ti lascia l'intera tenuta".

Sua madre rise, una risatina stridula e isterica mentre si portava la mano alla gola con la paura negli occhi. «Cosa?»

«Cosa?», chiese anche Ottie, in un tono insolitamente burrascoso. «Il castello va a Willow? Non alla mamma?».

O a me?

«Serena, Declan a te ha lasciato Dower House e il contenuto del castello», si affrettò ad aggiungere O'Leary.

Serena lo guardò battendo le palpebre, un velo di lacrime le brillava davanti agli occhi. «...No», sussurrò con un debole sorriso, implorante, in cerca di qualche segnale che fosse tutto uno scherzo. «No, questo... non ha senso. Non avrebbe mai... non l'avrebbe mai fatto... Thomas?».

Willow osservava lo sgomento di sua madre, il viso terreo – erano impallidite perfino le labbra – sapendo di avere il suo stesso aspetto. Sua madre aveva ragione, non potevano essere quelle le sue volontà. Era un errore. Uno scherzo perverso. Come avrebbe potuto suo padre lasciare di fatto tutto a lei e non a sua moglie? Non era nemmeno la primogenita o la sua preferita. Si era allontanata dalla famiglia tre anni prima senza voltarsi indietro. Li aveva abbandonati. Rifiutati. Aveva rifiutato lui. Non poteva averle lasciato proprio la casa alla quale aveva voltato le spalle.

«Mi rendo conto che possa essere un trauma», disse O'Leary spostando lo sguardo da lei a Serena. «Vi prego di ricordare che Declan riteneva che la decisione di donare la tenuta all'An Taisce avrebbe annullato la versione precedente del testamento e aggirato tutti i problemi in una volta sola. Queste non sono le sue "ultime" volontà. Non andava affatto bene neanche a lui – era preoccupato che poteste interpretarlo come uno sfratto da casa vostra – ma, in assenza di qualsiasi alternativa è stato irremovibile nel non volere che il peso del mantenimento del castello ricadesse su di te...».

“Invece andava bene farlo ricadere su di me?”, pensò Willow notando lo stesso sconcerto sul viso di Pip. Era bianca e a bocca aperta, non batteva neanche le palpebre. Nessuna di loro pensava che lo meritasse, tantomeno lei.

Serena ancora scuoteva il capo avvilita. «Ma... ma povera Willow, la mia bambina. Cosa può fare lei che non possiamo fare noi? Non possiamo pensare che si faccia carico di un tale fardello. Ma cosa gli è venuto in mente?»

«Va bene, mamma», disse Willow nel vuoto mentre tutte si giravano a guardarla. «Davvero, me la caverò». La voce le suonava ruvida e sconosciuta, la gola ancora indolenzita dalle urla mute della notte in cui era morto suo padre.

«Vivi a centocinquanta miglia di distanza, tesoro. Ti sei fatta la tua vita a Dublino. Cosa te ne farai di questo vecchio posto e di ottocento acri di terra?»

«In effetti, tenendo conto della suddivisione della terra nei lasciti specifici, l’estensione inalienabile della tenuta ammonta ora a quattrocentotrentacinque acri», la corresse O’Leary.

“Ah, molto più gestibile”, rifletté acida Willow.

«Non può essere, Thomas», supplicò ancora sua madre. «Declan non era lucido quando ha scritto questo. Non può essere! Non avrebbe mai fatto una cosa del genere alla figlia più giovane!».

Willow si irrigidì.

«Mi dispiace molto, Serena, so che è difficile. Ma ogni giudice decreterebbe che questa è la scelta di Declan che vale».

Un silenzio di tensione si estese e aleggiò nella stanza come una sgradita nuvola temporalesca in un giorno d’estate.

«Mamma, troveremo una soluzione», ribatté Ottie in tono incerto, ma scoccando un’occhiata tagliente verso di lei, come se Willow l’avesse deliberatamente tradita in qualche modo.

«Quindi dobbiamo aspettarci che Willow lasci la sua vita a Dublino per accollarsi tutto lo stress di gestire questo posto e io dovrò trasferirmi a Dower House?», chiese Serena scoppiando a piangere, accarezzando frenetica le perle della sua collana. «È questo che mi stai dicendo? Declan voleva che mi trasferissi in quella casa squallida, buia e deprimente?»

«Serena...».

«No, non ti credo. Declan non avrebbe mai fatto una cosa del genere né a me né a Willow. No. Ci amava. Mi adorava».

O'Leary si protese sulla scrivania, cercando di tranquillizzarla. «Declan ti adorava davvero, Serena, ma era un brav'uomo costretto a scelte difficili. Il suo fine era solo quello di ridurre il peso su di te; non voleva certo essere una punizione».

Willow fissava il notaio, con il cuore che le martellava nel petto. Quell'uomo in giacca e cravatta aveva ragione. Non era una punizione rivolta a sua moglie. Era rivolta *a lei*.

Capitolo cinque

Ottie sedeva alla finestra della rimessa fissando l'oscurità all'esterno, abbandonata al pianto. Finalmente sola, le lacrime avevano cominciato a cadere e non aveva la forza per fermarle; la signora Mac l'aveva pregata di fermarsi al castello anche quella notte, ma non era stata in grado di trascorrere un altro minuto lassù, tantomeno di mandar giù lo stufato che la governante aveva preparato con tanto amore per tutte loro. Anche Pip si sentiva così, lo sapeva, anche lei era fuggita nelle scuderie con la scusa di dover dar da mangiare ai cavalli, nonostante nell'ultima settimana se ne fosse occupata alla perfezione Kirsty, una ragazza del villaggio.

I ricordi accatastati tra le mura di quel castello erano così tanti che l'aria stessa ne sembrava intrisa. Non riusciva a respirare lì dentro, aveva bisogno di spazio. Il testamento di suo padre aveva cambiato ogni cosa, spostato la struttura molecolare delle dinamiche familiari, e ognuna di loro aveva bisogno di tempo per processare il tutto. La nuova condizione di Willow come erede ufficiale dei Lorne, proprietaria legale del castello, le aveva lasciate senza parole. Niente aveva senso in quella vicenda. Quella casa era della madre, era il luogo in cui aveva cresciuto la loro famiglia, lottato per mantenerla in piedi al fianco di suo marito. E suo marito neanche le aveva fatto parola che le avrebbe tolto i tappeti del castello da sotto i piedi… Era uno sfratto, non importava quanto O'Leary cercasse di addolcirlo. Come aveva potuto suo padre tenere nascosta una simile decisione a sua moglie? A sua figlia?

Chiuse gli occhi e rievocò senza sforzo l'immagine del padre mentre le andava incontro attraverso il campo, con una mano ben ferma sulla testa a tenere la coppola, le guance rubizze, i pantaloni a coste verde brillante ben infilati negli stivali. Ogni giorno, negli ultimi cinque anni, aveva lavorato spalla a spalla con lui, lo aveva aiutato a liberare una pecora impigliata nel filo spinato, a tagliare un albero caduto. Pranzavano al sacco insieme, seduti su rocce ricoperte di muschio o preparavano i panini nel suo cottage e li mangiavano sulla spiaggia, guardando il mare.

Se doveva lasciare la tenuta a qualcuno che non fosse sua madre, non sarebbe dovuta essere lei? Se anche non fosse stata la più grande, e lo era, era lei che amministrava i suoi possedimenti! Il suo braccio destro. Cosa ne sapeva Willow di come si mantenevano i sentieri sulla Wild Atlantic Way che portavano verso casa? E di come si organizzava la segnaletica per avvisare chi porta a spasso i cani di tenerli al guinzaglio durante la stagione degli agnelli? Stando ai feed di Instagram, sua sorella non faceva altro che bere caffellatte e mantenere la posizione dell'albero, andare a feste e concerti, e sghignazzare in selfie scattati insieme a uomini di bell'aspetto ma anonimi che apparivano mai più di due volte nelle foto.

E comunque, neanche Willow era parsa tanto eccitata da quella rivelazione. Neanche lei lo voleva, Ottie ne era sicura, e di certo non aveva avuto il minimo sentore di ciò che le sarebbe arrivato. A parte la debole dichiarazione che se la sarebbe cavata, era sprofondata nello stesso silenzio sbalordito che l'aveva attanagliata dalla morte di suo padre; un secondo trauma, un secondo dolore.

Ottie lasciò di nuovo cadere la testa, un velo di capelli biondo fragola ricadde in avanti, le mani strette a pugno. Non voleva odiare sua sorella. Non era colpa sua, eppure...

Con chi altro poteva arrabbiarsi? Non c'era nessuno contro cui inveire. Né sua madre, né O'Leary, che era solo l'ambasciatore. Per quanto riguardava suo padre, l'architetto di tutto questo casino, non c'era più. Non era come la poesia di Henry Scott Holland, non era neanche nella stanza accanto, era salpato verso un altro lido e un altro tempo insieme, lasciandole con pareti di pietra e pecore e ninnoli e l'una con l'altra. E tutto quello non contava nulla.

Le girava la testa, la rabbia e il disorientamento le facevano ribollire il sangue, la sedia a dondolo scricchiolava mentre lei ci si muoveva sempre più in fretta, cercando di consolarsi, con la vestaglia stretta stretta ad avvolgere la sua esile figura.

Lo schermo del cellulare era diventato di nuovo nero, ma era ancora aperto sull'ultimo messaggio che aveva inviato: "Emergenza. Valvola difettosa. Acqua che cola dalle pareti. Per favore fai presto".

Quanti ne aveva mandati? Non ne aveva idea. Non sapeva neanche da quanto tempo fosse seduta lì. Il sole sembrava essere tramontato da un po' ormai, ma non ci aveva neanche fatto caso, lo straordinario panorama della baia che curvava verso le colline violacee al di là, scivolando deciso nelle buie pieghe della notte. Quello che non riusciva a vedere, però, poteva sentirlo: il pesante infrangersi del mare riecheggiava attraverso le spesse vetrate a doppia altezza che rivestivano la facciata del suo amato cottage sulla spiaggia. Suo padre aveva fatto allestire la finestra panoramica come regalo per i suoi ventun anni; mentre tutte le sue amiche avevano ricevuto macchine o collane di perle o il deposito per un appartamento, lui le aveva fatto dono della luce. Era stato il regalo più bello che avesse mai ricevuto.

Quando bussarono alla porta, sussultò. Il campeggio era deserto al momento, il consueto assalto del fine settimana non era atteso prima dell'indomani al più presto, quindi non aspettava visitatori. Non era però un bussare normale, il che significava che non era un visitatore normale. Con un singhiozzo sollevato, lanciò via la coperta e, di corsa sul vecchio e annerito pavimento di olmo, si precipitò ad aprire la porta. «Sei venuto», disse senza fiato.

«Certo che sono venuto», disse lui con melodiosa voce bassa, osservando il pallore sul suo viso e le guance rigate di lacrime, gli occhi rossi e il tremore che agitava il suo corpo esile. «Sono venuto non appena ho potuto venir via. Ero preoccupatissimo per te. Vieni qui».

Come una gazzella, Ottie saltò tra le sue braccia, stringendogli le gambe intorno alla vita, il viso premuto nel collo, i singhiozzi ora più violenti. Era il suo sfogo, la sua salvezza. Lo era sempre stato.

«Tesoro mio», mormorò lui mentre piangeva, entrando nella casetta come se non pesasse niente di più che una busta della spesa, e chiudendo la porta alle sue spalle con un calcio. «Sei stata così forte, così coraggiosa. Mi ha ucciso non essere in grado di venire qui prima».

Ottie pianse ancora più forte mentre la portava attraverso il cottage e sedeva sul divano di fronte alla piccola stufa a legna sempre tenendola in braccio. La spinse indietro per guardarla meglio, scostandole i capelli dal viso bagnato, accarezzandola con i pollici, asciugando le lacrime e spianando le rughe di dolore che le si erano formate sulla fronte. Ottie sapeva di avere un aspetto orribile, ma lui la guardava con tale meraviglia e tenerezza da farla sentire sempre abbastanza. Più che abbastanza.

La baciò lentamente, le labbra dolci contro le sue. Ottie si staccò e guardò il viso dell'uomo che amava, l'unico che avesse mai amato.

Quel giorno nei suoi occhi non c'era il bagliore che le stringeva sempre lo stomaco, ma solo tristezza.

«Sembri a pezzi, tesoro», commentò lui preoccupato.

Le sfuggì un altro singhiozzo. «È stato terribile, non puoi capire quanto sia stato orribile. Mamma uno straccio e Pip così arrabbiata e Willow così... stramaledettamente *silenziosa*. Sono tutte con i nervi a fior di pelle e non sapevo proprio come tenerle oggi. Avevo l'impressione che se mi fossi dedicata a una, l'altra sarebbe crollata».

Le infilò le mani sotto la vestaglia, percependo il brivido sulla sua pelle, e le rivolse uno sguardo di rimprovero: sapeva che diventava sempre fredda quando non mangiava. Con le mani calde contro la pelle, risalì lungo il busto, prendendole il seno e soppesandolo nel palmo. «Non tocca sempre a te prenderti cura di tutti».

«Ma come potrei non farlo?», disse. «Non ce la fanno».

«È soltanto il turbamento, la morte così improvvisa di tuo padre, nessuna avvisaglia... Ma giorno dopo giorno andrà un po' meglio, sarà un po' più facile, te lo assicuro». Le scansò i capelli dalla spalla per baciarle l'incavo tra il collo e la spalla, scivolando verso la bretellina del reggiseno.

Scosse il capo. «E invece no. Tu non capisci. Sta solo peggiorando sempre di più».

A quelle parole l'uomo si accigliò, tirando fuori un seno dalla coppa, con quel familiare sguardo di meraviglia che gli si apriva sul viso ogni volta che la vedeva nuda. Ci volle un attimo prima che si ricordasse di rispondere. «Come sta peggiorando? Avete superato il funerale, ed è la parte più difficile. Hai letto in modo superbo, tesoro».

Gli mise le mani sulle sue a bloccare le carezze. «Oggi ci hanno letto il testamento di papà».

«Ah». Inarcò un sopracciglio interessato, anche se non sapeva dire se fosse per la vista del suo capezzolo o per quello che gli stava dicendo.

«È diventato matto! Ha lasciato la tenuta a Willow».

«Cosa?». Distolse lo sguardo dal seno nudo per leggere la sua espressione.

«Esatto! A Willow! Willow, la nostra millennial svolazzante che sa tutto di *social media branding* e se ne frega delle proprietà immobiliari».

L'uomo si fece scuro in volto, perplesso. «E lei che ha detto di questa cosa?»

«Niente! Non lo sai? Willow a malapena parla in questi giorni. Ha fatto voto del silen…», deglutì, sentendosi improvvisamente in colpa per quel commento acido. «Di fatto mi è sembrata traumatizzata», disse in tono più basso.

«Ci scommetto».

Lo guardò supplichevole, come se quell'uomo avesse tutte le risposte. «Come diavolo è venuto in mente a papà che Willow potesse fare qualcosa di più per questo posto di quanto avrebbe potuto fare lui?»

«È molto strano, sono d'accordo con te», disse serio. «E questo cosa significa per…».

«Mamma?». Alzò gli occhi al cielo. «Papà vuole che vada a vivere a Dower House».

«Dower House? E dov'è?»

«All'estremità della tenuta, nascosta dagli alberi. Fu costruita da qualche avo che voleva vendicarsi della matrigna o qualcosa del genere e l'aveva relegata nel punto più buio, freddo e nascosto che abbia potuto trovare».

L'uomo si incupì. «Ah».

«Appunto. E papà fondamentalmente l'ha sfrattata da casa e mandata a vivere lì!».

«…Non riesco a credere che possa aver fatto una cosa simile a tua madre».

«Invece l'ha fatto!». Si rese conto che stava praticamente strillando, rigida e tesa. Si costrinse a respirare profondamente e chiuse gli occhi, cercando di rilassarsi mentre lui la tranquillizzava affettuosamente accarezzandole la testa e la pelle tamponando la sua paura con i baci. Sapeva sempre alla perfezione come calmarla e tranquillizzarla, come domare quei sentimenti di ansia volubile e fluttuante che la lasciavano senza fiato, sradicata. Si tirò di nuovo indietro, troppo distratta dalla mente per perdersi nel corpo. «E non è stata l'unica cosa. A quanto pare, aveva cercato di dar via Lorne».

«*Cosa?*».

Le piacque trovarlo turbato tanto quanto lei. «Lo ha proposto all'An Taisce. Per noi avrebbe voluto dire poter continuare a viverci... solo che hanno rifiutato! A quanto pare non puoi dar via proprietà gratis al giorno d'oggi, devi sborsare fior di quattrini per un tale privilegio». Il sarcasmo colava da quelle parole come miele.

Annuì lentamente. «Ah, sì: sovvenzione o comprovata redditività, lo sapevo».

Certo che lo sapeva. Sapeva tutto lui. «Comunque, quelle erano le sue ultime volontà ma, dato che la sua richiesta è stata respinta, torna valida la versione precedente del testamento e Willow si prende tutto».

L'uomo si fece scuro in volto. «Sicuramente avrà lasciato qualcosa anche a te».

Fece un piccolo gemito sapendo di essere stata ingiusta a sventolare solo i titoli. «Ah, sì... Non volevo lasciare intendere che ci abbia diseredato. Papà non l'avrebbe mai fatto. Ci voleva bene». Sospirò. «Ho avuto questa casa e un po' di terra. Dei gioielli e un quadro che ho sempre amato». Fissava un punto sul muro al di là del suo orecchio. «In qualsiasi altra condizione sarebbe tutto così... ben scelto. Perfetto, davvero». Fissava il vuoto, senza vedere la sottilissima crepa nel muro e il ragno che si spostava in punta di piedi verso l'angolo. «Non era troppo, solo tutto quello che sapeva che amavo o ammiravo veramente. Sapeva quanto significhi questo posto per me e perché: la vista, la luce, l'essere negli elementi».

Fece un sorriso ironico. «Tuo padre è sempre stato molto indulgente con te».

Indulgente? È quello il termine? Graffiava, risultava tagliente in qualche modo.

«E Pip? Cosa ha avuto lei?»

«Più o meno lo stesso: ha ereditato le scuderie e il loro contenuto, che è l'unica cosa che abbia mai desiderato. Nonché gli smeraldi della nonna, che, voglio dire...». Fece un verso di disapprovazione. «Sono persi con lei. Non li indosserà mai». Si incupì e tornò a guardare nei suoi occhi del colore del ghiaccio artico. «Ma non capisci? Ecco perché è tutto così strano, che lui abbia fatto ciò che ha fatto alla mamma e a Willow. È come se avesse fatto tutto al contrario, un refuso, qualcosa del genere. Avrebbe avuto molto più senso lasciare Dower House a Willow; dopotutto, non è che sia neanche qui, in ogni caso».

«Allora perché l'ha fatto?»

«O'Leary pensa che stesse cercando di risparmiare alla mamma il peso e le pressioni della tenuta».

«E caricarli sulle spalle della figlia più piccola?», si fece serio. «Scelta strana».

«È la stessa cosa che penso io».

Rimase un attimo in silenzio. «Be', forse capiva che in futuro si sarebbero dovute fare scelte difficili e che tua madre non era la persona adatta a farle», suggerì con tatto. «Quando hai vissuto altrove per un po' di tempo, il sentimento e la nostalgia possono diventare difficili da respingere, sebbene pare che Willow si trovi davanti una sfida maledettamente difficile, con tutto quel peso addosso».

Rimase a pensare per un altro momento, poi scrollò le spalle come ad archiviare la questione e si chinò a baciarle il collo, le spalle, il seno. Ottie lo sentì irrigidirsi contro di lei, ma lo respinse. «Davvero, stasera non sono dell'umore giusto», mormorò, accarezzandogli le guance con il dorso della mano in un gesto di scuse e percependo la barba ruvida contro la pelle. «Puoi abbracciarmi?», sussurrò. «Voglio che mi abbracci e basta».

L'altro le sfiorò i capelli con le labbra, solleticandole il collo con il mento ruvido. «Voglio sempre abbracciarti. È solo che non so quando potrò venir via di nuovo, tutto qui. È stata già abbastanza dura riuscire ad arrivare qui stasera». La guardò con occhi dolenti. «Dio, lo sai quanto mi manchi, Ottie. Starti lontano è una specie di tortura. Dover fingere…

ci sono giorni in cui penso di impazzire per la nostalgia che ho di te».

«Lo so. Anch'io, ma...».

La prese sotto le braccia e la sollevò appena, quanto bastava per tirarla su e adagiarla di schiena sul divano. «Mi spezza il cuore vederti così giù di morale. Lascia che ti faccia sentire meglio. Ti prego, permettimelo...».

Le passò le labbra sulla spalla, la vestaglia ora totalmente aperta sotto di lei, mentre scendeva verso il basso, disseminando baci sulla pelle nuda. Ottie strinse forte gli occhi, confusa, non voleva desiderare tutto questo. Non era il momento; era avvilita. Eppure era quella la storia della loro vita insieme: non c'era mai abbastanza tempo. Non potevano far aspettare troppo Shula.

Era notte inoltrata, ma la stanza era illuminata, la luna piena arrancava verso i vetri gettando ombre sulle vecchie pareti a fiori. Le sbarre di piombo della finestra creavano una griglia sul tappeto, un leggero crepitare sui vetri tradiva la brina che si andava formando all'esterno.

Willow piegò in su le ginocchia e si tirò il piumone fin sopra le spalle quando fu percorsa da un brivido; era sempre un trauma adeguarsi al caratteristico freddo di Lorne dopo mesi nell'abbraccio del riscaldamento centralizzato della capitale, ma sapeva che quel freddo non aveva nulla a che fare con i sistemi di riscaldamento a ciclo singolo. Le nasceva dentro. Era congelata dall'interno. Nel tempo, il fuoco che l'aveva travolta per la prima volta, quando si era ritrovata nello studio tre anni prima, si era raffreddato come magma, creando qualcosa di inamovibile e permanente. Un nuovo paesaggio.

Il peggio del turbamento del pomeriggio era passato – quella costrizione al petto, il vertiginoso vortice nero della sua mente – e adesso la rivelazione cominciava a sedimentare e a diventare un semplice fatto: Lorne era suo.

Era un calice avvelenato, lo sapeva. Contenuti all'interno di un "dono" di quasi cinquecento acri di terra e un castello di trentamila metri quadrati non c'erano solo debiti – molti più di quanti potesse mai sperare di ripagare – ma la fine di un'eredità e lo smantellamento di un patrimonio. Quel calice qualcuno lo doveva ricevere, ed era toccato proprio a lei. Suo padre avrebbe potuto tranquillamente lasciare la tenuta alla moglie perché ne disponesse, sebbene non fosse una Lorne di sangue, pur avendo trascorso in quel luogo quasi tutta la sua vita adulta e cresciuto lì la sua famiglia; il senso di colpa per lo smantellamento della tenuta sarebbe stato notevolmente minore che se avesse dovuto farlo lui. Oppure avrebbe potuto consegnarla a Ottie, la figlia maggiore e tradizionalmente, ragionevolmente, l'erede. O a Pip, la prediletta, il maschiaccio, il figlio che non aveva mai avuto. Invece no, aveva scelto lei e sapeva anche perché. Sapeva esattamente perché. Era un rifiuto tanto devastante e totale quanto suo padre non avrebbe mai voluto esprimere, e la forza di tale rifiuto l'aveva percepita a livello fisico, le aveva tolto di nuovo il fiato, l'aveva privata di parole, proteste, voce, presenza.

Ma ora, con il passare dei minuti e delle ore, cominciava a presentarsi l'altra dimensione del lascito paterno. La sua famiglia non poteva tornare indietro nel tempo e non sapere ciò che tutti sapevano o disfare ciò che tutti avevano fatto; il dado era stato lanciato e lì era approdata la loro vita: insieme ma separate, divise da Lorne, che un tempo le aveva unite.

E se doveva essere lei a passare alla storia come l'unica ad aver venduto la proprietà – a conti fatti O'Leary non le aveva presentato alternative praticabili – non c'era anche un lato positivo? Se avesse venduto Lorne, sarebbe stata ricca. Sarebbe potuta andare ovunque, fare qualsiasi cosa, essere chiunque. Non valeva forse la vergogna e il senso di colpa che le erano stati recapitati alla porta?

Dopotutto, la sua vita era cambiata comunque, l'orrore di tre anni prima l'aveva costretta ad allontanarsi da lì e da tutto ciò che aveva conosciuto e amato. Era abbastanza semplice: aveva già voltato le spalle a quel posto una volta. Non doveva far altro che voltargli le spalle di nuovo.

Capitolo sei

«Una birra, grazie, Joe». Pip fece un cenno al barman e si appoggiò di peso al bancone, posando con cautela la testa.

«Sei di nuovo alle scuderie, quindi?». Joe allungò la mano a prendere un boccale, un po' disorientato a vederla in quello stato, grondante di pioggia che colava sul bancone. Era ancora in pantaloni e stivali, impermeabile Driza-Bone fin quasi alle caviglie, maglione e viso schizzati di fango, il cappello di camoscio da cow-boy talmente intriso d'acqua che il consueto color castagna aveva assunto la sfumatura del cioccolato fondente.

«Sì», disse sospirando. Per la prima volta dalla morte di suo padre era stata una giornata fuori con dei clienti, ma se ne era pentita. L'escursione era prenotata da mesi e, nonostante Kirsty si fosse offerta di occuparsene, aveva rifiutato, pensando che tornare alle normalità le avrebbe fatto bene, che sarebbe stato molto più facile che tentare di tenersi occupata intorno al campo. Cosa c'era da aspettare, in fondo? Suo padre era stato sepolto e le sue ultime volontà rese note. Non potevano continuare a trascinarsi in giro per la tenuta con le facce pallide e lacrimose. La vita doveva riprendere prima o poi, sebbene, nel caso di sua madre, sarebbe stato chiaramente "poi". Era già stato sconvolgente perdere il marito così all'improvviso, ma la lettura del testamento si era a quanto pare rivelata un colpo ancora più duro.

«Lunga giornata?»

«Puoi dirlo forte. Ho finito una passeggiata all'Americas Point con una famiglia di Sligo».

«Con questo tempo?», ridacchiò lui con un'occhiata svogliata alla pioggia che cadeva fuori dalla finestra. «Eppure è bello anche così», aggiunse in tono sommesso aprendo il rubinetto.

«Già, vero. Infatti non è stato per il panorama rovinato», disse allungandosi verso lo sgabello, il suo "solito posto". Era presto e non c'era ancora nessuno, a parte Stan Burr, seduto come di consueto accanto al fuoco a controllare i risultati delle gare di quel giorno.

«No?».

Gli scoccò una delle sue occhiate impassibili. «Uno dei ragazzini era così terrorizzato che c'è voluta mezz'ora solo per fargli mettere il piede nella staffa. Alla fine ho dovuto legarglielo con le cinghie».

Joe si incupì. «Perché hanno prenotato una passeggiata a cavallo se quel povero bambino era tanto terrorizzato dagli animali?»

«Erano convinti che gli sarebbe stato utile "affrontare le sue paure"», disse facendo i segni delle virgolette con le dita. «E comunque il fratello era l'esatto opposto, un piccoletto presuntuoso che voleva saltare tutte le siepi, tanto che, a un certo punto, ho dovuto afferrargli le briglie per impedirgli di prendere lo slancio e rischiare di precipitare giù dalla scogliera che c'era dall'altra parte».

«Oddio», sogghignò Joe.

«La madre, invece, ha scoperto di essere allergica ai cavalli e ha passato l'intera passeggiata con gli occhi gonfi e semichiusi».

«Caspita», ridacchiò Joe. «Ti è toccato un gruppo difficile oggi».

«Il peggiore in assoluto. Onestamente, dovrei essere arrabbiata», disse togliendosi il cappello e passandosi le mani sul viso. Un pezzo di fieno le cadde dai capelli sul bancone. Pip lo raccolse con fare assente, passandoselo tra le dita.

«Dai, guarda il lato positivo: sei stata all'aperto con i tuoi cavalli. È quello che hai sempre voluto, no?».

Pip rialzò gli occhi di scatto, poi li abbassò di nuovo. «Immagino di sì». Sospirò. «Grazie», disse passandogli i soldi quando le posò davanti la sua pinta. Pip lo osservò andare alla cassa.

«Perché hai esitato?», le chiese poi Joe dandole il resto. «Pensavo che ti piacesse lavorare con i cavalli».

«Non tutti i lavori con i cavalli possono considerarsi alla pari». Prese una lunga sorsata senza curarsi dei piccoli baffi di schiuma che le rimasero sul labbro quando abbassò il bicchiere. Li tolse con tutta calma. «Non penso che il personale di scuderia dello sceicco Mohammed abbia mai avuto a che fare con ragazzini traumatizzati e madri anafilattiche nelle normali giornate di lavoro».

«Allora è questo che vorresti fare? Lavorare nel mondo delle corse?»

«No, non le corse».

«E cosa allora?».

Fece un lungo sospiro titubante, passando un dito sul bordo del bicchiere. Non riusciva a dirlo a voce alta: purosangue. Allevamento. Gestire una scuderia tutta sua. Suonava sempre così poco… plausibile. Impossibile. Era roba da ricchi. «Non lo so. Solo… non esattamente questo».

Joe prese un bicchiere e cominciò a pulirlo. «Ho sentito che tuo padre ti ha lasciato le scuderie».

Lo guardò stupita. «Lo sapevi? E da chi l'hai sentito?».

I pettegolezzi nel paese erano spietati. Non c'era modo di mantenere un segreto a Lorne.

Si tirò in un sorriso. «Oh, sai, il solito. La gente chiacchiera sempre».

Sì, lo sapeva bene. Minimizzò con un gesto della mano. Non le importava comunque che la gente lo sapesse, ma di certo le venne da chiedersi come avesse reagito la gente nel venire a sapere che la signora del maniero adesso era Willow, non Serena o Ottie.

«Quindi puoi farci quello che vuoi adesso, no?»

«Con cosa?», si accigliò girandosi a guardarlo. «Non ti stavo seguendo».

«Con l'attività. È tua per legge adesso. Pensavo che fosse stato tuo padre ad averne voluto fare un'attività di pony-trekking».

«Be', di certo diceva sempre che non aveva senso vivere sulla Wild Atlantic Way e non farci neanche un penny». Era lo stesso pensiero con il quale aveva messo su anche il campeggio, provvedendo così ad assicurare ad almeno due figlie una casa e un'attività economica, tenendole nello stesso tempo vicine. Non la terza, però. La terza era fuggita come un cavallo spaventato da un topo.

La porta del pub si aprì e allo scoppio di risate che ne seguì Pip si girò. Un gruppetto di persone si stava togliendo il fango dagli stivali, al riparo sotto una copia del giornale locale, che riportava in prima pagina la foto di suo padre.

«Buonasera a tutti», salutò Joe nel trovarli tanto di buonumore.

Per Pip fu la conferma che la sua giornata stava di nuovo volgendo al peggio. «Magnifico», borbottò voltando di nuovo loro le spalle.

«Ciao, Joe. Pip».

«Taigh», biascicò lei sopra un sorso di birra.

«Quattro birre e un gin tonic, grazie, amico. Non penserai davvero di tenere tutta per te quella bella roba al rabarbaro, vero?»

«Appuntamento costoso stasera, Taigh», rimbeccò Joe, tirando fuori la bottiglia di Arrowsmiths.

Pip alzò gli occhi al cielo e fissò il proprio bicchiere. Era proprio da Taigh confondere il costoso con l'elegante.

«E prendo giusto qualche...». Taigh allungò un braccio davanti a Pip che si tirò bene indietro, togliendosi di mezzo, «...Menù. Grazie». Tornò a guardare Joe. «Che hai di speciale stasera?».

Era un'altra delle battute di Taigh. Era risaputo che l'Hare non avesse specialità. I clienti mangiavano qualsiasi cosa fosse di stagione e consegnata dalle fattorie nel corso della settimana.

«Stufato di fagiano e *steak pie*», rispose Joe in automatico.

Pip tamburellò lentamente con le dita sul bancone mentre Taigh tentava di prendere tempo.

«Ti porto subito da bere», disse Joe presentendo la malcelata irritazione di Pip. «Al momento siamo ancora tranquilli».

«Grazie. Con questo tempo resteranno tutti a casa, presumo. Solo gli svitati uscirebbero stasera».

«Ah!», abbaiò Joe divertito. «Sentito, Pip?»

«Oh, sì, ho sentito», replicò lei nel suo migliore tono annoiato.

Taigh fece per voltarsi, ma poi si bloccò e la guardò di nuovo. «Eh, Pip, come stai? Procede tutto bene?».

La ragazza girò sullo sgabello per guardarlo in faccia. «Io? Oh, una favola», disse sarcastica. «È stata una settimana splendida».

Taigh aprì la bocca per ribattere qualcosa, ma a quanto pare ci ripensò e si limitò ad annuire, guardando Joe che gli ricambiò un'occhiata compassionevole. Andò quindi a unirsi agli altri al tavolo.

Pip non gli avrebbe dato la soddisfazione di osservarlo, ma aveva già dato un'occhiata alla sua accompagnatrice: una tipa con capelli biondo cenere, jeans attillati e fin troppo eyeliner, che viveva a Dunmorgan. Pip lo sapeva perché la ragazza – *Laura? Lorna? Ecco, sì, Lorna Delaney* – di tanto in tanto gestiva il negozio dei genitori dove Pip spesso portava i clienti a fare un giro se volevano da bere o un gelato mentre rientravano dalla passeggiata. Aveva quella che la signora Mac definiva "una reputazione".

«Un'altra?», le chiese Joe quando ebbe finito la birra.

Esitò. L'avrebbe gradita davvero un'altra birra. Quella giornata l'aveva emotivamente atterrata e frustrata. Il giorno prima era stata preda dell'incredulità. Come diavolo era venuto in mente al padre di lasciare l'intera proprietà a Willow? Non riusciva proprio a capacitarsene. La settimana, in generale, l'aveva devastata. Eppure non era così sicura di voler ancora tornare al silenzio del piccolo alloggio sopra il blocco delle scuderie. Né, tuttavia, aveva alcun desiderio di ascoltare i preludi amorosi del gruppetto appena arrivato. «No, meglio di no», disse sospirando mentre riprendeva il cappello. A casa aveva una bottiglia di Pinot Noir. «Ho documenti e scartoffie da guardare».

«Ah», fece Joe senza indagare ulteriormente. Quando moriva qualcuno c'erano sempre carte da gestire. «Buona fortuna».

Agitò le sopracciglia in risposta e si girò per andarsene.

«Ah, Pip, prima che te ne vada, volevo chiederti: ci sarai alla festa dei Mullane venerdì?», le gridò dietro Joe.

Lo guardò senza capire. «I Mullane?»

«Ti ricordi che avevano detto che avrebbero fatto baldoria per festeggiare la vittoria ad Aintree? È questa settimana. Terry è venuto di persona un paio di giorni fa a chiedere». Pip si riavvicinò lentamente al bancone e Joe abbassò un po' la voce. «Era a Dubai quando tuo padre è mancato, quindi lo ha appena saputo. Ci è rimasto davvero malissimo per non essere stato presente al funerale».

«Non aveva modo di saperlo», disse Pip rigida, infastidita da quel groppo che sembrava ostruirle la gola ogni volta che qualcuno nominava suo padre, il modo in cui – per una che le odiava – le lacrime erano sempre lì agli angoli degli occhi, pronte a cadere.

«Ha parlato anche di cancellare la festa, sai, come forma di rispetto e tutto quanto».

«Gesù, no, non deve», si affrettò ad aggiungere. Quella festa era in calendario da mesi. Praticamente erano stati invitati tutti nel raggio di dieci miglia a festeggiare la "grande razza" allevata e cresciuta proprio su quelle terre. «Papà non vorrebbe mai che si annullasse una festa a causa sua».

«È quello che gli ho detto anch'io. Eppure è ancora combattuto».

«Digli che ti ho detto io di non esserlo». La sua voce si era ispessita. Anche suo padre non vedeva l'ora che arrivasse quella festa.

«Quindi ci vieni? Terry spera davvero che tu ce la faccia».

Pip lo guardò, rendendosi conto troppo tardi di avere di nuovo gli occhi pieni di lacrime, che brillarono sotto le luci. «Forse… non ne sono sicura».

Joe si allungò sul bancone e le strinse la mano in un gesto di conforto. Le sue lacrime – a differenza dei suoi modi sdegnati – finivano sempre per allarmare tutti. «Ehi, senza pressione. Sono i primi giorni. Vedi come ti sentirai a ridosso della data».

«Grazie, Joe», gli rispose con voce roca, tirando via subito la mano e mettendosi il cappello. Si voltò a testa bassa, nascondendosi sotto la tesa larga mentre si avviava alla porta, ansiosa della pioggia che avrebbe camuffato l'acqua sul suo viso. Non si sarebbe mai fatta vedere in lacrime da certa gente.

Tornata a casa, guardò il pranzo pronto monoporzione girare in tondo nel piatto del microonde. Cosa c'era di più patetico di quello? Pensò tra sé e sé mentre il forno trillava e il suo stomaco apprezzava brontolando.

Slinki, la sua gatta nonché capo accalappia-topi, le si strusciò disegnandole un otto tra le gambe mentre cercava di togliere la plastica dalla confezione senza scottarsi con il vapore. «Oh, Slinki», gemette esasperata quando quasi ci inciampò sopra nel girarsi per mettere la cena sul vassoio. «Tu hai già mangiato, io no».

Prese il vassoio lo portò sul divanetto, sprofondando sui cuscini con un sospiro e prendendo il telecomando. Slinki saltò sul bracciolo e miagolò lamentosa. «No, ascoltami: il tuo intestino non vuole il pollo tikka masala, non importa cosa pensi che ti dica il tuo stomaco. Credimi». Pip gemette al solo pensiero. «Argh, non sopporta proprio di pensare».

«Stai parlando di nuovo con il tuo gatto?»

«Che…?». Pip quasi si rovesciò la vaschetta addosso, mentre alzava lo sguardo verso una testa senza corpo che sbirciava dalla porta in cima alle scale. «Gesù, Willow! Che diavolo succede?»

«Toc toc», disse Willow, entrando nell'appartamento.

«È inutile che bussi, dopo avermi spaventato a morte!», gemette Pip. «Sono quasi morta...». Quella parola le si spense sulle labbra.

«Pensavo avessi sentito la macchina», disse Willow dopo un attimo. Appoggiò una scatola di tè sul piano. «La signora Mac ha detto che l'avevi quasi finito».

Pip guardò stupita le bustine di tè. La signora Mac era stata lì a prendersi cura di lei? «Be', sai quanto è furtiva quella macchina», disse invece, riferendosi alla pesante Land Rover Serie II del 1958, color azzurro aviazione, che il padre aveva regalato alla madre per il loro decimo anniversario di matrimonio, le nozze di stagno.

«Vino?», chiese sollevando una bottiglia di rosso economico e osservando la sorella minore attraversare il piccolo appartamento per buttarsi di peso sulla poltrona di fronte a lei, gettando la testa indietro e abbandonando braccia e gambe come uno spaventapasseri.

«No. Troppo stanca».

«Per fortuna. Sa di sapone», disse Pip come una smorfia mentre ne prendeva un sorso. Quindi attaccò la cena. «Allora, sei uno straccio».

«Grazie, anche tu».

«Io ho le mie buone ragioni», disse Pip a bocca piena, puntando la forchetta in aria. «Sono al termine di una giornata di schifo in cui ho portato a cavallo per miglia e miglia, con quella cavolo di pioggia, una famiglia che non avrebbe mai dovuto lasciare il centro commerciale». Willow fece un mezzo sorriso ironico, a occhi chiusi, la testa sempre all'indietro. «Tu che scusa hai?»

«Oh, sai, solo la piccola questione di decidere cosa fare di un castello vecchio di settecento anni che ha bisogno di mezzo milione per renderlo a tenuta stagna, quando in banca abbiamo cinquantotto centesimi».

«Molto divertente», disse brusca Pip inforcando un pezzo di pollo. Se era comprensione che la sorella minore cercava, non l'avrebbe certo trovata lì. Provava una rabbia irrazionale verso di lei, pur sapendo che l'eredità di Willow era una pallottola d'oro che avrebbe schivato molto volentieri. Eppure era per Ottie e sua madre che le dispiaceva davvero. Erano loro due le principali derubate. «Come sta la mamma?».

Willow rimase un attimo in silenzio. «...Mi evita, penso».

«Ah». Pip inghiottì. Improvvisamente si sentiva male. La parte razionale di lei sapeva che non era colpa di Willow. «Be', dalle tempo», mormorò. «Se ne farà una ragione. È solo il trauma».

«Sì, ce ne sono stati parecchi ultimamente».

Pip la guardò. «Hai qualche idea su cosa fare?».

Willow scrollò le spalle con indifferenza. «Lo vendo, naturalmente».

La forchetta di Pip si bloccò a mezz'aria. «Cioè, così e basta?»

«No, non "così e basta"», si risentì Willow. «Ma che altra strada percorribile c'è? Papà le ha esaminate tutte: non possiamo far funzionare quel castello senza una massiccia iniezione di denaro che non abbiamo; non possiamo darlo via senza una cavolo di dote. Quel posto sta andando in rovina. Forse non lo vedi perché sei sempre stata qui, ma è scioccante quanto sia diventato fatiscente». Diede un'altra scrollata di spalle. Se non possiamo permetterci di prendercene cura, la cosa più responsabile da fare è venderlo a qualcuno che possa farlo».

«Be', se la metti così... È molto pragmatico da parte tua, Will. Molto razionale», commentò Pip con il massimo sarcasmo. «In alternativa, potresti almeno *provare* a farti venire qualche idea per farlo funzionare prima di incassare! Hai ricevuto quei maledetti atti soltanto ieri!».

«Ebbene, cosa suggeriresti? Il B&B di lusso non ha funzionato», disse Willow, alzando le dita e cominciando a contare.

«Solo a causa della recessione, però. Prima le cose andavano alla grande».

«Papà ha preso un prestito di centomila sterline per cercare di ristrutturarlo a quello scopo e non l'ha mai estinto». Alzò un altro dito. «Il tiro alla pernice non ha funzionato».

«Solo perché se le sono mangiate le volpi dopo che qualche idiota di città ha lasciato il recinto aperto».

«Il Food Festival non ha funzionato».

«La marmellata era stramaledettamente cara! L'avevo detto all'epoca».

Willow scoccò un'occhiata a sua sorella. «Sai meglio di me che hanno provato un centinaio di altre attività e non ha funzionato niente, non al livello che ci serviva. Siamo sulla Wild Atlantic Way, ma la chiave è proprio qui: collocazione troppo remota e troppo rurale. Campeggio? Grandioso. Pony-trekking? Fantastico. Le attività su piccola scala e poco costose funzionano, ma non fruttano abbastanza per mantenere il castello. Quando la gente vuole stare in un castello, cerca l'esperienza di Cenerentola al ballo, non quella della ragazza vestita di stracci che spazza la cenere».

Pip fece un verso derisorio quanto più forte possibile, ma di fatto non poteva negare la verità nelle parole della sorella. Cos'è che aveva detto O'Leary il giorno prima? Che sarebbero arrivate a un livello di "sussistenza"?

Willow si abbandonò di nuovo sui cuscini e chiuse gli occhi. «Ho contattato la mia amica Hels, Helena Talbot. Tiene i rapporti con i clienti di Christie's a Dublino. Abbiamo molti amici in comune. È andata a scuola con la mia coinquilina».

«Shaz».

«*Caz*».

«Oh», disse Pip con la sua voce più snob, affatto impressionata.

Willow sospirò, apparentemente esasperata. «Le ho chiesto di venire giù e dare un'occhiata. Mamma ha ereditato tutto il contenuto del castello, ma ci sono troppe cose da portare a

Dower House, quindi è probabile che valuti la possibilità di una vendita immobiliare».

«Non pensi allora che dovrebbe organizzarla lei, visto che è praticamente tutto quello che le ha lasciato papà?». L'accusa risuonò di nuovo nella sua voce.

Willow strinse gli occhi leggendo chiaramente l'accusa in quelli della sorella. «Se c'è qualcosa in particolare nel castello che vuoi, ti avverto che faresti bene a prendertelo quanto prima».

«Gesù!», bofonchiò Pip, sentendosi sempre più irascibile di minuto in minuto. «Non era già abbastanza perdere la casa, dobbiamo perdere anche tutti gli oggetti che l'hanno resa tale? Non te ne starai lì senza far niente, vero?», rimarcò con rabbia.

Willow guardò altrove e non disse nulla – la sua posizione abituale ormai, a quanto pareva – mentre Pip continuava a mangiare. Il silenzio tra loro si prolungò e Pip percepì di nuovo i muri che aveva eretto. C'era un confine tra loro, in quei giorni, che non riusciva a capire. Da piccole erano state così unite, Willow la guardava sempre come la sorella mascalzona, ridendo dietro la manina quando la vedeva fare cose che lei non aveva il coraggio di provare. Poi però Willow aveva alzato l'asticella per Dublino e tutto era cambiato. "Cosa ti è successo?" era la domanda che Pip aveva sempre sulla punta della lingua, l'unica risposta che desiderava davvero. Ad averla fatta soffrire era stata non tanto la partenza di sua sorella – Willow non si era mai sentita fisicamente legata a quei luoghi come lei e Ottie, non aveva bisogno della terra come ne avevano loro – quanto il modo in cui aveva volutamente interrotto i contatti, senza più rispondere a telefonate o messaggi, dimenticando i compleanni, non tornando neanche per Natale perché era sempre in qualche ritiro a Goa o Acapulco o Tulum. La famiglia aveva fatto i turni per andare a trovarla a Dublino ogni pochi mesi – sebbene fosse dura per Pip allontanarsi, per via dei cavalli – ma nessuno era tornato con la sensazione di aver riallacciato i rapporti, e la distanza tra loro sembrava semplicemente allargarsi.

Diverse volte l'anno aveva provato a tornare sull'argomento – non era lenta a esternare i suoi pensieri, lo sapevano tutti – ma qualcosa nello sguardo di Willow l'aveva sempre fermata, un avvertimento che, se si fosse incamminata su quella strada, si sarebbe trovata un campo minato sotto i piedi.

«Be', farai una fatica bastarda a vendere, ora te lo dico io», borbottò Pip prendendo un'altra sorsata di vino a riempirle la bocca. «Hai sentito cosa ha detto O'Leary su quell'imbroglione che ha cercato di fare il furbo. E la mamma mi ha detto che avevano impiegato quasi l'intero anno prima di trovare un acquirente. Non c'è interesse».

«Be', con chi l'ha messo su? McGinty a Cork difficilmente ha la portata internazionale di cui ha bisogno Lorne». Willow arricciò le labbra e Pip capì che sua sorella si era ormai montata la testa nello scenario più grande e più sfavillante di Dublino. Senza dubbio Lorne per lei era ormai solo un isolato luogo di provincia.

Pip scagliava frecciate dagli occhi. «Lo vedrai. È morto là fuori».

«Io non credo che non ci sia stato interesse nel luogo», ribatté brusca Willow.

Pip diede un'alzata di spalle. «Solo l'imbroglione, ed era già condannato a fallire».

«Perché? Non potevano mica sapere che avrebbe provato a tagliare il prezzo».

«Non per quello».

«E per cosa allora?».

Pip corrugò le sopracciglia come faceva sempre quando voleva imporsi maggiormente. «Mamma mi ha detto che era inglese».

«E allora? Questo cosa...». Willow strabuzzò gli occhi. «Oh, mio Dio, stai scherzando?»

«Vuoi scherzare tu?». A Pip andò quasi di traverso la cena.

«Come avrebbe potuto papà vendere questo posto a un inglese? Vuoi scherzare? Non ti importa nulla della nostra storia? Tanto per cominciare, venne costruito come ricompensa per aver sconfitto gli inglesi!».

«Sì. Settecento anni fa!», precisò Willow derisoria. «Sarebbe anche ora di abbandonare quei rancori, non trovi?».

Pip scosse il capo decisa. «No. Mai. Mamma ha detto che papà aveva accettato il fatto di non poter essere in grado di portare avanti il cavalierato, né di poterci permettere di continuare a vivere qui, ma prima di vendere a un doppiogiochista inglese sarebbero dovuti passare sul suo cadavere!».

Willow non rispose, ma uno sguardo di orrore le si dipinse sul viso a quell'infelice scelta di parole della sorella. «Ora devo andare», disse brusca, alzandosi dal divano con le lacrime agli occhi.

«Will…». Pip la fissava sentendosi in svantaggio. Perché ogni conversazione sembrava finire in un litigio adesso? Cos'era successo tra loro? Non potevano litigare in un momento come quello, anche se era stato il padre a favorire il disaccordo. «Senti, aspetta».

«Che c'è?», disse di scatto Willow, sulla porta. Il viso appariva scarno e provato.

Pip rastrellò il cervello in cerca di un terreno neutro. «…Ti andrebbe di venire a una festa?»

«Adesso?»

«No, non adesso, ma per chi mi hai presa?», si risentì Pip. «Anzi, non me lo dire…», borbottò. «Nel fine settimana. Da Terry Mullane a Wickling. Il suo cavallo, Midnight Feast, ha vinto…».

«Il Grand National. Me lo ricordo», disse piatta. I cavalli non le facevano certo battere il cuore.

«Giusto. Bene, fanno una festa tardiva per festeggiare… hanno trascorso quasi tutta la stagione a Dubai. Dovrebbe essere una cosa di livello. Champagne vintage, si balla tutta la notte, da come la vedo io. Il tipo di scenario adatto a te».

Willow la fissò, con il suo aspetto involontariamente scultoreo e snello nei suoi leggings e felpa larga e, per la centesima volta, Pip pensò a quanto fosse cambiata… cresciuta, suppose. Eppure ancora non riusciva ad abituarcisi: muscoli dove una volta c'era il grasso infantile, elisir verdi nel frigo invece della Coca Cola, leggings sportivi e tute al posto di jeans e maglioni; trecce strette alla testa invece dell'ondeggiante coda di cavallo. Sembrava più una rivoluzione che un'evoluzione, un rifiuto delle sue origini, della ragazza di campagna che era stata una volta, per qualcosa di totalmente nuovo: più patinato, più elegante, migliore. «Non penso. Non mi sembra il momento adatto per le feste».

«Sì, lo so, hai ragione. Stavo pensando la stessa cosa». Pip sospirò e abbandonò le spalle. Sembravano avere tutto contro.

Ci fu una pausa in cui Willow si mosse a disagio, di nuovo pronta ad andar via. «…Però», mormorò Pip alla sua schiena. «Suppongo anche che se c'è una cosa che ci hanno insegnato questi ultimi quindici giorni è che l'unico momento è *adesso*». Si morse il labbro e aspettò che sua sorella si girasse di nuovo. «Non pensi?».

Capitolo sette

Venerdì 6 dicembre

Mentre vagava desolata tra le piazzole del campeggio con la cartellina stretta al petto, Ottie si infagottò ancora di più nell'anorak. Soffiava un vento pazzesco quel giorno e, sull'Atlantico imperversava una tempesta che avanzava dritta verso di loro, così i capelli bagnati continuavano a frustarle le guance come un pizzicato di violino.

«Salve, tutto bene?», chiese alle due donne che uscivano dal blocco bagni e docce, con l'asciugamano sulle spalle. Erano vestite come chiunque altro fosse passato di lì nell'ultimo giorno e mezzo: tuta, felpa di pile, giacca a vento e scarpe da ginnastica apparentemente di marca. Per la maggior parte passavano il tempo a riposare in tenda o ai fornelli da campeggio a cuocere pasta, molta pasta. L'ormai famosa Ultramaratona di Kilmally avrebbe preso il via all'alba dell'indomani, con un briefing pregara nella sala del villaggio di Gallaloe quella sera stessa, e un senso di aspettativa aleggiava già nell'aria.

«In uno dei bagni manca la carta igienica», disse una delle due mentre passavano.

Ottie annuì e percepì la sconfinata energia e la resistenza di quella donna: avrebbe corso per miglia e miglia anche di notte, volontariamente, a differenza di lei, che il massimo che riusciva a fare era il giro di quel terreno; in qualsiasi punto volgesse lo sguardo, vedeva l'assenza di suo padre. Fu in quel momento che si rese conto che tutte quelle persone stavano effettivamente vivendo mentre lei esisteva e basta. «Okay, ci penso io, grazie».

Guardò le due donne allontanarsi di nuovo prese dalla conversazione, tanto vicine che le braccia quasi si sfioravano e provò un'altra fitta di gelosia. Non aveva mai avuto un'amica così, non ne aveva mai avuto bisogno. Lei, Pip e Willow erano sempre state legatissime, almeno da bambine, ma la crescita sembrava aver portato con sé anche un allontanamento. Willow si era trasferita. Anche se Pip era ancora vicina – riuscivano a prevedere cosa avrebbe detto l'altra o a insultarsi a vicenda con la stessa allegria di pirati ubriachi – non era più la stessa cosa ormai, perché sullo sfondo c'era sempre il suo grande, enorme segreto. Era lì a incombere come un'ombra, che lei si trovasse al pub o al tavolo della cucina, e non poteva parlarne ad anima viva: né alle sue sorelle, mai e poi mai ai genitori, e nemmeno alla signora Mac. Era innamorata, ma non poteva dirlo a nessuno.

Entrò nel blocco dei bagni. Vista e considerata la sua funzione, era una struttura abbastanza bella, una vecchia *black house* tradizionale – mura di pietra, tetto di paglia – con il pavimento di terra battuta, recentemente pavimentato di ardesia locale. Mantenere le sue credenziali ecologiche era stato importante per lei e suo padre quando avevano deciso di sviluppare il campeggio alle spalle della spiaggia, così avevano installato un sistema di stoccaggio e riciclo dell'acqua per cui gli sciacquoni dei bagni erano ad acqua grigia, e per le docce si raccoglieva l'acqua piovana… che in Irlanda è più che abbondante.

Aprì l'armadietto delle pulizie e rifornì i cubicoli di rotoli di carta igienica, controllò che tutto fosse pulito e funzionante, che tutti i rubinetti fossero stati chiusi correttamente. Ancora appeso a un gancio della doccia trovò un asciugamano, una sciarpa in microfibra Columbia a terra dietro una porta e una ciabatta di plastica Adidas sotto i lavandini. Li mise tutti nel cestino di vimini degli oggetti smarriti nell'angolo: i proprietari avrebbero avuto tempo fino al sabato successivo per recuperarli, dopodiché sarebbero stati gettati o portati al negozio di beneficenza di Agmor. Dopo un'ultima occhiata, firmò la tabella di ispezione e l'attaccò al muro per la giornata. Gli addetti alle pulizie sarebbero arrivati la mattina presto.

Tornando sotto la pioggia, chinò il capo e si preparò ad affrontare vento e nevischio. Nonostante fosse solo metà pomeriggio, già stava facendo buio e, mentre faceva un ultimo giro intorno al sito controllando le condizioni delle piazzole e che non fosse stata lasciata immondizia in giro, percepì la temperatura ancora più bassa per via del vento pungente. Nel giro di qualche ora, il campeggio si era riempito quasi del tutto, quindi si muoveva tra innumerevoli tende arancioni, azzurre e verde oliva, dando un'occhiata ai generatori di corrente sparsi nelle piazzole. In alcune sentiva la gente chiacchierare, qualcuno che russava, musica tenuta bassa, libri o mappe sfogliate e, mentre tornava al calore riparato dal vento del suo ufficio, si chiese per l'ennesima volta cos'è che rendeva così attraente il campeggio in quelle condizioni a quelle persone. Perché scegliere deliberatamente di dormire sul duro, di rabbrividire di freddo e con un telo di nylon che ti sventola sulla testa per tutta la notte? Poi, di nuovo, pensò che poteva considerarsi un vero lusso in confronto a ciò che affrontavano partecipando alle ultramaratone: correre per ore e ore, di giorno e di notte, fermandosi a malapena per mangiare, bere, dormire e perfino per andare in bagno.

Da hostess della competizione – tutta gestita su base volontaria – aveva visto come ne usciva il fisico, tra collassi, vomito, ipotermia e infortuni. Che cosa spingeva i concorrenti ad affrontare tutto ciò? Una forma di ascetismo dei tempi moderni? Una sofferenza più grande? Una vocazione spirituale?

A ogni modo, Bertie non solo faceva parte di quella tribù, ne era il leader. Ottie vedeva di prima mano la sua motivazione, il suo bisogno di spingersi sempre più avanti, di essere qualcosa di più dei normali esseri umani… Era qualcosa di imprenditoriale e dinamico, un coinvolgimento mentale, un modo di sentirsi vivo, concentrato e diretto in modo più visibile. Era una delle ragioni per cui lo amava, l'energia che sprigionava alimentava direttamente anche la sua. La faceva sentire luminescente e vibrante di vita. Chi non si sarebbe sentita speciale – al sicuro – accanto a un uomo così?

Rientrò nel suo ufficio, chiuse fuori il vento con grande sollievo e andò diretta e mettere su il bollitore dell'acqua. Si sfilò il cappotto bagnato e lo appese al gancio dietro la porta, sfregandosi le mani e soffiandoci sopra davanti alla stufetta elettrica.

Era un piccolo spazio, una vecchia stalla per le pecore riconvertita e ristrutturata, grande appena per ospitare una scrivania e una sedia. Le mura a secco però erano a doppio strato, e nei giorni di vento e gelo come quello le dimensioni ridotte facevano sì che almeno si riscaldasse in fretta. Aveva due finestre, una a est che dava sull'ingresso del campeggio e dalla quale si affacciava la gente all'arrivo, l'altra diametralmente opposta, che guardava a ovest verso il cottage e, subito oltre, la spiaggia privata della tenuta dei Lorne, aperta a famiglie e campeggiatori. Era lì che se ne stava Ottie, in attesa che bollisse l'acqua, a guardare le rondini di mare che sfrecciavano nel cielo, cavalcando il vento come surfisti. La marea si ritirava ormai, lasciando lunghe strisce di alghe sulla sabbia dorata, qualche groviglio azzurrognolo di vecchie reti da pesca e mezzo secchio giallo visibile perfino da lì. Ottie sospirò a quel triste spettacolo diventato ormai familiare. Aveva già fatto il suo giro di pulizie, raccogliendo bottiglie, scarpe spaiate, buste di plastica e così via, ma con ogni marea arrivavano anche nuovi rifiuti.

Quando l'acqua bollì si preparò un caffè istantaneo e si godette con soddisfazione la vista del campeggio tutto occupato; suo padre aveva sempre definito quell'evento il loro "festival di Glastonbury". Era uno sgargiante patchwork di colori, chiassoso perfino, visto il modo in cui le tende venivano sferzate dal vento, e Ottie era ben cosciente che, una volta andati via tutti, ci sarebbe voluta una buona settimana per riprendersi, sia a lei che all'erba sottostante. Alla fine, però, erano le ultime prenotazioni dell'anno; arrivato martedì avrebbero chiuso fino alla fine di febbraio, e non sapeva dire se aspettasse quella data con trepidazione o terrore. Era davvero di tempo libero che aveva bisogno in quel momento?

Si appoggiò alla scrivania e controllò l'agenda. Era rimasto solo un ultimo ospite che non si era ancora presentato – un certo Ben Gilmore che arrivava da Heathrow – dopodiché per quel giorno avrebbe potuto staccare. Fissò fuori dalla finestra, aspettando con impazienza il suo arrivo; non poteva andar via prima che si palesasse; doveva consegnarli la chiave per i bagni e il codice temporaneo per l'energia elettrica nella sua piazzola: di questi tempi tutti i campeggiatori chiedevano il generatore elettrico. La prenotazione diceva che sarebbe arrivato alle quattro del pomeriggio, ma era già trascorsa mezz'ora e Ottie non vedeva l'ora di andare.

Bertie avrebbe tenuto il briefing ufficiale per la gara dell'indomani alle sei del pomeriggio e doveva esserci. Bertie l'aspettava. Erano passate quarantotto ore dalla sua visita a sorpresa – era sgattaiolato via da Shula dicendole di dover controllare che fossero stati apposti alcuni cartelli – e la sua nostalgia stava di nuovo montando. Le mancava terribilmente. Era sempre stata dura dover aspettare quei momenti rubati, ma ora che suo padre non c'era più la solitudine, la sensazione di essere completamente sola al mondo, si era moltiplicata in modo esponenziale. Sua madre si era ufficialmente ritirata nella sua stanza dal giorno della lettura del testamento, tanto che la signora Mac doveva portarle da mangiare di sopra e Willow non si era proprio fatta vedere l'ultima volta che aveva fatto un salto al castello. Pip, naturalmente, si era invece immersa di nuovo nel vortice delle cose: tutto il giorno a lavorare e la sera al pub…

Si mise distrattamente a risolvere un solitario al computer. Perso. Riprova. Perso di nuovo.

«Su, su, Gilmore, dove sei?», mormorò con impazienza al passare dei minuti, andando alla finestra e guardando fuori finché i vetri non si appannarono. Allora cominciò a camminare su e giù. Si preparò un altro caffè. Camminò ancora un altro po'.

Guardava calare il buio all'esterno, gli atleti cominciavano a passare davanti all'ufficio in file regolari ormai, tutti diretti alla sala del villaggio di Gallaloe per il colloquio di sicurezza e il briefing. Bertie aveva organizzato un servizio navetta da tutti i principali campeggi fuori città, vista la penosa assenza di un servizio di trasporto pubblico.

Le cinque e mezza arrivarono e passarono, e così la sua pazienza. Sei meno cinque. Le sembrava di impazzire. Era arrabbiata. Furiosa. Impotente.

Alle sei e un quarto ebbe un'illuminazione. Senza una macchina propria, c'era un solo modo per entrare e uscire dal villaggio. Rapidamente, fece una telefonata e aspettò impazientemente per tre squilli.

«Ciao, Seamus, sono Ottie», disse di getto nell'istante in cui rispose.

«Ottie, ciao!», la salutò il tassista del villaggio con un tono divertito sopra le scariche elettriche sulla linea. «Come ti va?»

«Bene, grazie».

«Hai avuto da fare laggiù, eh? Mi è toccato far su e giù dalla strada tua come un sorcio lungo un tubo di scarico».

«Ehm, sì… Seamus, ascolta, è proprio per questo che ti sto chiamando in effetti. Non hai avuto una corsa in aeroporto oggi pomeriggio, vero? Ho qui una prenotazione, ma la persona risulta assente ingiustificato».

«Come no! Anzi, sono appena rientrato».

«E non era un tipo di nome Ben Gilmore, eh?»

«Gilmore, Gilmore… La mia, tipo, memoria non è più quella che era. Era un tizio americano, però, su questo non ci piove. Tipo silenzioso. Non è che aveva da dire chissà che, eh…».

«Americano? Ah, non so se è lui allora», Ottie si morse il labbro. «Ho appena visto che atterrava a Heathrow».

«Eh, sì, da Heathrow, infatti, giusto».

Ottie aguzzò le orecchie speranzosa. «Ti sembrava un corridore di prima fascia?»

«Da come l'ho visto io, è uno che non mangia un cavolo. Secco come un chiodo. Sta gente qui farebbe bene e far amicizia con una bella torta di tanto in tanto».

«Attrezzatura sportiva? Scarpe da ginnastica? Bruciato dal vento?». Erano facili da individuare.

«No no. Giacca e cravatta».

Ottie sospirò disperata. Nessun tipo in giacca e cravatta prenoterebbe un campeggio. «No, non può essere lui». Si tormentò il labbro. Dove diavolo era andato a finire il suo cliente? Forse aveva visto le previsioni del tempo avverse e aveva prenotato in un B&B? Non riusciva a immaginare dove, però; qualunque posto affittasse camere nel raggio di cinque miglia era prenotato da mesi ormai. Forse aveva perso l'aereo? O era rinsavito dalla follia di correre giorno e notte per cento miglia e più? Magari si era infortunato e non si era dato pena di cancellare la prenotazione? Si augurò che non fosse così, dato che aveva dovuto dire di no già a sei persone quel giorno.

«Mi ha detto di portarlo proprio alla sala del villaggio».

«Cosa?». Ebbe la netta sensazione che qualcosa dentro di lei scattasse.

«Eh, sì. Mi ha detto che mi chiamava dopo per farsi portare da te. Torno a prenderlo tra un'oretta, dopo che avrò bevuto il tè».

Era forse al briefing? Era andato direttamente lì? Ottie si sentì esplodere di rabbia. Tutto quel tempo là seduta ad aspettare di registrarlo e quello non aveva avuto la decenza di farle un colpo di telefono per metterla al corrente? «Ma che razza di idiota!», sbottò.

«E ora che ho detto di male?», chiese Seamus allarmato.

Oddio. Abbassò la testa e si prese le tempie tra le dita, cercando di tornare in sé. «No, Seamus, scusa. No, tu non hai fatto niente. È che sono… solo arrabbiatissima con lui. Sarei dovuta andare alla riunione anch'io, tutto qui. Domani sono di servizio».

«E ti angusti per quella riunione? La fai da così tanto tempo che sai già tutto. Queste cose sono per quel vecchio riccone di Bertie che così gonfia il petto e si sente importante tra i nuovi arrivati. È solo per darsi delle arie. Dice sempre le stesse cose ogni anno, comunque: scarpe appropriate, niente gomme, seguite le frecce, risparmiate le batterie per le torce frontali, pranzo al sacco, fischietti e mappe. E bla bla bla».

Ottie chiuse gli occhi: aveva ragione e lo sapeva. Non c'era bisogno andare fino a lì per i dettagli tecnici. Seamus, però, non poteva sapere perché volesse così tanto essere presente a quel meeting, né lei avrebbe mai potuto dirglielo. Era sempre la stessa storia: dover far finta di niente se lo incrociava per strada o nascondere la sofferenza nel vedere sua moglie allungare le mani a scompigliargli i capelli durante una brilla cena tra amici. Tutto doveva restare segreto, tutta la sua vita era una continua finzione e, per la maggior parte del tempo, non le restava altro da fare e, tutto sommato, lo sopportava abbastanza bene. In quel momento, però, non era la maggior parte del tempo. Quello era uno dei momenti peggiori e aveva bisogno di lui, dell'uomo che amava.

Controllò l'orologio a parete e si sentì disperata. Sei e venti. Le ci sarebbero voluti venti minuti per arrivare lì da dove si trovava; in quel periodo dell'anno la strada che era dissestata e piena di dossi perfino in piena estate, diventava anche sdrucciolevole. Con un po' di fortuna sarebbe arrivata giusto in tempo per vedere tutti andar via. No, ormai era troppo tardi. La preziosa opportunità di quella sera di vederlo alla luce del giorno – la riunione pregara era un alibi per entrambi – le era sfuggita di mano.

«Hai ragione, Seamus», disse a denti stretti, recuperando l'autocontrollo. «Ho avuto una reazione esagerata. Scusa, non volevo deludere nessuno, tutto qui».

«Non lo fai mai. Mettiti comoda. Fammi finire di mangiare e poi lo prendo e te lo porto in un batter d'occhio. Non preoccuparti, piccola».

«Grazie, Seamus».

Ottie riagganciò e fece un urletto di frustrazione a capo chino. Tutto il mondo le dava contro? Avrebbe solo voluto guardarlo un po' quella sera, magari trovare un momento nei bagni o nella sua macchina. Era davvero pretendere troppo? Aveva solo bisogno di guardarlo negli occhi, di sentire le sue mani tra i capelli. Qualcosa che la facesse andare avanti, che tenesse a bada la solitudine. La mattina dopo avrebbe preso parte alla gara, quindi sapeva che non ci sarebbero stati incontri al chiaro di luna quella notte e, dato che l'orgoglio gli imponeva di gareggiare dando il massimo, Ottie era anche ben cosciente di quanto sarebbe stato sfinito per diversi giorni a venire, con Shula che di certo avrebbe scalpitato per portarlo di corsa alle Bahamas per un "opportuno recupero" e "un po' di sole invernale prima della frenesia natalizia".

Si ributtò a sedere alla scrivania, agitata e avvilita, con lacrime di amarezza che le scorrevano di nuovo sul viso al pensiero di Shula che apriva con nonchalance un'altra bottiglia di vino, senza neanche far caso al marito dall'altra parte della cucina, girandogli le spalle nel letto ogni notte, dimentica di ciò che aveva in lui. Non era giusto. Neanche lo voleva, voleva solo ciò che poteva darle: lo stile di vita, il cachet, i gioielli, i cavalli, le vacanze...

Ottie invece che cosa aveva? A lei non importavano gli oggetti o quell'altra roba. Ottie voleva solo lui, e non poteva avere neanche quello. Guardò il suo piccolo ufficio come se lo vedesse per la prima volta: una stalla per animali riconvertita, nel bel mezzo di un campo spazzato dal vento accanto a una spiaggia solitaria. Era davvero tutto qui ciò che la vita poteva offrirle? Era una domanda che cercava sempre di scansare: era innamorata, bastava quello per farla rientrare tra i fortunati, eppure quella consapevolezza non le toglieva la sensazione di sentirsi intrappolata almeno quanto liberata. Raramente c'erano serate improvvisate al pub per lei, in caso Bertie l'avesse chiamata mentre era fuori; e non accettava mai gli inviti a cena che a volte riceveva dai campeggiatori – avventurieri, escursionisti, corridori – perché non aveva alcun interesse a far ingelosire Bertie. Dopotutto neanche lui aveva scelto quella situazione: l'amore li aveva sorpresi e travolti entrambi. Come avrebbero mai potuto sapere che la semplice offerta di riparare una serratura rotta mentre i suoi genitori erano via si sarebbe rivelata un tale cataclisma nella vita di entrambi? Non aveva mai pensato a lui in quel modo prima di quello scivolone, prima che si ritrovassero occhi negli occhi, naso contro naso, bocca contro bocca... Rabbrividì al ricordo di come avessero oltrepassato quella linea invisibile, i loro corpi che fremevano per il sussulto dell'attrazione illecita.

Se quell'amore però era cominciato per caso, in seguito era diventato un segreto voluto e Ottie, innanzitutto, era stufa di mantenerlo. La vita era breve, la morte di suo padre a cinquantotto anni ne era la dimostrazione. Non avrebbero dovuto vivere il presente e fare in modo di afferrare il futuro a piene mani?

«Permesso?». Una voce all'esterno, seguita da un colpetto alla porta, la fece sussultare per un attimo e sbirciò fuori dalla finestra, riuscendo a fatica a individuare una coppia sotto delle mantelle impermeabili blu e uno Yorkshire al guinzaglio tutto tremante. Ultramaratoneti non erano di certo. In fretta e furia si asciugò le lacrime.

Sì, le cose dovevano cambiare, pensò mentre apriva la porta agli sguardi speranzosi dei nuovi arrivati, e di certo avrebbe fatto in modo che cambiassero.

Ottie era appena uscita dalla doccia con un asciugamano avvolto intorno ai capelli quando sentì bussare alla porta. Ebbe un piccolo tuffo al cuore – *Deve aver guidato veloce!* – e si guardò subito allo specchio; il suo messaggio preoccupato, in cui le chiedeva dove fosse finita, aveva trasformato il suo umore e la sua serata. Preso il suo bicchiere di vino rosso, si affrettò fuori dalla camera da letto e corse alla porta d'ingresso rallentando solo quando poggiò la mano sulla maniglia.

«Ciao», disse in tono seducente, ma il sorriso le morì sulle labbra quando, come prima cosa, vide un paio di scarpe di cuoio. Bertie indossava sempre e solo scarpe scamosciate lì fuori.

«Salve, Ottie Lorne?».

Nel cogliere l'accento, la sua espressione si fece più dura del marmo.

«Chi lo vuole sapere?», chiese, avendo già capito perfettamente chi fosse.

«Ben Gilmore».

«Ben Gilmore», rispose lei senza fare il minimo gesto di voler dire altro. Non sembrava un Ben Gilmore. Si era aspettata uno tutto sorrisi e capelli scuri tirati indietro, occhi tondi e un'aura da elegante quartiere residenziale. Uno sportivo da Netflix. Invece era alto ma snello, con i capelli castano chiaro cortissimi e un viso magro e aguzzo. Anche gli occhi erano aguzzi, nella forma ma anche nella percezione, perché c'era in lui una quieta intensità. Sembrava proprio il tipo la cui concezione di divertimento era correre per centinaia di miglia in pieno inverno.

«Ho una prenotazione per quattro notti». Visto che lei non gli rispose nulla, aggiunse: «Al campeggio».

Ottie aspettò qualche secondo poi lo guardò sorpresa. «Ah, sì, signor Gilmore. La stavamo aspettando».

«Sono passato all'ufficio ma non c'era nessuno. Qualcuno mi ha detto di vedere se la trovavo qui».

«Qualcuno le ha detto di cercarmi qui?», ripeté stupita.

«Sì, una coppia con un cagnolino».

«Ah, sì, i Packard. Coppia adorabile. Un cane dolcissimo».

L'uomo corrugò leggermente la fronte, non comprendendo bene il perché di quei commenti. «Sì».

«Crackers, mi pare che abbiamo detto che si chiama».

«...Certo. Be', comunque, se potessimo sistemare i documenti e tutto quello che devo avere da lei, pianterei la tenda. Sarà già abbastanza complesso farlo con il buio e questo vento».

«Sì», incrociò le braccia al petto. «È un vero peccato che non sia arrivato con la luce del giorno».

«Già». Si spostò sui piedi a disagio e Ottie notò il grosso borsone North Face rosso a terra alle sue spalle, in netto contrasto con il taglio sartoriale Brooks Brothers, che rivelava il suo vero essere. «Il controllo del traffico aereo su Heathrow mi ha giocato contro stavolta».

«Be', mi spiace doverglielo dire, signor Gilmore, ma sono stata costretta a sbloccare la sua prenotazione, temo che siamo al completo ormai».

L'uomo parve disorientato, senza dubbio perché gli aveva dato la brutta notizia con un sorriso. «Come... scusi?»

«Già. In questo periodo dell'anno il check-in va fatto entro le sei del pomeriggio al massimo. E sono certa che capirà che è un rischio per la sicurezza far montare le tende con il buio».

«Ma io ho una prenotazione. Ho prenotato la mia piazzola da mesi», insistette. «Non può darla via così».

«Be', in base ai nostri termini e condizioni», disse con rabbiosa gentilezza, «il check-in va effettuato entro le sei del pomeriggio, altrimenti la prenotazione è considerata nulla e invalida».

La fissò con un'espressione a metà tra l'oltraggiato e lo stupito. «È uno scherzo, vero?»

«Temo di no. Noi irlandesi non siamo molto spiritosi».

«Ma io partecipo alla gara domani. Non posso…».

«Può provare da Maureen, a tre miglia da qui lungo la strada. Non è stagione per lei, quindi non so se ha le mucche nel campo adesso, ma può sempre chiedere a lei».

«No», disse lui con decisione. È buio e fa freddo qui fuori. Non ho la macchina per…».

«Be', come è arrivato fino a qui?»

«Con un tassista pazzoide che ha guidato a centoquaranta all'ora dall'aeroporto».

«Ah, Seamus. È un tesoro», disse sorridendo e facendo il gesto di chiudere la porta. «A ogni modo, mi dispiace non poterla aiutare. In bocca al lupo per domani».

«Aspetti!». In quel comando c'era così tanta forza e panico che avrebbe fatto saltare i pesci fuori dall'acqua. «Non può… non può lasciarmi qua fuori così».

«Signor Gilmore, non vedo cos'altro potrei fare. La sua prenotazione qui l'ha persa».

«Ma il mio volo ha avuto un ritardo! E poi sono dovuto andare diretto al meeting per ritirare il kit di gara e lasciare le borse. Sono arrivato il prima possibile».

«Certo, certo. Capisco, signor Gilmore», disse lei con un verso comprensivo. «E se solo avesse fatto un colpo di telefono per spiegarmelo, le avrei tenuto la piazzola».

«Ma io… non me ne sono reso conto».

«No, infatti. La gente pensa che ce ne stiamo qui seduti sui campi ore e ore ad aspettare loro». Diede un'alzata di spalle. «I Packard si sono presentati proprio mentre stavo chiudendo, quindi l'hanno presa loro. L'ultima piazzola disponibile da questo lato di Cork, chi l'avrebbe mai immaginato. Ho detto loro che erano stati molto fortunati, visto il tempo».

Lo guardò lì sotto la pioggia, il vestito inzuppato e le cuciture delle scarpe di cuoio che cominciavano a gonfiarsi. Prese un sorso di vino e si sentì solo leggermente male per lui. Sì, era stata una cattiveria dar via la sua piazzola, ma quanto si era preoccupato lui del suo comportamento, che le aveva creato quel danno poco prima? Niente. Non aveva idea di quanto le fossero pesate le conseguenze del suo menefreghismo.

«Senta, mi dispiace di non aver chiamato prima, okay? Sono stato… egoista, e ha tutte le ragioni per essere incazzata con me, ma davvero non posso piantare la mia tenda in un angolino qui intorno?»

«Vorrei tanto poterla accontentare, ma infrangerei le nostre linee guida su salute e sicurezza, per non dire che invaliderei la nostra assicurazione».

«Ma sarebbe solo per questa notte. È fondamentale che abbia una buona notte di sonno prima della gara, non dormirò neanche in tenda domani notte, starò correndo dritto e finirò solo all'alba di domenica mattina».

Ottie soffocò un ghigno eloquente. Prima dell'alba di domenica? Era sicuro di sé quel tipo, ovviamente. C'era un motivo se la gara finiva alle sei della sera.

«Signor Gilmore, la prego», disse lei con un sorriso tirato. «Mi sta mettendo in una posizione davvero imbarazzante. Vorrei poterla aiutare ma ho le mani legate. Buonanotte adesso…».

«Stronzate!», gridò lui. Mentre stava per chiudergli la porta in faccia, però, Ottie puntò lo sguardo su un fascio di luce al di là della siepe, che si avvicinava lungo il sentiero.

«Ma che?». Ben Gilmore si girò per vedere cosa stesse guardando nell'istante esatto in cui la Range Rover svoltò dalla curva e imboccò il corto vialetto dissestato.

Ottie lo guardò a sua volta, rendendosi conto che doveva mandar via quell'uomo dalla soglia di casa sua prima che Bertie uscisse dall'auto. «Okay, senta, può… ehm…». Si guardò intorno freneticamente. «Si può mettere nel giardino».

«Davvero?», chiese lui stupito. Guardò il piccolo fazzoletto di terra recintato da un muretto di pietra sormontato dal muschio. Era un frangivento sorprendentemente efficace nei rarissimi giorni in cui Ottie voleva tentare di prendere la tintarella. Con suo grande fastidio, quell'uomo avrebbe dormito meglio lì che se fosse stato sulla piazzola, ma ormai aveva superato la rabbia di poco prima nei suoi confronti. Era arrivato Bertie e non importava altro.

«Sì, davvero».

«Da qualche parte in particolare?»

«No, no», disse lei in tutta fretta. «Basta che stia lontano dalla casa. Da qualche parte laggiù», disse praticamente scacciandolo verso l'angolo più lontano.

Bertie, però, era già fuori dalla macchina e stava entrando nel cancelletto pedonale. Troppo tardi si accorse di quello sconosciuto che inciampò sul gradino mentre il suo cervello cercava di valutare i benefici di un così rapido dietrofront.

«Signor Flanagan», disse Gilmore con una nota di stupore nella voce.

«Ah, il nostro amico americano», lo salutò Bertie avvicinandosi e chiaramente riconoscendolo anche lui, dato che si erano visti alla riunione. «Sei di check-in, eh?»

«Ci provo».

Gilmore guardò Ottie, poi tornò su Bertie in attesa, come se aspettasse che ora fosse lui a spiegare cosa ci facesse lì.

«Sì, io, ecco, sono venuto a controllare la signorina Lorne che domani farà parte dello staff. Non è venuta alla riunione di oggi».

«Stavo aspettando che si presentasse il signor Gilmore», disse. «Il suo volo era in ritardo e purtroppo non me lo ha comunicato, quindi gli stavo giusto spiegando che ho dovuto dar via la sua piazzola a un'altra coppia».

«Aah», Bertie fece un'appropriata smorfia dispiaciuto, ma Ottie percepì il sospiro di sollievo interiore ora che aveva avuto una spiegazione per la sua assenza. «Che sfortuna».

Ottie guardò Ben e avrebbe voluto tenerlo sulle spine un altro po', ma ormai sembrava aver finito. Aveva dei modi molto sinceri. Era un tratto americano? Sospirò. *Chi se ne importa*. «Comunque, dato che la gara comincia tra meno di dodici ore, ed è molto improbabile che possa trovare qualcos'altro a quest'ora, gli ho detto che per questa notte può montare la tenda nel giardino».

«Nel giardino? Sì, capisco», disse Bertie. «Be', molto generoso da parte tua».

«È solo per stanotte», minimizzò lei. «Domani notte sarà alla corsa e se ne andrà domenica mattina presto. Non è così, signor Gilmore?».

Gilmore confermò con un cenno del capo, ma la stava osservando con uno sguardo che non le piacque, come se avesse capito che era tutta una farsa. Era impossibile, però. Doveva essere la sua paranoia che prendeva il sopravvento, tutto qui. La scusa di Bertie era altamente plausibile, soprattutto dato che era stata provocata proprio dal comportamento di Gilmore.

Ottie guardò di nuovo Bertie, ansiosa di togliersi quel forestiero dal gradino di casa e dai piedi. I minuti scorrevano, dopotutto... «Stavi dicendo che dobbiamo parlare del servizio di domani, Bertie?», chiese quindi con finta ingenuità mentre Bertie si scrollava delicatamente la pioggia di dosso.

Bertie la guardò dritta negli occhi, con lo sguardo già danzante. «Sì».

«Bene, se vuole scusarci, signor Gilmore...», disse spostandosi da una parte per permettere l'ingresso al suo amante.

Gilmore li guardò entrambi, quindi si chinò lentamente a prendere il borsone. «Solo un'ultima cosa», disse quando Ottie aveva già quasi chiuso la porta.

Sospirò. «Sì?», chiese lei spazientita, infilando di nuovo la testa nello spiraglio.

«Dove trovo la chiave per i bagni e le docce?».

Per l'amor del cielo! Reprimendo un altro sospiro, prese la sua chiave dal gancio. «Usi la mia e me la lasci nella cassetta delle lettere domani mattina», disse con un sorriso tirato.

E prima che potesse dire altro, chiuse la porta lasciando fuori il vento, la pioggia e quel maledetto sguardo onnisciente.

Capitolo otto

Sabato 7 dicembre

«Toast?».

Rannicchiata com'era sulla cassapanca della finestra rivestita in percalle blu, sua madre non rispose, ma continuò a guardare i giardini. Era ancora in vestaglia, nonostante fosse quasi ora di pranzo, non si lavava i capelli dal giorno del funerale e aveva il mascara leggermente sbavato sotto gli occhi. Sembrava proprio che fino a lì si fosse fatta forza ma, dopo la lettura del testamento, si era lasciata andare in una lenta rovina.

Comunque fosse, almeno la signora Mac era riuscita a convincerla a scendere in soggiorno.

«Mamma?», ritentò Willow.

«Eh? Cosa?». Sua madre si girò a guardarla. Aveva visibilmente perso peso nell'ultima settimana e mezzo, le guance erano incavate e la pelle leggermente più lenta agli angoli degli occhi.

«Ti ho chiesto se hai fame. Sto preparando dei toast». Riuscì a malapena a non parlare in tono brusco.

«Ah, no. Non ho fame». Tornò a guardare dalla finestra.

Willow mise comunque le fette nel tostapane e rovistò nella dispensa in cerca della marmellata di agrumi. Si versò un'altra tazza di tè e la portò di là, posizionandola con cura tra le mani fredde di sua madre. «Bevi. Ti stai congelando qui vicino alla finestra. Perché non ti siedi accanto all'Aga?»

«Mi piace guardare il panorama», le rispose a voce bassa, appoggiando la testa alla parete.

Willow sospirò appoggiandosi all'Aga mentre aspettava che il toast saltasse su. Si guardò intorno nella stanza chiedendosi per quanti anni – per quante generazioni addirittura – si fosse svolta quella scena. Mabel e Dot erano ai loro soliti posti sul tappeto, i musi stretti tra le zampe fangose dopo una mattinata sui prati, le palpebre pesanti e sonnolente. A memoria di Willow, la cucina non era mai stata ridipinta, gli elementi di legno color crema e i piani di quercia erano opachi e fuori moda, ma non brutti in senso assoluto, le piastrelle smaltate e crepate da fattoria rivestivano le pareti. Non riusciva a ricordare un tempo in cui quelle brocche color panna a fasce non erano state sullo scaffale sopra la cucina Aga gialla a combustibile solido, né aveva idea di cosa avesse provocato la crepa nel vetro inferiore della finestra accanto ai vasi di erbe aromatiche: una bambina esuberante o un pettirosso sbadato? In un cesto, pronte per accendere numerosi fuochi, c'erano cataste di tronchi stagionati e i vecchi giornali ingialliti in fondo al mucchio raccolto lì dovevano sicuramente risalire a diversi anni addietro, perché si prendevano sempre e solo quelli in cima; i libri di cucina degli anni Cinquanta rilegati in stoffa e pieni di orecchie, riportavano ancora le misure imperiali. Quell'ambiente era come una capsula del tempo, pensò tra sé e sé, dove l'unica aggiunta recente era un piccolo secchio smaltato posto in un angolo accanto alla dispensa; alzò gli occhi sul soffitto al di sopra, dove sull'intonaco si allargava una grossa macchia di umidità. Ce n'erano altre nella sala del biliardo e in molte camere da letto.

Tornò a guardare sua madre, esile e immobile contro la finestra. Se c'era una storia bloccata e ferma tra i parapetti di quelle pareti, allo stesso tempo ce n'era anche una viva e vegeta: quella di sua madre. Quel luogo era stato il cuore pulsante della sua casa quando tutta la famiglia le si riuniva intorno, le bambine che giocavano quasi letteralmente sulle due ginocchia mentre lei concepiva il menù per la cena del fine settimana e la signora Mac cucinava e stirava... quei giorni lieti dell'infanzia e dei tempi d'oro della famiglia, prima che tutte loro crescessero a tradimento, prima che Willow partisse per la vita di città, prima che suo marito morisse. Prima che tutti l'abbandonassero.

Il toast saltò su. Per Willow era un profumo distintivo di quella cucina; perfino quando lo sentiva a Dublino, la paralizzava e le riportava la mente e il cuore lì dentro. Spalmò un velo di marmellata sul pane, come sapeva che piaceva a sua madre.

«Mangia», disse togliendole di mano il tè e sostituendolo con il piatto. «Devi conservare le forze, mamma».

«Ma non ho fame».

«Mangia lo stesso». Willow si arrampicò all'altro capo della cassapanca con il suo tè e le sedette di fronte, facendo bene attenzione che i loro piedi non si toccassero. Percepiva una silenziosa fitta di rabbia mentre osservava sua madre masticare distrattamente, rendendosi conto che stava facendo esattamente quello che aveva sempre fatto suo padre: prendersi cura di lei, proteggerla. Appariva così vulnerabile lì, morbida come un cuscino, piccola come un taschino. Sembrava quasi impossibile che potesse aver architettato una tale pena e sofferenza. Willow suppose che stesse sperimentando ora in prima persona cosa si provasse ad avere un destino determinato da altri, il futuro strappato via di mano. Stava percorrendo lei stessa quei passi che aveva costretto la propria figlia a percorrere, ma non è che se la stesse cavando un granché. Sua madre stava affondando là dove Willow si era rialzata. Si sarebbe aspettata una certa soddisfazione in tutto ciò. Da qualche parte.

Era la prima volta che si ritrovavano da sole da quel giorno in biblioteca, quando era stato letto il testamento del padre e, nonostante sua madre fosse incontestabilmente fiaccata dal dolore, Willow era anche convinta che la stesse evitando. Tutte la stavano evitando. Erano tutte volate via, ognuna nel proprio cantuccio all'interno della tenuta, come petali in una tempesta. Ottie non era venuta una sola volta al castello nei giorni passati e anche Pip era nervosa nei suoi confronti, sempre di umore altalenante, che diceva una cosa a parole ma un'altra con gli occhi. La signora Mac continuava a ripetere che avevano tutte bisogno di tempo per adattarsi. Ma lei? Chi stava aiutando lei a adattarsi?

E poi il tempo – come il denaro – era un'altra cosa che non avevano. Come quei secchi a raccogliere l'acqua, i problemi della tenuta avrebbero presto cominciato a montare e moltiplicarsi. Per quel fine settimana era previsto brutto tempo e stavano solo cominciando a addentrarsi nelle profondità dell'inverno. Niente sarebbe andato meglio a breve e i problemi esistenti si sarebbero solo amplificati: costi per il riscaldamento, infiltrazioni...

Willow inspirò a fondo, facendosi forza per dire ciò che stava per dire: «Allora, ti ricordi che stamattina viene la squadra di Christie's?».

Il viso di sua madre registrò solo un vago accenno di sorpresa. «Christie's?»

«Sì, la signora Mac mi ha detto di avertene parlato quando ti ha portato la colazione ieri mattina».

«Ah, sì». Sospirò. «Come vuoi tu».

Come se fosse stata evocata, la signora Mac entrò con la caraffa d'acqua per stirare. Riempì il ferro senza dire una parola, ma gettò un'occhiata preoccupata a Serena, per poi tornare indietro e guardare interrogativa Willow.

«È un incontro informale, solo una chiacchierata conoscitiva in questa fase. Se non ci piace quello che ci dicono, allora non dobbiamo procedere in niente. Nessuna pressione. Vorranno solo farsi un'idea di ciò che si potrebbe mettere all'asta. Hai fatto mente locale su quello che vuoi conservare?».

Sua madre non rispose, gli occhi seguivano uno storno che saltellava nel prato. Almeno la stava ascoltando?

Willow sentì la rabbia trafiggerla come una lancia, ma la ingoiò. «Be', comunque, se c'è abbastanza da poterla giustificare, organizzeranno una vendita della proprietà, probabilmente in loco, altrimenti faranno una lista di tutte le cianfrusaglie e le inseriranno in vendite specifiche».

Ancora niente.

«Allo stesso tempo il perito immobiliare farà un giro della tenuta, valutando il terreno e gli edifici per darci un'indicazione del prezzo da chiedere e delle strategie di marketing».

Sua madre appoggiò la testa al muro come se sostenersi da sé fosse uno sforzo troppo grande; aveva dimenticato di continuare a masticare e, per diversi istanti, rimase immobile a fissare la striscia di mare che luccicava sullo sfondo.

«Mamma?», la incalzò Willow.

«Hmm?», fece lei ricominciando automaticamente a masticare come se fosse tornata al presente.

«Sarà la mia amica Helena Talbot a venire a parlare con noi».

«Di cosa?».

Oh, buon Dio. «È la rappresentante di Christie's. È un'amica che ho a ca...», si bloccò appena in tempo ma, di riflesso, gli occhi di sua madre scattarono improvvisamente su di lei: aveva colto il lapsus. Quello l'aveva sentito e, per un attimo, l'oscura verità che non era mai stata affrontata si sedette in mezzo a loro, riempiendo lo spazio come un grosso gatto ronfante. Sua madre avrebbe detto qualcosa adesso? Lo avrebbe ammesso? Avrebbe detto di sapere perché era scappata via? Il momento si gonfiò, si tese...

E scoppiò.

Gli occhi di sua madre virarono di nuovo verso il basso e Willow deglutì, percependo il suo rifiuto verso qualsiasi genere di conversazione.

«Un'amica di Dublino. È andata a scuola con Caz, la mia coinquilina».

«Bene».

«Sì». Era come parlare al muro. Un altro silenzio che stavolta, però, non portava nulla. «E allora ho pensato che, più tardi, io e te potremmo andare a Dower House e dare un'occhiata insieme. Ci sono passata ieri. Erano anni che non vedevo quel posto».

«No. No, non penso di volerlo fare».

«Ma, mamma...».

«Non mi importa di quello che dice O'Leary. Tuo padre non aveva alcuna intenzione di rinchiudermi in quella casa lercia e buia», sbottò sua madre.

Willow si sentì ricadere in quell'intorpidimento che era la via migliore quando aveva a che fare con sua madre. «Non è lercia, invece, è questo il fatto. Anzi, ti dirò che è molto carina. Certo, è un po' trascurata al momento, ma ho dato una bella occhiata intorno e penso che se chiamiamo Ted Flaherty per fargli tagliare qualche albero, farà una grande differenza. Quella casa è buia solo perché è stata costruita nel mezzo di un boschetto, ma puoi eliminarne una parte o addirittura tutto quanto. Il terreno è pianeggiante lì e, senza alberi, avrai una bella vista sul promontorio. E poi il villaggio è più vicino da lì. Potresti arrivarci a piedi senza problemi».

«No».

Willow fissò sua madre. Era una conversazione che suo padre aveva sempre evitato di tenere, ma che invece aveva lasciato a lei da affrontare. Doveva fare il poliziotto cattivo? D'accordo. «Mamma, ne abbiamo già parlato. Dobbiamo vendere».

«No».

«Sì, invece. Non c'è altra scelta. Non possiamo permetterci di rimanere. Dobbiamo vendere, ottenere un buon prezzo, portarci via i ricordi e trasferirci. È ora».

Sapeva bene che sua madre – viziata, coccolata, accontentata e amata troppo – non aveva idea dello stato in cui versava la tenuta. Il castello – ora che era cominciato il declino – si stava deteriorando rapidamente; dovevano vendere prima che peggiorasse. Se sua madre fosse uscita dalla sua stanza avrebbe saputo che ogni singolo giorno dalla lettura del testamento, Willow aveva incontrato O'Leary per studiare la procedura più nel dettaglio. Suo padre aveva lasciato tutta la documentazione in ordine, ma era chiaro che sua madre non aveva la minima idea di quanto fosse realmente precaria la loro situazione finanziaria; suo padre l'aveva tenuta al riparo da tutto. «Che mi dici del primo acquirente, pensi che possa essere ancora interessato?».

Sua madre le rivolse uno sguardo vuoto, prima che si posasse un seme di coscienza. «Intendi l'inglese?».

Cavolo. Non ricominciamo. «Importa di che nazionalità sia?»

«A tuo padre importava. Molto».

«Be'...». Willow si chiese in che modo dirlo. Diretto? «Forse dovremmo passare sopra allo sfortunato particolare del suo luogo di nascita. Chi si trova nel bisogno non può permettersi di fare lo schizzinoso. Non ci sono tante persone che vogliano, e ancora meno che possano permettersi, un castello irlandese neanche se fosse nei suoi tempi migliori... e tutte noi sappiamo che questi non sono i suoi tempi migliori».

Sua madre scosse il capo, quantomeno partecipe adesso. L'indignazione sembrava l'unica cosa in grado di ridestarla dal torpore. «Non sarebbe comunque interessato. Lui e suo padre si sono lasciati in termini molto sgradevoli».

A Willow non interessava farsi nuovi amici. «Ti ricordi come si chiamava?»

«No, ma se anche fosse, tu non lo chiamerai. Era orribile. Tuo padre è morto odiandolo: arrogante, presuntuoso, f...?»

«Facoltoso?»

«Stavo per dire frettoloso».

«Be', è la ricchezza l'unica cosa che ci interessa. Non ci deve mica piacere per forza. Abbiamo solo bisogno che compri questo posto e ce lo tolga dalle mani».

Sua madre la osservò e il suo sguardo aveva recuperato la concentrazione che sembrava aver perso nell'ultima settimana e mezza. «È tutto davvero così lineare per te? Tutto di facile gestione?»

«Ho avuto diversi incontri con O'Leary, mamma, tu no. È un grosso peso».

«No, è casa nostra. Casa tua».

La donna trasalì alla risata amara di Willow e il gatto uscito dal proverbiale sacco si allungò e ronfò di nuovo in mezzo a loro: era sempre lì, anche se a volte usciva dalla visuale.

Si fissarono a vicenda, dentro di sé Willow sentiva un'oppressione gonfiarsi nel petto, la rabbia come calore che la infuocava. Sentì il respiro affievolirsi, quella domanda, pertinente, che sua madre non voleva chiedere, luccicava tra loro come una lama, pronta a tagliare e ferire. Aspettava solo...

La signora Mac rientrò in cucina con l'asse da stiro sotto il braccio, bofonchiando contro la pioggia che aveva schizzato le lenzuola.

La bolla scoppiò di nuovo e stavolta fu Willow ad abbassare lo sguardo per prima. Cercò di riprendersi, costringendosi a rallentare e stabilizzare il respiro prima di guardare sua madre come se fosse lei la figlia. «Adesso devi andare a vestirti, mamma».

Quindi chiuse la porta della biblioteca e, in silenzio, andò alla scrivania con il respiro ancora accelerato e il fiume di adrenalina che l'interazione con sua madre le scatenava sempre ancora nel sangue. Nei giorni intercorsi dalla lettura del testamento, quella era diventata la *sua* stanza, con pile di fogli e documenti accatastati sul piano e a terra, bigliettini fosforescenti che ci svolazzavano sopra come segnali stradali a indicarle la direzione.

Prese posto sulla sedia e girò uno sguardo assente per la stanza da quel punto di osservazione quasi sacro. In quel luogo suo padre seguiva gli affari e poteva "essere interrotto": lì si svolgevano tutte le telefonate difficili, lì la stessa vita di Willow era andata in mille pezzi.

Abbassò gli occhi sul tavolo e sull'agenda nera formato A4 di finto coccodrillo, rilegata in pelle, poggiata da una parte;

l'estremità del segnalibro sbucava dalle pagine dal dorso dorato come una lingua di serpente; suo padre comprava sempre lo stesso modello ogni anno da Smythson, con le sue iniziali stampigliate nell'angolo in basso a destra. Forse avrebbe potuto fare lo stesso anche lei. Almeno quella era una tradizione familiare che poteva portare avanti.

Con fosca determinazione, cominciò a sfogliarla, tornando indietro e cercando di non soffrire alla vista della sua calligrafia. Cosa avrebbe potuto scrivere suo padre per registrare l'incontro avuto con l'uomo che voleva comprare il castello? Si chiese mentre sfogliava le pagine. Era improbabile che avesse segnato "acquirente" per facilitarla in futuro.

Eppure, per essere un'agenda di appuntamenti, era una registrazione sorprendentemente intima della vita di una persona, e sentì il suo cuore accelerare un po' mentre scorreva gli appunti delle riunioni, dei pranzi e delle cene che avevano dato forma ai suoi ultimi giorni: 2 novembre, dentista; 26 ottobre, golf, Bertie; 23 ottobre, cena Rotary Club; 18 ottobre, signor Hopwood, Mercy University Hospital; 17 ottobre, MRI; 15 ottobre, bicicletta, Bertie; 14 ottobre, GP; 2 ottobre, battuta di caccia, tenuta Dunmorgan…

Si fermò di colpo.

Aspetta. Nella sua prima visita O'Leary non aveva detto che la vendita era stata negoziata intorno a Pasqua? Sfogliò indietro fino a marzo, poi con il pollice avanzò invece in avanti… fermandosi di fatto al 15 aprile. "C. Shaye, ore 11". Non c'era altro a illuminarla sul rapporto di questo C. Shaye con suo padre, ma il numero di telefono accanto aveva il prefisso di Londra.

Lo fissò.

Valeva un tentativo, no?

Quindi suo padre lo aveva odiato. E allora? Quindi era inglese. E allora? Che importava se era un ricco inglese che andava lì a fare quello che i suoi avi non avevano fatto, prendersi ciò che voleva, non con la forza, ma con un silenzioso passaggio di denaro? Faceva davvero così paura una vittoria in divenire lunga settecento anni?

Prese il cellulare e compose il numero.

L'altro rispose al primo squillo. «Sì?». Era un tono brusco, distratto.

Le ci volle un attimo per ritrovare la sua propria voce. «Salve... Signor Shaye?»

«Chi è?». Riuscì quasi a vederlo corrugare la fronte, tutto ciò che suo padre più odiava: imperiosità, arroganza, superiorità... All'improvviso capì come mai lo aveva odiato così tanto.

«Non ci conosciamo, ma penso che lei abbia incontrato mio padre, Declan Lorne».

Ci fu una pausa – per fortuna – e quando quello riprese a parlare sentì che aveva recuperato la concentrazione. Aveva catturato la sua attenzione. «Come potrei dimenticarlo».

Willow fece un profondo respiro, sperando di suonare altrettanto diretta e forte. «Ho ragione a pensare che era interessato all'acquisto di Lorne?».

Ci fu una pausa. «Lo *ero*». Quel suo sottolineare il passato non fu certo incoraggiante.

«Potrebbe esserlo ancora?».

Lo sentì soffocare una risata. «Suo padre mi ha detto che Lorne non sarebbe mai stato disponibile per "quelli come me"».

Willow roteò gli occhi. Poteva immaginare quanto chiaramente il padre gli avesse fatto presente i suoi sentimenti. Non era mai stato il tipo da camuffare le emozioni e si vantava di essere uno che diceva sempre pane al pane e vino al vino. Ma cosa avrebbe potuto dire lei a quell'uomo? Non voleva dirgli troppo su quanto fossero cambiate le circostanze; la notizia della morte di suo padre non era una frase da buttare lì così in una conversazione con uno sconosciuto.

«Le circostanze sono cambiate e abbiamo deciso di rimettere Lorne sul mercato. Visto il suo precedente interesse, abbiamo pensato di contattarla in caso volesse venire a vedere la tenuta in anteprima».

«“Abbiamo”... chi?»

«...La mia famiglia».

Ci fu un'altra lunga pausa e quasi le parve di sentire le deduzioni che si assestavano nel suo cervello: quella chiamata sbucata dal nulla, la figlia vaga...

«Be'... apprezzo la sua telefonata, signorina Lorne, ma i lacci della borsa sono chiusi al momento. Ora non sono alla ricerca di ulteriori nuovi investimenti».

«Ah». Non riuscì a nascondere la sua delusione nella voce. Deglutì. «Capisco. Be', se mai dovesse...».

Udì uno scatto.

«Pronto? Signor Shaye? È ancora lì?».

«Manchi a tutti da morire!», disse Hels mentre entravano nel parterre, la zona del giardino preferita da sua madre. «La palestra non è la stessa senza di te. Sono andata a lezione di Go Slo Flow questa settimana e hanno preso questa manager sostituta. A quanto pare ha deciso di economizzare spruzzando il Glade ovunque, invece della sua meravigliosa essenza di meditazione».

«Non mi dire!», esclamò Willow orripilata. La Pyro Tink era la palestra pirotecnica con culto annesso, antidoto alla rivoluzione dello yoga e con liste d'attesa che altri centri sportivi cittadini non si sognavano neanche. Appena arrivata a Dublino, era stato l'unico modo per calmarsi e sconfiggere la rabbia. Aveva speso quasi tutti i soldi guadagnati con un impiego di cameriera per pedisseque lezioni quotidiane e frullati giornalieri di proteine al juice bar. Prima di diventarne un'impiegata era stata una devota che, quando era saltata fuori la posizione di manager, ci si era buttata a capofitto. Non era mai stata così in forma e subito, alle feste, non appena le persone scoprivano dove lavorava, diventava la nuova migliore amica di tutti. Il responsabile australiano, però, gestiva la filiale di Dublino secondo la collaudata e rigida formula che aveva reso l'attività un successo di ventidue milioni di dollari in patria, e non gli piaceva discostarsi dal modello originale; per Willow, ogni piccola iniziativa era stata una faticosa vittoria e far approvare l'essenza organica di meditazione per le fasi di rilassamento, anche se costosa, era stata una delle soddisfazioni più grandi. Tutti i clienti l'avevano adorata e la palestra guadagnava il quarantasei per cento su ogni confezione venduta, tanto che, nel periodo in cui aveva ricevuto la telefonata in merito a suo padre, stava considerando di proporre loro lo sviluppo di una linea di prodotti di marca. Ecco quanto le pesava sapere che, a neanche due settimane da quando aveva lasciato la città, la sua eredità era già stata erosa...

Alle loro spalle il castello si stagliava nobile e impenetrabile; davanti, un antico tasso sembrava quasi inchinarsi mentre un ramo pendeva verso il basso. Era uno di quei giorni in cui sembrava di essere immersi in una luce colorata, che riscaldava il mondo in una calda tinta rosata. Willow sapeva che era la quiete prima della tempesta, come il respiro che prende il mare prima di uno tsunami o prima che l'urlo di una ragazza trovi voce. Per l'indomani erano previsti venti di burrasca e pioggia torrenziale, con una portata di precipitazioni in tre ore equivalente alla media di un mese.

«Anche tu mi sei mancata, Hels. Sono stati giorni...», deglutì. *Mio padre è morto sei minuti prima che arrivassi a casa. La mia famiglia non mi parla.* «Intensi».

«Oh, quanto mi dispiace, tesoro». Helena le strinse il braccio in un gesto consolatorio. Era fresca di abbronzatura dopo il recente safari in Kenya con il suo nuovo compagno. «Sei stata in tutti i nostri pensieri».

«Grazie».

«Oddio, guardate lì!». Hels rise deliziata dal pavone che attraversò il prato.

Willow sorrise. C'erano sempre stati i pavoni a Lorne, sicuramente da quando era nata lei, e una volta ne aveva perfino visto uno completamente bianco che Pip aveva chiamato Midnight.

Helena inspirò e smise di camminare, allargando le braccia e gettando la testa all'indietro. «C'è un silenzio incredibile qui!».

«Lo so», mormorò Willow chiedendosi se fosse un commento positivo. Da parte sua, adorava il rumore e le distrazioni. «È talmente pesante e denso che a volte penso di potergli dare un morso».

«Mi ricorderò sicuramente di metterlo nei dettagli: un luogo tutto da mordere», disse Hels ridendo. Sempre chic, perfino durante le sudate lezioni, oggi appariva particolarmente sveglia, o forse era solo perché Willow si sentiva invece una zoticona nel suo vecchio maglione e nei jeans schizzati di fango sui polpacci; la patinatura cittadina già si stava sgranando. Avendo lasciato Dublino talmente di corsa da non aver avuto neanche il tempo di fare le valigie, si era dovuta adeguare ai vecchi vestiti che aveva lasciato lì tre anni prima.

Hels, invece, nel suo abito plissettato e scarpe Mary Jane di Tabitha Simmons, era un pezzo della scacchiera della città, curato, sofisticato e tutto il contrario di ciò che rappresentava quella tenuta in lento decadimento, piena di infiltrazioni, malconcia e battuta dal vento. Solo guardarla era un pungente promemoria di tutto ciò che Willow si era lasciata alle spalle tornando lì, e ora il suo desiderio di andarsene di nuovo il prima possibile si faceva sempre più disperato. Ogni giorno sentiva che la città stava allentando i suoi nodi e navigando sempre più lontano da lei. Lasciandola indietro.

«È davvero incredibile, Willow. Non avevo idea che casa tua fosse così. Non hai mai detto nulla su chi fosse tuo padre. Voglio dire, che eredità! Sei la figlia di un cavaliere. Come hai potuto non dirci mai niente?».

Willow distolse in fretta lo sguardo. «Be', ecco… non è qualcosa di cui andare particolarmente fieri», disse con un gesto delle spalle. «E poi, cosa avrei dovuto dirvi? "Ciao, sono Willow Lorne, general manager della Pyro Tink e figlia di un cavaliere"? Non ha chissà che a vedere con me. È solo un titolo... maschile, per giunta».

Il sorriso di Hels sfumò. «Che tristezza, però, dover vendere *e in più* far estinguere il titolo...».

Willow sentì il corpo irrigidirsi. «Be', sai come si dice, tutte le cose belle devono finire prima o poi, e fin qui siamo andati alla grande: settecentododici anni è un traguardo non da poco per qualsiasi standard. E poi, non sarebbe comunque la stessa cosa senza papà. Lui *era* Lorne».

«E non c'era alcun modo di trasferire il cavalierato a te o alle tue sorelle?».

Willow scosse il capo, sentendo un'ondata di caldo e rabbia montarle dentro. «Ci ha provato, ma non si sono mossi di un millimetro. Doveva essere per forza "sir"».

«Sinceramente, di questi tempi...», disse Hels sospirando.

«Lo so».

Hels si girò a guardarla dritta in faccia. «Quindi, sei assolutamente sicura che sia questo che vuoi? Vendere tutto?»

«Dipende da quello che secondo te potremmo ottenere», disse Willow senza impegno, anche se "un bel niente" sarebbe stato comunque un miglioramento per la loro attuale situazione finanziaria.

Hels scoppiò a ridere come se fosse stata una battuta. «Sarà uno sconvolgimento enorme per te, sia dal punto di vista emotivo che fisico».

«Sono a corto di altre opzioni». Willow scrollò le spalle. «Non posso darlo via, non posso permettermi di tenerlo e non posso farmi venire una grande idea imprenditoriale con cui fare i milioni».

Hels girò di nuovo su sé stessa, osservando le finestre a bovindo sulla facciata, le vetrate piombate, la serie di comignoli sporgenti... «Be', un immobile di tale calibro merita di trovare un acquirente sensibile, uno che sappia bene cosa c'è da fare, con sentimento. Come hai detto anche tu, serve una bella cifra per la ristrutturazione che dovrà sostenere il nuovo proprietario. Non è per i deboli di cuore – l'entità spaventerebbe un sacco di gente – ma la persona giusta è là fuori, poco ma sicuro». Guardò di nuovo Willow. «A questo livello, comunque, bisogna solo aspettare. Lo sai, vero? Non ce ne sono molti in giro».

«Di che cifra stiamo parlando, a grandi linee?».

Hels soffiò fuori l'aria dalle guance e su di lei perfino quel gesto era elegante. «Il gruppo pensa cinque e mezzo, forse perfino sei milioni di…».

«Porca miseria!», esclamò Willow. «Veramente?»

«Se troviamo l'acquirente giusto al momento giusto. E se abbiamo il vento a favore». Hels fece una risatina. «Un sacco di "se". E potrebbe volerci molto tempo: mesi, sicuramente, ma più probabilmente un anno o due…».

Willow batté le palpebre, sentendo sfumare l'euforia. Un anno o due? Non aveva tutto quel tempo e sicuramente non tutta quella pazienza. Non si sarebbe mai accollata un luogo simile – e tutto ciò che le aveva fatto – per un periodo che solo si avvicinasse minimamente a quello.

Hels vide la sua espressione e le accarezzò il braccio comprensiva. «Ascolta, le condizioni del mercato sono impegnative, che è un linguaggio tecnico per dire… di merda». Sorrise. «È *tutto* stagnante al momento. Questo mercato lo fanno gli acquirenti, ma puoi sempre abbassare il prezzo se vuoi vendere prima. La gente si muove in fretta quando pensa di aver fiutato l'affare».

«Giusto», mormorò Willow, ma era dura togliersi dalla testa quei sei milioni. «E che mi dici della vendita del contenuto? Quando potrebbe avvenire? Sempre che mia madre sia d'accordo, cioè».

«Be', ci sono un sacco di cose da vedere. La tua famiglia ha raccolto tantissima roba negli anni! Dovremmo dedicarci una squadra intera. Fare l'inventario di tutto richiederà settimane, se non mesi».

«Ma secondo te quando possiamo andare all'asta?», insistette.

Hels ci pensò su. «Probabilmente intorno a Pasqua, penso».

Accidenti. «Ma veramente?». Willow si morse il labbro. Perfino quello le sembrava aspettare troppo. Voleva tornare a Dublino e alla sua vera vita. La sua sostituta temporanea stava spruzzando in giro il Glade in sua assenza, santo cielo, mentre lei perdeva tutto il suo vantaggio laggiù, lo sentiva. Era l'onnipresente minaccia di scivolare di nuovo in quello che era stata un tempo: la dolce, flessibile, ingenua Willow. La piccola di casa. L'idiota. La...

«Be', con un immobile di queste dimensioni e di tale importanza dobbiamo fare le cose per bene. E, ascolta, nei hai passate troppe ultimamente. Hai dovuto affrontare cose enormi. È importante che ti prenda tempo per pensare davvero se sia la cosa giusta per te e per tua madre, poverina, che...».

«Non mi serve tempo per pensare», sbottò in tono tagliente. Deciso. Non era sua madre la vittima. «Procediamo».

Hels parve esterrefatta. «Davvero?»

«Sì», disse Willow, guardando l'antico castello che una volta era stato la sua casa, la sua sicurezza, il suo rifugio, e che adesso non era più niente di tutto ciò. Suo padre le aveva lasciato quel luogo appositamente per disfarsene e sua madre doveva farsene una ragione. «Mi devo sbarazzare di questo posto una volta per tutte. Vendiamo».

Capitolo nove

Lo stesso giorno

Ottie era in piedi sotto la pioggia, scossa da brividi violenti, la cartellina di nuovo tra le braccia mentre aspettava di segnare i corridori al loro passaggio, scrivendo il tempo e i numeri appuntati sulle pettorine e sulla schiena. La gara era iniziata alle sei del mattino, con un percorso ad anello dalla tenuta dei Flanagan lungo la costa e, sebbene fosse al suo posto già da più di un'ora, puntuale alle sette, ci sarebbero volute almeno due ore anche al corridore più veloce per arrivare lì, dato che la corsa si insinuava lungo la costa frastagliata. Ogni tanto, uno dei commissari di gara saliva a bordo di un quad, con il walkie-talkie attaccato alla cintura, a controllare le stazioni di sosta ai box e gli steward, e a distribuire bottigliette d'acqua. Non era l'acqua che voleva, però, ma caffè, tè, cioccolata, qualsiasi cosa di caldo. Le condizioni meteo erano molto più avverse di quanto si fosse sperato ed esattamente come era stato previsto: pioggia battente e un forte vento di mare che provocava un gelo permanente alle dita delle mani e dei piedi. Ottie era certa che fosse più difficile per i commissari di bordo che per i concorrenti, che almeno potevano muoversi e generare calore; lei invece era bloccata sul suo orologio, in un tratto particolarmente stretto della Way con un forte dislivello verso il mare da un lato e nessun punto in cui ripararsi in entrambe le direzioni per diverse miglia. La sua stazione in particolare era posizionata in alto, se non proprio su un promontorio, su una leggera protuberanza che significava che il vento e la pioggia la assalivano da tutte le parti. Invano aveva trascinato un po' più in là il piccolo baldacchino a strisce con tavolo e sedie, nel tentativo di proteggersi almeno un po' dalla grave perturbazione perché i minacciosi nuvoloni neri che si ammassavano nel cielo non promettevano una grande tregua.

La maggior parte della gara lungo la Wild Atlantic Way consisteva nel correre in cima alla scogliera, esposta al vento ma almeno ampia e ben ferma sotto i pedi, poi il sentiero scendeva di oltre quindici metri sotto la cima e si insinuava nel fianco della scogliera, diventando stretto e soggetto a erosione. Le pesanti piogge non avrebbero aiutato nessuno in quel punto. Era uno dei tratti più pericolosi della gara, fin troppo rischioso da affrontare di notte, motivo per cui il percorso era stato studiato in quella direzione, di modo che venisse sempre affrontato alle prime luci del giorno. Bertie lo aveva assegnato a lei, sapendo che Ottie lo conosceva meglio di chiunque altro, perché era nella terra dei Lorne, dopotutto; lei, Pip e Willow aveva trascorso l'intera infanzia a correre su e giù per quel sentiero, mentre i loro genitori le seguivano mano nella mano.

Ottie si spostava da un piede all'altro, strizzando gli occhi nella pioggia, scrutando speranzosa il sentiero in su e in giù per in cerca di segnali di corridori o di qualcuno che le portasse un caffè, qualsiasi cosa tra le due. Si stava annoiando, aveva freddo e voleva solo qualcosa per spezzare la monotonia dato che non c'era neanche un orizzonte visibile da guardare. Solo la prospettiva di vedere Bertie di sfuggita la rincuorava: sostenerlo era l'unica ragione per cui si era offerta come volontaria per quella gara, nascosta in bella vista. La notte prima avevano trascorso insieme un'ora meravigliosa in cui le aveva promesso di cercare di staccare tutti gli altri concorrenti in prossimità della sua postazione, per scambiarsi un rapido bacio al suo passaggio. Poteva permettersi anche di rallentare, nel caso; pur nella sua forma fisica ancora formidabile a soli due anni dai sessanta, neanche lui nutriva speranze di portare a termine la gara a livelli competitivi – Ottie desiderava solo che arrivasse alla fine sano e salvo – ma in qualità di organizzatore della gara, e un tempo notevole partecipante, gli era stata almeno concessa la cortesia di partire davanti ai previsti leader di gara, come "lepre" ufficiale. Secondo la classifica di Ottie, era già stato superato da tre concorrenti che le erano passati accanto pochi minuti prima mentre continuava ad alzare il binocolo nella speranza di vederlo arrivare in pista. Sarebbe dovuto comparire da un momento all'altro. Secondo le statistiche di gara dell'anno precedente, avrebbe già dovuto superare quel punto due minuti prima.

All'orizzonte invece non era apparso nessuno con quelle condizioni meteo pessime che rallentavano la corsa. Era stato proprio un bell'inconveniente. Lo standard di qualificazione era ben al di là della portata dei semplici mortali: solo per parteciparvi erano necessari una forma fisica diabolica e un grado di resistenza e di grinta mentale che rasentava i livelli della forza aerea speciale, ma il divario tra i leader della corsa e i ritardatari poteva essere immenso, a volte fino a quindici o venti ore tra il primo e l'ultimo posto. Avrebbe potuto aspettare un bel po' prima di vedere qualcun altro.

Camminava avanti e indietro, cercando di darsi calore e di ignorare il crescente e sempre più urgente stimolo della vescica. Aveva visto il fondo del suo thermos di tè in brevissimo tempo, nel tentativo di svegliarsi, riscaldarsi e allontanare la noia, ma ora cominciava a pagarne le conseguenze. Continuava a camminare da un lato all'altro, cercando di non pensarci, ma il freddo e la mancanza di qualche cosa da fare lo rendeva alquanto difficile.

Tirando con forza i cordini del cappuccio, fece una corsetta lungo la pista, in direzione della linea di partenza e allontanandosi dalla curva esposta, cercando di uscire un po' dalla traiettoria del vento. Alcune barche veleggiavano confuse all'orizzonte, il mare grigio e tempestoso le sballottava come schiuma di sapone.

Raggiunse il piccolo bivio della pista dove il sentiero si biforcava: il tratto più esterno si apriva in una diramazione ancora più angusta e serpeggiava lungo la sponda angolata per un breve tratto, prima di dissolversi nell'erba come fumo. Era conosciuto come Devil's Fork e, a buona ragione, non le era mai stato permesso di scendere laggiù da bambina; in quel tratto persino i cani si portavano al guinzaglio.

Controllò di nuovo l'ora con un disperato bisogno di fare pipì. Il commissario di gara era passato solo venti minuti prima e non sarebbe tornato per un bel po'. Doveva chiamarlo per farsi sostituire? Sarebbe comunque stato a qualche miglia alla postazione successiva su un quad e avrebbe comunque dovuto aspettare che arrivasse.

«Cavolo, che fine settimana grandioso, Otts», bofonchiò tra sé e sé mentre un colpo di vento particolarmente potente quasi la rovesciò all'indietro e le strappò via il cappuccio. Raddrizzandosi controllò di nuovo l'orizzonte. *Ancora* nessuno. Che stavano combinando là dietro? Saltellavano sul posto?

Al diavolo. Non poteva più aspettare. La sua vescica gridava pietà. Guardò a destra e a sinistra in modo incerto. Il percorso poteva essere libero, ma era anche completamente scoperto: nel momento in cui fosse apparso qualcuno, si sarebbe trovata in linea diretta con il suo sguardo. La notizia di un'assistente di gara che si alleggeriva la vescica sul bordo del sentiero non era il tipo di pubblicità che Bertie avrebbe voluto. Si guardò intorno con apprensione. A meno che… Guardò la curva alle sue spalle. Se si fosse appoggiata al pendio scosceso della collina proprio dietro il punto più estremo dell'angolo, sarebbe rimasta nascosta giusto il tempo necessario…

Che poteva fare? Non c'erano davvero altre opzioni.

Trotterellando verso quel punto cieco dietro la curva, slacciò i jeans il più in fretta possibile, con le dita che armeggiavano al freddo, litigando con il lungo impermeabile e tutti gli strati che si era messa addosso quel giorno. Fece pipì rapidamente, chiudendo gli occhi felice mentre la vescica si rilassava. Dopo poco si stava tirando su e sistemando i vestiti. Nessuno l'avrebbe mai saputo.

Guardò di nuovo a destra e sinistra. Non c'era anima viva…

No, aspetta. Qualcuno *stava* arrivando.

Si fece scura in volto. La legge di Murphy, borbottò tra sé e sé, tornando a passo di corsa alla capannina e riprendendo in mano la cartella per registrare i tempi. Sarebbe bastato un minuto e si sarebbe trovata costretta a proteggere sia il pudore che la dignità.

«Ben fatto!», esclamò di cuore all'avvicinarsi del corridore, con la penna poggiata sulla cartellina per registrarne il tempo. «Stai andando alla grande! Continua così, numero…», disse strizzando gli occhi a mano a mano che quello si avvicinava. «Be', ciao, numero 69». Rise. «Lo hai scelto apposta il numero?».

Bertie si fermò e le cinse la vita con le braccia. «Secondo te?». Ansimò. Sudava copiosamente, il viso era pallido più che paonazzo. Si avvicinò per baciarla. «Ho calcolato bene?», chiese sottintendendo che non c'era nessun altro in giro che potesse vederli.

Ottie rise mentre l'uomo si chinò a baciarle il collo. «Non sai quanto!», sghignazzò. «Tempismo perfetto».

Willow fissò il messaggio, sentendo fremere le mani mentre rileggeva quelle parole più e più volte: "Riconsiderando, sarei pronto a riproporre la mia precedente offerta di 2,75 milioni di euro. La prego di rispondere se interessata. C. Shaye".

Due e settantacinque? Era una cifra molto più bassa dei sei milioni che Hels le aveva indicato. Molto, molto più bassa. Esageratamente bassa. Stava per scoppiare a ridere. Non c'era da stupirsi che suo padre l'avesse preso a calci nel sedere.

Un'offerta al ribasso era una cosa, ma quella era francamente un insulto.
Offensiva.
Ridicola.
E cos'aveva fatto poi… giocato al ribasso? Ridotto ancora l'offerta al momento della vendita? Chiaramente non era un tipo di cui potersi fidare. Lanciò il telefono sul letto e andò allo specchio dall'altra parte della stanza, scompigliandosi i capelli con dita rabbiose. Avevano una lucentezza mai avuta in città: l'acqua lì era più dolce. Aveva anche preso colore sulle guance: la brezza del mare le faceva sempre lo stesso effetto.
La mano si fermò a metà movimento.
D'altro canto, O'Leary le aveva detto che solo far sistemare il tetto le sarebbe costato mezzo milione.
E il mercato immobiliare era morto.
E la Brexit un disastro.
E Hels aveva detto che sei era "il prezzo pieno", "se fossero state fortunate", "con il vento a favore" e avessero trovato "l'acquirente giusto al momento giusto"…
Probabilmente cinque era una cifra più realistica, quattro e cinque se voleva concludere la vendita in fretta.
«Willow!», la voce di Pip era forte, perfino con quelle mura spesse da attraversare. Digitò in fretta con i pollici: "Il prezzo di mercato è cinque, ma possiamo trattare se vuole un'operazione rapida".
Prima di potersi concedere di esitare, premette invio e guardò lo schermo per accertarsi che il messaggio partisse, per poi pentirsene immediatamente. Il nervosismo le provocò un brivido. Fondamentalmente gli aveva chiesto di raddoppiare l'offerta quando tutti sapevano che era meglio l'uovo oggi della gallina domani. Guardò lo schermo per un altro minuto, combattuta: arrabbiata, furiosa, irrequieta e sprezzante da una parte; timorosa, esitante e mesta dall'altra. Non era nel suo ambiente, poco ma sicuro.

I minuti si protrassero e lo schermo continuava a restare nero. Senza dubbio quell'uomo aveva scrollato le spalle alla sua folle controproposta e messo via il telefono. Pazienza.

Si morse il labbro e cercò di fare altrettanto, dicendosi che non ci sarebbe comunque stata una soluzione rapida a tutto ciò. La proprietà di un castello vecchio di settecento anni non si vendeva con una semplice telefonata e un paio di messaggi. Quelli erano affari. Si discuteva di milioni di euro. Che le piacesse o no, doveva limitarsi a fare alla maniera di Hels e portare pazienza.

Prese il cappotto dal letto ed era già sulla porta quando il telefono trillò di nuovo: "Se possiamo accordarci per quattro, l'affare è concluso".

Restò a bocca aperta per lo stupore. Avrebbe pagato quattro milioni? Così e basta? Era un terzo in meno di quanto Hels le aveva detto che avrebbe potuto farci, ma più di un milione più di quanto offerto in origine. E in quanto alla vendita rapida... aveva bisogno di un taglio netto e pulito, ma qui si era quasi a livello chirurgico.

Il cuore le batteva forte, ma si costrinse a rallentare e a prendere fiato. Stava facendo pressione, voleva chiudere con lei un affare senza passare attraverso i soliti preliminari. Sì, era già stato lì con suo padre: al primo tentativo aveva già ricevuto tutti i dettagli, conosceva la complessità della proprietà e i relativi pregi e difetti, non c'era bisogno di aprire nuovi orizzonti. Ma... se era così ansioso di trovare un accordo a distanza e in fretta, ci sarebbe potuto essere ancora un piccolo margine di manovra. Possibile?

Digitò lentamente. Era avidità o senso degli affari? "Per quattro non possiamo accordarci, ma ci stiamo avvicinando. Suggerirei di incontrarci per discuterne nel dettaglio".

Aspettò la risposta mordicchiandosi nervosamente l'unghia del pollice. *Dai, dai. Abbocca.*

«Willow!», gridò di nuovo Pip.

«Argh!», gemette Willow, in un frenetico balletto sul posto

in attesa della risposta dell'uomo, sapendo che sua sorella avrebbe fatto irruzione lì dentro da un momento all'altro...

"Bene, a condizione che resti fuori dal mercato e procediamo rapidamente. La contatterò la prossima settimana. C.S.".

Willow lanciò un urletto deliziata, portandosi di colpo la mano alla bocca. Aveva tacitamente concordato per quattro e *qualcosa*? Così e basta, aveva spazzato via tutti i suoi problemi? Pip era stata sarcastica quando qualche sera prima le aveva rivolto l'accusa, ma il pragmatismo era riuscito là dove il sentimentalismo del padre non avrebbe potuto: aveva forgiato un percorso verso il futuro. In base a un principio medievale suo padre si era rifiutato di vendere a un inglese che aveva tentato di abbassare un prezzo già pattuito, mentre lei si era limitata a tenerla sul semplice: vendere. A un acquirente.

«Willow!».

Willow sospirò.

«Sei pronta o cosa?», urlò sua sorella.

«Cosa», rispose un attimo dopo Willow con un sorriso sarcastico, mentre usciva dalla sua vecchia camera da letto e sbirciava sopra la balaustra, trovando sua sorella distesa sul gradino più basso, come se stesse lì da giorni.

«Finalmente!», esclamò Pip in modo teatrale quando la vide.

«Quant'è che aspetti?», chiese Willow scendendo per le scale. Non si era mai sentita così leggera nelle ultime settimane. Anzi, anni. Si sentiva libera.

«Secoli!».

«Cinque minuti? Tre dei quali passati a chiacchierare con mamma?».

Pip alzò gli occhi al cielo e Willow la seguì. «Hmm, non lo definirei chiacchierare. Mi ha detto di non bere troppo e non fare tardi... come se avessi quindici anni o roba del genere».

Nel fare dovutamente caso a come era vestita, Willow si accigliò. «Vieni vestita così o prima dobbiamo fermarci alle scuderie?», chiese arricciando il naso mentre prendeva tra le dita il tessuto della camicia di Pip; era una delle vecchie *tattersall* di suo padre, fin troppo grande di spalle e con le maniche arrotolate.

«E invece tu vieni vestita così?», ribatté Pip, accarezzandole i pantaloni di pelle che scricchiolarono al tocco. Erano nella "borsa delle emergenze" che Caz le aveva preparato – e che le aveva portato Hels – insieme a una bustina del suo siero di latte in polvere preferito e a una furtiva bottiglia di vodka con un bigliettino sul davanti che diceva "Nel caso in cui tutto diventi troppo". Pip rise – aveva chiarito il punto – e le diede una spintarella mentre percorrevano il corridoio. «Ciao, mamma», urlò di nuovo. «Stiamo andando via!».

Entrambe aspettarono per un attimo che gridasse loro una risposta, ma non ci fu nulla. Si guardarono l'un l'altra, con un fremito di preoccupazione sul viso, poi Pip fece spallucce e uscirono nella notte. Dopo i temporali precedenti, il tempo si era un po' calmato. Faceva ancora un freddo pungente, ma la pioggia battente aveva smesso, e i venti di burrasca si erano placati in raffiche sostenute. Salirono sulla Land Cruiser di Pip e si allontanarono, con i fari che illuminavano il grandioso viale formale e, di tanto in tanto, i conigli interrompevano il loro foraggiamento nervoso sotto i cespugli per osservare il loro passaggio.

«Mi sembri allegra», disse Pip guardandola mentre varcavano i cancelli e controllava il traffico.

«Ah sì?». Willow guardò allo specchio e si sistemò i capelli per distrarsi. Voleva dare a sua sorella la grande notizia, lo voleva davvero. Ma per lei sarebbe stata davvero una buona notizia?

Willow sospettava di no. Per quanto riguardava la messa in vendita di Lorne, Pip doveva ancora farsene una ragione. Sentire che era già quasi tutto fatto e concluso, che sua sorella aveva agito in modo tanto rapido e deciso... No, era troppo presto. «Immagino perché non vedo l'ora di fare un po' di festa», disse invece. «Sono state settimane dure».

Pip allungò una mano e le strinse con affetto il ginocchio. «Puoi dirlo forte, piccola». Svoltò a destra in una stradina alberata e rigogliosa, che portava fuori dal villaggio. «Allora come vanno gli Ultra, sappiamo qualcosa?»

«I primi dovrebbero finire verso le tre del mattino, penso».

«Gesù, sono proprio suonati», rabbrividì Pip. «Ma chi glielo fa fare a correre per tutta la notte?»

«Non chiederlo a me», borbottò Willow cercando sul telefono la sua playlist di Spotify. «Cosa ti piace? Indie, ritmo cazzuto… hmm… o dance anni Novanta?»

«Dance, senza dubbio. Spariamoci un po' di musica buona finché possiamo. Dio solo lo sa che musica ci avrà preparato Marie Mullane… Daniel O'Donnel a ripetizione?».

Willow gemette. Era vero, Terry e Mary Mullane avevano l'età dei loro genitori e, pur essendo tra i più ricchi della zona, non erano certo i più cool. «Passiamo a prendere anche Ottie?», chiese poi, sperando che la sua voce non suonasse strana. Erano giorni che non vedeva la sorella maggiore. Da quando avevano appreso del loro nuovo destino, in effetti.

«No, ha fatto la hostess di gara per tutto il giorno. Ha attaccato all'alba con gli usignoli, ha detto, e ora è fradicia e congelata e ha intenzione di abbuffarsi del *Trono di Spade* per tutto il fine settimana».

«Ancora non l'ha visto?», osservò Willow in tono di rimprovero. «Mio dio, è come se vivesse nel Medioevo».

«Senti, dimentichi la banda larga che abbiamo qui», disse Pip sulla difensiva. «Le ci è voluto quasi un anno solo per scaricare quella maledetta serie».

«Se lo dici tu».

Pip la guardò di sottecchi come se avesse percepito qualcosa nel tono di voce. «Vi siete viste di recente?»

«No».

«Già. Non mi sorprende, immagino. È stata praticamente sepolta dai preparativi per la gara. Ho visto Seamus prima e ha detto che sembrava il Glastonbury degli astemi là sopra».

«Fa tristezza», disse Willow, fissando il buio e sentendo la momentanea ebbrezza iniziare a svanire, mentre antichi muri di pietra e alberi scheletrici sfrecciavano davanti al parabrezza in una macchia confusa. Alla fermata dell'autobus erano state fissate delle bandierine e ai tronchi d'albero ogni cinquanta metri le frecce laminate che indicavano il percorso. Un cartello dipinto a mano che segnalava la vendita di alberi di Natale era stato sradicato dal vento.

«Ripulire tutto senz'altro. L'anno scorso è stato un incubo. Come le ho già detto, Bertie Flanagan non può continuare a far crescere questo evento sempre di più solo per aumentare i suoi profitti», spiegò Pip. A sentir nominare Bertie Flanagan, Willow smaniò sul posto. Odiava quell'uomo. Sapeva perfettamente che cos'era: un bugiardo e un imbroglione. «A un certo punto dovrà mettere un tetto ai partecipanti. Le infrastrutture non possono sostenere oltre e, francamente, nemmeno il terreno. Hai idea di come viene ridotto quel sentiero dopo il passaggio di duemilacinquecento maniaci ascetici con questo tempo?»

«No».

Pip la guardò. «Be', farai bene ad andare a dare un'occhiata lunedì. Potresti rimanere sorpresa… ed è un problema tuo ora che sei il boss. Sei tu che dovrai trovare i soldi per risistemare».

Peccato che non fosse così. Se c'era una volontà di approfondire nelle parole di Pip, lei non la sentì e un accenno di sorriso le solleticò gli angoli della bocca. «Okay allora, lo farò», rispose con leggerezza, appoggiando il braccio al finestrino e guardando fuori. Dopotutto aveva appena venduto un castello. Sogno o realtà?

Pip le strizzò l'occhio con fare furbo. «Ti dico io cosa fare: di' a Bertie che se in futuro vuole continuare a utilizzare Lorne deve pagare. Papà ci pensava più che spesso, ma Ottie l'ha sempre dissuaso».

Willow provò un'altra fitta di gelosia alla disinvoltura con cui Pip parlava dal padre; le discussioni quotidiane che insieme a Ottie avevano avuto con lui su come gestire la tenuta avevano creato un legame a tre che lei non era mai stata in grado di costruire. Willow aveva pure ereditato la proprietà, ma erano Ottie e Pip ad aver ricevuto di più, dei ricordi che non si sarebbero mai più ripetuti.

«Gli diceva che avrebbe influito negativamente sulla loro amicizia», proseguì Pip con un versaccio derisorio. «Come se, a parti inverse, Bertie si sarebbe fatto scrupoli».

Willow guardò sua sorella. Pip sapeva quello che sapeva lei? Era davvero al corrente di quanti pochi scrupoli si facesse quell'uomo?

Pip sospirò sconfitta. «Già, come diceva papà, al dunque bisogna sempre dare più valore all'amicizia che all'opportunità di soldi facili».

«Anche se aveva un estremo bisogno di quei soldi?»

«Lo conosci papà», Pip si strinse nelle spalle. «È sempre stato un tenero».

Willow guardò fuori dal finestrino, non fidandosi di sé stessa e temendo di non riuscire a trattenere la lingua. Venire a sapere che suo padre si era rifiutato di prendersi la propria fetta da un amico che non solo si stava approfittando del suo buon cuore, ma che lo aveva anche tradito nel modo più terribile, era quasi più di quanto potesse sopportare. Odiava che il segreto di suo padre fosse ora, in un modo o nell'altro, anche suo. La bruciava da dentro.

Superarono villaggi sonnolenti e sfrecciarono attraverso campi addormentati, con il vento che frustava le siepi spoglie e, di quando in quando, i tassi che affollavano il sottobosco lungo la strada. Pip cantò forte, e male, per buona parte del tempo, cercando di entrare nello spirito della festa – Willow sapeva che sua sorella era una grande sostenitrice del principio "Fingi fino a quando non lo ottieni" – finché, alla fine, svoltò verso destra e imboccarono un vialetto segnato da un paio di pilastri di mattoni rossi di circa due metri e mezzo con cancelli a scorrimento in ferro. Su una targa di pietra incastonata in uno dei pilastri era inciso in caratteri dorati: "Tenuta Trelannon".

Pip tamburellava sul volante a tempo di musica, seguendo il ritmo con la testa, mentre i cancelli elettrici si aprivano automaticamente con un sordo ronzio. Lentamente avanzarono tra due file di luci basse ai lati del vialetto, che si accendevano quasi a inscenare una ola al loro passaggio, attenuandosi subito dopo.

«È pazzesco, è come la pista di un aeroporto», mormorò Willow mentre attraversavano i pali e le recinzioni, lasciandosi alle spalle i paddock curati e vuoti.

Per una volta, però, Pip rimase in silenzio. Con il mento quasi toccava il volante mentre si avvicinavano alla casa passando accanto ai fienili americani dove venivano sistemati i cavalli e che osservava quasi con un senso di soggezione negli occhi solitamente provocatori. «Cavolo, guarda qui», sussurrò ammirando i ciottoli immacolati del cortile con al centro il mosaico che riproduceva il logo dei Mullane. «È così che sai di avercela fatta».

«Parla per te, *fangirl*», disse Willow, storcendo il naso. Per quanto la riguardava, un logo a mosaico nelle stalle era allo stesso livello del mosaico di un delfino nella piscina, ma ci pensò bene prima di dirlo ad alta voce. Quella dei Mullane era probabilmente la scuderia più prestigiosa e di maggior successo di tutta l'Irlanda, e il pedigree dei cavalli non era secondo a nessuno. Era il sogno di Pip e, improvvisamente, Willow capì perché sua sorella era così ansiosa di essere lì quella sera.

Parcheggiarono la Land Cruiser infangata e malconcia in mezzo a file e file di Mercedes e Range Rover scintillanti e persino un paio di Bentley. Willow pronunciò una piccola preghiera di ringraziamento per essersi vestita elegante; poco prima, nel vedere Pip in tenuta da serata al pub si era fatta venire dei ripensamenti, ma il passo della sorella maggiore non vacillò minimamente mentre si avvicinava alla casa, con gli occhi che le brillavano di ambizione.

Bussarono alla porta e, mentre aspettavano che qualcuno aprisse, Willow si guardò intorno. Era quello il genere di cose che quei quattro milioni e qualcosa avrebbero potuto comprare? Quella costruzione perfettamente cubica rivestita in stile neo-georgiano non era di suo gusto, però. Era tutto troppo immacolato, troppo sfavillante. Fioriere di piombo davanti ai pilastri decorativi accanto alla porta d'ingresso, conifere tagliate in tortiglioni perfetti e lucine drappeggiate tra gli alberi. Ogni singola finestra a battente dal pavimento al soffitto riversava luce all'esterno, come se il solo voltaggio potesse indicare la ricchezza e il potere degli occupanti. Ma forse poteva anche essere effettivamente così, visto il livello di buonumore che proveniva dall'interno.

Impaziente, Pip suonò di nuovo, proprio nel momento in cui la porta si aprì e apparve Terry Mullane, con dei pantaloni di velluto a coste color lampone e un maglione di cachemire giallo.

«Buon Dio», mormorò Pip quasi tra sé e sé. «Terry, ciao!».

Il sorriso già pronto di Terry vacillò mentre metteva a fuoco le due ospiti: le ragazze Lorne recentemente colpite dal lutto. «Willow, Pip», disse facendo un passo avanti e stringendo loro un braccio in un gesto affettuoso. «Siete venute!».

«Sì», disse Pip allegra, e Willow sapeva che stava cercando di ignorare lo sguardo di compassione negli occhi del padrone di casa. «Grazie per averci invitato».

«Ma figurati. Speravamo davvero che ce la faceste a venire». Guardò oltre le loro spalle. «E vostra madre?»

«Mi dispiace, ma temo sia troppo presto per lei», si affrettò a spiegare Pip.

«Ma certo, certo», disse con sguardo affranto. «E chi se lo aspettava».

«Sarebbe venuta anche Ottie, ma ha lavorato tutto il giorno alla maratona ed era intirizzita», aggiunse Pip.

«Grandi lavoratrici, tutte quante. Non mi stupisce che vostro padre fosse così orgoglioso di voi».

Willow sentì il sorriso che le si congelava sulle labbra.

«Sentite, prima che entriate, vorrei farvi sapere che eravamo tutti pronti ad annullare questa serata, per rispetto a Declan. Era un buon amico».

«Me lo ha detto Joe», disse Pip in modo spiccio, «ma siamo felici che non l'abbiate fatto. Papà avrebbe voluto così. Sai quanto amava le feste».

«Eccome! Ne era sempre l'anima e il centro. È stato un colpo terribile scoprire che era mancato. Eravamo a Dubai proprio in quei giorni».

«Una trasferta di successo da quanto ho saputo», disse Pip e, dal tono di voce, Willow capì che era un disperato tentativo di cambiare argomento. Pip e la compassione andavano d'accordo come il succo d'arancia e il dentifricio. «È stata un'annata da paura per i Mullane. Siamo davvero felici per voi».

«Grazie, Pip, molto gentile da parte tua», annuì sembrando capire l'intenzione. «Ma adesso venite, entrate. Si gela qua fuori e dentro c'è una festa che aspetta di cominciare».

«A me sembra già in pieno sfoggio», osservò Willow educatamente mentre la porta si riaprì di nuovo e le soavi sonorità di Daniel O'Donnel si libravano nell'aria. Deglutì intimorita e desiderò che non fossero lì. Era stato un errore.

Fecero il loro ingresso in un ambiente tutto di marmo, il pavimento a scacchi bianchi e neri era lucidato a specchio, un immenso candeliere di cristallo brillava feroce. Nell'angolo un gigantesco albero di Natale illuminato da led blu con decorazioni in argento e azzurro.

Willow si sentì sprofondare ulteriormente mentre si toglieva la giacca. Daniel O'Donnell e i maglioni con scollo a V non andavano d'accordo con una festa, e i suoi pantaloni di pelle divennero improvvisamente alquanto osé. A Dublino nessuno batteva ciglio, ma ora gli sguardi le scivolavano addosso come pietre acuminate. Anche la camicetta nera, quasi lucida, probabilmente non aiutava.

«Mi sa che è stato un errore», mormorò sottovoce mentre Terry si precipitava a portar loro da bere.

«Stai scherzando», mormorò Pip a sua volta, con gli occhi incollati ai sontuosi ritratti a olio di cavalli alle pareti. «Io sono in paradiso!».

«Hai acceso l'apparecchio acustico? Hanno messo *Danny Boy*. L'hanno messa per davvero, non scherzo».

«Non mi importa. Questo posto brulica di cavalli. Potrei non andarmene più. Pensi che mi adotterebbero?»

«Pip...».

Terry Mullane tornò con due equivoci drink rosa che mise loro in mano. «Bevete. Sono stati creati appositamente per questa sera: Midnight Feast», disse l'uomo sorridendo.

«Cosa c'è dentro?», chiese Willow scettica. Quel cocktail non avrebbe mai osato neanche farsi vedere in uno dei bar che frequentava a Dublino.

«Non ne ho la più pallida idea». Rise. «Ma ho chiesto di non farli troppo forti. Altrimenti sai come succede con i cocktail: tutti brilli dopo due bicchieri».

Willow sorrise. Probabilmente il genere di cocktail che avrebbe preparato lei per una serata. Presto sarebbe entrata in possesso di quattro milioni di euro, e allora sì che ci sarebbe stato da festeggiare, anche se in segreto. «Be', congratulazioni», disse facendo un brindisi. «Che il vostro successo possa continuare per tanti anni a venire».

«Grazie».

Pip corrugò la fronte e si fece subito evasiva. «A proposito, Terry, già che sei qui...».

Willow prese un altro sorso del drink rosa – era dolcissimo, ovviamente, ma altamente bevibile – e intanto raddrizzò le orecchie al tono insolitamente giudizioso di sua sorella.

«C'è una cosa di cui vorrei parlarti un po' più nel dettaglio: come hai cominciato esattamente?». Pip che si mostrava educata la innervosì. «È sempre stato il mio sogno entrare negli allevamenti dei purosangue».

«Davvero?», le chiese interessato Terry. «Ho sempre pensato che in questo mondo fossi più coinvolta nell'esperienza… per famiglie».

«Oh, no, no, no», si affrettò a negare Pip, con le guance in fiamme per la delicatezza con cui si era espresso. «Cioè, sì, al momento gestiamo un'attività di trekking ma solo perché… sai… è legato alla nostra posizione sulla Wild Atlantic Way. Quello che realmente mi piacerebbe fare e quello che tu sei riuscito a…».

«Terry!». Una donna su di giri, con un abito inadatto, si precipitò su di lui, stringendogli il viso tra le mani e baciandolo sulle labbra. «Ce l'abbiamo fatta!».

«Ma bene!», replicò con un'espressione lievemente inorridita, mentre il marito della donna in giacca e cravatta si avvicinava con un sorriso ancora più ampio.

Willow lo guardò, spiazzata. Una cosa era essere la manager della palestra alla moda Pyro Tink, ma come doveva essere impersonare il proprietario del vincitore del Grand National poteva solo immaginarlo.

Pip la scartò di lato, cercando di avvicinarsi di nuovo al suo obiettivo. «Comunque, Terry, ho comprato questa bella cavalla la scorsa estate, Shalimar. Anglo-araba. Bellissima, davvero. Ho dovuto vendere la mia roulotte e avrei venduto anche un rene, se avessi dovuto. Ma comunque, mi sono quasi rovinata da sola per averla e…».

«Che festa assolutamente fantastica, Terry caro», insistette la donna, inclinando la testa in modo da bloccare la visuale a Pip. «Ci sono tutti! Ora, dove possiamo trovare uno di questi drink dall'aspetto delizioso?».

Terry guardò Pip esterrefatto. «Se per te va bene, Pip, possiamo riprendere il discorso più tardi? Sarà meglio che porti da bere a Nancy e Bob».

Pip parve desolata. «Certo».

«Ma vengo a cercarti, giuro, e riprendiamo. Mi piacerebbe saperne di più».

«Certo, sicuro», mormorò Pip sottovoce mentre Terry veniva quasi trascinato via.

«Andiamo», disse Willow mentre notava l'espressione della sorella spegnersi, prendendola sottobraccio e spingendola nella folla. «Mi sembra di essere Spock in attesa del teletrasporto sotto quell'affare».

Spostandosi dal fascio di luce, Pip alzò gli occhi sul lampadario a cascata. Si fermarono accanto a un pilastro da cui godevano di un'ottima visuale della festa. Tantissimi ospiti sembravano aver ricevuto l'invito a indossare una decorazione natalizia come accessorio e alcuni uomini presenti indossavano i classici maglioni di Natale e, temeva Willow, non certo per un desiderio di autoironia. Le due sorelle rimasero in silenzio per qualche minuto, sentendosi entrambe fuori posto e desiderando di essere rimaste a casa.

«Oh, santo cielo!», annaspò Pip improvvisamente pallida.

Willow provò un brivido di terrore. «Che c'è?»

«Guarda lì».

Willow guardò dove puntava lo sguardo della sorella: un magnifico trofeo d'oro posizionato contro la parete posteriore della sala, chiuso in una vetrina posta su un piedistallo di ebano. Al di sopra era appeso il dipinto di uno stallone nero.

«Cavolo, non sarà mica...», sussurrò Pip con gli occhi fuori dalle orbite.

«Non può essere», si accigliò Willow proprio mentre notava i due energumeni in nero impalati ai lati, le mani incrociate e le gambe divaricate ben piantate a terra. «Vero?»

«È bellissimo e... d'orissimo».

«Non si dice *d'orissimo*».

«Pensi che il vetro sia antiproiettile?», chiese Pip ingollando il suo drink.

Willow, però, non la stava più ascoltando. Il suo sguardo si era agganciato a qualcosa di ancora più ammaliante del trofeo. Era in jeans, maglietta bianca e giacca blu, che ascoltava impassibile qualcosa che stava dicendo il suo compagno, un uomo sulla quarantina.

«Oddio, non posso credere che il trofeo del Grand National sia qui. A una festa. Dobbiamo andare lì a guardarlo bene», sibilò agitatissima. Se già in macchina Pip era entrata in modalità *fangirl*, ora stava rasentando lo stalking.

«No», rispose in fretta Willow agitando una mano a bloccare la sorella nello scatto.

Pip sparò le sopracciglia verso l'alto. «Eh? Perché no?».

Willow ritornò a osservare l'uomo. Perfino di profilo le fermava il cuore.

«Will, andiamo a guardarlo da vicino», la implorò Pip disperata.

Lo sguardo in risposta di Willow fu ugualmente disperato. Non poteva andare da quella parte. Quell'uomo era a un metro dalla vetrina... ed era uno da guardare, non uno con cui parlare. «È da cafone andare lì e fare tutte queste scene».

«*Da cafone?*», sbottò Pip, oltraggiata. «Perché pensi che l'abbiano messo lì? Vogliono che la gente faccia un po' di scena!».

«Va bene, vai, allora», insistette testarda facendo un passo indietro.

Pip si fece seria e la guardò incredula prima di riportare gli occhi sulla coppa e poi leggermente a sinistra. «...Aaah!».

«Che cosa significa questo "Aaah"?», chiese sulla difensiva.

Pip diede un'alzata di spalle. «Ho capito».

«Capito cosa?».

Pip tornò a guardare la sala e dritto verso lo sconosciuto emettendo un fischio sommesso. «È molto sexy».

«Pip...».

«Buffo, ho sempre pensato che fossi una spavalda con i ragazzi. Ce ne sono a sufficienza nel tuo Insta-coso. Non sembri così timida lì sopra».

«Non si tratta di essere timida», protestò Willow, anche se

sua sorella aveva qualche ragione. Come mai non voleva avvicinarlo? Di solito si fiondava sui ragazzi che l'attiravano, famosissima nella sua cerchia dublinese per l'approccio "amali e poi lasciali".

«Come pensi che si chiami?»

«E come faccio a saperlo?». Willow roteò gli occhi nelle orbite nonostante il suo cervello fosse già a caccia di possibilità. *James? Chris? Paul?*

«Chissà chi è. È così… urbano», rifletté Pip. «Scommetto che è di quelli che vanno al museo e poi al brunch».

«Smettila di fissarlo!», sibilò Willow dandole di gomito per farle distogliere gli occhi e poi girandosi a sua volta per assicurarsi che non si fosse voltato. Perché non le guardava?

Vuotò il bicchiere nervosa ed entrambe ne presero un altro da una cameriera di passaggio.

«Ti ha già visto?», chiese Pip come una pessima spia, con il bicchiere contro le labbra come se lo stesse annusando.

«No».

«Di sicuro sì», affermò Pip con sicurezza dopo un attimo. «Da dove sta, deve averci per forza viste entrare».

Willow guardò verso il centro della sala e si rese conto che in effetti doveva essere così. Era stato come trovarsi chiuse in una gabbia di luce mentre Pip parlava a Terry. «Be', se ci ha viste non mi sembra che se ne preoccupi granché».

«Sta solo facendo l'indifferente».

Willow corrugò la fronte. «E da quando sei diventata esperta di uomini?»

«Non c'è bisogno di essere esperte di uomini, sorellina; sono creature semplici, non dimenticarlo mai. Pisello e stomaco. Risolto».

Willow scosse il capo. «Non posso credere che tu abbia detto questa cosa». Alzò gli occhi al cielo. «Sai, questo la dice lunga sul perché sei ancora single».

«Mica tutte cercano l'amore», disse Pip con una scrollata di spalle.

«Io neanche».
«Non è quello che dice il tuo Insta-coso».
«Quello non è amore. C'è una bella differenza».
Pip strinse gli occhi. «Hmm, bene ecco un cambio di marea nel tuo pensiero, tanto per cominciare. Da piccola giocavi sempre al matrimonio con le tovaglie».
«Da piccola, sì».
«Quindi hai deciso che il vero amore non fa per te, è questo che mi stai dicendo?»
«Precisamente».
«Neanche il matrimonio».
«Decisamente no».
«Perché...?»
«Perché sono ormoni e convenienza incartati in sentimentalismo commerciale».
«Ahia!», trasalì Pip, come se si fosse scottata. «Brutale condanna».
«Lo dici tu. Qual è invece il motivo della tua zitellaggine convinta?».
Pip sospirò con disinvoltura. «Non ho ancora incontrato un tipo che mi piaccia più dei miei cavalli». E ne sembrava assolutamente contenta.
Willow gemette, sapendo che non si poteva vincere su quell'argomento, proprio mentre Pip, con preoccupante rapidità, raddrizzò la schiena. «Oh, merda, arriva», borbottò a labbra strette.
«Eh?». Un'ombra la oscurò.
«Ciao».
Pip squittì. Squittì per davvero.
Willow si girò e si guardò intorno. In alto. Il tipo sexy aveva attraversato la sala ed era lì accanto a loro. Non sorrideva, eppure... aveva attraversato l'intera sala. «Connor», si presentò.
Connor. Né James né Chris, né... Connor. Bel nome. Bel viso. Tutto quanto... bello. Eccellente perfino. Deglutì a fatica. Da vicino era ancora più attraente: capelli scuri ondulati petti-

nati da una parte, labbra piene, occhi che volevano giocare al "gatto e topo", facendo capire come il gatto fosse lui. «Ciao, mi chiamo Willow», disse con una voce che, miracolosamente, non si incrinò. «E lei è mia sorella Pip».

«Pip e Willow, nomi interessanti».

«Il mio è il diminutivo di Philippa», disse in tutta fretta Pip con il suo distintivo scintillio negli occhi. «Il suo sta per…».

«Non ci provare…», intervenne subito Willow alzando un dito ammonitore.

Connor si incuriosì e Pip scoppiò a ridere.

«È solo Willow», disse tornando a girarsi verso di lui.

«Be', piacere di conoscervi Pip e Solo Willow».

Pip scoppiò di nuovo a ridere. «Solo Willow! Mi piace! E mi piace lui!», si abbandonò a una risata fragorosa prima di accorgersi all'improvviso che il suo bicchiere era di nuovo vuoto. «Oh, no! Ehm, lo vedete questo? Mi serve un drink», e con un sorriso e una strizzata d'occhio affatto sottile, se ne andò in tutta tranquillità.

La guardarono allontanarsi.

«Timida e riservata tua sorella, eh?»

«È una palla al piede».

Un sorriso indugiò negli occhi dell'uomo. «È tua sorella maggiore o minore?»

«Maggiore di due anni».

«Altri?»

«Un'altra sorella, di un anno più grande di Pip».

«Ah, quindi tu sei la piccola di casa?».

Il suo stomaco ebbe un guizzo. L'uomo più bello che avesse mai visto aveva percorso un'intera sala e ci stava provando con lei. «Temo di sì. E tu? Qualche fratello che ti tortura da una vita?»

«Diavolo, sì. Ho anch'io due sorelle che ancora parlano di vestirmi come una bambola e fare pratica di trucco su di me». Oddio, poteva solo immaginarlo con il mascara sugli occhi. Ancora più bello. Vedeva i suoi occhi danzare adesso, ma ancora nessun sorriso gli incurvava le labbra – a distanza poteva sembrare che parlassero di Brexit o di come andava a Cheltenham – e si chiese per cosa mai sorridesse quell'uomo.

«Devono essere cicatrici profonde», lo stuzzicò lei.

L'uomo mosse le sue splendide sopracciglia scure. «Allora, come conosci i Mullane?», chiese facendosi leggermente da parte mentre una bruna con un'aderente tutina argentata sgusciava in mezzo a loro con un leggerissimo ammiccamento nei suoi confronti mentre passava. Connor la fissò per un attimo, poi tornò di nuovo su Willow.

Willow abbozzò un sorriso anche se sentiva montare l'insicurezza. Doveva essere circondato da donne che ci provavano con lui tutto il tempo. «Amici di famiglia».

«Ah, vivi da queste parti?»

«La mia famiglia sì. A circa mezz'ora da qui… o venti minuti, se guida Pip». Prese un altro sorso dal bicchiere e colse la donna aprirsi un varco tra la folla. Quasi tutti gli uomini si girarono a guardarla.

«E tu no?»

«Sono a Dublino adesso».

«Ah, una ragazza di città». La squadrò con gli occhi. «Ora si spiegano i pantaloni». Willow sentì un forte rossore colorarle le guance. «Ho pensato che avrebbero avuto bisogno di aprire le finestre quando sei entrata. La temperatura è salita all'improvviso».

Oh. Santo. Cielo. Le stava dicendo che era troppo provocante? Deglutì, imponendosi di restare calma. «E tu?», chiese, ignorando volutamente il complimento. «Di dove sei?»

«Londra, ma ho anche una casa a Dublino».

Anche. Quanti sottintesi in quell'unica parola. «E come conosci i Mullane?», si informò.

«Faccio parte del consorzio che possiede Midnight Feast».

Willow strabuzzò gli occhi. «Wow! Che emozione!».

«Sì infatti».

Un uomo da cavalli. Non l'avrebbe mai detto. Avrebbe pensato a un banchiere o roba simile. «Allora, cosa hai provato quando hai vinto il National?».

Ci pensò su un attimo. «Lividi».

«Lividi?», chiese sconcertata.

«Sì. A quanto pare, quando il tuo cavallo vince la corsa, devi sottoporti al lancio tra le braccia. Non sono mai stato issato su così tante spalle».

«Ah». Ridacchiò, ma il suo sorriso sfumò quando i loro sguardi si incontrarono di nuovo e sentì uscirle di testa tutte le parole. Niente più chiacchiere vellutate. Niente più battute argute. E neanche provocanti brunette. Era ammaliante, travolgente, la chimica tra loro…

«Hai finito da bere», disse lui dopo un attimo, spostando lo sguardo dai suoi occhi al bicchiere. Maledetto bicchiere che lo aveva distratto. «Vuoi un altro drink?».

E con ciò, scoppiò la bolla. Willow sapeva esattamente cosa significasse quella parola: una rapida uscita di scena con il pretesto di cercare una cameriera. Lo faceva sempre nei bar quando voleva mollare qualcuno. Come aveva potuto fraintenderlo così?

«Certo». Scrollò le spalle percependo tutta la sua sicurezza e il suo buonumore colare a picco. Aveva detto qualcosa di sbagliato? Era stata troppo civettuola? O magari non abbastanza?

Distolse lo sguardo, preparandosi alla sua scomparsa. La festa stava già superando i contatti educati. Il cocktail rosa e l'albero di Natale blu cominciavano a spruzzare un po' di magia sui presenti. Si rideva con la testa gettata indietro e i gesti si facevano più espansivi, mentre il volume delle voci si alzava… A prima vista aveva notato solo gli amici dei suoi genitori, ma ora intravide anche il contingente più giovane, fino a quel momento rintanato negli angoli e nell'ombra, uscire da stanze laterali. Il livello di chiasso nella stanza cresceva rapidamente.

Pip, come vide, era in mezzo a un gruppo di gente che rideva fragorosamente a qualcosa e intanto ci dava di shot. Willow la osservò: sua sorella poteva anche essersi vestita da uomo con quella camicia *tattersall*, capelli arruffati e niente trucco, ma non assomigliava affatto a uno di loro, con l'ossatura delicata e gli occhi brillanti. Probabilmente, pensava, Pip non aveva la minima idea di quanto fosse bella; anzi, il pensiero avrebbe potuto perfino mortificarla.

«Scusa!». Willow alzò gli occhi e vide Connor che con la mano e la testa alta cercava di richiamare l'attenzione di qualcuno. «Grazie», mormorò quando una cameriera si precipitò da lui e prese il bicchiere vuoto di Willow per sostituirlo con uno pieno.

Sbatté gli occhi sorpresa.

«Che c'è?», chiese sorseggiando il suo champagne. Niente roba rosa per lui.

«Niente, io…».

La inchiodò con lo sguardo, percependo la sua titubanza. «Parla».

Willow si strinse nelle spalle. «Pensavo cercassi un modo discreto per allontanarti».

L'uomo si incupì. «E perché avrei dovuto?».

Individuò con gli occhi la bruna nel vestito argentato che ancora guardava verso di loro. «Niente. Ignorami», e guardò di nuovo altrove.

Ci fu una breve pausa. «Be', purtroppo pare che sia l'unica cosa che non riesco a fare».

Il suo sguardo tornò di scatto a fissarsi su di lui, il sorriso da flirt che aveva avuto negli occhi prima ora era ardore vero e proprio.

«Ignorare la ragazza più carina qui dentro, intendo».

Willow sentì il cuore partire al galoppo e la stanza cominciare a girare. Era lui o il drink rosa? Non le importava neanche più che ascoltassero Daniel O'Donnell. Stava succedendo davvero? Poteva avere tutta quella fortuna in un solo giorno? Se ne sentiva stracarica. Ubriaca.

«Sei tutta rossa».
«Davvero?», si portò la mano alla guancia.
«…Vuoi prendere un po' d'aria?».
Lo guardò. Non aveva mai avuto un più disperato bisogno di una boccata d'aria in vita sua. «Fai strada».

Capitolo dieci

Le porte finestre si spalancarono, davanti a lei un ammasso indistinto di corpi che passò davanti a una coppia che ci stava dando dentro sulle sedie sdraio, e ognuno faceva il tifo mentre usciva nella notte. Si stava già formando una pesante brina, il giardino si tingeva di sfumature bluastre, gli alberi si stagliavano contro il cielo d'inchiostro come coralli duri, il lago come una specchiera sul fondo al di là dei prati.

Correvano come guerrieri, ruggendo con le braccia in alto, e Pip fu contenta che la camicia che indossava fosse troppo grande – rendeva solo più facile sfilarla dalla testa in un colpo solo. Correva sull'erba, in testa al gruppo, le braccia che pompavano, gli occhi fissi sul punto finale: il pontone galleggiante in mezzo al lago. Non il pontone sgangherato che suo padre aveva costruito e fissato alla loro spiaggia privata quando era piccola: alcuni vecchi fusti di petrolio puliti e legati insieme con spago da imballaggio. Qui si trattava di un elegante pontile galleggiante appositamente costruito, sovrastato da una pagoda per romantiche cene al tramonto, supponeva. Non riusciva a immaginare di poter mai scegliere – o anche solo pensare – di cenare in un capanno sull'acqua, al posto d'onore in fondo al giardino, ma chi era lei per giudicare? Era la pazza che scommetteva di poterci arrivare a nuoto in pieno inverno.

«Pip?». Era una voce turbata e lontana. Molto familiare. *Willow?*

Pip cercò di lanciare un sorriso nella sua direzione mentre azzardava uno sguardo oltre le spalle nude. Era assolutamente ubriaca, lo sapeva, quegli shot l'avevano atterrata, ma a spingerla era stata la disperazione acuta, non la sbronza. Poteva farlo. *Doveva* farlo. Dipendeva tutto da quello.

Sean, il suo rivale corpulento e fuori allenamento, era ad appena due falcate dietro, che faticava a togliere la camicia, tanto da doverla strappare. Pip smise di correre di colpo e si accucciò per cercare di tirar via gli stivali da equitazione; ciò significò che Sean le passò oltre ridendo, agitando festosamente le braccia all'avvenuto sorpasso ma, come per le macchine di Formula 1, non poteva saltare il pit-stop e Pip sapeva che anche lui avrebbe dovuto togliersi le scarpe.

I calzini vennero via con gli stivali – una cosa che odiava sempre in altri frangenti – ma fu grata per quell'efficienza in quel momento e ricominciò immediatamente a correre, le piante dei piedi nudi quasi solleticate dalle punte indurite dei fili d'erba. Il lago era alla distanza di un campo da football, così pompava con le braccia più che poteva, inseguendo nel prato la massiccia sagoma di Sean, dimentica delle temperature artiche. Sean era più forte e più grosso di lei, ma anche appesantito e fuori forma. Aveva un vantaggio su di lui in quanto a fitness, lo sapeva.

Lo raggiunse al limite dell'acqua e si sfilò i jeans senza neanche dover abbassare la chiusura lampo, mentre lui dovette prima togliersi le scarpe da ginnastica con il doppio nodo.

«Pip!».

Da qualche parte, in lontananza alle sue spalle, riusciva ancora a sentire il grido di sua sorella, ma non c'era tempo per fermarsi a dare spiegazioni ora. C'era troppo in gioco. Nel piatto c'era tutto il suo futuro.

Senza esitazione, entrò in acqua per prima e tutto il corpo si contrasse immediatamente per quelle temperature da congelamento. Il freddo le tolse il fiato e, sotto i piedi, il fondo si rivelò sassoso e irregolare tanto da farla inciampare e cadere in acqua con tutto il suo peso.

Quando riemerse in superficie si accese il tifo, ma stava talmente sputacchiando e spruzzando di suo che non poteva dire se fosse in acqua anche Sean. Il freddo era a un livello mai sperimentato prima, il respiro le divenne di conseguenza accelerato, più rapido di quanto potesse contare, e il cervello faticava a ragionare in quell'estremo trauma fisico.

A malapena riusciva a vedere, ancora meno restare lucida, ma in qualche modo fissò gli occhi sul pontone e cominciò a muoversi: prima ci fosse arrivata, prima sarebbe uscita da lì. Dietro di lei, il chiasso non fece che aumentare. Alla festa doveva essersi sparsa la voce, perché un certo numero di ospiti andò ad aumentare il numero di spettatori sulla riva accrescendo il livello di confusione. Sentiva invocare il suo nome, ma anche quello di Sean. Nuotò con tutte le sue forze, con tutta la sua disperazione, ma sarebbe bastato?

Sott'acqua, sotto la pianta del piede sentì il contatto con altra pelle e si rese conto che Sean le stava di nuovo dietro. Era grande, almeno un metro e ottanta, e Pip avrebbe voluto che le sue braccia continuassero a ruotare più velocemente, le gambe a scalciare più forte. Forse poteva ricacciarlo indietro?

Solo che braccia e gambe non sembravano più obbedire ai comandi inviati dal cervello. *Più veloce più veloce*. Le incitava, ma non faceva che rallentare sempre di più. Stava diventando difficile perfino sollevare il braccio dall'acqua, le gambe non scalciavano praticamente più, ma si limitavano a svolazzare.

Si sentì prendere dal panico. La riva era a circa cinquanta metri alle sue spalle, Sean cominciava a recuperare terreno in un vortice di schiuma biancastra. Al pontone ne mancavano solo altri dieci, forse quindici, ma il suo respiro si stava facendo troppo affannoso e il corpo non le obbediva… Le sue braccia non infrangevano più la superficie, il freddo era come una lancia di metallo congelata che si faceva strada tra le vene irrigidendole come chiodi.

Sean tirò avanti, troppo nascosto dalla sua stessa schiuma per vederla e Pip sentì un'altra fitta, non solo di panico, ma di paura vera e propria, adesso. Le gambe le stavano precipitando sotto il corpo; stava andando a fondo.

Doveva muoversi. Perché non si muoveva? Annaspava disperatamente, era in iperventilazione, cercava di non bere, tossiva. Non riusciva più a sentire la folla sulla riva. Non vedeva più il pontone. Il livello dell'acqua cominciava a sommergerle la mascella, il viso…

Il suo cervello urlava a braccia e gambe di battere, colpire, frustare, ruotare, ma non sentiva più neanche le mani ormai, la sensazione di blocco sotto i gomiti ora cominciava lentamente a salire. Le gambe pendevano verso il basso come nastri.

Santo cielo, no. Non poteva morire. Non poteva morire ora che avevano appena seppellito il padre. La sua povera madre. Willow. Ottie… *Nuota!* Ma non riusciva a muoversi, il corpo totalmente inerte e inutile mentre il freddo la tirava verso il fondo come un sasso. L'iperventilazione l'avrebbe fatta affondare mentre l'ipotermia la teneva ferma, il corpo spasmodico cerca di riprendere il respiro mentre, lentamente, andava sempre più giù…

L'ultima cosa che vide prima di sparire sotto la superficie fu la luna: luminosa da accecare, tonda e sensuale, che sorgeva in cielo come una perla gigante. Fu il suo ultimo sprazzo di luce, poi il buio avvolgente sotto l'acqua e tutti i suoni divennero indistinti e ovattati.

Batté le palpebre nelle tenebre, ma non c'era niente da vedere in quell'abisso. Niente pesci. Niente giunchi. Niente Sean. Niente suoni. Niente colori. Tutto si chiudeva. Stava perdendo la presa. La realtà sfociava nella fantasia allo svanire della coscienza, mentre lottava per trarre il suo ultimo respiro a dispetto di un cuore in preda al panico.

Non ci riusciva. Non ci riusciva. I polmoni gridavano. Il cervello le diceva di farlo: respira. Apri la bocca e respira. Apri la bocca. Apri la bocca.

Era troppo forte per non farlo. Aprì la bocca e sentì l'acqua riempirla, reclamarla, correre a lei mentre nella mente esplodevano i colori e le sue grida non trovavano riscontro e l'oscurità si faceva sempre più profonda...

Poi un dolore – acuto ed escoriante – penetrò la foschia, inondandole il corpo. Si sentì torcere i capelli, l'acqua scorrerle sulla pelle e poi l'aria come uno schiaffo in pieno viso. Era di nuovo in superficie, ma non riusciva a prendere aria, il corpo era molle, afferrato da qualcosa di disperato e spietato, che la riempì di lividi.

A distanza, vagamente, percepì che stava lasciando il gelido abbraccio del lago e ricadeva su una superficie solida, tante lune le si affollavano intorno, crepe che si muovevano, ma nessun suono le giungeva alle orecchie. Le fu applicato un peso sulla sua sagoma inutile, il vento le soffiava sulla pelle, le prime esili cime degli alberi cominciarono a farsi strada nel suo campo visivo. Il suo sguardo fisso trovò di nuovo la luna ma perfino quella perla lucente non poteva vincere l'inesorabile spinta che veniva dal fondo del suo corpo mentre scivolava di nuovo giù, sempre più giù, nelle tenebre.

Il caldo è un colore, il colore della frutta: pesca che diventa nettarino, arancione sangue... lo vide sbocciare dietro le palpebre, diffondersi sulle guance, intorno alla testa, lungo il collo, le spalle...

La sensazione aumentava, le mani e i piedi, ormai un blocco di ghiaccio, cominciarono a pulsare dolorosamente al ritorno della circolazione sanguigna. Il corpo era rigido e disteso, come un Gulliver inchiodato a terra dai Lillipuziani mentre gli spasmi la fiaccavano come scariche elettriche che non riusciva a controllare né a fermare.

Stava tornando anche il sonoro: il mormorio di voci frenetiche. Il bip dei monitor. Un'improvvisa depressione d'aria. Un fruscio accanto all'orecchio.

Il calore aumentava, la avvolgeva e la risvegliava. Girò la testa, ma gli occhi non si aprirono. Era chiusa dentro il suo corpo, stretta in una morsa di calore come lo era stata in quella del freddo.

Un suono le vibrò dentro. Veniva da lei.

«Pip? Pip, riesci a sentirmi?». Pressione sulla spalla, una stretta alla mano.

La voce era lontana. Distorta.

«Sta rinvenendo».

«Accertati che la cinghia sia stretta». Un'altra voce. «Il tremore sta peggiorando. Non vogliamo un infarto».

«È in ipotermia profonda. Quanto ci vuole per arrivare?»

«Tre minuti. Ci stanno aspettando».

«Hanno già pronta l'emofiltrazione venosa?»

«Ora chiamo e chiedo».

«Digli che è ipossica. La saturazione di ossigeno è a cinquantadue. In rischio acidosi».

«Okay».

Un altro suono giunse a vibrarle nelle ossa. «Pip? Riesci a sentirmi?»

«Mettetele addosso un'altra coperta».

Il suo corpo sembrava rigido e fragile. Incontenibile. Staccato da lei, come l'ombra di Peter Pan. Cercava di aprire gli occhi, ma il calore, la luce…

Sprofondò di nuovo nell'oscurità. Pesantezza. Silenzio.

«Dobbiamo chiamare la mamma». La voce di Ottie era spaventata. Aveva quel tremore, come la gelatina quando viene agitata.

Willow alzò gli occhi dalla sua posizione all'altro lato del letto. «No. Non ancora. Diamole un altro po' di tempo. Lasciamola dormire».

«Ma deve saperlo!», insistette Ottie.

«E lo saprà, ma non c'è niente che si possa fare adesso». La sua voce era piatta e atona. «È stabile e monitorata; non c'è motivo di far preoccupare la mamma quando il peggio è passato e non c'è niente che possa fare qui. Non sono ancora le sei. Lasciamola riposare intanto che può; le servirà tutta la forza possibile quando le diremo cos'è successo». Willow abbassò il capo spossata. Era stata sveglia tutta la notte.

Ottie si morse il labbro, sapendo fin troppo bene che un'altra nottata in bianco non avrebbe aiutato sua madre. «Va bene», mormorò chiedendosi quanto fosse strano che lei e sua sorella minore sembrassero essersi scambiate di ruolo di nuovo: Willow non era più la piccola di casa, ma l'erede. E ora la protettrice? Era la prima volta che si vedevano dalla lettura del testamento. Ottie l'aveva evitata, non essendo sicura di riuscire a mascherare bene i suoi sentimenti su quanto accaduto quel giorno. «Un'altra ora, allora. Per il bene di mamma».

«Ancora un'ora».

Tornarono entrambe a guardare Pip, inerte e pallida a letto, tenendola ognuna per una mano. Era una vista perversa, che andava contro l'ordine naturale delle cose. Nessuno aveva mai visto Pip al tappeto prima di allora. Era sempre stata una combattente feroce, indomita… sconsiderata.

«Ma perché lo ha fatto?», sussurrò Ottie. «Perché uno dovrebbe correre in un lago gelido in piena notte a tre settimane da Natale?»

«Era fuori di testa, continuava a buttare giù shot con Sean Cuneen e compagnia bella».

«Sì, okay, ma… voglio dire, quanto devi essere ubriaca per perdere ogni senso del pericolo?».

Willow sospirò profondamente. «Be', a quanto pare c'era di mezzo anche una scommessa».

Ottie si fece scura in volto. «Che genere di scommessa?»

«Non saprei dire. L'ho solo sentito dalla gente nel gruppo».

Ottie la guardò sbattendo le palpebre. «È quasi affogata per vincere una scommessa?».

Willow si strinse nelle spalle.

«Ma… a mamma si spezzerà il cuore. Come ha potuto essere tanto *stupida*? Come ha potuto farci questo dopo tutto quello che è già successo...». La sua voce già acuta si spezzò di netto.

«Infatti». Willow alzò gli occhi stanchi in quelli della sorella. «E la uccideremo per questo, non appena avrà ripreso le forze».

Ottie sentì un inatteso piccolo sorriso prendere il posto di un singhiozzo mentre il senso dell'umorismo tipico di suo padre arrivò di nuovo alla ribalta: ridere ai funerali, sui letti d'ospedale... non c'era posto che sfuggisse, più sacrosanto era meglio era. «Già, proprio così». Si tamponò gli occhi con la mano libera. «Sentito, Pip? Appena ti sarai ripresa ti facciamo fuori noi».

Entrò un'infermiera e sia Ottie sia Willow si irrigidirono all'istante. La osservarono controllare i monitor e caddero entrambe in obbediente e apprensivo silenzio.

«È tutto a posto?», chiese Willow all'infermiera che armeggiava con qualche tubicino intravenoso quando premette il tacco sul freno per portare via la sorella con tutto il letto.

«Pip è stabile, ma devo chiedervi di andar via ora, la portiamo di sopra per un altro bagno e stabilizzare la temperatura, poi dovremo farle qualche radiografia».

«Radiografia? Ma non ha niente di rotto, vero?», chiese Willow stupita.

«È la procedura standard in casi come questo. Se ha inalato acqua potrebbe aver causato un edema polmonare che, a sua volta, potrebbe portare a una crisi respiratoria e perfino al collasso».

«Vuole dire a un annegamento secondario?», chiese brusca Ottie. Quando avevano aperto il campeggio aveva seguito un corso di assistente di salvataggio in via precauzionale. Pur non avendo alcun obbligo legale di sorveglianza della spiaggia, le era sembrato solo prudente sapere cosa fare in caso si fosse presentata un'emergenza fuori dalla sua finestra.

«Sì, ma è in buone mani», rispose l'infermiera in tutta semplicità, notando le loro facce esauste. Ottie era ancora in pigiama con un cappotto sopra e ai piedi gli zoccoli di gomma che usava per girare nel campo, i capelli biondo fragola che ricadevano in ciocche disordinate. Insieme a Willow – tutta in nero, vestita di pelle, con una silhouette da modella, trucco fumoso – facevano una coppia piuttosto stravagante. «Tuttavia ci vorrà del tempo. Perché non provate a riposarvi un po'?».

Willow guardò la sorella maggiore. «Possiamo andare a prendere mamma adesso. Con un po' di fortuna saremo qui per quando avranno riportato giù Pip».

Ottie annuì, lasciandosi portare via. Si girò una sola volta, trasalendo all'immagine di sua sorella sul lettino portata fuori dal reparto lungo il corridoio, piena di tubi e sepolta sotto una pila di coperte. Sembrava così pallida, così tranquilla, fragile come un uccellino. Con quei capelli a ciocche cortissime e la spruzzata di lentiggini sarebbe potuta benissimo passare per una dodicenne.

«Andiamo», disse Willow, a passo di marcia, non più la piccola di cosa. «Da questa parte».

Ottie guardò Willow fare strada verso il ritorno. Sotto quel trucco applicato da maestra, la sua sorellina appariva pallida e tirata. Aveva perso peso recentemente, ma forse era successo a tutte loro. Nonostante i migliori sforzi della signora Mac, nessuna dimostrava molto appetito.

«Quindi tu hai visto quando è successo?», chiese a bassa voce, le mani strette sul volante mentre aguzzava la vista nel buio. Il sole non era ancora sorto e poteva benissimo essere mezzanotte come le sei.

Willow esitò. «Sì…», annuì e guardò fuori dal finestrino, suo il profilo era stoico ma, nel riflesso, la stessa Willow vide brillare le lacrime negli occhi. «Ero già fuori quando è passata correndo».

«Eri già fuori?», Ottie si stranì. «Ma si *gela*. Cosa stavi…?»

«Ho conosciuto un ragazzo».

«Ah». Lo aveva dichiarato con una disarmante semplicità.

Willow non era altro che schietta sulla sua vita amorosa in quel periodo: le piacevano i ragazzi e a loro piaceva lei.

Willow scosse la testa. «Avrei dovuto restare con lei. Avrei dovuto sapere che avrebbe fatto qualche pazzia».

Ottie le gettò un'altra occhiata. «Non essere sciocca, non sei mica la sua guardiana. Ha ventiquattro anni. Eravate a una festa. Non è compito tuo badare che non faccia stupide scommesse e si butti nei laghi».

«Ma l'ho vista con tutti quegli shot. Avrei dovuto sapere che avrebbe esagerato».

«Willow, Pip è adulta. Fa le sue scelte, per quanto brutte possano essere».

Willow non rispose ma tornò a guardare fuori dal finestrino, la sua espressione ancora il ritratto del senso di colpa e Ottie sapeva che avrebbe potuto dire qualsiasi cosa, ma non sarebbe riuscita a convincerla del contrario.

«Allora, come si chiama?», chiese Ottie cercando di cambiare discorso. Continuare a insistere su quel disastro non avrebbe aiutato nessuno. «Questo ragazzo».

«Eh? Ah… Connor».

«Connor come?»

«Non lo so. Non siamo arrivati a quel punto», bofonchiò Willow insistendo a guardare fuori dal finestrino.

Ottie sogghignò. «È carino?».

Per tutta risposta a Willow sfuggì un gemito involontario.

Ottie strinse le dita sul volante. «Dimmi di più».

Willow esitò, come a cercare di resistere a ricadere nel ricordo, come se fosse meglio restare aggrappati all'infelicità che non alla luce. «Ha circa trent'anni, direi. Inglese…».

«Con un nome come Connor?».

Willow si accigliò, quasi a voler ricordare. «Mi pare che mi abbia parlato di un bisnonno irlandese?»

«Passabile, allora. E che lavoro fa?».

Willow strinse gli occhi, cercando tra i frammenti tinti di rosa della serata appena trascorsa. «Fa parte di un consorzio... mi pare?». Alzò le spalle. «Boh, non è che abbiamo poi parlato molto».

«Sei vergognosa», commentò Ottie in tono di rimprovero.

«Perché? Ho ventidue anni. Posso baciare degli sconosciuti alle feste».

Ottie sollevò le sopracciglia, con fare da puritana. Era la sorella maggiore, ma non aveva mai baciato uno sconosciuto a una festa. Bertie era stato il suo solo e unico. «Allora, lo rivedrai?».

L'espressione di Willow si spense. «Non ho il suo numero. Con tutto quello che è successo con Pip... me ne sono andata e basta. Uno degli amici di Terry mi ha accompagnato in macchina in ospedale e non ci ho più neanche pensato». Puntò il gomito sul finestrino e si morse un dito. «Non mi è proprio passato per la mente».

«Be', non avrebbe dovuto, diciamolo», disse Ottie cercando di immaginare la scena cui Willow aveva assistito: sua sorella che quasi annegava nel lago.

Rimasero in silenzio per un attimo, scosse dall'immagine, dal ricordo. «Sì, e non l'ho neanche ringraziato. È stato lui a tirarla fuori, sai».

«Eh?»

«Quando ho visto tutti quanti correre dietro a Pip e a quell'altro, ho capito cosa avrebbe fatto. Connor mi ha aiutata a mettere in acqua la barca e ha remato fino a lei».

«Ah!».

«Già, bel ringraziamento dopo tutto quello che ha fatto».

«Capirà, Will. Comunque, se ti piace davvero così tanto, chiedi il suo numero ai Mullane. Lo hanno invitato loro, giusto?»

«Sì, esatto, ti immagini? "So che mia sorella è quasi annegata nel vostro lago, ma come si chiama quello gnocco con cui pomiciavo nel giardino sul retro"?». Arricciò il naso. «Non credo proprio».

Ottie rimase per un attimo in silenzio. In effetti, non sembrava appropriato. «Ti piace davvero?».

Willow si mosse a disagio sul sedile. «No, va bene così. Era solo un ragazzo. Un ragazzo molto carino», aggiunse poi in tono mesto. «Ma ce ne sono a migliaia là fuori». Guardò di nuovo fuori, il braccio appoggiato al finestrino, a mordersi l'indice. «Pip sta bene ed è l'unica cosa che conta».

Sulla via del ritorno, deviarono verso casa dei Mullane per andare a recuperare la macchina di Pip. Willow non avrebbe voluto tornare sul luogo dell'incidente subito, ma sapeva anche che non c'era momento migliore: era ancora molto presto e nessuno dei Mullane sarebbe stato in piedi, così avrebbero potuto andare e venire indisturbate senza dover sottostare alla litania di domande da cui sicuramente sarebbero state investite.

Ottie aveva fissato il lago, visibile già dalla strada, mentre Willow aveva avviato la macchina di Pip cercando di non ripensare all'orrore della notte appena trascorsa. Alla luce dei fari, però, riuscì a vedere il pontone galleggiare sulla superficie cristallina, l'acqua ferma e pericolosamente scura. Fu però la vista del prato a sconcertarla di più, la sua coperta di brina distrutta dalle centinaia di pedate negli stivali, come frammenti di vetro, testimoni della calca, la ressa, il panico...

Ottie seguì l'auto della sorella per tutto il restante tragitto verso casa, i fari rimbalzavano sulle siepi e le mura di mattoni, riflettendo di tanto in tanto gli occhi vitrei di una vecchia pecora. Sorpassarono il cartello del villaggio di Lorne e un corridore barcollante che indossava tutti gli strati che doveva aver messo per proteggersi dal freddo che precedeva l'aurora, lo zaino tutt'altro che vuoto. Willow rallentò per non fargli pressione nel vicolo buio e stretto. Ottie salutò educatamente il commissario di turno in quel tratto della Ultra. Da quanto tempo era al suo posto? Tutta la notte, o era appena arrivato? Non erano ancora le sette del mattino, ma la gara si era protratta per tutta la notte, visto che i concorrenti avevano corso tutto il giorno precedente e la sera, con appena tre ore di sonno per sostenersi.

Si chiese distrattamente come se la passasse Bertie mentre svoltava a sinistra subito prima dei cancelli del castello, lungo il sentiero che portava al campeggio. Non sapeva proprio come facesse, soprattutto a quell'età. Era stata così sollevata di aver compiuto il proprio dovere quando aveva staccato la sera prima; un solo giorno da volontaria era più che abbastanza per lei e ancora si sentiva intirizzita per essere stata sulla Way esposta al vento e alla pioggia per tutto il giorno.

La sua piccola auto sballottata sul terreno impervio, i campi che si distendevano ai due lati gonfiandosi come pudding mentre la terra degradava e scendeva dolcemente. Era ancora troppo buio per vedere lo scintillio del mare, valutarne l'umore e sapere se oggi avrebbe colpito o accarezzato la sua piccola lingua curva di spiaggia. Non che importasse, in un caso o nell'altro non ci sarebbe stata per vederlo. Quel giorno lo avrebbe trascorso sotto le luci al neon tra il bip delle apparecchiature e l'odore di disinfettante.

Mentre svoltava per la curva, i fari illuminarono il patchwork di tende nel campo, prima di tornare a casa nel suo cottage, mentre si avvicinava agli angusti parcheggi. La sola vista le faceva battere il cuore. La sua casetta. Opposta al castello sotto ogni aspetto: lunga, bassa e stretta, era imbiancata a calce e aperta alle travi interne. Si trovava di fianco al sentiero, una porta d'ingresso rosa incastonata nel muro di fondo del frontone. Il cottage era scavato nel dolce pendio e da lì era impossibile vedere la stanzetta nascosta sul lato più lontano, sotto il livello del terreno, che un tempo era stata il deposito delle barche. Le dimensioni del giardino erano ridotte a un livello quasi ridicolo, visti gli acri di spazio libero e i campi che lo circondavano, ma i venti della costa e l'aria salmastra rendevano praticamente impossibile far crescere qualsiasi cosa, e Ottie era solo grata per il muro di pietra che fungeva da frangivento quando d'estate si sdraiava su un asciugamano.

Spense il motore e saltò giù. Aveva disperatamente bisogno di una doccia e di un cambio d'abiti – aveva afferrato le chiavi ed era letteralmente scappata via di casa quando aveva ricevuto la telefonata di Willow – ma non c'era molto tempo; Willow sarebbe semplicemente andata a prendere sua madre a casa e, al ritorno, di nuovo da lei per raggiungere l'ospedale.

Accese la torcia del cellulare e spinse il cancello cigolante, risalendo sul sentiero angusto e notando con un immediato lampo di fastidio la piccola tenda rossa ancora piantata nell'angolo più lontano del giardino. Si incupì nel ripensare all'americano e ai problemi che le aveva causato, la sua silenziosa insolenza, il modo in cui sembrava giudicarla senza dire una parola. Si era quasi dimenticata di lui. Era stato un fine settimana davvero pieno. Com'è che si chiamava poi? Gilman? Gilmore? Sarebbe già dovuto essere andato via ormai; gli aveva detto esplicitamente che poteva restare per una notte soltanto: dormire lì venerdì sera, correre il sabato e andar via la domenica. E ora era domenica.

Ben avvezza ai campeggiatori che tentavano la sorte cercando di prolungare la propria prenotazione, attraversò l'erba e si schiarì la gola. Aspettò un attimo e lo rifece. Non ricevendo risposta, grattò il nylon con le unghie. «Gilmore?».

Niente.

«Senta, Gilmore, mi dispiace, ma deve smontare la tenda ora. Eravamo d'accordo che si sarebbe fermato per una notte soltanto».

Aspettò le sue scuse, un segno di vita almeno, ma non ci fu niente. Dormiva?

«Gilmore», disse irritata, non era certo dell'umore per quella storia mentre si accovacciava e apriva la chiusura lampo. Era in piena crisi familiare. Non aveva proprio bisogno di turisti sconsiderati che mettessero a dura prova la sua buona volontà o il senso di ospitalità.

Sbirciò nella tenda.

Era vuota. O almeno, non c'era nessuno dentro. C'erano però un sacco a pelo e una stuoia, un cuscino da campeggio e, appoggiato in cima a tutto, appeso in un sacco con la zip di Ermenegildo Zegna, il completo con cui presumibilmente aveva viaggiato.

Tornò fuori con un sospiro, chiudendo di nuovo la tenda con la cerniera. Evidentemente quell'astuto bastardo stava ancora correndo, avendo sopravvalutato la sua abilità quando le aveva detto che avrebbe potuto completare la corsa ed essere fuori dai piedi entro ventiquattro ore. Imprecando, si avvicinò alla porta di casa ed entrò con un calcio. Aveva bisogno della sua privacy e, francamente, di un po' di rispetto. Avevano fatto un patto e lui non lo stava rispettando. Decise che se avesse trovato ancora lì quella maledetta tenda al suo ritorno, l'avrebbe tagliuzzata con le forbici e infilata lei stessa nei cassonetti: giacca, cravatta e tutto il resto.

Capitolo undici

Willow era in piedi sulla porta quando le sembrò non solo che il tempo si fermasse, ma che addirittura tornasse indietro. Si sentì di nuovo bambina, l'odore familiare della camera da letto dei genitori, confortevole come una coperta e altrettanto soffice. Sua madre dormiva rannicchiata nella metà di letto di suo padre, con indosso uno dei suoi maglioni di cachemire e la cornice con la foto del matrimonio chiaramente sfuggita dalla presa delle dita arricciate sul copriletto.

Si sentì mancare il coraggio mentre guardava il viso pacifico di sua madre addormentata e, per un attimo, lasciò andare tutta la sua rabbia, la sua amarezza. A stare lì era così facile credere che fosse ciò che sembrava: la madre passiva e gentile che ricordava dalla sua infanzia; la madre che festeggiava deliziata l'inizio di ogni fine settimana con una "torta del venerdì" appena sfornata, che aveva cucito i loro migliori abiti della domenica con il cotone acquistato da Liberty of London, che aveva letto loro le favole sdraiata insieme sul divano nei pomeriggi di pioggia e organizzato picnic sul prato in quelli di sole. Era facile da ricordare, in quel momento silenzioso e fermo, la pura semplicità dell'amore che aveva provato una volta per lei. Prima che la conoscesse meglio... Ora però sapeva che, nel momento in cui i suoi occhi verdi si fossero aperti, tutta la purezza di quel sentimento si sarebbe infranta. Erano spezzate, tutte e due, e sua madre neanche lo sapeva oppure non gliene importava niente.

Entrambe le possibilità sembravano da escludere. Poteva

davvero non curarsene? Ma allora, poteva davvero non sapere? Prendeva sinceramente per buone tutte le bugie che Willow le aveva raccontato circa il volere una "vita più grande" e l'emozione della grande città – le storie di copertura che non avevano mai pienamente convinto suo padre o le sue sorelle? Davvero sua madre non si era mai chiesta: "E se...?".

A stare ferma lì, però, incastrata tra due mondi – la domanda oscura e scomoda pendeva su di loro senza che la stessa mente di Willow riuscisse ad afferrarla: e se non fosse stata la gentilezza ad averla spinta a lasciar dormire sua madre nonostante la crisi di Pip di quella mattina? E se, in fondo al cuore, avesse voluto punirla, tagliarla fuori dal giro come era successo a lei? Era anche lei un mostro adesso? Era capace di una tale cosciente crudeltà?

Non era nemmeno sicura che sapesse. Il dolore era già un padrone contorto senza che ci si mettesse anche la rabbia. Erano tutte incasinate, in un modo o nell'altro; vivere sotto la maledizione di Lorne aveva presentato il conto a ognuna di loro.

Willow andò dall'altra parte della stanza, ascoltando lo scricchiolio delle assi del pavimento, il rumore dei tacchi attutito dai vari strati di tappeti. Affondò nel materasso morbido e posò una mano sulla spalla di sua madre; era calda, il corpo snello pesante sulle lenzuola. Mosse le palpebre, si stupì, ma quando i suoi occhi verdi incontrarono quelli azzurri di Willow il tempo riprese a galoppare, scacciando via il passato. C'era solo il presente. Solo questo. Solo loro.

«Che succede?», annaspò sua madre, svegliandosi di soprassalto, il rossore del sonno già in ritirata, subito in allerta per quell'inconsueta intrusione della figlia in camera sua.

Willow batté le palpebre. «È per Pip».

Quando arrivarono a casa sua, Ottie le aspettava sul cancello del giardino – si era fatta la doccia e vestita – e in un silenzio carico di tensione sfrecciarono nella contea addormentata. Ottie cercò brevemente di tenere una conversazione dal sedile posteriore, ma sua madre non avrebbe trovato pace fin quando non avesse visto la figlia con i propri occhi, così fu più facile affondare nel silenzio, tutte a fissare fuori dal finestrino con lo sguardo appannato.

Nonostante l'infinita attività di Willow e Ottie durante la notte, non erano ancora le otto di sabato mattina e a parte qualche fanalino di coda nell'ultramaratona, qualche ciclista mattiniero e il lattaio, avevano le strade tutte per loro. L'ospedale era ad appena mezz'ora e Willow entrò nel parcheggio un'ora e quindici minuti dopo averlo lasciato, proprio quando il sole spuntava all'orizzonte. La mattina albeggiava chiarissima dopo la tempesta del giorno prima e un rosso acceso avrebbe presto tinto la volta celeste. Willow lo prese come un buon auspicio, un gettone per un nuovo, brillante, bellissimo giorno da vivere con gioia.

«Voi scendete, io cerco parcheggio», disse alla madre e a Ottie, lasciandole davanti all'ingresso.

Sua madre si precipitò fuori apparentemente senza averla neanche sentita; Ottie le scoccò un'occhiata preoccupata. «Non metterci tanto», mormorò.

Non c'era speranza, nessuna possibilità di tregua di qualche minuto a guidare in cerchio, in cerca di un posto. Anzi, il parcheggio era quasi vuoto e Willow lasciò in fretta la macchina e, solo pochi istanti dopo le altre, si ritrovò nell'edificio e nel reparto in cui era monitorata Pip.

«...Se avessi perso anche te».

Willow si fermò sulla soglia a quella scena. Sua madre era china sul letto, scossa dai singhiozzi, con Pip stretta tra le braccia.

«Mi dispiace tantissimo», la voce di Pip era ovattata, ma perfino quando sua madre si spostò, tirandosi indietro per guardarla meglio e ancora incredula, la sua voce rimase debole e sottile. «Non era mia intenzione farvi passare...».

«Non riesco a credere che stia succedendo tutto a noi. Perché ci succede questo? La mia bambina!».

Pip tenne gli occhi bassi. Willow notò che sulle guance le tornavano i primi accenni di colore, che sembrava stare minimamente meglio di quando se ne erano andate. Era ancora sotto un pesante strato di coperte; i dottori l'avevano trattata con liquidi caldi tutta la notte, ma ora aveva fatto anche un bagno speciale. Era fuori pericolo, eppure sembrava ancora sull'orlo di un precipizio.

Quando le passò accanto un'infermiera, Willow si scansò dalla porta. Aveva con sé una piccola pila ordinata di vestiti che posò con cura sul tavolino ai piedi del letto. Su quegli abiti si posarono gli occhi di tutti: erano i vestiti che aveva indosso Pip la sera prima: camicia *tattersall*, jeans, intimo, tutto già lavato e stirato. Willow notò che mancavano gli stivali, e si rese conto che dovevano essere ancora sul prato dove sua sorella li aveva sfilati, piccoli monumenti a un atto di grossolana stupidità.

«Grazie», disse sua madre riconoscente all'infermiera che annuì e se ne andò di nuovo. Fissò i vestiti lavati come se fossero tossici, responsabili del riscaldamento globale e del terrorismo. «Ma perché hai fatto una cosa del genere?». Tornò a guardare la figlia di mezzo, l'impavida e tosta, il ragazzaccio, mai vittima di nessuno.

Pip tenne gli occhi bassi, mordicchiandosi nervosamente il labbro. Willow era strabiliata: non vedeva quel particolare tic da quando erano bambine. «Avevamo fatto una scommessa».

«Una *scommessa*?», sua madre improvvisamente aveva un filo di voce.

«Shalimar per il cavallo migliore di Sean Cuneen. Chi arrivava prima al pontone».

Passò un lungo intervallo prima che sua madre tornasse a parlare. «Capisco», disse piano, fissando un punto dietro la testa di Pip per un lungo, trascinato momento, per poi appoggiare i palmi sul materasso e alzarsi lentamente dal letto. Gli occhi cominciavano a cerchiarsi di rosso, il colore le defluiva dal viso mentre tornava a guardare la figlia.

«Mamma, mi dispiace. So che è stata una cosa davvero stupida da fare», aggiunse in fretta Pip, allungando una mano verso di lei. «Avevo bevuto. Non ero lucida».

Sua madre abbassò lo sguardo su di lei, improvvisamente fredda. «Dai così poco valore alla tua vita da metterla a rischio per un cavallo?»

«No! Stavo cercando di migliorarla, la mia vita! E non era solo un cavallo. Stavo inseguendo il mio sogno, mamma». Un'unica lacrima le rigò la guancia esangue.

«Nessun sogno vale la morte, Philippa». Aveva un tono calmo e misurato, ma mentre si avviava alla porta Pip la vide tremare visibilmente.

«Dove stai andando?», la richiamò.

«Scusa ma non posso… non posso guardarti adesso. Ho bisogno di prendere aria».

«Mamma!», gridò Pip mentre sua madre superava Willow, usciva in corridoio e urtava inavvertitamente un medico mentre le lacrime cominciavano a scorrere.

«Cazzo», mormorò Pip.

«Vado io da lei», disse Willow, ma Ottie scosse il capo.

«No, fai andare me. Probabilmente è meglio che vada io».

Willow colse il rimprovero nelle sue parole e si sentì respinta. Tornata piccola.

«Perché la mamma è arrabbiata con te?», chiese debolmente Pip mentre Ottie si allontanava dalla stanza.

Ci fu un breve silenzio. Willow si sentì male. «Probabilmente perché non l'ho chiamata subito per dirle che eri qui».

Lo sguardo turbato di Pip la fece sentire peggio. «Perché no?».

Willow deglutì. «Cercavo di salvarla da preoccupazioni inutili. Ti stavi riprendendo, i soccorsi avevano detto che i tuoi parametri erano buoni e che ti saresti ristabilita completamente». Trasalì a quel ricordo. Di certo non era messa bene mentre la tiravano giù dall'ambulanza tra tubi, coperte di stagnola, labbra blu, pelle bianca come un cencio.

«Giusto», mormorò Pip, sprofondando ancora di più nella vergogna e nei cuscini.

«Ovviamente, se le cose fossero andate peggio, non avrei esitato», aggiunse in fretta Willow. Era vero, sapeva che era vero. Voleva solo che sua madre sapesse cosa si provava a perdere il controllo della propria vita, della propria famiglia, solo per un momento. «Ma i medici hanno detto che eri stabile e ho pensato che fosse meglio lasciarla riposare. Sapevo che si sarebbe preoccupata tantissimo quando alla fine glielo avremmo detto, e che senso avrebbe avuto stare seduta qui tutta la notte se nemmeno eri cosciente? Dopo tutto quello che ha passato con papà...».

«Oh, Will, che cosa ho fatto?», singhiozzò Pip con grosse lacrime lungo le guance.

Willow si precipitò dall'altra parte della stanza ad abbracciarla; la presa di Pip era debole, ma la ferocia della sua sofferenza e del rimpianto era palpabile. «A noi importa solo che stai bene».

«Mi odio, non riesco a credere di avervi fatto questo, a tutte voi».

Willow si staccò e sedette sul bordo de letto prendendole le mani. Erano più calde ora. «L'odio non è ammesso», disse semplicemente, stringendogliele. «Ma questa scommessa... me la devi spiegare. Perché l'hai accettata? Come poteva essere così importante?»

«Non l'ho accettata, sorellina, sono io ad averla proposta».

«Desideravi a tal punto un altro cavallo?»

«No, non un altro cavallo e basta, ma il cavallo giusto. È tutta la vita che sogno di creare un mio allevamento. È il mio sogno».

«Non lo hai mai detto, però», si incupì Willow.

«A che pro? Ci vogliono i soldi veri... soldi che non abbiamo neanche lontanamente e mai avremo». Sospirò. «So che devo considerarmi fortunata a lavorare con i cavalli. È grandioso; impazzirei se non li avessi...».

«E nessuna di noi vorrebbe mai vederlo», la provocò Willow.

Pip si aprì in un mezzo, debole sorriso. «Ma portare in giro i turisti sulla Way non mi basta. E quando è morto papà, così all'improvviso, così giovane, mi sono resa conto che non posso continuare a mettere da parte ciò che voglio davvero diventare nella mia vita. Devo realizzarlo in un modo o nell'altro. Darmi una possibilità. Quando ho comprato Shalimar mi sono buttata, pregando di poterla utilizzare come fattrice. Ha una linea di sangue grandiosa».

«E come te la sei potuta permettere allora?»

«Per un infortunio al legamento. Il precedente proprietario voleva abbatterla. Ho dovuto pregarlo di darmela, e perfino il veterinario pensava che fosse un tentativo disperato. Le ci sono voluti sette maledetti mesi di intensa fisioterapia quotidiana per farla tornare in piedi. Non potrà mai più essere cavalcata, ma va bene, ne ho tanti di cavalli per quello scopo. È di gran lunga la migliore giumenta che abbia mai posseduto».

Willow notò che a sua sorella brillavano gli occhi. «Quindi la farai accoppiare con…».

«Bella domanda», disse Pip malinconica con lo sguardo fisso nel vuoto. Poi i suoi occhi tornarono su Willow. «Hai presente il cavallo di Shula Flanagan, Dark Star?».

Willow storse il naso e scosse la testa. «Ehm, no, mi dispiace. A malapena conosco i nomi dei tuoi».

«Be', era un novizio al di fuori dei radar. Alto, nero, davvero splendido. Ciglia lunghe. Occhi espressivi».

Willow deglutì. Stava descrivendo un cavallo? O Connor? «*Era?*».

Pip aggrottò la fronte. «Finché suo padre non ha vinto il Grand National».

Willow restò senza fiato. «Dark Star è il figlio di Midnight Feast?».

Pip annuì. «E a nessuno gliene fregava un accidenti fino a che Midnight non è andato lì e ha vinto quella maledetta gara e così, all'improvviso, il suo valore è andato alle stelle». Alzò debolmente le braccia in aria.

«Ma anche allora, te lo saresti potuto permettere?»

«Sì! Era quasi mio, Will. Eravamo a tanto così». Pip avvicinò tra loro due dita.

«Eravate?»

«Io e papà. Ha avvicinato lui Bertie per me».

«Bertie?», le fece eco Willow con quella ben nota tensione nelle ossa a sentire nominare quell'uomo.

«In una delle giornate al golf. Shula lo cavalca a malapena, comunque; non ci sono mai qui, accidenti, sempre alle Barbados o a Gstaad o chissà dove. Papà lo aveva quasi convinto a offrire un prezzo quando Midnight è partito e ha vinto quella maledetta gara più importante del mondo, e tutto a un tratto l'accordo era saltato e volevano una cifra a sette zeri. Non avevano idea di che qualità avessero per le mani prima di allora», disse Pip colpendo l'aria con cattiveria. «Devono vedere un trofeo scintillante per capire il valore di qualcosa».

«Pip, quanto mi dispiace».

Pip corrugò le labbra, la delusione le si posò nelle ossa. «Dark Star era il cavallo perfetto per farmi cominciare. Lui e Shalimar...». Pip la guardò. «E prima che parli, non dirmi che ci saranno altri cavalli così, perché non è vero. Non per le mie tasche».

«Quindi è per questo che hai giocato il tutto per tutto per il cavallo di Sean Cuneen?».

Pip si strinse nelle spalle sconsolata. «Non è della qualità di Dark Star, per niente, ma potrebbe essere un decente blocco di partenza da cui cominciare». Distolse lo sguardo e gli angoli della bocca si piegarono impercettibilmente all'ingiù, mentre una lacrima solitaria le solcava la guancia pallida. «Ho pensato che una scommessa fosse l'unica strada percorribile per me: una puntata da tutto o niente. Perché, guardiamoci in faccia, non avrò mai abbastanza soldi per farlo come si fa di norma».

Willow non poteva certo dissentire. I cavalli di livello costavano una follia. Quando Connor le aveva detto quanto gli era costato entrare nel sindacato si era quasi rovesciata addosso il drink.

A quel punto ci fu un leggero colpo alla porta ed entrambe alzarono lo sguardo.

«Oh, ehi, Taigh!», disse Willow alzandosi e salutandolo con un abbraccio, mentre Pip si asciugava in fretta e furia la lacrima che le macchiava la guancia. Taigh era in divisa e sembrava in tutto e per tutto a pezzi, come lei. Anche lui era stato sveglio tutta la notte. «Stai staccando ora?»

«Sì. Siamo appena tornati con un altro paziente e ho pensato di passare a dare un'occhiata. Come sta lei?», chiese entrando cauto nella stanza, puntando gli occhi dritti ai monitor e controllando i numeri da sé, prima di guardare Pip, minuscola e infagottata sotto le coperte.

«*Lei* può rispondere da sola e se la cava benissimo. Cosa ci fai qui?», chiese secca Pip.

Taigh parve colto alla sprovvista. «Ehm… volevo solo assicurarmi che stessi bene».

«Riferire il pettegolezzo al villaggio, vorrai dire».

«Pip!», esclamò Willow esasperata. «È stato Taigh a portarti dentro stanotte».

«Cosa?». L'espressione di Pip cambiò. Era turbata ma anche qualcos'altro… arrabbiata? Imbarazzata? A disagio? Willow non avrebbe saputo dirlo.

«Ero in servizio quando è arrivata la chiamata». Si strinse nelle spalle quasi a scusarsi con lei. «Avevamo appena finito un soccorso a Repley quindi eravamo i più vicini. Siamo arrivati da te in quattro minuti, che date le circostanze…».

Pip sembrava stupita, a bocca aperta per lo sgomento. Willow si chiese se non le stessero tornando alla mente i ricordi della sera prima. Era molto difficile perfino per lei ripensarci, vedere i lucidi capelli di Pip fluttuare sotto il pelo dell'acqua; non riusciva a immaginare come doveva essere per sua sorella quando chiudeva gli occhi o cercava di dormire. Da ora in poi il buio le avrebbe fatto paura? Avrebbe avuto incubi? Flashback? Avrebbe avuto bisogno di uno psicologo?

Il sorriso già incerto di Taigh si allungò al prolungarsi del silenzio. Non arrivava alcun ringraziamento. Anche in un momento simile, lui non era ancora benaccetto. «Comunque, vedo che sei occupata, non mi trattengo oltre. Volevo solo controllare che stessi... bene. E così è. Stai bene, quindi ora me ne vado».

Pip non fece il minimo gesto di trattenerlo, ma Willow lo seguì in corridoio. «Taigh», disse toccandogli il gomito. L'uomo si girò. «Mi dispiace, è... è ancora molto scossa. Non è in sé».

Ma entrambi sapevano che era una bugia. Pip era perfettamente in sé. Quella continua ostilità nei suo confronti era l'unica costante su cui sembravano poter contare. «Tienila d'occhio, è probabile che la crisi arriverà presto», si limitò a dire.

«Non potremo mai ringraziarti abbastanza per quello che hai fatto. Anche la mamma vorrà vederti, per ringraziarti di persona».

«Ho fatto solo quello per cui sono stato addestrato», disse con un'alzata di spalle. «E poi sei stata tu a fare la maggior parte del lavoro. Se tu e quel tizio non l'aveste raggiunta in quel preciso momento...». Scosse la testa, con un'espressione quasi sconcertata, mentre anche lui risprofondava nel dramma della sera prima. «È buffo, ma non mi è mai venuto in mente che potesse essere davvero mortale. È sempre così maledettamente dura. Credo di essere sempre stato convinto che fosse placcata al titanio o qualcosa del genere».

«Sì, credo che lo pensassimo un po' tutti». Willow fece un verso di accordo che uscì più come un altro singhiozzo. Aveva le emozioni a fior di pelle. «Ci è mancato poco».

Taigh la prese per le braccia, guardandola con dolcezza. «Ma ce l'ha fatta. Ho appena parlato con le infermiere e hanno intenzione di dimetterla stasera».

«Stasera? Ma non è troppo presto?»

«Continueranno a monitorarla per tutto il giorno, ma la temperatura corporea si è di nuovo alzata a livelli normali, il petto è pulito, anche se dovrà comunque controllarsi regolarmente. Dovrete fare attenzione a qualsiasi colpo di tosse, dolore al petto, sonnolenza, difficoltà respiratorie…».

«Oddio», si intristì Willow sentendo montare il panico. «Come possono dimetterla se ci sono ancora tutti questi aspetti che potrebbero degenerare?»

«Non ti preoccupare, queste sono cose da tenere sotto controllo. Se i medici valutassero la possibilità che possa esserci il rischio che si presenti una sola di queste cose, non la dimetterebbero. Vi spiegheranno poi tutto nel dettaglio quando verranno a…».

«No». Willow accompagnò la negazione con un gesto del capo. «Non è giusto darci tutta questa responsabilità».

Taigh ebbe un attimo di esitazione, poi rispose: «Servono i letti, Willow».

Ma la ragazza continuava a scuotere la testa e stringersi le braccia al petto. «Mamma ne ha già passate abbastanza. E lo sai. Non possiamo chiederle di stare a controllare eventuali segnali di morte imminente anche della figlia».

Taigh la fissò. Riusciva a leggerle la sofferenza sul viso? «Sì, hai ragione…». Corrugò la fronte in cerca di una soluzione. «Okay, senti, che ne dici se le do un'occhiata io nei prossimi giorni? Billy è fuori questa settimana – ha delle selezioni di football della contea a Cork – quindi faccio comunque io il giro per la consegna dei giornali. Posso passare a visitarla, assicurarmi che tutto proceda bene».

«Oh, lo faresti davvero? Grazie». Willow rimase senza fiato, lanciandogli le braccia al collo. «Grazie».

«Solo per qualche giorno comunque. Conosciamo tutti tua sorella. Non sopporterebbe di essere coccolata troppo a lungo».

Willow trasalì. «Lo so. Sarà una paziente terribile. Mi scuso in anticipo».

«E sarà ancora più terribile quando scoprirà che sarò io a dovermi prendere cura di lei», disse alzando gli occhi al cielo.

Willow non poté che essere d'accordo. Se Pip riusciva a rimanere di quella freddezza con l'uomo che l'aveva salvata dall'ipotermia, non avrebbe certo tollerato le sue visite. «Ti dico una cosa: se sopravvivi *tu*, come ringraziamento ti pago un bicchiere», gli gridò dietro mentre si allontanava in corridoio verso l'uscita.

«Un bicchiere solo?», smorzò una risata. «Mi dovrai tutto il pub quando avrà finito con me».

«Dove sei?».

Ottie restò interdetta dal tono inaspettatamente brusco del suo amante, mentre cambiava marcia e imboccava a destra uscendo dai cancelli del castello. Era di nuovo buio, i fari della sua auto illuminavano i robusti tronchi di vecchi olmi e querce, e si rese conto che quel giorno non aveva mai visto la luce del sole. «Sei collegato al bluetooth. Sono in macchina. Ho appena riportato a casa dall'ospedale mamma, Pip e Willow».

«In ospedale? E che ci facevate lì?».

Ottie sentì un tuffo al cuore nel rendersi inaspettatamente conto che Bertie ancora non sapeva del dramma che avevano appena vissuto. Non aveva proprio pensato di chiamarlo, un po' perché non era raggiungibile, essendo in gara, ma anche perché non le era venuto in mente. Tutto quello a cui era riuscita a pensare era la sua famiglia, a consolare sua madre che singhiozzava nel bar dell'ospedale.

«Ecco… te lo dico quando ci vediamo», disse invece, perché non voleva affrontare il discorso per telefono. Se doveva raccontargli l'orrore di aver quasi perso sua sorella dieci giorni dopo suo padre, l'avrebbe voluto fare tra le sue braccia. «Che succede? Ti sento provato».

«Puoi dirlo forte. Senti, ho bisogno che tu venga qui».

«*Cosa? Adesso?*». Rockhurst, la sua tenuta, era a venticinque minuti di macchina da lì, e dopo una giornata trascorsa sotto la pioggia battente, una notte senza aver quasi chiuso occhio e ancora un'altra giornata a vagare per l'ospedale, non desiderava altro che il suo pigiama, una teiera e la televisione a letto. Neanche lui l'avrebbe convinta a uscire.

«Subito. C'è una questione e ho bisogno che torniate tutti qui sul posto».

«Ah… okay». Le stava parlando come se fosse una dipendente, con un tono distante e distratto. Che stava succedendo lì? «Ma…».

«Vieni subito alla tenda principale». E chiuse la chiamata.

Ottie accostò alla fermata dell'autobus e fissò la scritta "Chiamata terminata". Che stava succedendo? Con un sospiro esausto, fece un'inversione a U e tornò in città, superando la chiesa e il *green*, il macellaio, i negozi e l'ufficio postale. Le bandierine della gara erano ancora legate tra i pali della luce, ma erano passate le sei ormai e significava che la Ultramaratona di Kilmally era ufficialmente chiusa fino all'anno successivo.

Lasciò il villaggio e si inoltrò ancora di più nelle stradine strette, la luce dei fari rimbalzava sulle siepi e su un gufo appollaiato su un ramo basso. Quando entrò nella terra dei Flanagan, venti minuti dopo, le prime stelle già cominciavano a trapuntare il cielo notturno. Guidò lungo il sentiero della fattoria dalla casa principale – una costruzione neoclassica a stucchi che era stata di proprietà del padre di Shula – verso il campo approntato per l'evento. Era allestito su un ampio prato, un tendone e due tende a campana piantate all'interno del cancello.

Parcheggiò dove poteva, sul terreno solido – c'era un limite al fango che la sua Mini poteva sopportare – e uscì. C'erano decine di persone in giro. Si stupì del numero, in effetti. Sapeva di aver appena perso la cerimonia di premiazione, che si era sempre tenuta più o meno a quell'ora – i vincitori completamente riposati dopo diverse ore di sonno, i ritardatari appena al traguardo – ma non era usuale che fosse riunita lì così tanta gente. La maggior parte aveva bisogno di aiuto per salire e scendere dalle auto, o per alzarsi o sedersi sulle sedie, i corpi distrutti. Sembrava improbabile che restassero a festeggiare o fare baldoria.

Passò in mezzo a loro diretta al tendone; il terreno era sconnesso e irregolare sotto i piedi, ma sui pali erano stati fissati dei fari per l'illuminazione notturna perché la gente riuscisse a muoversi abbastanza bene: una distorsione alla caviglia dopo essersi registrati non era proprio ciò di cui avevano bisogno i concorrenti.

Sollevò il lembo della tenda e si abbassò, fermandosi sorpresa nel trovare all'interno i commissari di gara e gli steward al completo, con i loro giubbotti gialli ad alta visibilità e, davanti a tutti, Bertie in piedi su una cassa di mele con un microfono in mano. La sfiorò con lo sguardo, ma non fece nulla per riconoscere la sua presenza richiesta. Non diede a vedere che la considerasse straordinaria o speciale per lui, che fosse contento di vederla. Anzi non diede proprio segno di averla notata, ma, in fin dei conti, erano entrambi ben allenati a nascondere ciò che era sotto gli occhi di tutti.

«...Che controlliate i vostri registri e scriviate sulla mappa qui, il tempo in cui vi ha superato. Non appena saremo in grado di stabilire l'ultima postazione in cui ne è stato registrato il passaggio, sapremo da dove cominciare a cercare. Per favore, fate presto».

Scese dalla cassa sussultando a quel movimento, lui per primo chiaramente malconcio. Ottie lo guardò farsi strada tra la folla verso di lei. Zoppicava leggermente, le guance scarne coperte da un accenno di barba grigia. Lo fermarono diverse persone, in cerca di indicazioni o di chiarimenti o di guida, e a tutti indicò in direzione dell'angolo più lontano, dove gli altri commissari si stavano radunando come un gregge di pecore nella neve.

«Ciao», mormorò. Sembrava esausto, completamente spossato, e Ottie non avrebbe voluto fare altro che gettargli le braccia al collo, raccontargli gli orrori della sua giornata e sentire dei suoi. Rimase invece impassibile, non riuscendo nemmeno a tendergli una mano in pubblico.

«Che succede? È accaduto qualcosa?»

«Abbiamo un uomo in meno».

«Come, scusa?»

«Ci manca un corridore. La partenza è registrata, ma non ha portato a termine la gara e i commissari hanno controllato il percorso tre volte: non c'è più nessuno che corre là fuori».

Ottie si fece scura in volto. «Quindi si è perso?»

«Così pare». Sospirò. «È una rottura, ma chiaramente dobbiamo trovare quel tizio».

«Certo», disse strofinandosi il viso con le mani. Era l'ultima cosa di cui aveva bisogno.

Solo allora Bertie la guardò come si deve in faccia e notò la tensione che la attraversava. «Prima mi hai detto che eri in ospedale. Che ti è successo? Non è per Serena, vero?».

Sua madre? Perché lo aveva pensato? Si fece seria. «No, no, sta bene. Era per Pip».

«Pip?», ripeté, come se ritenesse impossibile che succedesse qualcosa proprio a lei.

«Ieri sera è andata a una festa e ha bevuto troppo e...». La sconsideratezza, l'emerita stupidità di quell'azione le turbinò dentro come vento. «Si è buttata in un lago ghiacciato e ha rischiato di affogare».

«Buon Dio!», esclamò Bertie a voce alta, orripilato. Diverse persone si girarono a guardarlo. «Ma sta bene?»

«Sì, si riprenderà. Per fortuna c'era una barca a remi e sono riusciti a tirarla fuori in tempo. Però è stata sotto osservazione in ospedale, per tutta la notte e tutto oggi».

«Gesù, povera Serena». Si passò le mani sul viso. «È proprio vero quando si dice che le disgrazie non vengono mai sole. Cristo santo».

Ottie rimase in silenzio. Non si sentiva più leggera come si sarebbe aspettata.

Bertie le posò una mano sul braccio, un affettuoso gesto da zio, nel caso qualcuno li guardasse. «Bene, ascoltami. Mi dispiace averti convocato qui. Se lo avessi saputo… Ho bisogno che controlli le tue registrazioni di ieri. Ce l'hai con te?»

«Certo». Si era ricordata di recuperare lo zaino dalla macchina, sapendo che avrebbe dovuto restituire il pass e la cartellina in ogni caso.

Li tirò fuori e glieli diede. Bertie cominciò immediatamente a sfogliare le pagine, scorrendo un dito sul foglio dall'alto in basso. Passò tutte le otto pagine e ricontrollò un'altra volta.

«Niente. Da te non è mai arrivato». Si fece ancora più pensieroso. Sembrava sinceramente preoccupato.

«Che c'è che non va?»

«Be', un conto era se si fosse perso durante il tratto notturno, ma tu eri in una delle prime postazioni della gara; pur con tutta la tempesta, la luce e la visibilità erano ancora buone a quel punto». Si girò per avviarsi verso la grande mappa del percorso di gara sulla lavagna nell'angolo. «Chi di voi controllava Kinaughton Point?», gridò.

Ottie lo seguì mentre si addentravano nella folla. Kinaughton Point era la postazione precedente, a otto miglia dalla sua.

Si alzò una mano. «Io!».

Bertie andò di fronte all'uomo, fissandolo con la penetrante intensità dei suoi occhi azzurri. «Il 271 è passato da te?»

«Sì, alle…». Il commissario controllò i suoi appunti. Era in prima pagina, proprio all'inizio. «Sette e quarantasette».

«E il corridore precedente era…?»

«Lo 069 alle sette e cinquanta».

«06…? Ero io!», esclamò Bertie. La guardò negli occhi. Ricordavano entrambi perfettamente il suo arrivo alla postazione, le sue mani sotto la sua maglietta. Abbassò rapidamente lo sguardo esaminando gli appunti. «E sono passato alla stazione successiva alle otto e trentasei».

Il 271 invece no. Da qualche parte, tra la postazione precedente e la sua, era scomparso. Di prima mattina, a inizio gara…

«Non potrebbe aver semplicemente rinunciato? Essere uscito di gara senza dire niente a nessuno?», chiese lei.

Bertie fece una mezza risata e tutti intorno a lui eruppero in un ronzio di chiacchiere e ipotesi. «No, assolutamente no», decretò Bertie. «Ha investito troppo questo qui per sparire e basta. Non solo il 271 è uno dei leader della gara, ma è anche il campione della Ultra Patagonia e della Ultra Atlas. Non aveva bisogno di questa gara per qualificarsi alla Mont Blanc del mese prossimo. Gli serviva solo come allenamento».

Quella una corsa di allenamento? Allora non si era vantato? Ottie strabuzzò gli occhi. La Mont Blanc Ultra era come le Olimpiadi del mondo dell'endurance estremo: centosei miglia di corsa a un'altitudine di diecimila metri. Il vincitore di quella gara deteneva il titolo mondiale. Non solo, aveva trascorso abbastanza ore a letto accanto a quell'uomo – ossessivo, competitivo, motivato – per sapere che aveva offerto un piatto da un milione di euro a chiunque riuscisse a fare la tripletta di tutti e tre i titoli di Ultra in una volta sola. Bertie riteneva i suoi soldi al sicuro. Nei sette anni in cui aveva messo l'offerta sul tavolo, nessuno ci era ancora riuscito.

L'uomo si rivolse direttamente alla folla. «Il numero 271 non se l'è data a gambe… scusate il gioco di parole. Ed è impensabile che si sia perso su un percorso ben delineato in pieno giorno. Quindi dobbiamo concludere che si sia infortunato», disse solennemente Bertie. «Molto probabilmente in modo grave. Deve essere scivolato e caduto da qualche parte, altrimenti sarebbe stato visto dai commissari o da altri corridori. È l'unica spiegazione logica».

Tornò alla mappa e tracciò due grossi cerchi tra Kinaughton Point e Devil's Fork, la postazione che era stata assegnata a lei. Ottie lo immaginò nell'esercito, al comando dei suoi uomini a dettare ordini.

«Da quanto possiamo supporre, sembra che sia scomparso tra queste due stazioni. Un percorso di otto miglia. Ora, per buona parte, il percorso lì è al di sotto della linea di cresta e tagliato nella scogliera, il che significa che l'area di ricerca sarà proporzionalmente stretta: non poteva, e non sarebbe salito. Questo è sia un bene che un male, perché significa che può essere solo al di sotto».

Un silenzio di tomba calò nello spazio. Sapevano tutti cosa significasse. Il terreno era scosceso, cadere avrebbe potuto benissimo significare uno scivolone inarrestabile giù per i pendii, verso le scogliere e il mare.

«Ma non fasciamoci la testa», disse Bertie in tono autorevole. «Abbiamo diversi vantaggi qui su cui lavorare: un'area di ricerca ristretta all'interno di un tratto conosciuto, e...». Gli mancò la voce quando si rese conto che era tutto lì, l'unica cosa positiva che avevano. «Quindi andiamo là fuori e troviamolo».

Ottie guardò la marea di facce preoccupate e disilluse tutt'intorno.

Il maratoneta era scomparso ormai da trentaquattro ore, l'ultima volta era stato avvistato e registrato alle 7:47 del giorno prima. Trentaquattro ore in cui nessuno l'aveva notato e nessuno lo aveva cercato. Le condizioni meteorologiche erano state proibitive per tutto il giorno precedente e le temperature erano crollate durante la notte sotto il cielo limpido, per cui dovevano presumere che fosse ferito *e anche* esposto? Non per niente si chiamava Wild Atlantic Way.

«Adesso!», scattò Bertie.

Tutti entrarono in azione, i volontari infilarono gli impermeabili e le torce frontali mentre si avviavano alla porta come un branco di bisonti al guado di un fiume.

«Aspettate!», gridò qualcuno dal retro. «Come si chiama questo tizio? Chi dobbiamo chiamare?»

«Gilmore», rispose Bertie. «Ben Gilmore».

Capitolo dodici

Il vento era fortissimo, li respingeva mentre vi avanzavano contro in sella alle moto. Ottie sentiva lacrimare gli occhi, il cuore battere forte mentre cercava di andare avanti. Bertie, che le stava proprio davanti, sembrava posseduto. A prescindere dal fatto che avesse gareggiato lui stesso per ventiquattro ore, che non aveva dormito, che fosse a pezzi, era là fuori nelle mortali temperature decembrine quando invece avrebbe dovuto riposarsi. Ne andava della sua reputazione, però. Sapeva che se quell'uomo, Gilmore, fosse – Dio non voglia – morto, sarebbe stata la fine della Ultra.

E Ottie sapeva che sarebbe stata tutta colpa sua, perché non aveva visto con i suoi stessi occhi quella mattina che non era rientrato? Lo aveva visto e non aveva fatto niente. Aveva aperto la sua tenda vuota, sapendo che sarebbe dovuto già essere rientrato e ripartito e, invece di controllare se fosse ancora in gara e che fosse tutto a posto, aveva lasciato trascorrere altre dodici ore.

L'evento era estremo per definizione. Ci si aspettava che fosse duro, non rischioso, però. Per questo c'erano così tanti commissari di gara e punti di controllo lungo il percorso. Era per questo che solo chi aveva una comprovata esperienza di eventi di resistenza portati a termine era ammesso a qualificarsi e partecipare. Essere stata così sprezzante circa la sua assenza, aver semplicemente presunto che avesse mentito ed esagerato la sua abilità, invece che pensare che gli fosse successo qualcosa…

Bertie smorzò l'acceleratore e saltò giù dalla sua moto mentre raggiungevano la postazione di Kinaughton Point. Il piccolo baldacchino impermeabile a strisce bianche e blu con la scrivania e la sedia di metallo all'interno era ancora lì, la sedia chiusa e appoggiata da una parte, pronta per essere smontata e recuperata l'indomani.

Il gruppo di commissari che lo seguiva si fermò in fila raggruppandosi contro i venti di burrasca che si scagliavano con forza dritti contro la scogliera, reduci da una volata di quattromila miglia dalla costa americana.

«La guardia costiera è stata allertata», gridò nello sforzo di farsi sentire. «Andrà a perlustrare la zona sottostante», gridò ancora allargando le braccia a indicare l'insidiosa scogliera rocciosa. «Voi non dovete tentare di scendere da soli. Ripeto: non scendete per la scogliera da soli! Voglio che vi dividiate in gruppetti di due o tre e vi concentriate su una fascia di un centinaio di metri di terreno a partire dalla pista. Non andate oltre la vostra zona di ricerca. Siamo abbastanza per coprire l'intera area in fretta se lavoriamo a fondo e in modo meticoloso».

Una ventata improvvisa lo colpì alla schiena, mandandolo quasi bocconi a terra, così allargò le gambe mentre l'impermeabile svolazzava con violenza. «Usate le moto per spostarvi nella vostra zona di ricerca assegnata. Io vado avanti, Ottie verrà con me. Ha tenuto la postazione del Devil's Fork ieri e conosce questo tratto meglio di chiunque di noi. Tutti gli altri, formate dei gruppi da qui a lì e muoviamoci».

Tutti fecero quanto era stato loro detto, anche Ottie, che seguì docilmente Bertie mentre le indicava di salire sul quad con lui. Senza dire una parola, si allontanarono di nuovo, mentre la piccola carovana alle loro spalle procedeva costantemente, a due a due, nel tratto di otto miglia, fino a quando alla fine rimasero solo loro due.

Bertie non parlò. Digrignava i denti, tutto il corpo teso e irrigidito. A Ottie sembrava un segugio da safari mentre i suoi occhi sfrecciavano intensi nel buio, la testa scattava e le orecchie si sforzavano di captare eventuali rumori al di sopra del vento.

«Vai alla tua postazione e torna da me. Ci incontreremo a metà strada». La sua voce era dura e priva di emozioni; Ottie annuì, ben sapendo che stava solo facendo la cosa giusta: c'era in gioco la vita di un uomo. Eppure, sentiva quella morsa che a volte le serrava il petto quando percepiva – temeva – che lo stava perdendo, che forse il suo interesse stava scemando...

Correva mezzo accovacciata lungo la pista sassosa, il fascio di luce della sua torcia frontale rimbalzava su e giù mentre scrutava disperatamente il buio alla ricerca di tracce di un corpo. E se fosse stato già troppo tardi? Sarebbe stata responsabile in prima persona. A meno che non fosse caduto e morto sul colpo, un decesso per ipotermia o per esposizione alle intemperie sarebbe stato da imputare a lei.

«Certo, non è morto», si disse a voce bassa, mentre correva con il respiro affannoso, i piedi che inciampavano sul terreno accidentato. I fatti, però, suggerivano il contrario: la gente moriva di continuo: suo padre, per poco anche Pip. Non si dice non c'è due senza tre?

Il vento ululava. A un paio di miglia nell'entroterra, nel villaggio protetto dalle scogliere e dagli alberi, nessuno si sarebbe accorto delle raffiche di quella notte; ma lì fuori, in quel punto così esposto proprio sul bordo dell'Atlantico, era spietato e amaro.

Ottie vide il bivio sul sentiero e gemette di sollievo mentre correva. Ora era a pochi metri dalla sua postazione. Riusciva appena a...

Aspetta.

Si fermò e si guardò alle spalle. Si avvicinò e puntò la torcia sulla biforcazione. Il sentiero più basso non poteva neanche definirsi tale; era così stretto che solo oche e animali con le zampe palmate avrebbero tentato la discesa. Suo padre le aveva sempre messe in guardia quando erano piccole; non portava da nessuna parte, quel sentiero appena accennato proseguiva in un campo erboso che era così ripido e sdrucciolevole perfino per restare in piedi. *Loro* lo sapevano bene, i Lorne. Era la loro terra, solitamente a uso privato, tranne per quell'unico evento per il quale suo padre aveva aperto l'accesso a beneficio del suo vecchio amico. Non aveva mai voluto denaro, ma aveva sempre fatto una sola richiesta: che quella parte venisse segnalata con la massima attenzione.

Il pensiero che qualcuno potesse prendere il sentiero sbagliato – e quindi fargli causa – lo aveva preoccupato così tanto che aveva imposto una condizione all'accordo per cui bisognava apporre una freccia sul percorso a indicare la direzione sicura.

Solo che non c'era niente lì adesso.

«Gilmore!?».

Sentiva Bertie urlare nel vento, la voce arrivava indebolita, ma la disperazione era forte e chiara. Era il tono delle madri che vedono il figlio correre dietro alla palla in mezzo alla strada, dei soldati che corrono verso una casa barricata.

«Ben!», si unì Ottie, girando le spalle al vento e gridando a pieni polmoni sperando che portasse anche la sua voce. «Ben Gilmore!».

Guardò con attenzione ovunque riuscisse a vedere, dietro le rocce in cui avrebbe potuto cercare riparo; erano tutte troppo piccole per servire allo scopo, ma era sempre meglio di niente là fuori, sicuramente. Scrutò sui lati del sentiero dove il terreno scendeva a picco, ma era solo vuoto e buio. Di certo non… Per favore, no.

Ma non c'era altro luogo in cui potesse essere: o su quel sentiero o in mare. Sentì un fischio vuoto attraversarle le ossa mentre la pura logica si chiudeva alle opzioni. Secondo le carte, era stato visto e registrato a Kinaughton Point, ma non era mai arrivato a lei. Lì. E Ottie aveva appena percorso le otto miglia di questo tratto con Bertie; migliaia di altri concorrenti lo avevano seguito. I commissari di gara avevano controllato due volte. Se fosse stato in pista lì, qualcuno l'avrebbe notato. Il che significava…

Significava che…

Lontano, molto più in basso, poteva solo sentire il pesante salire e scendere dell'oceano. Sembrava immenso e quasi corporeo, una grande massa in movimento. Se fosse stato laggiù, non l'avrebbero mai trovato quella notte. Se avessero aspettato fino al mattino, sarebbe sicuramente morto.

«Gilmore! Ben Gilmore!», urlò nella notte. La sua voce era lacerata e tormentata, come tutto il resto di lei.

Le grida di Bertie si incrociavano alle sue; non era lontano ora, e si avvicinava rapidamente. «Trovato qualcosa?», chiese lei, senza fiato, mentre la raggiungeva. Era una domanda inutile, naturalmente; lo avrebbero saputo tutti se si fosse trovato qualcosa.

L'uomo scosse in capo con aria infelice. Quella sarebbe stata la fine del suo impero Ultra, lo sapeva. Non si poteva morire per questi eventi. Dovevano essere una questione di resistenza, non di sopravvivenza.

«Bertie, non pensi che…?», fissò il ramo inferiore della biforcazione.

«Non essere ridicola. Non sarebbe mai andato laggiù. È chiaramente impraticabile».

«Ma… il cartello dov'è?».

L'uomo si girò e guardò dove avrebbe dovuto essere il segnale. Un pesante silenzio palpitò tra loro. «Be', è ovvio che è stato già rimosso».

Lo sguardo di Ottie si abbassò allora a terra, seguito da quello di Bertie. Non c'erano buchi sul terreno a indicare che vi fosse stato piantato un cartello di recente. E nessuno degli altri cartelli o gazebo era stato ancora smontato.

Si girò a guardarla, più pallido. «Be' eri tu il commissario responsabile di questo tratto, sicuramente te ne ricorderai. Hai visto se c'era il cartello qui?».

Lo fissò cercando di ricordare. Lo aveva visto? «Io…», strinse gli occhi contro il vento. «Non ricordo. Non mi pare di averlo notato».

«Ma era compito tuo notarlo, Ottie! È per questo che ho messo qui proprio te, per la sicurezza dei concorrenti».

Erano parole brutali, ma aveva ragione. Sentì il respiro accelerare, un groppo formarsi in gola mentre le lacrime cominciavano a premere negli occhi. «Non penso di averlo visto». Aveva mancato al suo dovere, pur sapendo meglio di chiunque altro quanto fosse rischioso quel punto. Come aveva fatto a non notare che non era stato apposto il cartello?

«Oh, Gesù!», sussurrò improvvisamente Bertie, portandosi una mano alla bocca quando gli venne in mente qualcosa. «Hai assolutamente ragione. Il cartello non è mai stato messo, ora mi ricordo».

«Bertie, perché no?», gridò guardandolo disperata. «Sai che era una richiesta di papà. L'unica».

«Sì, ma è colpa tua, Ottie. L'altra sera, quando sono venuto da te, ricordi? Mi avevi mandato messaggi per tutto il giorno, dicendo quanto stessi male… avrei dovuto mettere io quel cartello, invece sono venuto da te. Ero preoccupato per te».

Ottie sentì montare il panico. I suoi messaggi. Le sue lacrime. La sua rabbia verso Willow. Suo padre. «Allora… è a causa nostra che lui è… finito laggiù?»

«Nostra. Mia. Tua», scrollò le spalle. «Chi può dire come la vedranno le autorità». Guardò di nuovo la biforcazione, vedendo che non portava da nessuna parte. «La priorità ora è trovare…».

Un altro ricordo lo colpì e Ottie trasalì nel rendersene conto, in una rinnovata ondata di panico. «Cristo santo, c'era qualcuno davanti a me su questo tratto, ora ricordo». Strizzò gli occhi come se volesse schiarire la memoria. «Era avanti di qualche minuto, a tratti lo vedevo e a tratti no».

«Pensi che potesse essere Gilmore?»

«Non ne ho idea, era solo una sagoma da dove stavo io». Si accigliò e la guardò di nuovo interrogativo. «Tu, però, dovresti averlo visto se stava davanti a me. E lui dovrebbe aver visto te. Com'è possibile che non sia successo? La tua postazione è proprio sulla svolta per questo motivo».

Ottie si sentì gelare il sangue. No, non poteva essere. Quel momento, quell'unico minuto in cui si era deliberatamente nascosta alla vista... Era arrivato in quel momento? «Oh, Bertie, è tutta colpa mia», sussurrò. «Dovevo fare pipì. Mi sono accucciata dietro l'angolo, nascosta. Solo un minuto. Neanche!».

L'uomo strabuzzò gli occhi. «Cazzo!».

Ottie si sentì mancare per l'orrore, il panico, lo sfinimento... Ondeggiò a occhi chiusi, si accasciò sui calcagni in un mezzo svenimento con la testa tra le mani. Non poteva succedere. Riaprì gli occhi, aveva bisogno di conforto, rassicurazione, ma Bertie era già andato via, a urlare freneticamente ordini nella radio, raggiungendo la biforcazione.

«Bertie, no!», grido sforzandosi di seguirlo.

Era già sul sentiero più in basso e Ottie si inclinò verso il ciglio della scogliera per seguirlo, mentre nella testa riverberavano gli avvertimenti di suo padre: "Mai, *mai* prendere questa strada! Ci si muore!".

Non riusciva a vedere chiaramente Bertie, solo il fascio di luce che rimbalzava dalla sua torcia, mentre si accovacciava, con le mani puntante all'indietro per tenere indietro il peso e controbilanciare lo slancio in avanti che voleva scagliarli entrambi giù da quella scogliera nelle acque spumeggianti al di sotto. Non aveva idea di dove si interrompesse il sentiero, quando quel poco di presa che avevano sarebbe finita all'improvviso e avrebbero cominciato a precipitare...

Improvvisamente, il raggio di luce smise di rimbalzare. «Gilmore! Ben Gilmore!». La voce di Bertie era il grido di un guerriero che spaccava il cielo come una freccia. «Gilmore!».

Si voltò e la sua espressione cambiò in un istante quando la vide a una ventina metri di distanza. «Ottie, torna indietro!». La ragazza si fermò obbediente, sprofondando sul sedere e tremando violentemente. «Torna sul sentiero. Lo vedo!».

«È vivo?», gridò. *Oh, ti prego, Dio, fa' che sia vivo.*

Ci fu una lunga pausa. «Non lo so. Non si muove! Non posso avvicinarmi di più. Torna al bivio e chiama il soccorso alpino! Serviranno corde e una barella!».

Pip era affacciata alla finestra a mangiarsi le unghie impotente mentre osservava Willow faticare con i secchi sul campo. Li portava male e aveva messo troppa avena nella mangiatoia.

Willow alzò lo sguardo, quasi avesse percepito quello di disapprovazione della sorella e, in assenza di mani libere, le rispose con un cenno del capo. Pip ricambiò, mordendosi forte il labbro. Era una specie di tortura, essere costretta a guardare senza non poter fare.

Era anche assurdo. Era perfettamente in grado di dar da mangiare ai suoi cavalli. Stava bene. Aveva dormito alla grande quella notte al castello nel suo vecchio letto, aveva mangiato tutta la colazione che la signora Mac era riuscita a metterle davanti; aveva perfino indossato la maglia della salute per "tenersi al caldo". Ma un patto era un patto. Sua madre le aveva permesso di tornare a casa sua solo se avesse acconsentito a riposare e lasciare che fosse Willow a spalare letame e dar da mangiare ai cavalli per il resto della settimana. Aveva altra scelta? Neanche Willow aveva fatto i salti di gioia a quella prospettiva. Prima fossero tornate alla normalità, meglio sarebbe stato per tutte.

Si allontanò dalla finestra. Era molto meglio non guardare, non era mai stata brava a delegare. Il televisore era acceso su qualche trasmissione immobiliare che ricordava da qualche giorno di malattia da studentessa, ma non riusciva a guardarla. Non era malata, solo stupida. Ed egoista.

Rimise il bollitore sul fuoco. Era la terza volta da quando era rientrata venti minuti prima, ma continuava a dimenticare di versare il tè. Era così abituata a stare sempre in giro che di solito non metteva piede dentro casa tra le sette di mattina e le sette di sera. Che cosa avrebbe fatto tutto il giorno?

I piatti ad asciugare la guardarono come a volerle rispondere. Probabilmente poteva cominciare con il mettere a posto quelli…

«Tempismo giusto, vedo».

Quell'improvvisa voce maschile nella stanza la fece gridare per lo spavento e si girò di scatto, con una padella per omelette già minacciosamente stretta in mano.

Taigh alzò le mani come chi si arrende, con un sorrisetto che gli giocava sulle labbra a vederla così armata. «Non ti salterò addosso se hai quell'affare in mano, poco ma sicuro. Mi ridurresti in polpette».

«Ti batterei anche a braccio di ferro», bofonchiò Pip, ben sapendo che era palesemente impossibile, cercando di mascherare il fatto che avesse appena gridato come una ragazzina. «Che diavolo ci fai qui, comunque?».

A confondere le idee, indossava la divisa da postino, ma aveva con sé anche la borsa da paramedico. «Ho visto Willow di sotto e mi ha detto di salire direttamente».

Pip alzò gli occhi al cielo. «No, intendo, che cosa ci fai *qui*?»

«Non te l'hanno detto?», si fece serio. «Sono venuto a visitarti».

«Cosa? Non ho bisogno di altri controlli!», protestò vivacemente. «I medici mi hanno dimesso. Sto una meraviglia».

«Stai abbastanza bene per qualcuno che si è quasi ucciso due giorni fa, ma ci sono ancora dei controlli da fare. So che ti hanno accennato di un'ombra nei polmoni che vogliono tenere d'occhio. L'ultima cosa di cui hai bisogno è una polmonite. Quello sì che manderebbe all'aria i tuoi programmi per Natale».

Pip lo guardò malissimo. All'ospedale le avevano detto la stessa identica cosa, ma si aspettava dei controlli da parte del suo medico di base. Non bastava già che fosse stato lui a salvarla? Ora doveva anche prendersi cura di lei? «C'è sicuramente qualcun altro che può farlo».

«Grazie tante!», replicò lui con un sorriso sarcastico, quindi si accovacciò, aprì la borsa, mise uno stetoscopio al collo e frugò in cerca di qualcos'altro. «Ma dovevo comunque fare la consegna dei giornali e sono certo che saprai che già così siamo a corto di personale, senza che si sovrappongano i giri». Il bollitore fischiò e si spense con un distinto scatto. «Ah, per me solo latte e due cucchiaini di zucchero, grazie per avermelo chiesto».

Gemendo, Pip si girò e prese le tazze. Che faccia tosta.

«Sai, mi piace come hai sistemato qui», disse lui alla sua schiena.

Lo guardò da sopra la spalla. «Molto divertente», scattò, ma nel vederlo ridacchiare tra sé e sé azzardò uno sguardo diverso al suo appartamentino. Era vero che non lo aveva proprio toccato; le pareti erano rimaste con il loro intonaco a calce grezzo e le uniche cose affisse erano volantini per le battute di caccia, terreni da acquistare, cavalli in vendita. Un ritaglio di giornale con la vittoria del Grand National da parte di Midnight Feast era stato attaccato con lo scotch in sostituzione di qualcosa di più formale o una cornice, al di sopra il divano di corda marrone sfondato al centro. Un po' come al castello, il pavimento era ricoperto da tappeti logori sovrapposti che aveva trovato arrotolati nella soffitta da cui aveva recuperato anche diverse lampade blu e bianche, non perché le piacessero o le apprezzasse, ma perché aveva un disperato bisogno di luce. Il suo appartamento si trovava nel sottotetto sopra uno dei blocchi della stalla e, a parte l'impianto elettrico rudimentale, l'eventuale riscaldamento proveniva dalla stufa a carbone posta al centro della parete, che le forniva anche l'acqua calda; il letto era dietro un telo di seta roso dalle tarme, preso anch'esso dalla soffitta del castello e i suoi vestiti – i pochi che aveva – erano appesi a una corda per il bucato legata tra i ganci alle pareti. «La sua funzione la fa», disse sulla difensiva.

«Come tutto nella tua vita, no? Niente di superfluo oltre il bisogno. Niente messo lì solo perché ti piace o ti rende felice».

Pip si fece seria – sembrava una frecciatina – e gli passò una tazza di tè leggero, sperando che gli piacesse forte. «Non ho zucchero».

«Lì ci sono delle zollette, però», disse indicando il barattolo sul piano.

«Quelle sono per i cavalli».

Taigh rimase di stucco, quindi scoppiò a ridere. «Okay, come non detto!», ridacchiò bevendo un sorso di tè e facendo una smorfia più che eloquente.

Pip sorrise trionfante.

Taigh deglutì, schioccò le labbra e, con un brivido evidente, la inchiodò con i suoi occhi luminosi. «Potrebbe essere peggiore, suppongo».

Pip distolse lo sguardo e, per qualche secondo, sulla stanza calò il silenzio. Riusciva a sentire il suo sguardo su di lei e un rossore imbarazzato le risalì per il collo. Le piaceva portare i capelli corti: non era mai stata il tipo di ragazza da nastri, trecce o acconciature ma, in quel momento, avrebbe apprezzato una folta chioma dietro cui nascondersi.

«Bene, allora», disse infine mentre Pip le offriva un silenzio belligerante invece che chiacchiere leggere. «Be', che ne dici di sederti sul divano mentre ti do una controllata?».

Pip, pur con un sospiro infastidito, obbedì: prima faceva e meglio era, giusto? Senza dubbio avrebbe fatto subito rapporto a sua madre, e se voleva starsene lì per conto suo…

«Dovrò auscultarti il petto, quindi se potessi slacciare i primi bottoni della camicia…».

A occhi bassi, fece ciò che gli aveva chiesto e mentre Taigh posizionava lo stetoscopio sullo sterno – dopo averlo riscaldato – si girò verso la finestra.

«Fai qualche respiro», mormorò.

Pip gli guardò la testa, i riccioli scuri che ricadevano ai lati come rotelle di liquirizia srotolate.

«Pip, io ho finito».
Alzò gli occhi e vide Willow affacciarsi dalla porta. Si fece seria. Come facevano tutti quanti a salire le scale di casa sua senza farsi sentire?
«Hai aggiunto la melassa al mangime per Fudge?», chiese.
«Sì».
«E hai controllato la muffa?»
«Come mi avevi detto».
«Whippy ti sembra a posto?».
Willow alzò le spalle. «È abbastanza equino per me. Gli ho chiesto come mai quel muso lungo quando l'ho lasciato».
Taigh sghignazzò, apprezzando la battuta, staccandosi da lei e dondolando sui talloni. «Carina questa».
«Grazie». Willow sorrise, apparentemente contenta che qualcuno di tanto in tanto apprezzasse il suo senso dell'umorismo. «Come sta la paziente?»
«Impaziente che mi tolga di torno», disse con un'occhiata sorniona a Pip.
«Non prenderla sul personale, non vede l'ora di vedere anche la mia schiena, se è per questo», si lamentò Willow per poi guardare la sorella. «Purtroppo per te, tornerò stasera a dare la cena ai ronzini e anche a portarla a te. Per pranzo ti ho messo in frigo la minestra della signora Mac. Mangiala», disse autoritaria. «Non pensare che non vada a controllare».
«Argh!», gemette Pip notando che Willow e Taigh si scambiavano di nuovo un'occhiata complice prima che sua sorella sparisse di nuovo dalla vista.
Taigh la guardò, come a chiederle in silenzio il permesso di avvicinarsi di nuovo, e le riposizionò lo stetoscopio sul lato del petto. L'aria di leggerezza che aveva portato Willow era scomparsa insieme a lei.
«Okay». Si staccò dopo un altro minuto. «Ora devo sentire i polmoni. Per favore, tira leggermente su la camicia e chinati in avanti».
Pip sentì il dischetto di metallo spostarsi sulla schiena come

balzi di coniglio al rallentatore e, dopo un minuto o giù di lì, si chiese perché ci mettesse tanto: aveva una discoteca là dentro?

Taigh si alzò e le sedette accanto sul divano. Tirò fuori un termometro dalla tasca della camicia. «Tienilo sotto la lingua intanto che misuriamo la pressione. Arrotola la manica, per favore», mormorò.

Accidenti, sarebbe tutto più facile con una T-shirt. Sbuffò mentre la rimboccava.

Le infilò il bracciale sopra il gomito e cominciò a pompare diverse volte fino a che la fascia non le strinse la carne. «Stendi il braccio», disse prendendole la mano e appoggiandola delicatamente girata all'insù sul ginocchio, con gli occhi sempre fissi sul display digitale.

Pip lo osservò mentre lo guardava, la sua solita espressione scherzosa era sostituita da qualcosa di molto più serio e adulto. Non aveva mai notato quanto fossero lunghe le sue ciglia prima di quel momento, né la piccola cicatrice al limite del sopracciglio. Si chiese come se la fosse procurata, sebbene sapeva che non glielo avrebbe mai domandato, perché mostrare un interesse nei suoi confronti, per quanto piccolo, era qualcosa che il suo orgoglio non avrebbe mai permesso.

Quando il bracciale si allentò, staccò il velcro. Allungò la mano a toglierle anche il termometro di bocca. «Hmm».

«Che significa "Hmm"?», chiese con il tono più annoiato possibile, riportando giù la manica.

«La temperatura è leggermente alta».

«Una cosa buona, no? Visto quanto era scesa ieri». Era alquanto brusca, lo sapeva, ma a quanto pare non poteva farne a meno. Quell'uomo tirava sempre fuori il peggio di lei.

«Potrebbe essere sintomo di infezione. Ti ricordi se hai bevuto acqua?».

Pip trasalì e guardò subito altrove, mentre quella domanda le scatenò i ricordi. Non *voleva* ricordare niente, non era ovvio?

«Ehi, va tutto bene», si affrettò a dire lui, allungando una mano a prenderle il braccio. «Sei al sicuro adesso».

«Lo so», si rivoltò Pip. «Non sono mica un'idiota».

«No», disse lui, sospirando e lasciando di nuovo cadere la mano. «Non lo sei, ma lo saresti se ti sforzassi troppo adesso. Il tuo corpo si sta ristabilendo a fondo e devi andarci piano. Dobbiamo tenere d'occhio quel raschietto che hai ancora: resta al caldo, non uscire, riposa. Se entro domani non sarà sparito, dovrai prendere gli antibiotici. Non vale la pena rischiare». La guardò dritta negli occhi. «Non vorrai far prendere un altro spavento alla tua famiglia».

C'era un rimprovero nella sua voce. Rabbia, perfino.

Lo guardò alzarsi e riporre gli attrezzi nella borsa, proprio quando si udì il suono di un camion in retromarcia all'esterno. Taigh guardò fuori dalla finestra.

«Aspetti una consegna?», mormorò.

«Da chi?»

«Cuneen Livery?»

«Cosa?», Pip scattò verso la finestra, sentendo l'ondata di panico e le guance in fiamme mentre il van per il trasporto cavalli veniva parcheggiato con cura. Non riusciva a crederci, non voleva, ma non c'erano dubbi: quel maledetto Sean Cuneen era venuto a ritirare la sua vincita. Si sentì mancare la terra sotto i piedi, il corpo di nuovo gelido, il ricordo dell'acqua che le si chiudeva sopra la testa... «Che bastardo», sussurrò. Almeno avrebbe potuto concederle più tempo! Prendere il telefono e farle una telefonata di cortesia per dirle che sarebbe passato a incassare. Era appena uscita dall'ospedale, porca miseria!

«Che succede?», le chiese Taigh mentre entrambi guardavano l'imponente mole di Sean uscire dal camion, i pantaloni bassi sui fianchi a rivelare sotto la camicia corta la profonda fessura tra le natiche.

Le poteva andare peggio nella vita?

Taigh la osservò e la sua curiosità divenne preoccupazione. «Che ci fa qui, Pip?».

A quella domanda la ragazza inspirò a fondo e lentamente. Era lì perché ne aveva diritto: lui aveva vinto e lei aveva perso, semplice. Deglutì e si tirò su, determinata a tenere sotto controllo le emozioni. Non avrebbe permesso che Taigh la vedesse afflitta. «Dobbiamo solo portare a termine... questioni amministrative». Attraversò la stanza e tolse il cappotto dal gancio.

«Dove stai andando?», la richiamò. «Non dovresti uscire con queste temperature. Si gela là fuori adesso».

«Non ci vorrà molto», rispose infilando i piedi negli stivali da esterno.

«Aspetta un attimo!». Il suo tono era cambiato e la fece fermare. «Ma quel Cuneen è... Sean Cuneen?».

Pip aveva già un piede sulle scale. Si riaffacciò alla porta con impazienza. «E se anche fosse?».

La fissò incredulo. «Il tizio con cui hai gareggiato in acqua?»

«E se anche fosse?», ripeté con fare disinvolto, ma il cuore le batteva selvaggiamente, le emozioni infuriavano sotto la superficie. Sentiva le lacrime premere dietro gli occhi, il cuore come un martello pneumatico. Non aveva ancora detto addio a Shalimar, non aveva neanche accennato ciò che aveva fatto, il terribile rischio che aveva corso e come le si era rivoltato contro. Come tutto stesse andando a rotoli...

Taigh rimase a bocca aperta per lo stupore. «Non mi dire... non mi dire che è venuto a reclamare il premio? Non vorrai onorare quella stupida scommessa?».

Pip lo guardò, vedendogli negli occhi un orrore che rispecchiava il suo. In verità l'intera faccenda della scommessa non le era più passata per la mente dopo quella notte. Aveva dimenticato di aver perso e che l'altro aveva vinto; era stata troppo impegnata a cercare di sopravvivere. «I patti sono patti», fu tutto ciò che disse alla fine.

«I patti sono...?», esclamò Taigh improvvisamente furioso, tutto il suo atteggiamento da eterno allegrone completamente scomparso. «Il fatto che tu sia quasi annegata non conta niente qui? Tu non hai perso la gara, Pip, hai quasi perso la vita! Io direi che tutte le scommesse sono annullate e invalidate, non pensi?».

Non rispose – non poteva quando le lacrime erano sul punto di cadere – si limitò a girarsi e scendere le scale. Taigh la riafferrò in fondo, prendendola per il gomito.

«Senti, hai paura di lui, vero? E lo posso capire, è uno grande e grosso, ma io posso mandarlo via, Pip. Non sei tenuta a farlo. Non è giusto».

«Avevamo un accordo verbale», rispose in tutta semplicità.

«Balle! Nessun tribunale sulla terra darebbe ragione alle sue pretese».

«Ma qui si tratta di onore. Abbiamo fatto un patto in buona fede e io ho perso. Non credo che sarebbe qui se fossi morta – non è un pezzo di merda fino a quel punto – ma sono viva. Sto benissimo, a parte questo presunto raschietto che ti mette il pepe nelle mutande».

Taigh ignorò la frecciata. «La scommessa dovrebbe essere annullata e invalidata».

«Ammetto che avrebbe potuto farmi la grazia di qualche giorno; è… volgare presentarsi qui così presto». La voce le tremò leggermente al pensiero di dover dire addio a Shalimar. Se solo si fosse fermata a pensare… «Ma che mi venga un colpo se gli darò la soddisfazione di dire che l'ho imbrogliato in un affare. Alla mia famiglia non sarà rimasto molto di questi tempi, ma abbiamo ancora il nostro accidenti di orgoglio».

Taigh la fissò, l'espressione palesemente incredula e impotente, e vide che mistero fosse quella donna per lui, inesplicabile e spiazzante.

«Quindi avrei bisogno del mio braccio», disse guardandosi deliberatamente il gomito ancora stretto nella sua presa.

«Oh», la lasciò andare. «Santo cielo, almeno vuoi che venga con te ad aiutarti?»

«Tu?». Rise. «Non chiederei aiuto a te neanche se ne andasse…». Si interruppe di colpo.

«Della tua vita?». Negli occhi verdi gli si infiammò una rara rabbia, mentre regolavano i conti sulla scalinata stretta. Pip percepì che voleva qualcosa da lei, ma cosa? Delle scuse? Un grazie? Non aveva mai chiesto il suo aiuto quella notte, e non le serviva farlo ora. Senza dire un'altra parola, si voltò e uscì nel cortile per fare ciò che andava fatto.

Capitolo tredici

Willow imboccò il vialetto, andando a fermarsi al suo solito posto di fronte al rododendro violaceo. Non uscì dall'auto, però. Ancora non voleva entrare in casa e controllare le condizioni mentali di sua madre quella mattina, né aiutare la signora Mac a rifare i letti. Non voleva muovere un muscolo. Voleva solo sedere lì, ferma e tranquilla, invisibile, dimenticata.

Guardò all'esterno i prati ondulati verso la striscia argentea del mare che luccicava al sole del mattino e si appoggiò al volante. Quella vista le si stendeva davanti, confortevole a familiare, immutata nel corso dei suoi ventidue anni, come lo era stata nei precedenti cento, più o meno, salvo una panchina da giardino qui e un albero caduto lì. Era casa sua, una parte di lei, solida come una roccia. Da piccola l'aveva data per scontata, aveva creduto che in qualche modo sarebbe sempre stata sua, che, proprio come il panorama della sua infanzia, sarebbe rimasta intatta e assoluta. Un sogno che si era invece infranto già molto prima che suo padre morisse e, con esso, anche tutto il resto.

Era dura però, molto più dura di quanto si sarebbe aspettata. Hels aveva agito con impressionante efficienza dopo il loro incontro della settimana precedente, e nel corso di quella stessa giornata sarebbe arrivata la prima squadra di Christie's per intraprendere l'ardua impresa di contare, catalogare e valutare ogni oggetto da loro posseduto. Willow doveva ancora comunicarlo a sua madre e non aveva idea di come sarebbe andata. Il tempismo non sarebbe potuto essere peggiore, visto che a Pip era appena stato concesso di passare la notte a casa sua… da un mezzo annegamento a un trasloco in un solo fine settimana. La conversazione non sarebbe andata a finire bene.

Cercò di pensare a un approccio da un'altra angolazione: la proprietà sarebbe stata suddivisa e parcellizzata comunque, le sue sorelle avrebbero conservato ufficialmente le porzioni in cui batteva il loro cuore: Ottie la spiaggia e Pip il galoppatoio. Era qualcosa che lei non aveva mai avuto, una parte che sentiva esclusivamente sua; per Willow, Lorne era sempre stato la somma delle sue componenti, e la sua famiglia aveva sempre dato per scontato che lei l'amasse meno degli altri. Non era mai passato per la mente a nessuno che invece, forse, l'amava più di chiunque altro? In quelle tranquille e noiose domeniche nel suo appartamento di Dublino, distesa sul divano con i postumi della sbronza e davanti alla televisione senza guardarla davvero, la sua mente tornava a vagare in quei luoghi come un istinto casalingo, un'impostazione di fabbrica, ricordando il "gioco delle sabbie mobili" che facevano sulla loggia della scalinata, in cui non potevano toccare con i piedi per terra, lo slittino sulle discese erbose, nascondino tra le porte segrete, gare di velocità tra i passaggi che portavano dalla cucina alla biblioteca. Quanto le erano mancate le sue sorelle… Ricordava di quando da ragazzina si sdraiava sulla panca davanti alla finestra della sua camera da letto, con le gambe contro il muro, a fantasticare sull'eccitante vita alla moda che doveva certamente esistere oltre quelle antiche pareti di pietra, senza che mai le venisse in mente che in quella vita sarebbero stato compreso anche il restare distesa a letto a ripensare a tutto quello. Ricordava i Natali sempre con alberi assurdamente giganteschi: un anno si erano aspettate perfino che gli scoiattoli saltassero fuori dalle fronde di un albero che suo padre aveva tagliato e trascinato a casa nella sua annuale dimostrazione di orgoglio cavalleresco; ricordava suo padre indossare Rusty, la sua amata armatura, per la festa in maschera per i quarant'anni di sua madre: non era stato in grado né di sedersi né di andare in bagno per l'intera serata, aveva dovuto mangiare in piedi, non aveva potuto salire le scale ed era rimasto contuso e indolenzito per i quattro giorni successivi. Sua madre l'aveva definita la migliore festa di sempre...

Sua madre. Tutto tornava sempre a lei in un modo o nell'altro, ma laddove una volta era stata la luce al centro della sua vita, ora era un'ombra sul cuore di Willow. Una macchia nera in un panorama immacolato, a rovinare qualcosa di puro e perfetto.

Appoggiò la testa al volante. Sapeva di non poter più rimandare. Doveva entrare lì dentro e farla finita: dire a sua madre della vendita, dimostrarle di aver fatto ciò che suo padre l'aveva incaricata di fare, quell'unica cosa che lui non avrebbe potuto portare a termine.

Non sapeva quale notizia sarebbe stata accolta peggio, se l'identità dell'acquirente o il fatto che avesse tacitamente accettato un'offerta che prevedeva quasi un milione in meno del suo potenziale valore. In verità, a malapena vi aveva rivolto un secondo pensiero nel fine settimana; tra l'incontro con Connor quella sera, il restare in ospedale con Pip tutta la notte e tutta la giornata di domenica, aveva finito per crollare a letto presto la sera prima, in un sonno senza sogni da cui si era risvegliata nella stessa posizione in cui si era addormentata. In quel momento però, in un freddo, luminoso e burrascoso lunedì mattina, quando il mondo appariva di nuovo fresco e pieno di speranza... aveva fatto la cosa giusta? Oppure nella fretta di portarla a termine, aveva sfumato i confini tra vendita e svendita?

Un improvviso raspare al finestrino la fece sobbalzare.

«Mamma!», disse trovandola al di là del vetro. «Stai bene?».

Non sembrava proprio. Sua madre, solitamente serena, era ancora in pigiama con sopra il maglione di cachemire di suo padre con cui l'aveva lasciata due ore prima, quando era uscita per riaccompagnare Pip alle scuderie. E non c'erano solo gli stivaletti bassi a completare il look: i capelli avevano un gran bisogno della loro messa in piega mattutina e le guance arrossate alludevano o a una corsa nel frutteto o a un bicchiere di vino. Sembrava accaldata e molto, molto arrabbiata.

«Dove sei stata?», le chiese mentre scendeva dall'auto.

«Lo sai. Ho riaccompagnato a casa Pip e mi sono occupata dei cavalli al posto suo».

Sua madre parve presa in contropiede e disorientata. «Ah...».

«E ti ho anche detto che, al ritorno, sarei passata a prendere il pane». Come prova, Willow alzò la mano in cui stringeva la pagnotta.

Sua madre si portò una mano alla guancia e si voltò leggermente. «Ah, sì. Me lo avevi detto».

Willow la guardò preoccupata. Aveva preso un altro sonnifero? Era stordita? «Andiamo», disse. «Entriamo, così ti preparo una tazza di tè e qualche toast. Immagino che tu non abbia ancora mangiato». La stanchezza si rifletteva nella sua voce come la luce del sole sull'acqua.

«No! Non voglio entrare», esclamò sua madre, come se all'improvviso si fosse ricordata di essere in collera.

«Perché no?»

«Perché *lui* sta per tornare!».

Willow sentì una stilettata di preoccupazione. Sua madre sragionava. «Chi?»

«Quell'uomo orribile», scattò sua madre, e dal raro scorcio di vera furia nei suoi occhi Willow capì che erano tanti i motivi per cui era arrabbiata con lei: questo, qualunque cosa fosse; non averla chiamata prima per dirle di Pip; aver ereditato Lorne; aver fallito nell'unica cosa per cui era stata concepita... l'imbarazzo della scelta. Ed era sempre lì quella rabbia, come un'infezione sottopelle in ogni loro interazione. Come hai potuto contattarlo, dopo tutto quello che ti ho detto?»

«Mamma, non so di chi stai...». La sua voce si affievolì, come all'improvviso. «Aspetta! Shaye è stato *qui*?». Aveva detto che si sarebbe fatto vivo la settimana successiva, ma non sulla soglia di casa!

«Ha detto che gli hai fatto un'offerta. Ha detto che gli hai concesso la prelazione per l'acquisto della proprietà e che avete fatto un accordo».

«No. Stiamo *negoziando* un accordo. Non è stato ancora firmato nulla».

Già solo averlo contattato, però, rappresentava un bel tradimento. Sua madre la fissò, gli occhi rossi inondati di lacrime. «Come hai potuto, Willow? Ti avevo detto che tuo padre lo aveva ignorato e perché. Ha tirato quel colpo basso proprio all'ultimo momento… è stato disonorevole. Disgustoso. Una mossa veramente di merda».

Willow rimase turbata. Sua madre non diceva mai parolacce.

«Ti ho detto che tuo padre aveva dichiarato che per vendere a quell'uomo sarebbero dovuti passare sul suo cadavere. È questo che hai intenzione di fare?»

«Mamma, io…».

«Vendere Lorne passando sul suo cadavere?».

Willow deglutì, aveva la nausea. Non poté rispondere nulla.

«E naturalmente si comporta come se fosse già il padrone», singhiozzò sua madre. «Ha voluto sapere dove fossi e quando saresti tornata, perché non rispondevi al telefono».

Willow gemette. Oddio… quante possibilità c'erano? «Ehm no, l'ho lasciato di sopra in carica. Sapevo di dover andare alle scuderie, che sarei stata via un paio d'ore».

«Lo sai cosa mi ha chiesto, perfino?».

Willow scosse il capo, già temendo la risposta.

«Mi ha chiesto se con la proprietà passa anche il titolo!».

«Cosa?». Willow si stropicciò il viso con le mani. «Oddio, mamma. Scusa. Che razza di stronzo. Non posso credere che abbia chiesto una cosa del genere».

«…Come se noi fossimo qualche specie di disgustosi, volgari *arrivisti* che comprano i titoli».

«Mamma, l'unica persona che quel tipo ha messo in imbarazzo con una simile richiesta è sé stesso», disse Willow. Andò istintivamente ad abbracciarla per stringerla forte, ma subito ricordò tutto; allora si trattenne e le diede solo dei colpetti imbarazzati sul braccio. «E mi dispiace di non essere stata qui a vedermela con lui. Non posso credere che si sia presentato così… senza un cavolo di avviso, una telefonata di cortesia».

Sua madre la guardò ancora diffidente. «Ha detto che si trovava in zona».

«Sì, certo», sbuffò ironica Willow, che non ci credette neanche per un secondo. Voleva solo inchiodare l'affare. Aveva fiutato l'odore del sangue e si era fiondato sulla preda. «Come hai fatto a liberarti di lui?»

«Non l'ho fatto!».

«Allora adesso dov'è? È ancora qui?». Willow guardò attraverso la porta ad arco sentendo una fitta di rabbia all'idea che potesse aver occupato spudoratamente casa loro reclamando prematuramente la propria vincita.

«No. Ha detto che avrebbe fatto un giro in macchina e sarebbe tornato tra poco».

«E questo quando è successo?»

«Un'ora fa? Ti ho telefonato e ritelefonato».

Willow sospirò di nuovo. Quando mai andava da qualche parte senza telefono? Mai? «Okay, senti, tu non devi preoccupartene. Me la vedo io con lui».

«Ma sta tornando».

«Lo so e… gli dirò di chiederti scusa. Comportarsi in quel modo è stato fuori luogo».

«No, voglio dire, sta tornando adesso. Guarda!». Alzò la mano a indicare una E-Type blu sul vialetto. Era impeccabile, classica, inestimabile. Il genere di macchina che Willow supponeva avrebbe dovuto percorrere quel viale, non la vecchia Land Cruiser sgangherata o le Mini a strisce gialle. Eppure era troppo… lampante. Troppo sicura di sé.

«Cavolo», bofonchiò Willow tra i denti. Che cosa aveva fatto? Ricordava bene il suo tono indifferente al telefono – "I lacci della borsa sono chiusi al momento" – come le aveva attaccato in faccia salvo poi scriverle quella proposta al ribasso senza preamboli, incontri o discussioni... E ora lo aveva portato a credere di avere già stretto il patto. Avrebbe venduto tutto il patrimonio di famiglia a un uomo che pensava che i titoli passassero con gli atti, come le scatole al mercatino delle pulci?

Il sole rifletteva sul parabrezza aggiungendovi solo ulteriore, affascinante eleganza, come se si trovassero nel Sud della Francia invece che in quel tempestoso angolo dell'Irlanda sudoccidentale. Quasi quasi si aspettava di vedere anche una sciarpa di seta svolazzante di una dama di compagnia fluttuare fuori dal finestrino.

«Tu entra, mamma, me ne occupo io», disse tristemente, voltandosi e cercando di spingere la donna dentro casa.

«Non voglio che entri in casa nostra, Willow», la ammonì sua madre, cominciando a indietreggiare verso il castello.

«Non entrerà, mamma».

Guardò sua madre battere in una frettolosa ritirata all'interno mentre l'auto si fermava sul lato opposto del vialetto con un verso gutturale e profondo del motore, quindi avanzò carica e decisa, le mani strette a pugno e il fuoco che le bruciava negli occhi. Era chiaro che aveva commesso un enorme errore. Doveva agire con decisione e in fretta.

La portiera della macchina si aprì e Willow sollevò una mano per fermarlo. «Non si disturbi, Shaye. Avrebbe dovuto prima tel...». La parola le morì sulle labbra, cadendo a terra senza suono.

Ne seguì un silenzio sbalordito.

«Be', l'avrei fatto... *Solo Willow*», rispose infine. «Peccato che te ne sia andata senza darmi il tuo numero».

Sentì il cuore stringersi e correre, poi contrarsi e contorcersi. Non poteva essere. No. No, no, no, no. Non lui.

«Connor?».

«Otts?».

Ottie gemette, voleva ignorare quella voce, escluderla. Era al caldo, pesante, alla deriva...

«Otts». La voce tornò e stavolta anche una mano sulla spalla, a scuoterla neanche troppo gentilmente. «Dovresti metterti al lavoro, non hai visto in che condizioni è là fuori?»

«Fammi dormire», si lamentò, rifiutandosi di aprire gli occhi. Da quand'è che li aveva chiusi? Due ore? Tre? Venti minuti?

«Devo tirarti una secchiata d'acqua?».

Spalancò gli occhi di colpo. «Non ci provare!», annaspò, ma Pip si limitò a scoppiare a ridere. Ricordavano entrambe perfettamente quando lo aveva fatto davvero. Con un altro gemito, Ottie si portò un braccio sugli occhi a schermarsi dall'aggressiva luminosità della luce del sole. Dov'era il sabato prima, quando ne aveva avuto così bisogno? «Che ci fai qui?»

«Ho pensato di far esercitare Dolly. Diventa intrattabile se non può uscire». Pip sollevò una gamba di Ottie e prese posto a sua volta sul divano, appoggiandole le gambe addosso.

«Dolly?», si incuriosì Ottie. «Non Shalimar?»

«No, oggi ho pensato di portare fuori Dolly».

Qualcosa nel tono di sua sorella la portò a guardarla. «Tutto bene?»

«Certo». Incrociò le braccia dietro la testa e fissò fuori dall'enorme finestra. Il corpo era rigido e non rilassato, ma in fin dei conti era Pip: non era mai fiacca. O seduta. «È pronto un caffè per te, a proposito».

Ottie si voltò e vide la tazza fumante sul tavolinetto con le gambe di rame lì accanto. Ma che, davvero? Aveva dormito intanto che bolliva l'acqua e tutto il resto? «...Grazie». Allungò un braccio a fatica e bevve un lungo sorso riconoscente, godendosi la sensazione del vapore sul viso. Guardò di nuovo Pip: le era successo qualcosa. «Sei sicura di poter già andare in giro a cavallo? Pensavo che dovessi riposare».

«Oh, ti prego, portare un pony in giro per i campi non è

mica strafare», disse Pip con un'espressione esasperata. «Comunque, tu, invece, perché sei così stanca? Non sarai mica finita anche tu in un lago ghiacciato, vero?»

«Tanto valeva farlo», borbottò Ottie. «Mi sono solo aggirata nel vento gelido e la pioggia per tutto il fine settimana. Credo che mi stia venendo il raffreddore».

Ma Pip aveva una faccia curiosa; era come un segugio, sempre in grado di fiutare l'odore di una storia. «Racconta».

Ottie sospirò. «Dopo che vi ho lasciato, ieri sera, ha chiamato Bertie».

«Flanagan?», chiese Pip per conferma, e Ottie si ricordò che quel nome non le usciva di bocca così facilmente, né di frequente. Era un esercizio costante doversi ricordare di non nominarlo in modo così confidenziale.

«Sì, esatto. Uno dei corridori è scomparso durante la gara. È stato segnalato solo quando è stata dichiarata ufficialmente la fine e qualcuno si è accorto che non era stato registrato al traguardo».

«Non mi dire che si è perso», disse Pip sprezzante, mentre sbadigliava. «Com'è possibile? Ci sono bandiere e steward ovunque».

«Be', lui ci è riuscito», commentò Ottie a bassa voce. «È caduto per quindici metri sulle rocce».

«Cavolo», sussultò Pip di colpo preoccupata. «Non è morto, vero?»

«Non so come non lo sia», disse Ottie con un filo di voce. «Era privo di sensi quando l'abbiamo trovato. Ha un braccio rotto, tre costole fratturate, una commozione cerebrale e rottura del legamento crociato del ginocchio destro».

«Porca miseria!».

«Inoltre, è rimasto là fuori troppo a lungo. Quando è stato trovato, era all'addiaccio da trentaquattro ore. Nessuno poteva vederlo dalla pista nel punto in cui è caduto, e prima del fischio finale non sapevamo nemmeno di doverlo cercare».

«Qualcuno deve averlo sentito, però».

«Non con quel vento».
«Poveraccio».
«Già». Ed era tutta colpa sua. Ottie ebbe un altro brivido mentre fissava il proprio caffè, riscaldandosi le mani contro la tazza. Aveva sicuramente preso il raffreddore, ma non era quello che le faceva sentire tanto freddo: era rimasta in quella postazione per ore il sabato – annoiata, congelata, bagnata, stanca – e in tutto quel tempo, un uomo giaceva fratturato, a morire lentamente, a pochi passi da dove stava lei. «Che ore sono, a proposito?», chiese in tono piatto.
«L'una meno un quarto».
Sbiancò. Quattro ore e un quarto di sonno, quindi. Era tornata a casa dall'ospedale... di nuovo! Le infermiere erano rimaste senza parole a vederla riattraversare quelle porte con un altro ferito alle otto e mezza della mattina, proprio quando avevano portato Ben Gilmore. All'improvviso ricordò. «Oh, merda! Tutti gli ospiti devono fare il check-out!».
Cercò di tirarsi su in fretta dal divano, ma Pip non fece che aumentare la stretta intorno alle sue gambe. «Io non mi preoccuperei. È troppo tardi ormai. Sono andati via tutti. Ti hanno lasciato un gran casino, temo, ma non è rimasta una sola tenda là fuori, tranne quella rossa nel tuo guardino». Pip sorseggiò il proprio caffè. «Che fai, dormi in tenda anche tu per simpatia o che?»
«Ma figurati. La tenda è del tizio infortunato».
«Nel tuo giardino?»
«È arrivato tardi», rispose con fare indifferente. «Avevo già dato via il suo posto ad altri di passaggio».
«Sì, ma non sei tenuta a dare il tuo giardino, Otts».
«Era un maratoneta», disse intontita ricordando la sua meschina vendetta. «A quel punto non avrebbe trovato un altro posto in cui stare».
«Sei troppo tenera tu». Pip fece un colpetto di tosse e guardò fuori dalla finestra. Le sfuggì un soffio che parve un sospiro rilassato. «...Questo panorama non ha davvero confronti».

«Già», concordò Ottie. La spiaggia – e la sua casetta proprio al centro alle sue spalle – era annidata in un piacevole avvallamento, i campi brulli abbracciavano quella mezzaluna dorata prima di rialzarsi e distendersi alle due estremità. Ora che era finalmente passata la tempesta atlantica, erano di nuovo sbocciati i colori, i pallidi grigi slavati e le tinte nebbiose del fine settimana avevano ritrovato le loro autentiche e decise sfumature verde pino, nero granito, argento liquido e blu polvere. Dopo i terribili scrosci e cavalloni nell'impeto del vento per tutto il fine settimana, quel giorno il mare respirava come un polmone, inspirando ed espirando, su e giù, con i gabbiani che si affollavano intorno all'imboccatura della grotta proprio vicino al promontorio mentre i pescatori su una piccola barca tiravano su le nasse per le aragoste.

Sentiva fremere le dita per l'istinto di cogliere l'attimo, fisico, come una sete o un prurito.

Pip tossì di nuovo. «Sto morendo di fame. Hai qualcosa per pranzo?»

«C'è della pasta di quattro giorni fa che potremmo riscaldare», propose Ottie dopo un attimo di riflessione. Aveva almeno aperto il frigorifero per tutto il fine settimana? «Oppure potrei fare dei panini se tostiamo il pane».

«Vada per la pasta», disse Pip, alzandosi. «Poi sarà meglio che andiamo a riordinare il campeggio. Sai come si arrabbia papà se...».

Si immobilizzò all'istante, lo fecero entrambe, ma subito Ottie si allungò a stringerle il braccio. «Ehi...».

«Sì, lo so», disse brusca Pip, tirandosi su e allontanandosi. Attraversò il vecchio pavimento in legno ed entrò nella luminosa cucina a giorno. «Allora, quando parli di pasta, parli di fusilli o conchiglie? Quanto dovrei essere eccitata?».

«Non puoi entrare». Willow era a braccia conserte, sperando così di rinforzare il suo atteggiamento risoluto. Aveva bisogno di qualcosa nel suo arsenale. Quell'uomo, che scendeva da quella macchina, con quell'aspetto, i ricordi di quel sabato sera ancora caldi sulle labbra… «Dico sul serio».

«Davvero?». Connor sembrava scettico. «Neanche per parlare e basta?».

Ovvio che intendeva per parlare e basta, pensò tra sé e sé allarmata. Cos'altro pensava che sarebbe successo, che avrebbero ripreso da dove avevano lasciato sulle sedie da giardino?

«Non sei il benvenuto qui. Hai offeso mia madre. Non ti vuole in casa sua».

L'uomo spostò per un attimo gli occhi sul castello. «Mi sembrava avesse detto che era casa tua…».

«Solo dal punto di vista legale. È sua in ogni modo che conta».

Connor esitò un attimo, i suoi penetranti occhi azzurri le caddero addosso come lance, trafiggendola. «Senti, Willow, non avevo idea che fossi la figlia di Dec…».

«Idem». E quando lui si accigliò, lei balbettò: «Sai cosa voglio dire».

«E prima di andare oltre, voglio dirti quanto mi è dispiaciuto sapere che è… sai…».

«Morto?», disse lei spavalda, utilizzando il termine come un bastone con cui picchiarlo.

L'altro parve a disagio. «Sì, sembrava uno a posto».

«Non parlare di mio padre come se foste amici. Non lo conoscevi affatto. E di certo non è morto avendo una bella opinione di te».

L'altro non rispose, le parole di Willow erano state molto efficaci nell'ottenere ciò che voleva: respingerlo. Distolse per un attimo lo sguardo da lei e fissò invece i campi, cercando di fare il punto della situazione.

Quanto avrebbe voluto, in quel momento, che non avesse un profilo così glorioso. Perché lui? Perché Shaye doveva essere lui?

«Mi avevi detto che facevi parte del consorzio che possiede Midnight Feast», disse in tono accusatorio, percependo un accenno di disperazione nella sua stessa voce.

Connor la guardò di nuovo, serio. «E così è, ma non è il mio quotidiano. Non è quello che faccio di lavoro. Ho solo avuto la fortuna di essere stato invitato a partecipare all'acquisto».

Willow sospirò. Se si fossero scambiati un po' più di parole e un po' meno baci, forse l'avrebbe scoperto il sabato sera e si sarebbero risparmiati tutto ciò. «Senti, mi dispiace, ma è un gran casino. I principi di mio padre prevedevano di non vendere a te e, in quanto sua figlia, non lo farò neanch'io. Non avrei mai dovuto chiamarti».

Connor strinse gli occhi, sfavillanti come zaffiri. «Allora perché l'hai fatto?».

Cosa poteva dire? Vendetta? Sfida? Puro dispetto? Non era una storia che avrebbe raccontato né a lui né a chiunque altro.

«È stato un errore», rispose semplicemente. «Mia madre e io avevamo litigato e ho agito d'impulso nella foga del momento. Mi dispiace che ne sia rimasto coinvolto tu».

Connor sbatté le palpebre, gli occhi improvvisamente freddi. «Allora finisce qui? Alla fine non hai intenzione di vendere a me?».

Annuì. «Mi dispiace averti fatto venire fin qui a vuoto». Si voltò bruscamente e fece per rientrare al castello, sotto lo sguardo incredulo di lui che le bucava la schiena, il cuore che le bruciava dentro le costole.

«...Come sta tua sorella?», le gridò quando era già a metà strada verso la porta.

«Cosa?». Si voltò e Connor si strinse appena nelle spalle.

«Ho provato a chiamare l'ospedale ma non mi hanno detto niente. Solo ai parenti. Puoi dirmi solo se sta bene?».

Willow deglutì nel ricordare con quanta forza aveva remato, raggiungendo Pip in meno di dieci vogate, quando già solo la punta dei capelli sbucava dalla superficie dell'acqua; ripensò a quando aveva gettato via i remi e si era proteso a tirarla su e fuori in un unico movimento fluido, come se non pesasse nulla, in piena scarica di adrenalina tanto quanto lei. Anche lui l'aveva vissuto, aveva visto quasi annegare una persona.

«Si sta riprendendo. Grazie».

Connor fece un passo indietro, come sollevato. «Bene, mi fa davvero piacere sentirlo».

I loro occhi si incontrarono di nuovo, inchiodandola sul posto. Era così ogni singola volta. «Grazie per quello che hai fatto», disse sentendo di nuovo l'emozione tingerle la voce, come quando ripensava a quella notte. Poteva anche aver tradito la fiducia di suo padre, ma aveva salvato sua sorella. Cosa pesava di più, lo sgarbo o il salvataggio?

«Figurati, non è stato niente».

«Sì invece. Sei tu che l'hai tirata fuori dall'acqua».

Connor trasalì. «E l'ho quasi resa calva nel farlo, temo».

Willow non riuscì a soffocare un sorriso. «È l'ultima delle sue preoccupazioni. Credo che non se ne sia neanche accorta».

Vide il modo in cui le osservava tutto il viso e sorrise e, istintivamente, l'altro avanzò di qualche passo verso di lei. «Senti, Willow, non potremmo solo... fare un passo indietro al momento e riorganizzarci? Ci sono stati troppi malintesi. Con tuo padre ho gestito tutto malissimo, lo so. Per non dire che sorpresa è stata trovarti qui...».

Willow inarcò un sopracciglio, sentì un vuoto allo stomaco per il modo in cui la guardava. «Sentiamo».

«Se sabato avessi avuto la minima idea di chi fossi, ovviamente non avrei mai...».

«Neanch'io».

La fissò, i ricordi dei baci istintivi nel giardino si riproposero nella mente di entrambi. Non avevano più sentito il freddo una volta usciti, non ci avevano neanche fatto caso. Ora invece rabbrividì. Era tutto diverso alla chiara luce del giorno.

«Ascolta, però. Tu vuoi vendere e io voglio comprare. Siamo già sulla stessa pagina». Fece un altro passo verso di lei. «Non potremmo semplicemente ricominciare? Fingere che non abbia mai conosciuto tuo padre. Far finta di non esserci mai…». Si interruppe al ricordo dei loro baci urgenti, al chiaro di luna, che si riproponevano in un loop virtuale in mezzo a loro. «…Incontrati».

Willow deglutì. Non era sicura che fingere sarebbe stata la soluzione. Un coma indotto, forse?

«Se semplificassimo tutto e lasciassimo fuori "noi" da tutto questo… Sabato sera non è mai accaduto, okay?». Scrollò le spalle. «Io ho già dimenticato. Fine».

Colmò la distanza tra loro e avanzò con una determinazione che le tolse il fiato. «Ciao, io sono Connor Shaye». Le tese la mano e, dopo un attimo di esitazione, Willow gliela strinse, ma anche allora percepì la scarica elettrica al contatto.

La percepì anche lui. Ci fu un'altra pausa prima che le stringesse la mano e la guardasse negli occhi. «Sono Connor Shaye e vorrei acquistare il tuo castello, per favore».

«Ciao, Connor Shaye. Io sono Willow Lorne e sono quattro milioni e mezzo di euro, grazie».

Connor inclinò di poco il capo, il sorriso congelato sulle labbra. «…Mi pareva che avessimo detto che con quattro ci eravamo vicino».

«Vicino ma non troppo. Christie's ci ha suggerito di metterla a sei. Quattro e mezzo già è un furto ed è sul tavolo solo se ci muoviamo in fretta».

«C'è da rifare tutto il tetto».

«Sì, è vero».

«Ci vorrà almeno mezzo milione».

«Motivo per cui non ne chiedo cinque», ribatté.

Strinse di poco gli occhi che, però, luccicavano. La caccia era aperta. «Te ne darò quattro e uno».

«Quattro e quattro», ribatté. «Hai offeso entrambi i miei genitori».

«Quattro e due e mi scuserò con tua madre».

Sorrise. «Quattro e tre perché non ti perdonerà mai».

Sorrise a sua volta. «Quattro e due e mezzo e mi farò amare da tua madre».

«Quattro e tre perché non succederà mai».

«Quattro e tre e lo farà così come...». Come chi? Non terminò la frase.

A quel punto si rese conto che ancora le stringeva la mano, che i loro corpi erano in contatto. Dovette notarlo anche lui perché rafforzò la stretta. «Sembra proprio che abbiamo un accordo e lo stiamo siglando», disse mettendola di nuovo alla prova con gli occhi.

«Così pare», mormorò stringendo forte prima che lui la lasciasse andare riluttante, perché non importava cosa dicesse la chimica fra loro, Connor aveva ragione: non potevano fare affari *ed* essere anche altro. Il desiderio offuscava tutto. Rendeva contorte le cose semplici.

L'uomo infilò le mani in tasca e la guardò, e Willow desiderò non stargli davanti in jeans e stivali infangati, un vecchio maglione e fieno tra i capelli.

La donna attraente e patinata del sabato sera aveva ormai decisamente cambiato casa. «Quindi posso entrare a vedere il mio nuovo castello?».

Scosse il capo. «No».

«No?»

«Dovrai tornare».

Il suo sorriso si spense. «Di nuovo? Ma è già la seconda volta».

«Sì, ma hai avvilito mia madre ed è un fatto da non sottovalutare. Devo prima parlarle. È un momento molto difficile per noi e, credimi, proseguirà la battaglia di mio padre dove lui l'ha lasciata».

«Capisco». Spostò il peso e si infilò le mani nelle tasche dei pantaloni chino. «Allora quando pensi che potremo fare l'incontro?».

Ci pensò un attimo. «Domani. Alle undici e un quarto».

«Molto preciso. Perché le undici e un quarto?»

«Perché mia madre terrà il suo corso di floristica nella sala del villaggio per due ore da allora. E mi darà abbastanza tempo per occuparmi prima dei cavalli».

«Hai dei cavalli?». Le passò addosso lo stesso sguardo che alla festa le aveva fatto mancare le ginocchia. «Non mi eri sembrata una da cavalli sabato sera, con quei pantaloni di pelle».

«Sono di Pip».

«I pantaloni?»

«I cavalli», sogghignò.

«Ah», la guardò. «Allora immagino che ci vedremo domani alle undici e un quarto».

Willow annuì, sentendosi appassire sotto il suo sguardo come una margherita sotto il calore di una lampada. «Ciao, allora». Si girò e fece per allontanarsi, pregando Dio che il suo sedere apparisse altrettanto decente nei jeans come nei pantaloni di pelle.

«Hai una tecnica di negoziazione spietata, a proposito», la richiamò lui.

Si girò e sorrise. «Pensavi che sarei stata tenera solo perché mi sono sciolta al tuo tocco?».

L'uomo dischiuse le labbra, profondamente sorpreso da quella provocazione. Willow salì i gradini del castello.

«Ti sei sciolta al mio tocco?».

Capitolo quattordici

«Buongiorno, di nuovo».

«Salve». Ottie sorrise timidamente passando davanti all'accettazione. Il personale stava cominciando a conoscerla ormai. Dovevano aver pensato che fosse una specie di sciacallo al seguito delle ambulanze.

Era orario di visite e l'ospedale brulicava di persone, gente benaugurante affollava i corridoi con fiori e cioccolatini, alcuni palloncini. C'era un brusio di sorprendente ottimismo; Ottie aveva sempre pensato agli ospedali come luoghi da temere, un covo di morte e disperazione ma, naturalmente, lì nascevano anche i bambini, la gente veniva salvata, guarita, riceveva un'altra possibilità… C'era da vedere il lato positivo, insomma. Di contro, c'erano anche molte facce pensierose come la sua, persone che venivano a mani vuote, non sapendo bene cosa avrebbero trovato.

Percorse il tragitto verso il reparto dove era stato portato in precedenza, fermandosi alla medicheria esterna.

«Salve».

«È di nuovo qui». L'infermiera sorrise sorpresa.

«Sì… Ho pensato di venire a vedere come se la cava. È andata bene l'operazione?»

«È andato tutto liscio. È stato in terapia intensiva per un paio d'ore come da prassi e dopo lo hanno riportato qui. Sta cominciando ora a riprendersi dall'anestesia. È ancora un po' intontito».

«Sì, be', mi fa piacere… che sia andato tutto liscio, voglio dire. Ero preoccupata per le sue condizioni». Sapeva però bene che non era lì per lui; quell'uomo neanche la conosceva e certo non gli importava delle sue visite in ospedale. No, era lì per sé stessa, come balsamo per il senso di colpa. Forse non avrebbe mai ottenuto la grazia ufficiale, o il perdono, ma doveva almeno sapere che stava bene.

L'infermiera parve interdetta. «Visto che è qui, perché non lo va a salutare? È nell'ultimo letto a sinistra».

Sentì un'ondata di panico. «Oh, ma... ha detto che si sta ancora riprendendo».

«Sì, ma svegliarsi e ricevere una visita sarà una bella cosa per lui. Se ho ben capito, è americano?»

«Sì».

«Non dev'essere bello risvegliarsi in un ospedale straniero e non trovare nessun viso conosciuto intorno».

«No, penso di no», mormorò Ottie, con un senso di colpa ancora più pungente stavolta. Lentamente, proseguì. Diversi letti avevano le tendine tirate, dalle quali proveniva il lieve mormorio di conversazioni eccitate come piume librate nel vento. Il suo no, però, e Ottie si bloccò nel vederlo lì, a dormire semi-eretto, il braccio sinistro al collo, la gamba destra in sospensione. A stento vi riconobbe l'uomo d'affari in giacca e cravatta dallo sguardo acuto e ben versato delle cose di mondo, che tanto l'aveva fatta infuriare il venerdì sera. Non sembrava neanche un atleta d'élite, sdraiato lì, con un camice da ospedale verde. Era pallido ed emaciato, senza praticamente un filo di grasso, con la barba ricresciuta più spessa e più scura nel corso del fine settimana.

Si avvicinò timidamente al letto, restandogli accanto senza osare toccarlo. Non poteva tenergli la mano o accarezzargli la guancia. Era un estraneo. Eppure, era in difetto nei suoi confronti più di quanto avrebbe mai saputo. Poteva non essere in grado di dirlo ad alta voce – non erano solo gli affari di Bertie che sarebbero andati a rotoli se si fosse saputo che aveva dimenticato di mettere i cartelli per via del loro incontro clandestino – ma quell'uomo non avrebbe mai saputo di tutta la serie di coincidenze e incidenti che avevano concorso a lasciarlo aggrappato a una scogliera e ora immobilizzato in quel letto, ma lei sì. Era stata tutta colpa sua.

I suoi occhi volarono ai monitor. I numeri le dicevano poco, ma perfino lei sapeva che cinquantasei era basso per un battito cardiaco a riposo e che novantadue su cinquantotto era basso per la pressione sanguigna. Era un segno di quanto stesse male? O di quanto fosse in forma?

Quando riportò lo sguardo su di lui, sussultò leggermente nel trovarlo con gli occhi aperti, e su di lei.

«G... Gilmore».

Ci fu una lunga pausa, lo sguardo vuoto, e apparentemente fuori fuoco. Ottie capì che non aveva idea di chi lei fosse. «B-B-Ben...».

Gli sorrise nervosa. «Sì, Ben. Come ti senti?»

«A... meraviglia». Strascicò talmente tanto la parola che ne uscì praticamente distorta.

Si agitò sotto il suo sguardo. Così sedato, non aveva più la schiettezza o la vena sardonica che ricordava quando lo aveva trattenuto sulla soglia di casa sua sotto la pioggia; anzi, sembrava un... ragazzino. Vulnerabile, addirittura. Un piccolo sorriso sbilenco e storto gli tirò giù la bocca di lato, come fosse ubriaco. «B-b-b-b-be...ssima».

«Come scusa?», chiese lei, ma Gilmore non le rispose, sbatté gli occhi poi li riaprì, appoggiando lo sguardo dritto su di lei ogni volta come una farfalla. Non sapeva cosa dire. «Allora..., l'infermiera ha detto che l'operazione è andata bene».

«A m...meraviglia». Non si mosse, continuò a fissarla. Le consuete regole di galateo evidentemente non si applicavano ai pazienti postoperatori.

Gli sorrise in imbarazzo. «Gilmore...».

«B-B-Ben».

«Sì, Ben. Vuoi che chiami qualcuno per te? Tua moglie? La tua ragazza? Un familiare? Amici? Colleghi?». Sarebbe stato solo un modo per rendersi utile e rimediare.

Ci fu un'altra lunga pausa, poi l'uomo scosse appena appena la testa. «N-n-no».

No a tutte quelle opzioni? «Davvero? Proprio nessuno?»

«N-n-no».

Pensò che dovessero essere tutti negli Stati Uniti, i suoi colleghi – qualunque cosa facesse – forse a Londra? Si era presentato in giacca e cravatta ed era da lì che arrivava il suo volo.

Aveva di nuovo gli occhi chiusi; Ottie percepì tutta la stanchezza nel suo respiro, come se inspirare ed espirare gli costasse fatica. «Bene, ora dovrei lasciarti riposare», disse a bassa voce. Il viso si era di nuovo rilassato, il corpo sprofondava di nuovo nell'incoscienza. «Volevo solo accertarmi che stessi bene». La sua voce si abbassò a un sussurro. «E per chiederti scusa. È stato un incidente. Ti prego di credermi».

A quel punto si sentì toccare la mano e lo vide contrarre l'indice, come se la stesse cercando. *Cavolo, è sveglio?* Sentì una botta di panico, ma un attimo dopo la sua mano cadde di nuovo inerte sul materasso, l'oblio lo richiamò in fretta e a fondo e, prima di fare altri danni, Ottie si voltò e si affrettò ad andare via, con il segreto ancora tutto per sé.

Pip fissava le fiamme. Sentiva davvero male al cuore. Per tutto il giorno aveva fatto del suo meglio per non pensarci: era andata da Ottie, l'aveva aiutata nella pulizia dopo la gara, aveva spalato il letame dalle stalle, ma nel momento in cui si era fermata, tutto le si era di nuovo piazzato davanti: aveva dato via la sua amata Shalimar. Data via così. L'aveva giocata per un'idea di futuro che non sarebbe mai potuto essere suo. Aveva osato pensare di poter raggiungere i suoi sogni se solo fosse stata pronta a saltare. Ma la vita non funzionava così. Non poteva ridursi a un aggettivo da Instagram o a uno slogan da maglietta. Ogni giorno c'è gente che non ce la fa: brava gente, gente che lavora sodo. Il desiderio non bastava e nemmeno la determinazione, lei ne era la prova lampante.

Eppure aveva rischiato, o tutto o niente, questa era lei. "Binaria", diceva sempre suo padre. "Sei dentro o fuori, bianco e nero, Pip. Non consideri mai le sfumature di grigio, dove vive la maggior parte di noi".

E dove di certo viveva Taigh O'Mahoney. Lo aveva visto il suo sguardo incredulo quella mattina – al limite del disgusto – mentre si costringeva a tenere fede alla scommessa. Per lei, aveva semplicemente perso una scommessa, lui, invece, la vedeva come una vittima; secondo Taigh, giocare la carta del "quasi morta" equivaleva a un biglietto "esci gratis di prigione", ma allora che ne sarebbe stato dell'onore? Come poteva guardarsi allo specchio sapendo di essere il verme che si era sfilato dall'amo?

Slinki, la sua acchiappa-topi capo, entrò a passo felpato nella stanza, fermandosi qualche istante a valutare la sua infelicità, quindi saltò agilmente sul davanzale, dove si acciambellò per un pisolino. Pip appoggiò la testa sul divano e lasciò cadere qualche lacrima amara che non la fece sentire affatto meglio. Non era giusto. Se avesse meritato la sconfitta avrebbe anche potuto sopportarlo, ma tra loro due non era certo l'altro il miglior nuotatore o il corridore più veloce o più in forma. Se non avesse bevuto tutti quegli shot si sarebbe resa conto che non avrebbe mai potuto vincere quella scommessa, dato che lui pesava centodieci chili e lei solo cinquantotto; la logica imponeva che lui potesse durare più a lungo con quelle temperature rispetto a lei. Se non si fosse ubriacata, avrebbe avuto il buonsenso di scegliere qualcosa di molto più equilibrato: una corsa agli alberi e ritorno, una gara di plank, una sfida di squat…

Sospirò, cercò di immaginare la sua amata nella sua nuova casa, ma scacciò via il pensiero altrettanto in fretta. Sapeva che sarebbe stata ben accudita, non era quella la sua preoccupazione; anzi, sarebbe stato un passo avanti rispetto a quel buco. Le scuderie di Cuneen erano – se non proprio nella superlega di Mullane – certamente diverse tacche più in alto del suo sgangherato blocco scuderie del XVIII secolo, dipinto di nero e traballante. Le sue non avevano una struttura da maneggio super-deluxe o i solarium di ultima generazione, eppure amava che nei box fossero ancora impressi i segni degli zoccoli lasciati dai cavalli duecento anni prima, che potessero ammiccarsi l'un l'altro sopra le pareti, vedersi e parlare tra loro, tutti riuniti in una stanza, con lei che viveva sopra, i suoi passi sopra le loro teste di notte, il più vicino possibile.

Gli altri cinque cavalli erano stati inquieti tutto il giorno senza Shalimar, avendone percepito la perdita. Anche se Kirsty era salita per farli uscire tutti nel campo per qualche ora – dopo essere venuta a sapere le notizie del suo fine settimana ormai di dominio pubblico in tutto il villaggio – continuavano a scalciare, come se aspettassero che tornasse a rimetterli in riga. Shalimar era stata il capo, chi li avrebbe guidati adesso?

Slinki saltò improvvisamente giù dal davanzale della finestra, proprio quando le arrivò all'orecchio un rumore sul vialetto esterno. Si irrigidì, asciugandosi immediatamente le lacrime. Finalmente aveva sentito arrivare qualcuno prima che apparisse come per magia dentro casa sua! Era Taigh che veniva di nuovo a dare fastidio?

«Sono solo io». Pochi istanti dopo udì la voce di Willow che sbuffava salendo la scaletta e facendo la sua comparsa con un piatto ricoperto di carta stagnola in mano. «Attenta che è caldo». Appoggiò il vassoio e si soffiò sulle dita. «Molto caldo».

Guardò Pip con un gran sorriso… che però svanì in un istante. «Oddio, che succede?»

«Niente», rispose agitata. «Che vuoi dire?»

«Hai tutte le guance rosse».

E che cavolo! Non c'era modo di nascondersi? Scrollò le spalle. «Sono appena rientrata». Era quasi vero. Era in casa da una quarantina di minuti soltanto.

«Ti hanno detto di restare in casa e riposare», disse Willow in tono severo.

«Ah, sì, le istruzioni del dottor O'Mahoney», commentò Pip sarcastica. «Ah, perdonami se non me ne frega niente di ciò che dice quello là».

«Senti, quell'uomo può anche non piacerti, ma sa il fatto suo, Pip».

«Ma sì, certo. Un attestato di primo soccorso e immediatamente diventa Meredith Grey».

«È qualcosa di più di quello», precisò Willow prendendo un vassoio dal pensile e appoggiandoci sopra il piatto coperto. Pip la guardò riempirle un bicchiere d'acqua e prendere le posate infilate nel barattolo di marmellata accanto al bollitore. «Adesso mangia questo. Il delizioso agnello della signora Mac. Ha detto che ha fatto le costolette proprio come piacciono a te».

«Trattamento speciale? Forse dovrei provare più spesso a rischiare la morte».

«Pip!», esclamò Willow turbata, tanto che Pip si vergognò delle sue stesse parole mentre scopriva il piatto e il vapore si diffondeva ovunque. Era stata una battuta di pessimo gusto; forse perfino l'umorismo nero di suo padre aveva un tempo e un luogo dopotutto – e un pubblico: la sua sorellina chiaramente non era ancora pronta per scherzarci su.

Willow indugiò inquieta mentre cominciava a mangiare, tamburellando distrattamente con la mano sul piano.

«Che c'è?», le chiese Pip con la bocca piena.

«Niente».

«Sei nervosa».

«Non è vero», ribatté Willow sospirando e rimettendo giù una brochure.

Quando però si avvicinò al divano e si sedette prendendo il telecomando, Pip si incupì. La televisione era impostata sul muto.

«Prego, fai come se fossi a casa tua», ironizzò Pip.

«La signora Mac ha detto che rivuole indietro il piatto», le rispose Willow ignorando la battuta sarcastica.

«Certo, giusto. È il suo modo per spiarmi da lontano. Controlla che io stia mangiando come si deve».

«Ovvio», bofonchiò Willow. «Giuro su Dio che ha le spie pure a Dublino».

Pip scoppiò in una risata che si trasformò in un colpo di tosse e allungò la mano a prendere il bicchiere d'acqua. «Come sta mamma oggi, comunque? Ho il continuo timore di vedermela comparire qui con una valigia minacciando di non perdermi mai più di vista d'ora in avanti».

«Erm… sta bene, credo. Penso che si sia resa conto che sei più felice di stare qui a casa tua».

Pip guardò la sorella. «Perché quell'"Erm"?»

«Non ho detto "Erm"».

«Sì, invece. E lo dici sempre quando c'è qualche problema. E sei anche parecchio irrequieta. Che è successo adesso?». Vide le spalle di Willow cedere e capì di aver indovinato. Non si sfuggiva mai al suo "rilevatore di balle", come lo chiamava lei.

«Okay, va bene, si è avvilita di nuovo oggi, ma non per causa tua. Ti ricordi del potenziale acquirente di cui ci aveva parlato?»

«Hmm», mormorò Pip infilandosi in bocca un'altra forchettata di cibo. Si rese conto di avere una fame pazzesca.

«Be', si è ripresentato».

Pip strinse gli occhi in due pericolose fessure. «Quello che papà ha mandato al tappeto l'altra volta?»

«Già».

La forchetta di Pip si fermò a mezz'aria. «Santo cielo, che faccia tosta! Pensi che abbia saputo della morte di papà e che abbia pensato di poter semplicemente…».

«No», si affrettò a precisare Willow, quasi in imbarazzo. Si schiarì la gola. «In effetti sono stata io a chiamarlo. La settimana scorsa».

«Cosa?». Pip quasi lo gridò. «Willow!».

«Lo so, mi dispiace. Non mi era resa conto…».

«Di che testa di cavolo fosse?».

Willow le scoccò un'occhiata. «Stavo per dire che non mi ero resa conto di quanto potessero essere finite male le cose tra lui e papà».

«Ma io te l'avevo detto! Mamma ha detto che papà ha rovinato la sua mazza nove migliore scagliandola sul prato dopo aver ricevuto la telefonata in cui ribassava l'offerta di un milione!».

«Un milione?»

«Ah, certo: voleva scendere di un milione altrimenti non avrebbe concluso». Pip puntò la forchetta in aria con cattiveria. «Bastardo doppiogiochista. Mamma ha detto che papà ne è stato così nauseato che è stato per quello che ha pensato di donarlo piuttosto all'An Taisce. Credo che non avrebbe sopportato l'idea che Lorne potesse essere abitato da un emerito segaiolo come quello».

«Quanto sei sboccata», borbottò Willow. Non aveva mai gradito il linguaggio colorito di Pip. «Senti, ho capito il punto, davvero, ma di contro, era solo... una tattica di negoziazione. Niente di personale».

«Per papà era una questione personale, Will! E non era solo a caccia di uno sconto. Voleva un milione – un milione! – di meno».

Willow sospirò. Avrebbe ottenuto molto di più di un milione in meno, acquistando da lei. «Già».

«Tu da che parti stai, comunque?», la rimproverò Pip. «Papà lo considerava il peggio del peggio. La feccia della terra. Fine». Si infilò in bocca una carota. «Che c'è?».

Per un attimo Willow non parlò. Sembrava trattenere il respiro. «E se ti dicessi che è stato quello che ti ha tirato su sulla barca?».

Pip si sentì impallidire. Sentì palpabilmente il sangue defluirle dalle guance fino a quel momento arrossate. «Ti prego, dimmi che stai scherzando». Il viso di Willow però non lo fece. «L'odio che papà si è portato nella tomba è verso quello che mi ha salvato la vita?».

Willow si strinse nelle spalle.

Pip sentì sfuggirsi di mano la forchetta. «Cristo santo, non potevo avere un eroe normale e ordinario, vero? No, dovevo beccarmi quella testa di cavolo che tutta la mia famiglia odia».

«Nessuno è del tutto cattivo, Pip».

Sua sorella, però, non l'ascoltava più. «Cavolo, non c'era qualche proverbio cinese sul fatto che se questo qui mi ha salvato la vita sarò per sempre in debito con lui fin quando non salverò la sua? Una cosa del genere?»

«Temo che ci sia anche qualcosa di peggio».

«Cosa?». Pip rise amaramente. «Cosa potrebbe esserci di peggio di questo?»

«...L'ho baciato. Ti ricordi il ragazzo che ci ha avvicinate?».

A Pip sfuggì di mano anche il coltello che tintinnò sul piatto mentre una risata derisoria si trasformava in un altro colpo di tosse. «Lui? Il belloccio?».

Willow allungò una mano a batterle sulla schiena. «È per questo che ti ho vista entrare nel lago, tanto per cominciare. Eravamo fuori insieme».

«Oddio!». Pip ansimò ed emise un leggero fischio cercando di riprendere fiato. «Hai pomiciato con il nemico mortale di papà?».

Willow la guardò. «Non sono sicura che la metterei proprio così. Non sapevo chi fosse in quel momento, né lui sapeva chi fossi io. L'abbiamo scoperto solo oggi, quando è arrivato. Era sbalordito quanto me».

«Oh, sinceramente ne dubito. Scommetto che ha pensato di aver portato in porto tutte le sue navi insieme. Santo cielo, questo sì che è un bel casino: te lo sei pomiciato e quello mi ha salvato la vita. Cos'è, un perverso triangolo di amore e morte?»

«No».

Pip la guardò. «Lo hai detto alla mamma?»

«Quale parte?»

«Una sola? Tutto quanto?»

«No. Ecco a cosa si deve quell'"Erm". È andata fuori di testa quando si è presentato prima mentre io ero qui a spalare letame. È irremovibile sul fatto che non possa nemmeno entrare in casa, figuriamoci comprarla».

«Perché lo associa al fatto di aver raggirato papà prima che morisse? Be', sì, mi sembra giusto! Andiamo Willow, apri gli occhi! Papà ha avuto la sua diagnosi, stava cercando di mettere ordine nei suoi affari, di provvedere a mamma e a tutte noi, e quel coglione – scusa, coglione salva-vite – è arrivato e ha messo una bomba sotto tutti i suoi piani». Inchiodò Willow con uno sguardo duro. «Non mi importa quanto fosse bravo a baciare, quello che ha fatto è imperdonabile». Recuperò coltello e forchetta e li agitò in aria. «Non c'era un briciolo di onore nel suo comportamento. Credimi, ha mostrato la sua vera natura nel modo in cui ha trattato papà, quindi non farti ingannare da una sola parola di quello che dice».

Willow si sentì una leggera stretta al cuore alle parole di sua sorella. Aveva ragione? Pip, con la sua impetuosità, sconsideratezza e impulsività, era molto brava a giudicare il carattere delle persone.

«Segnati le mie parole: qualsiasi cosa ti porterà da ora in poi sarà a proposito di una cosa e una sola».

«Lo so. Comprare Lorne».

Pip scosse la testa. «No. Entrarti nelle mutande».

Capitolo quindici

«Avete un programma di punti fedeltà?», scherzò Ottie arrivando al bancone delle infermiere.

«Lei sarebbe senz'altro socio onorario». L'infermiera sorrise. «C'è la primaria con lui in questo momento».

Ottie guardò verso il reparto di Ben Gilmore e vide che aveva le tendine tirate intorno al letto. Provò un fremito di sollievo mentre si appoggiava al bancone con le braccia. «Benissimo. In realtà non ho bisogno di vederlo. Ero solo di passaggio e ho pensato di controllare come sta oggi». Era una bugia. L'ospedale era a mezz'ora di macchina e aveva davvero bisogno di sapere che stava recuperando secondo i piani. Ottie aveva avuto un sonno intermittente quella notte, con sogni costellati di tempeste e scogliere in cui era sempre di spalle mentre una mano si tendeva verso di lei… Se le condizioni di quell'uomo fossero peggiorate, sarebbe stata una colpa a carico suo.

«Be', ha avuto una notte tranquilla di sonno, anche se potrebbe essere per via delle medicine che ha in corpo. Ci vorranno un paio di giorni prima che le smaltisca completamente. A ogni modo prosegue tutto senza intoppi finora. Nessuna complicazione. La forza e la forma fisica hanno sicuramente aiutato».

«Davvero? Ah, magnifico!».

L'infermiera sorrise di nuovo. «È raro vedere una simile vitalità vicino ai cinquant'anni. Di solito è quando inizia il crollo!».

«Ah, è un bene davvero». Si sentì ancora più leggera. Gilmore si sarebbe ripreso. Aveva superato il peggio, no?

«Infermiera Wilson, potrebbe contattare di nuovo Broad Oaks, per favore, e vedere cos'hanno per Gilmore?».

Gilmore? Ottie si voltò e si trovò accanto una dottoressa in camice bianco che segnava qualcosa nel suo iPad.

«Certo dottoressa Cunningham. Per quanto tempo?», chiese l'infermiera, alzando il ricevitore.

«Suggeriamo fino a tre settimane, ma potrebbe essere fuori in due». Tornò a guardare verso il reparto. Probabilmente sarà così. Non credo che sarà un problema fare fisioterapia. È molto motivato».

«È… è per Ben Gilmore?», si informò Ottie. Ma, in effetti, quanti Gilmore ci potevano mai essere nello stesso reparto? Si girò per vedere che la tendina era di nuovo tirata. Da dove stava riusciva a vedere solo le dita dei piedi scoperte e sollevate.

«Lei è?», chiese la primaria.

«Solo… un'amica», azzardò esitante.

«Temo di non poter parlare delle cure del signor Gilmore con nessuno, se non con i suoi parenti più stretti».

«Questa è la signora che l'ha trovato», specificò gentilmente l'infermiera.

La donna la guardò di nuovo, non in modo scortese, ma neanche impressionato. «Ben fatto, allora. Gli ha salvato la vita», disse con enfasi. «Non sarebbe sopravvissuto ancora a lungo in quelle condizioni».

Ottie deglutì. Eccolo di nuovo, il senso di colpa schiacciante. Aveva anche potuto aver contribuito al salvataggio, ma contava poco dato che era stata sempre lei ad averlo quasi ucciso sorvolando sul suo mancato rientro nei tempi canonici, essendo lei la ragione per cui il cartello non era stato posizionato ed essendosi nascosta mentre lui sopraggiungeva lungo il percorso.

La dottoressa la guardò con maggiore attenzione, come se stesse riflettendo su qualcosa. «Se è un'amica del signor Gilmore, perché non va a farci due chiacchiere? Veda se può essergli d'aiuto in qualche modo».

«Aiuto?»

«Temo di non potermene occupare, dovrà parlarci lei», aggiunse rivolta all'infermiera. «Aspetti solo un altro minuto a fare quella telefonata». Accennò con il mento in direzione del reparto. «Vada, è perfettamente lucido».

Con un sorriso incerto Ottie si diresse suo malgrado verso il letto. Di nuovo. Non voleva proprio vederlo, voleva solo essere sicura che non fosse morto durante la notte. Francamente, il solo pensiero che fosse lucido la intimidiva. Ricordava perfettamente il suo sguardo perspicace. Sarebbe stato in grado di leggerle in faccia il senso di colpa? Avrebbe capito che era a causa sua se lui era lì dentro, in quelle condizioni?

Gilmore era girato dall'altra parte mentre gli si avvicinava. Fissava fuori dalla finestra, ma da quel secondo piano non c'era niente di particolare da vedere, solo qualche piccione che passava in volo. Il cielo limpido del giorno precedente erano già un lontano ricordo, nuvole spesse come ovatta parevano impigliarsi alle cime degli alberi.

«Salve». Si fermò ancora in corridoio, senza osare avvicinarsi di più.

Gilmore si voltò e corrugò la fronte, collocandola a fatica: lo sguardo era limpido ma freddo, lontano anni luce dalla sincera curiosità del giorno prima.

«Ottie Lorne. Del campeggio».

«Ah». La sua espressione si fece ancora più distaccata. «Sì».

Era chiaro che non ricordava la visita precedente. «Sono solo passata a vedere come va».

«Come mi vede…», disse brusco cercando di muovere le dita del braccio rotto. «Non molto perspicace».

«Sono davvero desolata».

«E perché? Non è colpa sua». Si girò di nuovo verso la finestra. Il viso era impassibile, ma la bocca leggermente ripiegata in giù, i tendini tesi sul collo.

«C'è qualcosa che posso… fare? Qualcuno da avvertire?»

«No… grazie». Mantenne lo sguardo sulla finestra.

«Ma ci sarà qualcuno che si starà preoccupando».

Tornò a guardarla con un'espressione imperscrutabile. «No».

Fu una risposta decisa, al limite della maleducazione.

Ottie si guardò le mani senza sapere cos'altro dire. Non poteva certo biasimarlo per quelle risposte tanto brusche. L'ultima volta che si erano incontrati – *compos mentis* – lo aveva trattato con disprezzo, lo aveva tenuto in piedi sotto la pioggia, lo aveva costretto a piantare una tenda nel giardino. Era stata dispettosa e vendicativa, una miscela tossica di dolore e solitudine l'aveva trasformata in una persona che a malapena riconosceva. Quanto doveva sembrargli ipocrita trovarsela al capezzale con gli occhi colmi di preoccupazione.

Si girò verso la postazione delle infermiere; l'infermiera e la primaria erano entrambe ancora lì in piedi a osservare e guardare l'incontro. Non era sicura di cosa volevano che lei facesse.

«Quand'è che prevedono le dimissioni?»

«Quand'è che toglierò la tenda dal giardino, vuol dire? Non c'è problema, può buttarla via. Butti pure tutto quello che c'è dentro. Mi scuso per l'inconveniente», aggiunse acido.

«No, io... Non volevo dire questo. Non mi interessa la tenda. Va bene così».

La osservò per un attimo, come a cercare di capire se fosse una specie di frecciata. Si rilassò un po'. «Dicono che posso essere fuori di qui entro domani all'ora di pranzo, se mi alzo in piedi oggi».

«Oh wow! È magnifico!», esclamò, sinceramente sorpresa. Aveva dato per scontato che sarebbe stato ricoverato almeno qualche settimana.

«Già». Gilmore, però, non sembrava altrettanto entusiasta.

La mente di Ottie cominciò a frullare. «Be', ha già prenotato il volo? Ha bisogno di un taxi per l'aeroporto? Posso chiamare Seamus». Aveva un disperato desiderio di dagli una mano, di fare ammenda in qualche modo.

«No. Non posso ancora tornare a casa». E, nel vedere la sua espressione turbata, aggiunse: «Rischio di trombosi».

Ah. Ecco un'altra pugnalata di senso di colpa. Era stata lei a fargli quello. Lei. «E dov'è casa?»

«New York».

Volo transoceanico. Nessun medico glielo avrebbe permesso a pochi giorni da un intervento. «Quand'è che potrà volare, allora?»

«Tra qualche settimana».

«Qualche settimana?». Fece rapidamente il conto. Era il dieci dicembre. «Rientrerà in tempo per Natale?»

«Dicono che ci sia una piccola possibilità, a seconda di quando mi riprendo. Dovrò fare tantissima fisioterapia prima».

Ottie si portò una mano sulla bocca, la sensazione di essersi leggermente scagionata cominciò a crollare e il peso a tornare sulle sue spalle. «Mio Dio, è terribile».

Gilmore diede un'alzata di spalle. «Così è. Non fanno che dirmi che poteva andare molto peggio».

Non poteva saperlo, ma quelle parole per Ottie furono come un calcio dritto allo stomaco. Forzò un sorriso tirato. «Quindi dove andrà a stare nel frattempo?».

Altra alzata di spalle. «Qui non posso stare. Servono i letti, quindi stanno cercando di sistemarmi in un centro di riabilitazione, credo».

Ottie lo guardò e ripensò alle direttive della primaria al bancone. Broad Oaks? Era un ospizio per anziani, e neanche tra i più rinomati. «Ci deve sicuramente essere qualche altra opzione».

«Pare proprio che da queste parti non ci sia granché in quanto ad affitti per il recupero degli invalidi». La guardò. «A meno che lei non conosca qualche albergo in cui possa trovare una camera».

Alberghi? No. C'erano delle camere all'Hare, ma era un traballante edificio del XVII secolo e le scale per accedervi erano strette e pericolose. Guardò la gamba in sospensione e il grosso apparecchio chiodato, e francamente spaventoso, sul ginocchio. Non ce l'avrebbe mai fatta.

Le si affacciò alla mente un altro pensiero, ma lo scacciò subito. Non c'era possibilità che potesse…

«Signor Gilmore…».

Ottie sussultò alla voce alle sue spalle e, girandosi, vide l'infermiera ai piedi del letto. «Abbiamo parlato con Broad Oaks e hanno un letto libero per il periodo che serve a lei. Posso procedere e confermare? Mi dispiace metterle fretta, ma come potrà ben immaginare, la richiesta è molto più alta della disponibilità».

Annuì impotente. «Va bene. Proceda pure».

Ottie lo guardò, poi guardò l'infermiera. Conosceva Broad Oaks. Affacciava sui bidoni dell'immondizia e servivano cibo che perfino Pip avrebbe esitato a mangiare. La ragazza di McGinty, il droghiere, ci aveva lavorato per un breve periodo come assistente sociale, ma dopo quattro mesi era andata via e aveva rivelato alcune pratiche di assistenza.

«Okay», disse l'infermiera con un cenno del capo, girandosi per andarsene di nuovo.

«Aspetti!». Quella parola le era uscita di bocca prima ancora che se ne rendesse conto.

Sia l'infermiera che il paziente la guardarono interrogativi.

«Ehm», si sentì mancare la voce. Che cosa stava facendo? Quell'uomo era uno sconosciuto e di pessima compagnia. La rendeva nervosa con quei suoi modi freddi e taciturni. Già non le piaceva stare lì a fargli visita, figuriamoci dividere la casa con lui. «Può venire a stare da me».

«Cosa?». Neanche lui sembrava contento.

«La mia casa è tutta su un piano – camera da letto, bagno, cucina – quindi potrà muoversi facilmente. In più c'è molta luce naturale, che immagino farà la differenza dato che è immobilizzato in questo modo».

«Quante camere da letto ci sono?», chiese l'infermiera, guardando prima l'uno poi l'altra.

«Una sola, ma io…». Oddio, stava davvero per dirlo? «Posso dormire sul divano. Non è un problema. È un divano grande, molto comodo».

«No, mi dispiace, non posso permetterlo», dichiarò Gilmore con decisione. «È un'offerta molto gentile da parte sua… ehm…». Aveva di nuovo dimenticato il suo nome.

«Ottie. Ottie Lorne».

«Giusto. È davvero molto gentile da parte sua, ma non posso accettare».

«Ascolti, lei non sa che posto è quello. Mi creda, non ottimizzerà certo il recupero. E se vuole tornare a casa in tempo per Natale…».

Scosse il capo. «È una richiesta troppo grande».

«Ma non lo sta chiedendo lei. Lo sto proponendo io».

La guardò con la fronte aggrottata e un'espressione basita, come se le sue parole e le sue proposte non avessero minimamente senso per lui.

«E poi sono a soli trenta minuti da dove si terranno le sedute di fisioterapia. Durante il giorno sono sempre nei paraggi se serve prendere appuntamenti. O altre cose».

L'infermiera guardò il paziente incoraggiandolo discretamente con lo sguardo. «Signor Gilmore? La decisione sta a lei».

Gilmore, però, la stava semplicemente fissando. «Non riesco a capire perché vuole infilarsi in una cosa del genere. Neanche mi conosce».

Cos'era quello? Il momento di confessare?

«È la cosa più giusta da fare, Gilmore», disse invece scrollando le spalle senza riuscire a guardarlo negli occhi. «Aveva comunque una prenotazione per stare a Lorne. Vorrà dire che starà dentro invece che fuori, tutto qui. E la sua roba è già tutta lì, quindi…».

Aveva la sensazione che quell'uomo leggesse dentro di lei, che capisse che le sue dimostrazioni di gentilezza erano una copertura per il senso di colpa che provava e non riusciva a scrollarsi di dosso, che aveva quasi perso la vita per colpa sua.

«È un'offerta generosa, davvero, signor Gilmore», lo spronò l'infermiera, e Ottie sapeva che anche lei conosceva bene le strutture di quella casa di cura; ne avevano parlato tutti i giornali locali l'estate precedente. «Si troverà probabilmente più a suo agio in un ambiente casalingo, piuttosto che in un istituto».

L'uomo rimase in silenzio per un altro minuto, scrutandola a fondo, come se aspettasse di vederla ripensarci all'improvviso e dire che era tutto uno scherzo, un terribile errore, un malinteso in buona fede. «Immagino che sarebbe scortese dire di no, allora».

L'infermiera parve tirare un sospiro di sollievo. «Fantastico. Chiamo subito e disdico il letto».

Ottie si girò e incontrò il suo sguardo. Si sentì improvvisamente intimidita, imbarazzata perfino. Come le era venuto in mente di invitarlo a stare a casa sua?

«Non so come ringraziarla, signorina Lorne», disse, anche se con uno sguardo ancora perplesso.

Ottie sorrise tesa. «Non c'è bisogno».

Calò un breve silenzio.

«E per favore, chiamami Ottie», aggiunse.

«E tu chiamami Ben».

«Piacere di conoscerti». Sorrise imbarazzata. «Di nuovo».

«Ti stringerei la mano, ma...», agitò le dita che sbucavano dal gesso.

«Ah, sì». Guardò di nuovo il letto, tutti gli aggeggi che vi erano appesi e il modo in cui quel corpo fratturato veniva tenuto insieme. Non era un'infermiera. Non era una sua amica. Sentì montare il panico. Cosa diavolo aveva fatto?

«Alza!». Pip batté sulla parte alta della zampa con fare impaziente. «Avanti, bello, tira su». Batté di nuovo, ma il cavallo rimase cocciutamente sulle quattro zampe.

Si raddrizzò sbuffando e puntando le mani sui fianchi. «Ma che, davvero?», chiese, guardando nei suoi profondi occhi color cioccolato. «Per quanto tempo hai intenzione di continuare così?».

Magnus non rispose, sbatté lentamente le palpebre.

Sospirò. «Senti, manca a me quanto manca a te, ma non ha senso tenermi il broncio. Non è colpa mia».

Il cavallo scosse la testa, quasi a toccarle la guancia.

«Okay, sì, va bene, hai ragione», gemette Pip, portandogli la mano sotto la testa oblunga e appoggiandocisi contro. «È colpa mia. Tutto quanto. Sono una sciocca, accidenti, e non è colpa di nessuno se non mia». Gli accarezzò la curva della guancia. «Se ti fa sentire meglio, mi odio per questo. Farei qualsiasi cosa per riaverla indietro», sussurrò.

Pip chiuse gli occhi godendosi il suo dolce calore. Aveva di nuovo dormito male, girandosi e rigirandosi nel letto tutta la notte, perché, in quel periodo, il buio e l'oblio erano ormai qualcosa contro cui il suo corpo si ritrovava a lottare, dato che le provocavano ricordi e sentimenti che avrebbe voluto negare. E ora l'assenza di Shalimar nel box sotto il suo letto era come una sirena che ululava, rendendole impossibile riposare.

Il cavallo le appoggiò addosso il muso e Pip si avvicinò, infilandogli il viso nel collo e lasciando scorrere di nuovo le lacrime, inarrestabili anche se fortunatamente silenziose. Al cavallo non importava quando gli piangeva addosso e, in più, manteneva tutti i suoi segreti. Sembrava capire quanto fosse stato tutto difficile negli ultimi tempi, che la perdita del padre – compagno di lavoro, mentore – rendesse le giornate lunghe e solitarie; come anche fare il bagno fosse improvvisamente un'impresa impegnativa, perché la vista di uno specchio d'acqua era diventata minacciosa nella sua immobilità…

«Tu. Il mio bel bambino», sussurrò dopo un po', tirandosi indietro e accarezzandolo amorevolmente, asciugandogli il muso ora bagnato di lacrime. Gli toccò il naso fremente con il palmo della mano. «Non preoccuparti, non farò lo stesso errore due volte. Tu rimarrai con me, che ti piaccia o no. Passeremo il resto della nostra vita qui insieme, a fare trekking su e giù per questi sentieri». Il cavallo nitrì soffiandogli fiato caldo sulla mano e Pip rise. «Proprio così. Insieme».

Gli diede un bacio appena sopra l'occhio e si piegò di nuovo in avanti, irrompendo in un attacco di tosse non appena si mise a testa in giù. «Ora, che mi dici di questa zampa? Lo toccò di nuovo e stavolta l'animale la sollevò, permettendole di pulirgli lo zoccolo. «Graaazie», disse cantilenando e mettendosi al lavoro canticchiando a bassa voce.

Si era spostata sulla gamba posteriore, china e rossa in faccia, quando, attraverso la porta aperta, udì un furgone accostare fuori dal corpo stalle e ne vide uscire due piedi. Si accigliò guardando tra le zampe di Magnus: sembrava tutto così diverso a testa in giù. Vide i piedi fermarsi, girarsi verso il furgone, poi avviarsi verso la casa.

Si incupì nel rendersi conto di chi si trattava: Taigh, lì nella sua ultima missione di carità.

«Ssh», sussurrò a Magnus, passandogli dietro nella stalla e ascoltando i passi salire le scale che portavano al suo appartamento.

«Ciao!», gridò, la voce era ovattata e risuonava sorprendentemente distante al di là dei muri di pietra. Ci fu una pausa, poi dei passi sulle tavole di legno sopra. «Permesso? Pip?».

Pip scoccò un'occhiata sorniona a Magnus, il cui gigantesco occhio tondo era già rivolto verso di lei, senza dubbio a chiedersi cosa stesse facendo, sghignazzando nella sua criniera. «Ssh, non farmi trovare», gli sussurrò.

«Pip...? C'è nessuno in casa?».

Pip chiuse gli occhi mentre le risatine prendevano il sopravvento nel sentire il suo tono interdetto, lo stupore al pensiero che avesse osato uscire di casa.

Seguì un altro momento di silenzio, poi il rumore degli stivali che scendevano le scale.

Rapidamente, si abbassò nella stalla, cercando di allontanarsi dalla testa le labbra gommose di Magnus che cercava di rosicchiarle i capelli. «Levati», sussurrò sentendo Taigh entrare nella stalla e riempire l'intero spazio del suo silenzioso sconcerto mentre prendeva atto della presenza dei cavalli, che muovevano il muso su e giù da dietro le loro porte.

«Ciao, Whiskey», lo sentì dire, avvicinandosi alla cavalla grigia nella stalla più vicina per darle dei colpetti decisi sul collo. «Non sei ancora uscita? Dov'è andata, eh? Dov'è andata la tua ingestibile padrona?».

Pip inarcò un sopracciglio a sentirlo parlare a una sua cavalla. Non era ingestibile, grazie tante. Semplicemente *non* era una vittima. Tantomeno una sua paziente.

Lo ascoltò frugare in tasca in cerca di un regalino. «Deve essere solo una mentina, temo. Ho finito gli zuccherini. Che buffo». Fece una risata bassa e Pip capì che Whiskey gli stava facendo il solletico con i suoi baffi ispidi. Era uno dei suoi trucchetti, da inguaribile civettuola qual era.

Magnus si mosse geloso, scalpitando a terra nel vedere che Whiskey riceveva dei dolcetti, e colpì Pip con il suo grosso addome, facendola quasi cadere. Pip barcollò in avanti, appoggiandosi di peso con la mano contro la porta della stalla. Si bloccò.

Merda! L'aveva sentita? Non riusciva a vedere se era girato dall'altra parte o se si avvicinava…

«Mi dispiace, bello, era l'ultima», disse Taigh. Dalla voce sembrava essere ancora dall'altra parte della scuderia.

Cercando di non fare il minimo rumore, si appostò su un lato della stalla e trattenne il respiro, i muscoli delle cosce le bruciavano per quell'insolita posizione china. Avrebbe voluto raddrizzarsi e cominciava a sentire un solletico in gola, l'impulso di tossire di nuovo, ma non poteva. Non poteva.

Si schiaffò una mano sulla bocca e cercò di controllare la respirazione, di stare calma, le lacrimavano gli occhi per lo sforzo di trattenere la tosse. Quando lo sentì di nuovo parlare con Whiskey, alzò gli occhi al cielo; sembrava che sapesse che era lì e fosse determinato a stanarla semplicemente prendendo tempo. Ma che gli era preso comunque? Se fosse entrato qualcuno in quel momento lo avrebbe scambiato per pazzo a parlare ai cavalli in quel modo.

Dopo quella che le parve un'eternità – ma probabilmente erano solo due minuti – sentì di nuovo il rumore della borsa tirata su da terra e il fruscio della sua uniforme da postino. Ascoltò i passi sui ciottoli farsi sempre più sordi sul vialetto di terra battuta e aspettò che mettesse in moto il furgone. Solo quando si fu allontanato, si raddrizzò, sbandando in avanti quasi subito quando cedette finalmente ai colpi di tosse.

«Oddio». Ansimò, appoggiata al muro, a riprendere fiato con gli occhi pieni di lacrime. «Ecco che succede a stare piegata a testa in giù per dieci minuti. Ed è tutta colpa tua», disse puntando un dito accusatorio contro Magnus che protestò con un nitrito. «Sì, invece, inutile che fai l'offeso. E in quanto a te», disse, scoccando un'occhiataccia a Whiskey dal lato opposto delle scuderie. «Non farmi gli occhi dolci. Noi due dobbiamo parlare. Devi scegliere da che parte stare, bella mia. Scegli. Da. Che. Parte. Stare».

Capitolo sedici

«Willow, cosa stai facendo?», chiese sua madre scendendo titubante le scale e trovando la figlia più piccola che camminava avanti e indietro nel grande salone.

Willow interruppe le prove del discorso che avrebbe fatto e aprì gli occhi, abbassando le mani che, si rese conto in quel momento, si stava torcendo. «Niente», rispose un po' sorpresa di trovare sua madre leggermente truccata e con un timido tentativo di acconciatura.

«Ho visto benissimo che parlavi da sola», insistette con le lacrime agli occhi, andando diretta al guardaroba a prendere il cappotto. Era blu, di Max Mara, con un piccolo collo di finta pelliccia; lo aveva comprato insieme a suo padre a Firenze durante la loro settimana di viaggio per un anniversario di tanti anni prima.

«Ah, quello. Stavo solo memorizzando… la lista della spesa».

«Scusa?». La madre si stupì allacciando i bottoni con mani incerte.

«Sì, alla signora Mac servono burro, una cipolla, il rotolo da cucina e i fiammiferi. Burro, cipolla, rotolo da cucina, fiammiferi», ripeté come una piccola cantilena.

«Se proprio pensi di non ricordarlo, scrivilo».

«Sì, infatti. Stai uscendo?», chiese Willow cambiando invece discorso. Era sempre sorprendente come riuscisse a gettarle fumo negli occhi. Oppure era sua madre che proprio non riusciva a vedere.

«Sì, oggi ricomincio le mie lezioni di floristica. Vogliono tutte andare avanti con le decorazioni natalizie».

«Ah, certo», commentò Willow con un tono di sorpresa in cui sei esercitata a lungo, dato che non se ne era minimamente dimenticata; era tutta la mattina che attendeva con ansia il momento in cui sua madre sarebbe emersa dalla propria camera per uscire di casa. Connor sarebbe arrivato a breve e non c'era possibilità che si rivedessero fin quando l'accordo non fosse stato siglato, in un modo o nell'altro. La conversazione avuta con Pip la sera prima le aveva lasciato addosso freddo e disagio: venire a sapere che quell'uomo aveva ritrattato l'accordo scendendo di un milione di euro il giorno in cui lui e suo padre avrebbero dovuto firmare... Come poteva fidarsi di lui? E se lei aveva colto l'occasione di farlo, come avrebbe potuto dirlo a qualcuno fino a quando non fosse stato firmato? La vendita avrebbe potuto fallire di nuovo da un momento all'altro, proprio come era successo con suo padre.

«Dovrebbe andare tutto bene», borbottò la madre, più a sé stessa che alla figlia. «La signora Mac ha detto di avermi già ordinato il materiale».

«Andrà tutto bene. Saranno tutti contenti di vederti di nuovo in giro. Un po' di normalità non ti farà male».

«Per quello che significa, di questi tempi. Ultimamente ne sono successe una dopo l'altra», osservò sua madre armeggiando con il bottone più alto. «Perfino vestirsi mi sembra un'impresa impossibile». Lasciò andare il cappotto, sconfitta. Il primo bottone era ancora aperto.

Willow provò un guizzo di compassione per quella madre che avrebbe tanto voluto odiare. Sembrava così distrutta. «Stai facendo del tuo meglio», disse in tono piatto, senza fare alcun gesto per aiutarla. Da piccola della famiglia, sapeva che le sue parole e le sue azioni non avevano alcun peso, non aveva alcuna autorità a far cambiare umore o alleviare la sofferenza.

Rimasero a galleggiare nel silenzio per un attimo, senza guardarsi negli occhi, le braccia lungo i fianchi.

«Okay, non va bene che l'insegnante ritardi», disse Willow inspirando e cercando di accelerare i tempi. Aveva visto l'ora sulla pendola. Erano le undici e dieci. Dio non voglia che Connor arrivasse prima. Aveva bisogno che sua madre se ne andasse. In fretta. «Le ghirlande di Natale attendono. Forza!».

Eppure, con gli occhi fissi sulla porta, sua madre non si mosse.

«Forza!», ripeté Willow, stavolta prendendola delicatamente per il gomito e accompagnandola. «Ce la puoi fare. Ti farà bene».

«…Sì».

La guardò prendere la busta di materiale che la signora Mac le aveva lasciato sulla porta – spago da giardinaggio, taglierino, forbici, fil di ferro – e scese lentamente i gradini percorrendo quindi il viale fino alla sua vecchia e fidata Land Rover, affettuosamente nota come Tinpot, scatoletta. Era di colore blu, con un cestino di vimini in pianta stabile sul sedile posteriore pronto ad accogliere la spesa e i legnetti per accendere il fuoco che raccoglieva durante le sue passeggiate con i cani; ogni volta che lo vedeva, Willow ripensava alla madre mentre si fermava sul ciglio della strada al ritorno da scuola per raccogliere aglio selvatico o fiori di sambuco, rametti di fiori di magnolia o margherite occhio di bue. Era il simbolo di ciò che sua madre era *prima*.

La salutò con la mano mentre faceva retromarcia, disegnando un semplice arco nel girare la macchina – qualche sassolino schizzò via dalla ghiaia compattata – quindi tra i carpini che fiancheggiavano il percorso, lungo il vialetto. Willow aspettò con il sorriso fisso sulle labbra che sparisse alla vista e fosse quasi ai cancelli, poi rientrò, accasciandosi contro la porta con un sospiro di sollievo. Per un orribile istante aveva pensato che sua madre le avrebbe dato buca e non sarebbe uscita affatto.

Chiuse gli occhi e cercò di riportare la mente agli affari.

«Voglio una clausola scritta che…», mormorò sottovoce,

torcendosi le mani mentre riprese a camminare per la sala. No, aspetta, anche questo suonava troppo… amatoriale? Qual era il termine specifico?

Riprovò. «Qualora si rinneghi l'importo concordato…».

La signora Mac, che era entrata dalla sala da pranzo e aveva cominciato a spolverare e a lucidare, le lanciò un'occhiata. «Cosa stai facendo, signorina?»

«Niente».

«A me non sembra niente».

«Davvero, va tutto bene».

«È tutta la mattina che sembri camminare sui carboni ardenti. Lo so che c'è qualcosa che ti preoccupa».

Willow sospirò. Come con Pip, mentire alla signora Mac era una fatica inutile.

«È un segreto».

«Lo credo bene», disse la signora Mac strofinando con energia una parte della cassettiera dove era colata della cera.

«Non posso dirlo a nessuno».

La donna la guardò offesa. «Di che si tratta?».

Soffiò fuori l'aria dalle guance. «Sto vendendo il castello».

La vecchia governante rimase immobile, raddrizzando leggermente la colonna e portando le mani nella loro tipica posizione dietro i fianchi, dove le doleva sempre la schiena. «Capisco».

Willow vide la delusione che le colmò gli occhi e fu devastante proprio come aveva temuto. «Devo. Non c'è altra possibilità, lo sappiamo tutte».

«È solo che sembra terribilmente presto. Non sono neanche due settimane che…».

«Lo so». Willow si sentì cedere le ginocchia. Suonava come un'accusa: troppo presto. Una fretta indecorosa. Una decisione avventata presa in fretta e furia, rimpianta nel tempo. «Ma due mesi in più non farebbero alcuna differenza, no? Né due anni. Non ci sarà mai il momento giusto per andarcene da qui».

La signora Mac annuì come se fosse d'accordo, ma non disse nulla. Sembrava incapace di parlare.

Willow sentì il vuoto allargarsi, farsi più profondo, il panico concreto come cemento. «Non so perché papà abbia lasciato a me il compito di fare da capro espiatorio, ma sto facendo solo quello che avrebbe dovuto fare lui». Il suo tono era sulla difensiva.

«Sì, be', è vero, suppongo», commentò dopo un attimo la signora Mac, percependo il tremito nella sua stessa voce. «Ma tua madre lo sa?»

«Non ancora». Willow deglutì. «Non lo sa nessuno. È successo tutto molto in fretta, ho solo bisogno di... rimettere in ordine le idee prima di cominciare a parlarne. Potrebbe ancora crollare tutto all'improvviso».

«Be', è già successo una volta». C'era un tono di avvertimento nella sua voce.

«Lo sapeva anche lei?», chiese Willow stupita.

«Certo».

Willow annuì. «Certo». Non c'era nessuno più fidato della signora Mac in famiglia, ma era incerta se rivelarle che stava vendendo allo stesso acquirente. Aveva la sensazione che non l'avrebbe presa bene.

«Ne deduco quindi che lo aspetti a momenti?»

«Da cosa si capisce?»

«Oltre al fatto che stai lasciando dei solchi nel pavimento e hai quasi buttato fuori di casa la tua povera madre?»

«Ah, era così evidente?». Willow si morse il labbro.

La governante fece una smorfia ironica. Per lei erano sempre state un libro aperto, fin da quando erano bambine. «Be', sarà meglio nascondere i secchi prima che arrivino. Le infiltrazioni sul soffitto della sala sul retro sono peggiorate», disse la signora Mac armeggiando con l'aspirapolvere. «La tempesta del fine settimana non ha aiutato. Un'altra così e verranno giù interi pezzi di tetto, non me ne meraviglierei. È fradicio perfino a toccarlo. Dovreste chiamare Patrick».

«Ho già tentato. È occupato fino a dopo Natale».

La signora Mac schioccò le labbra. «Dubito che durerà fino ad allora».

Willow sentì il morso di ansia che arrivava ogni volta che considerava cosa volesse dire gestire un edificio storico di settecento anni e, nonostante tutti i dubbi e le riserve, ciò non fece che confermarle la necessità di concludere la vendita il più rapidamente possibile.

La signora Mac osservò con cura la sua messa in piega e i suoi migliori jeans aderenti, grazie al cielo inclusi nella borsa d'emergenza che Caz aveva preparato per lei. «Ho ragione a pensare che l'acquirente sia quel bel giovanotto con cui stavi civettando ieri sul vialetto?».

Willow rimase a bocca aperta. «Mi stava spiando?»

«Difficile non farlo, con tua madre che si agitava e starnazzava qui dentro come una gallina senza testa».

«Sì, be', non stavo *civettando*. Erano affari».

«Se lo dici tu. Ma faresti bene ad andarti a confessare questa settimana, per tutto quanto».

«Signora Mac!», annaspò Willow mentre l'anziana donna le rivolgeva un sorriso cupo per poi voltarsi di nuovo a lucidare la cassettiera, senza a quanto pare curarsi che fosse già lucidissima.

Nonostante la battuta, Willow si sentì male mentre guardava la governante al lavoro. Dalle sue risposte non le aveva mai dato l'idea di appoggiarla incondizionatamente o di ritenere che stesse facendo la cosa giusta… La sua era probabilmente la reazione più lieve che avrebbe ricevuto da chiunque altro: sua madre, Pip, Ottie, il villaggio intero…

«Ehi, Willow, hai un minuto?».

Alzò lo sguardo e trovò Ferdy Hopwood sulla porta della sala della musica. Era il capo del team di valutazione incaricato dell'inventario per la vendita. Insieme a tre specialisti in belle arti, arredamento e arti decorative, era arrivato il giorno prima verso l'ora di pranzo e stava perlustrando il castello, fotografando e documentando ogni oggetto della casa come la polizia scientifica sulla scena del crimine. «Tim vuole sapere se volete includere anche l'arpa nella vendita».

«Ecco, io...».

Il bussare alla porta riecheggiò potente nella sala – da bambina le aveva sempre ricordato la scena iniziale della *Famiglia Addams* – e rimase impietrita con le mani sulla bocca, incapace di muoversi, di pensare, di agire. Connor era di nuovo lì, in quel preciso momento, dall'altra parte di quella porta. Oddio. Provò l'istinto improvviso di scappare, di far finta di essere uscita. Le serviva più tempo. Stava procedendo tutto troppo velocemente. Da un lato, la testa le diceva di farlo, di agire con decisione, concludere l'affare, prendere i soldi, andare avanti, tornare alla sua vita a Dublino. Dall'altro, suo padre si era portato nella tomba l'odio per quell'individuo, non era morto neanche da due settimane e lei stava già vendendo al suo nemico.

Per la prima volta si rese conto che non importava quanto si sentisse giustificata, considerato cosa aveva fatto suo padre, caricandole sulle spalle un peso del genere! Poteva vendere a chi le pareva! Per procedere su quella strada ci sarebbe voluta più audacia che rabbia.

La signora Mac interruppe le pulizie, meravigliata di trovarla lì impalata. «Ebbene, non hai intenzione di aprire?»

«Sì, certo, io...». Sentì montare l'agitazione, si sentì vorticare stordita sul posto. Cercò di concentrarsi. «Ferdy, posso passare da te tra un po'? Ottie potrebbe volere l'arpa, una volta la suonava. Dovrò chiederglielo».

«Certo», annuì l'altro e scomparve di nuovo. Quindi, dopo un profondo respiro, Willow aprì la porta.

Lo stomaco le fece un salto mortale quando lo vide. Abito grigio, niente cravatta, la sua splendida automobile che brillava alle sue spalle in quella giornata uggiosa.

«Signorina Lorne». Niente sorrisi. Atteggiamento professionale, taciturno perfino.

«Signor Shaye». Fece un passo indietro per farlo entrare e si infastidì per l'effetto che continuava a farle nonostante ormai sapesse che era tanto spietato quanto bello.

Vide la signora Mac raddrizzare la schiena quando l'uomo entrò e cominciò immediatamente a scrutare su e giù tutto l'ambiente prima di posare gli occhi su di lei. La governante aveva il grembiule che indossava per le pulizie su una spalla, un piumino per la polvere e una bomboletta di lucido in mano, eppure conservava comunque un qualcosa di intimidatorio.

«La signora Mac è la nostra governante», disse Willow. «Signora Mac, la presento Connor Shaye».

«Signora Mac».

«Signor Shaye», rispose con un cenno del capo la governante senza neanche un briciolo del suo distintivo calore, per poi girarsi bruscamente e cominciare a spruzzare un vaso di cristallo sul *guéridon* al centro della sala; solitamente ospitava stravaganti mazzetti di fiori che sua madre coglieva in giardino, ma non c'era stato più niente dopo le calle del funerale. Chiaramente la signora Mac non desiderava che i suoi servizi passassero al nuovo acquirente insieme agli atti.

Willow lo guardò con un sorriso imbarazzato e, vedendo che la stava fissando di nuovo, desiderò che non avessero alcun pubblico. «Ehm, bene... immagino che voglia riprendere confidenza con il posto. È passato del tempo dall'ultima visita...».

A quelle parole la signora Mac si raddrizzò di colpo e li guardò scura in volto. "Riprendere confidenza... passato del tempo dall'ultima visita...". Troppo tardi Willow si rese conto che lo aveva già smascherato come l'infame acquirente di suo padre.

«Vogliamo cominciare dalla sala gialla?», gli chiese tendendo il braccio a indicare la direzione e guidandolo rapidamente avanti. Ovunque fosse presente la signora Mac non le sembrava affatto una buona idea.

«Certo». La seguì e Willow si sforzò di non immaginare i suoi occhi addosso mentre passavano. Si fermarono in silenzio nello spazio opulento, gli occhi di lui scorrevano sulle pareti foderate di seta, i vecchi ritratti appesi a spessi fili, i tappeti a strati e i gruppi di sedie arancioni e blu di chintz e damasco disposti a gruppetti attorno all'enorme camino di quercia. Anche Willow si guardava intorno nella sala, cercando di osservarla dal punto di vista di un estraneo, ma non riusciva comunque a vedere altro che le mattine di Natale passate a vuotare le calze accanto al fuoco da bambine; Ella – la madre di Dot – che si intrufolava di nascosto, o almeno così pensava, per sdraiarsi sui divani e lasciarvi ignara tutti i suoi peli sulle coperte di mohair; la festa del suo diciottesimo compleanno, quando Tommy Callaghan, il ragazzo che le piaceva all'epoca, l'aveva inseguita lì dentro e finalmente baciata dietro la porta…

Willow arrischiò uno sguardo a Connor mentre scrutava impassibile la stanza. Era impossibile dire cosa stesse pensando, e non lasciò trasparire nulla quando, una volta finito, si voltò a guardarla. Connor non disse una parola, fece solo un cenno con la testa e Willow – sentendo montare il nervosismo – lo condusse nella sala da pranzo adiacente. Il pavimento sembrava irregolare sotto i piedi. Nonostante quanto si erano detti il giorno prima sul dimenticare quello che era successo tra loro nel fine settimana, lo aveva sentito comunque palpitare tra loro, silenzioso ma presente. Quel giorno, invece, era di nuovo un perfetto estraneo, l'uomo al telefono.

Foderata di lino color chiaretto, con enormi paesaggi a olio alle pareti e ornata di tende fascinose, la sala da pranzo era grandiosa e soffocante. L'unica cosa che in vita sua Willow aveva mai visto cambiare erano i tovaglioli e le composizioni floreali; quando ci viveva sua nonna aveva esattamente lo stesso aspetto ed era il servizio di nozze dorato della madre di lei a essere ancora esposto nel comò. I mobili di quella sala avevano causato grande eccitazione nel team di Christie's quando aveva fatto fare loro un primo giro: il tavolo era a ventisei posti e le sedie Chippendale, a quanto pareva, "superbi esemplari del loro genere". «L'abbiamo sempre usata come sala da pranzo», disse con un filo di voce.

Connor la guardò. «Sì, lo vedo». Il nervosismo di lei, la reciproca sorpresa e il tira e molla della mattina precedente si era assestato su qualcosa di più riservato. Formale. Lo aveva lasciato con un sorriso sulle labbra – "Ti sei sciolta al mio tocco?" – ma ora sembravano entrambi essersi ritirati in una posizione diversa durante la notte. Willow ora sapeva che quell'uomo aveva cercato di abbassare il prezzo di un milione di euro. Aveva forse anche lui appreso qualcosa su Willow da fargli cambiare punto di vista? O poteva semplicemente fare ciò che lei non poteva e fingere che fossero solo affari? L'aveva sognata quella notte come lei aveva sognato lui? Quando era in piedi dietro quella porta era stato nervoso all'idea di rivederla?

Le domande nella sua testa continuavano a fluire, la conversazione no. Passarono di stanza in stanza, con Willow sempre più nervosa di minuto in minuto. Salirono le scale – la bellissima scalinata doppia su cui aveva fatto a gara con le sorelle – e guardarono camere da letto e bagni. Aver reso i bagni interni era stata la modifica più consistente effettuata dai loro genitori; era stata la loro impronta nel castello quando vent'anni prima avevano deciso di aprirlo come B&B di lusso. Willow ricordava come fosse andato bene all'inizio, ricordava l'eccitazione dei genitori per la marea di prenotazioni: tutti volevano provare l'esperienza romantica di dormire in un castello medievale irlandese e farsi servire da bere dal suo cavaliere vivente! La Tigre Celtica era tornata a ruggire a quell'epoca, le cose andavano bene: i problemi erano finiti, i turisti si affollavano con numeri da record… ma poi la stretta sui crediti aveva colpito, la marea era diventata uno stillicidio e mano a mano si era interrotta del tutto.

Si fermò sulla porta della camera dei genitori e lo guardò

entrare. Si sentiva una traditrice a dargli accesso al santuario sacro di suo padre. I suoi vestiti era ancora appesi negli armadi, perché sua madre non era stata ancora in grado di disfarsene. La stanza era spaziosa ma datata, dipinta di un tenue verde salvia, con tende drappeggiate di chintz alle finestre e un divanetto rosa pallido ai piedi del letto. Sulla parete sopra la testiera, dentro grandi cornici celesti, erano appesi i tre ritratti in pastello delle sorelle, e su un grande tavolo rotondo – coperto da una tovaglia ricamata – erano esposte le fotografie di famiglia con al centro una pianta in un vaso. Tappetini di seta erano sovrapposti incrociati a caso sul tappeto color cammello, alcuni per nascondere antiche macchie, e diversi magnifici guardaroba avevano chiavi infiocchettate alle serrature. Una parete era interamente tappezzata di libri, vecchi tascabili degli anni Ottanta e volumi rilegati in tessuto degli anni Quaranta e Cinquanta incastrati in mezzo, ma piccole torri di titoli in eccesso erano ancora ammucchiate a terra.

Connor andò alla finestra e guardò verso i giardini. Direttamente là fuori, a ovest, il parterre formale portava a una fontana e, superata quella, a un giardino chiuso tra mura con una splendida cancellata in ferro battuto che apriva sull'estuario, sul mare aperto e la loro speciale lingua di spiaggia dorata proprio dietro al promontorio. Dalla sua posizione sulla soglia, Willow riusciva a veder salire la marea, qualche rifiuto spiaggiato che spuntava dal mare e gli occhioni che beccavano nelle acque basse.

«Vista splendida», fu tutto ciò che disse quando si allontanò di nuovo, posando gli occhi sugli scaffali incurvati e le pile di libri. Willow capì subito ciò che vedeva: cianfrusaglie. Polvere. Vecchie vite.

Connor guardò tutte le altre camere da letto dalla soglia, apparentemente valutandone proporzioni, dimensioni, camini, la direzione della luce, e Willow non disse nulla, aspettandosi – sperando – che facesse altrettanto nella sua stanza. Troppo tardi si rese conto di non essere stata abbastanza lungimirante: nella fretta di sistemare i cavalli e tornare in tempo per farsi i capelli, si era dimenticata di riordinare: un asciugamano bagnato, vestiti sparsi sul pavimento mentre provava e scartava diverse opzioni. Non c'era modo di nascondere la sua presenza lì dentro.

«Un'altra camera da letto», disse quasi senza fiato mentre spingeva a malincuore la porta. «Ce ne sono ventiquattro in totale». Ciò che intendeva dire era: andiamo avanti, non c'è niente da vedere qui, ma subito lo sguardo le cadde sulla camicetta di seta nera che aveva indossato la sera di sabato, ancora appoggiata sul retro della sedia. Conservava ancora il *suo* odore?

Vide che l'aveva notata anche lui. Willow si spostò di nuovo in corridoio, sperando che la seguisse, invece, con sua grande mortificazione si fermò ed entrò. Willow strinse lo stipite della porta mentre guardava le pareti chiudersi intorno a lui, come a volergli spifferare tutti i suoi segreti. L'espressione dell'altro non cambiò, eppure lo vide assorbire ogni dettaglio: una scarpetta da ballo di porcellana bianca – il premio come migliore ballerina della sua classe vinto a undici anni – appesa con dei nastri a un chiodo nel muro; Snowball, il suo orsacchiotto preferito, seduto sulla poltrona vicino alla finestra; la sua collezione di vinili, la maggior parte dei quali dei suoi genitori, che aveva recuperato prima che fossero portati alla discarica. Studiò il tomo che stava leggendo – un libro di memorie di Hemingway – la tazza da tè vuota e il bicchiere pieno a metà di acqua vecchia di due giorni; elastici per capelli, burro di cacao, caricabatterie del cellulare... Deglutì. Sembrava tutto così orribilmente intimo; niente di glamour, solo le minuzie della sua routine quotidiana improvvisamente messe a nudo davanti a lui.

Connor sfiorò con lo sguardo sui davanzali della finestra le dozzine di fotografie incorniciate che la ritraevano: al salto in alto in una gara di atletica leggera, a una partita di hurling, al college con la toga del diploma, mentre giocava con Dot da cucciola, sdraiata sull'erba in un abito da sera con le sorelle, in tuffo da una barca a Ibiza... Quindi lo vide soffermarsi sulla sua foto con Albie Mconaughie, un amico che per un po' era diventato qualcosa di più, e che poi era di nuovo tornato un amico. La foto era stata scattata quando stavano insieme: Willow gli stava seduta in braccio al pub, con la testa gettata all'indietro mentre rideva per qualcosa che Albie o qualcun altro aveva detto. Non aveva mai pensato di toglierla prima di allora. Era un amico, non un nemico; le faceva semplicemente piacere ricordare quei tempi. Ora, però, agli occhi di uno sconosciuto, lasciava forse intendere qualcosa di più di quello che effettivamente era?

Connor la guardò, ma Willow scoprì che non poteva dirlo dal suo sguardo, era come se le avesse appena tolto i vestiti di dosso e avesse visto ogni parte di lei. Era uscita allo scoperto.

Uscì in corridoio ma non lasciò intendere di voler vedere le altre camere. Sembrava improvvisamente agitato. Inquieto.

«Senti, Willow, non ha senso andare avanti. C'è una cosa di cui devo parlarti».

Oddio. Lo sapeva. Se lo sentiva dal momento in cui aveva messo piede dentro casa. Voleva ritrattare l'accordo.

«No, non vuoi farlo». Willow sentiva tutto il peso della responsabilità per quel luogo che le si posavano di nuovo sulle spalle, schiacciandola a terra. Fuga negata.

«Non è quello».

«E cosa allora?»

«Ascolta, sai qual è il mio lavoro?». Scosse il capo come se fosse una domanda assurda. «Certo che lo sai, che domanda stupida. Sei tu che hai chiamato me».

Annuì. Lo sapeva, ma non perché avesse posto le giuste domande sulla persona alla quale avrebbe affidato la loro casa di famiglia. Per quello le era semplicemente bastato che suo padre avesse trattato con lui tanto per cominciare, e anche che non piacesse a sua madre. No, sapeva quello che faceva solo perché aveva trascorso la notte a cercare su Google, a studiare attentamente il suo profilo Linkedin e leggere le interviste sugli articoli di giornale, esaminando microscopici dettagli delle sue foto alle serate di gala, agli eventi di beneficenza, osservando tutte le immancabili splendide donne fotografate con lui. Una in particolare, una bionda in un abito blu polvere Royal Ascot, lo abbracciava in modo piuttosto stretto, ma è anche vero che lui portava un cappello a cilindro.

«Sei uno dei fondatori della Home James», rispose. Era un franchising di club privati, giovane ma fiorente e molto esclusivo. Al momento attuale vantavano due proprietà classiche di primo livello in Inghilterra, case a schiera a Dublino e Edimburgo e molte altre sparse in tutta Europa; un articolo di giornale dell'estate precedente aveva ipotizzato che stesse cercando anche a New York, dato che era stato fotografato con un importante agente immobiliare al Sant Ambroeus.

«Sì». Spostò il peso, apparentemente a disagio. «E in questo momento ho due problemi».

Due? «Vai avanti».

«Il primo è che abbiamo problemi di liquidità».

«Cavolo...», disse voltandosi disgustata, già sapendo cosa avrebbe detto dopo. Che gli mancava un milione...

«No, ascoltami. Il problema è di liquidità, di cassa. Tutto qui. Il denaro c'è, solo non... immediatamente accessibile».

«Mi stai facendo perdere tempo, Connor, stai facendo *esattamente* quello che hai fatto a mio padre!».

«No, non è vero».

Gli scoccò un'occhiata incredula.

«Okay, sì, in un certo senso, ma...».

«Non ci posso credere! Non posso credere che tu abbia avuto il coraggio di comportarti in questo modo con noi, una seconda volta!».

«Non è come pensi».

«No? Puoi comprare il mio castello o no?».

Ebbe un attimo di esitazione. «Non ancora. Ma voglio».

«E io voglio una giacca nera di Chanel e un massaggio ai

piedi per ogni giorno della mia vita, ma non succederà neanche questo».

«Senti, non mi aspettavo che mi chiamassi la scorsa settimana, okay? Così di punto in bianco, c'era di nuovo in palio Lorne». C'era tensione nella sua voce. «Sono cambiate molte cose dall'ultima volta in cui sono stato qui. Abbiamo appena acquisito una proprietà a Copenaghen. Non pensavamo di dover trovare altri quattro milioni e più dal nulla. Devo sentire il nostro team di private equity».

«E quindi quello di ieri cos'è stato… quando parlavano di numeri sul vialetto?»

«Avevo bisogno di stabilire che cifra avresti accettato. Ora che lo so, possono contattare i nostri investitori e prenderla da loro».

«E quanto tempo ci vorrà?»

«Qualche settimana, un paio di mesi al massimo».

«Un paio di mesi?», sbuffò ironica. «Te lo avrei venduto a quel prezzo solo dietro l'assicurazione di una vendita rapida. Un paio di mesi non è rapido».

«Non ne vale sei, Willow».

«Lo dici tu».

«Bisogna spenderci almeno un milione».

Willow lo guardò e si morse il labbro, ben sapendo che aveva ragione. Ben sapendo che anche se fossero dovuti passare altri due mesi prima che potesse comprare restava sempre, con ogni probabilità, una vendita molto più veloce di altre. Era l'uovo di oggi. Hels – insieme a Pip, rinomata esperta di proprietà immobiliari – non le aveva lasciato dubbi circa la stagnazione del mercato immobiliare di fascia alta. «Hai detto che c'erano due problemi».

Abbassò per un attimo lo sguardo a terra, le mani sui fianchi. Lentamente, rialzò la testa e la guardò dritta negli occhi. «Ho bisogno che ti fidi di me…».

Willow si sentì sprofondare a quelle parole.

«Ti prego. Ascoltami e basta».

«Come dice sempre ogni truffatore», ribatté.

Connor fece un profondo respiro, ma c'era prudenza negli occhi di entrambi, ora. «Ieri sera ho ricevuto una sgradita telefonata in merito al nostro pop-up di Natale. È un'iniziativa in perdita, ma vitale per il brand nel fornire esperienze uniche».

Willow si stranì a quel gergo aziendale. Non aveva idea di cosa significasse. «Scusa, cos'è un pop-up di Natale?»

«Una clubhouse temporanea. Lo abbiamo fatto a Formentera l'estate scorsa ed è stato un successo, così abbiamo deciso di organizzarne uno anche durante le festività: prendiamo una location per un fine settimana – o una settimana intera, come d'estate – e i nostri ospiti vengono a godersi la nostra ospitalità di marca, ma con la novità di trovarsi in un posto del tutto nuovo: DJ di altissimo livello, cibo di Noma, ballo di gala, volo privato da Londra».

«Fondamentalmente si tratta di una festa in casa gonfiata, insomma».

«Sì», disse lentamente. «Solo che i biglietti costano ventimila dollari l'uno».

«*Quanto!?*».

«E abbiamo fatto il tutto esaurito. Avremmo potuto venderne il doppio, ma siamo stati limitati dal numero delle camere da letto della location».

«Chi mai spenderebbe tutti quei soldi per un fine settimana di festa?»

«Per molti dei nostri membri è un affare. Prendere un tavolo alla maggior parte dei gala di beneficenza di Manhattan costa di più».

«Be', se questo fa galleggiare la loro barca», balbettò a metà tra la meraviglia e il fastidio. «Sembra tutto grandioso, ma cosa ha a che fare con me?».

L'altro sospirò pesantemente e, per la prima volta, Willow notò la tensione agli angoli degli occhi. «I padroni di casa ci hanno dato buca ieri sera: si sarebbe dovuto svolgere in un castello nel Liechtenstein, ma con tutta la neve che hanno avuto quest'inverno ha ceduto mezzo tetto e ci è caduta dentro una valanga di neve. Tutto allagato. Rovinato. Ci vorranno mesi per sistemarlo».

«Ah». A quel punto strabuzzò gli occhi, indovinando improvvisamente cosa sarebbe venuto dopo. «Ah!».

«Se dovessimo cancellare il pop-up e rimborsare tutti, sarà un disastro per l'immagine – passeremmo per incompetenti – senza considerare il fatto che rimborsare tutti azzererà il nostro flusso di cassa per le clubhouse di Natale. È in gioco la solvibilità dell'azienda».

Willow lo fissava, quasi incapace di credere a ciò che sentiva. «Stai dicendo che vuoi organizzare quella cosa qui?»

«Sì».

«Prima di Natale?»

«Il fine settimana dopo il prossimo».

Scoppiò a ridere sdegnata. «Tu vorresti tenere una bella festa fascinosa nel mio castello il fine settimana dopo il prossimo, nonostante non l'abbia ancora comprato né potresti comprarlo prima di qualche altro mese?»

«So che è un po' azzardato, ma ti pagheremmo un affitto molto generoso».

Willow si fece seria. «Quanto generoso?»

«A sei cifre».

La fronte aggrottata le si distese per un attimo, per corrugarsi subito dopo. «No. È una cazzata, Connor. Non puoi aspettarti davvero che io ci stia».

«Credimi, non vorrei proprio stare qui a proporti questo. Willow vide il muscolo contratto sulla mascella. Era teso, agitato, imbarazzato. «Avrei voluto un affare rapido e pulito».

«E invece è esattamente il contrario», ribatté asciutta.

«Non è mia abitudine esporre i problemi di liquidità della nostra azienda alle persone con cui discutiamo di affari, ma... la merda capita». Si strinse nelle spalle, sconfitto. «Questa è l'unica cosa che mi viene in mente per tenere tutto ancora in gioco: comprare Lorne e tenere in vita il pop-up. Rischio il tutto per tutto. O ti fidi di me e ci stai, oppure ne esci – non ti biasimerei comunque – e noi andiamo a fondo».

Lo guardò, percependo tutta la tensione nei suoi occhi. «Questo è un ricatto psicologico».

Si infilò le mani nelle tasche dei pantaloni, più simile a uno scolaro in castigo rimproverato per aver corso nei corridoi che a un uomo d'affari che chiude un accordo. «No, queste sono tutte le mie carte in tavola. Niente fumo. È la situazione in cui ci troviamo in questo momento».

Willow non rispose. Si guardavano negli occhi, alla ricerca di risposte l'uno dall'altra. Le stava chiedendo non solo di fidarsi di lui, ma di salvarlo.

«Che cosa prevede esattamente questa festa?»

«Pop-up».

«È una festa in casa, Connor. Non importa come la chiami».

Un piccolo sorriso gli si accese negli occhi. «Bene. Comporterebbe un'acquisizione su larga scala e con questo intendo dire che dovremmo avere il controllo completo dei locali: arredamento, uso degli spazi... Dovrebbe essere in linea con il nostro marchio». Fece un gesto a comprendere le lampade, i vasi, i fermacarte, le cornici e le piccole sculture in bronzo che riempivano ogni angolo. «Chiaramente, questa è ancora troppo casa vostra».

«Stai dicendo che dovremmo togliere tutte le nostre cose?». Un lampo divertito le si accese negli occhi. Chiaramente non diceva sul serio. Ci sarebbero volute settimane, se non mesi.

«Questo per cominciare. Fece una specie di giravolta, osservando, valutando. «Dopo dovremmo scoprirlo e riportare in vista i pavimenti, pareti neutre, legno sbiancato... Far respirare di nuovo tutta la casa. Vale a dire sollevare i tappeti, ridipingere le camere da letto e i bagni, togliere la vernice dei *secoli* da tutte queste opere in legno sulle scale e sui rivestimenti». Passò la mano sul pilastro quadrato di quercia e intanto la guardava. «Sarebbe una ristrutturazione completa».

Completa? Le sembrava piuttosto invadente.

Willow lo guardò battendo le palpebre, a bocca aperta e incredula. «Se anche fossi d'accordo – e non sto dicendo di esserlo – è umanamente impossibile fare tutto questo in due settimane».

«In effetti sono rimasto sveglio quasi tutta la notte a studiare proprio questo aspetto, e si potrebbe fare. Al limite. I nostri team sono interni, quindi abbiamo tutti gli addetti ai lavori in stand-by: idraulici, elettricisti, decoratori. E i nostri interior designer hanno un intero magazzino di oggetti trovati all'asta e in stock, pronti da utilizzare nel prossimo club. Sono come le squadre SWAT: entrano, fanno il lavoro e se ne vanno. E se fossi d'accordo, dovremmo iniziare subito. Dovrei preparare le squadre oggi stesso».

«Oggi?», domandò ridendo. Era così assurdo da sembrare una farsa.

«Per il *debriefing*. «Arriverebbero da Londra, quindi comunque non prima di domani».

«Ah, be', allora...», disse strascicando le parole. «Domani va bene invece».

Connor non sorrise, non c'era niente da ridere per lui. «Mi rendo conto che è chiedere molto, Willow».

Non immaginava quanto. Quella poteva essere la loro ultima notte nel castello di Lorne? Settecento anni di proprietà ininterrotta finiti così, con un giorno di preavviso? Come diavolo sarebbe mai riuscita a convincere sua madre? «Però me lo stai chiedendo comunque».

«Vedila in questo modo: quello che propongo è fare dei lavori che avremmo comunque fatto una volta acquistata la proprietà. Solo che lo faremmo prima ancora che sia nostra. Ciò significa che il rischio è tutto nostro. Potremmo spendere una piccola fortuna per averla come la vogliamo, ma la proprietà è ancora tua: se scegli di venderla a qualcun altro prima di essere noi nella posizione di procedere...», diede un'alzata di spalle. «Ci rimettiamo noi».

«Però», replicò, «mi stai proponendo di ristrutturare la nostra casa di famiglia, senza che la controparte si impegni finanziariamente in modo significativo all'acquisto».

«La mia parola è la mia garanzia».

Willow inarcò un sopracciglio. «Hai detto così anche a mio padre?».

Ci fu un attimo di silenzio e si ritrovarono in stallo. «Bene, a questo punto credo che si tratti di capire se pensiamo o meno di poterci fidare l'uno dell'altra. Pensi di poterti fidare di me?».

Willow lo fissò, la domanda le riecheggiò in tutto il corpo vibrandole nel cuore. Poteva fidarsi?

Capitolo diciassette

«Ecco, appoggiati a me». Ottie tese il braccio e si preparò a sostenere il peso. Ben camminava abbastanza bene con le stampelle, ma ogni passo gli creava problemi, non potendo piegare il ginocchio.

Ottie lo sentì sussultare mentre cercava di sollevare la gamba sul gradino. Poteva anche avere una casa su un unico livello, ma quel livello era comunque tre gradini più in alto rispetto al vialetto del giardino.

«Devi appoggiarti a me», disse, avvicinandosi e costringendolo a metterle un braccio sulle spalle. Lo sentì caricare il peso malvolentieri mentre insieme affrontavano a fatica gli scalini ed entravano in casa. Capì che non era il tipo da accettare di buon grado l'aiuto di altri.

«Bene, eccoci qui… casa dolce casa», commentò Ottie pochi istanti dopo, chiudendo la porta alle loro spalle, leggermente imbarazzata per l'arredamento spartano in stile scandinavo, mentre il suo ospite osservava il suo nuovo indirizzo per le prossime due settimane. Andava bene? Si chiedeva Ottie posando di nuovo lo sguardo sulle assi del pavimento in olmo macchiato di nero, sulle pareti bianche a doppia altezza, sulle sedie di calicò del XVIII secolo che doveva ancora imbottire – aveva fatto un corso di specializzazione al college di Gallaloe – sul divano di lino bianco scompagnato che aveva comprato in una svendita e che da allora era rimasto per sempre coperto da un telo nero.

Non sapeva quale fosse la sua normalità a New York: un attico da scapolo a Manhattan? Una *brownstone* ad affitto controllato? Un cottage subito fuori città con la staccionata tutt'intorno? Un loft industriale a Soho? Non sapeva assolutamente nulla di lui e, non per la prima volta, riconsiderò l'impulso che l'aveva spinta a mettere la propria casa a disposizione di un perfetto estraneo.

D'altra parte, però, non poteva dimenticare che, per colpa sua, quell'uomo aveva trascorso un'intera notte sul fianco esposto di una scogliera durante una tempesta, con ginocchio e braccio rotti. Si sentiva in debito con lui.

«Che vista fantastica», commentò l'uomo soffermandosi subito sulla parete di vetro che dava sulla mezzaluna di sabbia e sulle colline violacee più a valle lungo la costa. Quel giorno il cielo era di un incerto e pesante blu, il mare si infrangeva sulla spiaggia in grandi ondate spumeggianti e un solitario windsurfista in una muta in neoprene con cappuccio fendeva la baia in velocità.

«Grazie. A me piace molto».

Togliendole il braccio dalla spalla, Ben zoppicò in avanti, lanciando uno sguardo appena curioso sul cucinotto a giorno, tutto bianco e a forma di L, sul lato destro, che dava sulla vetrata decorativa.

«La tua stanza è proprio lì a destra», disse lei quando passò vicino alla porta della camera da letto e Ben si fermò a guardarla da fuori. Dalla soglia si intravedeva la struttura in metallo nero del baldacchino contemporaneo, ma anche che il tappeto di pelle di pecora sul pavimento era stato raddrizzato e tutti i vestiti usati – che di solito trascorrevano in media tre settimane drappeggiati sulla sedia di calicò prima di arrivare alla lavatrice – lavati e riposti.

Ben si contorse per guardarla. «Senti, Ottie, so che hai detto che potevo prendere la tua stanza e ho accettato solo per togliermi di dosso la primaria, ma non posso accettare. Non è giusto. Starò benissimo sul divano».

Non appena disse ciò, però, guardò il comodo sofà biposto. Era chiaro che, se anche il telaio di un metro e venti fosse riuscito a ospitare il suo metro e ottantacinque, i suoi morbidi cuscini imbottiti di piume non gli avrebbero fornito alcun sostegno.

«Insisto», disse Ottie con un'alzata di spalle nel vedere la sua espressione. «La dottoressa Cunningham ha detto che devi tenere la gamba distesa e sollevata per i prossimi dieci giorni e preferirei non dover comprare un altro divano solo per quello». Gli rivolse un piccolo sorriso come se fosse lui a farle un favore.

«Oddio, no». La guardò con la consueta schiettezza. «Immagino di non capire perché tu lo stia facendo. Non è che siamo andati molto d'accordo la prima volta che ci siamo visti. Avrei potuto benissimo stare all'istituto di riabilitazione».

Gli fece un sorriso sardonico. «Non avresti potuto, invece. L'età media lì dentro è di ottantaquattro anni e poi ci sono stati… problemi nei servizi assistenziali ultimamente. Davvero non è un problema per me farti stare qui. Starò via quasi sempre, comunque».

«A lavorare al campeggio?»

«E alla proprietà». Appoggiò la borsa e andò al bollitore; in realtà non era più tanto sicura di doverci lavorare. Legalmente ora la proprietà era di Willow e, a parte quando erano in ospedale con Pip, da quando erano state rese note le ultime volontà del padre non si erano più né viste né parlate come si deve. Il passaggio di responsabilità – e potere – pesava come un macigno tra di loro; potevano parlarne, ma non girarci intorno, e Ottie non aveva idea se Willow volesse ancora che continuasse i progetti ai quali aveva lavorato con suo padre. «Ti va un caffè?»

«Volentieri».

Ottie udì i tonfi sordi delle stampelle sul pavimento mentre il suo ospite si dirigeva verso la sedia a dondolo accanto alla finestra e ci si abbassava goffamente. Sarebbe risultato abbastanza difficile per la maggior parte delle persone con una sola gamba in uso, ma il polso bloccato metteva ancor più a dura prova la sua forza e la sua mobilità.

«Come va il dolore? Hai bisogno di altri antidolorifici?», chiese vedendolo in difficoltà. «Avresti dovuto prenderne un'altra dose mezz'ora fa».

«No, sto bene», disse, sussultando appena mentre con la mano sana afferrava il tessuto dei pantaloni per sollevare la gamba in una posizione migliore.

«Sicuro? Aiutano a tenere l'infiammazione sotto controllo», disse prendendo le tazze.

«Preferisco non assumere farmaci, se posso evitarlo».

Ottie inarcò un sopracciglio. Un antidolorifico postoperatorio non era una medicina qualsiasi. Di contro, quell'uomo conosceva chiaramente la sua soglia del dolore. La maggior parte dei mortali non poteva correre una maratona e mezza al giorno per tre giorni. «Come ti piace?». Ben la guardò senza capire e Ottie sollevò il barattolo dello zucchero. «Zucchero? Latte?»

«Nero, senza zucchero».

Mentre lo versava, Ottie si sentiva osservata. «Allora, da quanto tempo vivi qui?»

«Da tutta la vita. I miei genitori possiedono l'intera proprietà». La mano le si bloccò per un attimo all'uso del tempo verbale. Quando sarebbe diventato… automatico? La nuova normalità? «Siamo cresciute al castello ma questo è sempre stato il mio luogo preferito. Quella vista mi ha catturato sin da bambina e non mi ha più lasciata andare».

«Sei cresciuta in un *castello*?»

«Non l'hai visto?».

L'uomo si strinse nelle spalle. «Ho studiato solo il percorso di gara».

Ovvio. «Be', sei all'interno della proprietà dei Lorne». Sorrise appena. «Non è così insolito, comunque. È pieno di castelli in Irlanda».

«Quindi significa che sei una principessa?». Lo disse mantenendo un viso impassibile, ma Ottie percepì il leggero accenno di ironia nella sua voce. «Devo inchinarmi?»

«Ah!». Lei rise portando il caffè e passandogli la tazza. «Solo nei miei sogni. No, niente arie o grazie, anche se mio padre è stato l'ultimo cavaliere d'Irlanda vivente».

«Dev'essere stata una forza».

«Grazie. Sì, infatti».

«Cosa fa di preciso un cavaliere di questi tempi? Suppongo che per giostrare servano permessi di sicurezza».

Ottie rise, gli piaceva il suo asciutto senso dell'umorismo. «Purtroppo oggi è solo un titolo onorifico; un sacco di lavoro di beneficenza, principalmente, qualche cena di gala in abiti buffi di tanto in tanto. Abbiamo ancora l'armatura indossata dal primo cavaliere di Lorne. La chiamiamo Rusty dato che, come è facile intuire, è tutta arrugginita. Niente più principesse da proteggere nelle torri, invece».

«A parte te, di certo. Sono sicuro che tuo padre era molto protettivo nei tuoi confronti».

Sorrise. «Ho altre due sorelle».

«Ben tre principesse da proteggere per il tuo cavalleresco genitore! I tuoi fidanzatini saranno stati terrorizzati».

«Sì!». Rise. «Anche se probabilmente più da Pip, la sorella di mezzo, che da papà. Lui era un pezzo di pane».

Ben la guardò raggomitolarsi sul divano, ripiegando le gambe sotto al sedere. «E com'era essere la figlia dell'ultimo cavaliere d'Irlanda vivente?».

Cavolo, gran bella domanda. «Be', ovviamente per noi crescere qui è stato fantastico: questi panorami, le terre, la storia del luogo».

«Come mai era l'*ultimo* cavaliere?»

«Il titolo si tramanda per linea maschile. È stata una bella sfortuna che né io né le mie sorelle fossimo destinate a nascere maschio». Scrollò le spalle nel modo più disinvolto possibile.

«Ah, capisco... Dev'essere stato arduo». In fondo ai suoi occhi c'era qualcosa che Ottie non riuscì a comprendere, come se la considerasse con una certa perplessità. «Dev'essere stata una realtà difficile con cui convivere».

«Per mio padre? Sì, penso si sentisse in colpa, come se avesse fallito».

«In realtà pensavo a quanto dev'essere stato difficile anche per te».

I sorrisi spensierati non le erano mai mancati in vita sua, ma sperò di riuscire a rivolgergliene uno che lo sembrasse, uno di quelli che restavano sospesi sul baratro della consapevolezza che la sua nascita era stata una cocente delusione e che, per quanto avesse potuto mai fare nella vita, niente sarebbe mai stato sufficiente a compensare ciò che *non* era. Era pur sempre la prima figlia, e la prima delusione. Una bambina graziosa e vivace, più alta e più precoce della media, che aveva parlato a dieci mesi e camminato a dodici, ma non era un erede. Era l'unica cosa che non avrebbe mai potuto essere. «Era quello che era. I nostri genitori ci amavano. Lo sapevamo».

Annuì, studiandola con interesse. «Quand'è che è mancato, tuo padre?».

Ottie sentì il viso congelarsi. «Quindici giorni fa».

Ben ne fu turbato. «Oddio, scusami. Non immaginavo fosse una cosa tanto recente».

«Ma certo, come avresti potuto saperlo?», disse in tono leggero, sforzandosi di sorridere. Come erano arrivati a varcare un confine così intenso e privato tanto in fretta? Non avrebbero dovuto ancora discutere del tempo o di dove fossero gli asciugamani?

Tra loro calò un imbarazzato silenzio, così Ottie si alzò di nuovo in fretta, prese lo sgabello contenitore che conservava anche il suo occorrente per il cucito e glielo avvicinò, appoggiandoci delicatamente il piede per tenergli sollevata la gamba. Prese qualche cuscino sparso dal divano e gliela tirò ancora più su mentre lui la osservava con volto impassibile. «Ecco qua».

«Grazie». Quegli occhi che notavano tutto la seguivano, come se sapesse che si stava dando così tanto da fare solo per distrarsi. «Quindi mi stavi dicendo che vivi e lavori qui?».

Di nuovo su un terreno sicuro. «Esatto. Gestisco il campeggio quando è aperto, ma la maggior parte del tempo aiuto…». Si corresse. «Aiutavo mio padre a gestire la proprietà».

«È molto bella… cioè, quello che ho visto lì aggrappato alla scogliera. Una vista… adorabile».

Ottie scoppiò in una risata sconcertata a quel suo umorismo nero. A suo padre sarebbe piaciuto di sicuro.

Anche Ben si concesse un sorrisetto ironico che gli addolcì il viso. «Hai vissuto sempre e solo qui?»

«Be', ho quasi tagliato la corda cinque anni fa. Quasi fuggita». Sogghignò. «Avevo un posto alla scuola d'arte di Londra e avevo accarezzato l'idea dell'artista squattrinata in un monolocale a Haringey».

«Ma?»

«Ho ricevuto un'offerta migliore. Papà mi ha chiesto di gestire questo posto con lui ed essendo io la più grande ho ritenuto mio dovere fare quello che potevo qui».

Ben annuì, guardandola con attenzione. «Non sono in molti a vivere assecondando il "senso del dovere" al giorno d'oggi, ormai».

Ottie fece un gesto, come per minimizzare. «Non posso fingere che noi Lorne non rientriamo molto nella norma. Tu di cosa di occupi?», chiese educatamente, orribilmente cosciente che la conversazione verteva interamente su di lei.

«Be', sono un sondaggista».

Ottie restò interdetta, non era sicura di aver sentito bene. «*Sondaggista?*»

«Lo so, somiglia molto a "socialista", ma lavoro per i politici, quindi…».

Ottie sorrise.

«Sì, svolgo sondaggi e interviste per politici, governi, *think tank*, multinazionali…».

«Sembra dare molto potere. Ti piace?».

Ci pensò un attimo. «Direi che mi piace il lato imprevedibile».

«Ma il tuo non è il settore della prevedibilità per definizione?»

«Ah». Quasi sogghignò. Quasi. Gli si accese una leggera scintilla negli occhi. «Previsione e prevedibilità sono due cose diverse e ho scoperto che le persone non mancano mai di sorprenderti».

«È una cosa buona?».

Si strinse nelle spalle, senza impegno. «Dipende».

«Per chi hai lavorato? Qualcuno che potrei aver sentito nominare?»

«Abbiamo lavorato per la campagna presidenziale di Hillary Clinton».

«Santo cielo! Queste sì che sono banane!».

«*Banane?*», chiese freddo. «Cos'è, un'espressione irlandese che dovrei imparare a conoscere o un neologismo dei Lorne? "Queste sì che sono banane"», ripeté con un accento che lo fece suonare ancora più buffo. «Vedrò di utilizzarlo alla prossima riunione».

Ottie rise. «Io non lo farei. A meno che tu non voglia passare per suonato».

«Lo pensano comunque». Fece un gesto vago a comprendere l'ambiente, ma Ottie sapeva che si riferiva al suo essere lì, alle ultramaratone.

«Ti creerà problemi stare via così a lungo?», gli chiese sorseggiando il caffè.

«Sicuramente non è l'ideale, ma spero che possano infilarmi in qualche conference call. E poi le cose sono un po' più tranquille ora che ci siamo lasciati alle spalle il primo semestre».

«Prevedete sempre i loro risultati?»

«Sì».

«E i vostri risultati sono sempre corretti?».

Ben inarcò leggermente il sopracciglio, incuriosito. «Intendi dire se avevamo previsto che Trump avrebbe battuto Hillary alla presidenza?». Dal suo tono, Ottie capì che era una domanda che gli veniva posta spesso. Supponeva che non fosse una bella cosa essere dal lato sbagliato del maggiore sconvolgimento politico del secolo. «No. I nostri sondaggi sono stati corretti a livello nazionale: avevamo predetto che Hillary avrebbe ottenuto il voto popolare di tre punti; di fatto è arrivato a due. Ma a livello statale, i nostri gruppi campione che hanno risposto sono stati proporzionalmente troppo appesantiti dagli elettori laureati; non abbiamo previsto la propensione dell'ultimo minuto degli elettori indecisi verso Trump». Diede un'alzata di spalle. «Ma abbiamo imparato da questo».

Ottie sospettò che non avesse preso bene la sconfitta. «Come sei entrato in questa professione? C'è qualcuno che da grande vuole diventare un sondaggista?».

Di nuovo gli aleggiò sulle labbra quel suo mezzo sorriso. «Ho cominciato con la pubblicità. Ho lavorato con grandi marchi, ho fatto pranzi appariscenti, ho accumulato tutti i giocattoli».

Ottie fece una smorfia: il suo tono le diceva che non era una bella cosa. «Ma...?».

L'altro aprì la bocca per rispondere, ma dalle sue labbra non uscì nulla. «Ho avuto un'illuminazione», disse infine. «Cose che una volta sembravano importanti, all'improvviso non lo erano più. Mi sono reso conto di far semplicemente parte di un ciclo in cui si portava la gente a desiderare cose di cui non aveva bisogno; che tutto ciò che stavo facendo era semplicemente perpetuare il ciclo del "comprare roba". Non facciamo più esperienze ormai, le compriamo. Vediamo su Instagram gente che viaggia in posti in cui vorremmo andare, compriamo abiti che indosseremo una volta soltanto...». Minimizzò il tutto con un gesto delle spalle. «Mi serviva qualcosa che creasse e trovasse legami tra noi e ho scoperto che mi piaceva il fatto che i dati che raccoglievamo per i sondaggi potessero influenzare direttamente la politica di un parlamentare o una strategia mediatica. Arrivando alla sua conclusione naturale, potrebbero alterare il destino di un intero paese».

Ottie ne rimase colpita. Il massimo con cui aveva mai avuto a che fare era sturare qualche gabinetto e raccogliere l'immondizia sul campo, incaricare i muratori di ricostruire le sezioni di antichi muri di pietra o dragare il lago. «Ultramaratoneta. Come ci sei arrivato?»

«È successo più o meno nello stesso periodo in cui ho cambiato lavoro. Dopo quell'illuminazione, ho deciso di allenarmi per la maratona di New York e quel giorno ho corso sei minuti più veloce di quanto avessi sperato. Allora ho fatto quella di Boston ed è successa la sessa cosa. Poi a Berlino. E Londra. Ben presto ho cominciato a farne tranquillamente. Il mio corpo ormai sembrava adattato alle maratone, quindi mi serviva un'altra sfida. Qualcosa di più».

«È una follia», disse Ottie sospirando. «Non riesco a immaginare come qualcuno possa adattarsi a correre le maratone».

«Deduco che tu non corri».

«Solo al pub. O al gabinetto nel bel mezzo della notte – oh!», restò senza fiato nel prendere coscienza di qualcosa.

«Che c'è?», chiese.

«Ehm... niente».

«A me non sembra niente».

Allora lo guardò. Perché non ci aveva pensato prima? «Be', è solo che mi sono resa conto che il bagno – l'unico bagno – è accessibile dalla camera da letto, da quella parte». Scosse la testa velocemente. «Ma va bene. Posso usare i servizi del campeggio».

«All'esterno? Chi è quella suonata adesso?»

«È importante che tu riposi come si deve. Non voglio disturbarti».

«Tranquilla, nessun disturbo», disse. «Sono sicuro che l'anestesista mi abbia dato un tranquillante per cavalli. Non è che stia proprio dormendo, è più un cadere nell'oblio assoluto in questo periodo». Detto ciò allungò il collo ruotando la testa da un lato all'altro. Ottie si rese conto all'improvviso di quanto sembrasse esausto. Aveva ancora un pallore spaventoso, in netto contrasto con la peluria scura che ricresceva in fretta. «A proposito, probabilmente dovrei...».

«Assolutamente, devi riposare», disse, saltando su e posando la sua tazza. L'aveva tenuto a parlare troppo a lungo. Nella sua smania di essere ospitale, aveva dimenticato che era un paziente in convalescenza. «Ecco, lascia che ti aiuti ad alzarti».

Si mise di nuovo una delle sue braccia intorno alle spalle e cercò di non lamentarsi quando tutto il peso di quell'uomo si divise tra un'unica gamba sana e le sue due, mentre lo sollevava per rimetterlo in piedi. «Ecco», gli passò le stampelle. «Ti ho... messo gli asciugamani puliti e una coperta sulla sedia, in caso avessi freddo. A volte qui si gela ma, con un po' di fortuna, non accadrà».

L'uomo la fissò con il suo sguardo impenetrabile e annuì. «Sei molto gentile».

«Hai bisogno di aiuto per...».

«Da qui ce la faccio da solo. Ma grazie».

Ottie lo guardò zoppicare verso il bagno, vide lo sguardo incontrare il suo per un attimo mentre chiudeva la porta. Deglutì, sentendo il nervosismo scemare un po', e si avviò alla finestra: il windsurf era ancora lì, a solcare la baia in linee rette.

Era andata bene, pensava incrociando le braccia al petto e stringendole forte. La conversazione era stata fluida, era chiaramente un uomo molto motivato e complicato che, pur non essendo una compagnia allegra, perlomeno sembrava interessante.

Riportò le tazze in cucina e le lavò quando qualcosa attirò il suo sguardo all'angolo della finestra. Fissò la piccola canadese rossa che sventolava sul retro del giardino. Era lì da cinque giorni ormai e ogni volta che la vedeva le montava dentro il senso di colpa e la vergogna per come si era comportata, per quell'accesso di collera per aver perso l'occasione di vedere Bertie che le si era rivoltato contro in modo esponenziale fin quasi a livello di tragedia.

Corse in giardino e cominciò a svuotare la tenda. Non c'era poi molto da togliere: un borsone con camicia e cravatta pulite, boxer e calzini, accessori da toletta; il completo nel portabiti con la chiusura lampo e il sacco a pelo. Lo arrotolò con efficienza e portò tutto dentro casa, per poi riuscire a smontarla. Per una volta non pioveva, era tutto asciutto. Non c'era momento migliore per toglierla e non avrebbe resistito a quella vista che le ricordava il suo meschino comportamento ogni volta che lavava i piatti. Doveva levarla di mezzo.

Infilò dentro la testa per controllare di aver tolto tutto e stava quasi per richiudere la cerniera quando notò qualcosa, una fotografia a terra; doveva essere rimasta sotto al sacco a pelo. Entrò a quattro zampe, la raggiunse e guardò la ragazza mora ritratta. Look patinato e da paura, proprio come Ottie immaginava dovesse essere una donna di Manhattan: messa in piega perfetta, rossetto, braccia da palestra, sguardo diretto. Sembrava la fototessera per il sito web di un avvocato di lusso.

Moglie? Fidanzata? Ragazza? Quello che era, sicuramente sembrava perfetta per lui. Seria. Di alto livello. Con le palle. Tosta. Tosta davvero, dato che a quanto pare non l'aveva chiamato una sola volta dall'incidente, tantomeno era andata a trovarlo.

Si infilò la foto nella tasca dei jeans e uscì dalla tenda, chiudendo l'entrata e sganciando il telo dai picchetti. Guardò la stoffa rossa afflosciarsi su sé stessa come una vela maestra ammainata, tolse l'aria da dentro e la piegò in quadrati sempre più piccoli. Aveva smontato così tante tende in vita sua da poterlo fare quasi a occhi chiusi. Pip una volta aveva detto che era come un soldato che smonta il fucile. Ma mentre stringeva al petto e ripiegava quell'involto perfetto, pronta a rientrare in casa, vide che in quel punto del prato era rimasta una porzione di erba ingiallita, come una piccola cicatrice nel suo giardino a ricordarle inesorabilmente ciò che aveva fatto.

Capitolo diciotto

«Cavolo, ma che diavolo sta succedendo?», esclamò Pip saltando giù dalla Land Cruiser così in fretta che lasciò lo sportello aperto.

Willow alzò gli occhi dalla sua conversazione con un uomo in tuta da lavoro blu. Avevano entrambi una cartellina e sembravano molto efficienti. «Ah, Pip, ciao».

«Ciao, a te. Che sta succedendo?», chiese percorrendo il vialetto con passo indignato, perdendo fango secco dagli stivali mentre due uomini le passavano davanti con la *chaise longue* damascata celeste dalla sala della colazione. C'erano cinque enormi camion parcheggiati ad angolo retto, decine di traslocatori che si affrettavano dentro e fuori il castello, con i tesori di famiglia in mano. «Mi pareva che avessi detto che Christie's non poteva procedere con la vendita del contenuto fino a dopo Natale».

«Vengo a cercarti tra un po', Harry», disse Willow all'uomo prima di tornare su Pip. «Esatto. Ma fino ad allora andrà tutto in deposito».

«Perché?», chiese Pip, tossendo leggermente nel pugno, improvvisamente seria a vedersi passare davanti la toeletta della nonna.

«Si è presentata un'opportunità che non potevo rifiutare», rispose Willow, con lo sguardo rivolto al tavolo che veniva trasportato nel camion e fissato con corde legate ai lati.

«Che tipo di opportunità?», chiese Pip insospettita.

Willow si morse il labbro. «Un club privato ha affittato il castello per un evento pop-up di Natale».

Pip la fissò sconcertata. «Eh?»

«È una festa di Natale casalinga in grande stile, fondamentalmente. Prendono tutto il castello nel fine settimana prima di Natale e ci sistemano il loro staff. Dobbiamo dare loro una *tabula rasa* su cui lavorare».

«Solo?», disse Pip ridendo. «Come se fosse una cosa da poco!».

«Dillo a me», gemette Willow al passaggio del tavolo della cucina. «Ah, quello a Dower House, grazie!».

«Ma... un affitto per il fine settimana? Pensavo l'avessi messo in vendita. Significa forse che ci hai ripen...».

«No. Dobbiamo comunque vendere», si affrettò a precisare.

Pip la fissò e basta.

«E non mi guardare così», aggiunse Willow a bassa voce senza ricambiare lo sguardo. «Sai che non posso fare altro. Dobbiamo vendere, fine del discorso».

Pip sapeva che era vero. Nonostante le sue migliori intenzioni, il padre aveva lasciato alla figlia minore il compito di fare ciò che lui non aveva potuto, cioè tagliare il cordone e recidere il legame con il passato di famiglia. Entrambe osservarono in silenzio la pendola, sdraiata come un cadavere, il suo rassicurante ticchettio momentaneamente fermato. La luce del sole rifletteva sul pendolo di bronzo e Pip pensò che molti di quegli oggetti non erano stati spostati, e non vedevano l'aria aperta o il mondo esterno da decine, se non centinaia di anni. Era un giorno sereno con un sole mite e basso nel cielo pallido, e uccelli invernali solcavano l'aria fredda. Miracolosamente, non c'era il minimo alito di vento, che era un bene dal momento che aveva dimenticato la giacca.

Pip scosse il capo, riuscendo a stento a credere ai propri occhi osservando il mobilio che continuava a uscire, pezzo dopo pezzo, dalla loro casa smantellata, come i punti di una coperta di lana scuciti uno dopo l'altro da Willow che tirava il filo. Da una parte, aveva sempre avuto la sensazione che tutto il castello sarebbe crollato senza i Lorne all'interno, come i corvi della Torre di Londra, ma erano le sue ginocchia a cedere a quella vista. «Mamma come l'ha presa?».

Willow si schiarì la gola, improvvisamente irrigidita. «Come puoi immaginare. Se n'è andata prima ancora che arrivasse il primo camion stamattina. È andata a passare la giornata da Shula».

Pip roteò gli occhi. Quella sì che era una sorpresa. «Forse è la cosa migliore. È tutto troppo e troppo presto per lei».

Willow si girò per guardarla in faccia, un improvviso rossore le colorò le guance e il collo. «Senti, Pip, tu hai casa tua, okay?», esclamò. «Hai la tua terra e le tue scuderie, il tuo appartamento e i tuoi cavalli. Sei a posto! A te papà ha facilitato le cose! Non è stato altrettanto gentile con me. *Quelle surprise!* Non l'ho chiesto io tutto questo!».

Vide Pip guardarla turbata, notare le labbra farsi pallide e le lacrime luccicarle negli occhi. Era chiaro che fosse al limite della commozione. E poi non alzava mai la voce. Restava sempre fredda. Chill Will, la chiamavano da piccole. «Will...».

«Fa' finta che non ho detto niente», sbottò incrociando le braccia al petto.

«Will», disse Pip in tono più basso, mettendole una mano sul braccio e sentendo che tremava. «Ascolta, mi dispiace. Non volevo renderti tutto più difficile. So che stai facendo del tuo meglio. E hai ragione, è una valanga di merda che devi gestirti tu. Neanch'io so perché papà l'ha lasciata a te. È una mega rottura».

Willow non rispose, ma il suo sopracciglio ebbe un piccolo fremito a quell'espressione infantile che una decina d'anni prima avrebbero usato in continuazione.

«...E quindi dove andrete a stare tutte e due mentre si svolge la festa?», le chiese quindi in tono più dolce.

«A Dower House», rispose Willow dopo un attimo. «È di mamma adesso, che lo accetti o no: dovrà andarci comunque prima o poi. Si è rifiutata categoricamente di aiutare quindi ho passato l'intera notte a mettere adesivi rossi su tutte le cose che immagino voglia assolutamente avere lì, e poi ho cominciato a fare gli scatoloni».

«Cavolo. Nottata fantastica».

«Indovinato», mormorò Willow, stringendosi con ancora più forza le braccia intorno al busto.

Pip allora la guardò e notò l'estremo pallore. «Hai dormito?»

«Circa tre ore».

«Be', non è sufficiente».

«Senti chi parla. Sembri un morto vivente».

Pip si aprì in un sorriso sollevato. Gli insulti erano sempre un buon segno tra le sorelle Lorne. «Grazie. Ho fatto un po' di *shading* sotto gli zigomi stamattina. E un po' di *contouring* sotto gli occhi per mettere in risalto le occhiaie, sai?».

Willow ridacchiò, nonostante tutto. Pip non aveva mai usato coscientemente il trucco in tutta la sua vita; un lucidalabbra colorato al matrimonio di una cugina una volta era stato il massimo per lei. Sospirò, rilassandosi di nuovo. «Dormirò nel fine settimana. Ora come ora devo solo andare avanti. Prima sbrighiamo tutto, prima finiamo. Un camion è già andato a Dower House a scaricare il primo lotto di mobili. Ora vado anch'io per svuotare gli scatoloni».

«Ti do una mano».

«No. Tu devi riposare».

«Svuotare scatoloni non è un lavoro pesante. Lo farò da seduta se vuoi».

«Argh! Va bene», gemette Willow. Come Pip sapeva bene, a Willow riusciva più facile cedere che mettersi a discutere.

«Quindi, quanto ci vorrà per svuotare tutto il castello?»

«Qualche giorno, dicono. Dovrebbero finire venerdì».

«Non capisco come hai fatto a trovarli tanto in fretta», disse Pip guardando il baldacchino in mogano del XVI secolo uscire smantellato in più parti.

«Sono stati quelli di Christie's a risolvere il problema. Erano qui a catalogare la roba per la vendita della proprietà, così ci ho parlato e porteranno tutto nei loro magazzini per continuare da lì. Hanno i giusti livelli di umidità e illuminazione, quindi probabilmente è anche meglio».

Pip lanciò un'occhiata alla sorella. «Ottie lo sa?».

Willow si strinse le braccia al corpo, un gesto di difesa più che per farsi calore. «L'altro giorno le ho telefonato e le ho lasciato un messaggio, chiedendole se voleva l'arpa o altre cose, ma non mi ha richiamata. E sono giorni che non viene qui. A parte l'ospedale, non l'ho mai vista. Mi sta ancora evitando».

«Ma pensi che tutti ti stiano evitando!», esclamò Pip.

«Perché è così».

«Sei paranoica».

Willow la guardò bene in faccia. «Davvero? Questo posto sarebbe dovuto andare a lei, Pip, non a me, e lo sappiamo tutti».

Pip non rispose subito. Cosa poteva dire? Aveva ragione. Le cose non sarebbero dovute andare così. Con quel testamento suo padre aveva fatto più danni di quanto potesse immaginare. «Sì, be', io l'ho vista solo perché sono passata da lei lunedì e l'ho aiutata a riordinare il campeggio. Avresti dovuto vederlo: barrette proteiche, noci di avocado, teli termici, lenticchie ovunque».

«Pip, tu avresti dovuto *riposare*, non ripulire piazzole del campeggio!», esclamò esasperata Willow. «Te l'ha ordinato il medico!».

Pip schioccò le labbra. «Che altro potevo fare? Non posso mica starmene seduta sul divano tutto il giorno, e non ho prenotazioni fino a Natale adesso; è un periodo morto per me. Nessuno vuole andare a cavallo sulla Wild Atlantic Way quando diventa davvero selvaggia». Lo splendore della figura di Shalimar le si accese di nuovo davanti agli occhi, colpendola come un pugno allo stomaco. Cosa stava facendo ora? Aveva capito cos'era successo, che stavano passando i giorni e non sarebbe più tornata a Lorne? Mai più?

«Sei un incubo», borbottò Willow.

Pip scrollò le spalle e si guardò intorno, verso gli uomini indaffarati come formiche. Nessuno che fosse in pausa a prendere un caffè, una sigaretta... Era efficienza in azione. «E che succederà quando i locali saranno tutti vuoti? Metteranno i palloncini?»

«Ah! Non prima che il club mandi la sua SWAT».

«La sua che?»

«La squadra d'assalto: artigiani, decoratori... metteranno a nudo questo posto. Lo faranno "respirare" di nuovo, a quanto pare».

«Cosa? Gli permetterai di fare cambiamenti?», si scandalizzò Pip.

«Glielo farei coprire di piume, con i soldi che ci pagano per farlo».

«Ci?», osservò sardonica Pip.

Willow fece un verso di rimprovero, ignorando la frecciata. «Non è questo il punto. Deve essere tutto pronto e funzionante entro il prossimo fine settimana».

Pip guardava sua sorella come se delirasse. «Non è possibile svuotare, ridecorare e ristrutturare il castello in una settimana!».

«Lo so, sono stretti».

«Più stretti dei jeans di Kim Kardashian!».

Willow diede un'alzata di spalle, imperturbata. «Be', a quanto pare hanno tutto il loro personale interno. Hanno scorte di mobili in magazzino e sono in grado di rifare tutto in fretta».

«...Sembri molto rilassata».

«Perché non dovrei? Non è mica un problema mio, la scadenza da rispettare è loro. Noi dobbiamo solo togliere tutto».

Pip si mordicchiò il labbro mentre osservava la casa della sua infanzia che veniva lentamente smontata. «Be', guardando il lato positivo, almeno sono tanti saluti a quell'altro tizio».

«Quale tizio?»

«Quello carino che ha cercato di fregare papà».

Willow aprì la bocca ma, per un attimo, non uscì nulla. «Quello che ti ha salvato la vita, intendi?», disse infine.

Pip gemette. «*Touché*». Allora guardò Willow ma il suo viso era corrucciato e pallido, chiaramente teso. «Ehi, tutto bene?»

«Certo», ma sembrava rigida come un manico di scopa.

Pip balzò su subito. «Oh, aspettate, no, quello no!», strillò e corse verso uno degli uomini togliendogli di mano la scatola che teneva, lasciandolo basito. Sollevò il bollitore dell'acqua in un gesto di trionfo. «Questo non se ne va finché non ce ne andiamo noi!», gridò. «Il primo a entrare, l'ultimo a uscire!».

Dopo un attimo Willow si riprese e capì cosa intendesse. «Ne deduco che vorresti il caffè?»

«Accidenti se lo vorrei. Ehi, signore...?», gridò Pip correndo dietro al traslocatore che rientrava nel castello. «Che fine avete fatto fare ai biscotti?».

Era stata una giornata estenuante. Willow sedette alla finestra al piano terra e fissò uno sguardo vuoto sul giardino trascurato, cercando di non fare caso alle grosse ragnatele in ogni angolo. Da qualche parte laggiù c'era una statua coperta di muschio di Artemide, la dea degli animali selvatici, ma era quasi impossibile vederla sotto il fitto groviglio di rovi che ci era cresciuto sopra indisturbato.

Si massaggiò con fare assente le piante dei piedi doloranti per quanto aveva fatto su e giù. Doveva aver percorso più di venti miglia quel giorno, lungo le scale del castello, a dirigere i traslocatori su cosa andava dove, preparando tazze di tè, rispondendo alle ultime domande di Christie's e, una volta che tutti avevano staccato, si era precipitata lì per ricominciare a svuotare gli scatoloni.

Come promesso, era tornata anche Pip dopo essere andata alle scuderie a dar da mangiare e coprire i cavalli, e insieme avevano trovato la biancheria e preparato due dei letti, riposto tutto il cibo nella dispensa e nel frigorifero, avviato la lavatrice e in qualche modo impostato l'antenna televisiva nella giusta direzione. Willow aveva anche sistemato con cura la sveglia da viaggio e gli effetti personali della madre sul comodino, le aveva perfino riempito il bicchiere d'acqua e lasciato il libro aperto alla pagina giusta, per darle l'impressione di essere uscita dalla camera da letto solo per un attimo, invece che essersi trasferita a mezzo miglio di distanza.

Per quella sera sarebbe bastato. Decine di scatole erano ancora impilate in giro per casa, ma ci sarebbero voluti giorni per esaminarle tutte e decidere cosa mettere dove. Indubbiamente avrebbero anche dovuto essere spietate nel decidere cosa tenere. Sarebbe stato difficile chiedere a sua madre di scegliere, tra oggetti che erano suoi da una vita, quello che entrava lì. Non che sua madre le stesse parlando in quel momento. Il giorno prima Willow era stata costretta a esporle i nuovi, urgentissimi progetti, al suo ritorno, rinfrancata dal suo corso di ghirlande. Era stato come rubare le proverbiali caramelle a un bambino... A quel punto si era ritirata di nuovo nella sua stanza per il resto della giornata, rifiutando di far entrare perfino la signora Mac. Willow aveva apposto adesivi rossi su tutto quello che pensava che la madre avrebbe voluto avere con sé a Dower House, ma aveva sentito sprofondare il cuore alla vista dei vestiti di suo padre sulle stampelle, pronti per essere riposti di nuovo negli armadi, l'unica cosa che sua madre aveva richiesto prima di andarsene.

Nel tardo pomeriggio era passata la signora Mac per stipare il contenuto del freezer del castello nel bagagliaio della sua vecchia Corsa e trasferendo tutto nel congelatore che i traslocatori avevano portato giù. Aveva scongelato una casseruola pronta da infilare nel misero forno – già le mancava la loro solare Aga – ma non era sicura di avere la forza di mangiare e non c'era nessuno a insistere. Dopo tutta la sua fatica, un'ora prima aveva telefonato sua madre da casa dei Flanagan per farle sapere che avevano tanto "insistito" perché si fermasse anche la notte. Probabilmente non avrebbe dovuto stupirsi.

Chiuse gli occhi, chiedendosi se avrebbe potuto dormire in quell'angolino, con le gambe rannicchiate, la testa appoggiata al grosso battente di pietra. Uno spiffero gelido da sotto le finestre a vetro singolo, però, la fece tirar su a malincuore. Avrebbe dovuto controllare che il riscaldamento centrale funzionasse prima di andare a letto, altrimenti si sarebbe congelata durante la notte. Le temperature stavano precipitando: Pip aveva detto che c'era un fronte artico in arrivo, ecco perché c'era stato bisogno di doppie coperte sui cavalli.

Si aggirò per casa, sentendosi un'intrusa. Non era un ambiente che le era mai stato particolarmente familiare, un po' per via della posizione, distaccata dal resto della tenuta e sul viale posteriore, senza un particolare panorama e non in vista dal castello. Un po' anche perché era stato abitato sin da quando era piccola: una coppia di anziani senza figli, i coniugi Wheeler, che vi si erano trasferiti quando lui era andato in pensione dallo studio di architettura di Limerick. Avevano vissuto lì fino alla morte, qualche anno prima, ma non erano mai stati amichevoli con le figlie piuttosto selvagge e capricciose del padrone di casa, famose per i loro scherzi.

Ma ad aver tenuto lontane Willow e le sue sorelle da lì era stato non tanto quello, quanto i racconti del padre sul fantasma che infestava la casa, scuotendo le maniglie e urtando con le gonne gli attizzatori mentre fluttuava sul pavimento. Si supponeva che fosse il fantasma di Elizabeth Carr, la matrigna del quindicesimo cavaliere, altrimenti nota come Black Bess per via dei suoi capelli nerissimi. La leggenda narrava che il quindicesimo cavaliere avesse fatto costruire quella casa apposta per lei, per punirla di come lo aveva trattato da bambino, una vendetta rapida e dolce che si era preso alla morte di suo padre, non appena ereditato il titolo, il castello e tutte le terre. La costruzione di Dower House fu la sua prima impresa da cavaliere e fu eretta secondo la moda dell'epoca, in stile Regina Anna, con conci di pietra grigia, finestre a filo battente e un frontone triangolare centrale appoggiato al tetto a padiglione. Come la stessa Black Bess, però, era di una bellezza ingannevole e superficiale perché, al di là dell'elegante facciata, era una casa sorprendentemente piccola e meschina. La maggior parte delle abitazioni di quel periodo vantava piattaforme a doppio pilone e due stanze profonde, invece l'interno di quella era appena più grande di alcuni cottage della tenuta. Le stravaganti altezze dei soffitti erano un lusso inutile e servivano solo a mettere in evidenza le magre proporzioni delle stanze, rendendole più alte che ampie. Quanto alla scala stretta e ripida, sarebbe stata insidiosa con le gonne lunghe e, in effetti, fu così che Black Bess era andata incontro a una morte prematura, appena due settimane dopo il primo anniversario della morte del marito. A quanto raccontava suo padre, la leggenda narrava anche che, nel cadere, le ultime parole a lasciare le sue labbra furono una maledizione contro il figliastro e la casata dei Lorne.

Di certo era stato un declassamento per chi era abituato a vivere con le proporzioni di un castello, ma a un occhio moderno l'insulto insito nelle mura di quella casa era lieve. Le stanze più piccole erano oltremodo adatte a una coppia o a una persona che viveva da sola, e quasi tutti gli elementi architettonici – finestre e caminetti – erano originari. Se si fossero abbattuti alcuni alberi e sistemato il giardino, riarredata la casa… avrebbe potuto essere un bel progetto, qualcosa che avrebbe aiutato sua madre a tenersi occupata intanto che si abituava alla vedovanza.

«Ehi!».

La voce inaspettata la fece sobbalzare e, per lo spavento, le cedettero le ginocchia tanto che si fermò in cima alle scale, guardando tremante la sala buia al di sotto.

«Willow, ci sei?». La voce le arrivava ovattata dall'altra parte del legno massiccio della porta d'ingresso. «Sono io! Taigh!».

«Che cavolo, Taigh», mormorò, portandosi una mano al petto a placare il battito impazzito del cuore. Scese con cautela giù per le scale e aprì la porta d'ingresso.

«Quindi il campanello non funziona», disse sorridendo.

«Non credo che funzioni molto qui dentro, a dire il vero. Scusami, quanto tempo è che sei qui fuori?»

«Oh, non c'è niente di male a prendere un po' d'aria».

Notò allora la punta del suo naso arrossata. Indossava l'uniforme da paramedico e aveva la sua borsa ai piedi. «Sbrigati, entra. Si gela là fuori».

«Brrr, si gela anche qui dentro», disse, entrando nell'ingresso lastricato. Notò il caminetto spento. «Non c'è ancora un fuoco acceso?»

«È il mio prossimo compito». Willow sorrise cercando di nascondere la stanchezza. Andare a letto a rifugiarsi sotto le coperte le era parsa la scelta più semplice. «Che succede?»

«Sono passato per vedere se c'era Pip. A casa sua non c'è».

«Veramente?». Willow si incupì. «Sei sicuro? Se n'è andata circa un'ora fa e ha detto che andava dritta a casa. Dovrebbe essere arrivata ormai».

«Be', se c'era non mi ha risposto, infatti le luci sono tutte accese».

«Ah, che strano. Perché ti serviva? Posso aiutarti io?»

«Purtroppo no. Dovevo visitarla, sentirle di nuovo il petto».

«Ah, capisco».

«Lo so... è buffo, ma la manco sempre. Ogni volta che passo alle scuderie non la trovo e pare che non riesca mai a incrociarla. Giuro su Dio, se non fossi convinto del contrario, penserei che mi stia evitando di proposito».

«Ah, sono sicura di no», disse Willow in modo poco convincente. «La conosci Pip... è solo incapace di restare ferma».

«È proprio questo il punto. Invece deve davvero riposare. Non sono sicuro che abbia compreso la gravità della situazione. Se l'è vista brutta lo scorso fine settimana e il corpo deve riprendersi da una cosa del genere; anche la mente. Non può andare in giro come se niente fosse».

Willow esitò perché quello era esattamente ciò che la sua ostinata sorella stava facendo. Per Pip era tutto come al solito, per quanto era stata in grado di vedere. «Be', immagino sia stato un tempismo insolito per tutti ultimamente; sono successe così tante cose che è stato difficile fermarsi. Ma se può farti sentire meglio, mi sembrava che stesse benissimo quando l'ho vista prima e abbiamo lavorato per ore. Lavoro mentale. Impacchettare il castello».

«Sì, ho letto il messaggio che hai lasciato sulla porta in cui avvisavi che vi eravate trasferite qui. Sta succedendo tutto molto in fretta, eh?»

«In fretta o no, in un modo o nell'altro doveva succedere». Scrollò le spalle con noncuranza quando, in realtà, ogni commento di quel tipo le arrivava come un'accusa di fretta, di mancanza di ragionamento, sentimento, affetto. Si sentiva esposta.

Taigh si guardò intorno nella sala interessato. «Non ero mai stato qui».

«Neanche noi in realtà. È stata affittata per tutta la nostra infanzia. Gli inquilini non erano particolarmente amichevoli». Storse il naso. «E poi è infestata, naturalmente. Non ci saremmo mai avvicinate a questo posto».

Taigh strabuzzò gli occhi deliziato. «Avete un fantasma?»

«Oh, sì! Black Bess. Non è una donna che vorresti incontrare, a quanto si dice. È qui che probabilmente vaga».

Le rivolse uno sguardo scettico. «E tu vieni a stare qui da sola?»

«Be', solo per stanotte. Dovrebbe esserci anche mia madre, ma è rimasta a dormire dai Flanagan. Qualsiasi cosa pur evitare di svuotare gli scatoloni, immagino».

«Starai bene?»

«Non credo più ai fantasmi, Taigh». Rise.

L'altro sogghignò. «E alle fate?»

«Certo!».

«E agli unicorni?»

«Li cavalco sulla spiaggia tutti i giorni», confermò.

«Folletti?»

«Ci sto giusto parlando».

Taigh rise. «Cavalieri in armatura scintillante?».

Willow risucchiò l'aria tra i denti. «Nah, mi dispiace. Mai visto uno».

«Non ci credo! La figlia di un cavaliere non ne ha mai visto uno in armatura scintillante?»

«Alle figlie dei cavalieri non servono cavalieri!».

«Bah, che c'entra il bisogno?», sghignazzò raccogliendo la sua borsa. Voi Lorne siete difficili, eccome». Si avviò alla porta. «Senti, devo andare, entro in servizio tra venti minuti. Ma di' a tua sorella che la sto cercando. Se non altro devo farle firmare il foglio, tutto qui. Puoi dirglielo tu per me?»

«Certo».

«Domani farò di nuovo un salto da lei appena posso».

«Sei forte, Taigh. La chiamo subito e glielo dico».

Chiuse la porta dietro di lui e tirò fuori il telefono, controllando la copertura del cellulare. Vide una sola tacca a intermittenza sullo schermo. Con sua grande sorpresa, trovò una chiamata persa e un nuovo messaggio, anche se il suo telefono non aveva squillato.

Ascoltò la segreteria telefonica.

«Willow, sono Connor». La sua voce sembrava velluto contro l'orecchio. «Domani faccio arrivare i ponteggi per rifare il tetto. Hanno fretta di far entrare i camion e avvicinarli il più possibile all'edificio prima che arrivino quelli dei traslochi, quindi arriverebbero da voi molto prima, verso le sette. Puoi far spostare tutte le macchine entro quell'ora? Non vogliamo rischiare che ci cada sopra qualcosa». Ci fu una pausa. «Okay… ciao».

Willow riagganciò e si premette il telefono al petto. Non lo sapeva Taigh? Di questi tempi i cavalieri non indossavano armature scintillanti.

Capitolo diciannove

Venerdì 13 dicembre

Il vento soffiava raffiche giocose, strappandole le lenzuola dalle mani ogni volta che Ottie le afferrava, con i capelli biondo ruggine che le vorticavano sulla testa in ciocche verticali. Bofonchiava, con tre mollette di legno in bocca, mentre afferrava l'angolo di un copripiumino e lo teneva fermo. Se lo strinse a forza contro il corpo, si chinò e cercò di piegarlo prima che il vento lo afferrasse di nuovo facendolo volare in alto come una vela verso il cielo. Infine, con un gemito di soddisfazione, lo spinse giù nel cesto della biancheria e piazzò il sasso liscio sopra a tutto, il suo fermacarte da bucato. Nessuno ha mai detto che vivere vicino a una spiaggia sia facile. Ritirare federe e mutande era più agevole, quindi, dopo aver ammucchiato il resto del bucato nel cesto, se lo mise sotto il braccio e arrancò verso casa.

Di nuovo al sicuro all'interno, si appoggiò alla porta con un sospiro.

«Soffia per bene là fuori, eh?».

Ottie sollevò lo sguardo – attraverso la massa di capelli aggrovigliati – e trovò Ben in piedi vicino al bancone della cucina. Era appoggiato alle stampelle e, sebbene fosse ancora in tuta da ginnastica perché non aveva altri cambi, aveva un aspetto migliore di quello che aveva avuto nei giorni precedenti. Gli era tornato il colore, e lo sguardo contrito e sofferente aveva lasciato il suo viso.

«Buongiorno! Sei sveglio».

«Ho pensato fosse ora». Sembrava sorprendentemente intimidito. «Non posso continuare a dormire».

«Al contrario, è ciò di cui il tuo corpo ha bisogno». Nell'ultimo giorno e mezzo gli aveva portato il vassoio dei pasti in camera da letto, ma nonostante Ben avesse cercato di risvegliarsi ogni volta che bussava e borbottato i suoi ringraziamenti, si era sempre riaddormentato subito lasciando ogni cosa intatta. Di tanto in tanto lo aveva sentito trascinarsi in bagno, udito i deboli gemiti attraverso le pareti per le fitte di dolore alla gamba e la mobilità ostacolata, ma per il resto non aveva mai lasciato la stanza.

«Non pensavo che l'anestesia mi avrebbe buttato giù così tanto», disse pensieroso.

Ottie sorrise avvicinandosi e appoggiando a terra in cucina il cesto del bucato. «L'anestesia?», sogghignò. «Non pensi che abbia a che fare con il fatto di aver passato una notte insonne aggrappato a una scogliera scoperta durante una tempesta e, ancora prima, di aver affrontato una ultramaratona?»

«Ma ho fatto solo trenta miglia. A malapena ho cominciato».

«Sì, è vero. Solo trenta miglia? Di certo non è quello», ribatté poi arricciando il naso.

La guardò stupito. «Mi stai prendendo in giro».

Ottie tirò fuori una federa e cominciò a stenderla per bene. «Sì, signor Gilmore. Esatto».

«Hmm». Il suo sorriso tirato gli indugiò di nuovo sulle labbra. «Ti andrebbe un caffè?»

«Ci penso io», rispose Ottie lasciando subito andare il bucato. Ben, però, la bloccò con un gesto della mano.

«No, ce la faccio. È ora di rendermi utile, anche se solo per mettere a bollire l'acqua».

«Non devi per forza».

«Neanche tu», ripose guardandola dritto negli occhi, per poi voltarsi e cominciare a zoppicare verso il bollitore. «Dimmi solo dove lo trovo».

«Be'… il caffè è nel pensile stretto a destra, lì. E le tazze nella vetrina a sinistra».

Era un disagio per lui. Con le stampelle aveva bisogno di entrambe le mani e non poteva camminare con il bollitore una volta riempito, quindi doveva appoggiarlo sul bancone più avanti rispetto a lui, camminare con le stampelle fino a raggiungerlo e poi portarlo avanti di nuovo.

«Ti prego, lascia fare a me», disse Ottie facendo una smorfia. Era una sofferenza vederlo così.

«No», le sorrise appena. «Grazie».

Mordendosi il labbro e decidendo che era meglio non guardare, Ottie prese il bucato e ricominciò a piegarlo. «Ti muovi meglio, mi pare».

«Sì. Il gonfiore comincia a diminuire adesso. Oggi dovrei cominciare un po' di esercizi di fisioterapia». Aveva ormai raggiunto la teiera e messo il bollitore sulla base con un gesto trionfante.

«Davvero? Non è troppo presto?».

Ben si allungò a prendere le tazze che, per sua fortuna, aveva proprio davanti. Non doveva camminare. «La dottoressa ha detto di cominciare non appena mi fossi sentito pronto. E prima torno alla normalità, prima posso prendere quell'aereo e togliermi dai piedi».

«Davvero, non è un problema», gli sorrise.

«Non posso credere che tu non muoia dalla voglia di riavere il tuo letto». Guardò il divano accuratamente riposto con cuscini gonfi e la copertura senza una piega. Nessuno avrebbe detto che servisse anche da letto.

«È sorprendentemente comodo in effetti», mentì lei, ripiegando le sue mutande con fare assente per poi infilarle in fretta e furia nel cesto non appena si rese conto di cosa aveva in mano.

Anche Ben distolse discretamente lo sguardo. «Hmm», mormoro di nuovo, riprendendo le stampelle e avviandosi al frigorifero. Ottie sbiancò al pensiero dell'odissea che sarebbe stata per lui tirar fuori il latte e portarlo di nuovo dall'altra parte della cucina, ma non osò intervenire. Ben le aveva chiaramente fatto capire di volersi sentire indipendente, che voleva ricambiare in qualche modo. Doveva lasciarglielo fare.

«Non hai quadri alle pareti», osservò lui raggiunto il frigo. Fu più un'affermazione che una domanda.

«No». Fissò le pareti bianche a doppia altezza. La maggior parte delle persone non lo notava – gli occhi di tutti andavano sempre alla finestra con il panorama sempre diverso all'esterno – ma erano effettivamente molto spoglie. Guardò Ben, poi abbassò gli occhi di nuovo. Era un acuto osservatore. «Probabilmente sto aspettando il quadro perfetto».

«Che genere di quadro cerchi?».

Con un'alzata di spalle, Ottie andò all'alto guardaroba accanto alla porta principale e ne tirò fuori l'asse da stiro. «Non lo so», rispose vaga, nonostante invece lo sapesse. Sapeva esattamente cosa avrebbe voluto metterci lì. Sorrise tirata. «Immagino che lo scoprirò quando lo troverò. È difficile scegliere qualcosa che possa competere con questo panorama, ecco qual è il problema».

«È una vista da paura», concordò.

Quando qualcuno bussò alla porta, entrambi alzarono gli occhi. «Ah, dev'essere una delle mie sorelle, senza dubbio», disse sistemando l'asse alla massima altezza, facendola scorrere sulle varie tacche. «Mi scuso in anticipo per qualsiasi insulto o offesa possa arrivare. Soprattutto da Pip».

L'altro parve disorientato. Bussarono di nuovo.

«Argh, è sicuramente Pip. Non porta mai le chiavi», borbottò andando alla porta senza scarpe. «Pip...», gemette aprendo la porta.

«Oh, cavolo, avevo dimenticato quanto fossi bella...».

«Signor Flanagan», rispose cerimoniosa, facendo un brusco passo indietro, con il cuore improvvisamente a mille, presa dal panico e dalla sorpresa quando Bertie le tese le braccia.

Bertie rimase per un attimo interdetto, le braccia ancora tese a mezz'aria come se avesse mancato la presa della palla, mentre cercava di mettere a fuoco la sua reazione.

«Stavo giusto dicendo a Gilmore che pensavo fosse Pip che aveva di nuovo dimenticato le chiavi».

«A Gil...», cominciò Bertie confuso, raddrizzandosi ed entrando nel cottage. «Gilmore! Ben! Sei qui!». L'allegra sorpresa nella sua voce non arrivò fino agli occhi. «Mi stavo giusto chiedendo dove fossi andato. Quando ho telefonato all'ospedale mi hanno detto che eri stato dimesso, ma non hanno potuto dirmi dove fossi andato a stare, naturalmente. Avevo presunto che fossi tornato in America».

Ben rispose con un cenno del capo. «Ottie mi ha molto gentilmente offerto un tetto mentre attraverso questa fase. Non potrò volare ancora per un paio di settimane».

«Un paio di settimane», ripeté Bertie, e Ottie sapeva che era il suo modo di prendere tempo, cercando di pensare in fretta e valutare la situazione.

«Rischio di trombosi», tagliò corto Ottie chiudendo la porta alle sue spalle. Ora che la sorpresa di ritrovarselo sulla soglia di casa era passata, montò la rabbia verso di lui. Non si parlavano da giorni, da domenica sera, nel panico del ritrovamento di Ben. Avrebbe saputo del suo ospite se si fosse almeno degnato di rispondere ai suoi messaggi; aveva perfino azzardato una telefonata a casa la sera prima e, con suo estremo stupore e orrore aveva risposto Shula, che le aveva passato nientedimeno *sua madre*, che sarebbe rimasta a dormire lì!

Sapeva che Bertie doveva aver visto i suoi messaggi. Tenevano sempre comunicazioni semplici, niente telefoni segreti o dedicati: l'aveva semplicemente salvata in rubrica come "Dave Bridges, macellaio". Bertie forniva a Dave i suoi fagiani, quindi la nascondeva in bella vista se Shula avesse controllato i messaggi. «Ben stava giusto facendo il caffè. Tu lo prendi?», chiese in modo brusco.

«Be', non voglio intromettermi».

«Intrometterti in cosa?». La intrigava vederlo tanto a disagio. «Stavamo solo chiacchierando». Bertie notò la vena dura nella sua voce e Ottie lo capì dal suo sguardo che sapeva di essere nei guai.

«Sarebbe ottimo, allora. Nero, senza zucchero».

Ottie provò un'ondata di sollievo che almeno semplificasse il lavoro a Ben: niente viaggi ulteriori verso il frigorifero. Preparò in fretta le tazze e Bertie si avvicinò a prendere il suo caffè. «Come te la stai cavando? Sembra che ti muovi bene».

«Comincio», annuì Ben.

«Riesci a dormire?»

«Anche troppo, in realtà. Sto cercando di ridurre».

«Sciocchezze. È il meccanismo di difesa e di guarigione del corpo», affermò con sicurezza Bertie. «Ascolta quello che il tuo corpo ti dice di fare».

Ben spostò gli occhi su di lei per una frazione di secondo. Sembrava decisamente a disagio. «Ebbene, a questo proposito, mi porto il caffè in camera. La gamba comincia a palpitare. Devo sollevarla di nuovo».

«Oh, ma...». Era appena uscito dalla stanza. Avrà avuto di certo bisogno di cambiare scenario, per la sua sanità mentale, se non altro. D'altra parte, però, c'era Bertie... «Aspetta, fai portare la tazza a me», disse invece, precipitandosi a togliergliela dalle mani prima che potesse protestare.

«Davvero...».

«Insisto. Liquidi caldi e claudicazione non sono una bella accoppiata».

La posò sul comodino, raddrizzando in fretta e furia il piumone e sprimacciando i cuscini mentre Ben arrancava zoppicando. Quantomeno sarebbe stato meglio sdraiarsi su un letto rifatto. Corse in bagno e cambiò l'acqua nella caraffa accanto al letto. «Ti apro le tende?», chiese lei quando le passò davanti, come la tartaruga con la lepre.

Ben annuì, sprofondando stancamente sul letto, mentre lei le tirava al massimo. La finestra, anche se non scenografica come quella a tutta altezza della stanza accanto, affacciava comunque sul mare, quindi avrebbe potuto almeno godere della vista dal letto.

Ottie lo guardò. Sembrava improvvisamente teso, il corpo prostrato e chiuso. Era il dolore? «Hai preso gli antidolorifici?». Ne prendeva meno di un terzo della dose prescritta.

«No. Non ne ho bisogno».

Il suo linguaggio del corpo suggeriva il contrario. Ottie sospirò, sapendo che non era il caso di insistere per farglieli prendere. «Be', sei proprio sicuro di voler tornare di nuovo qui? Sei appena riemerso».

«Sì». La sua voce sembrava tirata. Il dolore si stava intensificando?

«Non è un problema se ti siedi in salotto. Bertie e io dobbiamo solo rivedere…».

«I dettagli della gara?».

Ottie trasalì all'acidità nella sua voce. Che cosa significava?

Ben distolse lo sguardo. «Sto bene qui. Davvero».

«Be', fammi sapere se hai bisogno di qualcosa», disse Ottie a bassa voce, ritirandosi dalla stanza, incontrando lo sguardo di Ben mentre chiudeva la porta. La scena ricordava la prima sera in cui l'aveva incontrato, quello sguardo indefinibile nei suoi occhi, come se avesse un segreto.

Bertie le fu subito addosso. «Che cosa ci fa qui?», sibilò sgranando gli occhi, apparentemente furioso per quegli sviluppi inaspettati.

Ottie, però, si portò un dito alle labbra e scosse il capo decisa, con gli occhi fiammeggianti. «Non qui».

Affrontando il vento, curvi in avanti con i cappotti stretti addosso, camminavano sulla sabbia bagnata. La marea si stava ritirando, striando la spiaggia di strette scanalature e lasciando dietro di sé gli ormai abituali rifiuti dell'Atlantico. Ottie aveva con sé il suo sacchetto per la plastica riciclabile e continuava a piegarsi ogni pochi metri per infilarci dentro vecchie bottiglie d'acqua, lattine di bibite, grovigli di reti da pesca, tappi di plastica…

«Non puoi farlo», disse Bertie infuriato. «È un perfetto sconosciuto. Non puoi farlo dormire in casa tua».

«Eh, no! Non puoi avere entrambe le cose, non puoi interrompere ogni contatto e pensare ancora di avere il diritto di dire chi posso o non posso ospitare a casa mia». Rise sprezzante. «E poi, quel tipo non si può muovere, Bertie! Cosa pensi che possa fare? Strangolarmi nel sonno? Fidati, dovrebbe prima chiedermi di aiutarlo ad alzarsi dal letto».

Bertie smise di camminare. «E dove dormi se lui utilizza il letto?».

Ottie restò a bocca aperta, incredula. Non pensava mica seriamente che… «Sul divano! Dove, secondo te?»

«Okay, stavo solo chiedendo», rispose alzando le mani per arrendersi di fronte all'espressione basita che continuava ad accenderle il viso.

Invece non stava solo chiedendo. C'era una nota di sospetto nella sua voce. «E comunque, nonostante in questo momento sia a pezzi, pensi davvero che andrei a letto con quel tipo?».

Bertie distolse lo sguardo, angosciato. «No, io… che cavolo, no, certo che no. È solo che… tu non vedi quanto sei bella. Qualsiasi uomo sarebbe un pazzo a non sfruttare ogni opportunità con te».

Ottie lo fisso incredula. «Non siamo tutti come te, Bertie», sbottò. «Non tutti andiamo a letto con la gente solo perché ne abbiamo la possibilità». Le parole le uscirono di bocca prima che potesse fermarle e bloccò bruscamente il passo nel vedere lo spasmo di dolore solcargli il viso. «Non volevo dire questo».

«Sì, invece», disse a bassa voce. «Se hai tradito una volta, tradisci sempre, giusto?».

Ottie lo guardò e avrebbe voluto tornare indietro, non aver detto quello che aveva detto. «No, tu non sei così. Noi ci siamo innamorati, è diverso». Ma erano parole rigide – era una spiegazione, non un perdono – e, quando si allungò per prenderla tra le braccia, si allontanò, calpestando la sabbia per allontanarsi da lui. Non gli avrebbe fatto fare la parte del cucciolo ferito.

Bertie allungò il passo per raggiungerla, il corpo ancora indolenzito dal fine settimana. Camminarono in silenzio per qualche altro passo, Ottie che si chinava a raccogliere bottiglie, cannucce…

«Ottie, senti, continuo a sbagliare, lo so. Sarei dovuto passare prima».

«Sì, avresti dovuto».

«E so di essere stato "spento" la notte scorsa, ma ero stressato all'inverosimile. Ero sicuro che avremmo trovato un cadavere».

«Sì, lo pensavamo tutti».

«Ma si tratta della mia attività, è responsabilità mia. Colpa mia».

«No, hai fatto capire chiaro e tondo che fosse tutta colpa mia. Sono stata io a fermarti quando dovevi andare a mettere il cartello, ricordi? Io che mi sono accovacciata per fare pipì. È dipeso tutto da me».

«Cara, non è così», protestò con espressione inorridita.

«È questo che hai detto. Come se mi servisse sentirmelo dire! Non pensi che ci stessi male già di mio?»

«Otts, scusami se ti ho fatta sentire così. Non è mai stata mia intenzione. Ero solo scosso. Ti prego, mi perdoni?». Cercò i suoi occhi, ma Ottie guardò altrove.

Non avrebbe potuto perdonarlo così e basta. Le sue accuse di quella notte l'avevano ferita non perché erano vere, ma perché si presumeva che lui dovesse proteggerla, non perseguirla. «Ovviamente capisco perché stai facendo tutto questo per Gilmore. Sei troppo buona di cuore e…».

Ottie si girò di scatto verso di lui. «Non lo sto facendo per il mio buon cuore, Bertie! Quell'uomo è quasi morto per colpa mia! Non potevo lasciarlo così. Casa sua si trova in un altro continente. Nessuno ha telefonato o è venuto a trovarlo. Questo è senso di colpa, puro e semplice, una cosa a cui tu e io siamo molto ben abituati».

L'innominata chiamata in causa di sua moglie fece fare a entrambi un passo indietro. Shula era sempre lì tra loro, come una terza ombra. Per cinque anni Ottie aveva vissuto tra falsità e menzogne che accompagnavano la loro relazione clandestina perché amava quell'uomo. Quando stava con lui riusciva a essere sé stessa, felice, libera: andava a letto la sera con il desiderio di sognarlo e si svegliava con la speranza di vederlo. Quasi mai osava lasciare il cottage, in caso lui fosse passato a trovarla. Ogni suo pensiero, al risveglio, era dominato dall'incertezza di quando l'avrebbe rivisto, di quando avrebbero potuto finalmente dire al mondo la verità ed essere liberi di vivere come entrambi volevano. Si erano aggirati furtivamente cercando di non fare del male agli altri – Shula, suo padre, sua madre – ma per quanto ancora poteva continuare ad aspettare? Il suo cuore desiderava una vita normale. Si sentiva a disagio ogni volta che doveva vederlo in pubblico, insieme a Shula, e salutarlo come un amico di famiglia; la prosciugava dover fingere con tutti di essere felicemente single, quando invece tutto ciò che voleva era gridare al mondo che era radiosa d'amore per un uomo che provava lo stesso per lei. Era dipendente da Bertie, ma Ottie non poteva fare la vittima quando un uomo era quasi morto a causa del suo ottuso e febbrile bisogno di lui.

Si girò a guardarlo, il vento le prese i capelli e glieli sbatté ancora una volta sul viso, ma Bertie glieli scostò trattenendoli tra le dita. «Non possiamo continuare così, Bertie. La gente si fa male».

Bertie la fissò di nuovo, in preda al panico che si raccolse nei suoi occhi. «Oddio, non chiedermi questo, Ottie. Non chiedermi di rinunciare a te. Se fossi un uomo più forte, un uomo migliore…».

«No, non sto dicendo questo. Non voglio nessun altro. Voglio te». Si avvicinò in modo che i loro corpi si toccassero, i loro cappotti sbattevano l'uno contro l'altro. Chiuse gli occhi mentre lui le prendeva la testa tra le mani e finalmente la baciava. Sapeva di caffè e marmellata. «Ma voglio che stiamo insieme, come si deve. Ne ho bisogno. Non posso continuare così. Sono stanca di tutte le bugie».

«Lo so, anch'io. E così sarà, te lo prometto».

«Quando?»

«Presto».

«Quando sarà presto?», insistette. «Dicevi sempre che non si poteva mai dire a causa di papà; che lo avrebbe distrutto. Ma...». Non riuscì a dire le parole. Non c'era bisogno.

«Lo so. Lo so», disse in fretta Bertie accarezzandole le braccia, mentre il senso di colpa gli si acciambellò sul viso come un gatto grasso.

«Devi dirlo a Shula. È la cosa più gentile da fare. Il vostro matrimonio sarà anche morto, ma lei è una donna attraente. Lasciala libera di trovare qualcun altro, di ricominciare da capo. Glielo devi. Lascia almeno che trovi la felicità che abbiamo trovato noi».

Bertie distolse lo sguardo, spostandolo sull'infrangersi delle onde a riva. «Hai la convinzione della giovinezza, Ottie. È tutto più facile quando non hai niente da perdere».

«Ho *tutto* da perdere, invece», gridò lei. «Tu sei il mio mondo. Ho basato tutta la mia vita su di te, aspettandoti qui, in attesa di una notte o di venti minuti con te, senza neanche sapere cosa otterrò, o quando».

Bertie si passò le mani tra i capelli. «Lo so, non è giusto verso nessuna delle due. Sono in una situazione impossibile. Non voglio fare del male a lei, ma non posso neanche perdere te».

«Devi scegliere, lo sai. Siamo in questa situazione di attesa da troppo tempo ormai. Voglio di più. Voglio stare con te. Vivere con te. Svegliarmi accanto a te ogni mattina».

Bertie le prese il viso tra le mani e la baciò di nuovo, con urgenza. «E lo voglio anch'io», mormorò.

Ottie percepì la passione che provava per lei. «Allora fallo. Dillo a Shula e lasciala». Gli respirò il fiato caldo sul collo.

«Lo farò, lo prometto».

«Presto?»

«Sì».

«Entro Natale».

Bertie restò a bocca aperta per la sorpresa. «Io…».

«Voglio svegliarmi insieme a te la mattina di Natale, Bertie. Posso essere il tuo regalo da scartare e tu il mio…». Bertie rilasciò un gemito mentre Ottie gli si premeva addosso e gli infilò la mano dentro il cappotto. «Promettimelo. Dimmi che staremo insieme per Natale… Dimmelo…».

Bertie chiuse gli occhi e annuì mentre sentiva le mani di Ottie spostarsi dove le voleva lui, i suoi baci a ricoprirgli il collo. «Te lo prometto. Per Natale staremo insieme».

Capitolo venti

«Il solito, ancora, Joe», disse Pip facendo scivolare il bicchiere sul bancone verso di lui.

«Hai sete stasera», disse mite il gestore del bar, guardandola in faccia mentre le riempiva un'altra pinta.

«Già, be', ho lavorato sodo, no?». Era venerdì, ma era la prima sera che tornava al pub in tutta la settimana.

«E giocato forte, da quanto ho sentito… sono felice che tu stia bene».

Felice che tu stia bene. Frase in codice per "Felice che non tu non sia morta". Pip alzò gli occhi al cielo a quella classica affermazione locale. Le lagne non erano mai ben tollerate. «Grazie».

L'uomo spinse la pinta nella sua direzione ma, di nuovo, non prese i soldi. La prima era stata offerta dalla casa. «Phil Meenahan», disse lui accennando con il capo al falegname che giocava a biliardo.

«Grazie, Phil!», gli gridò lei, alzando il boccale.

«*Aye-aye!*», esclamò lui con un gesto gioioso.

«Si direbbe che piaci a tutti da queste parti», la stuzzicò Joe scattando con gli occhi alla porta da cui entrarono alcuni operai. «Cosa vi porto, gente?», chiese risalendo lungo il bancone.

Pip si voltò e si guardò alle spalle, osservando l'accogliente scena. Era particolarmente affollato quella sera. Non era un locale gastronomico alla moda, né era arredato come alcuni pub di campagna, con il luppolo appeso alle travi o vecchie trebbiatrici e imbracature arrugginite fissate alle pareti, anche se Joe e sua madre avevano cominciato con le decorazioni natalizie: ghirlande tenute ferme dai gommini adesivi e mazzi di agrifoglio nei boccali da una pinta al centro dei tavoli. Era un posto senza pretese: pareti bianche e luminose che ne dichiaravano la pulizia; tavoli sgangherati di legno scuro che non stavano quasi mai fissi sul pavimento di pietra consumata; un camino Inglenook con un paio di panche laterali e un avvolgitore ancora visibile sulla rastrelliera, dove una volta si affumicava il prosciutto. Non c'erano mai piatti speciali e, a quanto ne sapeva lei, avocado o quinoa non erano mai apparsi sul menu. C'erano però avventori a quasi tutti i tavoli, la maggior parte dei quali del posto; le ridotte dimensioni del villaggio comportavano che praticamente tutti potevano tornare a casa a piedi barcollando.

Al suo arrivo un paio di persone l'avevano invitata a unirsi ma, pur non avendo voluto trascorrere un'altra serata a casa da sola, non voleva neanche parlare molto. Si sentiva diversa dal solito, dislocata e agitata, quasi nervosa, in un certo senso. Due chiacchiere senza impegno con il barman erano l'unica cosa per cui si sentisse in vena.

Rabbrividì, chiedendosi perché avesse freddo. Qualcuno aveva detto che si prevedeva neve, ma il fuoco ruggiva nel camino. Joe si assicurava sempre che la brace ardesse già ben prima di aprire il locale la mattina. Non importavano le freccette e nemmeno la connessione Sky, Joe diceva sempre che niente come un fuoco scoppiettante faceva togliere le scarpe alla gente per prepararla per la notte.

La porta si aprì di nuovo ed entrarono altri avventori. Si stava avvicinando l'ora di punta dell'aperitivo, le sei e mezza del venerdì pomeriggio. Pip fissò lo sguardo sulle venature del legno mentre i nuovi arrivati si avvicinavano al bancone per ordinare. Era abituata a quel nodo in particolare: era il suo posto abituale, alla giusta distanza dalla porta e non troppo vicino al fuoco che le avrebbe riscaldato la birra.

«Una pinta, grazie».

Alzò la testa a quella voce. Anzi, all'accento. Non era del posto.

Lì accanto c'era un uomo in stivali chiodati e pantaloni da lavoro antistrappo che tamburellava leggermente con le dita sul bancone come fossero bacchette da batterista. Aveva una folta barba scura che faceva sembrare i denti bianchissimi, capelli scuri arruffati, occhi marroni e un tatuaggio che sbucava dai polsini.

Pip sentì aprirsi sulle labbra un sorriso interessato.

«Ciao», la salutò lui quando notò il suo prolungato interesse.

«Ciao».

L'uomo sorrise, indeciso. «Vuoi…?»

«Ce l'ho, grazie», rispose Pip toccando il boccale che teneva tra le mani.

«Ah». L'uomo riportò lo sguardo sulle bottiglie rovesciate di alcolici dietro al bancone, ma sembrava trattenere il fiato. Ci fu una pausa densa di significato prima che si girasse di nuovo, sempre sorridendo. «Mi chiamo Jack, a proposito».

«Pip».

«Pip? Carino».

Pip strinse gli occhi. Nessuno l'aveva mai definito carino. Decise però che poteva farselo piacere e sorrise. «Ho sentito il tuo accento. Wicklow, giusto?»

«Esatto. Siamo qui solo per qualche giorno. Abbiamo preso un lavoro grosso al castello al momento».

«Ah». Lo guardò incuriosita.

«Lo conosci?».

Il sorriso di Pip cresceva di pari passo con il fattore divertimento. Riusciva a vedere Joe ascoltare la conversazione mentre riempiva la pinta di Jack. «Certo, tutti conoscono il castello da queste parti. Ho sentito che stanno facendo un sacco di lavori lassù in questo momento».

Jack fischiò tra i denti bianchi. «È dire poco. Se vuoi la mia opinione, farebbero meglio a buttarlo giù e a ricostruirlo».

«È molto antico, però», si accigliò Pip. «Un edificio piuttosto storico. Sarebbe un peccato perderlo».

L'uomo scrollo le spalle. «Vecchio significa freddo. Non ci vive più nessuno, no?».

Joe gli passò la birra e lanciò un'occhiata divertita a Pip mentre Jack gli dava una banconota da cinque.

«Salute», disse Jack portandosi il boccale alle labbra.

«Salute», rispose Pip, guardandolo prendere il primo, avido, sorso a occhi chiusi. Forse era questo che le mancava, pensò Pip. Erano passati secoli dall'ultima volta in cui era finita a letto con qualcuno. In qualche modo, con gli uomini che incontrava sembrava sempre non valere la pena prendersi il disturbo.

«Allora, Jack, cos'è che fai su al castello?»

«Scimmia dei tubi».

«Cosa?»

«Monto ponteggi», sogghignò.

«Ah». L'uomo ora si era leggermente girato verso di lei, a confermare che dalle chiacchiere si passava alla conversazione vera.

«Sì, stanno sistemando il tetto».

«Mi hanno detto che è in condizioni pietose», disse arricciando il naso con fare complice.

«Non so proprio come si tenesse ancora su», disse lui disinvolto. «Forza di volontà?»

«Tenacia, direi… I proprietari ne vanno famosi».

«Ah, sì? Tu li hai visti?»

«Un sacco di volte», confermò riuscendo a vedere Joe sghignazzare tra sé e sé.

«Non me lo dire… sono presuntuosi, vero?»

«Oddio, i peggiori in assoluto», sussurrò Pip come se quello avesse inciampato in un grosso segreto.

«Al capo capita sempre…».

A Pip ci volle un attimo per capire cosa intendesse. *Il suo responsabile?*

«...Di vedere queste antiche famiglie che vivono sugli allori del passato, ma non hanno né soldi, né buonsenso, né sanno come vivere nel mondo reale».

«Immagino».

Joe, che aveva allungato la mano a prendere i bicchieri, gettò la testa indietro in una risata silenziosa, ma Jack gli dava le spalle. Gli avventori arrivavano a gran velocità, spinti dalle temperature in discesa, ma Pip a malapena ci fece caso. Intorno a loro il pub si stava riempiendo.

Jack bevve un altro sorso e posò uno sguardo interessato su di lei. «E tu di cosa ti occupi?»

«Io? Oh...». Sbuffò fuori l'aria. «Gestisco il maneggio locale».

«Ah», annuì lui sporgendosi leggermente all'indietro e notando i pantaloni da cavallerizza blu sudici, gli stivali, il pile. «Una donna che non ha paura di sporcarsi le mani, vedo».

«Io *adoro* sporcarmi le mani», disse in tono ammiccante.

«Quindi cosa fai? La gente tiene i cavalli da te o... Come funziona?»

«No, i cavalli sono tutti miei. Organizzo escursioni, vacanze di una settimana intera lungo la costa, ma anche gite di un giorno, uscite con la famiglia, scout e guide, club all'aperto, scegli tu...».

«A quanto pare lavori un sacco con i bambini».

«Si impegnano molto più dei genitori, ho scoperto».

«Chissà, magari passo a vederlo prima di ripartire. Mi sono sempre piaciuti i cavalli».

«Davvero? E a loro piaci tu?».

Rise. «Di solito». I suoi occhi brillavano, sapevano bene entrambi cosa stesse succedendo lì.

«Allora, dove alloggi?», chiese Pip con dolcezza, tamburellando deliberatamente sul boccale con l'anulare nudo.

«Qui, in effetti. Al piano di sopra».

«Ah, so che le stanze sono carine».

«Sì, sì». Guardò dentro il proprio bicchiere, poi rialzò lo sguardo su di lei. «Non le hai mai viste?».

Pip fece di no con la testa. «No».

«Be', dovresti. Sono...», abbassò gli occhi sulle sue labbra, «...Carine».

«Pip!».

Quel richiamo la fece girare sullo sgabello.

Che succede?

«Oh cavolo, mi prende in giro?», bofonchiò nel vedere Taigh farsi largo tra la folla verso di lei.

«Tutto bene?», chiese Jack vedendola prendersi la testa tra le mani cercando di nascondersi.

«Pip, finalmente, dove sei stata?», le chiese Taigh quando la raggiunse.

«Che vuoi dire?», mormorò nel suo migliore tono annoiato.

«Non te l'ha detto Willow? È tutta la settimana che cerco di rintracciarti. Non eri a casa, non eri alle scuderie, non eri al...».

«Sì, va bene, ho capito l'antifona», si affrettò a dire per evitare che nominasse il castello. «Adesso mi hai trovato. Che vuoi?».

Taigh parve preso alla sprovvista da quel tono brusco, come se tra un incontro e l'altro dimenticasse la solita scortesia di Pip nei suoi confronti. «Dovevo solo farti un rapido controllo. Non ti ricordi? Ne abbiamo parlato. Quel raschietto...».

«Buon Dio, ancora con quel maledetto raschietto», sbottò. «Sto benissimo, Taigh! Guardami, sono uscita a farmi qualche bicchiere con il mio amico Jack qui...».

Taigh sussultò, come sorpreso di trovare quell'omone lì accanto.

«Ciao», lo salutò Jack sollevando la pinta e osservando la scena con interesse.

«Ciao», borbottò Taigh in risposta, tornando a guardare Pip. «Senti, devo solo chiudere la pratica con te, tutto qui».

«Non serve. Sto bene».

Taigh, però, la stava osservando attentamente. «Hai gli occhi lucidi».

«Certo, perché mi stavo divertendo molto prima che arrivassi tu».

Gli appoggiò il dorso della mano sulla fronte. «E scotti».

«Io non… e che cavolo!», gli diede uno schiaffo sulla mano. «Toglimi le mani di dosso!».

Jack fece un passo verso di lui. Non disse nulla, ma era chiaramente un gesto intimidatorio.

«Sto solo cercando di aiutarti», Taigh rise incredulo, facendo comunque un passo indietro.

«E quando ti entrerà in quella testa dura che non voglio il tuo aiuto? Sto bene».

Taigh guardò Jack. «Ha rischiato di annegare la scorsa settimana».

«Io non… bah!», sbuffò ironica. «Oddio, ti fai un film su ogni cosa, Taigh O'Mahoney».

«Sei quasi annegata e adesso hai un'infezione polmonare. Ti servono gli antibiotici».

«Se non mi sento bene vado da un medico vero, grazie tante».

Jack si incupì. «Quindi non sei un medico?», chiese a Taigh.

«È il postino!», disse Pip derisoria.

«Sono un paramedico altamente qualificato», disse Taigh ora arrabbiato. «È la gestione della posta che è part-time».

«Ed è pure pompiere part-time!», aggiunse sarcastica Pip. «Deve aiutare la gente in ogni modo possibile, non può proprio farne a meno».

Taigh la fissò con uno sguardo che non gli aveva mai visto prima. Era sparito l'allegrone, il ragazzo dagli occhi scintillanti che tutti lì intorno conoscevano e amavano. Sembrava furioso. Al limite della sopportazione. «E va bene! Prenditi la polmonite allora. Ritrovati con un polmone collassato».

«Lo farò!», ribatté Pip in tono di sfida, buttando giù il resto della birra e sbattendo poi il boccale sul bancone. «E già che ho avuto la maledetta fortuna di essere viva, potrei anche cominciare a festeggiare, cavolo! Andiamo, Jack».

Jack la guardò, preso alla sprovvista. «Eh?»

«Mi volevi far vedere la tua camera, no?»

«Ah, sì. Giusto». E anche lui finì la birra.

Pip lo prese per mano e passò davanti a Taigh con fare trionfante. «E un'altra cosa, Taigh… ti farò sapere se mi lascia senza fiato, okay?».

Ai piedi della scala, Willow si guardava intorno nel salone immenso, ammutolita davanti allo spazio appena svelato. Per quel giorno erano andati tutti via, nonostante fosse sabato. C'erano sacche di attrezzi disseminate in ogni angolo, teli antipolvere distesi sul pavimento. Era difficile credere quanto fosse cambiato in soli tre giorni.

Ogni elemento decorativo, ogni testimonianza che era stata loro erano scomparsi, riposti in un magazzino o riposizionati a Dower House. Di quel luogo rimaneva solo l'ossatura, e che ossatura: scolpita, elegante, durevole. Fino a quel momento non aveva mai notato i mensoloni intarsiati o i frontoni di pietra decorati. A malapena si era presa il disturbo di alzare lo sguardo sulle travi a vista del soffitto o dedicare un attimo ad ammirare lo stemma araldico dipinto sugli scudi. Rusty, l'amata armatura ancestrale di suo padre, sembrava sempre incastonata nel tessuto della casa, invece era stata semplicemente sollevata e portata via come un aspirapolvere, lasciando senza la sua imperturbabile protezione il pavimento e il muro davanti al quale era rimasta sull'attenti per anni. La sua casa era come un soprano nel camerino dopo lo spettacolo: via il trucco, vestiti sulla sedia, capelli sciolti intorno a un viso pallido.

Il castello stava respirando adesso? Era questo che Connor aveva voluto vedere, il potere storico dei Lorne spogliato fino a lasciare solo un cuore nudo e palpitante?

Sospirò. Il solo pensare a lui la distraeva dal momento riportandola indietro nel tempo: il calore nei suoi occhi sabato sera, il turbamento lunedì, la prudenza con cui si era aperto martedì, come aveva smesso di parlare con i suoi operai per seguirla con lo sguardo mentre passava con l'ultimo scatolone rimasto per Dower House il giorno prima…

Chinò il capo e si guardò i piedi. Agitò le dita negli stivali, ma non riusciva a vederle sotto la spessa pelle. Si chiese se, quando le dita del piede si muovono dentro uno stivale ma nessuno le vede, si muovono davvero. E se una donna bacia uno sconosciuto a una festa ma si scopre che proprio quello sta comprando il suo castello, il bacio è avvenuto davvero? Perché, nonostante il sottofondo che si era creato tra loro, intere conversazioni avute con gli occhi e non con le labbra, erano stati fedeli alla loro parola. *Non c'è nessun noi.* Come avrebbe potuto esserci quando c'erano in gioco quattro milioni per lei e la solvibilità della sua azienda per lui? Nessuno dei due poteva permettersi che l'accordo non andasse a buon fine.

Lentamente, cominciò a salire le scale, guardandosi intorno stupita da quel castello così terribilmente diverso da ogni angolazione – sia dal basso sia dall'alto – dalla sua storia di fortificazione che era tornata improvvisamente alla ribalta non appena era stata spogliata dalle morbide comodità della vita domestica.

Si affacciò dalla balconata superiore. Quante volte era rimasta lì in piedi con le sorelle a guardare gli intrallazzi di sotto? All'epoca le feste erano frequenti: ogni fine settimana, le pareva. Le tre bambine dondolavano le gambe infilate nelle ringhiere e mangiavano dolci mentre guardavano approcci e balli, ammiravano i bei vestiti e i gioielli, gli uomini a volte nei loro kilt scuri. Quanto aveva desiderato diventare grande. Chissà se era l'unica delle tre sorelle a essere rimasta delusa dalla realtà dell'età adulta… In quel periodo andava anche lei a molte feste, ma gli abbaglianti luccichii e i contorni sfarzosi che allora sembravano incorniciare la sua visione del mondo erano spariti, lasciando solo tinte opache e forme spigolose. Momenti dorati come quelli che aveva vissuto lì erano rarissimi.

Un rumore alla porta d'ingresso le fece rialzare lo sguardo. Un operaio che aveva dimenticato qualcosa? Uno dei pittori? Fece un verso seccato. Era andata volutamente tardi al castello, aspettando che andassero via tutti, per poter vedere da sola com'era diventata casa sua. Non voleva pubblico mentre la osservava sventrata, di certo per la prima volta, ed era felice di aver avuto quel momento per sé. Oltre a essere state svuotate e rivestite di impalcature, da metà delle camere da letto era già stato tolto il chintz da casa di campagna sulle pareti ora imbiancate. Gli operai non avrebbero però toccato la carta da parati in seta e le tinte gioiello delle stanze da intrattenimento del piano di sotto; almeno questo lo aveva puntualizzato. Non prima che il castello fosse ufficialmente venduto.

A ogni modo andar lì quella sera era stato terribile. Non perché il castello non apparisse migliore, lo era. Solo che già non sembrava più casa sua. Il passaggio era iniziato e non sapeva come avrebbe reagito sua madre nel vederlo… se non male.

Lo scatto della serratura e i passi sul porfido la bloccarono e, da quella posizione sopraelevata, fu in grado di vederlo prima che lui vedesse lei; di vederlo palesemente ritrarsi alla sua vista.

«Ah, pensavo fossero andati via tutti», disse Connor.

«Infatti».

«Non c'erano macchine qui fuori, così supponevo che…».

«Sono venuta a piedi da Dower House».

Distolse lo sguardo da lei come si fa quando si toglie un quadro dal chiodo e ci si guarda intorno. «Allora, cosa ne pensi?»

«Cosa ne pensi *tu*?», ribatté lei.

«A me sembra molto meglio».

«Non riesco a credere a quanto hanno già fatto finora», aggiunse Willow con disinvoltura.

«Sì, sono molto efficienti».

Efficienti? A dire poco. «Ora capisco cosa intendevi quando parlavi di squadra SWAT. Pensavo avessi esagerato».

La guardò, rigido e Willow dovette trattenersi a forza per restare ferma dov'era e non corrergli incontro giù per le scale.

«Io non esagero mai».

«Ancora convinto di fare tutto entro il prossimo fine settimana?»

«Ci siamo con i tempi, quindi sì», annuì. «Anche se mi rendo conto che non possa sembrare così al momento. Domani la copertura del tetto...».

«Lavorano anche di domenica?»

«Per forza». Alzò le spalle. «Significa paga doppia, ma dobbiamo tirar fuori il tutto per tutto se vogliamo fare in tempo. I lavori di falegnameria saranno finiti tra lunedì e martedì; mercoledì via i ponteggi e dentro i mobili; giovedì catering e staff. Venerdì mattina apertura ufficiale, anche se gli ospiti non arriveranno prima del tardo pomeriggio, quindi avremo qualche ora in più per eventuali intoppi».

La guardò di nuovo, ma la sua concentrazione parve spostarsi e Willow sentì un groppo di tensione fermarsi alla bocca dello stomaco. Lo guardò salire le scale, con i gradini che scricchiolavano sotto i piedi perché non sapeva – almeno non ancora – quali cedevano e quali no. Ma forse non l'avrebbe saputo mai: uno dei duecento forzuti del suo esercito avrebbe potuto semplicemente risolvere il problema riducendoli al perfetto silenzio. Non avrebbe mai conosciuto quel posto come lo conosceva lei.

Quando Connor raggiunse il pianerottolo, Willow si rese conto di trattenere il respiro; era come avvicinarsi al sole, il calore aumentava mentre veniva verso di lei e...

La superò, sfiorandola con gli occhi come avrebbe fatto la brezza.

«Dove stai andando?», gli chiese percependone la scia fredda.

«A vedere cosa hanno fatto oggi i ragazzi». Sparì nella stanza verde, o meglio, in quella che *una volta* era stata la stanza verde, e si sentì invadere da una cocente delusione. Ne uscì un minuto dopo. «Puoi aiutarmi con una cosa?».

Si avviò, entrando in quella che era sempre stata la stanza di sua nonna quando andava a stare da loro. Le piaceva ricevere la luce del mattino, dato che si svegliava comunque molto presto. Diceva che vedere i raggi dell'alba risalire lungo i muri faceva sembrare le notti più brevi. «Che c'è?»

«Cos'è questo, lo sai?». Connor era accovacciato a terra e indicava un buco perfettamente rotondo sul pavimento, quasi attaccato alla parete esterna. Era rimasto nascosto per anni sotto un *armoire* di palissandro.

Willow gli si accovacciò accanto, perplessa. Come faceva a non saperlo? «È una *meurtrière*. O buco della morte».

«Un buco di...?». Abbassò di nuovo lo sguardo.

«Era un sistema di difesa secondario quando facevano breccia nel castello, che è avvenuto solo quattro volte in settecento anni. Da qui si colava pece bollente oppure olio o cera, sugli invasori di sotto».

«Un buco della morte», ripeté guardandola con un ghigno divertito. Willow avrebbe preferito che non l'avesse fatto... era così vicino.

Si alzò e Connor fece altrettanto. «È un castello, ricordalo».

Gli si accese una luce negli occhi a quella scoperta, una gioia infantile che animò il suo atteggiamento solitamente distaccato. «Qualche altro *peccadillo* architettonico che dovrei conoscere?»

«Numerosi. Di questi ce ne sono tre in ogni ala. Poi c'è il passaggio di sortita giù alla posterla che...».

«La sortita...», le fece eco e la guardò mentre parlava, il suo alito sul viso come una piuma che danza nel vento.

«Il buco del prete nella sala del mattino. Il passaggio segreto dalla biblioteca».

La fissò con uno sguardo intenso e, per un attimo, sembrò aver dimenticato come si parla. Calò il silenzio là dove avrebbero dovuto esserci parole. «...Questo posto ha un cavolo di passato!».

«E anche un radioso futuro», disse semplicemente, rompendo l'incantesimo e andando avanti. Quanto sarebbe stato facile innamorarsi di lui; era lo sforzo di non cedere a farla vacillare.

Connor continuò a osservarla e fu come se le mandasse su di giri il cuore, sempre più veloce e più veloce...

Willow indietreggiò di un altro passo. «Comunque, senti, ora devo andare. Stavo giusto per tornare a...».

«Willow, aspetta».

«Che c'è?», chiese dalla zona sicura della soglia.

Connor ebbe un attimo di incertezza. «Sto all'Hare stanotte. Se sei libera potremmo... bere qualcosa insieme? Cenare? Parlare di affari».

Willow lo fissò, desiderando quello e nient'altro: un po' di tempo con lui. Un drink con lui. Una cena con lui. Una notte con lui. Il quotidiano e il mondano diventavano in qualche modo vitali con lui. Era un alchimista, faceva sfrigolare l'aria, formicolare la pelle.

«E poi è il nostro anniversario», aggiunse con un sorriso al prolungarsi della sua esitazione. «Una settimana da quando ci siamo conosciuti».

Era davvero passata una settimana da quando aveva posato gli occhi su di lui? Una settimana da *quei* baci che la vedevano portarsi le dita alle labbra ogni volta che ci ripensava? Una settimana da quando Pip era andata a fare la nuotata di mezzanotte? Quasi tre dalla morte di suo padre? La vita stava cambiando più in fretta di quanto riuscisse a starle dietro. Aveva stretto un accordo ipotetico per la sua casa, spogliato in pochi giorni un castello che la sua famiglia abitava da sette secoli. Non aveva più alcuna ancora. Era come se le avessero sfilato la terra da sotto i piedi e ancora non sapeva se stesse volando o precipitando.

Connor si avvicinò e la guardò negli occhi.

Erano entrambe le cose.

L'Hare era sovraffollato, gli avventori abituali sgomitavano per un posto al bar con il grande afflusso di lavoratori arruolati nei lavori del castello, Joe e sua madre Betty lavoravano a pieno ritmo per stare dietro alle ordinazioni.

«Forse venire qui non è stata la scelta migliore», disse Connor proprio mentre un altro operaio passava davanti al loro tavolo con le mani piene di boccali di birra, strizzando l'occhio e ammiccando al suo capo.

«Anzi, secondo me è perfetto», rispose Willow dandosi un contegno, sollevata di avere gente intorno. Chiaramente non si fidava. Quel momento che era passato tra loro al castello... c'era mancato pochissimo.

Erano seduti a un tavolo tra la finestra e il caminetto. Le finestre erano appannate e le luci dell'albero di Natale sulla piazza del villaggio brillavano sfocate al di là. Anche nel pub c'erano lucine accese, lussureggianti rami decorativi rossi e verdi appesi alle travi e alle pareti, grappoli di agrifoglio e vischio attaccati allo specchio del bar, un albero nell'angolo vicino ai bagni, forse un po' troppo alto, al punto che la cima era tagliata e un angelo piegato in avanti, in una precaria angolazione.

«Che mi consigli?», le chiese visionando il menù.

«Il manzo. Joe lo prende da Paddy Mahoney, lungo la strada per i Finnegan».

«Davvero? E se prendessi l'agnello?»

«Di Bob e Liz alla Fairgreen Farm, dall'altra parte del villaggio».

«Il pollo?».

Willow fece una smorfia. «Glielo spediscono, temo».

«Da dove?»

«Cork».

«Da lì fino a quaggiù?», la stuzzicò.

«Lo so. Scioccante».

«E che mi dici del… fagiano?»

«Tenuta di Bertie Flanagan. Sempre buono».

Connor mise giù il menù e la osservò. «Una comunità molto unita, allora».

«Sì. Tutti conoscono tutti».

«E anche i fatti di tutti?».

Willow diede un'alzata di spalla. «Ovvio».

«Quindi se noi ceniamo qui verrà interpretato come…».

«Un incontro di lavoro. Con il cibo. Ti sto solo presentando i fornitori da cui dovrai attingere se volessi aprire un ristorante nel tuo nuovo club». Diede un'altra alzata di spalle con indifferenza, ma erano parole buffe da dire. Il suo castello – casa sua – una clubhouse.

«Capisco». Connor tamburellò leggermente contro la sua pinta di birra, dove la condensa colava di lato mentre il fuoco scoppiettava e crepitava lì accanto.

«Oh, ciao, Willow».

La ragazza alzò gli occhi e vide Taigh togliersi il cappotto entrando. Aveva le guance rosse e, per una volta, non era in divisa.

«Ciao, Taigh. Non lavori oggi?»

«Grazie a Dio, no. Meglio che ci sia una botte di birra con il mio nome sopra quaggiù». Spostò uno sguardo interrogativo su Connor.

«Ah, ti presento Connor Shaye. Ha… affittato il castello per un evento la prossima settimana. Stavamo giusto discutendo la logistica».

Taigh gli tese la mano per stringergliela. «Ciao».

«Ciao», rispose Connor.

«Hai portato una bella squadra a lavorare per te», disse accennando con la testa al bancone affollato.

«C'è molto da fare. È un lavoro che mette sete».

«Taigh, a proposito, sei riuscito a incontrare Pip?», chiese Willow prima di un sorso del suo gin tonic.

«No. Cioè, ieri sera sì, ma…». Cambiò espressione, il suo viso allegro e sincero si oscurò. «Temo di aver gettato la spugna. Non ne vuole sapere e io ho cose migliori da fare che cercare di convincerla altrimenti».

Willow storse il naso. «Ah, mi dispiace. Sa essere testarda come un mulo quando vuole».

«Già…». Parve a disagio. «Be', sarà meglio affilare i gomiti e cominciare la battaglia per una birra. Cavolo se è pieno… Ci si vede».

Willow riportò l'attenzione su Connor. «Pip è la più indisponente che…». Si bloccò all'improvviso quando vide il modo in cui la guardava. «Che c'è?»

«Niente. Mi stavo solo chiedendo cosa farai quando avrai venduto qui. Mi sembri ben intrecciata a questo posto».

«La mia famiglia, sì, ma io torno a Dublino. Francamente non vedo l'ora che arrivi quel momento».

«Non ti mancherà qui?»

«No», disse in fretta. «La vita per me è nel grande fumo. Lavoro a cinque minuti da dove abito. Bar fantastici. Buoni amici. È una buona sistemazione. Un buon equilibrio tra vita e lavoro, tutto quanto».

«Dove lavori?»

«Alla Pyro Tink».

«Ah, sì, ne ho sentito parlare. Ho un sacco di amici che ci vanno. Ho sentito che si suda parecchio».

«Sì, è vero». Lo guardò dritto negli occhi. «Dovresti provare qualche volta».

«Tieni tu le lezioni?»

«Oddio no!». Rise. «Sono già felice di sopravvivere. Il corso Rebel mi ha salvato la vita». Non c'era una sola bugia in quelle parole. Le lezioni intense e punitive che si era inflitta erano l'unica cosa che l'aveva aiutata a sfogare la rabbia appena arrivata in città, danneggiata e votata all'autodistruzione.

«Allora sei la proprietaria?»

«No, la manager».

«Ah».

Connor annuì, ma Willow ne percepì la delusione in quel gesto. «Non possiamo mica essere tutti imprenditori», disse sulla difensiva.

«Perché no? Tu sei chiaramente una raffinata donna d'affari».

«Come no!».

«Mi hai inchiodato in un accordo che è diverse centinaia di migliaia di euro più costoso di quanto avrei voluto spendere. È molto più di quanto avrei pagato a tuo padre».

Willow sbatté le palpebre. «Veramente?».

Connor si strinse nelle spalle. «Mi hai messo alle corde. Io volevo comprare e tu mi hai preso in un momento in cui non ero nella posizione di fare un buon affare. O accettavo i tuoi termini o avrei perso tutto». Con il dito tamburellava sul bicchiere mentre la guardava.

«È solo questione di tempismo, allora, non di astuzia».

«Ti stai sminuendo?».

Willow minimizzò con un gesto. «Penso solo sia meglio conoscere i propri limiti e accettarli».

Connor si protese leggermente in avanti. «Io non sono molto bravo ad accettare i limiti». La inchiodò con gli occhi e la tensione tra loro crebbe di nuovo. Tutto quel tempo seduti lì a chiacchierare, ma quello che *non* si dicevano sembrava gridare sempre più forte.

«Ehi, Willow».

Alzò di nuovo lo sguardo e vide passare O'Finlan. La sua famiglia gestiva i giardini della tenuta da tre generazioni ormai. «Ciao, Tommy».

Connor si appoggiò allo schienale con un sorrisetto, permettendole di respirare di nuovo. «Non sono così sicuro di crederti».

«Su cosa?»

«Che te ne andrai da qui senza guardarti indietro».

«Mentalmente ed emotivamente me ne sono già andata. Sono qui solo per risolvere le questioni di papà».

«Non ti piace qui?»

«Certo che sì. Era casa mia».

«Era?»

«Adesso è Dublino». Guardò dentro il suo bicchiere, sperando che la smettesse di insistere.

Le andò male. «Perché sei andata via?».

Lo guardò a sua volta. «Perché qualcuno lascerebbe un posto del genere?»

«Eccitazione e avventura. Inseguire la fortuna». La osservò. «O perché non può più rimanere».

«Bene, eccoci. Fai un po' tu».

«Non potevi più rimanere». La osservò pensieroso. «Fammi indovinare. Separazione dolorosa?»

«No, niente del genere».

«Quindi non hai un ragazzo?».

Gli scoccò un'occhiataccia arrabbiata. «Pensi che ti avrei baciato se ce l'avessi?».

I loro sguardi si incontrarono di nuovo e Willow si sentì mancare la terra sotto i piedi, in un attimo.

«Willow…».

Willow deglutì, interrompendolo, sapendo da quel tono, da quell'unico sguardo, cosa avrebbe detto. «Dovevamo parlare di affari, ricordi?».

Ci fu una pausa riluttante. «Certo», rispose Connor con un altro sorso di birra. «Allora, parlami delle tue sorelle. Sono Pip e…?»

«Questo non è parlare di affari».

«Al contrario, è buona pratica sapere con chi si stanno facendo accordi. La prima regola di un imprenditore». Le scoccò un sorriso che le fece girare la testa.

Non poté che rispondere al sorriso. «Bene, hai conosciuto Pip. È quella di mezzo, due anni più grande di me, abbastanza selvatica, come hai visto. Fa le sue cose, non capisce le parole "basta" e "no". Un vero ragazzaccio. Pazza per i cavalli».

«Ma niente pantaloni di pelle».

«No. Decisamente no». Willow sorrise a quell'immagine, proprio quando notò che tanta gente li stava guardando, apparentemente intrigati dal loro *tête-à-tête*. Perché poi? Lo sapevano tutti che lui aveva preso in affitto il castello.

«E l'altra sorella?»

«Ottie?». Riportò di nuovo l'attenzione su di lui. «Ha tre anni più di me. È lei che avrebbe dovuto ereditare la tenuta, non io. Praticamente già la gestiva insieme a papà».

Connor corrugò la fronte. «E allora perché non l'ha avuta lei?».

Willow si strinse rigida nelle spalle. Eccoli di nuovo su un terreno pericoloso.

«Pensi che forse tuo padre stesse cercando di attirarti di nuovo qui? Lasciare un castello a una persona è un bel modo per legarti a stretto giro a un luogo».

«No. Penso semplicemente che sapesse che io sarei stata in grado di fare ciò che andava fatto e vendere. Sapeva che non ci ero affezionata». Il suo tono si era fatto duro. Granitico.

«Quindi Ottie è più sentimentale».

«Credo di sì. È una creativa, guidata più dal cuore che dalla testa».

«A quanto pare mi sono trovato la sorella più dura». Le scoccò un'occhiata. «Con cui negoziare, dico». Ma il sottinteso crepitò come una scarica elettrica lungo il tavolo.

Passò un uomo accanto al tavolo. «Tutto bene, Connor?», chiese allegro, ma c'era un tono ambiguo nella sua voce. Allusivo.

Connor alzò la testa e fece un cenno cauto.

«Temo che ci stiano guardando tutti», mormorò lei prendendo un altro sorso.

«Perché?».

Fece roteare gli occhi. «Perché il villaggio è piccolo e la gente mormora».

«Preferiresti andare in un luogo più appartato?».

Willow quasi sputò fuori la birra. «No!».

«Perché no? La mia stanza è proprio qui sopra. Possiamo mangiare lì».

Lo guardò con il cuore a mille. «Lo sai perché». Non avrebbero certo mangiato di sopra e lo sapevano bene entrambi.

«Willow… a me non importano i pettegolezzi idioti».

Poteva immaginarlo. Le riviste erano piene di sue foto con donne diverse in luoghi diversi senza mai alcun tipo di commento pubblico su chi fossero per lui. «Questo perché tu non sei di qui, ma la mia famiglia *è* questo posto. Niente passa inosservato».

«E allora? C'è davvero qualcosa di male se stiamo seduti qui insieme?»

«No. Non seduti qui insieme. È un incontro di affari».

«E se non fosse un incontro di affari? E se stessi davvero cercando di portarti di sopra? Porrebbero un veto su questo?»

«È quello che stai facendo?»

«Sì».

La semplicità di quella risposta le tolse il fiato mentre lo vedeva allungare la mano e sfiorarle i polpastrelli. «Non sono affari di nessun altro quello che succede tra noi».

Lo guardò, scossa. «Non c'è nessun noi».

«Non fai che ripeterlo».

«Perché siamo d'accordo».

«Dirlo non lo rende vero. Sappiamo entrambi che è una bugia. Qualcosa è già cominciato tra noi prima ancora che sapessimo chi eravamo, e continua ancora adesso… Non se ne andrà, Willow. Francamente, sarebbe una distrazione molto minore se smettessimo di combatterlo».

Lo osservò, vide il suo sguardo posarsi sulle sue labbra, percepì il calore dalla sua mano, la coscia contro la sua sotto il tavolo. Esisteva davvero l'amore a prima vista? Perché il cuore le stava dicendo di correre di sopra con lui. Di sottomettersi all'inevitabile. Di arrendersi. Ma la testa... «Non può succedere niente», disse piatta. «La posta in gioco è troppo alta. Se le cose finissero male prima della vendita...».

Non poteva permettersi di restare incollata lì, in sella a un castello che non poteva vendere e una madre che non poteva amare. La sua vita era a Dublino ormai, e doveva tornare lì, il prima possibile. Prima che l'abbandonasse.

«E perché dovrebbero finire male?»

«Perché queste cose finiscono sempre male», rispose lei rigida.

Le sorrise con gli occhi, estremamente sicuro e persuasivo. «A meno che non vadano bene».

«Non succede mai». L'affermazione fu una ghigliottina, affilata e definitiva.

Connor si incupì, fissandola senza capire. «Wow, non ti facevo così cinica».

«Sono solo realista», replicò lei, con il cuore stretto come fosse legato da corde.

Connor continuò a tamburellare pensieroso contro il bicchiere, passandole gli occhi sul viso, come a valutarla da capo. «Come si chiamava?»

«Chi?»

«Quello che ti ha ridotto così».

Willow sentì di nuovo il mondo inclinarsi di fianco, mentre tutto scivolava e cadeva fuori posto. Non ne avrebbe parlato. Non erano chiacchiere innocenti. Afferrò il cappotto e scivolò via dalla panca. «Devo andare», mormorò.

«Willow, aspetta», la richiamò lui stupito facendo il gesto di fermarla, ma lei era già fuori portata. «Non volevo...». Fece una risata sconcertata, ma Willow sentì bruciare le guance mentre infilava il cappotto. Per lei non c'era da ridere: le bugie, i giuramenti vuoti, le promesse non mantenute... «Senti, mi dispiace, non avevo capito che ci stessi così male. Mi stai dicendo sinceramente che non credi nel vero amore e nel lieto fine?»

«Esatto, Connor», disse con voce bassa e cupa, il cuore come una palla di fuoco che la bruciava dentro. «È proprio quello che sto dicendo».

Capitolo ventuno

Mercoledì 18 dicembre

La porta a battente era aperta, bloccata contro i muri di pietra. Quel giorno c'era poca brezza e con una sciarpa spessa al collo, un berretto a coste e mezzi guanti, Ottie era abbastanza coperta da poter lavorare solo con la sua casacca di tela. Il cavalletto era angolato in modo da offrirle la visuale sulla spiaggia, il lungo pennello di zibellino delicatamente tra le dita. Alcuni giorni – i giorni buoni – la pittura era come una meditazione, non un atto cosciente, quanto un dolce scivolare nell'*essere*; erano i giorni in cui le ore scorrevano come gelati che si sciolgono, in cui perfino Bertie usciva dai suoi pensieri e Ottie poteva accedere a quella parte tranquilla di sé che altrimenti rimaneva schiacciata nella vita quotidiana. Tutto il resto cessava di essere importante.

Di solito in quel periodo dell'anno, a causa del freddo pungente e della pioggia spesso fitta, portava gli attrezzi al piano di sopra e dentro casa, dipingendo vicino alla finestra, ma era impossibile farlo con un ospite in casa. Era comunque bello aprire la porta della rimessa delle barche e arieggiare un po' il locale che, altrimenti, si riempiva subito di muffa.

Lavorava al cavalletto, percependo l'armonia in cui entravano corpo e mente. Leniva tutto. La tela era per lei ciò che il tappetino era per Willow e la sella per Pip. Quando la sua mente correva e le emozioni diventavano troppo intense da essere controllate, la tela la riportava sempre dentro di sé, e in quel momento ne aveva un gran bisogno. Non era più andata lì da quando suo padre era morto, proprio perché aveva percepito che sarebbe stato *troppo* rischioso attingere alla parte più cruda di sé; riconoscere e provare quelle emozioni contrastanti di rabbia e dolore che avevano minacciato di travolgerla dalla sua morte. Se le ultime settimane le avevano insegnato qualcosa, era che la vita era breve e dura, e poteva essere crudele; le avevano dimostrato che doveva cogliere la felicità che aveva e tenerla stretta con entrambe le mani, non nasconderla dietro la schiena o appallottolarla in tasca. Le aveva mostrato che Bertie doveva lasciare sua moglie oppure Ottie doveva lasciare lui. In ogni caso, la fase successiva della sua vita doveva iniziare.

Fece un passo indietro e guardò la tela, fermandosi con cura i capelli dietro l'orecchio. Per una volta, le piaceva quello che vedeva: le pennellate vivide e vivaci che si muovevano in tocchi deliberati, in strati spessi e globuli di olio che si accumulavano come la glassa di una torta di Natale. Il suo paesaggio sembrava intenso, viscerale, tridimensionale…

I suoi occhi sfioravano di nuovo la spiaggia dipinta a riccioli, spessi ciuffi d'erba a strisce colorate in primo piano, l'antica massa delle colline lontane ben netta sullo sfondo. Di solito la tavolozza era dominata da ossido di cromo, cromite di cobalto, verde di Prussia, terra d'ombra bruciata, grigio di Davy, nero di perilene… "Colori malinconici", aveva detto una volta Bertie, quando glieli aveva mostrati. "Come un brutto ematoma".

Quel giorno, però, in un punto preciso della scena, aveva aggiunto il rosso carminio. Sollevò lo sguardo dalla tela alla realtà, all'uomo che passeggiava sulla sabbia con una giacca a vento rossa. Non era Ben, era dal fisioterapista: era passato a prenderlo Seamus trenta minuti prima, concedendole un'ora buona per sé stessa prima del suo ritorno… ma era così spesso là fuori che i suoi occhi lo videro comunque. Ogni giorno di bassa marea zoppicava lungo la sabbia bagnata, più solida sotto i piedi di quella asciutta, ma non ancora la superficie stabile su cui si sarebbe dovuto allenare, e ogni pochi passi la sua stampella sprofondava e scendeva nella sabbia, come una freccia nel ghiaccio, facendolo inclinare in modo maldestro. Il tutore al ginocchio appariva ingombrante anche da quella distanza, fissato sopra i pantaloncini da jogging, ma era passato a usare una sola stampella, aiutato nel rapido recupero dalla sua eccezionale forza e forma fisica, mentre l'elevata soglia del dolore lo portava a spingere più forte della maggior parte degli altri pazienti nelle sue condizioni.

Certi giorni restava alla finestra, aspettando che si ritirasse la marea, come un cane seduto sulla porta in attesa della passeggiata. Anche se il recupero era rapido, non lo era ancora abbastanza per i suoi gusti: era un paziente irrequieto, irritato e quasi innervosito da quell'insolita dipendenza. Ormai dormiva per un numero di ore assolutamente normale, l'organismo si era finalmente ripreso dalla doppia sfida dell'intervento chirurgico e della prova di resistenza estrema cui si era volontariamente sottoposto. In realtà, Ottie aveva il sospetto che si svegliasse prima di lei ormai quasi tutte le mattine, ma che rimanesse nella stanza finché non la sentiva muoversi e togliere le lenzuola, per essere sicuro che fosse vestita.

Era rimasta sorpresa da quanto si fosse rivelato di facile compagnia. Aveva capito che l'atteggiamento taciturno che aveva inizialmente giudicato poco amichevole era semplice riservatezza; non concedeva sorrisi ingiustificati o banalità, e non era un tipo da clamori o esagerazioni. Eppure era interessante e piuttosto divertente, con un'ironia sottile, e si erano ritrovati in una sorta di routine in cui trascorrevano le serate a chiacchierare mentre mangiavano e sparecchiavano, poi a giocare a carte. Ben era un discreto giocatore di poker ma, con tutto il rispetto, lei era un demonio: era stato suo padre a insegnare a lei e alle sorelle a giocare, dicendo che nessun uomo avrebbe mai tolto i soldi alle sue figlie. Una sera, guardando la televisione, Ottie gli aveva trovato una partita di baseball e lui aveva cercato di spiegarle le arcane regole, con risultati esilaranti quando si arrivò al "mangia inning". Avevano entrambi sghignazzato allora e, di tanto in tanto, ci ridevano su anche dopo trenta o quaranta minuti.

L'aspetto più sorprendente dell'averlo come ospite in casa, però, non era stata la facilità di averlo lì, ma il fatto che la compagnia le aveva fatto capire quanto fossero state solitarie le sue serate. Anche il dolore per la morte di suo padre era stato in qualche modo alleviato da quella presenza silenziosa e costante, anche perché non voleva che lui la sentisse piangere attraverso i muri, distesa sul divano. Da parte sua, Ottie lo aveva introdotto alle gioie del pane di soda, del *colcannon* di patate e dello stufato irlandese. Era bello cucinare per qualcuno; le era sempre sembrato un po' inutile cucinare un grande pasto per una persona sola e, quando andava da lei, Bertie non poteva mai fermarsi abbastanza a lungo per una cena fatta in casa, e non era comunque mai l'appetito dello stomaco che desiderava soddisfare.

Bertie, però, non era più passato da quando aveva scoperto che Ben era in convalescenza lì. "Sarebbe troppo sospetto se continuassi a venire", le aveva detto, un po' risentito e, per una volta, Ottie era stata d'accordo. Tutto sommato, se finalmente, a breve, sarebbero andati a vivere insieme, era giusto separarsi per quell'ultimo tratto.

Il buffo era, però, che quell'assenza forzata non la infastidiva, forse perché il traguardo era ormai in vista. Ogni mattina si svegliava con il cuore che fremeva come un uccellino in gabbia in attesa di liberarsi. Aveva aspettato quel momento per così tanto tempo: il suo sogno stava davvero per avverarsi? Come una bambina la vigilia di Natale, il momento che tanto aveva atteso era quasi arrivato e sembrava impossibile crederci dopo cinque anni di pazienza, silenzio, sopportazione.

Il telefono squillò ma lo ignorò. L'aveva accanto solo per la playlist rilassante che suonava tranquillamente in sottofondo permettendo alla mano di muoversi liberamente, scollegata dalla coscienza. Tutto si stava finalmente sistemando: sarebbe stata con Bertie; aveva fatto ammenda per il danno causato a Ben. Anche il crudo dolore per suo padre, che l'aveva scavata nelle prime sconvolgenti settimane, cominciava a diventare... familiare. Meno ostile.

Il telefono squillò di nuovo penetrando la sua attenzione, così guardò lo schermo infastidita: "Dave Bridges, macellaio".

Ah! Si affrettò a rispondere. «Bertie?»

«Otts, è lì?». Sembrava senza fiato e in cima a una collina, visto il vento che si abbatteva contro il telefono.

«Chi?»

«Gilmore! Chi altri?».

Ottie rimase interdetta da quello scatto. «No», si accigliò. «Perché?»

«Ti ha detto cosa ha fatto?»

«...No», disse cauta. Sembrava furioso. Fuori di sé.

«Mi sta facendo causa, porca miseria!».

«Cosa?»

«Dice che sono responsabile del suo incidente. Va dicendo che ho messo sconsideratamente in pericolo la sua vita! Che il percorso non era segnalato chiaramente».

Senza fiato, Ottie sentì la sua dolce eccitazione scoppiare come una bollicina di champagne. «Ma... non è giusto».

«Giusto? No che non è giusto! Ha intravisto una maledetta opportunità per fregarmi e ci sta provando! Se non potrà vincere il Triple – e non lo farà perché non si riprenderà mai in tempo per gareggiare alla Mont Blanc quest'anno – allora questa è la cosa migliore! Anzi, anche meglio! Vuole il triplo di quello che avrebbe avuto vincendo la Mont Blanc».

«Ti fa causa per tre milioni?», sussurrò Ottie, guardando senza vedere il tipo che passeggiava sulla spiaggia. Ben faceva causa a Bertie? Non riusciva a crederci. Non aveva fatto alcun accenno durante la colazione, né in tutto il tempo trascorso insieme. Non aveva protestato per le sue ferite, non si era lamentato delle condizioni di gara o dell'organizzazione.

Sembrava aver... accettato quello che era successo, considerandolo una cosa che capita. Un incidente, puro e semplice.

«Otts, ci devi parlare tu. Dissuaderlo».

«Io?»

«Sì, tu! Sta ancora da te, no? È ancora tuo ospite?»

«Be', sì, ma...».

«Allora è in debito con te. È in debito con te perché hai fatto più di quanto fosse tuo dovere per aiutarlo. È più che ragionevole che tu gli chieda un favore in cambio».

«Bertie, non rinuncerà a una causa di tre milioni di euro solo perché gli ho dato un letto e gli ho preparato dei pasti... Non mi ascolterà».

«Otts, piccola», disse lui in tono diverso, più morbido. Persuasivo. «Sicuramente tu e lui siete diventati amici, no? Vive in casa tua. Sei la cosa più vicina a un amico che ha qui. Un'alleata. So che se solo ci facessi una chiacchierata, ti ascolterebbe, gli faresti capire che non è *ragionevole*. Non è questo il senso della comunità Ultra. Va contro i nostri valori. Noi siamo solidali di fronte alle avversità. Spirito di squadra. Non ci facciamo *causa* a vicenda. I rischi sono insiti in un evento come questo».

Ottie si morse il labbro, ripensando all'immagine di Ben là fuori ogni giorno, a zoppicare sulla sabbia, con la voglia di tornare in forze con la stessa cupa determinazione che gli aveva permesso di correre le ultramaratone. Non riusciva a vederlo come uno che si fa dissuadere. «È un uomo. Non sono mai riuscita a dissuaderlo neanche dalla cosa più stupida».

«Non è vero. Ho visto come ti guarda».

«Oh, per l'amor del cielo, non essere ridicolo! Lui è...».

«Un uomo sa sempre quando un altro fiuta la sua donna, Ottie».

A quelle parole Ottie chiuse gli occhi. Era la sua donna. «A proposito... hai parlato con Shula?».

Ci fu una pausa seguita da un sospiro. «No, non ancora».

«Bertie...».

«Come faccio a parlare a Shula del nostro matrimonio quando Gilmore mette a rischio la mia attività, Otts, il mio *nome*? Non posso mettere troppa carne al fuoco».

Ottie rimase un attimo in silenzio. «Okay, senti, parlerò con Ben e cercherò di dissuaderlo. Così tu potrai concentrarti sul dare la notizia a Shula».

«Veramente?»

«Certo».

Percepì il sorriso dall'altra parte della linea. «Cavolo, sei fantastica, Ottie Lorne».

«Lo so. Quando ti rivedrò?»

«Non so bene, però presto. Non appena riesco a venir via. Portati sempre dietro il telefono, ti chiamo appena riesco a svicolarmi».

Con il fiato corto Ottie provò l'insolita sensazione di avere il cuore in una morsa. «Okay».

«Ora devo andare, ma ti amo Ottie. Non dimenticarlo. Presto staremo insieme».

«Presto», ripeté mettendo giù il telefono e chiedendosi perché non si fosse mai sentita così sola come quando era con l'uomo che amava.

Tre quarti d'ora dopo stava giusto ritornando al cottage, quando Ben entrò zoppicando sul vialetto del giardino. Aveva provato a perdersi di nuovo nella pittura, ma era rimasta scossa dalle notizie e aveva perso l'ispirazione. Aveva appena richiuso la rimessa, sciacquato i pennelli, tolto la casacca e posizionato il cavalletto ben lontano dalla porta in modo che fosse al riparo dalle infiltrazioni di pioggia, quando aveva sentito la macchina di Seamus e il modo cordiale in cui salutava il suo passeggero.

«Ciao!», lo salutò allegra notando troppo tardi la pittura sulle mani mentre Ben le si avvicinava a fatica. Aveva le guance arrossate – per il vento o per lo sforzo – e gli occhi lucidi, quasi febbricitanti. «Dio, che bella sensazione», annaspò quando

Ottie gli aprì la porta e poté entrare nel calore protettivo di casa, chiudendo fuori l'ululato del vento.

«Devi essere esausto», disse lei osservandolo trasalire appena mentre andava al bollitore.

«No, tutto bene».

Ottie non ne era tanto sicura. Cominciava a conoscerlo – a leggerlo – e sapeva quanto fosse abituato a spingersi oltre i limiti durante le ultramaratone. Adesso, però, era la cosa migliore da fare? «Lascia, faccio io. Riposati», disse cercando di togliergli il bollitore posando la mano sul manico, sopra la sua.

Ben la guardò. «Davvero, sto bene. Ce la faccio. Vuoi un caffè anche tu?».

Ottie si ritirò, sapendo che era meglio non insistere. Era sempre così determinato a essere indipendente, a non mostrare mai vulnerabilità di alcun tipo. «Certo». La sua claudicazione era notevolmente peggiorata da quando era uscito la mattina. «Penso davvero che dovresti prendere gli antidolorifici dopo questa sessione, però. Rischi di infiammare le articolazioni».

«Passerà», disse facendo leva sulla gamba sana e appoggiandosi al piano mentre l'acqua bolliva, mandando la testa indietro con sollievo e stanchezza. «Prenderò il caffè in camera e mi stenderò un po'. Tenere la gamba sollevata dovrebbe bastare ad alleviare la pressione».

«Vuoi del ghiaccio?»

«Hmm. Forse. Vediamo».

«Ben».

Al tono che usò, Ben la guardò negli occhi.

«Sono preoccupata per te. Ti stai sforzando troppo».

«E non va bene perché...».

«Rischi di strafare e farti male di nuovo».

«Sei preoccupata che rimanga bloccato qui?».

Ottie gemette. «Sei tu che non vedi l'ora di andartene».

La guardò divertito. «Ti giuro che so quello che faccio».

Ottie incrociò le braccia al petto, per certi versi a disagio.

«Non penso che tu abbia i recettori del dolore come la maggior parte delle persone».

La guardò in modo strano. «Certo che li ho». Si girò verso il bollitore e prese le tazze, versando il liquido bollente. «Ho solo scelto di ignorarli».

Ottie fece una breve risata. «Hai scelto di ignorare il dolore? Non sapevo che si potesse scegliere».

«Tutto si può scegliere, Ottie», disse semplicemente porgendole il caffè. Perfino lui si era arreso al fatto che fosse troppo difficile camminare con le stampelle e portare liquidi caldi allo stesso tempo.

Ottie prese la sua tazza.

«Il problema è che la gente è convinta che il dolore vada evitato».

«Perché così è! È proprio questo il punto! Restare sempre al sicuro!».

«Sì, il dolore ci dice quando qualcosa va male e va evitato. Ma è anche ciò che ci dice che siamo vivi. È segno della nostra vitalità. Mi spaventa di più l'idea di non provare sensazioni: apatia e torpore mi terrorizzano. Sono molto più pericolosi».

«Ma non hai paura che sia troppo? Più di quanto possa sopportare?», gli chiese.

«No. Credo che tutti noi abbiamo più resilienza di quanto sappiamo. È solo nei momenti difficili che abbiamo la possibilità di vedere di cosa siamo capaci».

Ottie lo fissò. Se questa attitudine a "scavare dentro" era la sua mentalità, non c'era modo che indietreggiasse dalla causa legale contro Bertie. Non aveva alcuna speranza di convincerlo altrimenti.

«La maggior parte della gente è sonnambula nella propria vita, Ottie. Resta nella propria zona di comfort perché è facile, conosciuta, sicura. Solo che la vita non è niente di tutto ciò. Può cambiare in un batter d'occhio. Pensi di essere felice, un giorno vai al lavoro e in un attimo...». Schioccò le dita. «Cambia tutto. Niente e nessuno è come pensi. Abbiamo *bi-*

sogno del dolore. Ci dice di andare avanti, di allontanarci, ci tiene al sicuro».

Ottie lo osservò percependo l'improvviso tono duro della voce, la tensione nella sua bocca, le labbra tirate, le parole che diventavano improvvisamente taglienti… Cosa gli era successo? Era accaduto *qualcosa* che gli aveva fatto imboccare il sentiero per l'esperienza estrema: il bisogno di affrontare il dolore, di superare i propri limiti. Un'"illuminazione", l'aveva definita.

Si era resa conto che Ben aveva lo sguardo fisso su di lei, ma non la vedeva. Era perso in un altro momento, in un altro tempo.

«Ben?». Gli occhi tornarono a metterla a fuoco. «Stai bene?».

Ben forzò un sorriso e Ottie sapeva che anche quello che avrebbe detto dopo sarebbe stato una bugia. Non faceva mai falsi sorrisi. «Certo».

Ottie vacillò, chiedendosi dove fosse andata la sua mente, perché in quel momentaneo cedimento il suo linguaggio del corpo e la sua energia erano cambiati, si erano allentati. Indeboliti perfino. Gli mise una mano sul braccio, sentendo il tendine e il muscolo, il calore del suo corpo esausto. «Ben, c'è qualcosa di cui vuoi parlare?».

Ben guardò la sua mano, quasi stupito da quel contatto, poi tornò sui suoi occhi. «No».

«Ho la sensazione che… ti sia successo qualcosa».

«Infatti. Si chiama vita».

Ottie tolse la mano e si girò per allontanarsi. Se cominciava con il sarcasmo…

«Ottie, aspetta, scusami. Non intendevo…». Sospirò. «Sono stanco. So che volevi solo essere gentile».

Gentile. Era questo che pensava di lei? Sotto certi aspetti le parve una pugnalata al petto, una pestata di piedi. Calò di nuovo un silenzio imbarazzato, un po' in linea con tutto il resto di quel giorno, entrambi goffi, mai a dire la cosa giusta.

«Hai dipinto?», le chiese mentre gli passava davanti.

«No», mentì. Era la sua risposta istintiva a una simile domanda in quei giorni. Era il suo segreto, non era affare di nessun altro il modo in cui sceglieva di sprecare il tempo; sapeva che non ne sarebbe mai venuto fuori nulla, che aveva un talento mediocre, nella migliore delle ipotesi. Ma Ben le prese la mano destra e la girò. Una striscia di vernice indaco era ancora visibile lungo il bordo esterno.

«Oh». Lo guardò. «Questo è…», ma non sapeva cosa dire, come mentirgli direttamente in faccia. Ad averlo lì, così vicino, lo percepì improvvisamente diverso. Per tutto il tempo passato insieme, era sempre stata così concentrata a fare ammenda che in qualche modo aveva visto solo il ferito, non l'uomo.

Sentì l'atmosfera cambiare. Si era reso conto di tenerle ancora la mano? Lo vide vagare con lo sguardo sul suo volto, come se anche lui la vedesse in modo diverso.

Si protese in avanti, Ottie trattenne il respiro…

Quel minuscolo movimento la tradì e Ben si fermò, occhi negli occhi con lei in un momento di spaventosa, rivelatrice sincerità. Stava per baciarla. Il momento palpitò… e scomparve.

«Hai un po' di… Non so cosa sia». Le tamponò leggermente la pelle e girò il dito per mostrarle il punto di terra d'ombra bruciata.

«Ah». Il cuore correva al doppio della velocità, la mente invece no. Non riusciva a pensare. «È… stucco».

«Stucco?»

«Sì. C'era una perdita nei tubi del corpo docce. L'ho… sigillato».

«Ah». Annuì, ma aveva di nuovo quello sguardo negli occhi, quello che lei non riusciva mai a decifrare, ma che temeva riuscisse a vedere attraverso le sue piccole bugie, e anche quelle grandi. «Sei brava a riparare le cose, vero? Tubi che perdono. Corridori infortunati. La prossima volta ti iscriverai alla Humpty Dumpty».

Cercò di sorridere. Era una battuta decente – abbastanza

per rompere di nuovo il ghiaccio e salvarli entrambi – ma ciò che era appena passato tra di loro l'aveva innervosita. Sfilò la mano dalla sua e si allontanò. «Sei sempre dell'idea di andare in città più tardi a prendere dei vestiti nuovi?», gli chiese posando gli occhi ovunque tranne che su di lui.

Lui si fermò, la guardava, la vedeva sempre. «Certo».

«Voglio dire, dillo se preferisci di no. Possiamo sempre andare domani, se sei stanco dopo la fisioterapia e…».

«Mi basta riposare un po' e starò bene».

Ottie annuì. «Diciamo tra un paio d'ore, allora?».

Ben la guardò prendere il cappotto e dirigersi alla porta, dimenticandosi completamente del caffè. «Certo. Due ore. Io e la mia gamba non vediamo l'ora».

Capitolo ventidue

Giovedì 19 dicembre

Pip era davanti alla porta, il collo incassato come un piccione viaggiatore, ma non era il calore che cercava. Aveva bisogno di coraggio, e molto. A pugni stretti, ripassava il discorso che si era preparata durante il tragitto e per tutta la notte, mentre se ne stava sdraiata a letto senza riuscire a dormire, fissando il soffitto. Doveva farlo. Non poteva farne a meno. Aveva provato a incassare la sconfitta, aveva cercato di conservare l'onore per la perdita della sua amata cavalla, ma quella mancanza era come un dolore al fianco, che la teneva sveglia di notte e affollava ogni suo pensiero. Doveva riprendersi Shalimar.

Con uno scatto di spavalderia, si slanciò sulla porta ed entrò prima ancora che da dentro potessero rispondere. Sapeva che c'era: gliel'aveva detto uno degli addetti alle stalle mentre parcheggiava e con un pizzico d'invidia guardava le moderne scuderie smart, i box gialli con inciso il logo Cuneen in nero.

«Ehi», disse ariosa, disturbando Sean che stava chiaramente guardando al computer qualcosa che non avrebbe dovuto.

«Gesù!», esclamò lui scuotendosi per togliere i piedi dalla scrivania e chiudendo in fretta e furia lo schermo. «Non si bussa?»

«L'ho fatto», rispose Pip con il suo più dolce sorriso. «Evidentemente eri molto preso dal lavoro».

Sean ebbe il buonsenso, perlomeno, di mostrare imbarazzo e Pip godette nel vederlo passarsi una mano tra i capelli cercando di rendersi presentabile. Indossava jeans e una felpa di pile a collo alto dalla quale il fisico corpulento cercava di scappare come un tubetto di dentifricio spremuto nel mezzo. «Pip», balbettò. «Ti stavo pensando...».

Pip guardò lo schermo nero con una smorfia. Sperava sinceramente di no.

«Mi chiedevo come te la stessi cavando. Stavo per chiamarti per essere certo che fossi di nuovo in pista».

"Di nuovo in pista", un altro eufemismo per "ancora viva". Era tentata di iniziare a segnarseli. Si strinse nelle spalle. «Certo, perché non dovrei? Mi hai visto l'altro giorno in cortile, dopotutto. Sono sana come un pesce».

«Alcune persone potrebbero... avere qualche difficoltà dopo aver passato quello che hai passato tu».

"Oh, ce le aveva avute le difficoltà", pensò tra sé e sé, ma non per il fatto di essere quasi annegata. Erano le perdite che erano difficili da accettare: suo padre, Lorne, Shalimar. «Sto bene».

Sean sghignazzò nervoso. «Sei un osso duro, Pip Lorne».

«Be', non mi hai certo rotto tu, Sean», disse con un sorriso sbilenco. «Per questo ho pensato di passare a trovarti. Stavo giusto rientrando da Cork». Era una bugia. Non aveva lasciato la tenuta per tutta la settimana, il raffreddore e la tosse che aveva cercato di scrollarsi di dosso l'avevano tenuta a bada.

«Ah sì?». Gli occhietti scuri di Sean si restrinsero nel suo viso pallido e carnoso, conferendogli uno sguardo porcino.

«Sì, sono venuta a lanciarti una sfida». L'espressione era intenzionale. Parlare di "offerta" gli avrebbe dato troppo margine di manovra per dirle di no, ma presentandogli una sfida parlava al suo orgoglio.

«Che genere di sfida?», chiese, all'apparenza tanto nervoso quanto sospettoso.

«Voglio la possibilità di riconquistare Shalimar».

Sean sedette meglio sullo sgabello girevole e raccolse le mani dietro la testa. «Oh, no. Assolutamente no», ridacchiò.

«Non sono uno sciocco. So cosa c'è in lei. *Tu* avresti potuto vincere qualcosa di meglio, ma lei è forte e ben curata ed è esattamente quello che mi serve qui. Non rischio di perderla di nuovo a tuo favore».

Pip sospirò. «Sì. Ho detto loro che avresti risposto così».

«Loro chi?»

«Solo tutti quelli che ritengono disonorevole il modo in cui l'hai ottenuta».

«Ma se l'ho vinta lealmente!».

Pip corrucciò le labbra pensosa. «Hmm, potrei essere d'accordo che l'hai conquistata nei termini della legalità, ma non direi che il modo sia stato giusto e corretto. In quella gara ero in svantaggio fin dall'inizio. La differenza nell'indice di massa corporea già indicava che non avrei mai avuto alcuna possibilità con quelle temperature. Se anche avessi avuto il tuo vantaggio in altezza e lunghezza della falcata, la tua potenza virile…». Non le sfuggì quanto Sean parve gonfiarsi a quel velato complimento. «Non importava quanto fossi in forma o determinata, sopravvivere a quella temperatura dell'acqua era una semplice questione di fisica e non avevo la massa per farcela. Naturalmente, ci sarei arrivata da sola se non fossi stata così ubriaca. Colpa mia. Ma molti dicono che hai approfittato del mio stato di ebbrezza».

«Ero ubriaco anch'io», dichiarò dondolando la sedia da una parte all'altra, come un ragazzino a cui è permesso di sedersi nell'ufficio del padre. «E poi la scommessa è stata una tua idea».

«Sì, ma metti tutto insieme: l'ubriachezza, la differenza di massa e il fatto che sono quasi annegata…». Diede un'alzata di spalle. «Tanta gente mi ha detto che non è stato affatto onorevole da parte tua riscuotere il premio, viste le circostanze».

«Chi? Chi l'ha detto?»

«Solo un sacco di gente, qua e là».

Fece di nuovo oscillare la sedia, guardandola intensamente,

cercando di pensare. «Sì, be', possono dire quello che vogliono. Un patto è un patto».

«Lo so. È esattamente quello che ho detto anch'io». Scrollò di nuovo le spalle, appollaiata sul bordo della scrivania. Era coperta di documenti – cartelle cliniche, orari degli eventi, liste di aste, vecchie copie del «Racing Post» – e di un calendario di Emily Ratajkowski del 2017 attaccato alla parete.

«Davvero?»

«Certo. Non mi interessa se il tuo comportamento sia stato onorevole o meno. Chi sono io per mettermi a fare la morale? Ho solo detto che, al diavolo l'orgoglio, ti saresti preso la vittoria perché sapevi di non potermi battere in un combattimento leale».

«Stai scherzando?». Sean scoppiò a ridere, battendo forte la mano sulla scrivania. «Davvero pensi che non potrei batterti?»

«Perché, tu sì?», ribatté in tono altrettanto incredulo.

Si fissarono a lungo, un piccolo sorriso cominciò a giocare sulle labbra di Pip. *Che pallone gonfiato, incartato nel suo stesso ego.*

«Quale sarebbe stata questa sfida?», chiese infine.

«Solo una semplice gara vecchio stile. Tu su un qualsiasi cavallo di tua scelta, io sul mio, una corsa diretta lungo la spiaggia di Lorne».

«...Quando?».

Pip fece un gesto disinvolto. «Domani pomeriggio? A meno che non ti serva più tempo per prepararti».

«Domani va bene», accettò allegro. Poi la fissò con sospetto, cercando chiaramente un tranello. «Quindi, se vinci, ti riprendi Shalimar?».

Pip annuì, con il cuore in gola all'idea di riavere la sua amata giumenta.

«E io? Cosa ottengo? Con tutto il rispetto, Pip, ma i ronzini da trekking non mi servono a niente e tu non hai altro che io possa volere».

«Non penso sia così». Pip sorrise, incrociando le gambe e piegandosi verso di lui. «Io ho qualcosa che i soldi non possono comprare».

Sean si fece serio, ma si avvicinò anche lui, incapace di fermarsi. «Ah sì? Tipo?».

«Mi dispiace, è un po' angusto», disse Willow, spostando la poltrona un po' più indietro, in modo che almeno le ginocchia non si toccassero.

«Affatto, anzi, lo trovo accogliente», disse Ferdy sorridendo, con un'educata e interessata perlustrazione del piccolo salotto. «L'hai già fatta sembrare una casa».

«Oh, lo pensi davvero?», chiese Willow speranzosa, guardandosi intorno con occhi obiettivi: lo specchio di finto bambù sopra il camino, il dipinto a olio preferito di suo padre alla parete, una cassapanca da viaggio appartenuta al bisnonno durante la guerra, il più grande tappeto di seta Oushak che potesse entrare in quella stanza. Come sempre, i colori erano chiassosi, le stampe facevano audacemente a pugni l'una con l'altra, senza alcuna traccia di beige da nessuna parte. Lei stessa aveva dipinto le pareti di verde mela, indossando una delle vecchie camicie del padre. Non che ci fosse molto altro da fare. Tra lei che cercava di stare lontana da Connor al castello e sua madre che cercava di stare lontana da lei lì – era *ancora* dai Flanagan – le giornate erano lunghe e solitarie. «È stata una vera corsa contro il tempo cercare di approntare la casa per mia madre. Non ha reagito bene quando le è stato detto che doveva lasciare il castello con ventiquattro ore di preavviso».

«Immagino», disse Ferdy con una smorfia. «Da quanti anni abita nel castello?»

«Trenta».

«È una fetta di vita importante per chiunque».

Willow annuì e fissò il fuoco ripensando all'espressione sbalordita di sua madre quando le aveva descritto nel dettaglio ciò che aveva concordato e il frenetico programma che questo comportava. «È già abbastanza difficile per lei adattarsi alla vedovanza anche senza dover affrontare tutti questi ulteriori cambiamenti. Alle mie sorelle non è andata così male – vivono nelle loro attuali case nella tenuta già da un po' di tempo – ma quando mi sveglio la mattina, subito prima di aprire gli occhi, non riesco a ricordare in quale edificio mi trovo, tantomeno la stanza. È una sensazione stranissima stare sdraiata lì senza avere la minima idea di dove sono. Mi sento così dislocata…».

«Ti capisco benissimo», la commiserò. «Viaggio molto per lavoro e spesso mi sveglio in stanze d'albergo senza sapere dove mi trovo».

«È sconcertante».

«Assolutamente sì, ma dovresti essere orgogliosa di ciò che hai raggiunto. Hai fatto più tu nelle ultime settimane di quanto chiunque altro sia riuscito in almeno cinquecento anni. Hai fatto la parte più difficile».

«In realtà penso che la parte difficile tocchi a *te*», disse lei sorridendo. «Non so come farai a decidere da dove cominciare. Abbiamo così tanta *roba*».

«Splendida roba», precisò Ferdy. «Mentre venivo qui sono passato al castello per assicurarmi che non venisse dimenticato nulla nelle cantine e nelle soffitte, e non riuscivo nemmeno a contare il numero di operai che avevano sul posto».

«Davvero?», chiese con leggerezza cercando di non pensarci. Di non pensare a *lui*. «Ho cercato di non stare tra i piedi».

«Molto saggio. Ci saranno stati trenta furgoni sul viale. Sembra che abbiano messo in moto una macchina a prova di bomba. Incredibilmente efficiente».

«Be', sono molto motivati», disse con un sorriso a denti stretti. Non vedeva o sentiva Connor da quando l'aveva lasciato al pub nel fine settimana, con lo sguardo incredulo sul suo viso mentre lei scappava che le tornava continuamente in mente. «Hai… visto come procede?».

Ferdy ci pensò su un attimo. «Hanno tolto i tappeti e levigato i pavimenti; credo che in questo momento stiano togliendo le pannellature. È tutto molto più… morbido a vedersi. Ancora grandioso, ma con un tocco contemporaneo, suppongo».

«Giusto». Provò un fremito di paura, non sapendo bene cosa significasse. Non per la prima volta, si chiese come diavolo avesse fatto a permettere tutto ciò.

«Penso ti piacerà». La guardò. «Anche se devo dire che mi stupisce che tu abbia permesso dei lavori così pesanti per un affitto tanto breve».

Eccolo, il momento di dirlo ad alta voce, di dire a qualcuno che era praticamene venduto. "Il castello di Lorne è venduto". Dirlo a tutti. «Erano lavori comunque necessari, quindi è una sorta di *win-win* per noi», disse, senza coraggio.

Ferdy diede un'alzata di spalle. «Be', in ogni caso grazie per avermi incontrato con così poco preavviso. So che sei molto occupata».

Willow si guardò i jeans schizzati di vernice, la camicia del padre, i capelli neri raccolti sotto una vecchia sciarpa di Hermès di sua madre. «In tutta sincerità sono io che dovrei ringraziarti per avermi dato la possibilità di fare una pausa. Mi dispiace solo che non ci sia mia madre. La vendita è sua, dopotutto». Anche se non si era lasciata coinvolgere neanche di un pelo…

«Bene, siamo a buon punto per passare alla fase due del processo. È stato tutto più o meno catalogato nel magazzino adesso, e possiamo cominciare le ricerche sulla provenienza e via dicendo prima di procedere con le valutazioni e la preparazione del catalogo per la vendita».

«Speriamo di avere il vento a favore», disse nervosa.

«Di quello non preoccuparti. Sono fiducioso che la vendita attirerà un significativo interesse. Tuo padre aveva buon gusto. La sua collezione di argenteria militare e soprattutto le pitture a olio europee richiameranno grossi acquirenti».

«La speranza è quella». Willow sorseggiò il suo tè.

«C'è soltanto un dettaglio che vorrei prima verificare insieme a te».

Willow rimase interdetta. «Ah sì? Cosa?»

«È il motivo per cui sono passato al castello, volevo dare un ultimo sguardo, in caso fosse stato impacchettato da qualche parte e dimenticato. Non è una cosa da poco… a quanto pare abbiamo perso un Gainsborough».

Willow gemette. «Oh, no, mamma non te l'ha detto vero?». Sospirò con uno sguardo di scuse. «Nient'altro che una leggenda di famiglia, temo. Una pia illusione da parte di qualche antenato giocatore d'azzardo indebitato».

«Be', è questo il punto. Non è così. Abbiamo trovato un riferimento in un vecchio libro di economia domestica in uno degli armadi della cucina».

Willow lo guardò stupefatta. In cucina? Allora suo padre l'aveva visto? Era per questo che era stato così determinato, così disperato nel cercarlo? «Che tipo di riferimento?»

«Nel registro ce n'è di ogni sorta: dettagli dei lavori di costruzione e degli oneri, costi di ricostruzione dopo un incendio del 1749. Stipendi pagati alla servitù. Spese di gestione della casa. E stando a un'annotazione del 3 febbraio 1752, uno dei vostri bis-bis-bis pagò una somma principesca per un ritratto di Gainsborough». Ferdy la guardò. «Willow, questa vendita diventerebbe un evento internazionale se riuscissimo a trovare e includere quel quadro».

Willow lo fissò e avrebbe tanto voluto potergli offrire una sorta di speranza. «Non credo che ci sia *alcuna* possibilità. Negli anni papà ha perlustrato il castello in lungo e in largo per cercarlo, ma l'abbiamo sempre considerata un'illusione senza speranza. Non l'abbiamo mai presa sul serio. Ormai era diventato un aneddoto di famiglia il racconto di papà con la torcia frontale che cammina carponi tra le travi del soffitto e nei vecchi solai – dove starnutiva disperatamente – nella speranza di trovarlo. Se c'era qualcuno che avrebbe dovuto rinvenirlo, era lui. Era certo che sarebbe stata la soluzione a tutti i nostri problemi». Sorrise nostalgica, immersa in un vecchio ricordo. «Una volta scoprimmo un caminetto murato nella vecchia cucina e papà era così eccitato, convinto che dovesse essere nascosto lassù. Non ti dico la sua faccia quando non trovò altro che vecchi nidi di uccelli...». Guardò di nuovo Ferdy. La sua delusione non era niente in confronto a quello di suo padre. «Alla fine, concluse che era stato venduto per saldare qualche debito, rubato da un servo vendicativo o distrutto in uno dei vari incendi nel corso degli anni».

Ferdy tirò un sospiro rammaricato. «Sarebbe un peccato se fosse davvero finito in uno di questi modi. Certo è che, se fosse stato venduto – da un antenato o da un servo – sarebbe già riemerso in qualche collezione privata o altro».

«Sì, è probabile», concordò Willow. «Quindi, molto probabilmente ha dovuto soccombere alle fiamme?».

L'altro sussultò e annuì. «In assenza di avvistamenti confermati da allora... sì». Appoggiò il suo tè sul tavolino da gioco dalle gambe sottili in stile Giorgio III e si alzò. Che peccato».

Si avviarono insieme verso la porta d'ingresso, in piedi nello stretto corridoio. Willow aveva messo una stella di Natale rossa su una consolle di ciliegio per dare un tocco di colore allo spazio altrimenti tetro. Era un primo debole tentativo con cui aveva cercato di iniettare un po' di spirito natalizio in casa, ma aveva il sospetto che la madre avrebbe trovato scorretto aggiungere altre decorazioni natalizie; come se dovesse scusarsi per aver continuato a vivere dopo la morte del marito.

«Non ti chiederò quanto varrebbe quel dipinto sul mercato odierno».

Ferdy si girò e trasalì nel guardarla. «Probabilmente è meglio di no».

«Oddio!», gemette. «Così tanto?»

«Pensala così: non puoi soffrire il lutto per qualcosa che non hai mai avuto». Le strinse di nuovo la mano e si incamminò tra l'erba incolta del vialetto. «Restiamo in contatto», le disse da sopra la spalla.

Willow chiuse la porta e il suo sguardo si posò su Rusty che ora si trovava lì dietro, goffo, in qualche modo minaccioso. Metterlo in vendita era fuori discussione, ma non c'era neanche un posto dove potesse andare.

Ripensò a quando suo padre lo aveva indossato alla festa di compleanno della madre. Aveva scricchiolato e cigolato a ogni movimento, provocandosi dei lividi mostruosi. Quella notte era stato riportato in vita, di nuovo animato come una volta sul campo di battaglia, ma ora se ne stava rigido e silenzioso, un semplice guscio vuoto. Un ricordo delle glorie di un tempo e della felicità passata. A promemoria che suo padre, l'ultimo cavaliere d'Irlanda, non c'era più. A promemoria che non c'era più nessuno a proteggerla.

Per tutta la sua presunta famiglia, era da sola.

Capitolo ventitré

Lo stesso giorno

«Ma... nevica?».

Ottie alzò lo sguardo, girando lentamente in cerchio con una mano rivolta al cielo. Soffici fiocchi di neve le cadevano sul palmo come zucchero a velo, scomparendo al contatto. Rabbrividì appena e si tirò su la chiusura lampo del giaccone. «Lo avevano detto che sarebbe arrivata».

«Allora farò meglio a comprare anche un cappotto», disse Ben.

«Penso anch'io», gli sorrise agganciandosi le buste sulla spalla con i cordini che affondavano nella giacca. «Anche se potrebbe essere una scocciatura comprare tutta questa roba per poi rientrare a casa tra un paio di giorni o poco più».

«Sempre che la fisioterapista mi dia il via libera più tardi», aggiunse lui cauto.

«Ma certo che te lo darà. Hai detto che già te lo aveva accennato alla scorsa seduta».

Ben tenne lo sguardo dritto davanti a sé mentre ondeggiava sulla stampella. «Ma non ci sono garanzie».

Non era vero. Si era dedicato instancabilmente ai suoi esercizi, azzerando ogni possibile rischio di fallimento. Sarebbe stato su quell'aereo domenica, ne era sicuro. «Come potrebbe non lasciarti andare? Ti sei impegnato così tanto! Tra una settimana questi luoghi non saranno che un lontano ricordo».

«Difficile», disse lui dandole una rapida occhiata. «E poi,

tutto quello che compro oggi sarà un souvenir del tempo che ho trascorso qui».

«Ah, be', è bello sapere che penserai a noi ogni volta che indosserai i tuoi nuovi calzini a righe». Ottie rise con un agio che non provava. Era cambiato qualcosa tra loro dopo quel momento in cucina il giorno precedente, anche se non sapeva dire con precisione cosa. C'era e non c'era, come un riflesso di luce visibile solo in certi momenti.

Camminavano lentamente. Tra la folla si sentiva protettiva nei suoi confronti, avrebbe voluto brandire un bastone e muoverlo in cerchio intorno a loro, tenendo lontane le persone. Tra le buste che dondolavano nelle mani, tutti concentrati sulla lista dei regali, le persone tendevano a non vedere la stampella o il tutore sulla gamba – tantomeno il polso ingessato – se non all'ultimo momento, e più volte quel pomeriggio aveva dovuto lanciarsi in avanti a fare barriera tra lui e qualche passante distratto che stava per andare dritto a sbattergli contro.

Pozze di luce dalle vetrine, manichini congelati in posizione con mani jazz e tacchi a spillo, drappeggiati di paillettes, morbidi velluti di peluche e grossi maglioni. Sopra di loro, le luci di Natale appese tra i lampioni, stelle giganti e ghiaccioli scintillanti sospesi come per magia. Un enorme albero di Natale drappeggiato di sfere dorate si ergeva orgoglioso nella piazza pedonale, tra bancarelle che vendevano cioccolata calda, cialde, crêpes e nocciole tostate.

«Immagino che sarai abituato alla neve a New York», disse. «Avete la neve vera laggiù».

«Ah sì, non scherza mica. Se nevica lo fa sul serio».

«Sta nevicando in questo periodo?»

«Sì».

«Scommetto che non vedi l'ora di tornare. Sei emozionato? Domenica a quest'ora sarai in volo».

«Non so bene come mi sento in proposito. Sono state due settimane molto intense», disse con lo sguardo a terra per evitare una pozzanghera.

«Ti manca casa tua?», chiese. Le uniche volte che qualcuno gli aveva telefonato erano state sempre chiamate di lavoro, voci brusche e sbrigative a chiedere se fosse raggiungibile.

«Penso di sì», disse disinvolto. «Anche se New York è solo la città in cui vivo. Non è quella che considero casa mia».

«Ah, sì? E qual è?»

«Nantucket, a poche ore da Manhattan. Non molto diverso da qui in effetti, frastagliata costa atlantica, piccola comunità. Abbastanza rurale. Ti piacerebbe, penso».

«Chissà, magari un giorno ti verrò a trovare».

Ben non rispose e Ottie lo interpretò come un rimprovero. No? Non voleva mantenere i rapporti?

Lo guardò di sottecchi e lo vide trasalire a ogni passo. Alla fine non erano riusciti a fare quelle commissioni il giorno prima. Nonostante le sue proteste, Ottie lo aveva visto ancora dolorante quando era uscito dalla camera da letto dopo un aver riposato un po' e si era categoricamente rifiutata di accompagnarlo. Era l'unico potere che aveva su di lui. Ormai non le permetteva nemmeno più di fare il tè e la promessa fatta a Bertie di convincerlo a ritirare la causa le sembrava un'impresa sempre più impossibile. Più volte aveva aperto la bocca per chiederglielo, pronta a usare la loro amicizia per incastrarlo in una posizione in cui non avrebbe potuto dirle di no, ma le era sempre mancato il coraggio… e la voce; per ragioni che non riusciva a capire, le sembrava di tradire lui, non Bertie.

Emise un piccolo gemito. «Ahi, i piedi mi fanno male da morire», disse con una smorfia. «Non è che ti va di fermarti a bere qualcosa? Mi andrebbe proprio di sedermi un attimo».

Negli occhi di Ben tornò quello sguardo. Quello che diceva che aveva capito che era una bugia.

«Che c'è?», chiese lei, sentendosi arrossire.

«Io sto bene. E tu sei una pessima bugiarda, per la cronaca!».

Ottie si morse il labbro. Beccata. «Stai soffrendo».

«Sì, ma è gestibile».

«Non dovrebbe essere gestibile. Ti stai sforzando troppo».

«Devo recuperare e togliermi dai piedi».

«Ma tu non mi stai tra i piedi. Per quanto mi riguarda, puoi prenderti tutto il tempo che vuoi. Mi sto proprio godendo la tua compagnia».

«Ottie, sei molto gentile, ma sappiamo entrambi che non puoi...», parve faticare a trovare le parole giuste. «Non puoi vivere la tua vita come si deve con me in casa tua». La guardò, e lei ebbe la netta impressione che stesse volutamente omettendo di dire qualcosa, quel riflesso di luce che lampeggiava tra loro, incoerente, indefinibile.

«Ben, queste sono quisquilie».

«*Quisquilie*. Ah, ecco un'altra parola interessante». Riprese a camminare. «La metto insieme alle banane».

Ottie rise. A Ben piaceva prenderla in giro per il suo linguaggio creativo e Ottie si rese conto che le piaceva essere presa in giro in quel modo.

Ben si fermò davanti alle vetrine del più bel negozio firmato della città – Ottie non c'era mai entrata per quel motivo, non potendosi permettere neanche un paio di calze – e guardò il giaccone di piume d'oca canadese grigio ardesia sul manichino.

«Un cappotto. Splendido. Fatto», disse rassegnato, riprendendo a zoppicare.

Fatto? Così? Un acquisto a quattro cifre!

Si affrettò dietro di lui.

«...Una taglia media del giaccone in vetrina, grazie», stava dicendo alla commessa.

Ottie era in mezzo al negozio, mordendosi il labbro mentre aspettava, passando in rassegna con lo sguardo gli espositori di abiti costosi e maglioni di cachemire, scarpe vertiginose e borse borchiate.

Il suo sguardo si posò su un abito di seta rossa di media lunghezza. Aveva lunghe maniche a campana e una coulisse in vita, una profonda scollatura stretta da lacci. Si avvicinò mentre la commessa tornava in gran fretta da Ben che infilò il giaccone per provare la taglia.

Ottie si fece scivolare il tessuto tra le dita. Era liscio e leggero, la gonna piena e fluida, un delicato filo d'oro cucito a intervalli.

«Provalo».

Si voltò. In piedi dietro di lei c'era Ben, con il cappotto già tolto e portato alla cassa da una commessa raggiante. La vendita più facile di sempre, sicuramente.

«Cosa?»

«Il vestito. Dovresti provarlo».

«Oh cavolo, no», si schermì lei, lasciando subito andare la manica ancora tra le dita.

«Perché no?»

«Vuoi dire a parte il fatto che costa più della mia macchina?»

«A parte quello».

Ottie alzò gli occhi al cielo. «Non saprei proprio quando indossare un capo del genere, tanto per cominciare. Non vivo una vita da vestito rosso».

La fissò. «Penso che sia la cosa più triste che abbia mai sentito». Ma c'era un luccichio ironico nei suoi occhi, e Ottie rise.

«Lo so», ridacchiò. «Non dirlo a me».

Ben si avvicinò alla cassa per pagare il cappotto e lo indossò appena usciti dal negozio. Ottie represse l'istinto di accarezzarne la pelliccia.

«Ottimo tempismo», commentò invece guardando i fiocchi che cadevano ora più intensi. La nevicata cominciava a stabilizzarsi. «C'era altro che volevi prendere?». Finora avevano comprato jeans, boxer, calze, qualche maglietta, due camicie casual, un maglione, un paio di mocassini e ora il cappotto. E portava tutto Ottie, cosa che chiaramente lo disturbava, perché faceva una smorfia ogni volta che la guardava e ogni volta che faceva un passo.

«No, questa roba dovrebbe bastarmi fino al ritorno a casa. Non dovrai più fare il bucato per me».

«Già, evviva», disse fiacca guardandolo per un attimo negli occhi. Cominciava a sembrarle strana, sbagliata perfino, l'idea che tornasse a casa. Vivendo così a stretto contatto, il loro rapporto – di amicizia, supponeva – aveva accelerato rapidamente. Era arrivata a considerarlo un coinquilino; non ne aveva mai avuti prima, e non ne avrebbe avuti dopo. Mancavano cinque giorni a Natale e, nonostante la sua ariosa offerta di rimanere per tutto il tempo di cui aveva bisogno, Bertie si sarebbe trasferito nel cottage con lei. Era stata categorica nel non voler mandar via Shula da casa sua. Bene, andiamo allora. Ti sorprenderà senz'altro sapere che non ho le gomme invernali sulla mia auto».

Ben si finse turbato. «No!».

Lentamente tornarono indietro zoppicando attraverso la città, verso il parcheggio. «Sai, c'è ancora una cosa che mi piacerebbe prendere prima di tornare a New York», disse meditabondo.

«Ah sì? Cosa?»

«Una pinta di Guinness».

«Non ne hai mai bevuta una?», si meravigliò Ottie.

Scosse la testa. «Ogni volta che sono venuto qui è stato per una gara. L'alcol era sempre fuori discussione». Scrollò le spalle. «Sembra proprio che sia il momento giusto, non credi?»

«Proprio così, accidenti! E se è una pinta di roba nera che cerchi, conosco il posto giusto». Sorrise, dondolando le borse tra le mani. «Dai. Andiamo a casa».

Sedettero al tavolo all'angolo, tra l'albero di Natale e la finestra. Ottie non aveva mai visto il pub così affollato.

«Chi è tutta questa gente?», chiese a Joe mentre era intento a tirare lentamente il rubinetto della spina.

«I vostri». Sorrise confuso, guardando la birra scura scorrere corposa.

«I nostri cosa?»

«Quelli su al castello. Stanno finendo i lavori di ristrutturazione».

Ottie sbatté le palpebre. «Quale ristrutturazione?»

«Non lo sai?», si stupì Joe nel vedere la sua espressione quando appoggiò la prima pinta. «Cavolo, è proprio vero che devi venire qui più spesso, Ottie. C'è un club privato di lusso che ha affittato tutto il posto per il fine settimana. In realtà è una festa in casa, ma com'è che l'hanno chiamata? Un… popcorn? Ah no, ecco, *pop-up*».

«Non ho la più pallida idea di cosa sia».

«Non lo sa nessuno qui, ma a quanto pare siamo tutti invitati alla grande festa di sabato sera. L'intero villaggio. Abito scuro. Roba di lusso».

«Abito scuro?», ripeté Ottie incredula. «Al castello questo fine settimana?».

Ottie si chiese che cosa diavolo avesse in mente Willow. Si erano viste appena… santo cielo, quando si erano viste l'ultima volta? Le settimane appena trascorse si erano dipanate in modo confuso, tra l'assistenza a Ben e le attenzioni a Bertie… Si era resa conto che era stato circa dieci giorni prima, quando Pip era in ospedale. Bertie le aveva scritto per dirle che sua madre stava *ancora* da loro – e ne sembrava piuttosto seccato – quindi non si era sentita particolarmente obbligata ad andare al castello.

«Grazie, Joe», mormorò, consegnando i soldi e prendendo i boccali con un sacchetto di noccioline stretto tra i denti.

«Che succede?», le chiese Ben con uno sguardo interrogativo mentre tornava, allungando la mano per prenderle le noccioline dalla bocca. Aveva sollevato la gamba in modo piuttosto comico su uno sgabello alto da bar per tenere il piede più in alto del cuore; dagli impercettibili spasmi agli occhi, Ottie aveva capito che il dolore palpitante era ricominciato dopo la loro spedizione di shopping.

«Non ho ben capito. La mia sorellina sembra aver organizzato una specie di… evento civico al castello in una quindicina di giorni». Gli sedette accanto passandogli la pinta che Ben ammirò per un lungo istante: il corpo di velluto nero, la stretta striscia di schiuma sulla parte superiore.

Ottie lo osservò prendere la sua prima sorsata, a occhi socchiusi. Quella mattina si era rasato per la prima volta da quando era andato a stare lì, e lei era rimasta sorpresa nel vederlo presentarsi a colazione con il nuovo look. La rasatura gli si addiceva, rivelava il suo viso finemente scolpito rimasto fino ad allora oscurato dall'invadenza di una ricrescita ostinata, ma lo faceva anche sembrare di nuovo un passo più vicino all'uomo che aveva lasciato sulla soglia di casa sua sotto la pioggia quel venerdì sera. Sembrava ormai pronto per giacca e cravatta, pronto per tornare a casa.

«Ah… sì», disse lui sospirando e guardando la pinta per poi tornare su di lei con un cenno di apprezzamento. «Ne è valsa la pena aspettare».

Ottie sorrise. Dire che non gli era piaciuta sarebbe stato come dire che non gli piaceva l'Irlanda. O gli irlandesi. O lei.

Prese un altro sorso, poi la rimise giù. «Allora, dicevi… un evento *civico*?»

«A quanto pare ha affittato il castello a un club privato e sabato organizzano una grande festa in abito scuro, alla quale è invitato l'intero villaggio».

«E l'intero villaggio vorrebbe andare a una festa in abito scuro?», chiese Ben, guardandosi intorno nel pub. Chi non indossava pantaloni da lavoro aveva la barba bianca o la testa calva.

«Probabilmente no», ridacchiò lei. «Ma forse lo sapevano già al momento di estendere l'invito: gesto amichevole, scarsa risposta».

Ben fece un fischio ironico. «Quanto cinismo in una persona così giovane, signorina Lorne».

«Guarda, da queste parti l'abito scuro si indossa solo ai funerali».

A quel punto toccò a lui ridere. «E tu ci andrai?»

«Cavolo, no», prese a sua volta un sorso di Guinness, tamponando velocemente i baffi bianchi con l'indice.

Ben la guardò senza capire. «Perché no?»

«Non sono un tipo da serata di gala».

«Perché non hai una vita da vestito rosso, vuoi dire?».

Sorrise. «Esattamente».

«Capito», annuì, e quel suo caratteristico tono ironico le fece sollevare gli angoli della bocca.

La porta del pub si aprì ed entrambi si girarono vedendo entrare una coppia di una certa età, seguita dai Flanagan.

Ottie si fece piccola piccola sulla sedia, come se cercasse di infilarcisi dentro e sparire. Lasciò cadere i capelli in avanti, schermandosi il viso mentre Shula e i suoi amici andavano dritti al tavolo vicino al camino, dove c'era il cartellino "Riservato". Bertie andò al bar.

Ben li osservò senza dire nulla, poi guardò lei e notò quella nuova postura accucciata. «Tutto bene?».

Ottie annuì con fare innocente. «Certo». In realtà, ora voleva andarsene da lì al più presto, ma avevano appena iniziato a bere e non le veniva in mente nessun motivo per cui dovessero andarsene all'improvviso.

Si portò i capelli da una parte e appoggiò la guancia nella mano destra. «Allora...», ma anche così vedeva Bertie riflesso nel vecchio boccale di peltro che teneva le posate sul tavolo. Era al bancone, con un piede appoggiato alla ringhiera. Indossava jeans, una camicia di twill e un gilet in pile di Schoffel color muschio.

Un'ombra appena accennata fece aggrottare la fronte di Ben, ma lui non fece alcun commento sul suo improvviso atteggiamento difensivo e prese un altro sorso della sua pinta. «Questo potrebbe diventare il mio nuovo vizio».

«*Nuovo* vizio? Vuol dire che ne ha altri?», chiese Ottie, il cui interesse si risvegliò per lasciar momentaneamente andare Bertie. «La mia impressione era che il tuo corpo fosse un tempio».

«...Se per tempio intendi una rovina azteca che si sta sgretolando, sì».

Ottie scoppiò a ridere.

Gesto sbagliato. Nel riflesso del boccale, vide Bertie girarsi a quel suono che ben conosceva. Rimase un attimo immobile nel vederli lì a bere insieme una pinta di birra.

Subito dopo si stava avvicinando.

Ottie si irrigidì, ben cosciente di averlo deluso non avendo ancora fatto alcun accenno alla questione della causa. Eppure c'erano state molte occasioni dal giorno prima: erano stati quasi sempre insieme, eppure non le era mai sembrato il momento giusto. Né chiacchierando mentre Ben faceva fisioterapia e lei stirava, né durante la tranquilla passeggiata lungo la spiaggia quella mattina durante la sua quotidiana raccolta dei rifiuti... Come avrebbe fatto a passare da chiacchiere leggere alla piccola questione di lasciar perdere i tre milioni di euro?

Eppure a Bertie serviva che lo facesse, a prescindere da quanto potesse essere difficile. Prese quindi coscienza che, inconsciamente, aveva fatto la sua scelta e non era stata Bertie.

«Gilmore». La voce di Bertie era dura e tagliente come selce.

«Flanagan», rispose Ben gelido.

«Mi aspetto che a questo punto abbia recuperato la ragione». Gli occhi di Bertie scivolarono verso di lei. «Ottie».

La ragazza lo fissò con il cuore impazzito e l'adrenalina che le inondava le vene come un diluvio primaverile. «Ciao», fu tutto ciò che riuscì a dire.

A quella risposta Bertie inarcò il sopracciglio e comprese perfettamente che lo aveva deluso. Ottie lesse tutto il suo disappunto nella piega tirata delle labbra. Bertie tornò su Ben.

«Il mio avvocato mi assicura che la sua accusa non sta in piedi».

Ben agitò il piede della gamba sollevata. «Be', come vede anche io non sto proprio in piedi».

Con suo grande orrore, Ottie scoppiò in una risata sconcertata che le risalì dalla gola, i geni di suo padre alzavano la testa sempre nei momenti sbagliati. Si schiaffò la mano sulla bocca e guardò Bertie quasi intimorita. «Scusate, non volevo», mormorò. «Non c'è niente da ridere».

Bertie la fulminò con lo sguardo, la rabbia e il disappunto più che palpabili. Lentamente si chinò, appoggiando i palmi delle mani sul tavolo, da una parte e dall'altra della gamba di Ben. Se avesse potuto, Ben avrebbe potuto colpirlo dritto in faccia, ma sapevano tutti che non l'avrebbe fatto. Lo sapeva anche Bertie.

«Te lo dico chiaro e tondo, Gilmore. Non ti farò infangare il mio marchio con le tue accuse infondate e ingiustificate. Sono anni che organizzo ultramaratone e prendo la sicurezza e l'incolumità dei partecipanti con la stessa serietà con cui vi auguriate che faccia».

«Allora come ho fatto a finire, in pieno giorno, aggrappato a una roccia per trentaquattro ore in piena tempesta, con fratture multiple? Non c'erano segnali su quel bivio, Flanagan».

«Sì che c'erano».

Ottie sentì stringersi il cuore a quella sfacciata bugia mentre fissava Bertie. Ben avrebbe potuto morire a causa loro. Come poteva negare una verità così importante? Bertie, però, non la guardava. I suoi occhi erano fissi su Ben, e viceversa, in reciproca antipatia.

Bertie ringhiò. «Presenterò una controdenuncia per diffamazione della mia reputazione. Per *cinque* milioni».

«Oh, io non mi avventurerei nel regno della reputazione, se fossi in te», dichiarò placidamente Ben, per niente stranito. «Tutta la storia del vivere in una casa di vetro e via dicendo».

Ci fu un lungo silenzio.

«...E questo che cosa significa?», chiese Bertie a bassa voce.

«Secondo te cosa significa?».

Ottie non si mosse. A malapena osava respirare. Che cosa significava? Cosa sapeva Ben?.

Si rese conto allora che il pub si stava facendo sempre più silenzioso: la gente aveva cominciato a far caso alla loro "conversazione" e all'atteggiamento di Bertie palesemente ostile e insolito.

Bertie si raddrizzò lentamente, più rosso in viso di quando correva. «Non finisce qui».

Ben inarcò un sopracciglio ma non rispose, e dopo un'altra occhiataccia Bertie girò le spalle e se ne andò di nuovo verso il bancone. Diverse persone lo seguirono con lo sguardo, voltandosi da lui all'altro mentre i pettegolezzi cominciarono a ronzare tra i presenti come uno sciame di insetti.

Ottie fissava la sua birra, senza sapere cosa dire.

Ben bevve un altro sorso della sua Guinness. «Hmm, ottima», commentò soddisfatto. «Ma non sono sicuro di volerne un'altra».

Capitolo ventiquattro

Venerdì 20 dicembre

Willow sceglieva il percorso con fare incerto sul terreno accidentato. La neve era caduta fitta per tutto il pomeriggio e la notte precedente, ed era difficile capire dove il terreno fosse solido e dove palude. Davanti a lei Mabel e Dot trotterellavano naso a terra, facendo sembrare tutto facile, con il guinzaglio blu di Prussia a stringere il corpo come un *lazo*.

Arrivò in cima alla collina con un sospiro di sollievo e, scostandosi dal viso i capelli spazzati dal vento, guardò verso la distesa dei campi fino al campeggio deserto e alla spiaggia più avanti. La neve arrivava fino ai margini della sabbia, le lunghe fronde dei ciuffi d'erba erano bacchette ghiacciate puntate verso l'alto. Il mare era una tempestosa corazzata grigia quel giorno, i cavalloni bianchi agitavano la baia, le nuvole correvano pesanti nel cielo… Strizzò leggermente gli occhi quando vide un numero insolito di persone sulla spiaggia.

Essendo di proprietà privata e parte della tenuta di Lorne, era sempre tranquilla… non che la sua famiglia avesse mai impedito agli abitanti del villaggio di usarla. "*Mi castello es tu castello*", scherzava sempre suo padre al pub, nonostante la maggior parte di loro andasse comunque a Dingle's Cove, che era più lunga e più vicina al villaggio. Ai campeggiatori era permesso usare la spiaggia privata di Lorne, ma non c'erano più tende nelle piazzole: Ottie chiudeva sempre dopo la Ultra, in vista del Natale.

Nel cottage la luce era accesa nonostante fosse mezzogiorno passato, così iniziò a farsi strada, vacillando, di nuovo laggiù. Non vedeva sua sorella da più di una settimana e la sera precedente, subito prima di addormentarsi, si era resa conto che non sapeva ancora dell'"occupazione" di quel fine settimana e, se fosse passata al castello, le sarebbe venuto un colpo. Dovevano parlare, e non solo di quel fine settimana.

A mano a mano che avanzava sui campi, la porticina rosa del timpano si allargava, così come la folla sulla spiaggia, un flusso costante di gente che riempiva il sentiero con giubbotti imbottiti e cani al guinzaglio. Bussò alla porta, con Mabel e Dot sedute sul tappetino ai suoi piedi, mentre guardava la gente con il cappello sfrecciare oltre la siepe, sempre più incuriosita. Stava sicuramente succedendo qualcosa.

«Willow!?». Ottie parve sorpresa. Portava i capelli biondo fragola raccolti in uno chignon spettinato, con alcuni riccioli liberi ai lati del viso e la cesta del bucato sul fianco.

Willow sentì il suo sorriso congelarsi a quel benvenuto. O meglio, non benvenuto, in una tensione solida come crema coagulata. «...Ehi, straniera. Ho pensato di fare un salto per un caffè».

Ottie annuì, ma fu un gesto esitante. «Magnifico! Entra».

Willow entrò nel cottage insieme ai cani e, nel togliere gli stivali di gomma, notò il mucchio di buste di acquisti accatastate vicino all'armadio dei cappotti, che le ricordò che doveva davvero iniziare a fare shopping per Natale. Il cottage profumava di rose e... qualcos'altro. Non riusciva a collocarlo. «Cosa sta succedendo sulla spiaggia, lo sai?»

«Non ne ho la minima idea», rispose Ottie scrollando le spalle e avvicinandosi alla grande finestra. «Stavo giusto guardando da qui. All'inizio ho pensato che fosse solo una coincidenza: un po' di gente che ha portato a spasso il cane da queste parti oggi. Ma questo?». Sospirò. «È una follia. È proprietà privata, dopotutto. Stavo giusto per scendere a controllare».

«Ah, vengo con te allora», disse Willow, tirando di nuovo su gli stivali. «Il caffè possiamo prenderlo dopo».

Il sorriso di Ottie si fece fisso. «Sì».

Uscirono insieme.

«Allora, come va?», chiese Ottie con leggerezza, tirando la giacca e armeggiando con la zip. «Non ti ho più vista».

Sembrava un'affermazione abbastanza innocua, ma sapevano entrambe che sotto quel ponte le acque scorrevano tumultuose. Willow aveva usurpato a Ottie lo status di erede legittima, e niente di ciò che una delle due avrebbe fatto o detto avrebbe potuto cambiare le cose. «Infatti, mi dispiace. Mi sono concentrata sul trasferimento della mamma a Dower House. È piuttosto deprimente laggiù. L'arredamento non è stato toccato per anni, così ho ridipinto tutte le stanze».

«Tutte?»

«Buona parte. Quelle che userà di più. Solo per farla sistemare».

«Sì, ho sentito che è stata da Shula…».

«Ah, sì? Chi te l'ha detto?», chiese Willow, sulla difensiva. Già tutto il villaggio sapeva che sua madre aveva lasciato la sua casa? Pensavano che fosse stata cacciata?

«Me l'ha detto Bertie», borbottò Ottie. «L'ho incontrato per caso l'altro giorno».

«Ah». Willow guardò la sorella, cercando di non reagire a quel nome.

Stavano camminando lungo il sentiero che si restringeva a un viottolo sulla spiaggia. Sia davanti che dietro di loro c'era gente…

Entrambe si accigliarono di fronte a quello spettacolo.

«E ho sentito che abbiamo ospiti al castello questo fine settimana», aggiunse Ottie disinvolta.

Oddio. Chi gliel'aveva detto? Willow aprì la bocca, ma passò un lungo istante prima che riuscisse a profferire parola. Era più difficile di quanto temesse. «Proprio così», disse, cercando di sembrare brillante. «Affitto per il fine settimana a un club privato. Per la loro festa di Natale».

«Giusto», disse Ottie in tono mite.

«Domani sera daranno una festa in abito scuro. Siete tutti i benvenuti. Dovresti assolutamente andarci».

«Tu ci vai?», chiese Ottie.

Il pensiero di rivedere Connor, dopo il modo in cui lo aveva abbandonato... «Oh... no. No, penso che ne me ne starò tranquilla a casa».

«Ma è il tuo castello, Will. Non pensi che dovresti esserci anche tu?». La voce di Ottie era chiaramente dura.

Willow si morse il labbro, sapendo che era il suo momento di dire alla sorella tutta la verità: ammettere che gli organizzatori della festa sarebbero presto diventati i proprietari. Prima o poi doveva venire fuori. La gente doveva saperlo: il lungo regno dei Lorne era ufficialmente finito.

«Senti, Otts, c'è una cosa che devo dirti», cominciò mentre scendevano sulla sabbia tra il fragoroso infrangersi delle onde, improvvisamente amplificato quando raggiunsero le dune basse.

«Ma che diavolo...?». Ottie si incupì ed entrambe smisero di camminare. Ci sarà stato almeno un centinaio di persone laggiù. «C'è qualcosa che non va».

Willow scrutò la scena, cercando a sua volta di trovarvi un senso. Lo striscione che la settimana prima era stato appeso al villaggio in occasione della Ultra, era ora infilato tra i pali di metallo di due corsie delimitate nella sabbia per quasi per tutta la lunghezza della spiaggia. Le bandierine di plastica dai colori vivaci svolazzavano e sventolavano rumorosamente al vento.

«È la domenica sportiva della scuola o qualcosa del genere?», le chiese Willow.

«A dicembre?»

«Una specie di sfilata, allora».

«Nessuno mi ha detto nien...».

Un brano di musica rimbombò improvvisamente dagli altoparlanti – *Eye of the Tiger*, nientemeno – che le fece girare entrambe, proprio quando scoppiò un forte applauso.

«Dimmi che non è vero!», gridò Ottie mentre un uomo in sovrappeso su un cavallo baio entrò all'improvviso al trotto sulla sabbia, tenendo le redini di un altro cavallo – vagamente familiare – che gli trottava accanto. In coda c'era Pip con quell'espressione sul viso che entrambe avevano già visto fin troppe volte. La mascella in avanti come se si fosse bloccata in quella posizione, e negli occhi le ribollivano una feroce intensità e una luminosità quasi incandescente.

«Oddio», gemette Willow mentre la sorella scapestrata trotterellava loro davanti senza neanche vederle. «Che diavolo le è saltato in mente adesso?».

Fergus nitrì scuotendo la testa e indietreggiando un po' mentre Shalimar veniva allontanata fuori portata, all'estremità della spiaggia.

«Ssh, va tutto bene, bello», disse Pip, con un gesto rassicurante, allungando la mano ad accarezzargli il collo. «Sta per tornare. Ce la riprenderemo, te lo prometto». Il cavallo fremette in risposta, la sua pelle già madida di sudore, con l'umidità del mare che si mescolava a quella del trotto instabile nella discesa dal parcheggio del camping e dell'emozione di ritrovare la vecchia compagna di scuderia.

Pip non distolse un attimo lo sguardo dalla sua amata giumenta, portata al traguardo da uno degli stallieri di Sean. Vederla la faceva stare male, doveva imbrigliare il suo istinto urtato dall'osservare qualcun altro che allontanava con disinvoltura il suo cavallo da premio. Sapeva di dover mantenere la calma. La mente lucida. Essere ciò che normalmente non le riusciva mai: paziente.

Proprio davanti a lei, Sean stava giocando davanti alla folla, facendo girare in tondo il suo stallone, Galway Pride. Con le sue 16,2 mani di altezza e un lignaggio che la faceva piangere, Pip sapeva di essere sfavorita. Fergus era alto 15,1 e non possedeva alcuna bellezza, ma aveva cuore e memoria lunga e, come lei, non distoglieva lo sguardo dal premio.

Il cavallo indietreggiò di qualche passo e ricominciò a nitrire, desideroso di andare avanti, come se già sapesse cosa ci si aspettava da lui. E lo sapeva. Ciò che non sapeva era la posta in gioco. Cosa avrebbero perso se Sean fosse stato il primo a varcare la linea tracciata nella sabbia.

Sapeva che Sean giocava sporco e radunava le truppe in questo modo, trasformando quella che avrebbe dovuto essere una gara privata in un evento locale. Ottie si sarebbe infuriata quando…

«Pip!».

Abbassò gli occhi. Parli del diavolo… Ottie e Willow la guardavano con occhi accusatori, le guance arrossate dal pungente vento di mare. Anche Pip tremava, sebbene non sentisse il freddo.

«Che diavolo sta succedendo?», le chiese seccata Ottie. «Cosa ci fa qui tutta questa gente?»

«Non dare la colpa a me. È stato Sean a dirglielo. Dobbiamo fare una gara».

«Ma no, davvero?», ribatté sarcastica Ottie, indicando il percorso delimitato. «Che vuol dire che dovete fare una gara?».

Gli occhi di Pip scivolarono colpevoli verso Willow.

La ragazza capì immediatamente. «Oh, Pip, no! Non sarà mica un'altra scommessa?».

«Ho dovuto farlo», si affrettò ad aggiungere. «Voi non potete capire».

«Invece sì! Capiamo che sei quasi morta l'ultima volta!».

«Sì, be', questa volta non succederà. Non sono ubriaca, tanto per cominciare. Ci ho pensato molto. Questa volta è equilibrato. Alla pari».

«Pip, non è alla pari. Il suo cavallo è enorme!», gridò Ottie accennando a Sean con un colpo di braccio.

«Posso farcela», dichiarò Pip con determinazione, tossendo. «So di potercela fare».

«Lo pensavi anche l'ultima volta», fu l'amaro commento di Willow.

Pip fissò entrambe le sorelle. «Sentite, dovevo farlo e basta. Devo riprendermi Shalimar. So che non capite cosa significa per me, ma...». La sua voce sfumò.

«E se non la riprendi, eh? Che cosa ci rimetti questa volta?», chiese Willow. «Cosa ne ricaverà lui?».

Ci volle molto tempo prima che rispondesse, come se le parole rifiutassero di formarsi. «La Lorne Cup».

Fu un tempo ancora più lungo prima che le sorelle rispondessero.

«Dimmi che è uno scherzo», disse Ottie con un filo di voce.

«Otts, non ho intenzione di perderla...».

«Era il bene più prezioso di papà».

Annuì. «Lo so. Era l'unica cosa che potevo offrire come incentivo».

«Non lo farai».

«Otts, non perderò».

«No, non lo farai», disse Ottie ancora più decisa.

«È la mia coppa», ribatté ostinata Pip. «Papà l'ha lasciata a me».

«E questa è la *mia* spiaggia. Annullo tutto quanto in questo preciso momento!».

A quelle parole Pip si raddrizzò sulla sella, tirando indietro le redini e sollevando la testa di Fergus. Preparandolo. Il cavallo pestò la sabbia facendo qualche passo sul posto un attimo prima che Pip gli stringesse le ginocchia sui fianchi. «Scusa», e si avviò al trotto sulla linea di partenza accanto a Sean.

«Pip!», urlò Ottie, ma il suo grido si perse nel vento rovesciandosi addosso a lei come un secchio d'acqua gelata. La folla si slanciò in avanti per vedere i due cavalieri che si preparavano. Un silenzio d'attesa calò come un velo, tanto che si udivano solo il mare e il vento e lo sbuffare dei cavalli.

Un altro degli stallieri delle scuderie di Sean aveva portato con sé una pistola da gara e alzò il braccio in aria. Fergus non aveva mai gareggiato in competizioni prima di allora; scorrazzare nei campi era quanto di più simile al galoppo avesse mai fatto, ma la reazione per l'imminente colpo di pistola avrebbe potuto spronarlo, tanto per cominciare. Oppure sarebbe andato completamente fuori di testa e l'avrebbe trascinata all'indietro.

«Forza bello», mormorò. «Non mi deludere. Andiamo a riprendercela».

«Buona fortuna, Pip», sogghignò Sean dall'alto, posizionato alla sua destra.

«Ti servirà!», le gridò qualcuno tra la folla.

Pip avrebbe tanto voluto mostrargli il dito medio, ma aveva già le redini tra le dita e guardava fisso davanti a sé, in fondo al rettilineo verso la massa color castagna accanto alla scogliera.

Il colpo di pistola partì e, come Pip aveva sperato e pregato, Fergus scattò veloce come il proiettile, lanciandosi sulla sabbia in preda allo spavento prima ancora di sapere cosa stesse facendo. Un tifo potente eruppe non appena partirono e Pip si abbassò al massimo, sentendo gli occhi lacrimare all'istante, sferzati dal vento. Con la coda dell'occhio vedeva mare e cielo ma non lo stallone, e sapeva che il suo istinto aveva avuto ragione, che il fattore sorpresa iniziale aveva giocato a loro favore. Galway Pride però era un corridore esperto; era a testa bassa, il ritmo equilibrato, e Pip sapeva che a velocità massima li avrebbe superati entrando a breve nel suo campo visivo, il più presto possibile.

Strinse le gambe più forte intorno al corpo tozzo di Fergus, le ginocchia quasi fino alle spalle, cercando di portare il viso accanto alle sue orecchie. «Dai, bello, dai», lo esortava mentre tagliavano la spiaggia al galoppo, divorando la distanza. La sagoma di Shalimar già si faceva più chiara, nel vedere i due cavalli avanzare rapidi verso di lei scalpitava nervosa creando non poche difficoltà allo stalliere.

Non erano nemmeno a metà strada quando apparve Galway Pride, con il muso scuro che guadagnava centimetri a ogni passo. Pip fu presa dal panico, ma si attaccò ancora di più al cavallo riducendo al massimo la resistenza del vento. Sentiva il respiro di Fergus – pesante, ritmico, disperato – e gli parlava mentre correvano. «Così ti voglio… Riprendiamocela… Forza, bello».

Fu un testa a testa. Mancavano un centinaio di metri e Shalimar doveva essere portata a disegnare degli otto per mantenere la calma. Il fragore della folla avrebbe potuto spaccare le nuvole, ma arrivava ovattato all'orecchio di Pip, che concentrava tutta la sua attenzione – tutta sé stessa – sul traguardo. Galway Pride era a un solo passo di distanza, propulsione, potenza e condizione fisica erano dalla sua parte. Ma Pip e Fergus, avevano cuore. Ottie e Willow non riuscivano a capire che non lo faceva per la gloria, per i soldi o per dare spettacolo e neanche per orgoglio. Lo faceva per amore, puro e semplice che a volte comportava rischiare il tutto per tutto.

Pip vide la semplice linea sulla sabbia davanti a sé, segnata con un bastone e pronta a essere cancellata dalla prossima marea, ma foriera di tutto. Fergus sudava copiosamente, le narici dilatate per inalare più aria, la testa bassa quando quella di Galway era alta, fuori tempo l'uno con l'altro, eppure con niente tra loro.

Riusciva a vedere i "giudici" da una parte e dall'altra della linea, la bocca semiaperta mentre filmavano concentrati con il telefonino, ma sarebbe stato sufficiente? Senza un rallentatore, sarebbero stati in grado di rilevare il margine tra di loro? Perché si sarebbe trattato di fotofinish, aperto a congetture… Anche se ce l'avesse fatta, sarebbe riuscita a convalidare il verdetto?

Poi, però, vedendoli così vicini Shalimar nitrì, riconoscendoli. Era il nitrito con cui salutava Pip ogni mattina quando scendeva le scale del suo appartamento e andava dritta alle stalle, con gli occhi ancora semichiusi, spettinata… In un gesto di gioia, saltò in aria, scalciando le gambe posteriori come un lipizzano. Era il suo gesto di gioia ogni volta che la facevano uscire sul campo e, in risposta, Fergus affondò ancora di più nel galoppo staccando l'altro di tutto il collo e aumentando lo sforzo, fermandosi quasi in scivolata e annusando la vecchia compagna.

Pip sentì un urlo e si rese conto che era suo, era suo il pugno alzato al cielo mentre toglieva i piedi dalle staffe e saltava giù sulla sabbia, ridendo e piangendo così forte da scatenare un attacco di tosse che le fece lacrimare gli occhi. Ma stava piangendo comunque, piegata in due, quasi incredula, il corpo fremente di adrenalina. Non appena riprese il respiro, gettò le braccia attorno alla bella testa di Shalimar, baciandola sulla guancia e baciando anche quella di Fergus, dandogli una pacca sul fianco e dicendogli tra i singhiozzi quanto fosse stato bravo, quanto fosse orgogliosa, quanto li amasse.

Non a caso aveva suggerito di posizionare Shalimar al traguardo. Sean aveva prontamente accettato, considerandolo quasi una provocazione, così vicina, eppure… Forte della convinzione che Pip non avesse alcuna possibilità contro le sue scuderie superiori. Ma Pip sapeva il fatto suo. Era un'esca. L'unico essere che aveva bisogno di agire con passione era Fergus. Solo lui si sarebbe assicurato di arrivare a lei per primo.

«Bella gara, Pip».

Si voltò e vide Sean accasciato sul suo cavallo, Galway che respirava a fatica, la pelle lucida di sudore.

«Sì, bella gara», riuscì a dire, ancora incapace di fermare le lacrime. Stava piangendo come una scema ma non le importava. Non le importava di niente.

«C'è mancato poco. Pensavo di averti ripreso alla fine».

«Già», singhiozzò lei con il muso di Shalimar e di Fergus contro il collo che la fecero ridere di nuovo.

Sean la guardò con gli occhi a fessura, notando il sudore che le bagnava i capelli, gli occhi troppo lucidi mentre tossiva e rideva e piangeva. «Ne è valsa la pena, fare tutto questo? Hai rischiato tutto, compresa la tua vita, per finire esattamente con quello che avevi fin dall'inizio».

Aveva assolutamente ragione. Eppure, era anche cambiato tutto. Non sapeva come spiegarlo. Scoppiò di nuovo a ridere, cercando di controllare le sue lacrime. «Ricordi la favola della vecchia che si lamentava che la sua casa era troppo piccola e del saggio che le disse di metterci dentro una mucca?».

Sean strizzò gli occhi senza capire.

«E poi una capra. E un maiale. E un cane e un gatto e così via...». Si asciugò ripetutamente le guance, ma le lacrime continuavano a scendere, una forza inarrestabile. «E proprio quando stava per perdere la testa per come giravano tutti per quella casetta, il saggio le disse di farli uscire di nuovo e, all'improvviso, la sua casa vuota le parve enorme...». Diede un'alzata di spalle. «È un po' come mi sento io».

«Giusto». Dall'espressione vuota sul suo viso a Pip venne il dubbio che non fosse un campione nelle allegorie. Sean si strinse allora stancamente nelle spalle. «Guarda, secondo me sei fuori di testa, ma buona fortuna, Pip. Credo che in un modo o nell'altro tu abbia ottenuto quello che volevi».

«In un modo o nell'altro», sussurrò Pip, guardandolo tirare le redini di Galway e girarlo, andando via lentamente come erano venuti. La folla in fondo alla spiaggia avanzava verso di loro in una massa giubilante, ma Pip non aveva bisogno di fare un giro celebrativo o di ricevere i loro applausi. Prese dallo stalliere le redini di Shalimar e si avvicinò ai cavalli. Conosceva il valore di ciò che aveva, era tutto ciò che desiderava, tutto ciò di cui aveva bisogno. D'ora in avanti, si sarebbe concentrata su quello. Il resto era acqua passata, in tutti i sensi.

Capitolo venticinque

«Allora ci vediamo stasera?», disse Pip sprangando il box del trasporto cavalli.

«Io ci sto. Mi pare divertente», disse Ottie disinvolta. «Will?»

«Uhm… forse», rispose evasiva, con Mabel e Dot di nuovo al guinzaglio in paziente attesa di essere riportati a casa nelle comodità del riposino pomeridiano davanti al fuoco.

«Non c'è forse», dichiarò Pip in tono solenne. «Non è Natale finché non canto *Silent Night*. Guardala così: abbiamo la neve e avremo i canti di Natale e i dolcetti tradizionali…». Le strizzò l'occhio con un sorriso sdolcinato. «*It's beginning to feel a lot like Christmas…*», canticchiò.

«Oddio, la vittoria ha messo qualcuno di buonumore», sogghignò Ottie. «Alle sette in piazza, okay?»

«Certo! Ci vediamo lì», confermò Pip rabbrividendo e stringendosi addosso il colletto del giaccone. «Con tutte e due».

«Basta che ti metti un giaccone più pesante», intervenne Ottie. «Batti i denti come una scimmia».

«Solo perché ho sudato e c'è questo vento bastardo. A dopo». Soffiò un bacio a entrambe e salì in macchina.

«Be'…». Ottie sospirò, guardandola andar via e girandosi di nuovo verso Willow. «Lo vuoi ancora quel caffè?», chiese quando imboccarono la via del ritorno.

«Oh… un'altra volta», disse lei sorridendo appena. «Ho preso già troppo vento adesso. Sarà meglio che riporti a casa i cani».

«Sicura?»

«Certo, grazie lo stesso».

Nel vederla voltarle le spalle per andar via, Ottie si fece seria. Sembrava distratta, piatta. Demoralizzata.

«Senti, Pip ha ragione, una volta tanto», la richiamò. Willow si girò. «Cerca di venire stasera per i canti di Natale se puoi. Lo hai fatto a malapena ultimamente. Ti farà bene uscire. A tutte noi, penso. È passato così tanto tempo dall'ultima volta in cui abbiamo fatto qualcosa insieme».

Willow esitò, il vento le sollevò i capelli facendoli svolazzare come seta nera stropicciata. «Va bene allora».

«Okay», disse Ottie guardandola andare via e sentendo la propria apprensione crescere ancora. Willow le dava l'impressione di una persona che porta sulle spalle il peso del mondo e provò un'improvvisa punta di senso di colpa per aver abbandonato la sorella minore al suo destino, per via di tutto lo sconcerto, la rabbia e la delusione. Scoprire di non aver ereditato la proprietà l'aveva turbata, ma per Willow scoprire il contrario... poteva forse essere stato peggio?

Avanzò lentamente nell'erba verso il cottage – con la neve era più difficile vedere le tane di coniglio, quindi teneva lo sguardo fisso a terra per evitare il rischio di slogarsi una caviglia – quando si ricordò all'improvviso che Willow era stata a un passo dal dirle qualcosa non appena erano arrivate sulla spiaggia. Si girò e la richiamò, ma Willow era già a metà del campo, con Dot e Mabel che le trotterellavano allegramente accanto. Rimase indietro a vedere la sua sagoma farsi sempre più piccola. Avrebbe dovuto aspettare, qualunque cosa fosse.

Ottie aprì il cancello in fondo al giardino ed entrò nel prato curato – almeno era sicuro sotto i piedi – quando si accorse che le porte della rimessa delle barche erano aperte. Ladri? Non era la prima volta che riceveva visite di passanti opportunisti dalla Way, in cerca di una bicicletta o un kayak. Quando però sentì la porta sbattere contro la parete, capì che il colpevole era il vento. Evidentemente non aveva chiuso bene i lucchetti pochi giorni prima, nella fretta di risalire a casa prima che rientrasse Ben…

Andò per chiuderla quando sentì dei movimenti all'interno.

Sbirciò con cautela.

«Ciao!», la salutò Ben, nel tono più vivace che gli avesse mai sentito. «Questi sono tuoi?», chiese indicando il mucchio di tele su una rastrelliera a terra.

Ottie si sentì mancare la terra sotto i piedi. «Che cosa ci fai qui?», chiese.

«Sono rientrato prima dalla mia seduta e mi hanno dato il via libera». La guardò come se si aspettasse delle congratulazioni, ma poi notò la sua espressione. «Ah, intendevi, *qui dentro*? Ho visto tutta quella gente in spiaggia e, dato che non eri in casa, ho pensato di raggiungerti. Poi ho sentito la porta che sbatteva per il vento, così sono venuto a chiuderla e…».

«E allora hai deciso di ficcare il naso in giro?». Lo fissò dritto negli occhi, travolta da una serie di emozioni: rabbia, imbarazzo, vergogna.

«Cosa? No, io…».

«Come ti permetti? Non puoi stare qui dentro».

«Scusa». Ben parve perplesso. «…C'è qualcosa che mi sfugge? Questi dipinti sono incredibili, Ottie», disse sollevando una delle tele più piccole. Era una vignetta disegnata ai piedi delle colline Morran. L'estate precedente aveva preso la barca e attraversato la baia per passare la giornata a dipingere *en plein air*, quasi incapace di smettere. Era il suo preferito. Si era concessa di sentirsi molto compiaciuta di quel lavoro. Ben tornò a guardarla. «Hai un cero talento, Ottie. Perché non mi hai mai detto di essere un'artista?»

«Perché non lo sono».

Ben fece un mezzo sorriso, come se pensasse che Ottie stesse facendo una battuta. «Oh, *sì* che lo sei. Lo vedrebbe anche un cieco. Voglio dire, mi avevi detto di aver frequentato la scuola d'arte, ma non mi ero reso conto che… e perché non ce n'è nessuno di sopra? Hai tutte quelle belle pareti vuote e nessun quadro?»

«Perché non sono abbastanza validi».

«Ottie», disse lui ridendo, ma il suo sorriso si spense quando vide, infine, l'espressione sul viso di lei. Non era falsa modestia. Ne era convinta. «Ottie, ma dici sul serio? La pensi veramente così?»

«È così. Sono infantili, autocelebrativi, malinconici, troppo drammatici». Si slanciò a togliergli la tela dalle mani, buttandola in un angolo. Il quadro si impigliò in uno dei ganci della rastrelliera e si strappò in alto. Ottie annaspò turbata e subito gli occhi le si riempirono di lacrime.

Ben guardò la scena stupefatto. «Ott…».

«Vattene subito! Non hai il diritto di stare qui!», gridò, sentendosi crollare.

Ben la fissò, sorpreso dall'espressione furiosa nei suoi occhi, senza capire che era entrato nel suo spazio più privato. Nel suo segreto. La parte di sé che a nessuno era concesso di vedere, non più.

«Ottie, mi dispiace, non potevo immaginare». Allungò una mano verso di lei, ma Ottie la schivò facilmente sapendo che era rallentato nei movimenti, e scappò via singhiozzando. Corse dentro il cottage sbattendosi dietro la porta rosa, ma non c'era più un posto dove rifugiarsi, neanche la camera da letto. Ben era ovunque. Prese allora la borsa accanto alla porta d'ingresso, cercando le chiavi di casa, ma non c'erano. Dov'erano? Pensò in fretta e furia, correndo dal divano al bagno, al piano della cucina.

Ben entrò zoppicando qualche minuto dopo, il volto terreo e, per un attimo, si guardarono e basta, i singhiozzi ancora potenti nel petto di Ottie.

Ben chiuse dolcemente la porta mentre lei gli voltava le spalle, incapace di sostenere il suo sguardo così perspicace.

«È stato lui a dirti quelle cose?»

«Chi?»

«Lo sai chi».

«Invece non lo so».

Sospirò stancamente. «Bertie».

Ottie gli lanciò la sua occhiataccia peggiore per incenerirlo, ma il battito del suo cuore era aumentato. «E perché *Bertie* avrebbe dovuto dirmi quelle cose?».

Ben si strinse nelle spalle. «Per tenerti qui, immagino. Per sminuirti».

Ottie cominciò a tremare e lo percepì. Dopo l'accaduto nella rimessa delle barche, le sue emozioni erano già pericolosamente fuori controllo. «Non ha senso», concluse sdegnata.

«Invece sì. Vuole tenerti qui, ad aspettare lui. Non vuole che tu vada nel mondo, libera, a fare quello che invece dovresti fare, e cioè coltivare il tuo talento. Ti perderebbe in quel modo, e lo sa».

Ottie batté le palpebre e lo guardò a lungo. Era un bluff. Non poteva sapere di loro due. Come faceva a saperlo? Erano stati sempre così attenti. Discreti. «*Perdermi?* Senti, non so cosa pensi che…».

«Smettila, Ottie». Il tono era calmo ma deciso e vide nella fermezza dei suoi occhi che lo sapeva. Che l'aveva sempre saputo. «L'ho capito la prima volta che vi ho visti insieme, quando è venuto a discutere i "dettagli della gara". E l'altro giorno sulla spiaggia… mi avevi aperto le tende, ricordi?».

Lo fissò, quasi incapace di credere che lo avesse capito così, che avesse visto quello che nessun altro era riuscito a capire. Ardenti lacrime di rabbia le bruciarono gli occhi nel sentirsi messa all'angolo. «…E a te che te ne importa?»

«Niente», disse semplicemente. «Ma so che le relazioni segrete distruggono la vita, Ottie. E so che non va bene per te, che quello che sta facendo è *sbagliato*. Come fai a non accorgertene? È abbastanza vecchio da poter essere tuo padre, porca miseria!».

«E allora? L'età è solo un numero». Era solo una stringata frase fatta e Ottie percepì la rabbia che scatenò in lui.

«Ah, davvero? Quanti anni avevi quando è cominciata?»

«Diciannove», sbottò. «Ero abbastanza grande da prendere le mie decisioni».

«E come è cominciata?»

«Non sono affari tuoi».

«Dimmelo».

«No».

«Dimmelo».

«No».

«Dimmelo», la guardava dritta negli occhi, senza lasciarli andare. Raccoglieva dati per lavoro; sapeva quali domande fare per alterare il corso di interi paesi. Sapeva come arrivare alla verità.

Ottie sentì qualcosa dentro di sé allentarsi. Cedere. Tanto lo avrebbero saputo comunque tutti nel giro di qualche giorno e, per quanto riguardava Ben, se ne sarebbe comunque andato lontano da lì. «Mi stava aiutando a trasferirmi qui, va bene?», disse infine, più tranquillamente, spostando gli occhi in giro per la stanza, incapace di incontrare i suoi. «Stavo per andare alla scuola d'arte, ma volevo il mio spazio per quando sarei tornata in vacanza. Papà sapeva che mi piaceva dipingere qui sotto, così mi ha detto che potevo sistemare questo posto e averlo per me, come studio».

«E?»

«E così era quello che stavo facendo. Un giorno Bertie era fuori a cavalcare sulla spiaggia ed è venuto a dare un'occhiata, e si è offerto di aiutarmi».

«E da cosa nasce cosa? Così?». La rabbia gli balenò di nuovo negli occhi e un raro picco di emozione infranse la sua patina controllata.

«No, non così. È successo nel tempo».

«Quanto tempo?».

Deglutì. «…Circa una settimana».

«Ah, be'», commentò ironico. «Dev'essere stato incredibilmente romantico».

«È successo per caso, okay? Non… Non pensavo che…», balbettò, sentendo le guance in fiamme. «Ma era un uomo divertente. E intelligente. Sapeva un sacco di cose».

Ben la fissò, la sua bocca in una linea lugubre. Per ogni commento che faceva, Ottie capiva che ce n'erano dieci che non aveva fatto. «Ecco perché hai mollato la scuola d'arte. Per lui».

«No…», rispose con veemenza. «Mi aveva chiesto di restare, ma gli ho detto di no».

«Finché non te l'ha chiesto tuo padre?»

«Quello era diverso. Era mio padre. Aveva bisogno di aiuto. Avevo delle responsabilità qui».

«E non ti è sembrata una strana coincidenza che tuo padre abbia fatto una cosa del genere, quando ti aveva aiutato a prepararti per la scuola d'arte dandoti lo studio qui? Non ti è sembrato strano che all'improvviso ti abbia invece chiesto di restare? Di rinunciare ai tuoi sogni proprio mentre facevi le valigie?»

«No…». Ma le mancò la voce. «Senti, non so cosa stai cercando di insinuare. Bertie non può avere niente a che fare con questo».

«Ma davvero? Era il migliore amico di tuo padre, un suggerimento buttato lì sul campo da golf per lui, qualche commento sprezzante e deprimente sul tuo talento per te… All'improvviso tu non sei più motivata ad andartene e tuo padre vuole che rimani. E Bertie ti può tenere come suo piccolo e grazioso segreto sulla spiaggia privata, proprio qui, ogni volta che vuole».

Ottie lo fissò e quasi non riusciva a credere alla crudeltà delle sue parole. «Bastardo», sibilò. «Non lo farebbe mai».

«Ottie, hai bisogno che qualcuno ti dica la verità: ti ha manipolato e ti sta usando».

«Lascerà la moglie per me!».

«No. Non lo farà. Non lo fanno mai».

«Siamo innamorati».

«Questo non è amore. Il motivo per cui stai con lui è più che ovvio».

«Ma davvero?». Le sue parole trasudavano sarcasmo. «Potresti allora illuminarmi? Dimmi: cosa sto facendo della mia vita e perché?».

Ben la guardò, quasi triste. «Non ti sei mai sentita abbastanza per tuo padre».

«Stronzate!», sparò quella parola come un proiettile.

«Davvero? Sei primogenita e figlia maggiore dell'ultimo cavaliere d'Irlanda. Te l'ho letto in faccia la prima volta in cui mi hai parlato di lui, e solo in virtù del fatto di essere nata femmina hai sentito di averlo già deluso. Ecco perché eri così pronta a rinunciare ai tuoi sogni nel momento in cui te l'ha chiesto. Pensavi che avrebbe finalmente compensato il fatto di non essere un maschio. Il suo erede».

«Rimangiati quello che hai detto», disse con voce calma e tremolante, con gli occhi che le bruciavano.

Al contrario, Ben le si avvicinò e, per la prima volta, Ottie si accorse che camminava senza stampella. «Nel tuo cuore hai sempre temuto che non ti volesse veramente, così ti sei attaccata alla cosa più vicina a lui: il suo migliore amico. E ora pensi che convincere Bertie a rinunciare a tutto per te dimostrerà finalmente che sei abbastanza, che vali qualcosa. Ma tu meriti di meglio, Ottie», disse muovendo la mano a comprendere il cottage piccolo e spoglio. «Dovresti essere fuori, nel mondo, non tenuta prigioniera in un campo nella tenuta dei tuoi genitori».

«Perché lo fai?», chiese Ottie con la voce rotta dalle lacrime che le brillavano negli occhi, contro quelle parole che le arrivavano come tizzoni ardenti.

Ben la fissò a lungo, vedendo le sue lacrime. Si avvicinò e le asciugò con il pollice. «Perché stai sprecando la tua vita con lui».

Aveva la voce bassa. Triste. «Ottie alzò lo sguardo verso di lui, vedendo come si prendeva cura di lei, come se fosse delicata. Preziosa. «E poi cosa? Pensi che potrei averne una migliore con qualcun altro?»

«Sì». La guardò dritta negli occhi e Ottie lo sentì di nuovo, il cambiamento tra loro. Il singhiozzo le si impigliò in gola come seta su un rovo e rimasero lì, a pochi centimetri.

«Perché ti importa di chi mi faccia felice?», chiese con una voce così bassa che era quasi un sussurro.

«È così e basta».

«Ci tieni a me?».

Per un attimo non rispose, ma poi annuì. «Sì».

I loro visi era vicinissimi, Ottie avrebbe potuto baciarlo protendendo semplicemente il labbro. «Tu pensi che potresti farmi felice?».

Deglutì. Improvvisamente toccò a lui restare in silenzio, preso in contropiede. «...Sì».

Ci fu un lungo silenzio. Lei alzò una mano e la passò delicatamente sulla sua guancia appena rasata, sentendo la mano di lui indugiare e poi posarsi sul suo fianco. Stava già per inclinare la testa quando...

«Allora ritira la denuncia».

Ci fu un attimo di silenzio quando si posarono quelle parole. Nessuno dei due si mosse, ma l'aria tra di loro si fece densa. Fitta. «Cosa?»

«Se ci tieni alla mia felicità, come dici, allora lascia perdere la causa».

Ben staccò la mano, si allontanò da lei. «Parli sul serio?». C'era di nuovo rabbia intessuta nella sua voce.

«Bertie era con me quando avrebbe dovuto mettere i cartelli, è venuto qui solo perché era preoccupato per me: mio padre era appena morto e io ero sconvolta. Mi sentivo sola. Ma se continui con questa causa, verrà fuori tutto su di me e Bertie e le persone che ne saranno più ferite saranno Shula e mia madre».

Ben si fece pallido.

«Perché pensi che ti abbia portato qui tanto per cominciare,

Ben?». Pianse. «Non era per la bontà di cuore. Non è stato perché sono una brava persona. È stato il senso di colpa perché è stata colpa *mia* se ti sei infortunato. Tutto questo è colpa mia. Se fai causa a Bertie… allora mi farai del male». Lo fissò con occhi luminosi, disperati, meravigliosamente verdi. «È davvero questo che vuoi?».

Era il suo giorno dell'anno preferito. Non il giorno di Natale in sé, con i regali e il tacchino e gli speciali televisivi, ma quello in cui l'attesa batteva la rivelazione. Lo spettacolo da solo bastava a darle i brividi: duecento volti illuminati da lucine tremolanti chiuse nei barattoli di marmellata decorati in casa, le carole cantate con le nuvolette bianche di fiato che aleggiavano nell'aria notturna, il coro della chiesa al caldo sotto le pesanti tonache, i bambini che scorrazzavano tra le gambe degli adulti, tutti raccolti intorno all'albero di Natale come in qualche antico e vecchio villaggio, le accoglienti luci dell'Hare brillanti sullo sfondo… Nessuno degli abitanti del villaggio mancava mai, e Pip sapeva di non essere l'unica a considerare un tesoro quella tradizione annuale.

Ottie tornò con i suoi bicchieri di vin brulé, apparentemente determinata a farle ubriacare tutte. Era il terzo in venti minuti. Pip odiava quella roba, ma la beveva comunque, era l'unica bevanda appropriata per quella sera.

«Grazie», mormorò Willow accettandola obbediente, pur essendo ben lontana dallo spirito della festa. In realtà, da quando era arrivata non aveva quasi aperto bocca, ricadendo di nuovo nel suo silenzio di ordinanza.

«Grazie, Otts», disse Pip, prendendo il bicchiere a sua volta. «E riprenditi questa».

«Che cos'è?». Ottie si accigliò, sbirciando la foto da vicino.

«Ti è caduta dalla tasca quando hai tirato fuori la carta per prendere da bere».

«Ah». Ottie la fissò attentamente.

«Chi è?», le chiese Pip. «Salute».

«Salute», mormorò di nuovo Willow, guardandosi nervosamente intorno nella piazza.

«Oh, ah… solo un'ospite del campeggio», rispose distrattamente Ottie. Anche lei era stata di umore strano per tutta la sera e aveva colto di sorpresa Pip presentandosi da lei in anticipo per bere un bicchiere veloce, senza minimamente accennare agli occhi rossi e iniettati di sangue. Pip non aveva avuto bisogno di fare domande: le brutte giornate a proposito del padre andavano e venivano senza preavviso e non si sapeva mai quando sarebbero scoppiate le lacrime. «L'ho trovata in una delle piazzole l'altro giorno mentre ripulivo».

«A me non sembra proprio una da campeggio», ridacchiò Pip, sorseggiando il vino e guardando di nuovo la fotografia alquanto aziendale. Nonostante entrambe le sorelle fossero giù di morale, lei era di ottimo umore rispetto alle ultime settimane. La riconquista di Shalimar era in qualche modo karmica, l'universo le aveva restituito qualcosa dopo i calci inflitti negli ultimi tempi. Ottie rimise la foto nella tasca del cappotto. Anche lei sembrava distratta, si guardava costantemente intorno, come se cercasse qualcuno in particolare tra la folla.

Pip tossì nel pugno e tirò il colletto più in alto possibile. Come promesso aveva indossato il giaccone più pesante, ma l'aria fredda della notte non alleviava il peso sul petto e si sentiva sibilare. Minacciava di nuovo neve, di tanto in tanto raffiche di fiocchi danzavano vorticanti sulle loro teste e, dopo la gara, aveva di nuovo preso freddo nelle scuderie mentre cercava di coprire i cavalli per la notte senza essersi presa un attimo per fare la doccia e riscaldarsi per prima.

«Brrr», rabbrividì battendo i piedi e portando il bicchiere sul viso a riscaldarsi un po' con il calore del vino. Non sapeva se stava congelando o andando a fuoco. «Perché non si comincia? Si gela. Dio, spero che Joe mi tenga lo sgabello al bar. Sono un blocco di ghiaccio».

«Davvero?», disse Willow guardandola per un attimo con

attenzione e poi togliendosi il guanto per portarle il dorso della mano sulla fronte.

«Passi troppo tempo in quel pub», borbottò Ottie.

«E tu non ce ne passi abbastanza, se proprio vuoi saperlo», mormorò Pip.

«Gesù, Pip, tu scotti!», esclamò Willow, togliendo la mano come se si fosse bruciata.

«O forse hai le mani gelate e io ti sembro calda in confronto».

«No, tu sei decisamente calda. Sentila anche tu, Otts».

«Cavolo», gemette Pip, cercando di chinarsi e di abbassarsi, mentre Ottie si protendeva a sua volta con la stessa espressione cupa.

«Sì. È vero. Come ti senti?»

«Come voi. Congelata. Sta cercando di nevicare qui fuori, nel caso non l'aveste notato».

«Non credo che tu stia tremando di freddo, Pip. Hai una brutta tosse e la febbre».

«Bene. Cose grosse. Quanto torno a casa prendo un'aspirina. Ma per favore, per favore, possiamo andare lì a cantare *Tu scendi dalle stelle*?», implorò con le mani giunte in preghiera. «...Ooh».

«Salsicce, ragazze?», chiese Betty, la madre di Joe. Andava in giro con una grossa teglia da forno piena di salsicce calde glassate al miele.

«Il tuo tempismo non potrebbe essere migliore di così». Raggiante, Pip ne prese due e tossì di nuovo.

«Pip...». Willow si incupì proprio mentre Fred Malone, il maestro del coro della chiesa di Saint Agnes, prese la bacchetta da direttore d'orchestra – o "bacchetta magica", come la chiamavano sempre da bambine – e sulla folla in subbuglio cadde il silenzio. Un ragazzino con i capelli scuri pettinati di lato che cercavano di rimanere ordinati si fece avanti, con un foglio di inni in mano.

«*Once in royal David's city*...».

La sua voce, pura e cristallina come una goccia di pioggia, si librava nell'aria, tanto che anche i neonati si calmarono e Pip sentì calare tutt'intorno un senso di pace. Improvvisamente il mondo le pareva bello di nuovo. Innocente e pieno di speranza, come se l'amore potesse davvero salvarli tutti.

Il suo sguardo cadde sui volti degli abitanti del villaggio lì riuniti – la maggior parte dei quali conosceva da sempre – che sembravano irradiare una tranquilla felicità; nessuno di loro possedeva molto, ma suo padre ripeteva sempre che "Abbastanza è già una festa" e che avevano tutto quello di cui avevano bisogno. Ciò che più la colpì fu quanto sembrassero *appagati* quella sera e, con la sua famiglia equina di nuovo riunita nella stalla, anche lei sentiva di farne parte. Aveva ciò che le serviva.

Il rumore della portiera di un'auto che si chiudeva dolcemente le fece alzare lo sguardo e, attraverso l'aura di un lampione, vide sua madre scendere dalla Range Rover nera dei Flanagan, con indosso il vecchio cappello di pelliccia di volpe che aveva comprato a Mosca con il padre venticinque anni prima e che sembrava ancora chic.

«È arrivata mamma», sussurrò alle altre, dando di gomito a Ottie per attirare la sua attenzione e sorseggiando il suo vino sull'ennesimo colpo di tosse che iniziava a solleticarle la gola. Stava diventando abbastanza fastidiosa.

Ottie si girò e li vide a sua volta, puntando gli occhi fissi sui tre che, in punta di piedi sulla neve, si diressero verso l'Hare, desiderosi di un aperitivo caldo prima di unirsi al gruppo.

«*So at last, our hearts shall see him*». La voce collettiva del villaggio aleggiava sulla piazza come un tutt'uno: giovani e vecchi, tenori e soprani, intonati e stonati. Pip si sentiva sollevata. Cantava e sorrideva dondolando lo sguardo sulla folla piena di gratitudine e altri occhi incontravano i suoi in silenziosa comunione, provando le sue stesse emozioni.

Poi un viso... Non riuscì a collocarlo, la sua mente ripercorse quella stessa giornata, la settimana, la...

«Oddio», sussurrò frenetica a Willow, afferrandola per la

manica del cappotto e scuotendola con entusiasmo mentre ricordava lo sguardo da star del cinema sotto un lampadario di cristallo. «C'è quel tizio della festa, quello che ti piaceva. È qui! Che ci fa qui?».

Ma mentre la domanda le usciva di bocca le venne in mente anche il resto di quello che le aveva raccontato Willow: che era stato lui a tirarla fuori dall'acqua, il suo eroe, e in tutta sincerità, lo sembrava proprio. Ma non solo: era stato lui a voler comprare il castello da suo padre, era stato lui che aveva cercato di tagliare sul prezzo. Anche un antieroe, allora.

Si bloccò. Perché era lì? Il concerto di carole non interessava a nessuno, se non alla gente del posto. Era solo un piccolo evento di paese, non abbastanza appariscente per gente come lui. A meno che…

A meno che non avesse pianificato di diventare anche lui uno del posto.

Guardò allarmata la sorella minore, ma gli occhi di Willow lo avevano già trovato, e viceversa, ed entrambi erano bloccati in una sorta di scontro silenzioso. Comunicavano senza parole tra la folla, i loro volti illuminati dal lume di candela, ma cosa si dicevano? Pip si sentiva tagliata fuori dalla conversazione.

A quel punto percepì un attacco di tosse cominciare di nuovo a montarle nei polmoni. Arrivava sempre a ondate e sapeva che quella sera l'aria della notte stava peggiorando di molto le cose. Si premette un pugno sulla bocca tentando di tossire in silenzio, con discrezione, ma ciò non fece che scatenare di nuovo l'attacco e renderlo ancora più violento, lasciandola senza fiato a dibattersi e sputacchiare.

Diverse persone si allontanarono e Ottie le batté sulla schiena. «Tutto bene?».

Incapace di parlare, Pip annuì e fece un gesto con il pollice a dirle che si sarebbe allontanata dal gruppo, per non tossire vicino a nessuno. Ottie annuì con un cenno di comprensione, seguendola con uno sguardo preoccupato mentre si girava e si immergeva nella folla canterina, barcollando sulla piazza verso le luci accese del pub.

Le sembrava di avere i polmoni in fiamme, il dolore al petto, che aveva ignorato sulla spiaggia e nelle scuderie, insisteva ora a richiamare tutta la sua attenzione. Il respiro era affannoso e poco profondo, come se fosse difficile estrarre ossigeno da quella volta scura punteggiata di stelle. Guardò verso l'alto, cercando di respirare e di calmarsi, ma si sentì invece più stordita ancora, come se il mondo si inclinasse di lato.

Poi, tutto a un tratto, accadde: la terra sotto i suoi piedi si inclinò di lato e si ritrovò a sbattere la guancia contro la neve.

«...Pip». Era una voce urgente, nel suo orecchio.

Aprì gli occhi e sentì il freddo. Vide il pub, perpendicolare rispetto alla sua visione.

Cercò in fretta di rimettersi in piedi.

«Ferma!».

Una mano la spinse sulla spalla cercando di tenerla ferma e vide Taigh O'Mahoney accovacciato accanto a lei. «Sei svenuta Pip, che è successo?»

«N-n-niente. Sono scivolata». Cercò di nuovo di rimettersi in piedi, ma le gambe erano deboli e malferme.

Taigh la guardò bene in faccia. «Hai le labbra blu». Le premette il dorso della mano sulla fronte. «Hai la febbre. Hai mai avuto dolori al petto?».

Pip lo spinse via. «No. Vattene». Si alzò, ma l'equilibrio era precario, le gambe come quelle di un puledro appena nato, sul punto di cedere.

«Pip, tu stai male. Hai la polmonite».

«Scendi dal piedistallo, Taigh», mormorò, barcollando in avanti. Aveva solo bisogno di entrare nel pub e stare accanto al fuoco. Una volta che si fosse riscaldata, sarebbe stata bene.

«Hai bisogno di aiuto».

«Non ho bisogno di aiuto da *te*, Taigh O'Mahoney», disse, congedandolo con la mano in modo sprezzante. «Non sei un cavolo di *eroe*. Non arriverai a salvarmi».

«L'ho già fatto una volta».

Girò su sé stessa per affrontarlo. «No. Non sei stato tu a salvarmi, è stata Willow. Mi ha tirato fuori lei dall'acqua – lei e il ragazzo bello – quindi non comportarti come se quella notte fossi stato tu il salvatore». Strinse gli occhi, vedendolo offuscarsi nella luce intorno.

«Cristo santo, ti piace serbare rancore, non è vero?», gridò mentre Pip si allontanava barcollando da lui.

Rancore? Si girò di nuovo verso di lui come un'ubriaca. «Che ti prende, eh? Ho l'impressione che tu voglia che io sia in qualche modo in debito con te. Di cosa si tratta?».

Taigh la fissò, apparentemente in svantaggio, e da qualche parte, nel profondo della sua mente confusa, Pip si rese conto di aver colpito nel segno. «Okay, sì, forse hai ragione, voglio salvarti. Voglio fare qualcosa che per una volta ti renda debitrice nei miei confronti».

«Perché?», si accigliò.

«Perché sono sempre in svantaggio con te, vero? Non importa quello che faccio, non mi farai mai dimenticare quello che ho fatto tanto tempo fa, quando ho baciato quell'accidenti di ragazza il giorno in cui ho lasciato te. Oddio, non ricordo nemmeno come si chiama».

«Lizzie Galloway», sputò fuori Pip.

Taigh parve sorpreso. «Ah, sì. Lizzie. Ma non mi permetti di farmi perdonare».

«Proprio così...», sogghignò Pip, ma si sentiva di nuovo stordita, l'aria fredda le vorticava nel petto.

«Non potresti lasciare perdere e quel che è stato è stato? Avevo sedici anni, santo cielo!».

«Non sono interessata», disse, ma la sua voce era ormai un sussurro, lo sguardo fisso sul cono di luce a terra che si sprigionava dalle finestre dell'Hare mentre cercava di mettere un piede davanti all'altro.

Taigh le camminava accanto, determinato a dire la sua. «Diciamocelo, non è che avrebbe portato a chissà che in ogni caso. Gente del tuo rango non finisce con tipi come me, lo sapevo già. Le capisco certe cose, tutto qui».

Un sorrisetto aspro le giocava sulle labbra mentre cercava di raggiungere la luce. «Non ti facevo uno snob, Taigh O'Mahoney». Ma, mentre le si piegavano le ginocchia e si sentì mancare di nuovo, udì, distinte nel buio le sue parole.

«Sono solo realista, Pip».

Capitolo ventisei

Il vortice di luci blu si allontanava, l'ambulanza avanzava con cautela sulla strada innevata. I mezzi spargisale non arrivavano mai fin lì, le stradine erano troppo strette e non c'era "abbastanza" gente in quel piccolo angolo di terra per giustificare la spesa; solitamente toccava ai contadini uscire con i propri trattori e fare ciò che potevano.

«Si riprenderà, non è vero?», chiese spaventata Willow a Shula, che la cingeva con un braccio.

«Ma certo che si riprenderà. C'è la mamma con lei e Taigh è sicuro che sia polmonite. Ha detto che guarirà in fretta non appena avrà cominciato a prendere gli antibiotici».

«Povero Taigh, era così avvilito. Continuava a dire che era colpa sua».

«Che stupidaggine», la tranquillizzò Shula. «Non poteva mica saperlo».

«Invece sì, è questo il punto. Ha continuato a correrle dietro, cercando di visitarla dopo le dimissioni dall'ospedale. Ha detto a Pip e a me che doveva riposare, che dovevamo tutte prendere la cosa molto sul serio. Invece non l'abbiamo fatto, nessuna di noi! Mi ha aiutata con il trasloco, ha aiutato Ottie a ripulire il campeggio dopo la maratona proprio il giorno dopo essere stata dimessa. E poi stamattina la gara sulla spiaggia! Non si è fermata un attimo, Shula, e *noi* abbiamo permesso che continuasse così. Tutte quante».

Shula sospirò, vedendo la sua espressione di auto condanna. «Willow, sai bene che tua sorella è una caterpillar. Niente e nessuno la può fermare se decide che non vuole fermarsi. A un certo punto, però, dovrà fare i conti con il fatto di non essere una superdonna. Sotto quella superficie, è vulnerabile come chiunque altro».

Pip *vulnerabile*? Willow non aveva mai sentito un ossimoro più lampante.

«Ehi». Rialzò la testa e vide Connor lì accanto, che chiaramente non voleva intromettersi. Nel vedere il modo in cui si guardarono l'un l'altra, Shula le tolse il braccio dalla spalla. «Volevo assicurarmi che entraste a bere qualcosa e riscaldarvi».

«Arrivo».

Guardò Shula entrare nel pub. Bertie era andato avanti a ordinare da bere e Ottie… be', non sapeva dove fosse in quel momento. A parlare con qualcuno, probabilmente.

«Come sta?», chiese Connor costringendola a riportare la sua attenzione – i suoi occhi – su di lui. Stava diventando un'abitudine: loro, Pip e il pronto soccorso.

«Speriamo bene. Sospetta polmonite».

«Una complicazione della settimana scorsa?».

Willow annuì.

«Ma curabile?»

«Nella maggior parte dei casi, sì». Lo guardò. Indossava jeans e piumino blu di Prada adatto per le strade di Milano, non per un concerto di carole natalizie in un piccolo villaggio della punta sudoccidentale dell'Irlanda. «Non mi aspettavo di vederti qui stasera. Non sono arrivati i tuoi ospiti?»

«Sì, abbiamo cominciato. Non posso trattenermi a lungo».

Willow deglutì. Le sembrava una strana violenza il pensiero di tutta quella gente… sconosciuti… a casa sua. «Sono riusciti a preparare tutto in tempo?»

«Quasi. Sono rimaste piccolissime cose, ma niente che noteranno in ogni caso. Spero».

A quel punto Willow si rese conto di quanto fosse esausto. Aggrottò le sopracciglia. Da una parte provava la disperata curiosità di notare il suo stato d'animo, dall'altra no.

«Pensavo di incrociarti questa settimana, in effetti. Se non altro, pensavo volessi vedere... solo vedere cos'abbiamo fatto».

«C'è stato molto da fare a Dower House, quindi...». Sapevano entrambi che lo aveva evitato, ma come poteva dirgli che era mortificata per come aveva lasciato le cose tra loro al pub? Il modo in cui aveva reagito a quello che era stato solo un commento buttato lì, una provocazione; aveva stravolto tutte le sue emozioni, con una reazione fin troppo rivelatrice.

«Certo». Ci fu una breve pausa e Willow distolse lo sguardo, rifiutando il contatto visivo. «Be', comunque, pensavo che volessi saperlo il prima possibile... i soldi sono pronti».

Willow si girò di scatto. «Cosa?»

«Siamo riusciti ad accelerare. I nostri investitori concordano che non possiamo di nuovo perdere Lorne. Quindi i contratti sono pronti e verranno spediti a Dublino domani».

Willow sentì lo stomaco in picchiata come un'aquila a caccia. «Giusto».

Connor si incupì. «Va bene, no? Hai detto tu che volevi una vendita veloce».

Fissò nel vuoto, sentendo il cuore impazzito. Era così? aveva avuto ciò che voleva? «Certo».

«Quindi, se puoi venire domani, firmiamo e concludiamo l'accordo».

«Bene. Certo. Sì». Uno scoperto di settecentottantaquattro euro quella sera. Quattro milioni e tre di credito domani.

«E così il nostro *affare* sarà concluso». Lo sguardo di Willow scattò nel suo, cogliendo il sottinteso di quelle parole. Non aveva rinunciato a lei? «Possiamo firmare alla festa?»

«Se vuoi». Willow diede un'alzata di spalle e desiderò con tutto il cuore di non indossare un cappello di maglia con il pon-pon. Glielo aveva fatto la signora Mac anni prima ed era ancora il suo preferito, ma ciò non significava che volesse farsi vedere dal Bellissimo mentre lo aveva in testa.

«Pensavi comunque di venire alla festa, no?», le chiese infilando le mani ancora più a fondo nelle tasche dei jeans, nel tentativo di scaldarsi.

«No».

Connor si fece serio. «Perché no? Dovresti esserci. Il castello è tuo».

«Domani sarà tuo», ribatté guardandosi subito intorno per controllare se qualcuno avesse sentito. Le pareva un tradimento anche solo dirlo.

«È che mi sembrerebbe scorretto tenere un evento del genere senza che ne facciano parte i Lorne».

«Ma non ne siamo più parte ormai. Noi siamo il passato e tutto sta andando avanti».

«Va bene allora, io vorrei che ci foste». La fissò con una nostalgia senza complicazioni, che però aveva complicato tutto fin dal primo momento. «Voglio vederti, Willow. Lo so perché ti sei tenuta a distanza questa settimana e avevi ragione... *Era* meglio non mischiare affari e piacere, ma nel momento in cui firmeremo il contratto...». Alzò le spalle. «Non possiamo semplicemente vedere come va a finire?». Batté le palpebre e la guardò con gli occhi che facevano sembrare tutto possibile. Perfino il lieto fine. «Dimmi che ci sarai».

Ottie fremette nel bagno delle donne nell'udire quel particolare colpo alla porta che, di quei tempi, le suscitava una reazione pavloviana – pupille dilatate, fiato corto, petto avvampato – tutti segnali che lui era lì. Finalmente.

Aprì la porta e uscì in fretta in modo che potesse sgattaiolare dentro senza essere notato.

«Ti ha visto qualcuno?», sussurrò quando si infilò in quel piccolo spazio. Si erano incontrati diverse volte lì dentro, incontri clandestini organizzati su due piedi nelle rare occasioni in cui si erano ritrovati inavvertitamente al pub con altre persone; si seguivano con gli occhi mentre si alzavano dal proprio tavolo e attraversavano il pub scambiandosi poco più che uno sguardo... Non era però stato possibile l'ultima volta, quando ci era andata con Ben e sembrava che il risentimento di Bernie nei suoi confronti fosse ancora vivo.

«Non posso restare». I suoi occhi erano freddi e sembrava più vecchio. Stanco. Lo stress della causa stava colpendo duro.

«Ho buone notizie», disse Ottie sorridendo senza farsi influenzare. Voleva il lieto fine a tutti i costi quel giorno. Il suo litigio con Ben, il crollo di Pip... Doveva per forza venirne fuori qualche risvolto positivo.

Bernie la guardò, lo sguardo esitante.

«Ritirerà la causa».

«Cosa?». L'uomo pareva sbalordito. «Gilmore...?».

Eccitata, Ottie fece di sì con la testa e vide la luce tornare nei suoi occhi, renderlo di nuovo più giovane, rivitalizzarlo. Il suo sorriso si fece più ampio. Lo aveva fatto per lui. Lo aveva fatto *lei*. Non Shula.

Bertie le tese le braccia. «Ma come l'hai convinto ad accettare?»

«Gli ho semplicemente chiesto di ritirarla», alzò le spalle tamburellandogli sui bottoni della camicia come se fossero note musicali, resa irrequieta dall'agitazione.

«Tutto qui?»

«Sì».

La fissò. Riusciva a capire che era brilla? Sconvolta? «Gli hai semplicemente chiesto di rinunciare a una causa da tre milioni di euro e lui ha accettato?»

«Esattamente».

«Ma avrà voluto qualcosa in cambio».

«Tipo cosa?»

«Non lo so, Ottie. Dimmelo tu».

Ottie lo guardò senza capire, con un sorriso confuso sulle labbra. «Bertie, gliel'ho *chiesto* e lui ha accettato. Tutto qui».

Bertie le strinse le mani, le bloccò, la calmò e la fissò come a cercare di intuire ciò che non gli stava dicendo. Non c'era niente altro da dire, però. «Ha detto qualcosa su di noi?».

Ottie deglutì, sentendo la bocca asciutta e il cuore contorto a ricordare come lo avesse ingannato. Usato. «No», mentì.

Bertie si fece pensieroso. «Interessante. Pensavo che lo sapesse. Pensavo che fosse quello a cui alludeva l'altra sera. È il suo tallone d'Achille, sai, così ho pensato che fosse esattamente lì che avrebbe cercato di colpire».

«Di cosa stai parlando?», chiese. «Quale tallone d'Achille?»

«Eh?». Bertie la guardò distrattamente. «Ah, sua moglie l'ha lasciato per il suo migliore amico».

«Cosa?». Le sue mani caddero dalla camicia.

«Già. Se la faceva con lui da anni prima che li scoprisse. Non te l'ha raccontato?»

«No!».

Bertie ne parve contento. «Ah. No, immagino di no. A nessuno piace fare la figura del cornuto».

Ottie era senza fiato. «Come fai a sapere tutte queste cose?», chiese inorridita.

Bertie si strinse nelle spalle. «Ho assunto un investigatore privato per indagare su di lui. Se era così determinato a rovinarmi la vita, io gli avrei rovinato prima la sua». La guardò. «Ti ha detto chiaro e tondo che avrebbe ritirato la causa?».

Ottie confermò con la testa, fissandolo nel riflesso dello specchio. La donna in quella foto era la sua ex moglie? L'amava ancora? Perché altrimenti si sarebbe portato dietro la sua foto?

Bertie tirò fuori il telefono. «Senti, è meglio che telefoni al mio avvocato affinché annulli tutto. Ne riparliamo più avanti, va bene?». Si abbassò per un piccolo bacio sulle labbra che, però, Ottie non ricambiò, troppo distratta dalla storia che le era stata appena raccontata, dal ricordo di come Ben avesse sviato quando le aveva parlato dell'"illuminazione" che aveva avuto. "Le relazioni segrete distruggono la vita, Ottie". Sua moglie lo aveva tradito con il suo migliore amico. Era per quello che correva per giorni e notti, attraverso tempeste e su per le montagne. Per quello odiava tanto Bertie. E lei…

aveva percepito il desiderio nei suoi confronti e lo aveva usato contro di lui, lo aveva manipolato per ottenere ciò che voleva per il bene del suo amante. Non era migliore di quella donna nella foto: anche lei lo aveva tradito.

«Controllami che la via sia libera», disse Bertie allontanandosi dalla porta, in modo che potesse sbirciare. «Ottie?»

«Eh? Ah…». Tirò via il chiavistello e guardò fuori. L'angusto corridoio era vuoto, solo un geranio in vaso sul tavolino della consolle e alcuni grumi di neve staccatisi dagli scarponi di qualcuno sul tappeto rosso e nero a motivi floreali. Noddy Holder urlava dagli altoparlanti del bar.

«Via libera», mormorò.

«Fantastico. Ti chiamo», disse scivolandole accanto e spingendo la porta del bagno degli uomini passando, in modo da farla oscillare lentamente sui cardini antincendio nel caso qualcuno avesse girato l'angolo.

Ma non disse quando avrebbe chiamato.

E per una volta Ottie non chiese.

Ottie fissava il muro con occhi da gufo, il grande muro bianco, vuoto, macchiettato dalle ombre scure dei fiocchi di neve che cadevano fuori dalla finestra. Non riusciva a dormire. Non per la scomodità del divano – ci aveva dormito ogni notte per quasi due settimane – o per eventuali rumori a distrarla. Semmai era troppo tranquillo, perfino il mare quella sera era solo un dolce silenzio oltre il vetro.

Ben era in camera da letto – ancora – quando era tornata dal concerto di Natale. Stavano facendo un buon lavoro per riuscire a evitarsi a vicenda: Ben era rimasto in camera anche quando era uscita per andare da Pip, incapace di restare in casa un momento di più, con lui da un lato della porta e lei dall'altro.

Lo aveva sentito parlare per un po' al telefono, in tono sommesso, con qualcuno o forse più di uno, mentre la sua voce le arrivava da sotto la porta. Sapeva anche che era uscito dalla stanza mentre lei era fuori: tornando si era accorta che aveva mangiato quello che gli aveva lasciato coperto in frigorifero, lavato e messo via il piatto. Aveva aspettato di vedere i fari della sua avuto discendere lungo il vicolo prima di sparire di nuovo in camera da letto, evitandola proprio come lei aveva evitato lui? Non poteva dargli torto. Mancavano ancora due giorni al suo volo, però, un tempo che le sembrava insopportabilmente lungo da passare così, come due figurine di legno in un orologio a cucù: uno dentro mentre l'altro era fuori.

Era una strana sensazione sentirsi fuori posto in casa propria, incapace di muoversi liberamente nella camera da letto o addirittura andare al gabinetto. A quel proposito, troppi vin brulé… Era servito solo a sottolineare quanto fossero state facili le ultime due settimane quando erano ancora amici.

Si girò per alleviare la pressione della vescica – faceva troppo freddo per andare al corpo docce quella sera – e cercare di mettersi a proprio agio, con il piumone stretto sul collo per mantenere il calore. Guardava attraverso la finestrella della stufa a legna; alcune fiamme tremolavano ancora debolmente attraverso il vetro, la brace arancione incandescente.

Chiuse gli occhi e cercò il sonno che avrebbe voluto le si rovesciasse addosso come pioggia. Ma era inutile, la mente correva, il cuore anche. Si sentiva agitata e inquieta, le gambe scalciavano, le dita fremevano.

Dopo un'altra mezz'ora a girarsi e rigirarsi, il sonno non si era minimamente avvicinato e la vescica era sul punto di scoppiare. Scostò il piumone e si alzò, infilando i calzini e gli stivali da fango vicino alla porta. Prese la giacca dal gancio e il mazzo di chiavi e scivolò fuori senza fare rumore.

«Cavolo!», disse ansimante, ogni sollievo dovuto al movimento controbilanciato dal freddo. Le nuvole scivolavano oltre la luna e le stelle, gettando ombre intermittenti sul terreno, mentre si affrettava, ma con cautela, lungo il sentiero del giardino, attraverso il cancello, il viottolo e infine nel campo innevato fino al blocco delle docce. Le temperature pungenti si erano immediatamente abbattute sulle sue gambe nude, la maglietta oversize mai abbastanza grande da poter concedere una significativa protezione termica, e Ottie ringraziò silenziosamente in preghiera che il campeggio fosse chiuso.

Con le dita fredde faticò a far scattare le serrature ed entrò nel bagno al buio, guardando nervosa le ombre, prima di richiudere tutto di nuovo a chiave e tornare di corsa al cottage. Poteva essere rimasta fuori per meno di tre minuti, ma la sua temperatura interna sembrava crollata della metà e, quando rientrò, boccheggiò di sollievo al calore che la avvolse come una coperta.

«Brrr», rabbrividì, togliendo la giacca e sfilandosi lo stivale con il piede opposto. «...Oh!».

Quasi saltò sul posto nel vedere Ben comparire all'improvviso sulla porta della camera da letto.

«Scusa», disse lui facendo a sua volta un passo indietro per lo spavento. «Avevo sentito dei rumori. Pensavo che qualcuno...». Le sue parole sfumarono e Ottie si rese conto di quanto dovesse apparire ridicola con una maglietta sciatta, vecchi calzini e un solo stivale. Istintivamente tirò giù l'orlo della maglietta. «Ma tu stai bene, quindi...».

Fece per andarsene.

«Ben!».

L'altro si voltò. Indossava i suoi nuovi pantaloni del pigiama, quelli che avevano comprato insieme – di cotone a righe blu e grigio – senza maglietta. Ottie cercò di non fissare il contorno dei suoi addominali. «...Sì?».

Aprì la bocca e si rese conto di non avere idea di cosa volesse dire. «Scusa... mi dispiace». Quello sì, ma forse anche altro.

Lui la fissò con quello sguardo imperscrutabile che non sarebbe mai e poi mai riuscita a interpretare. «Dispiace anche a me», disse a voce bassa.

E tornò a letto.

Ottie fissò la porta chiusa, le parole ora arrivarono, troppo tardi. Voleva dirgli che le dispiaceva per quello che aveva fatto, che le dispiaceva per sua moglie, ma non poteva, non senza rivelare chi gliel'aveva detto, e come l'aveva scoperto. Voleva dirgli che domani avrebbero potuto fare qualcosa insieme, andare da qualche parte in macchina, pranzare fuori, un ultimo giorno da amici prima che riattraversasse l'oceano e tornasse alla sua vita. Voleva dirgli che le sarebbe mancato.

Tirò invece fuori la fotografia della ragazza mora dalla tasca della giacca e l'appoggiò sul piano di lavoro, pronta a infilarla di nascosto nella sua borsa la mattina dopo quando l'avrebbe sentito andare in bagno. Gli era mancata? Si era accorto che non c'era più? Tornò a letto, tremante per la sua sortita di mezzanotte, e si strinse forte il piumone addosso.

Aveva detto solo tre parole, ma erano state abbastanza. Che non la odiava, nonostante il modo in cui lei lo avesse raggirato. Che erano ancora, più o meno, amici. Decise che l'indomani si sarebbe fatta perdonare, e chiuse gli occhi mentre la luce del fuoco le illuminava a intermittenza il viso e, a quel punto, si addormentò.

Al risveglio, era ancora presto. Prima di quanto si alzasse di solito. Ancora annebbiata, si sollevò sui gomiti e controllò l'ora sul suo telefono. Non erano ancora le sei.

Si incupì. Perché era sveglia? Si era addormentata in fretta, aveva sognato, ne era sicura: qualcosa su Pip che cavalcava un drago. *Un drago?* E quel drago aveva gli occhi azzurri che lampeggiavano e…

Pip.

In un istante, ricordò la sera prima, il terribile trambusto e le grida quando sua sorella era crollata nella neve, Taigh O'Mahoney che la portava dentro il pub, qualcuno che chiamava l'ambulanza.

Come stava Pip? Doveva telefonare, pensò, alzando lo sguardo e cercando il telefono fisso. Non riusciva mai ad avere la copertura mobile fino a…

La porta della camera da letto era socchiusa.

A quella vista restò perfettamente immobile. Si ricordò anche di Ben: il loro litigio nel pomeriggio precedente, il tentativo di riavvicinamento nel cuore della notte. «Ben?», chiamò a bassa voce, aspettandosi che lui rispondesse, ma non volendo nemmeno svegliarlo.

Niente. Sentiva il suo battito cardiaco accelerare come una slitta giù per la collina. Scostò il piumone all'indietro e slanciò le gambe sul pavimento. Si avvicinò lentamente, fissando nello spiraglio il fioco alone rosso della sua sveglia nella penombra. Le tende erano ancora tirate. Stava dormendo.

Con un'ondata di sollievo, pensò che forse non l'aveva richiusa bene quella notte quando, rientrando in casa, lo aveva disturbato. Stringendo la mano intorno al pomello, la richiuse nel modo più silenzioso possibile. Tirò un lungo e lento respiro: svegliarsi presto era già abbastanza brutto, senza doverlo fare anche di soprassalto.

Girovagando verso il lavandino per un bicchiere d'acqua, si chiese se non fosse troppo presto per chiamare sua madre e avere notizie di Pip. Erano state insieme in ambulanza, quindi dovevano andare a prenderle all'ospedale, sempre che Pip stesse abbastanza bene da tornare a casa già quel giorno… A meno che non lo avesse già fatto Willow. Avrebbe potuto, in effetti, se la madre fosse tornata a Dower House? Probabilmente sarebbe stato più sensato. Avrebbe dovuto prima chiamarla e sapere se…

Mise giù il bicchiere e fissò il bancone, senza capire all'inizio cosa le avesse gelato il sangue nelle vene. C'era una bruciatura sul legno dove una volta aveva appoggiato una padella quando Bertie aveva bussato alla porta inaspettatamente. Tuttavia non fu ciò che c'era ad averla turbata. Semmai ciò che mancava.

La fotografia non c'era più, e questo significava una sola cosa.

Si precipitò in camera da letto, aprendo la porta così forte da farla sbattere contro la parete. Le tende erano ancora tirate, ma il letto era rifatto e il bagno vuoto: asciugamani piegati, cuscini sprimacciati…

Scoppiò a piangere, le lacrime scorrevano libere mentre osservava quella scena di abbandono. Non era rimasto un solo segno di lui. Ben Gilmore se n'era andato.

Capitolo ventisette

«Sì, promesso, non mi muovo», disse Pip mentre sua madre le rimboccava per bene le coperte e tirava le tende in modo che la luce del giorno non la colpisse dritta in faccia.

Pip si guardò intorno nella cameretta e si sentì di nuovo bambina: una Ribena calda sul comodino, il televisore acceso, un tavolino ai piedi del letto.

«Hai davvero fatto tu tutto questo?», chiese a Willow che stava sistemando una bottiglia di rami di eucalipto e bacche di agrifoglio in una bottiglia di latte, la cosa più vicina ai fiori che avesse trovato in giardino.

Willow raddrizzò la schiena e guardò con orgoglio le pareti giallo canarino, la sedia rosa pallido, il copriletto in piuma d'oca rosso. C'era la stessa aria caotica, ammucchiata e scompagnata del castello, solo con meno roba. «Be', non avevo nient'altro da fare. Ho cercato di dargli un'aria di casa».

Pip notò sua madre alzare la testa a quelle parole e passò lo sguardo dall'una all'altra, notando che non erano mai entrate in contatto visivo, che parlavano tra loro, piuttosto che con l'una con l'altra. Non aveva mai capito cosa fosse successo: Willow non si faceva coinvolgere e sua madre si comportava come se nulla fosse cambiato. Ma era cambiato. In qualche modo tra loro viveva qualcosa di terribile, un mostro dormiente.

«Ora, il tuo prossimo antibiotico è previsto tra un'ora e mezza. Ti porterò su il pranzo, così non lo prenderai a stomaco vuoto».

«Grazie, mamma».

Sua madre si avvicinò e le baciò teneramente la fronte. La guardò con occhi ancora spaventati. «Riposa», disse con fermezza.

«Lo farò. Promesso».

Sua madre strinse gli occhi a fessura. «Non mi fido mai di quando ti mostri obbediente».

«Perfino io mi rendo conto di aver tirato troppo la corda, mamma». Pip sprofondò nel cuscino. «Questa volta mi fermo, te lo prometto».

«Bene».

Pip guardò sua madre uscire dalla stanza con i panni sporchi pronti per il bucato, con un verso di rimprovero al modo in cui si era tolta gli stivali. Per un attimo ebbe un déjà-vu, intravedendo la madre che era stata prima che il loro mondo scivolasse in una dolce rovina, la madre che si preoccupava per tutti loro, disperandosi amorevolmente.

Willow andò a sedersi ai piedi del letto, con la schiena appoggiata alla struttura in vimini *bergère*, i piedi infilati sotto il piumino. «Be', ti sei quasi uccisa – di nuovo – ma almeno hai ripreso Shalimar. Puoi rilassarti adesso».

«Ma si starà chiedendo dove sono finita. Era nella stalla solo da un paio d'ore quando sono uscita di nuovo – e non sono più tornata». Sentì una fitta d'ansia attraversarla di nuovo.

«Stava una meraviglia quando sono passata a vederla stamattina. Fergus continuava a infilare il muso dalla sua parte di stalla. Credo proprio che abbiano dormito così, annusandosi il collo a vicenda per tutta la notte. Non credo che abbiano sentito la tua mancanza».

Pip sorrise, ora più calma.

«E venendo qui ho parlato con Kirsty. Si occuperà lei di tutto per i prossimi giorni: portarli fuori, spalare il letame, cambiare il fieno fresco, innaffiare l'avena e quant'altro».

«Sei una brava sorella, lo sai?»

«Hmm, non credo che lo penserai ancora quando sentirai quello che ho da dirti», rispose Willow, guadandosi improvvisamente le mani e con la faccia di chi sta per vomitare. Fece un respiro profondo, il viso terreo.

«Stai vendendo», disse Pip al posto suo.

Willow rimase a bocca aperta «Oggi. Come lo sai?».

Pip la guardò, cercando di nascondere l'improvvisa pesantezza che sentiva nel cuore. Avrebbero perso Lorne, quel giorno. Sapeva che sarebbe accaduto, Willow l'aveva avvertita, almeno in termini generali. Ma la realtà dei fatti… Il suo essere definitivo. Era come se il padre morisse una seconda volta: il cavalierato già era svanito con il cavaliere, e ora anche il castello… «Perché ieri sera ho visto l'acquirente ai canti di Natale, il mio eroe tutto muscoli, niente di meno. Per quale altro motivo si sarebbe fatto vedere, se non per cercare di ingraziarsi la gente del posto?».

Willow non rispose.

«Quando lo dirai alla mamma?».

Willow si sgonfiò visibilmente. «Dio solo lo sa. Non si è vista per tutta la settimana. Da quando le ho detto che dovevamo trasferirci qui, mi ha evitato restando dai Flanagan… e non dirmi che sono paranoica. Mi sta evitando eccome».

«Sì, è vero», concordò Pip vedendo spegnersi l'espressione sul viso della sorella. «È più che chiaro che voi due non vi fate una bella chiacchierata a quattr'occhi da un sacco di tempo. E non solo a proposito del castello».

Willow tenne deliberatamente lo sguardo fisso sul piumone. «Non appena avremo firmato le carte me ne andrò da qui, Pip. Ho bisogno di tornare a Dublino».

«E perché mai vuoi fare una cosa del genere?»

«Perché è lì la mia vita adesso».

«Mi hai ingannata, allora», disse ironica Pip. «Sei stata bravissima a dare a tutti quanti l'impressione di goderti la vita di campagna… tonificanti passeggiate giornaliere con i cani, ridecorare case, sistemare fiori, civettare con gli sconosciuti alle feste con le canzoni di Daniel O'Donnell…».

Si guardarono negli occhi dai capi estremi del letto, le gambe accavallate su quelle dell'altra come in una crostata di mele e, per un attimo, Pip pensò che la sorella lo ammettesse, che effettivamente adorava quei luoghi, che vi apparteneva...

«Toc toc».

Entrambe si girarono e videro la testa setosa di Ottie fare capolino dalla porta.

«Cavolo, stai messa peggio di me», osservò Pip mentre la loro sorella maggiore entrava con un sacchetto di ciambelle alla marmellata della panetteria e la rivista «Horse & Hound». Le gettò sul letto e si chinò per darle un bacio sulla guancia.

«Come ti senti?»

«Meglio di te, a quanto pare».

«Una nottataccia. Una sola», mormorò Ottie, salendo ai piedi del letto dall'altra parte e infilando a sua volta le gambe sotto il piumone. «Oggi fa freddo».

«Nevica ancora?». Pip allungò il collo per vedere meglio, ma dalla sua posizione semi sdraiata riusciva a vedere solo il cielo bianco e la sottile cima degli alberi.

«In questo momento no. Un po' di tregua, grazie a Dio». Ottie spostò l'attenzione alla stanza, prendendo coscienza di ciò che la circondava. «Ehi, è carino qui, vero?»

«Lo è adesso che Willow si è fatta il mazzo per abbellirlo», disse Pip spostando lo sguardo tra le due e notando che neanche loro si parlavano direttamente, percependo una forte tensione.

«Hai fatto tu tutto questo, Will?»

«Te l'ho detto ieri», rispose piatta Willow.

«Sì, ma... Non avevo capito che intendevi fatto *così*». Ottie la osservò sotto una luce diversa. «Hai un buon occhio per i colori».

«Forse non sei l'unica pittrice della famiglia», scherzò Pip, ma Ottie le rispose con un sorriso rigido. Pip alzò gli occhi al cielo. Le sue due sorelle stavano cercando di superarsi a vicenda in infelicità? Sembrava di essere a un funerale.

Dal piano di sotto, sentirono l'eco di qualcuno che bussava

risuonare per casa; il batacchio a testa di leone di bronzo aveva colpito la porta d'ingresso.

Pip gemette: «Uh, per favore, basta con le visite. Il letto non è abbastanza grande».

Questo almeno le strappò un sorriso, così Pip allungò la mano sul sacchetto e distribuì una ciambella ciascuno.

«Comunque, Will ha delle novità», annunciò Pip, dando un morso alla sua e incontrando subito il punto con la marmellata che prese a scorrerle come un rigagnolo rosso sul mento.

«Ah, sì?», si meravigliò Ottie mentre vedeva Willow prendere un pezzetto di ciambella con la punta delle dita, come se fosse un croissant.

«Pip!», la rimproverò Willow in preda al panico. Pip sapeva che la sorella minore aveva il terrore di dirlo a Ottie tanto quanto alla madre. Ma era come strappar via un cerotto. Meglio farlo in fretta.

«Che c'è? Non puoi tenerglielo nascosto. Se succederà oggi, devi dirglielo».

«Dirmi cosa? Cosa c'è sotto?», si incuriosì Ottie.

Willow inspirò profondamente, sollevando le spalle fino alle orecchie. «Vendo il castello. Cioè, la tenuta. Stasera. I contratti sono pronti per la firma».

Seguì un'altra lunga pausa, entrambe guardavano Ottie, in attesa di… qualcosa. «…Ah. Giusto».

«…Giusto?».

«Va bene, allora». Ottie scrollò le spalle.

Willow guardò Pip dall'altra parte, nel caso si trattasse di una specie di trucco. «Non era così che avevo previsto che andasse», esclamò. «Ero pronta a lacrime, crisi isteriche, lanci di scarpe. Ma che vi prende a tutte e due?»

«Sono mezza morta». Pip minimizzò con un gesto, dando poi un altro morso alla ciambella, quasi finendola.

«Anch'io», disse Ottie, e Pip si fece seria nel vedere che non era affatto una battuta; la sorella maggiore sembrava davvero essere rimasta schiacciata da un rullo compressore.

«Chiedile a chi sta vendendo», insistette Pip.
«Pip!», gridò di nuovo Willow, ancora con la ciambella in mano come fosse una palla.
«A chi stai vendendo?», chiese ubbidiente Ottie, ma non sembrava importarle della risposta; non sembrava che le importasse molto di niente in quel momento, né di Lorne, tantomeno della ciambella.
Willow si tormentò il labbro con i denti. «È un tizio inglese di nome Connor Shaye. Ha una catena di club privati: Home James».
«Hmm… Credo di averne sentito parlare». Ottie si impensierì appena, ma sembrava ancora svagata, distaccata. Disinteressata. Distante.
«Io l'ho visto», disse Pip sorridendo, fingendo di scottarsi le dita e di soffiarci sopra. «Oh, un tipo *ardente*!».
Persino Ottie fece un mezzo sorriso a quelle parole. «Davvero?»
«Sì, ma non va bene per nessuna di noi due», puntualizzò Pip. «È arrivata prima Willow».
«Non è vero!».
«Sì invece, gli stavi divorando la faccia quando ho deciso di fare il mio bagno di mezzanotte l'altra settimana».
«Sì, ma prima che sapessi chi fosse!», disse Willow accalorata.
«Quel tizio?», chiese sorpresa Ottie. «Quello di cui non avevi il numero?»
«Non c'è stato più niente tra noi da quando… da quando ho deciso di vendere a lui».
«Certo, perché sembrava strettamente platonico tra voi due ieri sera», disse Pip con il suo tono più sardonico. Guardò Ottie. «Avresti dovuto vederlo come se la mangiava con gli occhi dall'altra parte della piazza, tutti che le passavano intorno e lei lì, maledettamente ignara di tutto».
«Mi stupisce che tu abbia notato qualcosa, visto che eri sul punto di sputare fuori un polmone», ribatté Willow.

«Eh!», protestarono schifate Ottie e Pip insieme, ridendo.

Ottie riadattò le gambe a quelle di Willow, già più rianimata. «Be', acqua cheta la nostra piccola Will», disse. «Non avevo idea che ci fosse tutta questa azione nella tua vita».

Willow aprì la bocca per protestare di nuovo, ma ci fu un altro raspare rapido alla porta ed entrò la madre.

«Davvero, vi sento starnazzare dal piano di sotto», disse, entrando con una grande scatola avvolta in una carta marrone. «Pensavo ci fosse una rissa».

«Stavamo solo parlando di Will e del suo inn…».

«Pip!», strillò Willow.

Ridacchiando stancamente divertita, Pip strabuzzò gli occhi nel vedere il pacco. «Oh, e quello cos'è? *Pour moi?*». Lo afferrò.

«No, temo non sia per te, tesoro. È per tua sorella». E lo diede a Ottie.

Pip sembrò scandalizzata.

«Per *me*?», si stupì Ottie. «Ma… come faceva il corriere a sapere che ero qui?»

«Era Taigh e infatti non lo sapeva. Stava facendo il giro di consegne e sarebbe dovuto passare da te quando ha sentito il baccano da sopra e gli ho detto che eravate tutte qui».

«Taigh?». Pip guardò speranzosa verso la porta. «Be', non sale?»

«No. Ha detto che doveva proseguire il giro».

«Ah». Pip sbatté le palpebre. «Okay».

«Oh, ragazze, davvero, cosa state… Avete tolto le coperte?», le rimproverò la madre. «Sto cercando di far stare comoda Pip».

«Sta comodissima», ribatté Ottie scrollando le spalle e dando finalmente un morso alla ciambella. «Anche se le farebbe bene radersi le gambe accidenti. Argh, mi stanno punzecchiando!».

Pip strofinò la gamba su e giù per buona misura, facendole protestare entrambe.

«E perché mangiate le ciambelle a letto?», si disperò la donna. «Ci sarà tutto lo zucchero tra le lenzuola e Pip non dormirà mai stanotte con lenzuola zuccherate».

La donna sfilò le lenzuola danneggiate dal materasso e iniziò a spazzare via gli inesistenti granelli di zucchero – erano tutti sopra il letto – per poi rimboccarle a tutte di nuovo.

A Pip e Willow, però, non importava di letti zuccherati; guardavano Ottie aprire lentamente il pacchetto, cercando di non rovinare la carta. «Non so proprio cosa possa essere...», mormorò. «Non ho comprato niente di recente. Vero?»

«E che ne sappiamo noi?», chiese Pip aprendo le mani in modo interrogativo e spargendo zucchero su tutti i cuscini.

«Un regalo di Natale?», suggerì sua madre.

«Difficile».

«Colori?», tentò Willow.

«No».

«E che cavolo, sbrigati ad aprirlo», mormorò Pip spazientita quando Ottie cominciò a piegare la striscia di scotch per riutilizzare la carta da imballaggio.

Ottie mise via la carta e aprì la grossa scatola nera opaca legata con un nastro di raso color avorio. Tirò le estremità e l'aprì, aprendo i densi strati di tessuto come fossero i petali di rosa e disegnando una perfetta O con le labbra quando all'interno vide il fagotto di seta rossa ben piegato.

«Wow!», esclamò Willow.

«Oh, cavolo!», sputacchiò Pip.

«Oh no!», sussurrò Ottie aprendo con le dita la piccola busta del bigliettino appoggiato sopra.

Per una vita da vestito rosso, ti serve prima un vestito rosso.
Grazie di tutto,
Ben

«Una vita da vestito rosso?», chiese Willow sconcertata, mentre Ottie rileggeva quelle parole più e più volte, infilando le dita nella seta liscia.

«Ben?». Pip si sdraiò sui cuscini e sorrise. «Chi è l'acqua cheta adesso?».

«Mamma?».

Willow era sul parapetto in fondo alle scale.

«Sono quassù». La voce di sua madre suonava distante, in tutti i sensi.

Willow salì la scala a pioli e guardò nella soffitta. Era una cosa totalmente diversa dalle stanze nel sottotetto del castello, dove potevano stare in piedi, giocare e, volendo, perfino saltare. Lassù, invece, con il soffitto basso, bisognava per forza passare tra le travi solo carponi.

Scrutò nello spazio in penombra, dove una torcia a mano diffondeva uno stretto cono di luce. «Che ci fai quassù?», chiese vedendo sua madre frugare in un grosso cesto.

«Ho pensato di vedere cosa c'era qui sopra. Non c'è mai abbastanza spazio nelle camere per tenere tutto. Guarda questo», disse. Sedendo sui talloni, tirò su quello che le parve – almeno dalla forma – uno scialle bordato. «Santo cielo, che qualità!».

«Di chi è? Dei Wheeler?»

«No, è tutta roba nostra. Non hanno mai avuto la chiave per salire qui. Tuo padre l'ha ritrovata solo qualche anno fa, per puro caso, ma non ha voluto disturbare i Wheeler. Non erano persone facilissime da trattare. Ha detto che poteva aspettare che andassero via».

«Che altro c'è qui dentro?», chiese Willow girando la testa a destra e sinistra per valutare la grandezza della soffitta. Era un unico grande spazio interrotto dai comignoli di pietra. Riusciva a vedere sagome scure e irregolari disseminate ovunque.

«Una vecchia carrozzina. Vittoriana, credo, anche se purtroppo sembra che ci siano arrivati i topi. E c'è una scatola di quelle che sembrano vecchie carte da parati e un…». Senza fiato, tirò fuori qualcosa di grande e piuttosto… frusciante. «Oddio, Willow, guarda qui!».

Presa la torcia e rivolse il fascio di luce su un abito di raso verde smeraldo. Sembrava edoardiano, con le spalle a sbuffo che si chiudevano in maniche strette, una vita minuscola e una lunga gonna. «È immacolato», sussurrò, sfiorando il tessuto con le mani in cerca di strappi, buchi, macchie, qualsiasi imperfezione. «Chiunque abbia imballato questo corredo sapeva il fatto suo: ci sono strati e strati di carta velina antitarme. È tutto perfettamente conservato. Oh, cosa avrei dato per indossare un vestito come questo. Chissà di chi era…».

Willow guardò sua madre frugare tra i tesori di famiglia da tempo dimenticati come una bambina in un negozio di caramelle. Era di buon auspicio che scavasse fisicamente nel loro passato, il giorno stesso in cui avrebbero lasciato la proprietà di Lorne? Era segno che non stavano perdendo tutto, alla fine, ma solo acri e pietre? Che quello che rimaneva della vita delle persone che avevano vissuto lì, l'avrebbero avuto ancora: il contenuto del castello, quella casa, tutto quello che c'era lì dentro… Si fece coraggio, sapendo che il momento era arrivato. Non poteva più rimandare. «Mamma, c'è una cosa di cui ti devo parlare».

«Hmm?». Frugò di nuovo nel baule e annaspò ancora, tirando fuori una camicia di cotone.

«È importante».

«Tesoro, non puoi proprio aspettare? Non vedi quanto è emozionante per me? Ho sempre desiderato un momento come questo a casa mia, ma non c'era più niente da trovare. I tuoi antenati avevano già razziato tutti i segreti del castello molto prima che ci arrivassimo noi. Oh, a papà sarebbe piaciuto tantissimo. Proprio tanto». Si strinse la camicia al petto, la voce gli mancò leggermente mentre si perdeva in qualche vecchio ricordo, tagliando fuori il presente. E Willow stessa.

Sempre così.

«Certo, ne possiamo parlarne quando scendi», disse Willow a bassa voce, dirigendosi verso la scala.

«Oh, ma prendi questo, tesoro». Alzò lo sguardo e trovò sua madre arrotolare con cura il vestito verde in una palla e lanciarglielo. «Ora che il baule è stato aperto, non voglio che ci entri della polvere. È di un colore semplicemente sublime. Mettilo sul mio letto».

«Certo». Scese la scala con il vestito drappeggiato sulla spalla e, quando si girò, trovò Ottie che usciva dalla stanza di Pip con il vestito rosso sopra il suo.

«Sta dormendo», sussurrò Ottie, chiudendo la porta tranquillamente dietro di lei. «Praticamente si è addormentata a metà frase».

«Ah». Rimasero insieme sul piccolo pianerottolo per un momento, ancora in qualche modo distanti e separate, divise da segreti. Lo sguardo di Willow cadde sul vestito rosso. «...Allora, chi è Ben?».

Ottie minimizzò con una scrollata di spalle. «Solo un tipo che ho aiutato. L'ultramaratoneta che si è infortunato».

«Quello che si era perso?»

«Sì, doveva essere in campeggio, ma chiaramente non poteva stare in una tenda con una lesione al legamento crociato, così gli ho detto che poteva...», rispose scrollando di nuovo le spalle.

Willow spalancò gli occhi nel ricordarsi improvvisamente dell'altro odore nel cottage quando era passata il giorno prima: era un odore... maschile. «L'hai ospitato a casa tua? Un perfetto sconosciuto?»

«Era un tipo simpatico... dolce. Professionale. E ferito».

Willow guardò di nuovo il vestito. «E ti ha comprato un vestito rosso?»

«...Sì. Per ringraziarmi, immagino».

«Sì, certo, perché la gente di solito ringrazia con deliziosi vestiti rossi».

Ottie inarcò il sopracciglio, non gradendo il sarcasmo. «Non è questo».

«No?»

«No. È una risposta a un discorso che abbiamo fatto sulla vita da vestito rosso».

Willow batté le palpebre confusa. «Okay, mi sono persa. Cos'è una vita da vestito rosso?».

Ottie le lanciò un'occhiata esasperata, come se facesse l'ottusa, e tutto a un tratto Willow vide quanto la sorella fosse veramente sconvolta. «È una vita più bella, più audace e migliore di questa. È una vita in cui si viaggia, si incontra gente nuova, si fanno cose eccitanti e si va alle feste più glamour e si indossano...».

«...Vestiti rossi», finì per lei Willow, vedendo le lacrime brillarle negli occhi.

Ottie deglutì, gli occhi a terra sui suoi stessi piedi. «Tu lo capisci, vero? Tu te ne sei andata e ti sei trovata una vita da vestito rosso a Dublino».

«Credo di sì», disse con un filo di voce. Non era solo per quello che se n'era andata. «Ottie... tutto bene?».

Ci fu una lunga pausa prima che rispondesse. «Sì», annuì l'altra stringendo le labbra e ricomponendosi, ma non era vero. I suoi movimenti sembravano innaturali. Forzati. Tirò su con il naso e tornò a guardarla. «Che cos'hai lì, a proposito?», chiese, allungando la mano per toglierle il vestito verde. «Oddio!».

«Lo so. Bello, vero?»

«È sensazionale».

«Mamma è su in soffitta a caccia di tesori... e ne sta cercando altri». Willow alzò gli occhi al cielo. «Sono appena andata da lei per dirle di... stasera. Ma è troppo presa a rovistare tra vecchie scatole per ascoltare».

Neanche a farlo apposta, sentirono un altro urletto dalle travi del soffitto.

«Be', qualche ora in più non farà alcuna differenza, credo. Non c'è modo di invertire la rotta di questa petroliera. E se significa che è felice ancora per un po'...». Ottie si strinse nelle spalle.

Willow sospirò. «Vuoi una tazza di tè, allora?»
«Potrebbe andare», accettò Ottie che, però, si fermò dopo pochi passi. «A meno che…».
«A meno che cosa?».
Un sorriso cospiratorio si insinuò sul suo viso. «A meno che tu non voglia provare questi abiti».

Capitolo ventotto

Ottie fissò il suo riflesso. Quel vestito non diceva "Grazie". Diceva "Eccomi!", "Ehi!", "Avvicinati", "Fammi volare".

Era come un fiore scarlatto sulla pelle, una goccia di sangue nella neve, le cingeva la vita, le sfiorava i fianchi, la parte frontale mostrava discretamente il suo décolleté. Non aveva mai indossato un vestito rosso prima di allora, proprio per quel motivo. Un vestito rosso era una dichiarazione. Era intenzionale. Non avrebbe potuto mimetizzarsi con quello addosso, né nascondersi.

Ma non era ciò che voleva, dopotutto? Non era quello che le aveva detto Ben dandoglielo? Non era sicuramente stato un incoraggiamento verso Bertie, ma Ottie non voleva più nascondersi davanti a tutti. Era il momento di uscire allo scoperto. Di farsi notare. Di essere reclamata. Aveva dato tutto a Bertie e fatto tutto quello che le aveva chiesto. Aveva riscosso il tributo di sangue da Ben, per quanto straziante fosse stato. Ora toccava a lui agire.

Aveva aspettato abbastanza a lungo. Era ora di prendere in mano la situazione.

Si guardò allo specchio e capì che era arrivato il momento: quella notte era la notte in cui avrebbe reclamato il suo uomo.

Willow sbatté le palpebre e fece una piccola giravolta, prima in un verso, poi nell'altro. Il raso verde frusciava come una mattina d'autunno, la sua silhouette intagliata e modellata come se fosse scolpita nell'argilla. Non si era mai vista così femminile e sofisticata, e di certo non aveva mai previsto una manica a sbuffo nel suo futuro sartoriale.

Il colore le faceva sembrare i capelli ancora più corvini e, per una volta, non le parve una cosa negativa. Accanto a lei, Ottie in seta rossa era strabiliante, e percepì in entrambe il cambiamento, il passaggio da ciò – o meglio da chi – erano state a una dimensione tutta nuova.

Ottie si voltò a guardarla con un luccichio scherzoso negli occhi. «Voglio andare alla festa».

«...Okay, ma la fai sembrare una cosa spaventosa».

«Infatti. Il che significa che tu verrai con me».

«Cosa? N...».

«Con quello». Con un gesto accennò al vestito di Willow.

«No! Non se ne parla!», disse Willow ridendo.

Negli occhi di Ottie, però, bruciava un'intensità che Willow conosceva fin troppo bene nell'altra sorella, che ora dormiva placidamente nella stanza accanto. Deglutì, sapendo cosa significasse...

«Okay, senti, devo comunque firmare i documenti, quindi vengo con te, ma...». Deglutì ripensando alle parole di Connor la sera prima, le promesse nei suoi occhi. L'affare era quasi concluso. Non c'era niente a fermarli ora. Come sarebbe stato facile innamorarsi di lui, permettersi di credere all'amore a prima vista e al lieto fine... *No.* Scacciò via il pensiero. «Devo fare quello che va fatto e ripartire. Non posso restare».

«Esatto. Neanch'io». Ottie le strinse forte il braccio. «Dimmi solo che mi aspetterai».

«Cos'è che devi fare tu?»

«Io... Non posso ancora dirtelo. Te ne parlerò, promesso, ma prima devo fare una cosa. Ti prego... facciamo numero?». Le porse il mignolo a uncino. Giurin giurello. Come quando erano piccole. «Sorelle prima di tutto».

Willow la fissò. Un piano B poteva tornarle utile. Qualcuno che le facesse fare quello che andava fatto. Qualcuno che la facesse andare via. Agganciò il proprio mignolo all'altro, unendoli. «Sorelle prima di tutto», disse sorridendo.

Pip era stesa a letto e ascoltava il mormorio delle sorelle dal piano di sotto attraverso le assi del pavimento. Sembrava che si stessero preparando a uscire, tra grida di "Andiamo!" e di "E adesso che c'è?" su e giù per le scale.

Dalla fessura tra le tende, vide che fuori era buio. Stavano andando alla festa al castello? Si augurò di no. Nella sua mente c'era qualcosa di perverso nel visitare la propria casa come ospiti.

Eppure, si era sparsa la voce. Forse la curiosità aveva avuto la meglio? All'Hare non si era parlato d'altro nell'ultima settimana: andare? Se sì, perché? Che cosa avrebbero indossato, a ogni modo?

Non sapeva quanto tempo avesse dormito, sapeva solo che aveva dormito profondamente. Sentiva gli arti di piombo, le coperte pesanti addosso; qualcuno le aveva rimboccato di nuovo le lenzuola, vide la copia di «Horse & Hound» ora appoggiata sul comodino e il sacchetto vuoto di ciambelle accuratamente piegato e gettato nel cestino della carta straccia. Ottie, quindi.

Improvvisamente la porta d'ingresso sbatté, facendo vibrare i vetri nelle loro cornici, le voci delle sorelle appena udibili mentre camminavano lungo il sentiero incolto verso la macchina.

Di nuovo sola, Pip si guardò intorno nella stanza – la sua stanza – con occhi pensosi. Non ci avrebbe mai vissuto, naturalmente; la sua casa era ormai alle scuderie. Ma sua madre si era fatta in quattro per farle scegliere la sua stanza, come se il dettaglio della proprietà facesse la differenza. Willow aveva fatto un ottimo lavoro nel ripulire tutto e nel dare una mano di vernice al soffitto e alle pareti, ma la stanza era ancora piuttosto spoglia; in effetti, Pip non aveva mai visto una tale carenza di "roba". Era la tipica stanza in più: un tavolo con la lampada, una sedia vicino alla finestra, uno o due libri tirati fuori da uno scatolone e sistemati sul davanzale, che nessuno avrebbe mai letto. Rispettava formalmente l'idea che ci si sarebbe vissuta una vita, ma in realtà sua madre sarebbe stata sola lì dentro. Una vedova nella sua nuova casa.

Ripensò alla confessione di Willow, alla paura sul viso mentre rivelava la vendita che sarebbe avvenuta quello stesso giorno. O era quella sera? Forse era già successo. Oddio, aveva dormito per tutto il tempo? Lorne era già perduto?

Quel pensiero fu come una morsa di ghiaccio intorno al suo cuore. Cercò di girarsi sotto le coperte ma era così bloccata, come una farfalla su uno spillo, che ricadde di nuovo nella stessa posizione, per una volta troppo debole per discutere.

Cercò di arrendersi all'inevitabile, di evocare la sensazione che aveva trasmesso a Willow mentre guardava nei suoi occhi spaventati. Il castello doveva essere venduto, lo sapevano tutti: era una realtà inevitabile che doveva essere affrontata ed era inutile continuare a fare come suo padre, a combattere battaglie già perse in partenza. Pip stessa, nel suo desiderio di possesso, aveva quasi perso tutto. Doveva tenerlo bene a mente.

La ruota del criceto, ecco cosa si era detta quando aveva riconquistato Shalimar. Era semplicemente tornato tutto come all'inizio e bastava così. "Abbastanza è già una festa". Aveva Shalimar e Fergus, le stalle ufficialmente a suo nome… Allora perché si sentiva come se mancasse ancora qualcosa? Non riusciva a scrollarsi di dosso la sensazione che fosse cambiato qualcosa di vitale. Ma cosa?

Un grido improvviso la fece sobbalzare tanto da allentare le coperte e riuscire ad alzarsi dal letto, ma la pressione sanguigna aveva bisogno di un altro momento o due per riprendersi, così rimase in piedi, stordita per un secondo, quindi barcollò verso la porta della camera da letto proprio quando il grido si ripeté.

«Mamma! Mamma! Sono qui», gridò, sbandando nel corridoio e cercando di non svenire mentre raggiungeva la scala. «Che succede?».

Capitolo ventinove

«Oddio!», gridò Ottie quando svoltarono dal sentiero del castello verso Dower House e si fermarono di colpo, con i fari puntati dritti sulla catena di automobili che varcavano l'una dietro l'altra i cancelli di fronte. Non erano le macchine, però, che stavano guardando.

«È... rosa», disse Willow nel caso a sua sorella fosse sfuggito.

Entrambe lo fissarono con uguale sconcerto.

«Il castello è rosa?», farfugliò Ottie prima ridacchiando e poi appoggiando la testa al sedile in una vera risata. Una risata sonora.

«Il castello è rosa», le fece eco Willow unendosi a lei in una risata di pancia, presa da convulsioni sempre più forti al pensiero della faccia che avrebbe fatto suo padre se avesse visto il suo antico, vigoroso e stoico castello illuminato da luci rosa. «N-n-non bastava aver avuto tre figlie femmine», annaspò dovendosi tenere il fianco. «Addirittura il castello rosa!».

«Non... non c'è niente da ridere», gridò Ottie che cominciò a scivolare sul sedile, ma fu tenuta su dalla cintura di sicurezza.

«Non sto ridendo», ruggì Willow accasciandosi a sua volta.

Non ridevano così da quando erano bambine e Ottie si era fatta la pipì addosso dalle risate quando Pip, per una lezione di equitazione il giorno di Halloween, si era vestita da spaventapasseri e il suo cavallo aveva passato l'intera lezione a cercare di mangiarle il fieno con cui aveva imbottito la camicia e i pantaloni.

Qualcuno bussò leggermente al finestrino facendole sobbalzare e smettere di ridere all'istante.

Lentamente, Willow abbassò il finestrino. «Sì, agente?», chiese provocando un altro scoppio di risa isteriche in Ottie. Willow dovette tamponarsi gli occhi per non seguirla a ruota.

«Temo che non possiate fermarvi qui», disse un giovane in gilet nero, con una torcia in mano.

«Temo che possiamo invece. Quello è il nostro castello».

«Il nostro castello rosa». Ottie faceva la sbruffona, incapace di smettere di ridere. Ormai era andata.

«Infatti. Il nostro castello rosa», sghignazzò Willow girandosi verso la sorella. «Oddio, mi sento ubriaca e non siamo neanche entrate!». Le spalle erano scosse dalle risate. «Ho dei documenti da firmare! Un castello rosa da vendere!».

«E io un matrimonio da far saltare!», aggiunse Ottie in un sibilo.

La risata di Willow le morì in gola. «Eh?».

Ottie la fissò, senza battere ciglio, notando lo sguardo orripilato negli occhi di sua sorella. «Scherzavo!», e scoppiò di nuovo in una risata isterica.

«Oddio!», strillò Willow dandole una pacca sul petto come a fermarle il cuore. «Pensavo dicessi sul serio!».

Il giovane guardava prima l'una e poi l'altra, totalmente perplesso dal loro comportamento. «Ehm… be', dovrei solo chiedervi di parcheggiare da qualche parte laggiù. Dobbiamo tenere libero questo accesso in caso di emergenza».

«Certamente, agente», concordò Willow, ancora ridacchiando, asciugandosi gli occhi e certa di aver rovinato il trucco. «Cavolo, Ottie, si è tutto sciolto adesso?»

«Cosa? Sciolto come il bacon?», chiese Ottie, allungando il collo per esaminare il viso di Willow mentre guidava. «No, non sei sciolta come il bacon», ridacchiò, perché ancora qualche residuo delle risate le scuoteva le spalle mentre guidavano verso l'accesso frontale e parcheggiavano davanti al prato. Era stato scelto l'esemplare più bello di alberi per posizionare i faretti, le lucine decorative drappeggiate su alberi di alloro dalla perfetta forma a mezza cupola in eleganti contenitori dipinti di nero che erano stati posizionati a recintare l'area parcheggio.

Uscirono dall'auto insieme, vedendo il flusso continuo di taxi e ospiti in abiti stravaganti che scendevano in vestiti spumeggianti e raffinati smoking.

«Okay». Willow sospirò mentre le risate finalmente si spegnevano nell'osservare il castello che stava per vendere. I nervi avevano strani modi di mostrarsi a volte. «Allora, immagino che ci siamo».

«Sì», mormorò Ottie, a sua volta dall'aspetto meno divertito. «Sei pronta?»

«...Come non mai».

Camminavano l'una accanto all'altra – così vicine che le loro mani si sfioravano – lungo il viale, su per i gradini e nella grande sala.

«Oh, mio Dio», annaspò di nuovo Ottie in preda allo stupore.

Willow si chiese se era sempre Lorne. A differenza di Ottie, aveva almeno visto in parte la transizione da ciò che era stato a quello: aveva visto la malconcia moquette delle scale rimossa, i mille e uno tappeti arrotolati, gli austeri antenati non più a guardarle dalle pareti. Aveva aiutato a impacchettare tutte le foto e i vasi, le brocche e i ninnoli, gli scudi e i cimeli araldici, i tavoli e le sedie del salone, Rusty, la loro intera vita, tanto che tutto ciò che era rimasto fosse la struttura di base, l'imponente scalinata doppia, i pannelli a cassettoni, il pianerottolo a galleria...

Eppure, laddove le pareti e il pavimento erano stati di un legno ricco, lucido, quasi bordeaux, ora si presentavano pallidi e riportati a un biondo grezzo. Inoltre mai si sarebbe aspettata di vedere, pendente al centro del soffitto, quasi a riempire l'intero spazio della galleria, un albero di Natale alto quattro metri e *capovolto*! Non c'erano appesi né gingilli né orpelli, ma solo i rami cespugliosi sparsi verso il pavimento come a protendersi verso gli ospiti che vi passavano sotto, di un verde così tangibile da far venire voglia di allungare la mano e sfiorarlo con il palmo. C'era della purezza nell'audace design che dichiarava di voler apparire moderno ma anche senza tempo, ponendo l'accento sul naturale, grezzo, artigianale, e non sul grandioso, come si sarebbe aspettati.

«Quell'affare non ci cadrà addosso, vero?», mormorò Ottie in un soffio, mentre alle loro spalle gli altri ospiti restavano senza fiato.

«Che posto!».

«Oddio, come hanno fatto a portare quell'albero lassù?»

«Immagina vivere qui…».

Ottie e Willow si scambiarono un'occhiata eloquente. Le delizie di quel luogo comprendevano tanto ciò che non si vedeva quanto ciò che era in bella mostra. Nessuno lì sapeva – né avrebbe mai saputo – che sotto il pavimento c'era una scaletta angusta che portava a una piccola stanza che si allagava quando la falda freatica era alta ed era stata usata in passato come cella per intrusi, nemici e sfortunati esattori delle tasse. Né avrebbero mai saputo a quale velocità si può arrivare sfrecciando giù per le ringhiere. O che c'erano dei buchi di ascolto in alcune pareti che permettevano di seguire le conversazioni a diverse stanze di distanza.

Quando si avvicinò un cameriere con i drink, ne presero uno a testa, origliando i commenti stupiti mentre procedevano lentamente nella fila che si era formata, facendosi strada nella sala da ballo.

«Ti sembro a posto?», sussurrò Ottie in un sibilo al passaggio di una specie di modella in un minuscolo abito di Balmain con le paillettes.

«Sei incredibile. Anche se ancora non riesco a credere che il tuo inquilino ti abbia comprato quel vestito», osservò Willow, guardandola di nuovo mentre entrambe sorseggiavano nervose dal bicchiere.

«Sì, be', sai che magra scelta di fiori c'è da Tesco».

Willow sghignazzò.

«E poi non riesco a credere che mamma abbia scovato *quello*. Ti sta da sogno».

«Hmm, non ne sono tanto sicura», mormorò Willow un po' in imbarazzo, non solo per il colore acceso e la scollatura ampia. La maggior parte delle donne indossava l'ultimo modello acquistato su Net-a-Porter e, al confronto, quel vestito sembrava esattamente ciò che era: un abito molto vecchio e di seconda mano.

«Di cosa non sei sicura? Sei una bomba. Ho già beccato dei tizi laggiù che ti hanno adocchiato».

«Argh, è l'ultima cosa che mi serve. Devo mantenere la concentrazione, fare quello che devo fare. Tu fai il tuo e, con un po' di fortuna saremo fuori da qui e davanti alla televisione prima che finisca *Strictly*».

«Ti rendi conto che è la cosa più tragica che tu abbia mai detto?», chiese Ottie mentre entravano nella sala da ballo.

«Totalmente… aspetta!».

Ancora una volta dovettero alzare gli occhi, costrette a osservare la stanza in silenzio: una gigantesca nuvola di fiori e piume bianche ampia sei metri sembrava librarsi subito sotto al soffitto, i pilastri monolitici erano avvolti da spesse ghirlande di edera e rose bianche di Natale.

«Che gente è questa!?», esclamò Ottie mentre si fondevano nella folla, il cui volume quadruplicò all'istante. «È normale nel loro mondo?»

«Non potrebbero dire lo stesso di noi? Siamo noi che vivevamo qui, ricordatelo».

L'uso del passato le fece sussultare entrambe.

«Sì, be', non è così che ci abbiamo vissuto, però». Ottie si morse il labbro. «E ancora non so come diavolo abbiano fatto a fare tutto in un paio di settimane».

«Manodopera. Joe ha detto che, a quanto pare, hanno reclutato duecento persone».

«Cavolo, non c'è da stupirsi che sia di buon umore ultimamente. Il Natale per lui è arrivato sicuramente in anticipo».

In fondo alla sala c'era un bancone di onice lungo dieci metri, un DJ suonava su un palco appositamente costruito, le vibrazioni si riverberavano nella cassa toracica e, per un attimo, Willow percepì la collisione tra i suoi due mondi: Dublino e Lorne, libertà e familiarità, presente e passato. Ebbe un leggero capogiro.

«Conosci questa canzone?», le gridò Ottie all'orecchio per farsi sentire.

«Certo, la suonano in tutti i locali».

«Mi fai sentire vecchia. Neanche mi ricordo l'ultima volta che sono andata per locali», osservò Ottie.

«E non mi spiego il perché. Hai ventisei anni, mica cinquanta. Dovresti uscire e incontrare ragazzi sexy».

«Come te, vuoi dire?»

«Esattamente. Divertiti un po'». Willow fece ruotare la sua criniera scura, sentendo l'atmosfera della festa avvinghiarsi intorno nonostante il nervosismo, o forse proprio per via di quello.

«E se volessi qualcosa di più del "divertimento"?».

Willow le lanciò uno sguardo ammonitore, calandosi di nuovo nei panni della sorella maggiore. «Non cadere in questa trappola, Ottie. Non esiste lieto fine».

«Be', chiaramente non è vero. Guarda mamma e...».

«No!». Il tono di Willow la bloccò. «Non perpetuare questa bugia».

«Willow!», esclamò Ottie, sconcertata. «Ma che diavolo...?».

Willow, però, già si guardava intorno nella folla con studiata determinazione. «Non riconosco nessuno. Tu?».

Ottie sbatté gli occhi, basita da quello che era appena passato tra loro. «Finora no».

«Sembra che la risposta dei nostri compaesani sia stata bassa».

«Certo che sì. Quell'invito era solo una trovata pubblicitaria. L'hanno capito tutti. La loro festa la stanno facendo all'Hare». Ottie le strinse improvvisamente il braccio in un gesto di gratitudine. «Grazie a Dio tu ci sei. Non credo che avrei potuto farcela da sola».

«A fare cosa? Non mi hai ancora detto cosa sta succedendo, ma mi hai promesso che l'avresti fatto».

«E lo farò». Sorseggiò lo champagne nervosamente, passando in rassegna la folla. «Lo farò senz'altro. Solo che non voglio portarmi sfortuna. Devo prima vedere lui».

«Lui chi? Okay, è una specie di indizio, immagino».

Ottie la guardò nervosa. «Non sei Poirot, quindi non ci provare neanche».

Willow gemette. «Cavolo, ecco i Flanagan», disse alzando gli occhi al cielo.

«Dove?».

Willow li indicò dall'altra parte della sala, al bar. «Avrei dovuto immaginare che *loro* sarebbero venuti. Hanno sempre il terrore di perdere qualcosa. È molto triste, in realtà».

«Io biasimo Shula. Ma guardala...», borbottò Ottie fissandola da sopra il bicchiere. «Quel vestito è fin troppo giovanile per lei. Cerca disperatamente di attirare l'attenzione».

«Già... di suo marito probabilmente».

Ottie girò la testa di scatto. «Che vuoi dire?».

Willow esitò, poi le si avvicinò. «Tienitelo per te, ma Shula è convinta che abbia una relazione».

«...Cosa?»

«Non mi stupisce», dichiarò Willow glaciale. «È proprio il tipo: egoista, vanesio, vuole restare giovane a tutti i costi... Sai come si dice: tradisci una volta, tradisci sempre». Bevve un sorso aggressivo dal suo bicchiere.

«E tu come le sai tutte queste cose?»

«Cosa? Che è il tipo? Cavolo, Dublino è piena di tipi così. Così tragici, cazzo, lo sono davvero».

«No, intendevo...». Ottie era turbata. «Come fai a sapere che Shula ha questo sospetto».

«L'ha detto a mamma, che l'ha detto a Pip, che l'ha detto a

me in ospedale stamattina. A quanto pare è per questo che mamma si è fermata così tanto da loro, non solo per la crisi di doversi trasferire, ma per Shula! Mamma sta cercando di convincerla a lasciarlo».

Ottie aveva gli occhi sgranati al massimo. «E lo farà?».

Willow fece un gesto di indifferenza. «Chi lo sa? Più facile a dirsi che a farsi, immagino».

«Già, immagino». Si morse il labbro. «E Bertie sa che lo sai?»

«Non penso. A quanto pare, Shula si tiene le sue carte strette al petto fino a che non avrà consultato un avvocato e deciso il da farsi».

«E Shula sa chi è l'altra donna?»

«Sì, ma mamma ha detto che non lo dirà mai». Willow sospirò. «Non sarà certo un segreto che durerà a lungo. Se ci sarà un enorme e dispendioso divorzio, i gloriosi dettagli finiranno su tutti i giornali comunque. Triste. Assolutamente triste». Inclinò la testa verso la sorella maggiore, con gli occhi di fuoco. «Ragione in più per non spo…», lasciò la frase in sospeso quando individuò Connor muoversi per la sala.

Ogni volta.

Solo vederlo la sconvolgeva.

Era entrato dalla porta nascosta nella boiserie che conduceva a un passaggio tra lì e la cucina; gli angoli e nicchie del castello gli erano già noti? La vecchia signora di Lorne aveva ceduto i suoi segreti così presto? Indossava un abito scuro, nessuna innovazione né dettagli ingannevoli, ma un classico abito su misura che non aveva bisogno di attirare l'attenzione. Comunque, con quel viso e quel fisico, non servivano altri espedienti…

Lo sguardo teso e distratto, era al lavoro a osservare la gente, controllando che tutti i dettagli fossero a posto. Aveva lavorato ventiquattro ore su ventiquattro per far sì che si svolgesse quella festa: impiegando un piccolo esercito, sborsando soldi a ogni problema, il tutto per far divertire i suoi ospiti e consolidare il suo marchio. Era contento? Sollevato? Era così che si era immaginato quella serata, quel fine settimana?

Era un successo indiscusso, senza dubbio. Willow guardò gli ospiti, quasi tutti giovani, belli e ricchi, nonostante l'invito aperto diramato in paese. Sembrava tutto perfetto per stare in una sala da ballo di un castello irlandese nel fine settimana prima di Natale, come se la loro vita fosse piena di momenti dorati come quello.

Willow si girò di scatto alla presa di coscienza che si trattava del momento di transizione, del momento in cui Lorne avrebbe fatto un passo verso il futuro.

«Gesù, ho bisogno di un altro drink. *Adesso*», mormorò agitata Ottie, cercando un cameriere. A un certo punto nell'ultimo minuto il suo bicchiere si era prosciugato.

Willow osservò Connor scambiare due chiacchiere con uno dei suoi collaboratori, dicendogli qualcosa all'orecchio, indifferente agli sguardi interessati che gli cadevano addosso come frecce. Non l'aveva ancora vista e preferiva che rimanesse così ancora per un po'. Le loro interazioni erano invariabilmente appesantite da forze invisibili che destabilizzavano entrambi. Uno dei due sembrava sempre dire o fare la cosa sbagliata, e l'impulso di evitarlo era tanto potente quanto il bisogno di correre da lui, un'irresistibile forza che la teneva radicata sul posto. «Sì, anch'io. Andiamo al bar».

«Oh, no, ma...». Ottie rimase indietro. «Non possiamo trovare un cameriere?»

«Non preoccuparti. Ho una tecnica che mi fa servire in qualsiasi bar in meno di un minuto», disse sicura Willow, proprio quando un cameriere le si parò davanti all'improvviso.

«Signorina Lorne», disse, cogliendola di sorpresa.

«Perfetto», disse Ottie ansimante, a quanto pareva sollevata, prendendo due bicchieri per sé e scolandone uno a metà in un solo sorso.

«Sì?»

«Il signor Shaye chiede se può incontrarlo in biblioteca tra qualche minuto».

Willow batté le palpebre al messaggero. Connor l'aveva vista? Quando? Non gli aveva mai tolto gli occhi di dosso. «...Certo».

«Gradisce un altro drink?», le chiese il cameriere notando il bicchiere vuoto e la sua espressione nervosa.

«Sarà meglio», disse Ottie con un'occhiata eloquente e apparentemente un po' più rilassata, mentre buttava giù anche l'altro bicchiere.

Il cameriere scivolò via.

«Allora è finalmente il momento di lasciar andare questa vecchia signora», mormorò Willow gettando gli occhi in giro per la stanza come se fosse l'ultima volta, e posandoli poi sulla sorella.

«Ne sei assolutamente sicura?», chiese Ottie. «Nessun ripensamento?».

Willow ebbe un attimo di esitazione, poi scosse la testa; era tutto fatto comunque. Non sarebbe stata la sua firma a renderlo più reale; il passaggio di consegne era già avvenuto, la vita che lei, le sue sorelle e i suoi genitori avevano vissuto lì faceva già parte del passato. Se n'erano andati, il castello era stato rattoppato, spogliato e riportato in vita con quella festa di gente alla moda... Era più doloroso di quanto avesse immaginato, però; seduta nello studio quel giorno a guardare il numero di telefono di Connor, la vendetta aveva avuto un sapore dolce. Ma ora era amara. Deglutì a fatica. «No. Tu?».

Ottie sospirò e la guardò con apprensione. Sembrava terrorizzata anche lei, eppure aveva la voce ferma. «No».

«Okay, allora. Bene, tu vai a fare quello che devi fare, io farò il mio e ci vediamo in corridoio tra dieci minuti».

Ottie le prese la mano e la strinse forte. «Dieci minuti e sarà tutto finito, Will. E poi potrà cominciare il resto della nostra vita».

La vita da vestito rosso. Era un concetto facile da definire;

afferrarlo, però, era un altro paio di maniche. Nella sua testa le era tutto chiarissimo: si amavano. Era quello che aveva sempre voluto: l'opportunità di vivere la loro vita liberamente. Insieme. Ma trovarsi lì in quel momento, da sola, a prepararsi per afferrarla… Si sentiva sopraffatta e insicura. Era *davvero* il momento giusto? Se Shula sospettava qualcosa, chi altri poteva avere sospetti? Sapeva già cosa avrebbero detto i pettegolezzi. Proprio come Ben, non avrebbero visto l'amore, ma solo la differenza d'età, il tradimento, lo *scandalo*…

«Ehi, Ottie, non mi aspettavo di vederti qui», disse una voce sopra la musica.

Sorpresa, Ottie vide avvicinarsi Lorna Delaney. Non la conosceva bene, a parte il fatto che viveva nel vicino villaggio di Ballymorgan e lavorava nel negozio dei genitori. Indossava un vestito pitonato seconda pelle, i capelli gonfiati in modo molto appariscente e un trucco eccessivo. Ottie intuì che si sentiva intimidita dalla folla sofisticata della festa e si aggrappava a qualsiasi volto familiare. «Ehi, come stai? Sono secoli che non ci vediamo».

«Mi tengo occupata», rispose Lorna disinvolta. «Tu?».

Ottie si chiese se a Lorna fosse almeno passato per la mente che suo padre era morto da poco, o se semplicemente non gliene importasse un tubo. «Oh… Sì. È stato un periodo… frenetico… Ma ora è un momento tranquillo, grazie a Dio. È bello avere qualche settimana di pace prima che tutto ricominci con il nuovo anno». Forzò un sorriso, ma non voleva star lì a chiacchierare con quella ragazza, voleva che Bertie si guardasse intorno e la vedesse. Doveva dirgli che Shula sapeva, che la finzione era finita. In un modo o nell'altro il suo matrimonio era comunque morto.

Poteva vederlo da lì, ancora al bar a chiacchierare cordialmente con un uomo alla sua destra, una mano a tenere il bicchiere, l'altra infilata casualmente nella tasca dei pantaloni. Sembrava infinitamente a suo agio e chiaramente ignaro dell'incombente disastro. Accanto a lui Shula appariva totalmente infelice, smarrita, scrutava la folla con occhi vuoti. Pallida sotto le luci, sembrava anche aver perso peso… Bertie era davvero così cieco di fronte all'evidente angoscia della moglie?

Ottie deglutì con uno spasmo di fiducia in sé stessa alla vista della sua rivale che sembrava già sconfitta. Nonostante fosse la migliore amica di sua madre, la vedeva raramente. Lei e Serena facevano sempre lunghi pranzi a Waterford o viaggi termali insieme, cene alla tenuta di Flanagan o serate a Lorne quando Ottie era rinchiusa nel suo cottage sulla spiaggia. Era diventata quasi astratta nella mente di Ottie, una persona che trascurava il marito, più interessata alla sua vita sociale e al suo status che a una relazione personale appagante.

Poi vide Bertie voltarsi dalla sua parte, lo vide trasalire nel notarla lì con il vestito rosso. Lì per essere vista. Non si sarebbe più nascosta né fatta nascondere. Bertie aprì la bocca, come per dirle qualcosa. O per dirla al suo compagno? Non poteva esserne sicura.

Si ritrovarono occhi negli occhi, duecento persone in mezzo a loro proprio quando Ottie aveva più bisogno, più che mai, di vederlo da sola. Ma…

Era già troppo tardi.

Anche Shula l'aveva vista, quasi avesse percepito il flusso di attenzione del marito attraverso la stanza, e ora avanzava a grandi passi verso di lei, facendosi largo tra la folla con un'espressione angosciata che diceva tutto: sarebbe successo proprio lì. Proprio in quel momento.

Lo avrebbero visto tutti. Lo avrebbero saputo tutti. *Sta' attenta a ciò che desideri, no?* Non era quello che aveva sempre voluto?

Accanto a lei, Lorna stava dicendo qualcosa, parlava a raffica e sorseggiava il suo drink con la cannuccia mentre scrutava tra la folla in cerca di un'altra persona vagamente familiare da agganciare.

Ottie non riusciva a muoversi. I suoi piedi come radici che

l'ancoravano al suolo, impotenti mentre Shula avanzava con tutta la giusta furia dei traditi. Deglutì, fece qualche respiro profondo, puntando a una dignità che si sarebbe sgretolata nel giro di venti secondi. Dieci secondi... Cinque... Ed eccola lì, a meno di due metri di distanza, la folla che le aveva separate come un banco di pesci ormai ridotta al solo predatore e all'ultima preda rimasta.

Vide il braccio di Shula slanciarsi indietro come al rallentatore, vide la sua bocca contorcersi e gli occhi restringersi a fessura, la mano piatta fendere l'aria e...

Ottie barcollò all'indietro in un orrore sconcertato. Il suo mondo si era frantumato in un milione di pezzi, come cristallo.

Lorna si portò di scatto la mano alla guancia, le cinque dita impresse divennero immediatamente livide e gonfie.

«Stai lontana da mio marito, puttanella!», le gridò contro Shula. «Mi hai sentita?».

Willow percorse il corridoio, superò dozzine di sconosciuti che facevano festa in casa sua. Stavano in gruppetti lungo le pareti, addentando canapè e chiacchierando del più e del meno sotto nuvole di fiori, coppie sparpagliate strette nei vani bui delle porte; due, con le braccia sulle spalle, erano già pronti a ritirarsi per la notte, una bottiglia da un litro e mezzo in mano mentre barcollavano su per le scale.

Passò oltre, sentendosi un fantasma nel suo stesso castello, con addosso il vestito di un'antenata: Black Bess in fuga per una notte fuori...

«Ehi, Willow!».

Alzò gli occhi e vide Joe che usciva dal salone posteriore, che portava allo stanzino e ai gabinetti del pianterreno. «Joe, ci sei anche tu!», disse mentre l'uomo avanzava rapido verso di lei per abbracciarla. Era un tale conforto vedere un viso familiare. «Non credo di averti mai visto le gambe prima. Pensavo avessi le ruote, non i piedi».

Joe scoppiò a ridere. «Ho deciso che potevano farmi uscire da dietro il bancone per una sera. Siamo stati impegnatissimi ultimamente e questa non me la sarei mai persa. Che festa!».

«Quindi ti stai divertendo?»

«Scherzi? È la migliore bisboccia che abbia mai visto. C'è un tipo al cesso che sta dicendo che ci porta tutti con l'aereo a Marrakech lunedì se vogliamo continuare a far festa».

Willow schiuse le labbra per la sorpresa. «Ah».

«E qualcun altro ha parlato di fuochi d'artificio più tardi. E poi? Una mongolfiera per vedere il sole che sorge?»

«Non ne ho la minima idea», alzò le spalle Willow. «Non è la mia festa».

«Si fa da voi, però. Che palazzo per le feste che è! Avreste dovuto farlo anni fa!».

Il sorriso di Willow vacillò. Il pensiero di aver perso anche uno solo dei loro ricordi come famiglia lì… «Già, ascolta. Devo vedere una persona, ma ci rivediamo tra un po', okay?»

«Certo, mi trovi sotto al palco».

Willow lo guardò. C'era un palco? *Ti prego, Dio, non nel roseto della mamma.*

«Ah, e ti cerca tua madre», aggiunse Joe voltandosi appena.

Si fermò. «Cosa? C'è anche mia madre?», rispose.

«Eh, sì. E ti cerca come una matta. Sta rivoltando tutto il castello».

Willow sapeva esattamente perché. Probabilmente Pip doveva averle detto della vendita, presumendo che ormai ne fosse già al corrente.

Rimase per un attimo ferma nel corridoio, gli occhi fissi sulla porta della biblioteca. Sua madre era venuta per fermarla, lo sapeva. Voleva posticipare, di nuovo, il momento al quale si erano avvicinati per tutta la durata del matrimonio. Ma era troppo tardi. Anche se Willow avesse voluto tornare sui propri passi, non poteva. Erano cambiate già troppe cose, di certo se ne sarebbe accorta anche lei, una volta lì. Il dado era tratto.

Appeso alla maniglia della porta della biblioteca c'era il cartello "Privato. Vietato l'accesso", ma l'abbassò comunque, non prima di aver bussato automaticamente, per l'abitudine di una vita.

Era vuota, Connor non era ancora arrivato.

Entrò, impacciata da un'ondata di emozioni alla vista di quella stanza rimasta quasi intatta. L'unica, a parte la cucina. La scrivania e la sedia di suo padre erano state spostate a Dower House, i tappeti arrotolati e riposti nel deposito di Christie's, ma la libreria era ancora zeppa dei suoi libri, il suo orologio ticchettava ancora sul caminetto di pietra calcarea. Erano stati aggiunti un paio di divani, forse per avere uno spazio tranquillo in cui ritirarsi?

Sfiorò delicatamente le mensole di quercia, captando con lo sguardo il luccichio dei dorsi dorati. Il fatto che suo padre avesse letto tutti i libri lì dentro, con metodico impegno negli anni, era stato motivo di grande orgoglio. Suo padre aveva sempre detto a lei e alle sue sorelle che non aveva senso tenerli come semplice elemento decorativo. Dovevano avere uno scopo. Era stato un po' un punto dolente per loro tre, mentre a lui in qualche modo era sfuggita l'ironia della sorte.

Andò al caminetto, osservando i resti di brace dell'ultimo fuoco, qualche foglio di giornale appallottolato e già pronto nel cestino, una fissazione della signora Mac per accelerare l'accensione del successivo.

«...Qui dentro e calmati. Rischi di sentirti male». La voce – debole, femminile – le arrivò all'orecchio bloccando i suoi passi. Era Ottie, la riconobbe all'istante.

«Levami le mani di dosso!». *Un'altra donna.* Willow si fece seria. Quest'altra sembrava in preda a una crisi isterica, singhiozzante, a pezzi. Quindi una voce maschile, le cui parole erano troppo basse e indistinte per poterle comprendere, attraverso il tubo di ascolto le arrivava solo il timbro di basso.

Erano in cucina. Quante volte suo padre ci aveva gridato dentro per chiedere un'altra fetta di torta di frutta o perché il cane gli portasse le pantofole, un trucchetto che tutti loro avevano insegnato ai cuccioli.

Cosa stava succedendo lì dentro?

«No, non voglio ascoltarti! Pensavi che non lo avessi scoperto?».

La voce maschile si pronunciò di nuovo in mormorii agitati, probabili banalità che raggiungevano orecchie sorde.

«Mi hai fatto fare davvero la figura della stupida! Come hai potuto farmi questo? Dopo tutto quello a cui io ho rinunciato per te!».

Willow si impensierì. La voce le era vagamente familiare, eppure era difficile riconoscerla con precisione: il tubo la distorceva nel trasporto.

«Bevi un po' d'acqua», disse d nuovo Ottie. «Ti aiuterà».

Silenzio. Altri mormorii dalla voce maschile. Poi un bicchiere infranto. Willow sussultò nonostante fosse a diverse stanze di distanza.

«Non ti azzardare a incolpare me! No! Non lo accetto!». Grido d'angoscia. «Serena!». Willow si irrigidì. C'era anche sua madre? «L'ha portata qui! Qui, sotto il mio naso!».

«Chi?»

«La sua puttanella!». Willow si precipitò al condotto e vi appoggiò l'orecchio per bene.

«Non è...», la voce maschile era più decisa ora. Distinta. *Bertie!* Willow si irrigidì come un manico di scopa sentendo montare il proprio odio. Il suo segreto era trapelato allora? *Uno* dei suoi segreti almeno.

La donna ricominciò a gridare. Shula. «Smettila di raccontarmi bugie! Smettila di mentire! Non sopporterò oltre, mi hai capito?».

Versi a zittire le urla.

«...Meglio se viene con me. Questo non è né il tempo né il luogo... molto meglio quando avrà avuto il tempo di calmarsi». Sua madre fredda, calma, serena, prendeva il controllo della situazione.

«Sei un bugiardo, bastardo traditore! Ti tolgo tutto quello che hai… Mi hai sentito?». La sua voce si fece più distante. Ovattata.

Una porta sbatté.

Calò il silenzio, poi…

«Cazzo!». Era di nuovo la voce maschile. Arrabbiata. Stressata. «Cazzo cazzo cazzo! È pazza, cazzo! Hai visto come mi si è lanciata addosso? Guarda! Sto sanguinando! È una psicopatica!».

Ci fu un altro lungo silenzio. Poi un forte, sonoro schiaffo.

«Cazzo!». Gridò di nuovo l'uomo. «E questo per cos'era?»

«E osi pure chiedermelo?». Ottie. La sua voce era un ringhio inquietante.

Un altro lungo silenzio… rumore di passi. Una sedia trascinata a terra.

«Stammi lontano». Di nuovo Ottie.

«Non significa niente per me».

«È tua moglie!».

Cosa? Willow aggrottò la fronte senza capire, una sensazione destabilizzante cominciava a calarle addosso.

«No, non Shula. Io… io dicevo Lorna». C'era panico nella sua voce.

Voci senza corpo, conversazioni a pezzetti, una spiegazione che non aveva senso… non poteva essere… no…

«Come hai potuto? Dicevi di amarmi!». A Willow mancò la terra sotto i piedi. Indietreggiò, sentendo che le mancava il respiro.

«Infatti! Io ti amo!».

«Io ti credevo! Mi fidavo di te!».

Willow sentì lo stomaco precipitarle, l'orrore raccogliersi, tutta la verità farsi più chiara, innegabile… poi i suoi piedi cominciarono a muoversi, portandola dall'alta parte della stanza, verso la porta, aprirla di scatto e trovarsi davanti Connor con le carte in mano.

«Willow…». L'espressione turbata, la fronte aggrottata. «Che è successo?».

Le sue gambe, però, continuarono a muoversi, portandola lungo il corridoio verso la cucina, mentre le parole di sua sorella ancora le riecheggiavano nella testa. "Un matrimonio da far saltare".

Capitolo trenta

Pip sedeva sul gradino più basso della scala, senza curarsi di quanto fosse imprudente restare lì in pigiama e pantofole. Preferiva comunque indossare quelli che qualsiasi altro abito pancia in dentro, tette in fuori. *No, grazie.*

Osservava i festaioli barcollare, sbandare e affrettarsi verso il bar, i bagni, le camere da letto, la sala da ballo, ma i suoi occhi continuavano a tornare all'albero di Natale capovolto che pendeva dal soffitto. Non riusciva a decidere se fosse splendido nella sua follia oppure un'emerita stupidaggine. Era come se la casa della sua infanzia fosse sotto l'effetto di sostanze stupefacenti: rosa acceso all'esterno, tutti i colori sbiaditi all'interno, adulti che correvano come bambini, tutto sottosopra, in qualche modo.

Aspettava l'urlo di gioia, chissà se lo avrebbe sentito con tutto quel chiasso. Poco prima c'era stato un po' di movimento nella sala da ballo, ma qualcuno aveva detto che si trattava solo di un battibecco tra amanti. Cosa avrebbe fatto Willow? O forse erano arrivate comunque troppo tardi, e precipitarsi lì era stato solo uno sforzo sprecato?

Tossì leggermente sul pugno, pregando che non fosse così. Non si sarebbe trascinata fuori dal letto senza un buon motivo. Gli antibiotici stavano facendo effetto, ma si sentiva ancora completamente esausta, uno straccio strizzato e, per una volta, avrebbe tanto voluto tornare a letto e fare quello che le era stato detto, seguire gli ordini dei medici.

Taigh. C'era anche lui? Si guardò intorno nel salone e vide tutti i gruppi conviviali e le coppie eccitate. Non si era fatto vedere per tutto il giorno e nemmeno all'ospedale. Alla fine aveva fatto quello che gli aveva sempre detto e seguito il suo consiglio di starle lontano? Non le avrebbe certo dato fastidio. Era sempre stato una gran seccatura, sempre a tallonarla. Era solo sorpresa, tutto qui; probabilmente si era ormai abituata al suo fastidioso fare del bene.

«Willow!».

Pip si girò di scatto a sentir chiamare sua sorella e si alzò in tempo per vederla uscire di corsa dalla biblioteca, un'eroina romantica in raso verde, con i capelli scuri che le svolazzavano dietro.

«Willow, torna qui!», gridava un uomo. Pip vide nientedimeno che il suo anti-eroe in persona, quel tipo tanto bello della festa e dei canti di Natale, l'acquirente, che la richiamava, allarmato.

Eppure la sua espressione era niente in confronto a quella di Willow. A Pip si fermò il cuore. Cos'era successo? Non immaginava una reazione del genere!

«Will!», gridò lanciandosi avanti, o cercando di farlo, per raggiungerla.

Mentre correva, Willow si voltò come se la testa le dicesse una cosa, ma il corpo ne facesse un'altra. «Pip!», vacillò, confusa di trovarla lì. Confusa e allarmata. Sembrava disperata. «Dov'è la mamma?».

Fu il turno di Pip di apparire sbalordita. «Vuoi dire che non è con te?»

«Se n'è appena andata con Shula. Devi aiutarmi a tenerla fuori dalla cucina».

«Perché?»

«Non… non posso spiegarti». Era agitatissima, guardava la sala in ogni direzione, come una spia in fuga.

«Will, devi spiegarmi cosa sta succedendo qui. Sta arrivando la fine del mondo?»

«Sì». Willow batté le palpebre, cercando di riprendere fiato. «Si tratta di Ottie. È in cucina con Bertie».

«E quindi?»

«Stanno insieme».

Pip alzò gli occhi al cielo. «Sì, l'hai già detto. E quindi?»

«No, intendo che *stanno insieme*». Deglutì a fatica, come se quelle parole fossero sassi da mandare giù.

Anche Pip rimase senza parole. I pensieri non prendevano forma. L'affermazione – il fatto – rimase sospeso nell'aria, girando senza meta, come un pallone da beach volley in aria. No, era impossibile. Assolutamente impossibile... Poi però si sentì tirare per la manica, i piedi spinti a muoversi mentre Willow la trascinava via, e si ritrovò a inciampare tra le persone, lontano da quello strampalato albero appeso, lungo il corridoio. Si precipitarono in cucina e i loro occhi incontrarono prima quelli di Mabel distesa sotto il tavolo, l'allegra Aga gialla rassicurante come il sole nel cielo. Solo che non c'era felicità lì dentro. Nessun radioso ottimismo.

Ottie era bianca come alabastro nel suo vestito rosso, accasciata sulla sedia con le lacrime che scorrevano sulle guance e lo sguardo fisso in un punto ben oltre il perimetro della stanza. Bertie era accanto a lei, su un ginocchio, come un corteggiatore galante. Un cavaliere, perfino.

Impietrì all'arrivo della cavalleria Lorne e si rialzò di nuovo in piedi. Non osò dire una parola e Pip capì che stava prendendo tempo, voleva prima capire cosa sapessero. Non si sarebbe incriminato da solo, era un manipolatore troppo abile per farlo.

Willow si precipitò da Ottie, gettandole le braccia al collo e stringendola a sé. «Otts, razza di idiota. Che hai fatto?»

«Qualunque cosa pensiate stia succedendo qui, dovete sapere che non è quello che sembra», disse Bertie azzardando un passo avanti per prendere il comando e dirigere quello spettacolo.

Willow, però, lo guardò con un'espressione che Pip non le aveva mai visto prima. Trasudava disprezzo, un odio covato troppo a lungo che la rese di pietra. «Infatti, hai più che ragione, Bertie», disse con una voce pericolosamente fredda. «Ciò che sembra è assolutamente innocente, un vecchio amico di famiglia conforta la figlia del suo migliore amico. Dall'altra parte del canale di ascolto nella biblioteca, però, era un vecchio disgustoso, lascivo, ingannatore e connivente che ha manipolato e sedotto la figlia del suo migliore amico!».

Ci fu un fragile silenzio, l'atmosfera gravida di pause, esitazioni, tentennamenti. Ogni parola era cruciale. Interi futuri dipendevano da loro.

«Okay, mi rendo conto che dev'essere suonato male...».

«Oh, direi molto peggio che "male"», ringhiò. «A me sembra che la reputazione di qualcuno sia ormai distrutta, un impero economico screditato, un matrimonio a pezzi... "Male" non arriva minimamente a descriverlo». La minaccia colava come sangue.

Bertie alzò le mani e Pip vide che tremavano. Era alle corde. «Non avrei mai voluto che accadesse tutto questo, dovete credermi».

«Te la spassavi con Lorna Delaney!», gridò Ottie. «Ovvio che volevi che accadesse. È questo che fai! È questo che sei! Quante altre ce ne sono, eh?». Indicò la porta. «Ce ne sono altre di là? In questo momento?»

«Non fare l'esagerata!».

«Esagerata io? Stavi in una sala da ballo con tua moglie e due amanti!».

Pip non riusciva a credere alle proprie orecchie. *Bertie e Ottie... insieme?* Il suo cervello non riusciva ad accettarlo. Mai. Da quanto tempo durava quella storia? *Perché?*

«Ottie, tu eri speciale per me...».

Eri? Pip, come le altre, notò l'uso del passato e quella specifica parola, "speciale". Poteva essere una parola condiscendente, paterna...

«Ma alla fine dei conti, se questa storia esce fuori, non ci saranno vincitori. Negherò tutto. È la tua parola contro la mia, mia cara».

Il tono era freddo, contenuto. Ottie – le sorelle fecero lo stesso – lo guardò turbata.

«Ho le foto», balbettò. «I regali che mi hai fatto…».

Bertie scrollò le spalle. «Non negherò la tresca. Ma dirò che sei stata tu a provarci con me. Sei una splendida, giovane donna. Come avrei potuto dirti di no? Quale uomo avrebbe potuto?».

Ottie cambiò espressione, incredula, a bocca aperta.

«Bastardo…», sussurrò Willow.

Gli occhi di Bertie, però, non lasciarono neanche un attimo Ottie. L'atteggiamento del corpo era cambiato, si faceva più potente. Dominante. «Questa storia non uscirà dalla stanza, Ottie. Non uscirà», dichiarò senza mai staccare gli occhi da lei. «Mi dispiace che tu abbia sofferto, ma non permetterò che tutta la mia vita venga fatta a pezzi da una sciocca ragazzina con il complesso paterno. Shula non lo saprà mai. Nessuno lo deve sapere».

«E tu pensi che io voglia che qualcuno lo sappia?», gridò Ottie, alzandosi così di scatto da rovesciare la sedia. «Mi viene da vomitare al solo pensiero! Non posso crederci… non posso crederci… Oddio, che ho fatto?». Cominciò a singhiozzare, le spalle scosse e il viso nascosto tra le mani.

Bertie restò a guardarla per qualche istante, vide Willow mettersi in mezzo a loro, come un cane da guardia. «Ottie, puoi anche non crederci, ma la supererai, te l'assicuro. Ti dimenticherai di me».

Ottie scosse il capo frenetica. «Basta parlare!», urlò, viola in faccia. «Smettila e basta! Non riesco più neanche a guardarti».

«Voglio che ci lasciamo da amici», disse lui ora più calmo di fronte all'isteria di lei, prendendosi il suo tempo. «Dev'esserci qualcosa che posso fare per te. Concedimelo».

«Non c'è niente! Non voglio niente da te se non che te ne vai a fanculo!», gridò con voce arrochita dalle urla.

Bertie la fissò, poi guardò Willow e Pip – uno sguardo assorto gli passò sul viso nel vederla nel vecchio pigiama del padre – infine fece spallucce. Indolente. Annoiato, perfino. «Bene così, allora».

Attraversò la cucina, un sorrisetto sul viso che a Pip fece fermare il cuore. Sentì il respiro riempirle i polmoni e farle gonfiare il petto mentre passava.

«In effetti una cosa ci sarebbe...», disse Pip bloccandogli il passaggio. Vide lo sguardo sconvolto di Bertie quando il pugno lo colpì dritto in faccia, reagendo con un secondo di ritardo di troppo: occhi stretti, smorfia sofferente, quando già era fatta.

Indietreggiò barcollando, inciampò su Mabel, che era uscita dal suo posticino sotto il tavolo e si era spaparanzata a terra.

«Cazzo, mi hai rotto il naso!», gridò Bertie con una mano sul viso mentre la camicia si inzuppava di sangue.

«E tu il cuore di mia sorella», dichiarò fredda e disinteressata Pip, percependo lo sguardo di fuoco nei propri occhi. Un assassino in pigiama era pur sempre un assassino. «Per non parlare della fiducia di mio padre. Di mia madre. Di tua moglie».

Bertie fece per rialzarsi, ma Pip stese il piede prima ancora che potesse riuscirci. «No, puoi restare laggiù», sogghignò. «Non abbiamo ancora finito con te».

Con la mano volteggiò sopra il piano del tavolo, creando forme che non vedeva, la testa di Mabel pesante sul piede. Fuori da quell'antica porta, la festa si agitava come un tornado, le grida e le risate degli sconosciuti inframmezzate da silenzi, mentre si baciavano sotto stravaganti nuvole di vischio.

Willow fu grata che la cucina – come la biblioteca – fosse rimasta intatta; anche con il piccolo esercito di Connor in campo, non c'era stato abbastanza tempo per spogliare e ristrutturare una stanza di quelle dimensioni nel tempo che avevano avuto a disposizione, così la ditta di catering aveva allestito una cucina funzionante nel vecchio retrocucina, con banchi di lavoro in acciaio inox e forni a vapore. Significava che lì dentro poteva stare da sola con i suoi pensieri e i cani, mentre le rivelazioni si posavano nella sua mente come un relitto sul fondo del mare.

La verità era come un buffone di corte che le rideva in faccia, la derideva a ogni svolta. Come avevano potuto sua sorella e... *lui*...? Di tanta gente. Chiunque altro al mondo. *Perché lui? Perché sempre lui?*

Posò lo sguardo in grembo, sulla seta verde, la Aga gialla, i cani addormentati... La scena sembrava racchiudere, in qualche modo, sia l'anima del castello sia tutto ciò che non andava nella sua vita: c'era una festa che rimbombava a pochi metri di distanza e lei era lì, come la signorina Havisham di *Grandi speranze*, rinchiusa lontano da tutto. Sempre dalla parte sbagliata del vetro.

Il pomello della porta girò e alzò lo sguardo, immediatamente rigida nel veder entrare sua madre. Sembrava prosciugata, le angosce della serata ben scolpite sul viso, lei, per una volta, in semplici jeans e maglione di cachemire.

«Dove sono le altre?», chiese la madre, spostando una sedia come se fosse di piombo.

«Sono andate a casa. Pip era stanca», rispose Willow deviando un po' dalla realtà per non dire che era Ottie ad aver avuto bisogno di essere riaccompagnata, né il perché. «Come sta Shula?».

Sua madre sospirò pesantemente e, per un attimo, non rispose. «...Devastata».

Willow annuì. Era ovvio che lo fosse.

«E si vergogna».

Willow inarcò il sopracciglio. Di cosa si vergognava? Era suo marito il bastardo traditore.

Sua madre tamburellò con un'unica unghia sul tavolo. «Ma più che altro penso sia sollevata».

«*Sollevata?*»

«Sollevata dalla conferma ai suoi sospetti. Bertie la stava convincendo di star impazzendo, di essersi immaginata tutto».

Bastardo! Willow sentì di nuovo una fitta di rabbia. A malapena riusciva a trattenersi. La sua rabbia. Tremava dall'immane sforzo di non stare lì, a gridare con quanto fiato aveva nei polmoni. «Starà meglio senza di lui», ringhiò.

«Sì, infatti».

«È un bastardo traditore».

«Sì, infatti».

«Traditore una volta, traditore sempre».

Le sue parole, volutamente provocatorie, rimasero sospese nell'aria mentre fissava sua madre, aspettando una reazione. Ci sarebbe stata adesso, sicuramente... no? La conversazione che in tre anni non avevano mai affrontato ora era in quella stanza e pulsava come una luce, impossibile ormai da ignorare un attimo di più. Altre vite stavano andando a pezzi ai loro piedi. Come poteva, sua madre, ignorarlo?

Willow sentì la sua rabbia montare a dismisura al prolungarsi di quel silenzio.

«Chiaramente non l'ha mai amata se andava in giro a tradirla in quel modo. Nessuno farebbe una cosa simile alla persona che ha amato». Ogni parola era un ferro arroventato. «È spregevole».

Sua madre alzò gli occhi, sentendola finalmente, comprendendo il tono, leggendo il sottinteso, affrontando la sfida. «Non è sempre così semplice».

Willow sentì il suo cuore fare una capriola, rabbia e paura le mulinavano dentro. «Ah, no?»

«No...». Willow notò che a sua madre mancò la voce. «A volte la gente tradisce proprio perché ama il proprio compagno».

Scoppiò in una risata di scherno. Era quella la sua difesa? «No, mamma, non è così».

«Willow…».

Non poteva farlo, alla fine. Non sarebbe rimasta ad ascoltare la scusa che era stato l'amore a farglielo fare. «Devo andare a cercare una persona», disse alzandosi di scatto. «Sono stanca e voglio solo andare a casa».

«Tu sei a casa…».

La semplicità di quell'affermazione la fermò sui propri passi. Willow fissò sua madre, consapevole che quelle parole erano una danza intorno alla questione che tanto a lungo avevano evitato di affrontare.

«È sempre stata casa tua».

Willow scosse il capo. «No. Non mia. Non ho mai sentito di farne parte. Non ci riusciranno certo le parole di un testamento».

Gli occhi di sua madre si riempiono all'istante di lacrime, sopraffatti dalle emozioni che di solito seppelliva così bene. «…Non ho mai…». Le tremava la voce. «Non ho mai capito che lo sapesse, Willow. Devi credermi. Me ne sono resa conto solo quando è stato letto il testamento». Le si incrinò la voce su quelle parole, come conchiglie che si schiantano contro le rocce, e si premette un dito sulle labbra, come se potesse semplicemente rimettere dentro le emozioni come le mutande in un cassetto. «È stato terribile… Mi vergognavo così tanto. Ero così inorridita. Non riuscivo a guardarti in faccia. Pensavo che mi odiassi. Ho pensato che anche lui dovesse essere morto odiandomi».

«Forse è così», disse Willow in tono gelido, nonostante il suo cuore battesse impetuoso. «…Come l'ha scoperto?»

«Non lo so». Sua madre scosse la testa e deglutì. «Ha preso molto male la tua partenza da qui, il tuo silenzio… Ha cercato di tenercelo nascosto, ma era sicuro che qualcosa dovesse averti allontanato da qui. In qualche modo… deve averlo scoperto».

«Dal fatto che io sono scura e le altre bionde, forse? Che loro hanno gli occhi verdi e io azzurri?», chiese sarcastica. Era così ovvio, una volta scoperta la verità.

«No, molti fratelli e sorelle hanno capelli e occhi di colore diverso. Non è così insolito». Le labbra di sua madre si fecero sottili.

«Allora forse ha trovato la lettera anche lui».

Anche? Sua madre fece scattare gli occhi nei suoi vedendo tutta la rabbia, la durezza che si era formata dentro di lei, congelandola dall'interno. Per qualche istante non parlò, non ci riusciva. «...Forse». Alla fine annuì. «Non ho mai saputo che fine avesse fatto. L'ho dovuta nascondere in fretta e furia, non ricordo in quale libro...». Strinse forte gli occhi, le lacrime fuoriuscivano dalle ciglia. «Avrei dovuto bruciarla».

«Sì, avresti dovuto», disse fredda Willow. Ma forse, pensò tra sé e sé, avrebbe potuto farlo anche lei, non avrebbe dovuto rimetterla nella copertina di quel libro nella biblioteca di cui suo padre si impegnava tanto a leggere ogni volume. All'epoca, però, aveva pensato che già lo sapesse.

«Non ho mai avuto la certezza che lo sapessi». Sua madre ora la guardò di nuovo, a pezzi, eppure ancora splendida. «Lo temevo, il pensiero mi terrorizzava. Il sospetto che fosse quello il motivo per cui te n'eri andata mi ha tormentato. Ero attanagliata dal terrore di averti ferita eppure non riuscivo a dire, neanche a chiedere, per il timore di sbagliarmi». Le tremava la voce. «E poi ho scoperto che lo sapeva anche tuo padre... e mi spezza il cuore che non mi abbia mai dato la possibilità di spiegargli tutto».

Willow la guardò stupita. «Quindi sei arrabbiata con lui perché ti ha tolto la possibilità di giustificarti per le tue azioni?», disse sdegnata.

«L'ho fatto per lui, Willow».

«E come?», strillò la ragazza. «Hai tradito tuo marito e lo avresti fatto per lui?».

Sua madre sussultò, scuotendo la testa. «Le possibilità di avere un'altra femmina aumentavano dopo ogni nascita. Ho solo cercato di spezzare la serie…».

«La serie? O la maledizione?», la sbeffeggiò Willow, ricordando la famosa leggenda di famiglia, la maledizione di Black Bess.

«Aveva bisogno di un figlio maschio. E io avevo bisogno di darglielo».

«E quindi hai deciso che il modo per ottenerlo era andare a letto con qualcun altro?».

Sua madre trasalì, ma quelle parole restarono sospese tra loro, concrete e vere.

Si fissarono da una parte all'altra del tavolo.

«Non è stato un grande piano, eh, mamma? Sei finita non solo con un'altra accidenti di femmina, ma pure illegittima!». Fece una risata amara che le provocò le lacrime. «Cavolo, scommetto che non ci volevi credere quando sono uscita fuori! Era stato già abbastanza brutto con Ottie e Pip, ma con me? Cos'altro avresti potuto fare, giusto?». Willow alzò le braccia al cielo. «Non sarei mai potuta essere una peggiore delusione per te! Per tutti e due!».

Sua madre saltò su, appoggiando le mani al tavolo. «No! *Io* sono stata una delusione, Willow, non tu! Tuo padre non ti ha mai incolpata di niente, mai».

«Non era mio padre!», singhiozzò Willow.

«Sì, invece, in ogni modo che conta! Ti amava e ti adorava! Eri il suo uccellino!».

«Sì, il cuculo che usurpa il nido!».

«Willow!». Sua madre la fissava con occhi imploranti. «Quando te ne sei andata gli hai spezzato il cuore. Era tutta colpa mia e lo sapevo. E ora non posso nemmeno rimediare». Le sfuggì un singhiozzo tra le parole e crollò di nuovo sulla sedia, nascondendo il viso tra le mani, scossa da violenti singhiozzi. Willow la guardava impietrita, come il bambino della leggenda che avesse tolto il dito dalla diga e fosse stato travolto dall'alluvione.

Anche Willow si accasciò sulla sedia, svuotata. Aveva sempre pensato che con la confessione sarebbe arrivata la pace. Una chiusura. Invece c'erano stati solo altra sofferenza e ulteriori rimpianti.

I minuti passavano, entrambe perse nel proprio dolore. Parlare non avrebbe cambiato nulla.

Infine sua madre alzò gli occhi, il viso gonfio e chiazzato. «...Permettimi di rimediare almeno con te, Willow».

«E come?», domandò con voce atona. «Come potresti rimediare agli immani danni che hai causato?»

«Esattamente come ha fatto tuo padre: lasciandoti l'ultima parola. Tutto quello che è stato fatto prima, è stato fatto per te, scelto *per* te. Ora puoi decidere tu cosa accadrà dopo».

Willow scosse il capo. «Non capisco».

«Stasera sono venuta qui a cercare di fermarti. Pip mi ha detto della vendita. E quando mi ha raccontato che stavi di nuovo vendendo a Connor Shaye, ho capito che lo facevi per punirmi. È tuo diritto, però. È proprio per questo che tuo padre ha lasciato a te la proprietà».

«No... l'ha lasciata a me perché sapeva che sarei stata l'unica a poter vendere senza il carico dei sensi di colpa. Non sono Lorne di sangue. Sono un'intrusa, una che non sarebbe mai dovuta essere qui. E quando ha scoperto che lo sapevo, ha capito che me ne sarei potuta liberare senza guardarmi indietro. Vaffanculo! Prendi i soldi! La sua eredità, i diritti di nascita, niente di tutto questo è mai stato mio, tanto per cominciare, quindi cosa me ne importa, giusto?».

Sua madre scosse tristemente la testa. «Ti sbagli, tesoro. Non è per questo che ha lasciato tutto a te».

«Sì invece».

«No. L'ha lasciato a te perché voleva darti la libertà di disfartene, se era questo che volevi. Non capisci? Dandoti Lorne ti ha dato il potere di scelta su cosa fare dopo, ti stava dicendo che teneva a te più di qualsiasi figlio maschio, titolo, castello. Non importava nient'altro. Ha scelto *te* sopra tutto il resto. Eri il suo uccellino, l'ultima figlia, la piccola di casa...».

Willow si girò, ma le lacrime le scorrevano sulle guance. Era vero? Quegli ultimi tre anni a pensare di essere stata un errore, una delusione, un'impostora. Una straniera nella sua stessa famiglia...

«Non ti sto chiedendo di perdonarmi per quello che ho fatto. È imperdonabile, lo so. Ed è stato il più grande errore della mia vita – non c'è stato giorno in cui non mi sono odiata – ma c'è una sola cosa di cui non mi pentirò mai». Quasi soffocò nel parlare. «Perché mi ha dato te. E se mai ne avessi la possibilità, lo rifarei ancora, perché sceglierei sempre te».

Sua madre si alzò e si avvicinò, pallida e tremante, ma ancora con un fuoco negli occhi che non si era più visto da quando era morto suo padre. «Sono venuta qui stanotte per darti questo, perché pensavo che ti avrebbe fermata». Indicò una grossa busta di Tesco appoggiata sul lato della dispensa, da cui fuoriuscivano fogli di giornale. «Ma non cercherò più di fermarti. Prendilo comunque. Vendi Lorne. Non importa più ormai. Papà ti ha dato il potere di scelta per dimostrarti quanto fossi amata e io farò lo stesso. Ti sto dando anch'io la possibilità di scegliere».

«Che cos'è?», singhiozzò Willow guardando la busta.

«La libertà di decidere del tuo futuro. Tutta la tua vita è stata dominata dal passato e dal sentimento di obbligo mio e di tuo padre verso di esso. Ora non più. Non guarderemo indietro. Scegli cosa accadrà adesso e qualunque cosa sia sarà la scelta giusta perché sei amata, a prescindere da tutto». Le prese il viso rigato di lacrime tra le mani calde e la baciò sulla fronte e sulla punta del naso, come faceva sempre quando era piccola. Si guardarono dritte negli occhi per la prima volta in tre anni. «A prescindere da tutto, okay?».

Willow annuì mentre la baciava di nuovo in fronte: tenera, materna. «Ci vediamo a casa».

Willow guardò sua madre attraversare la cucina. «Mamma», la richiamò con un filo di voce quando era già sulla porta. Sua madre si voltò.

«Shula lo sa?».

Sua madre abbassò gli occhi a terra, due chiazze di vergogna le colorarono le guance, poi li rialzò sulla figlia. «No. Credo che mantenere certi segreti sia una forma di gentilezza».

Willow annuì pensando al segreto di Ottie.

Sì, forse a volte lo era.

Capitolo trentuno

«Lo so! Sono in pigiama accidenti! Fatevene una ragione!», sbottò Pip contro una coppia sgomenta che si avviava al castello, mentre lei e Ottie barcollavano fuori. Sembravano uscite più da una festa di Halloween che di Natale, con il loro pallore e le guance rigate di lacrime. «Hai le chiavi?». Pip tese la mano quando raggiunsero la macchina.

«Guidava Willow», rispose piatta Ottie. Sembrava capire tutto al rallentatore.

«Oh, fantastico. E le mie chiavi ce le ha mamma», disse Pip sospirando, con le mani sui fianchi. «Okay, va bene. Torno dentro. Tu aspetta qui».

«No, vado io».

«Tu non sei in grado di andare da nessuna parte nello stato in cui ti trovi. Siediti qui. E Pip la puntellò contro il cofano dell'auto come se fosse una bambola che aveva bisogno di un sostegno.

«Ehi, Pip!».

Entrambe si voltarono verso Joe che scendeva le scale, agitando selvaggiamente le braccia.

«Ehi, stai messo male, Joe!», rispose allegramente Pip camuffando il turbamento e la devastazione che ancora riverberavano dagli eventi accaduti in cucina. Nessuno di loro stava messo tanto bene in quel momento.

Ottie si accigliò nel vedere la sorella tremare per la temperatura invernale. Pur nel suo stato di stordimento, sapeva che Pip non poteva permettersi di prendere altro freddo.

«Già! Segno di grande festa! Oh, ciao, Ottie», salutò quando la vide lì seduta, immobile e silenziosa.

«Ciao, Joe». Sembrava un'ombra, scura e sottile. Appiattita.

«Non ve ne starete mica andando, vero?», chiese Joe quasi sbilanciandosi dentro un alloro in vaso.

«Joe, forse ti sorprenderà saperlo, ma in realtà sono alla festa del secolo in un cacchio di pigiama», gridò Pip. «Sono anche quasi morta due volte nelle ultime due settimane, quindi penso che tornerò a letto al più presto, se non è un problema».

Joe scoppiò a ridere. «Peccato. Stavo per invitarvi a tornare all'Hare per una serata esclusiva». Si premette un dito sulle labbra. «Solo per VIP. Credo che questa sia la serata giusta per stappare una specialissima bottiglia di Teeling Vintage Reserve che tengo da parte».

Pip strinse gli occhi interessata. «Teeling, hai detto?»

«Oh, sì. Platino invecchiato trent'anni».

«Pip, devi tornare a letto», intervenne Ottie nel vedere lo sguardo negli occhi della sorella.

«Shh», la zittì Pip. «Per il prossimo antibiotico mancano ancora...», disse controllando il telefono. «Due ore».

«Non puoi bere alcolici quando prendi gli antibiotici».

«Forse no, ma puoi sempre *annusarli*».

«E tu vorresti andare a una serata esclusiva solo per annusare il whisky?». Ottie era sbalordita.

«Solo per due ore. Mi sto ancora *ristabilendo*». Pip tornò a guardare Joe che si avviava barcollando verso un'auto che conoscevano tutti molto bene. «Come torni in città, Joe?»

«C'è Seamus. Perché? Serve un passaggio?»

«Be', non abbiamo quelle cavolo di chiavi della macchina quindi... sì». Pip guardò Ottie. «O così o finiamo congelate. Mando un messaggio a Willow quando arriviamo. Ci può venire a prendere lì».

Ottie gemette, ma sua sorella aveva ragione e la cosa più importante era non lasciare Pip al freddo. Perlomeno il pub garantiva un po' di calore.

A malincuore, le permise di prenderla sottobraccio e guidarla. Joe aprì lo sportello posteriore e scivolò dentro a sua volta. «Ehi, Seamus!», disse Pip allegramente.

«Ciao, Seamus», salutò Ottie, ma subito fu distratta da qualcosa che notò nella sorella quando salì in macchina. Si teneva la mano in modo strano. E ora che erano sedute, gliela vede raccolta in grembo come un uccellino ferito. «Pip, fammi vedere la mano», sussurrò.

«No, sta bene», disse in fretta, allontanandosi fuori portata mentre il taxi si accese con un suono gutturale.

Ottie non disse niente, ma era chiaro che non era l'unica a essere rimasta ferita quella sera. Pip soffriva e non solo fisicamente. Ottie sapeva che il suo atteggiamento menefreghista era solo una copertura per lo sgomento che provava per il comportamento di Ottie, lo scioccante segreto che aveva tenuto nascosto alle sue sorelle e alla sua famiglia per tutti quegli anni. In fondo, la sua fiera sorellina era una creatura molto più fragile di quanto lasciasse intendere.

Joe iniziò a cantare insieme alla radio, Pip lo imitò e, mentre si allontanavano, Ottie si voltò a guardare dal finestrino il castello rosa e le sue non troppo piacevoli sorprese. Quella sera vi era entrata per prendersi la sua vita da vestito rosso e ne era invece uscita con una lettera scarlatta.

Ma, per tutto il tempo, il castello di Lorne aveva continuato a restare in piedi.

Joe si chiuse la porta alle spalle, e un piccolo grido di festa si alzò dal gruppetto di clienti abituali ancora dentro. «Si chiude!», gridò suscitando altri festeggiamenti.

Ottie vide Taigh O'Mahoney rientrare dai bagni e restare sorpreso a quella vista: il suo sguardo che si fece interdetto quando vide Pip avvicinarsi al bancone.

Ottie lo salutò con la mano quando si avvicinò. «Non dovrebbe essere fuori dal letto!», disse con decisione.

«Lo so, ma abbiamo avuto una bella nottata», ripose quieta

Ottie. «Ho pensato che avesse prima bisogno di calmarsi un po'».

Taigh si fece improvvisamente serio, preoccupato. «Tutto bene?»

«Si sistemerà», annuì, sperando di suonare più sicura di quanto non si sentisse. «Alla fine non sei andato alla festa?».

Taigh fece un gesto con le spalle come a scusarsi. «No, mi dispiace. Avrei dovuto darvi più sostegno, lo so, ma non è davvero il mio ambiente, tutti vestiti eleganti».

«Ehi, non devi scusarti con me, Taigh. Non era una nostra festa».

«È stata bella? Ho sentito che c'è stato uno scandalo».

Ottie si irrigidì all'istante. «Scandalo?»

«Quella Lorna Delaney che se la faceva con Bertie Flanagan e Shula che l'ha cacciato via a calci».

Le veniva la nausea ogni volta che sentiva quelle parole, ogni volta che le tornavano in mente. E pensare che era uscita di casa quella sera *desiderando* che tutto il mondo sapesse… «Ah, sì…».

«Lo hai sentito dire anche tu allora?».

Deglutì, cercando di annuire.

Taigh arricciò il naso. «Devo dire che non mi sorprende».

«No?». Per anni aveva desiderato che la verità venisse a galla, che tutti sapessero del loro amore, che li ammirassero, ma ora che era finalmente accaduto e vedeva la loro relazione per quello che era, non riusciva a pensare a niente di più orribile. Si vergognava. Era inorridita da ciò che aveva fatto.

«No, voglio dire, non è un segreto che mi vedevo con Lorna un po' di tempo fa. A ripensarci, aveva detto alcune cose che avrei dovuto interpretare come… bandiere rosse». Fece spallucce. «Ma io non le stavo cercando, capisci?»

«Certo che no. Come facevi a saperlo?», borbottò ben cosciente di avere le guance in fiamme.

«Be', l'americano l'aveva detto», affermò con disinvoltura. «Aveva capito quello che tutti noialtri non avevamo visto».

Ottie restò di sale. «*L'americano?*»

«Sì. Ben. Il corridore che si è infortunato. Legamento rotto, braccio fratturato... Il vecchio Paddy ha buttato lì qualche commento al bar sul fatto che ha lasciato perdere la sua grande causa e Ben ha detto che Flanagan era un imbroglione in più di un modo». Scrollò le spalle. «Lì per lì non ci abbiamo fatto caso, abbiamo pensato che fosse la proverbiale uva acerba perché gli avvocati di Bertie lo avevano fatto scappare ma, quando mezz'ora fa è arrivato Fergal Sheehan con il pettegolezzo su Lorna, si è dimostrato che aveva ragione».

«Quando ci hai parlato?», chiese Ottie stupita. L'aveva portato lì quell'unica volta, dopo la spedizione di shopping.

«Con Ben? Poco fa».

«Cosa significa, Taigh? Due giorni? La settimana scorsa?», insistette in tono urgente.

Taigh rise. «No, circa venti minuti fa».

«È ancora *qui*?».

Taigh parve confuso dalla sua reazione. «...Sì. Ha una stanza al piano di sopra».

Ben era lì? Ottie guardò il soffitto incredula. Aveva dato per scontato che fosse andato subito a Dublino, pronto per il volo dell'indomani pomeriggio. Lì c'erano altri posti dove alloggiare: alberghi con ascensore... Come diavolo aveva fatto a fare i gradini? Era salita su scale a pioli più agevoli di quelle.

«Va tutto bene, Ottie?»

«Sì, io...». Ma si sentiva come se fosse sott'acqua, tutto ovattato e lento».

«Vuoi bere qualcosa? Mi sembri un po' pallida. Credo che Joe sia andato in cantina a prendere questa favolosa bottiglia di Teeling di cui predica sempre. Personalmente ci crederò solo quando la vedrò».

«Ehm... no. No». Si morse il labbro. «C'è una cosa che devo fare prima».

La guardò sconcertato. «Va bene, allora».

«Non ci vorrà molto». Fece per andarsene, ma poi si ricordò di una cosa. «Ah, Taigh…».

«Eh?»

«Pip si è ferita alla mano».

Vide le sue spalle cedere. «Senti, Ottie, perdonami, ma stavolta passo, se dev'essere sempre al solito. Ho imparato che…».

«Per favore. Penso che potrebbe essersela rotta, ma a me non lo dice. Sai com'è fatta. E se non si fa vedere subito, come…».

«Come avrebbe fatto a rompersi la mano?»

«Ecco, lei… ehm…». Cosa poteva dire? «Qualcuno ci ha sbattuto contro».

Taigh la fissò, il suo onnipresente sorriso già gli rimbalzava negli occhi. «Qualcuno…».

«Uno che lo meritava».

Taigh rise. «Gesù!», esclamò scuotendo il capo con gli occhi che già si posavano sulla sorella al bancone. A quel punto si fece serio. «È in pigiama?»

«Altra lunga storia».

«È sempre così con Pip», disse, strofinandosi il viso con le mani, prima di tirare un sospiro rassegnato e avviarsi verso di lei. «Davvero, che ha fatto adesso quella pazza?».

Ottie lo guardò avvicinarsi a Pip e bussarle piano sulla spalla. La vide trasalire, e rimase leggermente incuriosita nel notare sua sorella deglutire e fare di no con la testa, opporre resistenza e protestare, come faceva sempre quando si sentiva vulnerabile. Strabuzzò però gli occhi per lo stupore quando osservò il modo in cui Pip lo guardava mentre le esaminava la mano.

Taigh? Ma veramente?

Ottie bussò alla porta, facendo poi un passo indietro nel corridoio come se potesse cambiare idea da un momento all'altro e avesse bisogno di scappare via in qualsiasi direzione. Non appena la porta si aprì, però, e quegli occhi penetranti si fissarono su di lei, seppe che non sarebbe scappata da nessuna parte.

«Ottie».

Ottie si inumidì le labbra, nervosa, rendendosi conto all'improvviso di non avere la minima idea di cosa dire. «...Ciao».

Ben la fissò, i suoi occhi le passavano addosso osservando ogni dettaglio, dal pallore del viso ai capelli flosci che raccontavano una storia totalmente diversa dal vestito rosso. Ottie seppe all'istante che aveva capito. Ben fece un passo indietro e aprì la porta ancora di più. «Sarà meglio che entri».

Entrò titubante nella stanza. L'arredamento era piacevole: una sedia di tweed blu e verde accanto alla finestra, un letto matrimoniale con lenzuola e coperta di lana. Lampade antiche, alcune pitture a olio di Dingle Bay che riconobbe come opera di Molly McCabe, altra artista amatoriale del posto. Nell'angolo c'era il suo borsone North Face pieno zeppo, il giaccone che avevano comprato insieme appoggiato sopra. Pronto a partire.

«È carino qui», mormorò, girandosi per guardarlo in faccia, notando che ancora zoppicava, ma già in modo meno evidente rispetto a come lo aveva visto l'ultima volta.

Possibile che fosse stato davvero solo la sera prima? Quando lei era corsa dentro dal corpo dei bagni nel cuore della notte e aveva preso la decisione sbagliata, con il litigio che ancora aleggiava tra loro, i sentimenti feriti e fragili? A Ottie sembrava che il suo mondo fosse finito da quella notte a quel momento.

Sapeva che era inutile perdersi in chiacchiere. Si sedette in fondo al letto, notando che Ben si manteneva a una certa distanza. «Pensavo fossi partito per Dublino».

«Era quello che dovevi credere».

Ottie lo guardò, colpita dalla sua schiettezza. «E secondo te va bene? Te ne vai così, senza salutare?»

«Ci eravamo detti tutto quello che c'era da dire tra noi».

Si fece seria. «Tu l'hai fatto?».

L'atmosfera era sempre più densa, e toccò a lei distogliere lo sguardo. «Non voglio che pensi che non ti sia grato per tutto quello che hai fatto per me».

«Grato», ripeté.

«Certo». Lo guardò avvicinarsi alla finestra e chiudere le tende. Indossava i jeans che avevano comprato insieme e anche una delle magliette.

Ottie fece una risata amara. «Be', non dovresti essermi grato, Ben. Sai che sono io il motivo per cui sei finito in quella situazione».

«No. Bertie avrebbe dovuto mettere i cartelli, qualsiasi altra cosa stesse facendo. Non avrebbe mai dovuto lasciare che ti prendessi la colpa».

«Guarda, neanch'io sono una sua grande fan, come avrai sentito dire», disse con leggerezza, quasi incapace di guardarlo negli occhi. «Ma in realtà non è stata tutta colpa sua. Non avresti mai preso quella strada se fossi stata al mio posto».

«Non eri al tuo posto?», chiese serio.

Ottie deglutì, mortificata di dover ammettere quel particolare. «Io… dovevo fare pipì. Da morire. Così mi sono allontanata un po' per nascondermi».

L'altro rimase in silenzio per un lungo istante. «Quindi, tanto per essere chiari, mi stai dicendo che mi sono procurato una rottura del legamento crociato anteriore, un braccio fratturato, tre costole rotte e una commozione cerebrale, il tutto per non farti beccare con le chiappe al vento?».

Ottie trattenne il respiro, non sapendo se stesse per urlarle contro oppure… «Perché sorridi?»

«Perché è divertente».

«Avresti potuto morire».

Diede un'alzata di spalle. «Quello sarebbe stato molto meno divertente».

Dio, quell'umorismo… le era mancato anche nello spazio di un solo giorno. Si aprì in un piccolo ghigno. «Allora non mi odi?»

«No». Sospirò, ma il suo sorriso svanì e guardò di nuovo altrove. «Ci ho già provato».

«Quando ti ho chiesto di rinunciare alla causa?»

«Già».

«Dovresti odiarmi per avertelo chiesto».

«Lo so».

Lo osservò attentamente e prese coscienza del muro invisibile che lo circondava. «Se può consolarti, io mi odio per questo».

Scosse il capo. «Non devi. Se c'è una cosa che so è che la gente fa qualsiasi cosa per chi ama, e tu lo ami». Scrollò le spalle, ma Ottie vide il suo pomo d'Adamo muoversi nella gola, le spalle leggermente più rigide.

«Solo che...». Sentì la gola asciutta. «Non è così».

Ben fece un verso di incredulità. «Oh, sì, invece».

«No».

Lasciò quella parola sospesa tra loro come un punto fermo, costringendolo a girarsi e guardarla.

«Pensavo di amarlo. Stasera sono andata alla festa per dire a tutti di noi due. Ero stanca di aspettare. Volevo la mia vita da vestito rosso», le mancò la voce, prese la stoffa del vestito tra le dita e lo guardò mentre le passava lo sguardo addosso, senza fiato.

«Lo so. E poi hai scoperto che tradiva anche te», terminò la frase per lei. «La notizia è arrivata al pub nel giro di pochi minuti. "Lo scandalo Bertie Flanagan"».

«Esatto. E la sai una cosa?».

Inclinò la testa per invitarla a continuare.

Era esattamente quello che volevo sentirmi dire. È stato terribile, non lo nego, ma è questa la cosa buffa: mi ha risvegliata. All'improvviso era come se mi vedessi dal di fuori, fuori dalla mia stessa pelle e da tutti quei sentimenti confusi che avevo. Non riuscivo a vedere altro che tutto il casino triste e infelice. Come hai fatto tu».

Ben strinse i denti nel ricordare il loro litigio.

«E mi è venuto da vomitare. Per me stessa, per quello che avevo fatto agli altri: a Shula, ai miei genitori, alla mia famiglia». Lo guardò dritto negli occhi. «E soprattutto a te».

«Ottie...».

Si alzò e fece un passo verso di lui. «C'è quell'aforisma, hai presente? "Attento a ciò che desideri, perché potresti ottenerlo". Bene, è successo a me stasera. Anche prima che venisse fuori la storia di Lorna, mentre ero lì dentro, mi sono resa conto che *non* lo volevo. Cercavo di convincermi, ma non ci riuscivo. Ed ero così confusa, perché lui era tutto quello che avevo pensato di volere in tutto questo tempo». Fissò lo sguardo nel vuoto, ripensando alla stanza piena di gente, a Shula che si avvicinava tra la folla e la sensazione di panico che potesse effettivamente lasciare il marito permettendole così di averlo lei. «E quando è uscito fuori tutto, quello che ho provato è stato sollievo. Quella perdita che avrebbe probabilmente dovuto essere devastante, non lo è stata affatto. Devastante è stato quando te ne sei andato tu».

Ben rialzò lo sguardo dalla toppa sul tappeto che stava guardando e la vide avanzare verso di lui. Ottie gli lesse in faccia tutta la vulnerabilità che nascondeva sempre così bene. La moglie gli aveva spezzato il cuore e lui aveva incanalato la sua sofferenza nello sport, facendo della tolleranza del dolore una virtù.

«Ottie, ho il volo domani».

Doveva essere una difesa. Una ragione per fermare qualcosa prima ancora che cominciasse. Non c'era motivo. Non c'era tempo. Eppure Ottie gli si fermò davanti, faccia a faccia, riconoscendo la sua vita da vestito rosso quando se la trovò lì. Gli posò una mano sulla nuca e la infilò tra i capelli. «Dimmelo dopo avermi baciata».

Capitolo trentadue

Willow era alla finestra, a fissare il luccicante nastro argenteo del mare, la luna che danzava sull'acqua come un cigno sul lago. La panca posizionata simmetricamente nel parterre proprio lì di fronte. Era sempre stato il punto del giardino preferito di suo padre: adorava guardare le barche a vela scivolare in lontananza tra le antiche siepi di tasso piantate a formare quattro nodi d'amante, di spalle al castello.

Probabilmente non aveva mai immaginato che una sera il suo amato castello sarebbe stato rosa, però. Né un albero di Natale appeso a testa in giù dalle travi del soffitto. Willow aveva forse portato uno "spirito giovane" nella tenuta di Lorne? Per quella grandiosa, anziana signora della collina si trattava di un lifting al viso o di una parodia della sua dignità? La festa ancora risuonava, diversi innamorati passeggiavano nei campi godendosi il chiaro di luna.

Voltò le spalle alla finestra e andò alla biblioteca, come faceva suo padre ogni volta che doveva "rimuginare" su qualcosa. Era uno degli ambienti più piccoli del castello, eppure il più importante. Era il centro nevralgico dell'operatività di Lorne. Era lì che la sua vita era cambiata – e anche quella di suo padre, dato che Willow aveva lasciato la lettera lì sapendo – percependo – che un giorno lui l'avrebbe trovata. Aveva voluto che soffrisse tanto quanto lei, che punisse sua madre laddove lei non avrebbe potuto.

Si fermò davanti al volume di Silas Marner dove la sua vita si era disfatta. Era stato un evento fortuito, o forse un espediente del destino perché, tra tutti i libri da aprire in quella libreria, cos'è che le aveva fatto scegliere proprio quello? Non aveva né una bella intestazione né lettere dorate come tanti altri: non era né il più grosso né il più piccolo, né il più raro né quello di maggior valore. Era un oggetto innocuo, semplice eppure mortale.

Se chiudeva gli occhi, riusciva ancora a vederne la scritta arrotondata: inchiostro nero, pergamena, frammenti di frasi incise in modo indelebile nella sua mente. "Mia cara Serena … tutto quello che ho sempre voluto … ti desidero da tempo … malato d'amore … concedimi un'altra notte … permettimi di darti un'altra vita … meriti più di quanto possa darti lui … lascerò Shula…". Era stata la data scritta in calce, nove mesi prima della sua nascita, che le aveva rivelato la verità.

Cosa doveva aver provato suo padre nel trovare quella lettera? Eppure, per quanto doloroso dovesse essere senza dubbio stato, poteva essere almeno vagamente paragonabile a ciò che il suo contenuto aveva significato per lei – derubandola della sua famiglia, della sua identità, della sua legittimità, in un colpo solo?

Tirò il libro dal dorso, sentendone di nuovo il peso tra le mani. Lo sfilò, trattenendo il respiro quando vide cadere la busta. Ancora lì. Ancora sanguinava veleno tra quelle pagine…

Raccolse la busta… e si bloccò.

La calligrafia di suo padre. Carta blu. Per lei.

Deglutì a fatica nell'aprirla, con un tremito in tutte e due le mani. Il passato raggiungeva il presente come un respiro sul collo portato dal vento.

13 maggio 2019

Mio piccolo uccellino,

se stai leggendo questa lettera significa che non solo sei a casa, ma che sei qui, di nuovo nello studio, e hai tra le mani il libro dal quale hai appreso per la prima volta il segreto che ti ha fatta fuggire. Questa, almeno, è la mia ipotesi: che sia successo qualcosa che ha fatto sì che ci voltassi le spalle. E non l'ho mai saputo fin quando non ho trovato anch'io la lettera qui dentro. Dico bene?

Se è così, permettimi di cominciare dicendo che mi dispiace e mi dispiacerà per sempre, perché è mia la colpa di tutto questo, non di tua madre. Ha fatto una scelta, costretta dalla mia terribile colpa; il peso che le ho accollato per avere un figlio maschio le è stato insopportabile e mi meraviglia perfino che sia rimasta insieme a me, dopotutto.

Per tutta la mia vita, fin dalla mia nascita, mi è stato detto quanto fossi fortunato a essere il ventinovesimo cavaliere di Lorne, quanto valessi, quanto fossi privilegiato e, naturalmente, mi è sempre stato ripetuto che era mio dovere provvedere un figlio maschio che perpetuasse la dinastia. Per tantissimi anni ci ho creduto e sentivo di aver fallito, perché è una cosa terribile sapere di essere quello che avrebbe spezzato la catena. La cosa peggiore di tutto, però, è stata la vergogna che mi sono portato dietro quando ho capito cosa la mia egoistica sofferenza aveva fatto: costringere la mia splendida moglie, la tua amorevole madre, a una situazione impensabile; costringere le mie adorate figlie a crescere con la convinzione di non essere abbastanza, e di non essere degne, quando la verità è che quello indegno ero io.

Vi ho sempre amate con ogni fibra del mio essere, dall'istante della vostra nascita, e la lettera che io e te abbiamo trovato qui non cambia quella realtà, neanche di una briciola. Sei mia figlia, non la sua, mai, e lotterò fino alla morte per sostenerlo. Perché mi sono reso conto di una verità semplicissima: il desiderio di un figlio maschio, di generare un altro cavaliere, significa guardare all'indietro, perché a che serve un cavaliere senza la propria regina e le sue principesse da servire e proteggere? Perché mai si dovrebbe avere un cavaliere se non ci sono loro?

Tu sei il motivo per il quale il castello di Lorne è stato costruito e il motivo per cui ancora è in piedi e spero, dato che stai leggendo questa lettera, di essere nella stanza accanto e che verrai da me, e mi perdonerai.

Se invece è troppo tardi – so di essere malato – allora sappi questo: potrò anche essere l'ultimo cavaliere, ma sarò tuo padre in eterno, e il mio amore per te durerà più a lungo di qualsiasi castello.

Sempre e per sempre.

Papà

La lettera le tremò fra le mani, le lacrime caddero sul foglio sbavando l'inchiostro, facendolo sanguinare come il suo cuore. Perché era troppo tardi. Era troppo tardi, per entrambi.

«Willow?».

Si girò senza fiato e trovò Connor dall'altra parte della stanza, con la porta chiusa. Da quanto tempo era lì?

Si asciugò in fretta le lacrime con le mani cercando di riprendersi e rimettersi in una forma presentabile, ma si sentiva disfatta. Quella notte l'aveva scucita una maglia dopo l'altra.

Senza dire una parola, Connor le si avvicinò tirando fuori il fazzoletto dalla tasca.

«Grazie», mormorò lei tamponandosi gli occhi e prendendosi un attimo per nascondere il viso nel quadrato di stoffa.

Quando finalmente tornò a guardarlo, gli lesse l'incertezza negli occhi che le passavano addosso riversando luce nel suo angolo più buio, in cerca dei suoi segreti.

«Cosa...?». Poi indietreggiò di scatto come se l'avesse schiaffeggiato. «...Non vendi più».

Willow inspirò profondamente e trattenne il fiato per un attimo, come a soppesare la risposta che aveva dentro ma che già sapeva. «No, mi dispiace».

Connor tirò indietro le labbra, arrabbiato ma non sorpreso. «...E posso chiederti perché?»

«Perché questa è casa mia. È qui che appartengo». Ripiegò di nuovo la lettera, chiuse gli occhi e la portò alle labbra. «Sono di nuovo a casa».

Connor la fissò, vedendo le lacrime sulle ciglia, comprendendo che la lettera che aveva tra le mani aveva in qualche modo cambiato le cose. Cambiato tutto. «Ma come credi di poterti permettere di tenerla? Pensa al capitale che devi reinvestire...».

«Lo so. È enorme. Ma abbiamo avuto un po' di fortuna...

una volta tanto», gracchiò in un altro scoppio di felicità e incredulità. Poteva essere vero?

Willow indicò la busta di Tesco sul tavolo.

Perplesso, Connor si avvicinò, tirando fuori un pacco avvolto in fogli di giornale. Rimosse la carta, scoprendo una cornice d'oro ornata e intagliata e, al suo interno, uno splendido ritratto. Lo sollevò.

«Era la mia bis-bis-bis-bis-bisnonna acquisita, credo. Si chiamava Elizabeth Carr, ma era conosciuta come Black Bess».

Connor abbassò gli occhi sulla firma nell'angolo quindi la guardò stupita. «È un Gainsborough».

«Sì», disse con un gorgoglio di gioia che le risalì dalla gola. «La ritrasse nel 1752. Pensavamo fosse andato perso in un incendio, ma lei deve averlo trafugato dal castello quando il suo figliastro, il quindicesimo cavaliere, la sfrattò alla morte del padre. Era notoriamente vanitosa e deve averlo voluto con sé».

«Strabiliante», disse in tono piatto.

«Lo aveva occultato nella soffitta a Dower House, nell'angolo più nascosto. Non riusciamo a credere che si sia conservato, ma era riposto in una piccola cassa di legno. Non era stupida, immagino».

«Come la sua pro-pro-pro-pro-pronipote». Connor appoggiò di nuovo il ritratto sul tavolo, con cura, fissandolo e capendo tutto chiaramente ormai. «Quindi adesso venderai questo». Il tono era teso. Irritato.

«Sì».

Connor cominciò a camminare avanti e indietro, guardandola. «E allora vendilo, rimetti a posto il castello, vivi per sempre felice e contenta. Ah, no, aspetta, dimenticavo: tu non credi nel lieto fine».

Era così?

Sentì la lettera tra le sue mani: la comprensione e il perdono di suo padre per ciò che sua moglie aveva fatto, il sacrificio e il rimorso di sua madre. Il loro amore era sopravvissuto nonostante il peggiore dei tradimenti. Erano rimasti felicemente insieme perfino dopo che suo padre aveva scoperto la verità.

Come aveva fatto suo padre a sopportare la vista di Bertie, si chiese? Erano venuti alle mani, si erano sfogati? O gli era bastata semplicemente la certezza di avere l'unica cosa che le ricchezze di Bertie non avrebbero mai potuto comprare, e cioè l'amore di sua madre?

«Ovviamente ti rimborserò tutto quello che avete speso finora per i lavori di ristrutturazione. Non resterai a corto di soldi».

«Oh. Molto gentile. Grazie». Un freddo sarcasmo congelava le sue parole. «E che mi dici del tempo e degli sforzi che ho investito in questo posto? Ho vissuto e respirato Lorne da quando l'ho visto. Me ne sono innamorato».

Willow lo guardò, sentendo che si stava allontanando da lei, che la loro intesa si affievoliva di fronte alla sua freddezza. «Se ben ricordi, hai detto che non avevo alcun obbligo di vendere nonostante il pop-up. Sapevi che stavi correndo un rischio».

«Ma ho comunque messo insieme i soldi. Nel tempo pattuito, come se ci fossimo stretti la mano».

«Ma non ci siamo stretti la mano». Si morse il labbro. «Mi dispiace tanto, Connor, non avevo pianificato nulla di tutto questo. Sono successe molte cose negli ultimi giorni».

«È chiaro. *Guarda caso* hai trovato un antico capolavoro che se ne stava lì da qualche parte. Molto utile. Questo dovrebbe toglierti dai guai».

Willow inclinò la testa di lato, odiando l'amarezza della sua voce, ma non riuscendo a dargli torto. «Ti giuro che stasera sono venuta qui in totale buona fede, con l'intenzione di firmare le carte».

«E io stasera sono venuto qui con l'intenzione di baciarti». I suoi occhi fiammeggiarono. «Immagino che non siamo mai stati sulla stessa pagina».

«Connor…».

«No. Perlomeno ho avuto la mia risposta al dubbio se potevo fidarmi di te».

Willow si fece seria. «Non l'ho fatto di proposito».

«Ah, no? Oppure mi hai preso in giro tutto il tempo? Volevi forse vendicarti per tuo padre?»

«No!».

«Ma davvero? Ti ho detto che quello che è successo con tuo padre non è mai stato niente di personale. Abbiamo investito tutto fino al collo, non è un segreto di Stato. È scritto nel nostro modello di business per i primi otto anni: investire in attività, consolidare il marchio. Ma quella settimana la nostra banca aveva appena concesso un prestito. Non ho avuto altra scelta che tagliare il prezzo dell'offerta oppure uscirne. Erano solo affari, siamo stai noi a perderci, non lui». Inspirò forte. «E a quanto pare adesso sono di nuovo io quello che ci rimette».

«Connor…». Le si ruppe la voce. Non sapeva cosa dire.

Lui la fissò gelido.

«Non volevo che finisse così», aggiunse lei.

«Nemmeno io. Credimi», ribatté brusco, quindi prese i contratti e si voltò per andarsene.

«Non odiarmi, ti prego», gli sussurrò alle spalle.

Connor si fermò e si voltò. «Odiarti non sarebbe un problema, Willow. Credimi, mi piacerebbe da morire riuscire a odiarti».

«Non possiamo…?». Gli si avvicinò

Ma lui la bloccò con un'occhiata.

«No. La cosa finisce qui. Una volta per tutte». E così dicendo uscì, sbattendo la porta.

Willow fissò lo spazio che aveva occupato, con il cuore le batteva selvaggio nel petto, la lettera tra le mani, il Gainsborough a terra.

Alla fine era a casa. Ma non era un lieto fine.

Capitolo trentatré

Domenica 22 dicembre

«Forza, bello, vieni giù», disse suadente Pip mentre la rampa veniva abbassata sui ciottoli. «Vieni a conoscere i tuoi nuovi compagni».

Con cautela, guidandolo per le briglie con la mano buona, portò il giovane stallone fuori dal camion e nel cortile. Mentre Pip era rimasta a letto, Kirsty era stata bravissima a tenerlo sgombro dalla neve con la lettiera dei cavalli fresca e pulita.

Il cavallo sbuffò appena quando l'aria fredda gli entrò nelle narici, con un brivido che gli si diffuse lungo tutto il fianco nero e vellutato.

«Vieni qui, così, ti piacerà, te lo prometto», mormorò, conducendolo nella sua nuova stalla. Era di fronte a quella di Shalimar, ma avevano volutamente lasciato libere quelle da una parte e dall'altra, nel caso avesse cominciato a scalciare.

Slinki teneva d'occhio le operazioni dalla sua postazione preferita sulla traversa, guardando tutto dall'alto. Fergus e gli altri cavalli muovevano la testa su e giù sopra le loro porte, osservando curiosi Pip che lo portava dentro e lo girava. Il cavallo toccò con il naso la balla di fieno appesa, annusò lo zucchero. Gli aveva anche messo uno specchio sul muro e la fece ridere vederlo ammirare il suo bel riflesso, toccandolo interessato con il muso.

«No, non è di *te* che voglio che ti innamori, ma di lei», gli disse posizionandolo in modo che si trovasse di fronte a Shalimar. Poi uscì dal box chiudendo il chiavistello della porta del nuovo arrivato e si piazzò nel passaggio in mezzo ai due. «Lei è Shalimar, la tua nuova ragazza. Shalimar, lui è Dark Star. Ed è molto importante che voi due vi amiate».

«Non sono sicuro che funzioni così, Pip». La voce improvvisa la fece sobbalzare. «In base alla mia esperienza, succederà, che tu lo voglia o no…».

«Che cavolo!», esclamò quasi cadendo in ginocchio nel girarsi. «Accidenti, Taigh!? Mi hai quasi fatto venire un infarto».

«Un infarto? Hmm, okay, certo, perché no…».

«Eh?»

«Aggiungiamolo alla lista delle cose che farai per farti visitare da me: tentato annegamento, polmonite, mano rotta. Infarto». Andò dritto verso di lei, senza rallentare… e infine la baciò.

Pip si staccò turbata. «Che stai facendo?»

«Ti sto baciando».

Pip batté le palpebre. Poi di nuovo. «*Perché?*»

«Be', tua sorella maggiore mi ha fermato l'altra sera e mi ha chiesto che intenzioni avessi con te esattamente».

Pip si fece seria, sconcertata da quanto stava accadendo. «E tu che le hai detto?»

«Di sopravvivere, fondamentalmente».

Lo fissò per un attimo, una risata bloccata in gola mentre cercava sul suo viso qualche indizio di scherzi o battute… ma d'altro canto i suoi occhi erano sempre ridenti.

«Perché… perché ti avrebbe chiesto che intenzioni hai con me? Non capisco».

«Secondo Ottie nessuno disprezza qualcuno tanto quanto tu disprezzi me, se non ne è follemente cotto». Sogghignò. «Sei pazza di me, Pip, solo che non lo sai».

«Non è vero!».

Il sorriso di Taigh si fece più ampio, gli occhi danzavano. «Non è quello che mi dice il tuo bacio».

«Non ti ho baciato. Sei tu che hai baciato me».

«No, non quello. Questo». Si fece avanti e la baciò di nuovo. E stavolta, non appena sentì le sue labbra sulle sue, il sapore di lui, le mani a prenderle la testa… ricambiò il bacio.

«Okay…», mormorò quando finalmente si staccarono, cercando di nascondere quanto le facesse battere il cuore. Altrimenti avrebbe sicuramente tirato fuori lo stetoscopio. «Forse non sei poi così male».

Taigh sorrise sbilenco. «Si fanno progressi!».

«Ma io non ti piaccio», lo sgridò. «Non hai mai fatto nulla per farmi capire che…».

«Oddio, sei cieca oltre che incline agli incidenti? Sono pazzo di te dalla prima volta in cui siamo usciti. Ti ho lasciato solo per risparmiarmi il dolore di essere mollato per primo. Era inevitabile, per come la vedevo io».

«Be', hai fatto un ottimo lavoro per nascondere il tuo cuore infranto!», ironizzò nel ricordare Lorna Delaney al suo braccio solo poche settimane prima.

«Solo perché avevo passato fin troppo tempo a sentirmi dire che dovevo starti alla larga, quando invece non hai la minima idea di cosa sia un bene per te».

«Ah».

La guardò con tenerezza, passandole una mano tra i capelli. «Quindi adesso lascia che ti dica come sarà. Prima di tutto vediamo di sistemare questo cavallo. Poi ti porterò di sopra e ti farò quello che muoio dalla voglia di fare da otto, lunghi anni. E poi ti metti il pigiama».

Lo guardò deliziata. «E perché dovrei mettere il pigiama?», chiese.

«Pensavo di portarti all'Hare e dire a tutti che finalmente stiamo insieme».

«Finalmente?»

«A quanto pare Joe ha una scommessa in piedi da ben otto anni».

Pip gettò la testa indietro e scoppiò a ridere. «No!», gridò coprendosi le guance – e il rossore – con le mani.

«Ci puoi giurare che ce l'ha». Sorrise. «Ti sembra un programma con cui potresti convivere, Pip Lorne?».
Gli mise le braccia intorno al collo. «Taigh O'Mahoney, per una volta dici cose sensate. A me sembra grandioso».

Capitolo trentaquattro

Lunedì 23 dicembre

Kirsty MacColl cantava a Shane MacGowan dicendogli che era una canaglia e un verme, mentre Taigh tornava al tavolo con un altro giro. «Quest'anno niente *Fairytale of New York* per te, amico mio». Sorrise, dando a Ben la sua pinta nera.

«Be', non ancora, comunque», rispose Ben, con un braccio sulle spalle di Ottie. «Com'è che si dice? Manhattan può attendere».

Non per molto, però.

Willow ancora non riusciva a credere che a Capodanno Ottie sarebbe partita con lui per cercare di sfondare come artista a New York. Da un lato, le sembrava troppo presto, troppo in fretta. Dall'altro, dopo il modo in cui Bertie l'aveva tenuta isolata, non era finalmente ora che avvenisse un cambiamento simile? Guardò Ben baciare sua sorella sulla testa, quando si protese verso di lui. Erano già più stretti di un nodo, sempre lì a sussurrare, occhi negli occhi, come se non esistesse nessun altro.

Taigh e Pip non erano da meno, due cuccioli iperattivi, ridevano a ogni battuta, si baciavano ogni pochi minuti. Già parlavano di un eventuale trasferimento di Taigh sopra le stalle.

Willow distolse lo sguardo. Era felice per le sue sorelle, davvero. E non è che avesse il tempo di preoccuparsi della sua vita amorosa – o della sua assenza – con la mole di lavoro che le sarebbe toccata con il castello. Quella mattina aveva dato le dimissioni dalla Pyro Tink, rinunciando a fingere che la vita spumeggiante e arrabbiata che aveva schiaffato sulla bacheca dei suoi social media fosse quella che voleva. Non aveva bisogno di Dublino per allenarsi e aveva deciso di scambiare due parole con Al Brody dei Magazzini Lorne per rifornimenti supplementari di matcha e sedano. C'erano strade da lì alle città, no?

Caz si era messa a piangere quando l'aveva chiamata per dirle che non sarebbe tornata e che avrebbe dovuto iniziare a cercare una nuova coinquilina. Le aveva promesso di tornare per il Capodanno per un'ultima uscita e per liberare la stanza ma, a parte quello, divincolarsi dalla morsa della città era stato semplice come tagliare il filo a un palloncino e volar via libera. Quella era casa sua, il suo sangue, la sua tribù; erano tutti lì.

Si guardò intorno in quel familiare e movimentato scenario. Il pub era pieno, non al livello folle in cui era stato nelle ultime settimane quando ci si erano trasferite le SWAT di Connor per approntare il castello per il pop-up, ma era presente almeno un membro di quasi tutte le famiglie del villaggio. Mancava una mezz'ora all'inizio del grande quiz della vigilia di Natale e tutti volevano un tavolo. Pip lo prendeva sempre molto sul serio, visti i suoi problemi a perdere, e stava già tormentando Taigh con i grandi successi degli anni Ottanta.

Dall'altra parte della sala vide Seamus seduto a un tavolo con sua moglie Mary che leggeva i menù, anche se tutti sapevano che avrebbero ordinato entrambi il pollo speciale della vigilia di Natale di Betty; Paddy Mahoney che risolveva il cruciverba in attesa dell'inizio del quiz; la signora Mac con il povero, assediato, signor Mac, che raramente riusciva a vedere la sua stessa moglie, tale era la sua devozione alla famiglia di Willow; Joe che riempiva un'altra pinta di birra con la mano lenta e quel sorriso soddisfatto sulle labbra che aveva sempre avuto, in piedi dietro il suo bancone. Conn...

Rimase pietrificata nel vedere Connor fuori dalla finestra. Stava uscendo dalla sua auto, quella splendidamente innocua

E-Type che era sempre stata troppo perfetta per quei luoghi. Lo osservò chiudere lo sportello e voltarsi, individuandola a sua volta all'istante, da sola a quel tavolo affollato. Sembrava sempre riuscire a trovarla in mezzo ad altra gente.

Il tempo si fermò per un attimo, bloccato dai loro occhi agganciati mentre Willow cercava di non avere reazioni evidenti. Fu una sorpresa vederlo lì; aveva dato per scontato che fosse già partito. Così aveva trascorso gli ultimi due giorni e due notti in una nuova sorta di lutto, cercando di assorbire il fatto che tra loro, alla fine, fosse finito tutto. Finito prima ancora di cominciare, la storia d'amore che non era stata continuamente tenuta in sospeso, dato che c'era sempre qualcos'altro che aveva la priorità. Com'è che le aveva detto Ferdy? Non puoi soffrire il lutto per qualcosa che non hai mai avuto? Eppure lo aveva quasi avuto: tocchi fugaci, occhiate, assaggi stuzzicanti... era stata una sofferenza fisica lasciarlo andar via.

Lentamente Connor alzò un braccio e Willow vide il gigantesco mazzo di chiavi che pendeva dalle sue dita – le chiavi del castello – e capì perché fosse lì. Era *allora* che se ne stava andando.

Quella presa di coscienza fu una lama gelida che le incise la pelle dissanguandola senza fatica.

Guardò altrove, con un senso di costrizione al petto. «Vado a fare una telefonata», disse agli altri con una voce strana.

«Chi devi chiamare?», si impicciò Pip.

Ma Willow era già in piedi, che avanzava verso la porta. Uscì nel freddo, la E-Type scurissima e lucidissima contro la neve. Durante la notte aveva ricominciato a nevicare e per tutta la giornata i contadini avevano sgombrato le strade locali con i loro trattori. Willow sperò che non passassero mentre c'era ancora l'auto di Connor, rischiando di graffiargliela.

«È tutto chiuso a chiave», disse rigido, senza preamboli, porgendole le chiavi del castello.

C'era qualcosa di esagerato nel gesto e mentre Willow allungava la mano per prender e il mazzo, Connor guardò verso la finestra del pub e vide che sessanta facce si voltarono all'istante. Ovvio che avessero un pubblico. Ormai sapevano tutti chi era: il tizio che aveva quasi buttato giù i Lorne dal loro piedistallo.

«Grazie», mormorò.

«Come vedrai è stato pulito tutto e ogni arredo che era stato portato dentro è stato rimosso».

«Va bene», disse di nuovo, sentendo un macigno sul petto. Era difficile guardarlo, impossibile non farlo.

«In sostanza, lo lasciamo come l'abbiamo trovato, riparazioni a parte».

«Grazie. E io avrò tutti i soldi che ti dobbiamo entro il mese. Con gli interessi». Ferdy era andato in estasi alla notizia del ritrovamento del Gainsborough. Presto sarebbe stata una donna ricca.

«Bene». Sospirò, come se non ci fosse altro da dire. «Bene, allora».

Non sapendo cos'altro fare, Willow gli tese la mano, lo guardò negli occhi di sfuggita, come una libellula che sfiora la superficie di uno stagno. «Grazie di tutto... Mi dispiace che le cose... non siano andate come speravamo», esitò. «Avrei voluto che fosse stato diverso».

«Già...». Le strinse la mano, indugiando una frazione di secondo più del necessario, come faceva sempre, non riuscendo mai a lasciarla andare facilmente. «Anch'io».

Si guardarono negli occhi per l'ultima volta, sapendo entrambi che non c'era più nulla da dire. Lui sarebbe tornato a Londra e lei sarebbe rimasta lì. Sarebbero tornati alla loro vita e anche la chimica non poteva competere con la marea di eventi che si erano abbattuti contro di loro.

Connor aprì la bocca e, per un attimo, Willow era sicura che avrebbe detto qualcos'altro, qualcosa di più. Invece si voltò e non le restò che guardarlo raggiungere il marciapiede.

Non pensava più a nulla quando sentì la porta del pub aprirsi dietro di lei, e all'inizio non si accorse del lampo ramato che le passò davanti. Ne prese subito coscienza, però, quando le sentì dire: «Ehi, amico!».

Connor si voltò e, alle sue spalle, vide avvicinarsi Pip che scivolò su un po' di ghiaccio e quasi gli cadde addosso. La sostenne appena in tempo.

«Ciao!», disse lei sorridendo, recuperando l'equilibrio.

«Pip, che stai facendo?», chiese Willow già quasi in preda al panico. Pip "in missione" non era mai una bella cosa.

«Ciao, sono Pip», disse ignorandola completamente e tendendogli la mano.

Stupefatto, Connor gliela strinse. «Ciao, Pip».

«Forse non ti ricordi di me, ma mi hai tirata fuori da un lago giusto qualche settimana fa».

Un sorriso disorientato giocò agli angoli delle labbra. «Mi ricordo».

«Bene, ne sono felice». Ansimò, ancora non in piena forma dopo la polmonite. «Perché il fatto è che abbiamo un problema».

Connor si fece sospettoso. «Ah, sì?»

«Sì. Tecnicamente quella notte mi hai salvato la vita, però non lo dire al mio ragazzo; gli piace pensare di essere stato lui in ambulanza e via dicendo». Agitò la mano davanti al viso. «Invece sei stato tu. Tu mi hai salvata, il che significa che sono in debito e devo a mia volta salvare la vita a te».

Connor la fissò incredulo. «Prego?»

«Sì», confermò Pip con un solenne cenno del capo. «Temo sia una legge cinese».

«È un *proverbio* cinese, Pip», disse disperata Willow non riuscendo a capire dove volesse andare a parare, e neanche lo voleva sapere. «Connor non so proprio cosa…».

«Legge, proverbio, è uguale. Comunque, sono in debito con te, quindi, se solo potessi gentilmente baciare la mia qui presente sorella, ti avrei salvato la vita a mia volta e amici come prima».

Connor spostò gli occhi da Pip a lei, come se Willow potesse avere qualche indizio su cosa stesse succedendo.

Willow si sentì arrossire di sdegno. «Pip, ma che diavolo…?»

«E perché poi baciare tua sorella… mi salverebbe la vita?», chiese lui basito.

«Baciala e scoprilo», disse decisa Pip.

«Pip, no!», esclamò Willow seccata. «È ridicolo. Mi stai mettendo in imbarazzo!».

«Wilhelmina…».

«Oh, santo cielo, non mi chiamare così! Ma veramente? Non ti bastava?», gemette girando le spalle ai due.

Da lì udì la risatina di Connor, divertito da quel battibecco tra sorelle.

«Senti, tutto quello che serve è che lui ti baci e io sarò libera da questo altrimenti eterno vincolo del debito».

«Santo cielo! Non hai nessun eterno vincolo del debito!», strillò Willow alzando le braccia al cielo, impotente.

Pip guardò Connor. «Glielo dici tu, per favore? A me non dà mai retta».

Per un lungo istante Connor non si mosse, spostava gli occhi tra le due come se faticasse – e non riuscisse – a capire cosa stesse succedendo lì. «Be', in effetti… tecnicamente parlando, credo che Pip…». Avanzò e prese Willow per il polso tirandola lentamente a sé. «Sì, credo che Pip abbia ragione. È la legge». Guardò Pip. «È la legge?»

«È assolutamente la legge», annuì Pip annuì in modo cupo, con l'aria di un giudice che emette una sentenza.

Connor riportò gli occhi su Willow facendole contorcere lo stomaco. «Allora ti bacerò una volta sola», mormorò con lo sguardo già sulle sue labbra. «Dopodiché Pip mi avrà salvato la vita a sua volta e sarà libera dal…».

«Dall'eterno vincolo del debito», suggerì Pip.

Ma nessuno dei due la sentì, perché Connor aveva già portato le labbra di Willow sulle sue, stringendola tra le braccia.

Lei sentì il mondo intorno a lei vorticare più rapido in quella stretta. Si ritrovò di colpo a quella prima sera tra le sue braccia, prima che Pip si tuffasse in un lago, prima che lui arrivasse in auto fino al suo castello, quando erano soltanto loro due, soggetti alla duplice mercé della chimica e del destino.

Quindi Connor la lasciò andare e la guardò, entrambi senza fiato per il desiderio.

«Visto? Non salirai mica su quella macchina adesso, vero?», chiese Pip intromettendosi nell'intimità del momento con il suo sorriso sfacciato.

«No», confermò Connor, senza mai distogliere gli occhi da Willow.

«Bene. Perché queste strade ghiacciate sono una trappola mortale con una trazione posteriore come quella. Bum! Ti ho indubbiamente salvato la vita», sghignazzò Pip. «E, a proposito, Will, visto che volevi fare una telefonata, forse avrai bisogno di una cosa chiamata telefono?».

Willow sentì che le infilava il cellulare nella tasca posteriore dei jeans e gemette nel rendersi conto di averlo lasciato sul tavolo.

Pip scoppiò a ridere, godendosela alla grande e rientrò al pub scatenando una gioiosa esultanza.

Connor sorrise. «Interessante, la tua famiglia».

Willow rise mentre la attirava di nuovo contro di sé. «Non ne conosci nemmeno la metà!».

Epilogo

Natale 2019

Il fuoco crepitava sonnolento, sparando di tanto in tanto pezzetti di brace che si contorcevano e annerivano sul vecchio focolare di pietra, a pochi centimetri dal naso freddo e bagnato di Mabel e Dot che sonnecchiavano nel loro posto preferito sui tappeti. Il vassoio della colazione che la signora Mac aveva lasciato pronto era già stato spazzolato – il suo porridge di mezzanotte e il muesli di Bircher spariti da tempo, briciole di toast ovunque – e le quattro donne Lorne stavano guardando l'ordinata pila di regali sotto l'albero con qualcosa di molto simile allo stupore. Erano forse passate le fate nella notte? Nessuna di loro aveva avuto molta voglia di shopping natalizio quell'anno. Era parso *de trop* sullo sfondo di tante perdite e, se i carichi dei camion di Christie's che portavano via i loro beni materiali avevano dimostrato qualcosa, era che non avevano bisogno di altra "roba". Eppure, qualcuno aveva fatto lo zelante elfo natalizio, perché ai piedi dell'albero c'era un mucchio di pacchetti.

Willow sentiva che i ricordi già cominciavano ad affiorare a Dower House, tutte e tre le sorelle avevano dormito nelle loro nuove camere da letto la sera prima. Connor era tornato a Londra con l'ultimo volo e Ben era rimasto con Taigh, prima di andare lì per il pranzo più tardi. Entrambi avevano compreso che alle donne Lorne serviva un tranquillo momento in famiglia. L'albero di Natale stesso era stato "recuperato" dal giardino, un piccolo abete che era cresciuto lentamente all'ombra di un faggio ed era stato incluso tra quelli da tagliare quando il giardino era stato ripulito per far arrivare la luce del sole. Avevano trascorso la vigilia di Natale a decorarlo con vecchi nastri di seta trovati nel corredo della soffitta e alcuni lunghi fili di perle della loro bisnonna degli anni Venti, dato che le loro solite decorazioni si trovavano al momento in uno scatolone chissà dove nel magazzino di Christie's. In cima all'albero Pip aveva messo il suo amato, vecchio e minuscolo orsacchiotto Mr Bunts – la cosa migliore che potessero rimediare quell'anno – e su tutti i davanzali e le mensole avevano acceso una sola scatola di lucine, che tenevano sempre di scorta in caso di blackout. Qualcuno – Pip – aveva addirittura dotato Rusty di una corona di cartoncino viola.

Al Gainsborough spettava il temporaneo posto d'onore sulla mensola del caminetto per il periodo delle feste. Sarebbe stato imballato e spedito subito dopo Capodanno, ma volevano tutte godersi il ritratto almeno per un po' di tempo, ed era sembrato giusto che Black Bess – la cui appropriazione indebita aveva portato loro tanta fortuna – avesse finalmente il suo momento sotto i riflettori, a guardarle imperiosa con gli occhi scuri e feroci mentre erano rannicchiate in pigiama sulle poltrone. Nell'arte come nella vita, però, il suo regno sarebbe stato di breve durata, perché avevano altri capolavori nascosti da esporre ora che – grazie a Ben – le scenografiche tele di Ottie erano state estratte dal loro nascondiglio e lei, la mamma e anche Pip avevano reclamato quelle che preferivano.

«Chi vuole cominciare?», chiese Serena, ma era una domanda retorica.

«Io!», esclamò impaziente Pip scattando dalla poltrona in cerca del primo regalo con il suo nome sopra. «Fa glu-glu?», disse sorridendo, portandosi il pacchetto lungo e stretto all'orecchio e scuotendolo. Il contenuto tremò leggermente.

«Hmm», disse, perplessa sciogliendo il nastro e strappando la carta.

«Che cos'è?», chiese Ottie altrettanto curiosa mentre Pip sollevava il coperchio e restava a bocca aperta.

Ne tirò fuori delle briglie di cuoio. «Oddio», sussurrò prendendo tra due dita la nasalina imbottita, accarezzando le fredde parti metalliche del morso, e tirando delicatamente le intricate cuciture nere. Si guardò intorno. «Chi…?».

Willow guardò sua madre e Ottie, perché di certo non era da parte sua, ma avevano entrambe la sua stessa espressione impassibile. «Non c'è un biglietto?», le chiese.

Pip guardò bene nella scatola, in mezzo alla carta, controllando la confezione. «No. Niente». Guardò di nuovo le briglie. «C'è una stella nera incisa sul frontalino. Guardò di nuovo le altre, meravigliata. È per Dark Star!».

Willow sorrise. «Dev'essere da parte di Taigh, allora. Sa bene per chi batte *davvero* il tuo cuore».

«I tre lavori che fa devono pagare bene», ribatté Ottie, scaldandosi le mani intorno alla tazza di tè.

«Io lo uccido», disse dolcemente Pip, baciando la capezzina. «Eravamo d'accordo sul non farci regali quest'anno. Non c'è stato tempo… Oh, non vedo l'ora di metterglielo!».

«A chi? A Taigh?», ribatté Ottie. «Ah, be', se ti piace il perverso…».

«A Dark Star!», protestò Pip arrossendo violentemente.

La madre sorrise a quelle battute. «Ottie, perché non apri il tuo adesso?», chiese porgendole il pacchetto con il suo nome.

«È sospettosamente leggero!», disse Ottie agitandolo come aveva fatto sua sorella.

Aspettarono tutte ansiose e molto pazienti – perfino Pip – mentre scioglieva il nastro e lo srotolava attentamente, prima di riuscire ad aprire la carta senza romperla. Willow vide l'espressione sul suo viso spegnersi quando aprì la scatola.

«È una busta».

«Oh, io adoro le buste!», si elettrizzò Pip, con le briglie amorevolmente appoggiate al ginocchio piegato, mentre sedeva con la schiena contro la poltrona di sua madre, permettendole così di accarezzarle distrattamente i capelli.

«Saranno i biglietti per New York, scommetto», disse Willow. «Ben non vede l'ora di portarti lì. Ho ragione?».

Ottie tirò fuori i biglietti dalla busta. «Sì e no». Le guardò sbalordita. «Mi porta a Firenze».

«Oh, cara!». Sua madre rise battendo le mani felice. «Hai sempre desiderato andare lì. La capitale mondiale dell'arte!».

«Non riesco a crederci. Anche noi avevamo detto niente regali».

«Be', quei due hanno chiaramente tramato alle vostre spalle, allora», disse Willow sorseggiando il tè.

«Quindi anche dietro le tue?», chiese sua madre passandole la scatola con il suo nome. Lei e Connor, però, si erano già scambiati i regali, il pomeriggio del giorno precedente, prima che lui partisse per prendere l'aereo per Londra: da lei un modellino in pressofusione di una E-Type che Dave Nolan, il meccanico, aveva tenuto su uno scaffale del suo garage per vent'anni dopo una promozione di chissà quanti anni prima; da lui, un piccolo elefante di bronzo che aveva preso per la nipote dopo un recente viaggio in India e che era ancora nella confezione. Aveva detto che doveva tenerlo in camera come promemoria dell'attrazione che avevano cercato di ignorare e che non avrebbero mai più negato. Willow sorrise al ricordo dei baci che erano arrivati con il dono; Connor sarebbe tornato a Dublino per trascorrere con lei, Caz e i loro amici il veglione di Capodanno, e Willow già contava le ore.

Sua madre le passò il pacchetto, incuriosita. Era pesante. Di sostanza. «Pesa», mormorò. «Un fermacarte?»

«Ti servirà, con tutte le bollette che ti arriveranno», sghignazzò Pip.

Willow le rivolse un mezzo sorriso ma non poté fare a meno di ridacchiare mentre scioglieva il fiocco. Come al solito, Pip aveva ragione. La sua idea nascente di allestire il castello come un lussuoso centro benessere e un ritiro yoga avrebbe richiesto una visione, un'organizzazione e un sacco di soldi. Ma Connor aveva dei contatti che stava per presentarle e aveva già, vagamente, suggerito l'idea di affiliare in qualche modo Lorne al gruppo Home James, forse come partner...?

Alzò il coperchio e scostò la carta velina. All'interno c'era una scultura di cristallo smerigliato di un uccello, le piume rese in modo squisito, anche il piumaggio lanuginoso riprodotto in modo splendido mentre l'uccello portava il becco verso in giù, gli occhi soddisfatti ridotti a due fessure.

«È un Lalique?», rantolò sua madre, tenendo la mano.

Willow glielo passò e la guardò mentre lo esaminava, con la fronte leggermente aggrottata «...Potrei giurare di averlo già visto prima», mormorò, girandolo. «È un pezzo d'antiquariato».

La sua voce si affievolì improvvisamente, ma Willow sapeva già cosa stava per dire. Perché, immortalato per sempre in un preciso istante, si rese conto che quell'uccellino era appollaiato. Era un uccellino tornato a casa.

«Non può essere», mormorò Willow, sentendo il battito cardiaco che improvvisamente scoppiava mentre prendeva la carta da regalo dalle ginocchia e controllava la calligrafia sull'etichetta del regalo. Alzò lo sguardo verso la madre, entrambe pallide. «...Li ha scritti la signora Mac».

«Sono da parte della signora Mac?», farfugliò Pip accarezzando di nuovo la briglia sul ginocchio piegato, a riprodurre una testa di cavallo.

«No», sussurrò Willow, con le lacrime che premevano dietro agli occhi. «Ma deve averli trovati lei... Sono di papà».

Nella stanza calò il silenzio, tutte di nuovo guardavano i propri doni: le briglie di Pip, commissionate per il cavallo che era stato sul punto di comprarle; il volo per Firenze di Ottie, biglietti per il mondo cui aveva rinunciato a causa sua; Willow, il suo uccellino che era volato via e che tornava a casa.

«Quest'oggettino lo abbiamo visto alla LAPADA Art & Antiques di Londra a settembre», mormorò la madre, stringendolo tra le mani, sentendone il peso rassicurante. Se n'è innamorato a prima vista. Continuava a tornare e tornare, anche se gli ho detto che non avevamo bisogno di un altro gingillo… Non avevo idea che fosse andato a comprarlo».

Pip e Ottie avevano le mani premute sulla bocca, le lacrime cadevano silenziose nel percepire la sua presenza e la sua assenza nello stesso momento.

«Ma non è mai stato papà a comprarci dei regali», mormorò alla fine Ottie. «Sei sempre stata tu, mamma».

Ma non c'era bisogno di dirlo: a settembre, il padre sapeva di essere segnato, che ogni momento poteva essere l'ultimo, che una bomba a orologeria nella sua testa stava aspettando di esplodere.

«Dimentichi il momento in cui gli avevi lasciato l'incarico per il quinto compleanno di Willow e le ha regalato una cornice per le foto», ha detto Pip. «Non te lo ricordi?».

La madre ridacchiò a quel ricordo, e agli occhi pieni di lacrime si unirono presto le guance arrossate. «Me lo ricordo. Pensavo di non poterlo mai perdonare. Era pessimo a comprare i regali!».

«Be', quest'anno si è riscattato», disse Pip, premendosi sulle guance le briglie che ora amava ancora più di prima.

Willow si aspettava che se le infilasse in testa da un momento all'altro e si chiese quanto sarebbe stato contento suo padre di sapere che Bertie era finalmente stato chiamato a risponderne, disteso sul pavimento della cucina.

Per il silenzio di Pip aveva prontamente acconsentito a darle Dark Star senza problemi; per il silenzio di Ottie, di accogliere le richieste di Shula per un divorzio incontestato; e per il silenzio di Willow – e il segreto che solo lei e sua madre ora portavano con sé – aveva acconsentito a fare una significativa donazione all'associazione benefica Headway in memoria di Declan Lorne da parte della figlia minore. Ma non aveva pensato di negoziare il silenzio di Ben Gilmore e, durante le vacanze di Natale, con gli uffici degli avvocati chiusi in tutto il paese, la sua causa rimase in piedi e girava voce che altri si erano fatti avanti con accuse di negligenza. La Ultra stava rapidamente diventando nociva.

«Allora... a te cosa ha preso, mamma?», chiese Willow, abbassando gli occhi sull'ultimo regalo rimasto sotto l'albero.

Pip si avvicinò per passarglielo e tutte si raddrizzarono, in trepidante attesa. Serena sciolse il nastro e tirò fuori una scatola piatta blu di Tiffany. Tutte trattennero il respiro mentre scivolava via dal coperchio e la madre fissava tra le lacrime l'ultimo regalo di suo marito. Le sue ultime parole su un matrimonio trentennale.

«Oh, mamma!», disse Ottie sospirando, mentre si arrampicava sulla poltrona. «Non avevo mai visto questa foto di te e papà prima d'ora».

Pip si alzò in ginocchio e si spostò a lato della poltrona. Era un'immagine in bianco e nero ingrandita, sua madre con la testa all'indietro che rideva, suo padre in piedi proprio dietro di lei che la guardava con uno sguardo di estasiata adorazione.

Sua madre ci mise un attimo a contestualizzarla. «È stata scattata la sera in cui ho conosciuto tuo padre, al ventunesimo compleanno di Archie O'Malley». Strizzò gli occhi e sorrise abbandonandosi ai ricordi. Credo che fosse su una diapositiva da qualche parte. Deve averla fatta stampare».

«Non ci possono essere molti posti con la tecnologia per farlo, no?», osservò Ottie.

«Cosa c'è scritto in basso?», mormorò Pip, girando la testa in una scomoda angolazione per poter vedere meglio. «"Per l'eternità"».

L'avrebbe amata per l'eternità.

Sua madre alzò lo sguardo per incontrare quello di Willow, nessuna delle due aveva bisogno di dire niente. Perché in quella promessa ce n'era annidata un'altra: era stata perdonata. Suo marito era morto amandola con la stessa fierezza nel suo ultimo giorno di quanta ne aveva avuto nel primo. L'ultimo cavaliere d'Irlanda poteva anche essere morto, ma aveva lasciato in eredità il suo amore.

E tanto bastava.

Ringraziamenti

La storia si svolge in un villaggio immaginario nel Sudovest dell'Irlanda, ma l'idea originale mi è venuta leggendo un articolo su una rivista, in cui si parlava di una madre e delle sue figlie adulte che cercavano di rendere economicamente autosufficiente la loro residenza di famiglia. In Irlanda ci sono moltissimi castelli, quindi non è stato questo ad attirare la mia attenzione, quanto quell'unica riga in cui si diceva che il defunto marito della donna era stato l'ultimo cavaliere vivente d'Irlanda. Mia madre è di Cork e so che siamo – molto alla lontana – imparentati con un antico re di Munster, ma non mi ero mai resa conto che i titoli nobiliari irlandesi sopravvivessero ancora nei tempi moderni. Così mi ha fatto pensare: come dev'essere sapere di essere l'ultimo della tua linea di sangue? L'anello che spezza la catena? E che genere di pressione esercita tutto questo sulla famiglia? Come fai a fare quei primi passi avanti quando una storia lunga settecento anni viene improvvisamente interrotta e bisogna ricominciare una vita da capo?

Non è stato semplice scrivere questo libro – a volte va così – e devo davvero ringraziare la mia agente Amanda Preston e tutto il team della Pan per non aver dato di matto quando ho presentato la prima bozza. Io avevo dato di matto, invece loro sono rimaste calme e sono andate avanti, ideando splendide campagne pubblicitarie e di marketing, portando il libro nelle librerie più importanti e assicurandosi che chi doveva conoscerlo lo conoscesse.

C'è sempre una grande squadra dietro ognuna di queste storie, e sono immensamente grata a tutte le persone che hanno preso parte al viaggio, ma in particolare vorrei ricordare Louise Davies, la mia editor per questo libro. Ha davvero mantenuto la calma quando di questa storia non c'era che la mera ossatura, e mi ha aiutata con tranquillità a completarla e a darle forma; mi serviva proprio quella visione chiara, quindi grazie! Ringrazio anche Natalie Young, la mia redattrice, per la pazienza e per avere dovuto affrontare i miei appunti scritti a mano sulle bozze. E poi un ringraziamento a Mel Four per la magnifica copertina. Era così intensa che mi ha fatto sentire sotto pressione, perché dovevo pubblicare una storia che risultasse all'altezza della promessa racchiusa in quell'immagine. Spero di esserci riuscita e che voi, mie amate lettrici, sentiate in fondo al cuore che ogni ragazza alla fine trova la propria "vita da vestito rosso". Auguro a tutte di trovarla!

Indice

Indice

Karen Swan

La mia fantastica vacanza in Spagna

Volume di 384 pagine. € 9,90

Uno degli uomini più ricchi di tutta la Spagna, Carlos Mendoza, sta morendo. Ma i familiari scoprono con orrore che ha intenzione di donare tutto il patrimonio a una giovane donna di cui non hanno mai sentito parlare. Chi è, e in che modo l'anziano è legato a lei? Charlotte Fairfax è una consulente legale e, quando le viene chiesto di sistemare la faccenda, accetta di lasciare l'Inghilterra alla volta di Madrid, nonostante manchi solo una settimana alle sue nozze. È sicura, infatti, che non ci vorrà molto per chiudere la questione: ha visto decine di uomini intestare tutto a una donna giovane e bella per poi ravvedersi…

Una volta giunta a destinazione, però, Charlotte si accorge che le cose sono più complicate di quello che aveva immaginato. Perché la ragazza dice di non sapere nulla dei piani dell'anziano. Sta forse mentendo? Decisa a scoprire la verità, Charlotte scava nella storia della famiglia Mendoza, alla ricerca di indizi che possano aiutarla a capire.

Ben presto emerge una realtà sconvolgente, taciuta per anni, che le impartirà una lezione importante sul vero significato dell'amore...

Karen Swan

Le incredibili luci delle stelle

Volume di 448 pagine. € 9,90

Il Natale è alle porte e Bo Loxley, influencer da milioni di follower, sta vivendo un sogno: viaggiare per il mondo in compagnia di Zac, il suo fidanzato, condividendo le loro avventure con i fan. La prossima destinazione sono i fiordi norvegesi, dove Bo e Zac trascorreranno le vacanze natalizie, ospiti in una remota baita tra le montagne di proprietà di Anders, una guida alpina, e della sua orgogliosa nonna, Signy. Le cime innevate e le incantevoli cascate ghiacciate sono uno scenario da favola, ma a volte fuori dall'obiettivo il mondo di un personaggio tanto famoso in rete è meno perfetto di come sembra. Bo sente che qualcosa non va, anche se ancora non riesce a capire esattamente cosa sia. E incredibilmente l'unico disposto ad ascoltarla è lo scontroso Anders. Quando le apparenze cominceranno a incrinarsi, nonna Signy rivelerà un terribile segreto che le montagne hanno custodito per decenni. E Bo dovrà imparare, come ha fatto l'anziana donna prima di lei, a capire di chi può fidarsi davvero.

Newton Compton Editori

Karen Swan

Una fantastica vacanza in Grecia

Volume di 416 pagine. € 9,90

In fuga da Londra con il cuore infranto, Chloe Marston è arrivata a New York sperando in un nuovo inizio. Così ha cominciato a lavorare in un'agenzia di concierge di lusso, mettendocela tutta per dare il meglio di sé. Rendere perfetta la vita degli altri è il suo unico scopo, nonostante la sua vada a rotoli. Tutto cambia quando la sua collega è vittima di un brutto incidente e Chloe si ritrova a doverla sostituire, occupandosi dei più importanti clienti dell'agenzia. Si tratta di uomini ricchi e molto esigenti: tra loro c'è il carismatico Joe Lincoln, che le chiede di trovargli una casa isolata nelle isole greche, circondata da ettari di terreno. Chloe sta per inviare qualcuno a fare un sopralluogo, ma quando Tom, il suo ex che le ha spezzato il cuore, si presenta inaspettatamente a Manhattan, lei decide di agire d'impulso per darsi la possibilità di ricominciare daccapo: sarà lei stessa ad accompagnare Joe in Grecia, sfruttando l'occasione per schiarirsi le idee e capire che cosa desidera davvero. Vale la pena dare una seconda possibilità a Tom? E chi è davvero Joe, verso il quale prova un'irrefrenabile attrazione? Il dissidio di Chloe è complicato dalla misteriosa scomparsa della moglie di un suo cliente e da alcune tragiche scoperte. Chloe prova a tirare le fila per capire di chi può fidarsi, ma riuscirà a scoprirlo in tempo?

Newton Compton Editori

Karen Swan

Un regalo sotto la neve

Volume di 416 pagine. € 12,00

Si dice che dietro ogni grande uomo ci sia sempre una grande donna. In effetti dietro tutti i personaggi più in vista di Londra c'è lei: Alex Hyde, consulente per il business delle eccellenze. È lei la donna a cui gli uomini più potenti della City si rivolgono quando hanno bisogno di una strategia per affrontare i momenti di stress. Quando le viene offerta una somma incredibile per rimettere in carreggiata il rampollo della famiglia proprietaria di una grande compagnia di whisky scozzese, Alex accetta senza esitazioni: è lavoro, potrebbe farlo anche a occhi chiusi. E invece… Nessuno degli uomini che ha affiancato è minimamente paragonabile a Lochlan Farquhar. L'erede delle distillerie Kentallen, infatti, non è abituato a sentirsi dire no. È un ribelle, e Alex deve trovare il modo di entrare nella sua testa, se non vuole che metta l'impresa di famiglia in ginocchio. Ma più si impegna per evitare il disastro, e più si rende conto che, per la prima volta nella sua vita, non è lei ad avere il controllo sulla situazione. E non è sicura che le dispiaccia.

Newton Compton Editori

Karen Swan

Una questione di cuore

Volume di 448 pagine. € 9,90

1974. Elena Damiani ha una vita perfetta. Nata e cresciuta nel lusso, è indiscutibilmente bella: una condizione che le ha sempre aperto tutte le porte. Nessun uomo può resistere al suo fascino. All'età di ventisei anni è già al suo terzo matrimonio, quando capisce di avere incontrato la sua anima gemella. Eppure quello di cui si è appena innamorata è l'unico uomo al mondo che non potrà mai avere, e né il suo fascino né i suoi soldi potranno cambiare le cose.
2017. Francesca Hackett sta vivendo la sua dolce vita romana: accompagna i turisti in giro per la Città Eterna e cerca di dimenticare i fantasmi del suo passato a Londra. Un giorno trova nella spazzatura una borsa: decisa a restituirla, scopre che la proprietaria è la famosa viscontessa Elena dei Damiani Pignatelli della Mirandola. Elena entra subito in sintonia con la giovane che le ha restituito la borsa rubata, contenente una lettera mai aperta, risalente a dodici anni prima. E Francesca si trova ben presto affascinata dai racconti di Elena, ricchi di storie sensazionali. Ma dietro quelle storie si nasconde un segreto sconvolgente…

Newton Compton Editori

Karen Swan

Un regalo sotto la neve

Volume di 416 pagine. € 12,00

Si dice che dietro ogni grande uomo ci sia sempre una grande donna. In effetti dietro tutti i personaggi più in vista di Londra c'è lei: Alex Hyde, consulente per il business delle eccellenze. È lei la donna a cui gli uomini più potenti della City si rivolgono quando hanno bisogno di una strategia per affrontare i momenti di stress. Quando le viene offerta una somma incredibile per rimettere in carreggiata il rampollo della famiglia proprietaria di una grande compagnia di whisky scozzese, Alex accetta senza esitazioni: è lavoro, potrebbe farlo anche a occhi chiusi. E invece… Nessuno degli uomini che ha affiancato è minimamente paragonabile a Lochlan Farquhar. L'erede delle distillerie Kentallen, infatti, non è abituato a sentirsi dire no. È un ribelle, e Alex deve trovare il modo di entrare nella sua testa, se non vuole che metta l'impresa di famiglia in ginocchio. Ma più si impegna per evitare il disastro, e più si rende conto che, per la prima volta nella sua vita, non è lei ad avere il controllo sulla situazione. E non è sicura che le dispiaccia.

Karen Swan

Una questione di cuore

Volume di 448 pagine. € 9,90

1974. Elena Damiani ha una vita perfetta. Nata e cresciuta nel lusso, è indiscutibilmente bella: una condizione che le ha sempre aperto tutte le porte. Nessun uomo può resistere al suo fascino. All'età di ventisei anni è già al suo terzo matrimonio, quando capisce di avere incontrato la sua anima gemella. Eppure quello di cui si è appena innamorata è l'unico uomo al mondo che non potrà mai avere, e né il suo fascino né i suoi soldi potranno cambiare le cose.
2017. Francesca Hackett sta vivendo la sua dolce vita romana: accompagna i turisti in giro per la Città Eterna e cerca di dimenticare i fantasmi del suo passato a Londra. Un giorno trova nella spazzatura una borsa: decisa a restituirla, scopre che la proprietaria è la famosa viscontessa Elena dei Damiani Pignatelli della Mirandola. Elena entra subito in sintonia con la giovane che le ha restituito la borsa rubata, contenente una lettera mai aperta, risalente a dodici anni prima. E Francesca si trova ben presto affascinata dai racconti di Elena, ricchi di storie sensazionali. Ma dietro quelle storie si nasconde un segreto sconvolgente…

Newton Compton Editori